U0825580

KUWEI
酷威文化
图书 影视

风行舟

（上册）

团子来袭　著

天津出版传媒集团
百花文艺出版社

目录

第一章 亡国

秦筝是秦国公嫡女，亦是大楚的太子妃。

但这桩婚事，实乃一场祸事。

汴京城陷，楚国亡了。

昔日繁华的东宫，而今只余一片萧索。

“娘娘，城破了，您体面些去吧。”朱红殿宇内，满脸褶子的老太监说完这话，两个太监便把白绫缠上了秦筝的脖颈，一左一右用力拉紧。

窒息感传来，秦筝流着泪拼命拉扯，终是无果，手软软垂下时，将梳妆台上的金玉首饰带落一地……

“不要……不要！”

又一次从噩梦中惊醒，秦筝惊魂未定，手中的碧玺念珠脱落出去，摔在地上断了线，珠子滚落满地。

两侧的香烛正徐徐燃着，供奉的那尊白玉观音正无喜无悲地望着人间。

秦筝看清这是自己设在东宫的小佛堂后才舒了一口气，后背却被冷汗湿透，整个人恍若从水里捞起来似的。

她不久前大病一场，病好后什么都不记得了，从贴身照料她的宫女口中得知，她乃秦国公嫡女，亦是大楚的太子妃。

只不过这桩婚事，实在是一场祸事。

太子声色犬马、荒诞成性，只因在庙里同她有过一面之缘，贪图她的美色，便不顾她已有婚约在身，将她强娶回东宫。群臣纷纷弹劾，可惜皇帝沉迷炼丹以求长生之法，不理朝政已久，百姓怨声载道，甚至有揭竿而起之势。

她的前未婚夫——荣王世子沈彦之，忍不了太子夺妻之仇，勾结反王一路打到了汴京。

叛军兵临城下时，太子被迫亲去城楼督战，她这个旁人眼中的红颜祸水在东宫的地位也愈显尴尬，便避到了小佛堂。

岂料一场大病后，她常常梦魇，不得安宁。

梦里，太子于城楼上被一支流箭射死，叛军攻陷了汴京。她的前未婚夫沈彦之前去救她，却晚了一步，楚帝在城破后就赐死了所有皇室女子，她亦跟着命丧黄泉。

叛军为了丑化大楚，巩固新政权，给她安满污名，编派她是祸国妖妃，蛊惑储君、陷害忠良，大楚覆灭亦是天意。

太子夺娶臣妻的丑闻早就传得尽人皆知，叛军一将谣言散播出去，百姓便深信不疑，她也就担上了个祸国的名头，遭万民唾骂。

沈彦之虽竭力阻止，但叛军压根不把他放在眼里。

秦筝回想起梦中被白绫勒喉的窒痛感，依然后怕不已，俯身去捡散落在地上的碧玺珠时，指尖都还不受控制地颤抖。

她在心中宽慰自己，一切都只是梦罢了。

捡起最后一颗碧玺珠时，佛堂外传来凌乱的脚步声，还有惶然的喧哗声。

东宫规矩森严，宫人们不会这般没规矩才是。

许是才做了噩梦的缘故，秦筝心头莫名有些沉得慌，她走出佛堂，正好撞见一个小太监抱着一布包都塞不下的金玉玛瑙往这边跑来，远处也有四处逃窜的宫人。

秦筝心中已经猜到了，只是还不敢确定，她抓住那小太监的袖子，问："发生了何事？"

小太监一改平日的恭敬唯诺，用力挣脱秦筝的手："叛军已经攻进城了，太子妃你也快逃吧！"

秦筝神情恍惚了一瞬，回过神时再次用力拽住小太监的袖子追问："太子呢？"

"死了，在城楼上被叛军一箭射中，人送回东华殿，太医去看后都说没救了。"小太监彻底失去了耐性，挣脱袖摆便继续逃命。

秦筝整个人都踉跄了一下，东华殿是太子的寝殿，果然如梦里那般，太子死于城楼上那支流箭。

想到梦中自己的结局，秦筝手脚冰凉，来不及思索太多，提起裙摆正欲也跟着宫人们一样逃离，大门处却传来一道尖细的嗓音："太子妃接旨！"

楚帝身边的总管太监带着几个年轻力壮的太监迎面走来，秦筝一眼就瞧见了他捧在手中的那道明黄圣旨和小太监手上的白绫。

"陛下有旨，大楚国运已尽，凡皇室女眷，皆殉国以全体面。"老太监耷着眼皮对秦筝道，"娘娘，城破了，您体面些去吧。"

听着这似曾相识的话语，秦筝如坠冰窟，果然一切都和她所做的噩梦重合了吗？

老太监见她怔怔不语，也不再多言，用眼神示意身后两个强健的太监拿着白绫上前，他道："太子妃娘娘，得罪了。"

秦筝回过神，看到那条白绫，又想起梦里的窒息感，脸色瞬间白了几分，忙道："等等。"

两个年轻太监没敢妄动，看向老太监，等他示意。

老太监平静道："太子妃娘娘，此乃陛下旨意。"

老太监是楚帝心腹，奉命赶在叛军进宫前，亲自来东宫了结太子妃。

毕竟太子乃储君，太子妃再进一步就是国母，哪怕楚国亡了，也不可让太子妃落入叛军手中受辱，必须保留大楚最后一点脸面。

秦筝就是知道这些，心中才更沉，她不想死。

若一切都同梦境吻合的话，沈彦之是会赶来救她的，不过晚了一步而已。她想法子拖延一下时间，说不定还能等到沈彦之前来相救。

秦筝手心里全是汗，面上倒是一派沉静，她垂下眼睫遮掩了眸中情绪，显出几分黯然来："我知这是陛下的旨意，但殿下待我恩重如山，劳烦公公让我再看一眼殿下……"

长风穿过庭院，几片琼花落在了她乌发间，莫名带了几分脆弱感。美人一笑可倾人国，黯然神伤起来，也能叫人碎了心肠。几个小太监瞧着秦筝，都有些两眼发直，心道，难怪太子会为了她罔顾伦常，夺娶臣妻。

这是秦筝目前唯一能想到的法子——去太子榻前装深情，哭一哭拖延时间。

老太监瞥了一眼秦筝悲凄的神情，想着朱雀门那边还有禁军顶着，让她见太子一面也耽搁不了多久，点头允了。

秦筝微不可察地松了一口气，她赌对了，老太监在亡国之际没想着逃命，而是奉旨带人过来赐死她，显然对楚氏忠心耿耿。她假装对太子深情，对方念着主仆情分，果真通融了几分。

太子寝殿里弥漫着一股苦涩的药味，秦筝步入内殿，直接扑到榻边悲哭起来："殿下！"

哭声很凄厉，就是不见掉眼泪。

好在老太监一行人并未跟过来，只在不远处垂眼站着。

秦筝愈发感觉来太子寝宫是来对了，一边装腔作势地哭着，一边不动声色地打量起榻上的太子。

她大病一场醒来时，叛军已兵临城下，太子也督战去了，她对从前的事一概不记得，自然也不知太子是何模样。

天光暗淡，殿内已经掌了灯，烛火下太子双目紧闭，脸上是失血过多的苍白，五官清逸，面似冠玉，倒是出乎意料地俊美。锦被下隆起一片不大的弧度，看得出他身形瘦削，不过身量很长。

毕竟大楚开国皇帝武嘉帝能征善战，有一人可当万夫之勇。大楚的百年根基就是武嘉帝当年打下的。武嘉帝虽没有后人，但楚氏族亲们跟他同宗同族，身上多少也有几分武嘉帝的血统，因此楚氏皇族在身量上都不差。

据说太子出生时，钦天监官员批出他跟先祖武嘉帝有着一样的命格。楚帝因此对太子寄予厚望，甚至取名都借用了武嘉帝楚成基名字里的"成基"二字，给太子取名承稷，希望他能承先祖之勇，守住楚国数百年的社稷。

秦筝觉得，八成是当年批命格的钦天监官员眼瞎，批错了。

哪怕什么都不记得了，她对眼前这个造成自己一生不幸之始的罪魁祸首依然没什么好感。

但眼下为了自己的小命着想，秦筝还是得装模作样地为他哭几声。

老太监估摸着时辰，催促道："娘娘，既见过殿下了，就别再让咱家为难了。"

秦筝不为所动，继续趴在榻边假哭，握住楚承稷一只微凉的手，假装深情道："殿下，您睁眼看看臣妾……”

但心里想的却是沈彦之怎么还不来，再不来，她怕真要被勒死在这儿了！

老太监给身后的人递了个眼神，两个强健的太监直接上前来拖她。

这时，殿外传来了杂乱的脚步声，老太监一行人面露惊诧，秦筝心中却是大喜。

终于来了！

但随着外边尖叫声四起，秦筝意识到了不对，来的不是沈彦之的人！

老太监看清来人厉喝：“庞川，你不在朱雀门抵御叛军，来东宫作甚？”

杀到东宫的禁军统领狞笑两声，一剑掷过去就刺死了拉着秦筝的一个太监，温热的鲜血直接溅了秦筝一身，她的脸上也沾上了细小的血珠。这是秦筝第一次见到杀人的场面，她浑身冰凉，下意识地想尖叫，嗓子里却根本发不出声音。

“把这群阉人都给我斩了！”禁军统领手起刀落，又砍了几个太监。

一群宦官哪里是禁军的对手，很快就被屠杀殆尽。

老太监捡起地上沾了血的白绫还想过来勒死秦筝，却又很快被禁军的长矛刺穿后背，吐着鲜血栽倒在地。

秦筝不敢看他，血腥味刺激着她的感官，她胃里一阵阵反酸。她太害怕了，以至于忘了松开楚承稷的手，就这样一直紧紧握着，像是抓着最后一根救命稻草，甚至都没发现，楚承稷的手先前还是冰凉的，这会儿竟已有了温度。

一片混乱中，无人发现榻上的楚承稷眼皮似乎动了动。

太监都死光了，禁军统领走近秦筝，用带血的刀尖挑起她的下巴，看清她的容貌后，眼底是不加掩饰的惊艳：“早就听闻太子妃乃国色，今日一见果然是开了眼，难怪太子宁愿被人戳脊梁骨也要夺娶臣妻。”

他的目光变得贪婪起来。

大楚气数已尽，他原本打算的便是擒了太子和太子妃，去向反王投诚。但现在见太子妃这般貌美，显然动了其他心思。他的下属们都心领神会地退出了大殿，还带上了殿门。

秦筝只觉得贴着下巴的那截刀尖冰冷又黏腻，浑身的血仿佛都在逆流。

她用眼角余光瞥见了先前那名被刺死的太监腰间别的一把匕首。

秦筝瑟缩似的挪动了一下身子，一双美目看着禁军统领，眼中泪光点点：“别杀我……”

一只手却在身后慢慢摸了过去。

美人泫然欲泣，恰似梨花带雨，禁军统领的魂儿都快被勾没了，哪还注意得到其他的。

他伸手想摸秦筝的脸：“美人儿，谁狠得下心杀你？”

下一刻，他只觉得心口一凉。

秦筝双手握着那柄匕首，狠狠扎进了他的胸膛，前一刻还楚楚可怜的眼神也变得和刀尖一样利，带着几分孤注一掷的决绝。

可惜他护甲坚硬，秦筝力气不够，匕首只扎进了一小截，虽见了血，但还不致命。

“你找死！”禁军统领怒骂出声，抡起蒲扇似的巴掌就挥向秦筝。

那巴掌最终没落到秦筝身上，禁军统领突然踉跄了一下，双目圆睁，整个人栽倒在地。

一根细长的金簪，洞穿了他的脑门，伤口处正慢慢溢出血珠。

秦筝看着倒在地上的人，心跳快得像是要从嗓子眼里蹦出来一样。

死了？

她僵硬地转过身，朝床榻看去，却撞入了一双墨色的眸子，幽深寒凉，带着历经光阴的苍凉和凶戾，仿佛是洪荒洞穴里什么古老的凶兽被搅了清梦苏醒过来一般。

是太子。

他半倚在床头，脸色依旧苍白，长发披散着，显然射死禁军统领的那枚金簪是他从发冠上取下的。

“殿……殿下？”一开口，秦筝才发现自己的嗓音颤抖得厉害。

楚承稷没应声，看着她的眼神很陌生，满是上位者的威严，却又似有些困惑。

为何楚承稷醒来后也一副不认得她的神情？这是重伤导致失忆了？

秦筝只觉他落在自己身上的视线压迫感十足，明明没有多少恶意，却比先前禁军统领打量她的视线还要让她头皮发麻。她正想着要不要再说点什么，却见太子突然皱紧眉心，似是有些痛苦地按住了额角。

秦筝倒也不是没想过趁他现在虚弱赶紧跑，问题是门外全是禁军，她出去了不等于自投罗网？况且就凭着太子用金簪洞穿禁军统领脑门的武功，秦筝也不敢贸然逃跑，万一她一转身，她的脑袋也被什么物件给戳个对穿了呢？

不过短短数秒，秦筝已经权衡了一番利弊，没有什么比活着更重要！

她上前一步做出关心他的样子：“殿下，你没事吧？”

太子约莫是忍过了那阵头疼，再看秦筝时，神色不知为何变得古怪起来：“无事。”他扫了一眼殿内横七竖八的尸体，“这是怎么回事？”

秦筝思索着，外边还有禁军守着，自己目前似乎也只有跟着太子才安全些，宫人们都说太子贪图自己的美色，这等危急时刻，她装得柔弱些，或许能让对方护她一二。她努力憋红眼眶：“殿下，您昏迷的这段时日，城破了，叛军马上就要杀进宫来！禁军统领狼子野心，竟也起了反心！幸亏殿下醒来，救了臣妾，如今殿外还守着余下禁军……”

她自认为演技满分，怎料对方见她要哭不哭的，神情却更古怪了。秦筝想不通是哪儿出了问题，眼瞧着太子要起身，便伸手去扶。

楚承稷眉峰微皱，不动声色地避开她的手，自己撑着床柱有些吃力地站了起来。

秦筝有些错愕，都说太子是个好色之徒，但就目前看来，太子对她似乎有些冷淡？

不等秦筝多想，殿外忽而嘈杂起来，打杀声震天，她嗓音发颤：“定是叛军打进来了！”

她壮着胆子跑到门边，用手指在门纱上戳了个洞往外看。只见禁军和已经攻进来的叛军厮杀成了一片，禁军统领还没来得及跟叛军那边接头，叛军以为禁军在此是为了保护太子，于是双方一打照面就厮杀起来了。

秦筝倒也不是真这般胆大，她只是想确认这次来的是不是沈彦之的人。

但显然不是，叛军领头的是个满脸横肉的大将。秦筝匆匆往回跑：“殿下，叛军跟禁军打起来了，臣妾掩护您逃！”

沈彦之是指望不上了，她故意这样说，是想让这个功夫不错的太子在跑路时捎上自己。

太子抬手推翻了一旁的青铜灯架，灯油泼了满地，灯芯很快就引燃了这一片，火舌卷起床前的帷幔，瞬间蹿上房梁。他看了秦筝一眼，沉声吩咐：“扒一身太监服换上。”

秦筝知道自己落到叛军手中，绝不会有好下场，换一身太监服逃跑，总比穿着一身华服方便。

人在生死关头，果然是可以克服很多恐惧的。她刚看到杀人场面的那会儿，还吓得手脚发软，现在为了活命，已经能忍着恶心去扒小太监的外袍。

秦筝很快穿上了小太监染血的外袍，动作那叫一个干脆利落。

这宫装里边还穿着素锦中衣，太子也是她名义上的夫君，生死攸关之际，秦筝压根没想回避不回避的问题。倒是太子在她换衣时，不知是有意还是无意，背过身去后，才另扒了一套太监的衣裳换上。

时间紧迫，秦筝换好衣服后，三两下就扯光了头上的发饰，能扔的都扔了，只把几根沉甸甸的金钗收进了袖袋里。她不会绾发髻，扎了个丸子头，戴上小太监的帽子，再往脸上抹了两把血，顿时别说美貌，不吓死人就算好的。

楚承稷换完衣裳用布条将长发绑好，回过头发现秦筝这扮相，眼底划过一抹意外。

关键时候她倒机灵。

火势蔓延得很快，寝宫的内殿已被火海淹没。楚承稷捡起禁军统领身上的佩剑做武器，带着秦筝绕至偏殿，推开耳房的后窗，对她道：“翻出去。”

暮色四合，火光照不到的地方，视线所及皆是一片暗影，吹过的风里都带着浓郁的血腥味，宫女和太监的惨叫声以及叛军的狞笑声在夜色里显得格外刺耳。

秦筝一条腿搭上窗沿往外翻，正殿那边突然传来“砰”的一声巨响，是叛军破开大门进寝殿来了。

一个狰狞残暴的声音响起：“谁放火烧的东宫？快找太子妃，老子一定要尝尝这个叫沈彦之和狗太子争抢的美人是个什么滋味儿！”

秦筝害怕得脚下发抖，差点从窗沿上摔下去，幸好楚承稷及时扶住了她的胳膊，那双手沉稳有力，莫名地给人一种安全感。

“莫怕。”

明明身后就是无数豺狼，但这清浅平静的两个字，愣是让秦筝缓解了不少恐惧。

待她落地站稳后，楚承稷很快收回了手，再在窗沿处一撑，便利落地翻了出来。只不过似乎牵扯到了伤口，他面色白了一瞬，反手关上窗叶后，沉声道：“去马厩那边，从角门出去。”

叛军进宫后四处搜刮，少有去马厩那边的，从那里出逃最好不过。

太子对东宫地形很熟，借着夜色遮掩，他带着秦筝轻易躲过了几拨叛军，偶遇上几个落单的，不等对方出声，就将其一剑割喉。

秦筝紧攥着他袖袍的一角，跟着他跌跌撞撞地跑，大殿燃起来的火光映红了整片夜空，秦筝偶尔偷偷抬眼看他，只能瞧见半边冷峻的侧脸和一截精致的下颌线。

都说太子娶自己，只是见色心起，但如今大难临头，他却没有半点要抛下自己一个人逃的意思。

似乎……他也没有传言所说的那般坏？

马厩在东宫的位置偏僻，这边果然还没有叛军找过来。楚承稷停下来时，秦筝已经喘得不行，要靠着墙根才能站稳。

她生来便养尊处优，从来没这么玩命地跑过，秦筝只觉得肺部连着胸口那一片都撕裂似的痛着。

楚承稷也没比她好多少，月色下他的脸色苍白得吓人，一只手按着自己胸口箭伤的位置，额前冷汗滚落，身上血腥味浓郁，显然是伤口裂开了。

方才路上黑灯瞎火的，秦筝为了不拖后腿，所有的注意力都放在看路逃命上了，现在才注意到他的情况。自己好歹是靠着他才能安然逃到这儿来，秦筝犹豫了一下，上前询问："殿下，是伤口裂开了吗？我帮您重新包扎一下？”

“没事。”他冷声拒绝，眉头锁得死紧。

这里不是久待之地，楚承稷看向秦筝，忽然道：“朕……”

朕？秦筝正觉得奇怪，就听他继续道：“正好你有选择的余地了，我知你并非自愿嫁我，你若想回去找沈彦之，就藏到马厩后的草料堆里去，等沈彦之到东宫后再出来。”后面一个选择他没再说，楚国大势已去，他身负重伤，带着秦筝只怕很难逃出去。便是逃出宫去了，也得东躲西藏地过日子。

他这番话倒是让秦筝越发惊愕了，狗太子在亡国后大彻大悟了？

楚承稷看秦筝许久不出声，出声问她：“如何？”

远处的烧杀抢掠声在这边依然能听到，经历过前两次的期待后，秦筝现在已经对沈彦之来救自己不抱多大希望了。

梦里，他自责去救太子妃晚了一步，现在秦筝算是明白他这一步到底有多晚了，若不是太子没像梦中一样死去，只怕她这会儿已经丧命了。

秦筝可不敢一个人躲在马厩，万一一会儿叛军比沈彦之先找过来，她简直不敢想象。而且太子这番问话若只是为了试探她，她说留下等沈彦之，那岂不是自寻死路！毕竟她好歹是他的太子妃，哪个男人会这么大方？

秦筝赶紧摇头：“我跟殿下一起走。”

听到她的回答，楚承稷神情有些怪异地看了她一眼，不过也没说什么，只微微抬了下手，示意她继续抓着他的袖子。

秦筝赶紧薅住，不知为何，被允许继续跟着他，她竟有种松了口气的感觉。

楚承稷带着她七拐八拐地在交错复杂的宫道间躲开叛军，躲不过就拼死一搏，也正是因为如此，他身上的血腥味越来越重，脸色也更加苍白。

一开始还是他带着秦筝走，到后面已经是他认路、秦筝充当人形拐杖扶着他走。当二人躲进一处偏僻的宫墙时，秦筝压低了嗓音问他："殿下，我们是去找父皇吗？"

一路上都沉默的人突然冷笑一声："那个昏君也配？"

"昏君"两个字从他口中说出来，委实有点惊到秦筝了，太子醒来后这么六亲不认的吗？

楚承稷似乎也意识到他那句话有些不妥，接下来除了指路，两人之间又陷入了沉默。

秦筝也就随口一问，既然太子不愿提起楚帝，她自然也不再提，自己差点就被楚帝派人勒死，他不去找楚帝，秦筝高兴还来不及。

楚承稷在路上又杀了十余个叛军，二人这才安然走到西阙门，但前方宫门紧锁，根本没有出路。远处响起凌乱的脚步声，夜风把叛军的怒喝声送了过来："方才有两个太监往西阙门逃了！快追！"

秦筝心中慌乱，楚承稷却平静地问她："会凫水吗？"

秦筝摇头，她一个深闺女子如何会这些？

楚承稷沉默了一息后道："板桥下的泄洪渠通往西阙门外的护城河，且忍着些。"

秦筝这才明白他来西阙门的真正目的，他是想从泄洪渠逃出皇宫！

不过他说"忍着些"是何意？

东宫主殿的大火已经烧至周遭相邻的宫殿，宫女和太监逃命都来不及，叛军们忙着搜刮财宝，无人救火，火势便继续蔓延了下去。

沈彦之驾马赶到东宫时，主殿已烧毁殆尽，他踉跄着下马，看着眼前的火海，脸上血色尽失。

晚了，终究是来晚了！

先沈彦之一步来到东宫的粗犷大将冲着他狞笑："沈世子可追上那辆出宫的马车了？车中是太子妃吧？"

沈彦之转过头看向那满脸横肉的大将，眼底恨意狰狞，眼白部分泛着骇人的红："太子妃在哪儿？"

宫城一破，他本要直往东宫而来，却得知太子妃被这大将的人先一步带走了。

他心急如焚地去追那辆出宫的马车，怎料车中人却不是太子妃，沈彦之顿时明白，自己中计了！

看到东宫上方的夜空被火光映红时，他浑身的血都冷了下来。

大将看着沈彦之这副狠厉的样子，嗤笑道："太子妃？滋味确实不错，老子把人扔里边烧了！”

沈彦之眼中一片血红：“烧了？”

大将跟沈彦之不和已久，世家瞧不上他们这些绿林起义的，他们也瞧不上世家那副清高做派，他难得见到清贵的沈世子这般失态，瞧得那叫一个心花怒放，还在故意激怒他：“太子妃的确是个尤物，沈世子若来早一步——呃——”

谁也没有料到，看起来文质彬彬的沈彦之会突然暴起，拔剑杀了大将。

一剑下去，伤口处血流如注，在场的人都惊住了。

沈彦之却似疯魔了一般，上前一步揪住大将领口，又狠狠往他身上送了几剑，每一剑都深深插入只余剑柄在外，血珠溅了他满脸，让他清俊的脸孔看起来形同恶鬼。

“你敢动她？谁给你的胆子动她！”他松开手，大将便倒在了地上，身上的几个血窟窿还在往外冒血，但已经死透了。

好半晌，整个东宫静默无言，只余大火燃烧的“噼啪”声响。待副将闻讯赶来时，瞧见地上大将的尸首，不免也双腿一软。

这大将乃叛军首领的亲兄弟，沈彦之杀了他，这是不想活了？

他哭天抢地道：“沈世子，你……你这叫什么事？我们攻入东宫时，太子和太子妃就已经不见人影了！”

比起副将的如丧考妣，沈彦之满是阴鸷死气的一双眼里却陡然有了生气。

他的阿筝还活着？

夜寒露重，泄洪渠的水冰冷刺骨。

秦筝被太子带着在水里游着，牙齿都冻得咯咯响。她知道自己是不会凫水的，可到水中后，却本能地开始闭气凫水，仿佛曾经学过一般。

“给我仔细搜！各大宫门都锁了，太子和太子妃还能遁地不成！”

头顶时不时传来叛军的脚步声和喊话声，秦筝也没法再分心去想自己为何会凫水，兴许她从前是学过的，只是失忆后她全然不记得了。

手脚已经冻到麻痹，但秦筝不敢停下。

黑暗里，她只能从凫水的水声和腕上系带的拉扯来辨别太子的方位。手腕上的系带是下水前太子绑的，一头系在自己手腕上，一头系在太子手腕上，为了方便凫水，中间留了将近一米的长度。

不知游了多久，头顶已经听不见脚步声了，前方隐约能看见一个灰蒙蒙的拱形缺口。

那是泄洪渠与护城河的交界处，进了护城河，就表示他们已经出宫了！

秦筝心中一喜，正要随着泄洪渠的水流进护城河，手上的系带却传来一股拉力，楚承稷嗓音低沉：“先等等。”

秦筝不明所以，扶着泄洪渠边上的城墙壁来稳定身形。

护城河对岸忽而出现一队举着火把巡逻的叛军，宫外的护城河宽三丈有余，叛军打着火把能清楚地瞧见水面的动静，二人距离泄洪渠的出口还有一小段距离，又紧贴着城墙壁，才没有被发现。

等叛军离开，秦筝才缓缓吐出一口浊气。

好险！

泅过护城河，总算是上了岸，湿透的衣裳紧贴在身上，夜风一吹，竟比之前在水里还冷得厉害些，秦筝冻得直打哆嗦。楚承稷在水里泡了这么久，身上的血腥味倒是淡了不少，但月光下，他嘴唇白得几乎和脸一个色。秦筝看出他的情况很不好，扶起他往附近的坊市走去："你伤口泡了水，必须找个医馆重新上药包扎。"

正值深夜，又逢叛军进城，家家户户门窗紧闭，秦筝敲了好几家医馆的门，都无人应声。

她正不知如何是好时，楚承稷却直接用剑挑开一家医馆的门闩，走了进去。

秦筝愣了一下，正要跟进去，就听见里边传来一声闷响，紧接着是重物倒地的声音。

杀……杀人了？

秦筝虽然知道他们现在是穷途末路，但为了上药就杀了医馆主人，她心底还是有些难以接受。她杵在门口做思想斗争时，屋里突然传来太子凉薄的话音："还在外面做什么？"

秦筝只得硬着头皮进去，一进门就见屋中倒着一个人，而太子正手持一盏光芒微弱的油灯，在药柜前翻找着。秦筝瞧见地上那人并未流血，她小心翼翼地走过去，试图探那人的鼻息。

楚承稷转头看到她的动作，瞬间猜到了她的心思，凉薄地开口："放心，人没死。"

指尖有淡淡气息拂过，看样子只是被打晕了，秦筝松了一口气，讪讪地收回手。

很多观念不是一朝一夕就能改变的，这般公然入室，还伤人，她感觉良心上有点过意不去。

转头见太子从药柜那边翻出不少药瓶放进了袖袋里，她纠结了一下，肉疼地从袖袋里摸出一根金钗，放到了医馆主人旁边。

那金钗上虽然没刻什么精美的花纹，但分量十足，买下药铺里的所有药材都够了。

楚承稷瞧见她的举动，挑了下眉，并未说什么，把刚摘下来的那枚玉扳指又放回了怀里。

亡国动荡，且不提宫女太监带出宫的那些宝物，叛军进宫也会从上到下搜刮走不少物件，皇室物品流落民间再常见不过。

给了钱，秦筝才稍微有了点底气。

出宫后，他们穿着一身太监服去哪儿都引人注目，她从大夫那里找了两件外袍给自己和太子换上，先前抹在脸上的那两把血在护城河里游一遭，也早就洗干净了，于是秦筝又去医馆后厨往脸上抹了两把锅灰。

帮太子换药时，她才发现他胸前的箭伤已经被泡得发白，伤口浮肿似铜钱大小。秦筝光是看着都疼，烈性的金创药粉撒上去，正主倒是眉头都不见皱一下。

秦筝道:“伤口万不可再沾水了。”

出宫后，为避人耳目，她没再称呼他为“殿下”。

楚承稷没应声，伤口处缠好纱布后，他没再穿那身湿衣，只穿了秦筝找来的那件外袍，他看了一眼窗外的夜色道:“必须在今夜离开汴京城。”

等到天明叛军封锁了各大城门，开始在城内地毯式搜寻，他们就插翅难逃了。

秦筝忧心道:“入夜后四城门紧闭，如何出城？”

楚承稷沉静地吐出三个字:“走水路。”

汴京城外的护城河，是从运河引流过来的，运河连通五州七郡，吴郡以南都是淮阳王的地盘，叛军的手还伸不到那边去。

如今的楚国，虽说王都被叛军攻占，但南有淮阳王自立政权，北有连钦侯坐镇一方，三股势力割据，其他各州郡的大小势力也不计其数。

秦筝正想问离开汴京后去哪儿落脚，楚承稷却突然吹灭了油灯，示意她噤声。

远处的长街隐隐有马蹄声传来，不出片刻，那凌乱的马蹄声就到了邻近街巷的岔道口，还伴有步兵跑动时的甲胄碰撞声。

“尔等即刻前去围了秦国公府，余下人马随我去陆太师府！”马背上将领的沉喝声在夜里格外清晰。

秦国公府正是秦筝的娘家，而陆太师府则是太子外祖家。

叛军连夜围府，显然是在宫中没搜到人，怀疑他们躲去了府上，秦筝心中一沉，愈发清楚地认识到自己不能留在汴京。

失忆后的秦筝不记得自己同秦家的关系，但既嫁入皇家，她便不再是秦家女，而是太子妃。

且先不论秦家愿不愿为了保她一个已经出嫁的女儿担上满门抄斩的风险，单是眼下这局面，她也不能去秦家求庇佑。而沈彦之更没法指望，这时候他正左右受制，世家唾弃他与叛军为伍，叛军又防着他这个世家子弟。

如果只是她一人，沈彦之或许还有法子保下她，问题是眼下还有太子，叛军为了得到太子的下落，怎么可能放过她？她的命运，已经和太子绑在一起了。

等那队叛军离开后，楚承稷拉开门就往外走:“事不宜迟，现在就动身。”

秦筝点头跟上，半只脚都跨出医馆了，又倒回去从柜台下方的抽屉里摸了把碎银和几个铜板揣进袖袋里。

面对太子投来的目光，她抿了抿唇，小声道:“我这是给自己找零，那根金钗可值钱了。”

二人逃跑时走得急，她唯一的家当就是塞进袖袋里的三根金钗，在这里已经用掉一根。但接下来的逃亡之路必少不了花钱的地方，她总不能每次都拿金钗出去抵，身上有几块碎银，遇到什么事，也能应急。

楚承稷没在这个问题上计较，先一步踏进了月色中，秦筝忙关好医馆的门跟了上去。

到了漕运的码头，秦筝刚收进兜里的碎银就派上了用场。

码头上停靠着不少船只，城破前没来得及逃的大户人家都打算趁着夜色走水路逃往南方。

但大船只有两艘，余下全是小船。码头上挤满了拎着大包小包的人，念着太子身上有伤，秦筝让他在外围等着，自己挤到前边去问乘船的价钱。

她身形娇小，跟条泥鳅似的几下就挤到了人堆里，没过一会儿，又挤了出来。

有个汉子被挤到，语气不善地喝了秦筝几句。楚承稷眸色一凛，怕秦筝吃亏，正要提剑过去，却见秦筝赔着笑，似在跟那汉子道歉，对方脸色虽还是不善，但好歹没再发作。

秦筝小跑至楚承稷跟前，抹了一把脑门上的汗道："问清楚了，这些船都是去吴郡的，小船一百文载一人，大船三百文载一人，听说水路也不太平，常有水匪出没，我觉着大船安全些，买了上大船的船牌。"

她扬了扬手上的两块小木牌，木牌上刻着褪漆的字，约莫是船主人的姓氏。

楚承稷想起她方才给那汉子低声下气道歉的一幕，心下有些复杂："让你遭罪了。"

哪个娇养出来的世家贵女，会沦落到像她这般不顾体面地去人堆里挤，被人喝骂后还得伏低做小赔不是？

但刚死里逃生的秦筝哪还在乎这些，道："没什么的。"

楚承稷不再多说，只道："走吧。"

二人上了船才被告知，他们只能跟其他花钱搭船的人一起挤在底舱的一间杂物舱里，还不许轻易上甲板，说是怕惊扰了船上的贵人。

秦筝发现先前在外边冲她嚷嚷的汉子也上了这艘大船，还时不时地扫她一眼，那目光让她有些不舒服。

她怕太子被人挤到，弄裂了伤口，本想让他靠船舱壁坐，自己坐在外边帮忙隔开其他人，但楚承稷却直接把她拉了过去，让她靠船舱壁坐着。他气势凛冽，又手持长剑，一看就不是个好相与的，船舱内的其他人都自动跟他保持距离，就连那汉子瞧见他手上的剑后，都收敛了许多，没敢再看秦筝。

船一开，秦筝心安了不少，这一天下来她紧绷的神经就没松过，现在靠着船舱壁，感受着大船轻晃着在江面上行驶，不由得有些昏昏欲睡。

其他船客显然也放松了下来，不知谁起的头，你一言我一语地谈论起今日城破的种种。

"那些个泥腿子真不是东西，进城后烧杀抢掠，比那土匪还不如！"

"那些人一路抢到汴京的，见着商贾就跟见着世仇似的，就这船上的陈员外……"说话的人手指了指头顶的船舱，压低嗓门道，"一个叛军头子霸了他的宅院，他家女眷大多被糟蹋了，不然也不至于连夜走水路离京。"

众人唏嘘不已，又借着这个话头议论起皇家来："宫里那些个妃子公主们，落在叛军手里才是造孽哟！"

国破家亡，楚氏皇族也不复存在，大家再谈起皇室，显然也没什么好避讳的。

秦筝心道，宫里的消息还没传出来，这些人还不知妃嫔公主们都已被楚帝赐死。她本无心再听，怎料那些人紧接着议论起她来。

“听闻太子妃是个倾国倾城的美人，沈家三郎就是为了她才勾结叛军造反的，不知太子妃会不会成为沈家妇。”

此话一出，立马有人反驳：“沈氏好歹是名门望族，哪能娶一个失贞的女人当主母，便是沈家三郎愿娶，只怕沈老夫人那边也不肯。”

又一个声音响起来：“这你们就不知了，那太子妃八成还是个黄花大闺女呢！”

这话引起了众人的兴趣，也成功地让秦筝的睡意没了，她失忆后还真不知她和太子的关系到哪一步了。

立即有人追问：“你咋知道的？”

先前说话的人神色颇为自得，他勾了勾手指，众人不由得坐近了些听他说。

只听他神神秘秘地道：“我有个族亲原在太医院当差，据说……太子不举！故意弄出个好色的名头来，就是为了掩人耳目。皇帝召集方士炼丹，对外说是求长生，事实上也是暗地里替太子求药！”

船舱内的众人倒吸一口凉气。

秦筝也蒙了一瞬，下意识地抬眼去看太子。

偏偏那人还在继续说：“要我说啊，这八成是什么祖传的邪门病症，我就见过一个爷孙俩得一样病症的。大楚开国皇帝武嘉帝当年在位时，后宫无一妃嫔，说不定也是不举！”

太子似在闭目养神，秦筝却瞧见他嘴角不太明显地抽搐了一下。

关于太子举不举这个问题，秦筝是无从考证了，毕竟她又不能直接去问太子。

船舱内的船客很快便说起了其他的，秦筝闭目靠着船舱壁，睡意渐渐又上来了。

睡过去前她还迷迷糊糊地想，不管太子举不举，但说楚帝炼丹是为了帮太子求药肯定是假的，毕竟楚帝又不止太子一个儿子，再深的父子情也不至于会为了太子背这样一口黑锅。毕竟她都被编派成祸国妖妃了，这八成也是哪个皇子为了扳倒太子给他泼的污水。

夜色渐深，其他船客的谈话声逐渐小了下去，几个睡得沉的甚至打起了鼾。

秦筝睡得并不安稳，空间狭小，保持一个姿势睡久了又不舒服，加上船行驶在水面上偶尔会轻晃一下，好几次她的脑袋都磕到船舱壁上。可她困得实在睁不开眼，只迷迷糊糊地摸了摸自己被磕到的地方，半睡半醒间脸上的表情茫然又委屈，像是不明白这船舱壁怎么老撞她的头。

楚承稷眠浅，船舱里鼾声震天，他就没真正睡过，秦筝那边稍有点动静，他就睁开了眼，在秦筝又一次磕到头后，他迟疑了一下，伸手挡在了船舱壁和她的头之间。当船舱再一次晃动时，秦筝的脑袋就只撞到了他的掌心，总算是睡得安稳了些。

楚承稷半抬起的手微僵，这是一种前所未有的触感，他垂下眼，打量起身侧的女子。

月光从透气的小窗照进来，脸上抹了炭灰也掩盖不住她的精致容貌。这张脸无论是皮相还是骨相都堪称完美，仿佛是画里才存在的人。哪怕她把头发绾成了个不伦不类的小髻，又穿着一身灰扑扑的、明显不太合身的男子衣袍，但还是一眼能看出是名女子。

楚承稷眸色忽而一沉，他大抵知晓先前找她碴儿的那汉子为何在进舱后屡屡看她了。

他们上船那会儿黑灯瞎火的，其他人或许没注意到秦筝的容貌，但那汉子近距离跟秦筝说过话，显然是看清了的。前往吴郡走水路最快也得三日，接下来的两天也让她挤在这个船舱里吗？

楚承稷思索着这些，在充斥着鼾声和异味的船舱里慢慢地闭上了眼。

秦筝醒来时已是第二日上午，饱饱地睡了一觉后，人是精神了，就是维持一个姿势睡太久，半边身体都麻了。

她一动楚承稷就看了过来，瞧见她那龇牙咧嘴的表情，伸手在她几处大穴处按了按，秦筝只觉得那股要命的麻痹感瞬间减轻了不少。

"多谢……"

"殿下"两个字到了秦筝嘴边，她突然想起这是在逃亡的路上，便又给咽了回去。

"你我之间，往后不必再言谢。"楚承稷说完，又从旁边端给她一个碗，碗中还冒着热气，"先吃点东西。"

秦筝确实饿了，但看到碗里的食物时，她还是愣了一下。

鱼羹？这对现在的他们来说未免有点太奢侈了。

秦筝捧着碗并不觉得烫，应该是放了有一会儿了，她没急着吃，抬起头问："哪来的鱼羹？"

楚承稷道："今晨去甲板上，从江里抓了些鱼，赠了船主人几条，让他的人帮忙煮了鱼羹。"

秦筝见识过他的武功，抓几条鱼对他来说不在话下，但她关心的是他的伤势，当即就问："伤口又沾水了？"

"没下水，用绳子绑在剑柄上刺的。"

秦筝知道他伤口没沾水就放心了，她看了一眼碗里的鱼羹，咽了咽口水问："你吃了吗？"

"吃过了。"

得到这个回复后，秦筝终于可以毫无心理负担地端起碗大快朵颐。可一碗鱼羹她刚吃到一半，就有一个船上的小厮找了过来："程公子，我家主人有请。"

楚承稷对秦筝道："我出去片刻。"

秦筝捧着碗乖巧点头，想来"程"是太子现在化名的姓氏，她不知道自己睡着的这个早上都发生了什么，但明显这小厮对太子很是恭敬。

等楚承稷离开船舱后，昨夜冲秦筝嚷嚷的那汉子就阴阳怪气道："小娘子，你相公这是攀上高枝儿了啊，想来很快就要成为陈员外的乘龙快婿了！”

秦筝一脸茫然，显然不知那汉子在说什么。

边上一个带着孩子的大娘以为她被吓到了，骂了那汉子几句：“人家小夫妻感情好着呢，要你来编派？我看你是眼红人家得了陈员外青睐，也不瞧瞧人家那身功夫有多俊，你一七尺汉子旁的本事没有，躲背地里嘴碎倒是有一套！”

汉子哼笑一声：“我要是长得跟那小白脸一样，我也能得员外千金青睐。”

大娘半点不留情面地撑了回去：“人家程公子一身本事，犯不着娶员外家那老姑娘，也就你这样好吃懒做的才成天想着倒插门！”

汉子被戳中痛处，面上挂不住，作势就要过来跟大娘动粗：“你这妇人胡说八道些什么呢！”

边上的人连忙劝架，把汉子按了回去。

秦筝算是大概明白了事情的原委，她轻飘飘地瞥了那汉子一眼，虚张声势的架势做得那叫一个足：“这位大哥有什么话，下回不妨当着我相公的面说。”

汉子也惯是个欺软怕硬的，敢在大娘跟前横，却忌惮着楚承稷，不敢对秦筝怎么样，只撂狠话道：“有你哭的时候！陈员外就两个女儿，小女儿死在了汴京，大女儿肯定是要招赘继承家业的，你怕是不知道陈家的家产有多少，整个江淮一带的绸缎生意都是陈家在做，你当你那相公会为了你，不要陈家的万贯家财？”

秦筝连眼皮都没抬一下：“我会帮忙把这番话转述给我相公的。”

汉子这下是彻底吃瘪了。

眼见太子出去后迟迟未归，秦筝闲着无聊，从帮她说话的大娘那里打听了一下今早发生的事。

大娘笑呵呵地说道：“大妹子你命好，像你相公这样人长得俊又有本事的，当真是打着灯笼都难找！今早他在甲板上用剑刺鱼，那一手功夫，叫船上的护卫们都看傻了眼！”

“你可别听那些个嘴碎的胡言乱语……”大娘说着还瞄了那汉子一眼，这“嘴碎”说的是谁不言而喻，汉子被气得脸红脖子粗。

大娘见状十分满意，这才继续道：“陈员外也是瞧着你相公模样俊俏，功夫又好，才问了句有无家室，你相公当时就说抓鱼上来是为了给内子补身子，我算瞧出来了，你相公也就是看着不好亲近，实际上是个会疼人的！”

面对大娘的夸赞，秦筝脸上全程挂着尴尬又不失礼貌的微笑。太子对她有没有感情她不清楚，但她对太子非要说有什么感情的话，大概就是“患难盟友情”了。

秦筝失忆后得知嫁入东宫后的一切不幸都是因太子强娶造成的，所以她对太子的印象便差到了极点。这一路逃命过来，她虽是对太子改观不少，但也绝对和爱慕挂不上钩，因此突然听到旁人夸她和太子夫妻恩爱、感情深厚，秦筝心中还是觉得有些微妙。

快到中午的时候，太子总算回来了。

一道前来的还有陈员外的小厮，小厮恭敬地请他们二人去楼上的船舱住，说是单独给他们安排了一间客房。其他人不免羡慕，那个屡屡找秦筝碴儿的汉子努力做出一脸不屑来，但怎么看都是酸溜溜的。

楚承稷临走前让小厮中午继续给那位大娘送鱼羹来。

秦筝这才后知后觉，怕是早上他也分给了那位大娘鱼羹，大娘承了他的恩情，才在那汉子挑事时帮她。

小厮带他们去的房间不算大，只摆了一张小床和一张桌子就已经显得拥挤，但秦筝昨夜底舱都睡过了，现在压根儿不挑，有张小床她就已经很满足了。

等小厮离开后，秦筝耐不住好奇地问："船上这位员外怎的突然给我们安排了客房？"

楚承稷看她一眼道："船只明日即将进入元江流域，元江口一带水匪猖獗，他想请我当护卫，护送他平安抵达吴郡。"末了，他又补充一句，"我如今对外宣称姓程，单名一个田字。"

程田？想来是取自"稷"字的"田"为名，他们逃亡在外，化用一个常见的名字也好掩人耳目。

秦筝问起他给人当临时护卫的事来："酬金是这间客房？"

楚承稷看着她，不知怎的又补充了句："抵达吴郡后会另结十两银子。"言罢，又摸出一把铜板放到桌上，"今晨抓上来的鱼大多都卖给了陈员外，钱你收着。"

秦筝看着桌上那堆铜板，先前大娘说的那些话忽然浮现在脑海里，她的心情更微妙了些。

这是让自己管钱的意思？秦筝不太自然地说道："放你那里也是一样的。"

楚承稷说："不方便。"

秦筝听出他语气有些不快，便没再推托。她找了根细绳，每数出十个铜板就串进细绳子里，这么数了半天，她发现竟然有一百二十个铜板，也不知太子是把鱼论斤卖还是论条卖的。

这一百二十个铜板虽然不多，但好歹终于有进项了，秦筝心里还怪高兴的。她抬起头刚想同太子说点什么，就瞧见他面无表情地在对面看书。

秦筝眨眨眼，他似乎心情不太好？

楚承稷的心绪确实不佳。

他本没多想，只是觉着她原也是世家贵女，亡国后跟着自己遭罪受苦，把钱财给她收着是应当的。可对方一推拒他才反应过来，不过几个铜板，怎么好意思当凤印似的拿给她？楚承稷捏了捏眉心，实在是想不通自己怎会做出这等蠢事来。

秦筝只觉得太子这一天下来都冷着张脸，她心说，他不满自己推托不收那铜钱，也不至于不满这么久吧？

入夜后，秦筝勉强陪他在桌前坐了一阵，后来实在是熬不住了，打着哈欠道："殿……相公，夜深了。"

她好困，但不好意思直接去睡。

楚承稷将手上的书卷翻了一页，眼皮都没抬一下地道：“你先歇着，我晚些还得去甲板上看看。”

他都这么说了，秦筝也没再推托，麻溜地去床上睡了。受限于船舱，床的尺寸有些小，两个人躺下后怕是翻身都难，秦筝是尽量挨着边缘睡的，给他留了足够的位置。

后半夜，整个大船突然猛地一晃，直接给秦筝晃到床底下去了，外面一片吵闹声，似乎还有兵戈相交的声音。

遭水匪了？秦筝瞬间清醒，她爬起来摸了摸床那边，冷冰冰的，全然不像是有人睡过的样子。

太子呢？

第二章 遇匪

"别动他！要杀就杀我！"

"呵，还挺护夫。"

黑沉沉的夜里，甲板上尖叫声一片。

“水匪来了！快逃啊！”

水匪的大船横撞过来，船尖直接嵌入了被撞凹的商船甲板，对面的水匪举着大刀发出兴奋的怪吼声。船上的护卫们哪里见过这等阵势，别说维持队形，有几个甚至都在发抖。

“尔等提防船舷四周，底舱也加派人手。”楚承稷沉声吩咐。

水匪妄图从船尖直接跳到商船甲板上来，他一剑过去，就有数个水匪被他打落水中。

护卫们见状，按他的吩咐留下一部分人在甲板上守着船舷四周，一部分人往底舱去。

大船底舱有逃生的暗门，若不派人守着，水匪从底舱上船，届时就是前后夹击。

对面的水匪们也看出这船上有高手，一部分人继续同楚承稷苦战，另一部分人则往水下去，将带绳索的鹰爪钩甩上商船，再攀着绳索爬上去。

留守在甲板上的护卫被吓破了胆，不战而逃，底舱也传来了尖叫声和凄厉的哭声。

“水匪从底舱上船了！”

“快跳船逃，陈员外已经坐小船跑了！”

船上会凫水的小厮和护卫们仿若下饺子似的全往水里跳，不会凫水的则哭天抢地地在船上四处躲。

楚承稷的眉头狠狠一皱，他未料到船上这些护卫竟废物至此，一想到秦筝还在船舱里，顿时也顾不得自己身上的伤口，折身就往回走。

秦筝在听见船舱外的一片厮杀声时，哪怕已经经历过一次宫变，也还是被吓得心口一哆嗦。

她赶紧掩上房门、插上门闩，她不知道太子在哪里，但目前外面明显比船舱里更危险。

可一直躲在船舱里也不是办法，水匪定会挨间搜查。

正在这时，房门突然被人粗暴地踹了两脚，一个粗野凶残的声音响起：“这间船舱里还躲着人呢！”

那根插在门后的木栓被门外的人踹得摇摇欲坠，秦筝冷汗直冒，电光石火间，她瞥见了桌上那盆盆栽。

秦筝把心一横，抱起盆栽就躲到了门后。

门闩被踹断，一个凶神恶煞的光头水匪走进来，不等他看清房内的情形，躲在他身后的秦筝就举起盆栽砸在了他头上。

“砰”的一声脆响，土陶花盆直接被那水匪的脑袋给磕碎了，秦筝紧张得呼吸都快停止了，就等着水匪倒地。

怎料水匪踉跄了一下，却没晕过去，反而转过身来。秦筝的心都快从嗓子眼里跳出来了，好在那水匪只看了她一眼，就直挺挺地倒下了。

秦筝长长地舒了一口气，怕那水匪倒在门口会引起其他水匪警觉，她费力地把人拖进屋，掩上房门。

秦筝猜测这个水匪以前应该是当和尚的，除了光头，他的脖子上还挂着核桃大的佛珠，武器也是一根禅杖。

她掂了掂禅杖，还挺沉，正好自己没有武器防身，就先借用这根禅杖吧。

听到有脚步声贴近船舱的时候，秦筝忙拿着禅杖再次躲到了门后。

这次进门的水匪似是个小喽啰，躲在门后的秦筝直接对着他的后脑勺猛敲一记，小喽啰直接被她给敲趴下了。

秦筝抹了把额前的虚汗，心中的恐惧稍微散了点，却又诡异地升起一股成就感。

两个了！她好像还挺厉害的？

小喽啰的武器是一根狼牙棒，秦筝拿起狼牙棒，再次掩上房门后，门外很快又传来了急促的脚步声。

第三个来了。

秦筝躲在门后，两手紧握狼牙棒，害怕中又怀着一点小期待。

门开了，秦筝抡起狼牙棒就要砸下，却被一双大手给拦了下来："是我。"

秦筝望着太子那张冠玉般的脸孔，与他四目相对："相公？"

楚承稷看着她手中那根高举的狼牙棒，余光瞥到屋中还有两个被砸晕的水匪，眼底罕见地露出几分讶色。

秦筝想到自己差点就砸错了人，不免心虚，忙扔开狼牙棒，解释道："我以为是水匪。"

"是我来迟了。"楚承稷突然说了句。

她若是没能如此聪慧，那等到他过来，已经晚了。

他突然说这么一句话，秦筝还怪不好意思的："你那边肯定是被缠住了脱不开身，我这不也没事吗？"

楚承稷看她一眼，没再多说，只微抬了下手道："船已经被水匪占领，先逃出去。"

秦筝会意，抓住他的袖子，跟着他出了船舱。

甲板上死了很多人，鲜血把船板都染红了，秦筝看得心惊肉跳。不断有水匪围杀过来，楚承稷长剑一扫便带起一片血光，水匪们发现不敌，索性全往秦筝身上招呼。秦筝只抓着楚承稷一截袖子，他不好带着她躲避，为了帮她挡剑，胳膊也受了皮肉伤。

秦筝有些慌了，主动去握他的手："你拉着我的手好躲避些。"

楚承稷顺势扼住秦筝的手腕。明明是生死关头，可他还是清楚地感受到了那截皓腕的纤细滑嫩。他眉心紧蹙，因为这一刻的心乱，出剑更凌厉了些。

楚承稷思索着突围的路线，瞥见水匪大船下方停着数艘小船，他心中有了主意。他带着秦筝往水匪的船上去，一边应付船上留守的水匪，一边对秦筝道："想办法去小船上。"

秦筝先前也看到了那几艘小船，小船上的水匪全上商船劫掠去了，现无人看管小船。眼下听太子这么一说，她忙在对方的掩护下往船舷奔去，一个水匪见秦筝独自往甲板边上去了，提剑就来追她："站住！"

秦筝哪敢停下，跑得更快了。

楚承稷正被七八个水匪围住，他见秦筝快被那个水匪追上，一剑逼退围着自己的几个水匪，脚尖挑起一柄水匪落在地上的刀，直接掷向那个水匪。

水匪中刀倒下时，正好撞到甲板边上一个蒙着黑布的大铁笼，把黑布给拽了下去。秦筝无意识地往铁笼那边扫了一眼，发现里面竟关着一个小姑娘。

小姑娘瞧着十四五岁，穿着一身藏红色的衣裙，肤色是健康的小麦色，一双葡萄眼黑而亮，带着几分天然的野性，手脚却都戴着镣铐。

小姑娘也看到了秦筝，忙爬起来道："姐姐，救救我！"

秦筝有些心软，但她和太子现在也自身难保，她扫视一圈，发现倒在铁笼旁边的那个水匪腰间挂着一串钥匙。秦筝几步奔过去，解下钥匙扔进铁笼就继续往船舷处跑："我和我夫君也在逃命，只能帮你到这里了。"

小姑娘飞快地捡起钥匙，半点不介意地点头："多谢姐姐，拿到钥匙我就能逃出去了！"她蹭掉鞋子，用脚固定住一把钥匙，把手上的镣铐锁眼对准了放下去，"咔嗒"一声就解开了手上的镣铐。

秦筝跑到船舷处后，攀着水匪原先固定的绳索降到小船上，解开小船扣在大船上的锁链后，便朝甲板上喊："相公，快上船！"

几个水匪闻声从水下潜过来，不等他们靠近小船，楚承稷就从大船上跃下，踩着他们的头上了小船。

"快撑船。"楚承稷一手捂着被血濡湿的胸膛，脸色惨白。

秦筝知道他的伤势肯定又加重了，她捡起船上的竹篙，学着艄公撑船的样子，在大船的船身上借力一撑，小船一下子就荡出去老远。

几个水匪不死心地追了上来，楚承稷接过她手中的竹篙道："我来。"

竹篙自他手中往后方左右一扫，几个快追上来的水匪顿时被拍得人仰马翻，他再往水下一撑篙，小船又划出去老远。

划出一段距离后，水面上一派平静，看样子水匪们没再穷追不舍了。

秦筝知道太子伤势严重，没法长时间撑船，暂时没发现水匪尾随后，她便提出帮他上药，重新包扎伤口。

哪怕已经有了心理准备，但看到他胸前的伤口时，秦筝的心口还是揪了一下，她一边给绷带打结一边道："我们先找个安全的地方躲起来，等你伤好些再做打算吧。"

楚承稷掩唇低咳几声，不出意外地咳出了血丝来："好。"

秦筝看到他咳血，顿时慌了："怎么咳血了？"

楚承稷怕吓到她，只道："一点内伤，还死不了。"

他胸口的箭伤本是致命伤，这些天一路逃亡，添的新伤倒不算什么，但箭伤靠近心脉，反复裂开才是最要命的。再加上失血过多，便是个铁打的人也熬不住。而且不知是不是被江风一吹，受了凉，现在头也有些昏昏沉沉的。

秦筝知道他的状况绝不像他说的那般轻松，她不敢掉以轻心，给他手臂上的那道口子也撒上金创药包扎好后，便让他去船尾歇着，自己则拿起竹篙撑船。

元江口这一带都是水匪的地盘，只有到了下游才安全。

“你伤势重，只用金创药止血不是个办法，等上岸后得找个大夫看看。”秦筝一边撑船一边道，身后的人却迟迟没应声。

秦筝察觉到不对，转头一看，只见太子已晕倒在船尾，秦筝忙丢下船桨，过去看他的情况。

“相公？殿下？”秦筝叫了好几声他都毫无反应，她伸手探了探他的额头，滚烫得惊人。

“怎么这么烫！”秦筝更担心了，必须得把温度降下来才行。

秦筝想了想，拿起对方的剑把自己的袍角割开一道口子，用力撕下袍子的下摆。

她把撕下来的袍角放进江水里浸湿，拿起来拧干后，叠成一个小方块，再用手掌快速摩擦布料，搓得温热了再给太子敷额头。只可惜效果甚微，太子还是没有半点退烧的迹象。

秦筝又用剑割下一截衣袍，给他敷额头的同时，也用同样的法子给他擦拭颈下、掌心、手肘窝的位置。

远处暗沉沉的江面突然出现数艘小船，秦筝瞧见时，一颗心瞬间又提了起来。

那八成是水匪！

寻常赶夜路的小船都是乌篷船，并且会在船头挂一盏灯笼方便照明，只有水匪为了劫掠方便，才用这类无篷的小船，怕打草惊蛇便也不会挂灯笼。

秦筝只盼着对方看到她这边也是无篷小船又没点灯，误以为是自己人才好，千万别过来。

但期望终究是落空了，那几艘小船呈包围之势，朝着他们开了过来，秦筝便是想逃都无路可逃，她脸上的锅灰经过和水匪的缠斗，已经被蹭掉大半，秦筝知道自己的容貌在这种时候反而坏事，连忙抓乱头发挡住大半张脸。

对方将路堵死后，其中一艘船上燃起了火把，紧跟着响起一个痞里痞气的声音：“水匪窝里还有女人？”

另一个粗犷的声音道：“管他呢！大哥，抓起来拷问一顿就是了，指不定能问出大小姐的下落来！”

听到二人的对话，秦筝心底倒是升起几分希冀，这帮人跟先前那窝水匪并不是一伙的！似乎还有仇！她忙道：“我们不是水匪，水匪劫了商船，我和相公是逃出来的！各位好汉行行好，放过我们吧！”她从袖袋里摸出剩下的碎银和那几百个铜板，全部放到了船头，“我们身上只有这些了。”

对面船上的草莽汉子们不知怎的全都大笑起来，秦筝咬着唇，低垂着头不敢看他们。

那个痞气的声音又响了起来：“彪子，去看看船上那个男的。”

对方的船靠近，秦筝害怕得整个人都在发抖，眼角余光瞥见上船的人将刀尖抵在了楚承稷颈下，心中几番权衡，还是扑过去护住了楚承稷：“别动他！要杀就杀我！”

她微仰起头，让遮住脸的乱发散开，波光粼粼、月色澹澹，她是这水色与月色间的第三种绝色。

船尾，楚承稷的手指轻轻动了一下，他重伤又高烧不退，但对危险还是十分警觉的。在那人拿刀靠近他时，他就恢复了几分意识，奈何身体像是灌了铅一般，眼皮似有千斤重，无论如何也醒不过来。

意识再次陷入混沌前，他只隐约听见了秦筝的这句话。

心绪复杂之余，疑惑也更多了些，她该恨他入骨才对，先前为逃命对他伏低做小也就罢了，如今他重伤濒危，她何故还豁出性命去救他？

拿刀的络腮胡大汉瞧见秦筝的容貌，明显倒吸一口凉气，惊道：“娘欸……老子这是看到仙女了？”

船上的其他人显然也被秦筝的美貌慑住，半晌无人说话。

秦筝这般豁得出去，全然是抱着赌一把的心思。

他们若杀了楚承稷，以自己的容貌落到他们手中后，下场可想而知，不如用美色做筹码，先保住楚承稷的性命，再徐徐图之。

“呵，还挺护夫。”痞气的声音哂笑道。

这次秦筝看清了，说话的是个穿短褐的男人，肩背肌肉虬扎，在褐衣下也能隐隐瞧出轮廓，充满了爆发性的力量。小麦色的脸上有道一寸来长的刀疤，黑如曜石的一双眼里透着野性，整个人像是一头豹子。

不知怎的，看到这男人，秦筝忽然就想起先前在水匪船上瞧见的那小姑娘来。

细辨之下，他们长得是有几分像，尤其是那双眼睛。

方才那络腮胡汉子管他叫大哥，想来他就是这群人的领头人，他们口中的大小姐，会不会就是她先前遇见的那个小姑娘？

男人见秦筝一直盯着自己看，突然痞笑一声：“小娘子，你男人还没断气呢，这就盯着我看恍了神？”

船上的汉子们都大笑起来。

秦筝在他们的笑声里挺直了背脊，不卑不亢道：“好汉误会了，我只是想起先前在水匪的船上见过一个长相跟你有几分相似的姑娘。”

此话一出，水面上顿时一片死寂，穿短褐的男人一改之前的散漫，瞬间正了脸色：“你说说对方的特征。”

秦筝心知自己这是猜对了，微不可察地松了口气，道：“那姑娘瞧着十四五岁，肤色偏黑，穿着一身藏红色衣裙。”

络腮胡汉子喜道："那就是大小姐！"

短褐男人面上也有几分喜色，但并不明显，他接着问："她被关在船上何处？"

秦筝如实道："就在甲板上的一个大铁笼里，她当时手脚都戴着铁镣，求我救她，可我和我相公都自身难保，只能把开锁的钥匙扔进了铁笼里，她说她拿到钥匙就能逃出去。"

听到此处，男人看她的眼神不由得变了变，道："若这是你为了活命编的谎话，老子的刀可不是吃素的！"

秦筝迎上他的目光道："我所言句句属实，你们若不信，找到了那姑娘大可问她。"

男人见她确实不像是在说谎，对那络腮胡汉子道："彪子，划船，带他们一起走。"

船上的络腮胡大汉捡起竹篙，在水面上抡了两个大圈，秦筝他们的小船就掉了个头。

秦筝护着太子坐在船尾，方才她看着镇静，可后背已被冷汗湿透，这会儿冷静下来，她倒是粗略数了一下他们的人数，他们一共六只船，每只船上都挤了七八个汉子，保守估计也有三四十人，看样子是要去找先前那拨水匪寻仇。

不管这拨人跟水匪交锋是胜是败，她和太子跟着他们都很危险，但眼下也别无他法。秦筝抿唇探了探太子的额头，发现还是烫得厉害，拧了帕子继续给他降温。

撑船的络腮胡汉子瞧见了，调笑道："小娘子，我大哥长得也不比这小白脸差，我瞧着这小白脸是活不成了，你干脆改嫁给我大哥当压寨夫人得了！"

秦筝权当没听见，前方船上倒是传来了短褐男人的声音："彪子，你皮又痒了？"

络腮胡大汉干笑两声："大哥，我这不是想早日帮您讨个压寨夫人回来嘛！"

短褐男人横他一眼："别给我丢人，他们若真的救了昭昭，便是恩人，不可无礼！"

接下来一路，络腮胡大汉果然收敛了许多。

秦筝稍微安心了点，看样子这帮人也不是穷凶极恶、蛮不讲理之辈。

没过多久，前方江面上就出现了先前秦筝他们乘坐的商船和水匪的那艘大船。

短褐男人做了个停船的手势，几只小船便都停泊在了江面上，他道："彪子，你留在这里接应我们，其余人跟我去劫船！"

络腮胡大汉见他不带自己，有点不甘心，但也知道他让自己留下，很大一个目的是看着秦筝二人，便也应了。

秦筝见他们弃了船，直接从水下摸过去，想来是怕打草惊蛇。不出片刻，那边的船上就传来了厮杀声。

不久后，夜色里突然传来几声布谷鸟的叫声。络腮胡汉子听见后，大笑着抓起竹篙就把小船往那边划："哈哈，大哥他们拿下大船了！"

小船划过去后，短褐男人又派了两个人来接应他们。

"这位夫人，你相公身上有伤，把他放门板上抬上去。"二人手上提着块门板，对秦筝的态度明显客气起来。

秦筝道了句"多谢"，帮着把太子挪到门板上后，才跟着一起上了大船。

这拨人杀光了船上的水匪，此时正在清点船上的东西，其中一个汉子激动得语无伦次："大哥！这回那群水匪盯上的是条大鱼，商船货舱里全是绫罗绸缎，咱们发财了！"

其余人一听，顿时兴奋不已。

短褐男人安抚众人道："把船开回两堰山，东西全都分给弟兄们！"

汉子们又是一阵欢呼。

短褐男子转过头，见秦筝也跟着那络腮胡汉子上船了，他上前几步，对着秦筝抱拳行了一礼道："在下林尧，两堰山大当家，先前多有得罪之处，还望夫人海涵。夫人救了舍妹，林某没齿难忘，林某观夫人相公受了重伤，不如同我们一道回两堰山，林某找人替尊夫医治。"

惊心动魄了一整天，秦筝现在可以说是筋疲力尽。

她见过这群人，想来他们也不会轻易放她离去，加上太子现在重伤昏迷，的确急需医治。

秦筝福身还了一礼："多谢。"

林尧只道"应该的"，又叫人收拾了间干净的舱房给他们住。

络腮胡汉子见状，偷偷逮住一个小喽啰问："大小姐找到了？"

小喽啰道："大小姐没在船上，大当家的抓了个水匪审过了，确实是那女人给大小姐扔的钥匙。大小姐的功夫彪哥你又不是不知道，拿到钥匙就逃出去了，这会儿怕是也在回两堰山的路上，大当家的已经另派了弟兄从陆路找，看能不能碰上大小姐。"

络腮胡汉子这才点了点头，却听那小喽啰继续说："听说那女人的相公也武艺了得，咱们能这么容易拿下这两艘船，还是她相公先前在船上把水匪杀了将近大半，我估摸着大当家是想把她相公也拉进咱们山寨。"

络腮胡汉子明显不信："那小白脸杀得了水匪大半船的人？大哥都不一定做得到！"

小喽啰委屈："这又不是我说的，是大当家审问船上的水匪时，水匪自个儿说的！"

络腮胡汉子嘟囔道："老子就不信，等那小白脸伤好后，老子非跟他比画比画不可！"

大船无声地在黑黢黢的江面行驶。

秦筝心中还是有些害怕，守在船舱内一步不曾踏出。

楚承稷身上的高烧一直不退，现在船上有条件弄热水了，秦筝便一直用浸了温水的帕子给他擦拭降温。

不管旁人口中的太子是个什么样的人，但他至少已经两次护着自己逃命，相比一群陌生人，秦筝潜意识里还是觉着跟着太子安全些。就算那些人带他们回寨子里另有图谋，只要太子养好伤，以太子的武功，他们总能再想法子逃出去。

快四更天的时候，楚承稷身上的温度才降下去些，秦筝熬了一夜，实在是撑不住，趴在床边睡了过去。

约莫五更天过一点，便有人来敲门："程夫人，船靠岸了。"

秦筝睡得并不沉，对方敲门时她就醒了，她往外应了声："好，知道了。"门外的人便离开了。

房间里很空，秦筝用冷水给自己洗了把脸，又对着水盆里的模糊倒影捋了捋昨夜被自己抓乱的头发，让自己看起来不那么狼狈。

下船时，太子还是被人用门板抬下去的。

天才刚蒙蒙亮，秦筝注意到船靠岸的地方是一处浅滩，这条大江两岸都是数十丈高的陡峭崖壁，石壁上光秃秃的，连棵树都不见长，仿佛两岸的山原本是连在一起的，但被人用剑生生劈开了，才有了这条横穿而过的江。浅滩这里虽然有了下脚的地方，但也只在挨着石壁下方的地方长了些矮灌木丛，再往上依然是一整块高达十余丈的石壁，这怎么上山?

秦筝正有些疑惑，只见林尧拿了一条黑色布带向她走来:“两堰山山脉因夹在鱼嘴堰和大渡堰之间而得名，环山皆是陡峭石崖，上山的路不得为外人所知，得罪之处，还望程夫人莫怪。”

她顺从地接过带子:“能理解大当家的顾虑。”

男女有别，对方还是敬重她，让她自己动手绑。

她蒙上眼后，被人用一根树枝牵着走了一段路，是上坡，但没有感觉到枝叶，走的好像又不是浅滩处那片灌木丛。片刻后有人吹了声口哨，类似她昨夜听到过的布谷鸟叫声，却又有些不一样。紧接着，秦筝隐隐听到高处传来轮轴转动的吱呀声，不一会儿林尧的话音响起:“程夫人往前走十步，那里有个吊篮。”

秦筝听话地走过去，果然摸到了一个有半人高的藤编篮子。

林尧又道:“夫人坐进去就行。”

秦筝摸索着进了吊篮，发现里面的空间能容纳两个人，她边扶着筐边问:“我相公呢?”

“程夫人放心，我们会把程公子也安全带上山的。”

林尧说完这句后，又响起一声短促的哨声，秦筝感觉到身下的吊篮在慢慢往上升，升到一定高度后，她明显感觉到吊篮没再悬空，底下像是有什么支撑起了吊篮。吊篮是垂直升上来的，底下支撑吊篮的不可能是山岩，秦筝猜测应该是人工修建的什么承重板，需要放置吊篮的时候才推出来。

林尧估摸着是从另一个吊篮升上来的，他的声音在不远处响起:“喜鹊，扶这位夫人下来。”

“是。”一道利落的女声响起。

秦筝感觉到一双有力的手托住了自己的胳膊，估摸着应该是寨子里来接应他们的人，便由对方扶着，摸索着翻出了吊篮。

一只脚踏出吊篮后，秦筝假装踉跄了一下，另一只脚落地时故意加重力道一踏，果然听到了脚下传来的铁板声，更加确信了自己先前的猜测。

林尧突然扭头看了一眼秦筝，话却是对扶着她的女子说的:“喜鹊，扶好夫人。”

“是。”还是这个字，但这次明显有了些惧意在里边。

接下来的山路弯弯绕绕，但有那名叫喜鹊的女子扶着秦筝走，倒也还算顺利。

脚下的路变得平坦之后，林尧才让喜鹊解开了秦筝眼前蒙的黑布，入目便是将近两丈高的寨门，两侧飞檐入天，中间挂了块木质匾额，上边用隶书写着“祁云寨”三个苍劲有力的大字。

林尧冲她抱拳道：“一路上委屈程夫人了，这便是寒寨，程夫人请。”言罢，抬手做出“请”的手势来。

秦筝推托道：“大当家请。”

林尧坚持：“您和程公子是寨子里的贵客，理应受此礼待。”

秦筝见他这么说，又记挂着太子身上的伤，便没好再推托。

进寨后，秦筝发现寨子比她想象的还要大，并且让她出乎意料的是，住在这里的不全是她先前在船上看到的那些汉子，还有老人和孩童。

那些孩子见着林尧一行人，非但不害怕，反而还兴奋地叫喊起来：“寨主回来了！”

瞧着最凶神恶煞的络腮胡汉子竟是最得这群孩童欢迎的，有个仅在脑门上留了一揪头发的男童直接伸手去他的衣兜里掏，没掏到想要的东西，一脸不开心道：“彪子叔，糖呢？”

络腮胡汉子直接在他脑门上拍了一巴掌，笑骂道：“去去去，老子是打水匪去了，又不是去赶集，哪来的糖！”

其他汉子回到寨子里后，瞧着也随和了很多，甚至还有个半道上就被喊回家翻地的。

秦筝心底突然升起一股怪异的感觉，这里与其说是个山贼窝，倒更像是个村落。

林尧将秦筝和楚承稷安置在一处收拾得很干净的院落。

汉子们前脚才把人抬进屋放到床上，后脚留着山羊须的老大夫就挎着药箱过来了。

他看了一眼楚承稷的伤后开始诊脉，可脉还没号完，就已经摇了三次头。秦筝被他吓得不轻，忙道：“大夫，您一定要救救我相公！”

老大夫看了秦筝一眼，道：“我行医几十年，就没见过伤成这样还能活下来的。”

他拆开缠在楚承稷胸前的绷带，看到那血肉模糊的箭孔，又是连连摇头：“受了这么重的伤，先前应当是还在水里泡过，气血两亏又寒气入体，这是半条腿已经迈进鬼门关了，叫我如何用药？”

秦筝的脸色瞬间苍白起来。

林尧的神色也跟着一变：“赵叔，你再想想法子，他们救过阿昭，是我的恩人。”

老大夫为难道：“寨主，不是我不救，是这人真的救不回来了。治他这身伤，必须得下烈性药，可一剂药下去，他身上必然得烧起来啊！他如今的身体状况最忌发热，一旦发起热来，十有八九就熬不过去了。”

老大夫越说，秦筝的一颗心就越凉，可太子眼下的情况，不用药怎么行？这一身伤会把他活活拖死的。秦筝想着昨夜他也发烧了，自己用温水给他擦拭，把温度降了下来，狠了狠心对老大夫道："您用药吧。"

总得试上一试。

大夫想说用药了怕是人还死得快些，但见秦筝态度坚决，便也随她了，只是去配药前又提醒了一次："丑话我可说前头了，若是人没熬过来，小夫人别怨我。"

秦筝苦涩道："大夫肯救我相公，我已感激不尽，哪会埋怨。不过是尽人事、听天命罢了。"她跟太子好歹患难与共了这么久，如今好不容易有个可以暂时安身的地方，他却性命垂危，秦筝只觉心口沉甸甸的，有些难受。

有了她那句话，老大夫没再说什么，下去配药去了。

林尧看了秦筝一眼，宽慰道："凡事无绝对，程公子吉人自有天相，定会平安无事的。"

经历了这么多，秦筝脸上是再明显不过的疲惫："多谢大当家。"

院外突然有个汉子急匆匆地奔进来道："寨主，二当家的带着人在东寨门口闹起来了！"

林尧脸色一变，对秦筝道："程夫人，您和程公子先在此住下，有什么需要尽管吩咐寨子里的人，我有些事需要处理，先失陪了。"

秦筝注意到寨子里的人都管林尧叫寨主，但他先前自报家门时，说的是两堰山大当家，此时又冒出来个二当家，如此一来，他对外的自称和寨中人对他的称呼，似乎就有点耐人寻味了，她道："大当家去忙就是，不用管我们。"

林尧抱了抱拳，转身离去时，吩咐边上梳着尖刀髻的女子："喜鹊，好生照顾程夫人夫妇。"

"是。"叫喜鹊的女子应声，她穿着一身短打，很是干练的模样，鼻尖散布着几颗小雀斑，倒是显出几分俏皮。

林尧离去后，秦筝坐在床边看着太子苍白的脸，一时间竟有些恍然。

喜鹊看出她想独自待会儿，便道："夫人饿了吧，我去厨房给夫人弄些吃的来。"

秦筝勉强牵起唇角冲她笑笑："多谢。"

喜鹊离开后顺手带上了房门，房间里只剩他们两个人，秦筝看了太子一会儿，闷闷地道："上回那般凶险你都挺过来了，这次也能撑住吧？"

太子的脸上了无生气，秦筝有些沮丧，想到太子可能真的会死，鼻尖又莫名地有点发酸。

原本她也是怨恨太子的，但一朝国破，却是太子带着她一路逃亡，如果太子这次真的熬不过来了，她今后该作何打算呢？

难过之余，秦筝心里更多的却是迷茫。

他们离开汴京时，秦国公府已经被叛军围了，不知现在是何情形。她和太子逃了，叛军找不到人，汴京城那边只怕也是一番腥风血雨。

京城。

面容苍白隽秀的青年步上御书房前的汉白玉石阶，一身红袍玉带的官服穿在他身上，清贵尽显。宫里新提拔上来的总管太监见了他，都殷勤地唤一声："沈世子来了，陛下在殿内等着世子呢。"

沈彦之冷淡地点了下头，越过他直接步入殿内，总管太监的脸上还堆着笑，半点不见忿色。总管太监心知，眼前这位可是御前红人，城破那日，直接在东宫拔剑斩了陛下的亲兄弟都未被降罪，反而夸他治军严明。

天色还早，但殿内已经掌了灯，沈彦之瞥过玉阶下方的两排燃了数百支明烛的烛架，眼底划过一抹讥讽。

叫嚷着前朝无道、要顺天起命谋反的人，在夺下这江山后，不也是做着和前朝昏君一样的事吗？

他垂下眸子收敛了所有神色，躬身行礼："微臣参见陛下。"

龙椅上的李信从奏章上抬起头来，他刚过不惑之年，蓄着一把美髯，布满细纹的眼角微微有些内陷，鹰钩一般，看人时眼神也利得像把刀子。

"沈爱卿来了，"他搁下笔，吹了吹自己刚拟好的一封诏书，"追查前朝太子和太子妃一事可有眉目了？"

"微臣无能。"沈彦之本就躬着的背脊下弯三分，"当晚义王殿下的马车载着前朝太子妃出了皇宫，臣闻讯去追，却终是晚了一步，马车中途被掉了包，臣追上的那辆马车里不是前朝太子妃。这两日严加拷问了义王殿下身边的亲信，还是没能问出什么线索来。"

义王便是那夜沈彦之在东宫斩杀的那名大将，李信的胞弟李义，他为引走沈彦之，当晚的确弄了一辆马车出宫，并对外宣称车中是太子妃。

沈彦之杀了他后，便将计就计，推诿说是他为了美色劫走前朝太子妃，让前朝太子也跟着跑了，一怒之下才杀的他。有了这样一个名正言顺的理由，沈彦之又是世家子弟，李信若还想让朝中旧臣都归顺他，非但不能动沈彦之，还得许他高官厚禄。

听到他的说辞，李信皮笑肉不笑道："罢了，前朝余孽的事暂且先放一边，朕这里有件棘手的事还得沈爱卿去办。"

他将那纸诏书扔至他的脚下，沈彦之捡起一看，脸色倏地变了。

暗无天日的地牢充斥着一股霉味，墙上的火把照出一片昏黄亮光，狱卒带着沈彦之走到尽头的一间牢房，躬身道："世子，秦国公父子就在里面。"

沈彦之抬了下手，狱卒便无声地退了出去。

牢房地上铺的稻草还算干净，秦国公父子身着白色囚服，靠墙根坐着，沈彦之在牢房外静站了一会儿，出言打破平静："伯父。"

秦国公似在闭目养神，并不应声。

秦家大公子秦简冷笑一声："沈世子如今正是平步青云之时，来这腌臜地方作甚？"

沈彦之抿紧嘴角，掩去那一丝苦涩："明台，我是为了阿筝……"

明台是秦简的字。

沈彦之不提秦筝还好，一提秦筝，秦简顿时满脸讥诮：“为了阿筝？我家阿筝受不起沈世子这番深情！也担不起沈世子是为她才叛国的名头。

“秦乡关一役，就因为沈世子一纸通敌的书信，大楚五万儿郎被叛军活生生坑杀！领兵的罗献罗小将军，十三岁从军驻守北疆，他从雁门关外的战场上都活着回来了，到头来却死在自己人手上！”

说到愤慨之处，秦简站起来，两只手紧紧地抓着牢门，眼眶通红：“但凡他罗家还有一个能提得动刀枪的男丁，叛军能破得了汴京城门？秦乡关战场上有多少冤魂？这两日汴京城里枉死了多少无辜百姓？沈彦之，这成千上万条人命，这一桩桩血债，铺就的是你沈家的荣华大道，你别拿阿筝当幌子！我家阿筝当不起这个罪人！”

秦简每说一个字，沈彦之的脸色就白上一分，他闭了闭眼：“秦乡关一役非我本意……”

但大错终究是已铸成，他嗓子发哑，没再辩解，看向牢中盘腿闭目而坐的秦国公：“伯父。”

秦国公是个文臣，坐在牢中肩背亦挺得笔直，儒雅的面容上带着几分武将才有的刚毅：“简儿所言，亦是老夫想说的。沈世子，阿筝是楚家妇，从未进过你沈家门。众口铄金，积毁销骨，你若是对她还有一丝敬重，就不该说出刚才那话来。”

沈彦之掩在广袖下握拳的手，掌心早已被抓破，他努力让自己的声音听起来平静：“我今日来找伯父，是为其他的。

“陛下已开始肃清朝堂，伯父，楚国已亡，您……归顺新朝吧。”

这句话他说得艰难，秦国公看着他隐忍悲切的神色，似乎明白了什么，可态度却依然坚决：“我秦家世代楚臣，不事二主，列祖列宗留下来的清名，万不可在我这里败坏了，沈世子且回吧。”

虽然早料到秦国公会这般回答，沈彦之还是忍不住问：“无道昏君，无德储君，就这么值得伯父效忠吗？”

秦国公看着沈彦之，下颌渐渐绷紧：“李信兵马过境之处，多少平民百姓遭受劫掠？汴京城破之时，十街九坊血流成河，多少良家女子衣不蔽体、横死街头？这便是你拥护的有道之君，有德之君？”

有一瞬，沈彦之眼眶泛红，神情狼狈，他闭上眼缓缓道：“伯父这般顽固不化，若代价是……斩立决呢？”

两堰山。

秦筝把手背贴在太子的额前，探了探他额头的温度后，轻舒一口气，还没发热。

半个时辰前，大夫过来给太子用捣碎的草药敷了伤口，并包扎好，又灌了碗药汁，留下了药浴要用的药包，嘱咐秦筝需照顾仔细些，若发热了，得尽快想办法给他散热。

秦筝怕他发高烧，事先备好了浴桶、热水和酒。酒水散热快，但直接用酒水长久擦拭，对身体有害，需得把酒水兑进温水里再擦拭降温才行。温水药浴也是能快速降温的法子，只是不能久泡。

等太子散药期间，喜鹊看秦筝整个人闷闷的，便主动跟她说起寨子里的一些事来，转移她的注意力。

秦筝也从她口中了解到，祁云寨分东寨和西寨，东寨是林尧当家，西寨则是老寨主的结义兄弟当家，之所以分成了东、西两个寨子，主要是因为林尧和二当家的理念不合。

林尧不喜二当家手下之人的行事做派，他们打杀劫掠，不管是商贾还是穷苦百姓，一律能杀就杀，能抢就抢，连老弱妇孺都不放过。二当家的则认为林尧妇人之仁，大有想将林尧取而代之的心思，此番林尧的妹妹落到水匪手中，似乎跟西寨的人脱不了干系。

不过喜鹊还没说完西寨那边到底做了什么，药效就发作了，太子身上开始发烫，额前也一直冒汗，秦筝忙用帕子在水盆里浸过给他擦拭，颈下和腋下的温度居高不下，秦筝便直接用沾了水的帕子搭在那里。

随着时间推移，楚承稷身上越来越烫，仅温水擦拭明显不管用了，秦筝便让喜鹊帮忙准备药浴，又叫了个汉子前来帮忙，把人放进浴桶里。

太子胸口处有伤，秦筝备的温水刚好只淹过他的腰腹，不会弄湿胸口。

她自己则继续用加了烈酒的温水给他擦拭上半身，如此双管齐下，总算是把温度给降了下来。

太子整个人依然处于昏迷之中，秦筝让汉子帮忙给他换了一身干净的衣物，这才把人放回了床上。她怕太子有什么闪失，正想请老大夫过来再把脉看看，怎料老大夫自己就上门来了。

老大夫进院子就道："好歹是条人命，我估摸着这个时辰身上的散药发热了，还是过来看一眼。"

秦筝忙引着他往里边去："可巧，我正想去请您，我相公方才发了热，这会儿已经退热了。"

老大夫明显有些不信："何时发的热？我还没瞧见退热能退得这么快的。"

秦筝怕太子退热太快也有些不妥，忐忑道："一个时辰前发的热。"

老大夫在床边坐下，发现这人之前还惨白的脸色，这会儿已经好转了些，神情不由得有些诧异。他扣住楚承稷的手开始把脉，片刻后露出一副见了鬼似的表情："伤成这样还能熬过来？这怕不是命大得阎王爷都不敢收！"

老大夫又重新把了好几次脉，确信无疑后，才嘱咐秦筝道："你相公身上的热退下去了，命基本上就保住了，照料得精细些，好生调养一个月应该就能痊愈了。"

"多谢大夫。"秦筝把老大夫送出院门后才折回去，得知太子的命保住了，她心底的一块大石头便也跟着落地了。

秦筝想到太子醒来得吃些滋补的，但寨子里的食物又做得粗糙，养尊处优的太子不一定能吃得下，秦筝便问来送午饭的喜鹊：“喜鹊姑娘，这院子里的厨房能用吗？”

“能用，就是这院子原先是空着的，厨房里的锅铲怕是都生锈了。”她挠了挠头道，“夫人要是想用厨房的话，可以先去大厨房，回头我把院子里的厨房收拾出来。”

秦筝觉着他们不可能天天都让寨子里的人帮忙煎药做饭，那样未免过于失礼了。这院子里的厨房若是能用，不管是给太子煎药，还是自己做饭，都方便很多。她道：“这边的厨房我一会儿自己收拾就行，我想去大厨房给我相公煲个汤，喜鹊姑娘方便带个路吗？”

喜鹊被她一口一个“喜鹊姑娘”叫得有点不好意思：“程夫人叫我喜鹊就行，我这就带您过去。”

山寨里的路弯弯绕绕的，若不是有人带着，秦筝怕是得迷路。

她们正从一片石阶走下时，喜鹊瞧见石阶下方的坝子上有一道熟悉的人影，突然欣喜地叫了声：“大小姐！”

秦筝听到喜鹊的声音，也往下方的坝子上看去，坝子旁边就是山寨的大厨房，这块坝子是平日里用来吃饭的，便放置了几张木桌。

秦筝一眼就瞧见了那夜在船上看到的那个姑娘，依旧是那身藏红色的长裙，黑发扎成细小的发辫，用杂色发绳高高束起，小麦色的肤色淡化了她五官的娇俏感，眉眼显得英气十足。

那夜在船上光线暗沉，秦筝又急着逃命，只匆匆看了对方一眼，现在仔细一打量，只觉这姑娘可真是英姿飒爽。

下一刻，却见那姑娘径直走向一个正在吃饭的彪形大汉，揪住对方的后领用力一提，再往地上一甩，彪形大汉整个人就被她掼到了地上，摔得七荤八素。

其他用饭的汉子见状纷纷起身，却一句话都不敢说，也不敢插手。

那大汉看到林昭，瞬间就白了脸，不等爬起来，林昭一脚就狠狠踏在了他的胸口上，大汉直接被她踩得吐出一口血沫来，可想而知这一脚的力道有多大。

“大小姐饶命……”大汉口齿不清地求饶。

林昭冷笑一声：“你小子还敢大摇大摆地来东寨？真以为姑奶奶死在水匪手里了？”

大汉吐着血沫摇头：“大小姐，都是误会……”

“误会？！”林昭甩手就照着他的脸抽了一鞭子，汉子脸上立即出现了一道血印。

秦筝看得吞了吞口水，难怪之前在船上见到她时，她的手脚都被戴上了镣铐，如此这般水匪还不放心，要把她关在笼子里。

大汉连连求饶，林昭却半点没有要收手的意思，一鞭连着一鞭地抽下去，大汉很快被打得皮开肉绽。

喜鹊显然是知道些内幕的，见状忙快步跑下石阶喊道：“大小姐，快别打了，再打就打出人命来了！”

她看似在拖着林昭往后退，但却不动声色地又踹了大汉两脚，看得秦筝目瞪口呆。

正好林昭揍人也揍得有些累了，卷起鞭子方转过头，就瞧见了站在不远处的秦筝。

她立在一片竹荫下，朱唇玉面、雪肤乌发，实在是担得起“倾城绝色”四字。

虽与那夜在水匪船上大有不同，但林昭还是一眼就认出了秦筝，她把鞭子藏到身后，换上一副人畜无害的笑容，欣喜地奔了过去：“漂亮姐姐？你怎么也在山寨？”

面对变脸如此之快的林昭，秦筝有点没反应过来，只道：“此事说来话长……”

她简要地把她和太子在江面上遇到林尧一行人的事说了，又道：“我相公身受重伤，幸得大当家的请人医治，大夫说怕是得一个多月才能养好伤，想来得在山寨多叨扰一段时日了。”

林昭听到秦筝二人要在山寨待上将近一个月，倒是十分高兴：“那日形势紧急，没来得及询问姐姐名讳，本想着等下次遇见姐姐再报大恩，怎料姐姐在江上遇见了我兄长，想来也是缘分了。姐姐只管当这寨子是自己家，可千万别见外！”

秦筝有些招架不住这姑娘的热情，只含笑道：“寨子里一切周全，没什么缺的。”

林昭不好意思地挠挠头：“我叫林昭，姐姐叫我阿昭就好，不知怎么称呼姐姐。”

秦筝还没想好自己的化名，又怕没及时跟太子通气露出马脚，便道：“我随夫姓程，单名一个筝字。”

“那往后我便叫你阿筝姐姐了！”林昭一口应道。

不待秦筝回答，一个褐衣汉子就匆匆赶过来：“大小姐，寨主听说您回山寨了，让您立刻过去一趟。”

“麻烦！”林昭英气的眉皱了皱，她看了一眼秦筝道，“那阿筝姐姐，我先去我哥那儿一趟，回头再来找你。”

秦筝点头，笑意温柔：“阿昭姑娘快去吧。”

林昭走前又交代喜鹊：“喜鹊，你代我先好生招待阿筝姐姐。”

喜鹊如小鸡啄米一般点头。

在大厨房外边用饭的大汉们只听说寨主今早带回来一个美貌女人，此刻见到秦筝，惊讶她的容貌之余，更惊讶的是林昭对她的态度，要知道除了林尧，估计没人能治住那位姑奶奶。

林昭对这女子如此亲近，大汉们便也不敢造次。

喜鹊瞥了一眼围在被打汉子身边的几人，从鼻孔里发出一声冷哼，这才带着秦筝继续往大厨房去。

那几个人都是西寨的，见秦筝跟着进了大厨房，神色各异。其中一个瘦猴似的人小声愤愤道：“早就听说大当家的对今早带回来的那个小娘子不一般，这女人一副祸水模样，就连大小姐都跟她甚是亲近，怕是只等着她那短命相公断了气，就当寨子里的压寨夫人了！不成，我得赶紧告诉咱家小姐去！”

祁云寨如今虽分为东、西两寨，但老寨主还在那会儿，山寨里只有林昭一位大小姐，如今寨子里的人也都默认山寨的大小姐是林昭，二当家的女儿表面上是跟林昭平起平坐，可便是他们西寨自己人，也只称呼她一声小姐。

秦筝初来乍到，不太好过问林昭落到水匪手中这事，西寨的人究竟做了什么。喜鹊倒是一进大厨房就嘀咕起来："西寨就没一个好东西！不过夫人您也不必害怕，这里是东寨，西寨的人不敢造次。"

秦筝问出自己心中的疑惑："既分了东、西两寨，为何西寨的人还会来东寨用饭？"

说起这个，喜鹊就越发气愤："那群饭桶经常过来蹭吃蹭喝，后来寨主下了令，西寨的人来东寨大厨房用饭，需得付饭钱，过来的人才少了些。不过他们权当大厨房这儿是山下的小酒馆，手上有闲钱时，少不得过来消遣。"

"西寨没有自己的大厨房吗？"秦筝有些好奇。

喜鹊一脸嫌弃道："西寨那群人个个都不是善茬儿，饿了就四处偷鸡摸狗弄点吃的果腹。咱们东寨可跟他们不一样，寨主这些年收留了不少拖家带口上山来的好汉，不下山时，家家户户都有几亩良田沃地种着庄稼，短不了吃喝。哪怕是没成家的光棍们，也有大厨房管饭。"

秦筝算是对东寨和西寨有一个明确的认知了，感觉到几个西寨汉子在偷偷打量着自己，她小声问："若是西寨的人在这边吃了饭不给钱怎么办？"

喜鹊意味不明地笑笑："不给钱？除非是他们皮痒了！王大娘可厉害着呢！"

她话音刚落，厨房后门外就响起一道洪亮的嗓音："喜鹊丫头，又在背地里编派我什么呢？"

秦筝闻声看去，就见一个膀大腰圆的大娘端着满满一木盆洗干净的萝卜从后门走了进来，大娘板着张脸，堪称横眉怒目，想来是个练家子。

大娘见厨房里来了个容貌秀美的小娘子，不由得也扫了秦筝一眼，不过很快就移开了目光。

喜鹊冲王大娘道："哪有编派，我在夸您呢！"

她转头对秦筝道："这位就是王大娘，东寨大厨房的一切事宜都是王大娘管着的。"她想了想，又补充了一句，"先前同你们一道回来的那络腮胡汉子是王彪大哥，他就是王大娘的儿子。"

秦筝心道那王彪颇得林尧器重，想来这位王大娘在山寨里的地位也不简单。出于礼貌，她冲王大娘颔首见了个礼，但王大娘只看了她一眼，并未有其他反应，态度堪称冷淡。

喜鹊拉着秦筝到一处灶台前，冲王大娘道："王大娘，梨苑那边的厨房目前不能用，程夫人想给她相公煲个羹汤，借你一口锅灶用用。"

王大娘头也不抬地道："边上那个灶。"

"好嘞！"喜鹊响亮地应了声，转而又小声对秦筝道，"王大娘就是这个性子，夫人打算煲什么汤？"

秦筝看到案板上的木盆里放着几只杀好的鸡，想着用现成的食材也不会太过麻烦人家，便道：“煲鸡汤吧。”

怎料王大娘听到她的话后却对喜鹊道：“喜鹊，你再去菜园子那边抓只鸡回来。”

喜鹊嘀咕：“您这不是有现成的吗？”

王大娘横她一眼：“这是晚宴上给寨主他们庆功用的，拿一只给这位夫人煲汤用了，你总得给我还一只回来。”

秦筝有些尴尬道：“我煲大骨汤也成的。”

王大娘试图做出一副较为温和的样子来，但显然失败了，看着更加诡异凶煞：“夫人不必见外，菜园子那边的鸡多的是，只是我这里没备多的，木盆里的鸡都是杀好了的，夫人尽管拿去用。”

别人都说到这份上了，秦筝只得诚惶诚恐地点头。

喜鹊抓鸡去了，她在厨房里全程都只默默做自己的事，尽量不去麻烦王大娘。

木盆里的鸡是全鸡，秦筝从刀架上取出一把砍刀，剁成了自己想要的鸡块。

倒不是秦筝的手劲儿有多大，而是这厨房里的刀具实在是锋利。

王大娘一开始还当秦筝是个十指不沾阳春水的富家小姐，担心她不会用刀，本欲帮忙，可瞧见她砍鸡肉时的那股利落劲儿，倒是有几分意外。

秦筝也很意外，她不记得从前的人和事，但想着要煲汤，看到食材后，她几乎是本能地就知道要怎么做，仿佛她从前常做这些一般。

莫非她从前就经常下厨？

不过现在唯一知晓她真正身份的太子还重伤昏迷着，她是无从验证自己的猜测了。

秦筝剁完鸡，瞧见一旁的筲箕里放着不少晒干的香菇，犹豫了一下，还是向王大娘张了口：“大娘，这野蕈我能用吗？”

王大娘往这边看了一眼，只道：“夫人随意用就是。”

秦筝忙活完，想着鸡汤估计还得有一阵才能炖好，正犹豫着要不要先回去看看太子时，厨房里又来了一位不速之客。

“王大娘，听说林大哥他们劫了水匪的货船满载而归，晚上要准备庆功宴，我特地带几个人过来帮忙！”

进门的女子一身杏色罗裙，衣服的料子算是秦筝进寨以来看到过的最精细的，头上插着不少珠钗簪花，不像是寨子里的姑娘，倒像是山下富贵人家的小姐。

她脸上虽笑意盈盈，可从一进门，那尖针似的目光就落到了秦筝身上，带着明显的敌意。

秦筝被她看得莫名其妙，不太明白这姑娘对自己的敌意从何而来。

何云菁却仿佛才看到秦筝似的，抬了抬下巴扬声问：“哟，咱们寨子里何时来了这么个貌美如花的小娘子？不知是哪位兄弟家中的，当真是艳福不浅哪！”

跟着何云菁进来的几个西寨仆妇打量秦筝的目光里全是轻蔑。

秦筝算是看出来了，与其说她们是来厨房帮忙的，倒不如说是来给自己下马威的，只是她不太明白，这姑娘前来给的是哪门子的下马威？

秦筝不卑不亢道：“这位姑娘想必是误会了什么，我非山寨中人，只因相公重伤，幸得先前同林昭姑娘有过些许缘分，又得大当家垂怜，才让我们来寨子里休养疗伤。”

她站在灶台边，一身素衣穿在她身上也不显得落魄狼狈，相反在她淡定从容的神情里，颇有几分洗尽铅华之感。

何云菁从听闻西寨下人禀报林尧带回来一个快当寡妇的美貌妇人时，心底那股火就没消过，她似笑非笑道：“既是这般，夫人乃是我祁云寨的贵客，哪有让贵客亲自下厨的道理，倒显得我们怠慢了。寨子里诸事繁忙，林大哥若有招待不周之处，我代林大哥向夫人道歉，林大哥的客人，便也是我的客人，夫人若不嫌弃，大可搬到我的西寨院子里住，那边下人伺候得更周全些。”

这一番夹枪带棒的话下来，秦筝算是听明白了，对方这明显就是以正宫的身份来给她下马威的。

这姑娘是西寨的？还喜欢林尧？

可她跟林尧那是八竿子都打不着的关系啊！虽然太子目前半死不活，但她好歹也是个有夫之妇，这姑娘想什么呢？

秦筝倒不生气，只是有点哭笑不得，她好言好语地解释道：“非是贵客，贵寨也不曾怠慢过我们，只是我相公重伤，我想亲自下厨为他煲个汤补身子罢了。”

何云菁听得一愣：“你……你不是来大厨房帮王大娘做饭的？”

秦筝心说，她还是有自知之明的，她一个外人，一来就帮寨子里的人做饭，人家又不傻，怎么可能同意？万一她在食物里投毒，整个寨子里的人不就被药死了？

这次没等秦筝回话，王大娘闷雷似的嗓音就在厨房里响起：“我们东寨还不至于这般怠慢贵客，何丫头这是听谁嚼的舌根子？”

秦筝瞧着这姑娘在寨子里的身份不低，但王大娘却叫她“何丫头”，她愈发肯定了自己先前的想法，这位王大娘在山寨里应该是颇有地位的。

何云菁被王大娘问得脸上一阵白一阵红，她就是听下人禀报说林尧带回来的那女人半点都不安分，林尧给她安排了宅院，她不在院子里守着自己那快断气的相公，反而去了山寨大厨房，怕是要生什么幺蛾子勾搭林尧，她这才带着人，马不停蹄地赶过来了。

何云菁不由得狠狠地瞪了一眼给她报信的瘦猴，瘦猴有些心虚地垂下了头。

她勉强挽回尊严道：“瞧我，听风就是雨，还当是林大哥这边太忙，无暇安排人照顾夫人，才想着替他招待夫人一二。”

秦筝依然一副好脾气的样子：“何小姐言重了。”

她这般气定神闲，何云菁面上反而更难堪了些，她正想带着西寨的几个仆妇灰溜溜地离开，却被王大娘叫住：“不是说带人过来帮忙的吗？今晚的接风宴，寨主说了也要请你爹他们，我这边正巧人手有些不够，何丫头你带人把后院那两盆猪大肠洗出来。”

“猪……猪大肠？”何云菁瞬间变了脸色。

王大娘淡淡扫她一眼："你嫌猪大肠脏，后院里还有几只没拔完毛的鸭子，你用滚水淋一遍，把鸭毛给我拔干净也成。"

拔鸭毛？何云菁脸色更绝望了。

她倒是想走，但瞧见王大娘那黑沉的脸色，愣是没敢迈动脚步，只得僵硬地往后院挪去。

看着那一盆臭气熏天的猪大肠，何云菁吩咐两个仆妇："你们把这盆猪大肠给我洗干净！"

发现王大娘在一边切菜一边往这边看，何云菁狠下心走到烫鸭毛的大木盆前，抓起一只被捆住了翅膀和蹼的鸭子，鸭子受惊，直接狠狠地啄了何云菁一口。

"我的手！"何云菁惊叫出声，忙丢开那只鸭子。

她不管不顾地往厨房走，想要离开这儿，却不小心踩到了自己的裙摆，好在一个仆妇手疾眼快才扶住了她："小姐当心。"

何云菁记得这个仆妇刚才还在洗猪大肠，手都没洗。

她这次是真哭了，一把推开那仆妇，狼狈地跑出厨房，喜鹊瞧见何云菁这副模样，颇为纳罕："何小姐这是怎么了？"她挠挠后脑勺，很是不解，进厨房就道："王大娘，鸡我给您抓回来了。"

瞧见整个后院一片狼藉，秦筝正在帮着王大娘收拾残局，喜鹊还有些吃惊："这是怎么了？"

王大娘板着张脸道："西寨何丫头带着人过来说要帮忙，这就是她们帮的倒忙。"

喜鹊更纳闷了："二当家把自个儿闺女当眼珠子疼，她会下厨？"

电光石火之间，想到何云菁对林尧的心思以及那股醋劲儿，喜鹊不由得瞥了秦筝一眼，估计这才是何云菁来大厨房的真正目的吧？喜鹊忙道："王大娘，您去灶上忙吧，我来收拾后院。"

王大娘今日刻意为难何云菁，倒不是想帮秦筝，只是看不惯西寨那边把手伸得这么长，再加上林昭落入水匪手中一事也少不了西寨推波助澜，她心中气不过罢了。

想到接风宴上要准备的菜一个都还没炒，王大娘也没空再收拾这个烂摊子了，道："那这里就交给你了，一会儿再去叫你卢婶子她们过来帮忙。"

"好嘞！"喜鹊满口答应，等王大娘进了厨房，她才小声问秦筝："程夫人，何小姐没为难您吧？"

秦筝摇了摇头："算不上为难，只是何小姐可能误会了什么。"

喜鹊叹了口气道："何小姐要是说了什么，您别往心里去就是了。她是二当家独女，打小就被宠坏了，寨子里但凡容貌过得去的姑娘，都被她敲打过。"说到此处，喜鹊撇了撇嘴，"不过也就是她一厢情愿罢了，寨主躲她还来不及呢！"

这些事秦筝已经猜了个七七八八，她小声询问："为何我瞧着那位何小姐也颇有些惧怕王大娘？"

喜鹊道："王大娘是寨主乳母，老寨主和老夫人去得早，寨主和大小姐都是王大娘一手拉扯大的。便是如今，寨主也颇为敬重王大娘，何小姐平日里可没少想法子讨王大娘的欢心。"

秦筝没料到王大娘竟然还是林尧的乳母，不过有这层关系在，王大娘在寨子里颇有地位倒不足为奇了。

简单收拾好后院，喜鹊便去叫人来帮忙备菜，秦筝则回大厨房看着自己煲的鸡汤。

汤已经用小火慢炖一个时辰了，秦筝把煲好的鸡汤装进瓦罐里，跟王大娘打了声招呼就离开了大厨房。

先前喜鹊带她走过的路她还记着，原路返回时，瞧见前边几个大汉抬着一根粗大的圆木往这边走来，忙往边上避了避。

汉子们瞧见路边站着一个美人，少不得调笑几声："那是哪家的婆娘？长得跟仙女儿似的！"

抬着圆木后半截的汉子怒骂道："发春也给老子看下场合，早点把圆木抬过去早点交差！耽搁了修栈桥的进度，看寨主赏不赏你们板子吃！"

汉子们这才收敛了几分，抬着圆木从道旁走过。

秦筝看着那根粗大的圆木，陷入了沉思，修栈桥？

栈桥通常是建在漕运码头，方便大船卸货的，这山寨里修什么栈桥？

秦筝唯一能想到的就是商船上那整整一船的绫罗绸缎，所以他们劫下的那艘商船上的货物，还没全运送到山上来？

秦筝回忆了一下那日上山时乘坐的吊篮，靠人力一篮子一篮子地拉，的确是费时又费力，而且如果山上用不了那么多布匹的话，也没必要把船上的货物全都运上山，不然若是找到下家要卖出去时，再把布匹运下山也很麻烦。

两堰山的地势在防守上的确得天独厚，可一旦劫掠来的物资过多，怎么安置也是个问题。

秦筝思索着这些时，已到了房门口。

她推门而入时，一眼就瞧见躺在床上的太子不见了踪影。

秦筝心中一慌，正要上前查看，一柄寒剑就从门后横过来，抵在了自己的脖颈处。

第三章

怀疑

被尘封起来的锐利，
总是比露在表面的锋芒可怕得多。

冰冷的刀刃让秦筝浑身一激灵，她下意识道："是我。"

身后传来的呼吸声有些重，那柄泛着寒意的剑终究是收了回去，一道沙哑虚弱的嗓音响起："这是何处？"

秦筝回过头就发现太子脱力，只能靠墙根站着，一手持剑，一手则捂在自己的胸前，额前细汗密布，原本苍白的脸上也带着几分不正常的红晕。

她赶紧把瓦罐放到桌上，然后过去扶他："这里是两堰山的祁云寨，我们先前在水匪大船上遇到的那个姑娘是寨子里的大小姐。"

楚承稷失血过多，整个人又发起了热，浑身绵软无力，全靠秦筝扶着他才走回床边。她忍不住道："大夫说了你身上的伤须得静养，你醒来就下床，若是伤口裂开就麻烦了。"

楚承稷沉默了一会儿才道："我醒来就发现你不见了。"

他隐隐记得彻底陷入昏迷前，他们似乎遇了险，醒来后还以为秦筝遭遇了不测，第一想法就是去救她。所以他才在听到门外传来脚步声后，拖着病重的身体躲到了门后，打算劫持对方问清这是何处。

好在一切都只是虚惊一场。

秦筝扶着他躺回床上，听到他的回答，愣了一下。

如果她没理解错的话，他这是在担心她？

太子声名狼藉，但自己逃亡这一路所接触到的这个人，明显和传言中的太子大相径庭。

秦筝有时候都怀疑他们是两个不同的人。

她不由得干咳两声："我怕你醒来后会饿，这院子里的厨房又不能用，就去寨子里的大厨房给你煲了个鸡汤。"

秦筝瞧见楚承稷脸上泛着一层由发热引起的薄红，因着这两日一直照顾他，习惯性地便伸出手想去探他的额头，却被一只滚烫的大手截下。

楚承稷皱着眉看她，眼中似乎有些困惑。

秦筝一怔，这才想起他现在是清醒的，她摆出一副再平静不过的神色，手上微微用力，微凉的手背就贴到了对方额上。

许是她的错觉，太子额头竟比先前还烫些。

在对方幽深暗沉的视线下，秦筝努力保持脸上的淡然："又发热了，这两天一直反复，回头我再用温水沾酒给你敷一敷。"

楚承稷盯着她不说话，握着她皓腕的大掌也不曾放开，秦筝只觉得被他掌心握住的那圈手腕像是要烧起来了。她微微用了些力道去挣，没挣脱，只得出声唤他："殿下？"

楚承稷这才松开了她的手："今后莫再这般唤我，当心隔墙有耳。"

秦筝应了声好，她其实也不知如何称呼他，如今逃亡在外，叫"殿下"显然是不合适的，先前在人前叫他相公，也是觉着更符合逃难的普通百姓一些。

秦筝揉了揉自己的手腕，他明明没用多大的力气，但她方才愣是抽不出来，手腕上似乎还残留着他掌心滚烫的温度。

"弄痛你了？"头顶突然传来一道沙哑的嗓音。

秦筝一抬头，就撞入太子那双深不可测的眸子里，她下意识地想回避他的目光，胡乱摇了摇头："没有。"

秦筝移开视线，看到桌上放着的瓦罐，像是终于找到了结束这尴尬氛围的话题，忙问："饿不饿？我给你盛碗鸡汤。"

楚承稷大病一场，没什么胃口，并不想吃油荤的东西，但听到秦筝这么说，还是微微点了下头。他已经一天一夜没进过食，必须要吃点东西恢复体力。

秦筝给他盛了一碗鸡汤端至床边，看他实在是虚弱，没直接把碗递给他，而是用汤匙舀起一勺汤，小心翼翼地吹凉。她鼓起腮帮子吹气时，纤长的睫羽半垂着，在眼尾扫出一道好看的弧度。

在秦筝把汤匙送至太子唇边时，太子神色莫名地看着她，没张嘴。

秦筝以为他这是还记着皇室的习惯，用饭前要先用银针试毒，但都到了这步田地，她上哪儿给他找银针去？这家伙还真是难伺候。

秦筝想了想，自己挨着碗沿浅抿了一口鸡汤，抬起头道："温度正好，相公喝吧。"

楚承稷却没接过她递过去的汤匙，而是直接拿过碗："我自己来。"

他仰头就把一碗鸡汤喝了个干净，把碗递过去时，瞥见碗沿对面的那抹水光，很快移开了视线。

秦筝问："还要吗？"

楚承稷轻轻地摇了摇头。

秦筝知道人在病中的确没什么胃口，便也没劝他，嘱咐他好生歇息，自己则带着碗筷去了院子里的小厨房。

诚如喜鹊所言，小厨房里灰都积了有一指厚，秦筝把灶台简单收拾出来，洗干净锅铲，烧了一锅热水，装进木盆里后兑了些冷水，又倒进小半坛烈酒，做完这些，她才端着木盆进了房间。

"相公，你还在发热，我用温水掺了酒给你擦拭散热。"秦筝边说边拧起了帕子。

楚承稷还是保持着她出去前靠在软枕上的姿势，闻言只淡淡地说了句："有劳。"

秦筝拿帕子给他擦了擦额头，但想着大夫先前说的，他一旦发烧就有性命之忧，怕有什么意外，觉得还是给他颈下也擦拭一番为好，便道："大夫说颈下也要擦。"

楚承稷顺从地把衣领扯得松散了些，明明之前也给他用温水擦拭过，但秦筝总觉得，这次擦拭得格外艰难，哪怕她努力绷着脸，面颊上也还是有些发烫。

大抵是在人清醒时给他擦拭降温，还是有点难为情吧，秦筝这样安慰自己。

奇怪的是，楚承稷身上用温水擦过的地方，比之前烫得更快了。

秦筝继续拧了帕子打算给他擦拭时，却被楚承稷扼住了手腕，他掌心灼热惊人，只道："可以了，已经好多了。"

言罢，便触电般地松开了她的手腕。

秦筝生怕他的身体又出了什么问题，担忧道："我还是请大夫来给你看看吧，你这么一直烧下去不是办法。"

楚承稷避开她的视线，道："无碍，我的身体我自己知道。"

秦筝听他这么说，便也没再坚持，出门前还叮嘱他："我就在小厨房那边，有事你叫我一声，我就能听到。"

楚承稷缓缓地点头，又道："别太累着自己，有什么需要收拾的，待我伤好些了，我来便是。"

他始终记着，她是那个金尊玉贵的太子妃，她要穿天底下最华丽的衣袍，住最华美的宫殿，有着差遣不完的用人，而不是像现在这样，用那双琼脂玉膏保养出来的手，掂弄柴米油盐。

秦筝心说就他这身板儿，养好都得一个月，这一个月小厨房若是没能收拾出来，他们吃什么？但好歹人家说的也是关心的话，秦筝心底还是挺舒坦的："我知道，不是什么重活，相公你安心养伤便是。"

楚承稷看着她离开的方向，想起他昏迷前隐约听到的那句"要杀就杀我"，眸光在一瞬间变得深沉又复杂。

她现在是这山寨头领的恩人，不需要再靠他什么，那她做的这一切显然也不是为了讨好他。

明明从前那般厌恶他，逃亡的这一路为何转变至此？

秦筝走出房门后，想了想，还是去把山寨里的大夫给请了过来。

老大夫上午才给楚承稷把过脉，这会儿听说人醒了，一脸难以置信："女娃子你逗我呢？你相公便是个铁打的人，受了这么重的伤，保住一条命就算好的了，哪能这么快醒来？"

秦筝汗颜："我相公的确是醒了。"

老大夫顿时连药都顾不上捣了，拎上药箱就跟着秦筝去了他们所住的院子，一番把脉后，老大夫连连惊叹："这样的体质，老夫行医多年，还从未见过！"他再看楚承稷时，眼底也不由得带了几分探究，"公子可是自幼习武？"

楚承稷似乎不太想回答老大夫的这个问题，只道："学过点皮毛，权当强身健体。"

秦筝心说，他那一身霸道功夫，可绝不是学了点皮毛。

老大夫自然也听得出他这是自谦的说辞，没再追问，在原先开的那张药方上增减了几味药，让秦筝每日给楚承稷煎服。等秦筝送走老大夫回来时，就见太子正拿着老大夫开的方子在看。

估计是听出了秦筝的脚步声，在她进门后，楚承稷也没抬头，淡淡道："抓药时白芨减一钱，仙鹤草加三钱。"

秦筝有些犹豫："这……不按大夫开的方子来，会不会对你的伤势有影响？"

楚承稷将药方交还她："我已看过方子，按我说的去抓药便是，这张药方开得过于保守了。"

秦筝疑惑道："相公你懂医？"

楚承稷递药方的手微顿，语气倒是依然平静："从前见别的大夫开过类似的方子。"

他口中别的大夫，秦筝唯一能想到的就是太医了，既然太医都是按他说的方子开的药，那她就没什么好担心的了。

她把药方小心地收起来："大夫先前拿过来的药包还够煎两次，我趁着天还没黑，先把小厨房收拾出来，明日再去抓药。"

楚承稷看着她，眼底又翻涌起秦筝看不懂的情绪来："这些日子，辛苦你了。"

他突然如此一本正经地同她说这些，秦筝还怪不好意思的，道："没什么辛苦的，最凶险的时候，不也是相公一直护着我吗？"

虽然她说的是实话，但在这样的情形下说出来，似乎又多了几分微妙的暧昧。

秦筝没敢继续待在房间里，借口收拾厨房出去了，暗骂自己怎么就突然说了这么一句。

楚承稷在她离去后，靠着床头沉默地坐了一会儿，半垂着眼不知在想什么。

秦筝刚把厨房收拾到一半，林昭主仆二人就寻了过来，她们身后还跟着两个大汉，大汉手中皆端着一个大木盆，一个木盆里装着各类碗盘筷碟，另一个木盆里则装满了果蔬肉食。

林昭两手各提着一个大麻袋，还在院门外就已经喊上了："阿筝姐姐，我来看你了！"

秦筝从厨房出来，瞧见他们这架势，还吓了一跳："这是作甚？"

喜鹊把拎在手上的四只鸡放到院角，抹了一把额前的汗笑道："大小姐听说夫人要用小厨房，见完寨主后，就让备了这些东西拿过来。"

秦筝颇有些过意不去，看着林昭道："来山寨养伤本已是叨扰了你们，还叫你们这般破费。"

"阿筝姐姐说的这是什么话，若不是你，我这会儿估计还在水匪那里当人质呢！我拿了一袋米和一袋面粉过来，阿筝姐姐你看放到哪里合适？"林昭道。

秦筝想了想道："先放到厨房的柜子里吧。"

她伸出手，本想帮林昭拎一个袋子，却被林昭躲开了。"我拿就是，我自幼习武，拎这个袋子不沉！”

她把米袋子和面粉袋子放进秦筝收拾出来的柜子里后，瞧见厨房还没收拾完，又招呼两个大汉干起脏活累活来。

有人帮忙，秦筝轻松了不少，但她自己也没闲着，屋子里里外外都用抹布擦了一遍，把所有的死角都打扫干净。

做完大扫除，秦筝本想给林昭几人煮茶，可她连茶叶都没有，一番思量后，干脆把瓦罐里的鸡汤热了一遍，用洗干净的土陶碗给他们一人盛了一碗鸡汤喝。

林昭一开始还有些推拒：“这是阿筝姐姐你煲给你相公喝的，我们不饿，再说晚上有庆功宴，得留着肚子在庆功宴上吃好的。”

秦筝笑道：“一碗汤占不了多少肚子，我相公伤势重，吃不了多少，若是放坏了，未免可惜。”

她都这么说了，林昭也不好再推拒。

见林昭都接过碗，喜鹊和那两个过来帮忙的汉子也不用秦筝亲自端给他们，自己去桌旁拿起碗大口喝了起来。

林昭喝了一口，眼都亮了：“好鲜！比山下醉仙楼里的大厨炖的鸡汤还好喝！”

喜鹊也小鸡啄米似的点头附和：“好喝！”

在秦筝的记忆里，这是自己第一次做饭，被夸了心里还是有点高兴：“真有那么好喝？”

林昭重重点头：“我还能骗阿筝姐姐不成！”

她见他们都吃完了，道：“锅里还有，我再给你们盛些吧。”

林昭忙道：“不用了，你们都不够吃了吧？”

秦筝笑道：“够的，我炖了好大一锅呢。”

她自己胃口极小，太子看样子也不怎么喜欢喝鸡汤，秦筝想着他重伤未愈，许是不怎么想沾油荤，索性把剩下的鸡汤全分给林昭他们了。晚上再给他熬个粥就好。

等林昭一行人离去后，她在收拾大汉送来的那一大盆菜时，发现里面还有一块猪肉和一只猪腿。秦筝猜测这应该是寨子里为了今晚的庆功宴才杀的猪，林昭给她送了这么多肉过来，当真是有心了。

秦筝割了一块瘦肉下来，把剩下的猪肉和猪腿都挂到了灶台上方，让烧火时升起的烟熏着。做完这一切的时候，秦筝自己都疑惑了，为什么她会觉得把肉用烟熏着能放久些？

不管她是做太子妃的时候，还是她是秦家嫡女的时候，她应当都没机会学这些才对。

她失去的那些记忆里到底有什么？

失神之际，她的手被迸出的火星子燎到，待秦筝回神后，想起当下的处境，只得先按捺下心中的困惑，忙起手边的事。

秦筝把瓦罐洗干净后，加上清水煎药。

老大夫先前开了五包抓好的药，原本的方子是白芨三钱、仙鹤草两钱，太子改了之后，就变成了白芨两钱、仙鹤草五钱，这样一来，老大夫开的仙鹤草只够煎两次药了。

白粥也快煮好了，秦筝觉着太子养伤还是得补充营养，光吃白粥太寡淡了，才给他做了个青菜肉末粥，总归比白粥有营养。

她端着青菜肉末粥去房里时，正巧林昭又让人给他们送菜来了，说是他们不方便过去用饭，特意让人送了些过来。

秦筝看到干硬的腊排就觉着牙疼，猪大骨炖的萝卜汤倒是挺香的。

她把桌子移到床边，将粥和林昭命人送来的菜摆上桌，这才对楚承稷道："相公，用饭了。"

不知是不是她的错觉，一个下午不见，楚承稷的脸色似乎好了不少。

伤势好转后很想沾荤的楚承稷看着碗中清淡的肉末粥陷入了沉默，秦筝看着他迟迟不动筷还有些奇怪："不合胃口？"

楚承稷没答话，视线幽幽地落在了秦筝跟前那只大海碗里装着的大骨萝卜汤上。

秦筝奇迹般地懂得了他的想法，她把海碗往自己这边挪了挪："萝卜解药性，这个你不能吃。"

楚承稷："……"

他喝了一口青菜肉末粥，虽然寡淡，但好歹入口还是挺香的，他喝完剩下的小半碗粥后，便放下了碗，靠着床头，似在闭目养神。

啃了两块猪大骨的秦筝莫名有些心虚，她把碗碟撤了下去，再次回屋时，手上端着碗刚煎好的药："这是按照你改的方子煎的。"

楚承稷接过，一饮而尽，把碗递过去时看到秦筝脸上有团不小心蹭上去的烟灰，眸光微敛，道："过来。"

秦筝不明所以，靠近一步。

楚承稷又道："弯腰。"

弯腰？弯腰做什么？秦筝不解，但还是照做了，她弯下腰与楚承稷视线平齐。

楚承稷抬手在她的脸上摩挲了两下，秦筝只觉"轰"的一声，自己浑身的血几乎都往头上涌去，脸上控制不住地烧了起来。

然而下一秒，却见太子抬起他那沾了烟灰的手，淡淡道："你脸上有烟灰。"

秦筝："……"

因为觉得丢人，秦筝一直到睡前都没好意思再跟太子说话。

房间的大木箱里放了不少棉被，秦筝给自己铺了个地铺，熄灯后，背对着太子睡在了地铺上。

黑夜里，楚承稷清冷的嗓音响起："为何不睡床？"

秦筝瓮声瓮气道："我睡觉不老实，怕碰到相公的伤口。"

黑暗中静默了一会儿，才继续响起楚承稷的话音："你睡床，我睡地铺。"

秦筝换了个姿势把被角压得更严实了："相公你好好养伤，就别同我争了。"

这话落下，房间里又陷入了沉寂。

秦筝昨夜几乎就没怎么合眼过，此刻一沾枕头，很快就会周公去了。半梦半醒间，她忽觉呼吸困难，身上似压了一块巨石，秦筝艰难喘息，伸手去推拒，却被擒住双腕按在了头顶。

秦筝这下完全被吓醒了，她发现自己被人捂住了口鼻。

正值深夜，她视线里是一片漆黑，但擒住自己双手、捂了自己口鼻的那人，身上却有一股苦涩的药味和淡淡的雪松香，是太子无疑。

不知何故，他浑身滚烫得厉害，秦筝只觉得被他捏住的双腕几乎要被他掌心滚烫的温度灼伤。

"怎么又发高烧了？"

秦筝单纯道。这时候秦筝脑子里第一时间想的竟然还是太子又发烧了的问题。她"唔"了两声，试图挣扎，不料太子却将她禁锢得更紧了些，捂住她口鼻的力道也大了几分。

秦筝有些喘不过气，适应屋内的黑暗后，勉强能分辨出太子的轮廓来。

"别出声。"他几乎是贴着她的耳朵说话的，"屋外有人放迷烟。"

这个距离太近了，他呼出的气息全部喷洒在她的耳郭和侧脸上，秦筝只觉得半边耳朵乃至整个头皮都麻掉了，脸上也烫得厉害。

她狼狈地点点头，不用太子再捂着她口鼻，自己屏住了呼吸。

楚承稷见状，也松开了钳制她的手。

不知是不是秦筝的错觉，有一瞬间她觉得太子看自己的目光有种说不出的深沉。

她躲开他的视线往门外看去，借着月光，果然瞧见门缝里伸进一根细长的竹管，竹管口处正冒着丝丝缕缕的细烟。

"好了没！"外边有人低声催促。

"急什么，小心驶得万年船！"放迷烟的男人低斥。

片刻后，他们用刀挑开了门上的木栓，木门"吱嘎"一声被推开，一个男人持刀而入，进门时身形似晃了一下，但因为屋中黑暗，跟在后面的两个汉子也没瞧出什么不对。

直到血腥味蔓延开，他们的脖子上也抵了冰冷的利器，紧跟着响起重物倒地的闷响，后进门的两个汉子才惊觉中计了。

"好汉饶命……"其中一个汉子两腿已经打起了摆子。

秦筝手上拿的是第一个进屋的那个大汉的刀，楚承稷在那个大汉进屋后就抹了他的脖子，又将人扶着暂时没让其倒地，秦筝则在第一时间夺过了那个大汉手中的刀，这才没让大刀落地发出声响来。

此刻，她用刀抵住了其中一个大汉的脖子。

黑暗中，楚承稷的嗓音冰冷而凶戾："谁指使你们来的？"

"是二当家的义子吴啸，好汉饶——"一句话还没说完，他的大腿就被刺了一剑，大汉痛得惨叫连连。

楚承稷声线冰冷："说实话。"

大汉痛哭流涕："小人所言句句属实，当真是吴啸指使我们来的！"

楚承稷冷笑："我与这人无冤无仇，他何故害我？"

大汉赶紧全盘托出："东、西两寨不和已久，那日前去劫水匪回来的东寨人都说好汉你武功盖世，大当家有招揽之意。吴啸在今夜的宴席上听说好汉你重伤垂危，但却又这么快就醒了，怕好汉加入东寨后，东寨愈发势大，便让我等趁今夜东寨的人大醉之际，前来加害好汉……"

"就这些？"楚承稷手中的剑往下一压，大汉脖子处瞬间溢出血珠来。

大汉浑身抖得跟筛糠似的："二当家的独生女仰慕大当家的，吴啸却想娶二当家独女将来彻底掌控西寨。他说好汉你一死，尊夫人一个寡妇在寨中无依无靠，大当家兄妹不可能不管，稍微放出些流言蜚语让二当家独女对大当家死心了，他就能娶二当家独女。尊夫人貌美，将来等他掌控整个祁云寨，还能用尊夫人笼络青州权贵……"

楚承稷嘴角勾起的弧度冷得叫人心惊，一剑横劈过去，血溅了那人同伴一脸，秦筝的身上也被溅到了。

剩下的那个汉子跪倒在地、连连哀求："别杀我，别杀我……"

楚承稷抬脚踏着他的脑袋狠狠地踩在地上，汉子被撞得鼻血糊了满脸，两眼一翻就晕了过去。

秦筝也被太子此刻的戾气惊到，她觉得此刻的太子让她感到前所未有的陌生，不由得嗫嚅了声："殿……相公？"

楚承稷转过身来，在黑暗中凝视着秦筝："可有伤到？"

秦筝感觉自己像是被什么凶兽盯上了，明明眼前一片漆黑什么都看不清，但她还是下意识地垂下了眸子："没伤到，相公呢？"

"我没事。"楚承稷点了灯，昏黄的烛光映照出地上的两个死人、一个半死不活的人和那片刺目的血迹。

可能是因为经历过宫变和商船上水匪的屠杀，秦筝这会儿再瞧见死人，虽然还是难受，但不至于胃里翻滚到想吐。

院外响起凌乱的脚步声，有人打着火把过来敲门："程公子？程夫人？方才听见有惨叫声从你们院中传出，你们没事吧？"

秦筝看了太子一眼，太子淡漠地点了下头，她才出去开门。

院门一开，所有人看到她皆是大惊。

秦筝的衣襟上沾到了大片血渍，脸上也有细小的血珠，衬着她过分苍白的肤色，仿佛是一簇被鲜血溅到的昙花，凄美得勾人心魄。

林昭住的地方离这里远，此刻才赶过来，扒开人堆就往里边挤："阿筝姐姐，你没事吧？"

待看到秦筝那一身血迹，林昭不由得也愣住了。

反倒是秦筝虽面色苍白，但语气却还算镇定："有人意图放迷烟杀我们，与我相公缠斗时不敌被杀了，尚余一活口。"

言罢她退开一步，让众人进小院查看。

她故意没说幕后主使是谁，东寨和西寨关系微妙，想对他们下手的若真是二当家的义子，那她将实情说出来，反倒会彻底撕开东、西两寨和平的假象。

林昭是林尧的亲妹妹，她因西寨的人落入水匪手中，林尧在庆功时都还要邀请西寨的人参加，显然林尧目前希望维持住这和平的假象。

她和太子借住于山寨，说得难听一点也算寄人篱下，自然需要审时度势，所以幕后主使是谁，不应该由他们说出来，而是要林尧他们自己审出来，楚承稷特地留了一个活口，想来也是这层意思。

一帮人进入院落后，一眼就看见了倒在主屋里的三个西寨人，门边也的确有吹完迷烟的竹筒，可以说是证据确凿。

然而最让他们觉得有压迫感的，还是寨主带回来的那个重伤垂死的男人。

他就坐在桌边，未束的长发披散着，素白的中衣外披着一件宽大的墨色袍子，骨节分明的大手按着桌上那柄光看剑鞘就极其精美的长剑，半张脸隐匿在黑暗中，整个人像是一头按捺着脾性却又会随时吃人的猛兽。

林昭只看了楚承稷一眼就移开视线，她是个暴脾气，看到那三个西寨人后，摘下腰间的长鞭，气势汹汹地就要往外走。

喜鹊最懂自家主子，赶紧拦住她："大小姐，您先别去西寨，等寨主来了再说……"

她话音方落，院外就有人道："寨主来了！"

前来围观的汉子们自动让出一条道来，林尧大步流星地走进院落，显然在来的路上他已经听人说了此事，脸色有些难看。

见林昭拿着鞭子一副要去兴师问罪的样子，便斥道："这是做什么？"

林昭恶狠狠道："他们算计我也就罢了，如今还算计我的恩人？这口气我咽不下！"言罢林昭狠狠一甩胳膊，挣脱喜鹊的手，杀气腾腾地往外走。

秦筝故意没说幕后主使就是不想把事情闹大，见状忙唤住林昭："阿昭，人已经死了，别去。"

林昭的眼眶隐隐有些泛红，她看了秦筝一眼，一咬牙还是遁入了黑暗之中。

"大小姐！"喜鹊忙追了上去。

林尧似有些头疼，吩咐跟他一道来的王彪："彪子，你跟过去，别让阿昭吃亏。"

"好嘞！"王彪也是一肚子的窝囊气，有了林尧这话，立马往西寨去了。

林尧这才对着秦筝和楚承稷抱拳赔礼："让二位来寨子里休养本是好意，怎料出了这等事，叫二位受惊了，林某在此给二位赔个不是。"

一直默不作声的楚承稷这才抬起眼皮看了林尧一眼："寨主言重了。"

说的是谦辞，但语气却没有半点谦虚之意，他视线所过之处，总能带给人实质般的压力。

林尧在绿林闯荡多年，也算阅人无数，还是头一回被人盯上后，下意识地想回避那打量的目光，心中不由得大惊。眼前这人瞧着尚年轻，但却没有半点少年人的意气和锋芒，更似一柄千锤百炼后入鞘的宝剑。

不出鞘则已，一出鞘便要见血光。

被尘封起来的锐利，总是比露在表面的锋芒可怕得多。

他出神之际，楚承稷缓缓道："只是内子受了惊，不知寨中大夫是否方便，能否为内子把个脉。"

林尧忙道："这么大动静，赵叔应当也是醒了的，我差人去唤他过来。"

秦筝刚想说不用，突然意识到太子可能是要同林尧密谈什么，便没作声，跟着林尧叫来的仆妇下去了。

她身上的衣服沾了血，脸上也有血，仆妇引着她去洗了把脸，又问她要不要沐浴。

秦筝自打到寨子后就忙着照顾快没命的太子，都没怎么拾掇自己，闻言便点了点头。

她洗了个舒舒服服的热水澡后，老大夫才被人叫了过来，给秦筝号完脉，开了个补气血的方子。

秦筝想起太子私下改药方一事，便试探着问老大夫："大夫，您给我夫君开的方子，若是煎药时白芨减一钱、仙鹤草加三钱会如何？"

老大夫捋着山羊须道："短期内是见效神速，但长此以往，却极易败坏身体……"说到此处，老大夫突然顿了顿，"夫人为何问起这个？"

秦筝敷衍道："一时好奇，随便问问。"

仆妇送走了老大夫，秦筝走出房门，看到对面主屋的灯还亮着，就知道太子和林尧还在议事，心口却有些沉得慌。

听老大夫解释了药性，再想起太子夜里突然发起的高烧，她自然明白了其中缘由。

这逃亡的一路，太子时常冷静到让她忘记他是个亡国太子。

但那几个西寨人招供的话，却让秦筝深思起来，林尧看中太子的武艺，想拉他入伙，那么太子会不会也想借两堰山的势力东山再起，打回汴京呢？

死在主屋的三个西寨人已经被拖了下去，血迹都清理干净了，还有气儿的那个，是林尧审讯完后亲自杀的。

他看着坐在对面的人，终究是给出了自己的筹码："林某知晓程兄绝非等闲之辈，程兄若愿入我祁云寨，今后祁云寨便多了一个三当家！"

楚承稷浅饮一口温茶，并不言语。林尧见他不为所动，继续道："祁云寨如今虽分东、西两寨，但假以时日，我必将西寨合并回来，何老贼和他那义子我暂且动不得，程兄若肯助我，吴啸那厮届时任凭程兄处置！"

怕楚承稷担心被官府围剿，他又道："青州地界内，匪类虽是他盘龙沟的水匪一家独大，但两堰山地势险要，便是朝廷大军前来，也攻不下祁云寨！"

林尧说了这么多，楚承稷终于放下了茶杯，狭长的眸子半抬："寨主想拉程某入伙？"

他笑了一声："那程某总得知晓寨主志向何在。"

在林尧疑惑的目光里，他用食指蘸了茶水在桌上画出一大一小两个圈，眸色在烛火的映照下却也漆黑慑人，翻滚着整个大楚夜幕里的风云："是小小一个西寨，还是青州匪首，抑或是……封侯拜将，彪炳青史？"

一直到林昭大闹西寨回来，主屋的门都还没打开。

报信的人在院中说二当家的义子吴啸被林昭打得不轻，肋骨都断了三根，二当家亲自带着他的义子来东寨讨说法了，人正在祠堂等着。

秦筝在屋内将这些话听得分明，照顾她洗漱的仆妇直接朝外"呸"了一声，骂道："大小姐落到水匪手中就是被那姓吴的害的，他们又在庆功宴后使这些见不得人的手段，倒是还有脸来讨说法？"

秦筝试探着问那仆妇："阿昭落入水匪手中也跟吴啸有关？"

仆妇提起吴啸就没好脸色："大小姐同他们一道出去劫镖，怎的就大小姐一人被水匪活捉了？八成是那群狗东西跟水匪联手做的套！"

秦筝听完这番话后若有所思，她和太子今夜遇刺，或许幕后主使当真是吴啸，但林昭落到水匪手中，只怕吴啸是听二当家的命令行事的。

毕竟，若只是吴啸动了林昭，林尧绝不会隐忍到现在。

二当家动林昭的目的倒也不难猜，水匪或许会以林昭做挟，逼迫林尧做一些不利于祁云寨的交易。

林尧若是带着东寨的人跟水匪拼个鱼死网破，那么二当家就能坐收渔翁之利。林尧若是忍了下来，二当家煽风点火，也能动摇东寨的人心，方便他夺权。再者，就算林尧不顾大局，要为林昭讨回公道，二当家把吴啸这个替死鬼一推出去，自己就能择得干干净净。

所以，林昭这步棋，对二当家而言怎么都是百利而无一害。

林尧就是明白这一点，才隐忍了下来。

只是二当家怎么也想不到，他的这盘棋会杀出秦筝和太子这个变数，不仅救了林昭，还让林尧轻易劫了水匪的货物，东寨此次赚得盆满钵满。

主屋那边传来的开门声打断了秦筝的思绪，她听见林尧冷笑着说："何叔要讨说法？把那三具尸体带过去吧，我倒要看看，是谁给谁一个说法。"

东寨的人很快便去安排了。

秦筝却有些疑惑，三具尸体？不是还有个没断气的吗？

她想起太子那狠佞的一脚，该不会是太子下脚太重，那人躺了一会儿直接没气了吧？要是林尧没有亲自审出幕后主使，那太子跟他说幕后黑手是吴啸他会信吗？那么他们在屋子里谈了这么久，又谈了些什么？

秦筝只觉得自己的心里仿佛有只猫爪子在挠似的，她走出房门时正跟走至院门处的林尧碰上，林尧冲她抱拳道：“程兄有伤在身，不便去祠堂那边，二位且好生歇息，林某去解决此事，明日必定给程夫人和程兄一个交代。”

秦筝福身还了一礼：“有劳寨主了。”

林尧似乎往主屋那边瞥了一眼，神情不太自在地道：“夫人切莫多礼，林某是个粗人，受不起这些，再说，本就是寨子里招待不周……林某先去祠堂，卢婶子留下照顾二位的饮食起居，今夜我会派人守着院外，程夫人和程兄只管宽心。”

秦筝向他道谢后目送他离开，不知道是不是她的错觉，她总觉得林尧跟太子谈完后，林尧待他们除了客气，似乎还多了几分敬重。

卢婶子就是方才伺候她洗漱沐浴的仆妇，林尧都唤她一声婶子，秦筝客居山寨，更不可能把她当下人看。

小院里一共三间房，只有主屋的床是铺好了的，卢婶子住在这儿今晚还得铺床。

但侧屋的床上只有一张竹篾席，四月初的夜里还是冷得厉害，没有被褥是万万不能御寒的。

秦筝去主屋拿她用来打地铺的那两条棉被时，太子还坐在桌前。

她讪讪道：“寨主安排了一位婶子过来照顾我们的饮食起居，侧屋没有被褥，我给她拿两床被褥过去。”

楚承稷轻点了下头，并未多言。

人本来就是他找林尧要的，合作已达成，他自然也不会再委屈秦筝亲自捣弄那些柴米油盐。

她那双手，就该和从前一样研脂弄粉。

秦筝看出他眉宇间有淡淡的疲惫和躁意，小心询问：“相公可是身体不适？”

楚承稷又闭上了眼，按着眉尾道：“头疼。”

他还是高估自己了，一副加强了药性的药下去，不仅发起了高烧，还引起了头痛之症。

这段时日，秦筝是见识过他有多能忍痛的，能让他亲口说出“头疼”二字，显然已不是一般的疼了。秦筝抱起打地铺的被褥就往外走：“我把被子拿去给卢婶子了，等回来帮你揉揉。”

不出片刻，秦筝就回来了，楚承稷还维持着她出门前的姿势。

她掩上门，走到方桌前道：“相公，我给你揉揉吧？”

楚承稷看她一眼，她明澈的眸子里映着烛光，好似藏了一片暖阳。

他一言不发，却收回了按在额角的手，算是默许。

秦筝莹白的指尖搭上他的额角，用不轻不重的力道按了按，问：“是这里吗？”

楚承稷闭着眼淡淡地“嗯”了一声，他垂落下来的长发拂过秦筝的手背，凉凉的，却又带起一阵酥酥的痒意。

这么按了一阵，楚承稷突然叫停："好了。"

秦筝收回手，问："好些了吗？"

"确实有效。"楚承稷说完却直直地望向她眼底，"你何时会的这些？"

秦筝估摸着自己以前也不会帮太子揉按推拿，便搪塞道："从前母亲也时常犯头痛之症，我给她按过。"

楚承稷收回目光没再多问，只道："夜深了，歇着吧。"

桌上那截蜡烛也快燃到底了，索性就没再灭烛火。

多的两床被子被秦筝拿给卢婶子了，地铺是没法打了，她扶着楚承稷走到床边后，本想让楚承稷睡里边，但楚承稷坐在床头没动，秦筝只得道："相公，你睡里边吧，你身上有伤，夜里有事叫我起身也方便些。"

楚承稷眼皮都没抬一下地道："睡进去。"

他给出的理由也叫秦筝无法反驳："寨子里不安全，我怕再有贼人来。"

秦筝不想跟自己的小命过不去，踢掉鞋子，爬到床里边，几乎是贴着墙根躺下的。她睡觉不老实，万一不小心碰到他的伤口那就罪过了。

楚承稷看了一眼她贴着墙根绷得跟块钢板似的睡姿，嗓音没什么起伏地道："被子没那么大。"

等他躺下了，秦筝才反应过来他那话是什么意思。

寨子里为了节省棉絮，被子做得并不大，几乎是平铺下去刚好能覆盖整张床。她贴墙根睡，楚承稷躺下后，她就只能搭个被角。

桌上那截蜡烛在此时彻底燃尽，烛火"扑哧"一声熄灭，整个房间便陷入了黑暗中。

楚承稷因为胸口的箭伤而平躺着，秦筝做贼心虚般地看了他一眼，发现他闭着双眼，才小幅度地往床中间挪了挪。

身侧这个男人是她名义上的夫君，可严格来讲，这还是她失忆以来第一次跟他同床共枕。

在商船上那次，他们刚死里逃生，她只想睡个好觉补充精力，压根没空去想那些有的没的，现在暂时安定下来了，大晚上的再跟他躺在同一张床上，不免觉着哪都不自在。

倒也不是排斥，就是……不太习惯。

黑暗中，秦筝很是纠结，她以为自己会失眠很久，怎料想着想着脑子里就一片空白了。

楚承稷听到身侧的呼吸声均匀后，才睁开了眸子。他侧头看了一眼秦筝，习武之人目力惊人，秦筝在黑暗中只能辨出他一个模糊的轮廓，但他却连秦筝轻搭在眼睑处的眼睫都能瞧得一清二楚。

才出宫几日，她下巴就已尖了几分。

楚承稷的唇角抿成了一条直线，把被子小心地都盖在了秦筝身上，自己则搭了件外袍，侧过身朝外睡了。

这一夜，寨子里的其他地方陷入了沉寂，祠堂内却是灯火通明。

院中置了一把红木交椅，二当家大马金刀地坐在椅子上，所带的二十余个西寨汉子自交椅两侧呈八字形排开，气势迫人。

二当家四十出头，蓄了短须，身形偏瘦，凸出的颧骨让两颊凹陷了下去，一双眼锐似鹰隼。

站在二当家跟前的那身长九尺的汉子，便是他半路收的义子吴啸，一张方正脸孔，宽肩阔颈，身上肌肉虬扎，块垒分明，只是此刻一手捂着前胸，身上的衣襟被鞭子抽破，鞭痕处血迹斑斑，嘴角也有尚未干涸的血迹。

林昭和王彪等几个东寨的汉子站在他们对面，林昭双手抱胸，一脸不忿。

林尧甫一进祠堂，瞧见的就是这样一副情形。

跟在他身后的东寨汉子搬出一把虎皮太师椅摆在院中，林尧一撩袍角坐上去后，立即又有汉子捧着一盏热茶递上来。

林昭看到林尧这架势，腰杆不自觉地又挺直了几分。

林尧带来了二十多个汉子，加上跟林昭一起去西寨大闹后回来的那七八人，他们这边将近三十人，气势上半点不输二当家。

二当家那边也有一个东寨的汉子过去奉茶，二当家摆手示意汉子退下，他鹰眼打量着林尧，笑意不达眼底："寨主好大的排场。"

林尧只皮笑肉不笑地道："同二叔比起来，还是差了几分。二叔深夜造访，不知是要讨个什么说法？"

二当家斜了吴啸一眼："啸儿。"

吴啸直接扒下自己那件被林昭抽成破布条的外袍，没了外袍遮掩，那些破开皮肉的鞭痕在火把下瞧着更刺目。他粗声道："我吴啸入祁云寨五年，没有功劳，也有苦劳，大小姐空口无凭地说我害她的恩人，我委实冤枉。"

林尧的嘴角牵起一抹冷笑："正巧，我这儿也有几个证人需要二叔和吴兄弟给个说法。"

他向身后的汉子使了个眼色，汉子一招手，就有几个东寨的汉子抬了那三个死去的西寨人前来，西寨的汉子们瞧见那几张熟悉的面孔俱是震惊。

林尧身子倚着一边，手肘撑着太师椅的扶手，他意有所指道："大晚上的，吴兄弟手底下的人不回西寨歇息，反倒是提着刀跑到我东寨贵客那里谋财害命去了，吴兄弟可还觉得冤枉？"

吴啸的脸色变了变，忙看向二当家："我全然不知此事，我在庆功宴上喝多了，还是徐老六他们送我回去的，义父和大当家的若是不信，可以唤徐老六前来对峙！"

有意思的是，他先说了二当家，再提的林尧。

林昭冷笑一声，直接将头扭到一边。

从看到那三具尸体就一直阴沉着脸的二当家，在此时才狠狠地给了吴啸一巴掌，怒道:“你就是这么管束你手底下的人的?”

吴啸被打得偏过头去,嘴角都破了却不敢有半句怨言,垂首站在二当家的身侧。

二当家这才看向林尧:“犬子管束下属不力,确实该罚。但寨主可否看在我这把老骨头的面上,留他一条性命,我膝下无子,将来还指望他养老送终。”

林尧笑道:“二叔言重了,不过是二叔大晚上前来要说法,我给了说法而已。”

二当家听着他这番话,眼神阴鸷了几分,面上却不显,抬脚对着吴啸的腿窝一踹,吴啸人高马大的一个汉子,直接被他踹跪下了。二当家怒斥他:“混账东西,我这老脸都叫你丢尽了,还不快给寨主和大小姐赔罪!”

吴啸跪在地上低垂着头,掩住了那满脸的杀气,对着林尧和林昭道:“吴啸在此向大当家和大小姐请罪,请大当家和大小姐责罚。”

林尧并未言语,林昭却看不惯他们这副做戏的样子,抖开腰间的长鞭冷笑道:“好啊!”

她刚欲动手,却被林尧叫住了:“阿昭,不可胡闹。”

林昭“哼”了一声,终是没有动手。

二当家扬声道:“给我拿鞭子来!”

西寨的人很快便奉上了一条马鞭,二当家起身抬手就对着吴啸赤裸的后背狠狠地甩了一鞭子:“子不教,父之过,今日为父就替寨主和大小姐好生教训你!”

二当家甩手打了足足十余鞭,吴啸整个后背都皮开肉绽得没法看了,林尧这才慢悠悠地开口:“好了,二叔,多大点事。”

二当家恨得牙痒痒,林尧就是故意的,可他却也还得说一句:“我回去继续罚这不肖子,改日让他负荆,前去贵客住处请罪。”

林尧语气散漫:“责罚就不必了,负荆请罪等吴兄弟背上的伤好些再说吧。”

吴啸跪在地上,脸色铁青,起身的时候都没法自个儿站起来,还是两个西寨汉子扶着他走的。

二当家一行人气势汹汹而来,却是带着几具尸体铩羽而归。

等西寨的人都走完了,林昭紧绷的脸上才露出几分笑意:“哥,真有你的!解气!”

林尧瞪她一眼:“说你多少遍了?哪个姑娘家像你这般?”

林昭嘿嘿一笑:“我这不高兴嘛!”似想起了什么,她又问,“我记得阿筝姐姐之前说还有一个活口,怎么人都死了?”

林尧的眼神冰冷了下来:“若是让何老贼知道了吴啸打的算盘,只怕他会比我们还急着弄死吴啸,那样的话还怎么看他们狗咬狗?”

这下,林昭心底是彻底没气了,今晚这顿鞭子,以吴啸那小人的秉性,必然把二当家也给记恨上了,他们互咬得越凶,林昭就越高兴。

她收起自己的鞭子扭头就往外走:“我得告诉阿筝姐姐这个好消息去!”

林尧无奈地叫住她:“这都几更天了?回你屋睡觉去,有事明日再说。”他顿了顿,又补充了句，“在程夫人面前别没大没小的。”

林昭不满地瞪了林尧一眼：“我跟阿筝姐姐关系好着呢！”

待林昭走远，林尧才对王彪道：“往后寨子里不必再防着程公子夫妇。”

王彪眼前一亮：“大哥，你把那小白脸拉入伙了？”

林尧眼皮跳了一跳：“他们是贵人，往后不可无礼。”

王彪摸着后脑勺，一脸迷惑，那他还能不能跟那小白脸比武了？

天刚蒙蒙亮，整个山头就响起了鸡鸣声。

秦筝睡眼惺忪地掀开眼皮，她又做梦了，不过这次不是噩梦，她只迷迷糊糊地记得自己在一个光怪陆离的地方，像是学堂，学子中有男有女，不过服饰都很怪异，学堂前还有一块大板子，夫子就在那块大板上写写画画，讲着一些晦涩难懂的东西。

天色还早，秦筝没理会这莫名其妙的梦，翻了个身打算继续睡，却发现自己的脑袋似乎抵着什么东西，说坚硬又有些柔软，似一堵温热的墙壁。秦筝闭着眼抬手摸了摸，隔着衣服摸到一截劲瘦的腰身时，她直接一激灵给吓醒了。

秦筝立刻爬起来，这才发现自己几乎是半横躺着的，而太子都快被她挤到床下去了。

他侧身朝外躺着，身上只搭了件外袍，秦筝心虚之余，心底还升起一股深深的负罪感。

她蹑手蹑脚地爬起来，小心地扒拉着太子，让他平躺下来，好睡得更舒服些，她生怕太子醒了，毕竟自己昨夜的睡姿，只怕没少让太子萌生出想掐死她的想法。

好在太子的呼吸一直很平稳，应该是太累了，并未被这点细微的动静给弄醒。

秦筝把被子搭在太子身上，又给他掖了掖被角，才做贼似的轻手轻脚地出了房间。

房门合上后，楚承稷就睁开了眼，他素来眠浅，秦筝突然伸手摸他腰的时候，他就已经醒了，后腰至后背那一片到现在还有些发麻，楚承稷的脸色格外一言难尽。

秦筝昨夜不知怎的，睡着睡着整个人就横了过来，一开始他把人扶正了，可还没安分一会儿，就又横着睡了，几次三番后，楚承稷索性懒得管了。

秦筝的脑袋就这样抵着他的后背睡了一个晚上，还时不时用脑袋拱一拱他，试图把他拱下床。

但她这么不消停，他竟然还是睡着了，楚承稷自己都觉得不可思议。

秦筝走出房门后，她羞愧地搓了搓脸，思索着今晚干脆还是打地铺睡吧。

不过她怎么就突然做了个奇奇怪怪的梦？即使现在已经完全清醒，但她发现自己仍对梦里的一切都记得无比清晰，甚至各种建造的原理，她都再清楚不过。

隔壁的卢婶子约莫是听见她开门的声音，没过多久也拾掇完毕出来了。

卢婶子挽起袖子去厨房，开始生火做饭，秦筝闲着无事也跟过去帮忙，早饭做的还是青菜肉末粥，卢婶子还煮了几个鸡蛋。

秦筝打好水去叫太子洗漱用饭时全程心虚，不敢看他，太子也没提昨夜的事。

用过早饭不久，林昭就风风火火地赶来了，将昨夜吴啸被二当家抽鞭子的事绘声绘色地说了一遍，别提有多高兴。只不过说到后面，她的情绪又低了下去："咱们东寨虽然还没跟西寨彻底撕破脸，但昨夜的事情发生后，也和撕破脸差不多了。"

秦筝有些歉意："让你和寨主为难了。"

林昭忙摇头："这有什么为难的，只不过我哥他们正在修栈桥，寨子里懂修筑的是西寨的人。先前说好了他们的人帮我们修栈桥，我哥劫回来的布匹分他们三成，现在西寨那群人不认账了。"

林昭似有几分不忿，不过很快又信心百倍："我回头就下山去劫个懂得修栈桥的工头，我就不信，没了他西寨的人，咱们东寨还修不了一个栈桥！"

秦筝想到昨夜的梦，迟疑片刻，还是问了出来："栈桥修到哪一步了？"

林昭听到秦筝的问话，颇为苦闷地道："我不懂修栈桥的工序，只是听王彪大哥他们说，栈桥都要准备放龙骨了，结果昨夜江水涨潮，淹上岸来，先前挖的几个桥墩基槽全进了水，还塌方了，西寨那个工头又推脱不来，我哥一大早，饭都来不及吃一口就去栈桥那边了。后面若是再求到西寨去，只怕他们不仅要狮子大开口，还得好生让我哥难堪一番。"

其实修筑栈桥，也是林尧隐忍西寨的一个原因，两堰山四面环水，崖壁又陡峭，每次把劫掠回来的物资运回山上实在是费劲。若有了栈桥，运送物资就方便不少。

秦筝听到林昭说的那些问题，却是心下一凛，桥墩基槽进水？塌方？这完全就是自己昨夜梦里夫子讲过的问题！

她问："挖基槽时没放坡？也没挖排水沟？"

林昭听得一脸茫然："阿筝姐姐你说的那些是什么啊？"她挠挠后脑勺，"其实，我也不知道王彪大哥说的龙骨是个什么东西，小时候寨子里重建祠堂时，我倒是瞧见过他们往梁柱底下压了几块兽骨，说是辟邪镇宅用的，龙骨是不是也是这个作用啊？"

秦筝解释道："龙骨并非真正的骨头，而是支撑整个栈桥造型、固定栈桥结构的木结构。"

虽然这些都是在梦里学到的，但秦筝总觉得很熟悉，仿佛很久很久以前，这些知识就一直存于她脑海中一样。

"原来龙骨就是木头啊。"林昭颇感新奇。

秦筝想了想道："不全对，准确来说，龙骨是建筑物的一个大体结构，它就像支撑起我们人体的骨头一样，和它是什么材质无关。如果栈桥是木结构的，那么它的确就是木头，但若栈桥是铁索、钢板建成的，那它就是钢铁。"

这下林昭完全弄懂了，她分外崇拜地看着秦筝："阿筝姐姐你怎么懂得这么多？"

林昭终于还是问到了这个问题。

她若坦言是在梦中预见的这一切只怕会吓到小姑娘，秦筝也不敢贸然让人知晓自己有这样奇怪的能力，便搪塞道："我祖上做过官，家中有不少关于船舶栈桥方面的藏书，我未出阁前翻阅过一些。但此事我只同你说了，你切莫跟旁人提起，包括我相公。"

要是让太子知道了那还得了，跟建筑工程挂钩的东西，还真不是看点书就能无师自通的，不然工部的那些官员岂不人人都做得？她撒的谎能糊弄不懂行的林昭，却糊弄不了太子。

林昭听完秦筝的话，重重点头：“阿筝姐姐放心，我不同旁人说，只是……”

她略有些迟疑道：“为何也不能让你的夫君知道？”

秦筝沉默了一秒，有句话怎么说来着——编了一个谎，就得再编无数个谎来圆那一个谎。

她垂下眼睫，昧着良心道：“我相公家中规矩甚多，看中女子德行和女红持家，我看那些书，不合规矩。”

此刻，秦筝心底正有个小人在泪流满面地向楚承稷作揖道歉，她不是故意要抹黑他的，可只有这样说，林昭才不会怀疑。

果然，林昭一听秦筝的解释，面上就多了几许不忿：“这杀千刀的世道，凭什么女子就非得低男子一头？”她有些替秦筝委屈，但也怕给秦筝带去麻烦，她承诺道，“阿筝姐姐放心，此事我不会让第三个人知晓。”

这姑娘心思单纯，疾恶如仇，秦筝是打心眼里愿意同她亲近。

她和太子客居山寨，东寨的人对他们甚是友善，昨夜林昭是为了帮她出气才跑去大闹西寨，结果弄得东寨和西寨盟约破裂，修栈桥的工作也停下了，秦筝心中颇为过意不去。她既然做梦也梦到了修栈桥会发生的阻碍，虽然百思不得其解，但还得去现场亲自看看，才能确定是不是她梦里的那座。

秦筝道：“阿昭，你若信得过我，可以带我去修栈桥的地方看看，兴许能帮上忙。”

林昭眼前一亮：“可以吗？”

秦筝点头：“只是要隐瞒我们前去的目的。”

“这个简单，我跟王大娘说一声，中午我去给我哥他们送饭！”她看了一眼厨房外边光秃秃的泥地，“正好阿筝姐姐你们院子里没种驱蛇虫的花草，你同我一道去便是！就说我顺道带你去挖驱蛇草！”

秦筝想了想，点头：“这个理由可行。”

灶上的瓦罐隐隐传出一股煳味儿，秦筝忙用湿帕子垫着把瓦罐端下来：“瞧我，都忘了这还煎着药。”

好在只是微煳了一部分，把药渣挤一挤，还是能倒出大半碗药汁来。

林昭原本还对太子有几分爱屋及乌，但一想到秦筝先前说的，他们家不喜女子看那些书，脸色不免有些难看：“煳了正好，若是叫我来煎药，我非得多加二两黄连不可！阿筝姐姐你这么好，嫁入他们家还受那些气。”

秦筝心虚无比，只庆幸厨房离主屋远，太子听不见她编派抹黑他的那些话。

她干咳两声道：“相公待我也挺好的。”

林昭颇为痛心疾首地看着她，只感慨道：“这世间的男人，怎么就没个十全十美的呢？”

她老气横秋地摇摇头：“阿筝姐姐，那我先去王大娘那边帮忙了，午时再来找你。”

秦筝看着林昭颓丧离去的背影，感觉自己好像打破了一个花季少女对于情爱的美好幻想，她在心底默念几声罪过。

卢婶子在山寨里有几亩自己的田地，用过早饭后就下地干活去了，林昭一走，这院子里又只剩下秦筝和太子二人。

秦筝端着那碗煳底的药汁走进主屋，唤太子喝药。

因为昨夜才抢了他的被子，还差点把他挤到床底下去，上午又编派起人家的是非来，秦筝就是脸皮再厚，也没好意思看对方。

楚承稷喝药时，她一边缝补他那件被水匪砍破的衣服，一边道：“等天气一暖，院子里可能会钻进来蛇虫，一会儿用过午饭，我同阿昭一道去挖几株驱蛇虫的花草回来种在院子里。”

药汁入口，楚承稷就隐隐尝出了一股煳味儿，他看了秦筝一眼，咽下最后一口药，道：“让寨子里的人挖好了送过来便是。”

秦筝正在跟手上的那根绣花针斗智斗勇，一不小心扎到了手。

她低呼一声，手上已冒出血珠子。

楚承稷听见她的低呼就看了过来，瞥见那颗血珠，俊眉锁起：“别缝了。”

秦筝眼瞧着血还在往外冒，来不及回答，就把手指含进了嘴里吮了吮。

片刻后秦筝吐出手指，发现不再出血，这才满意，她回答起楚承稷方才的那番话：“咱们借住在寨子里，什么都麻烦寨子里的人，总归是不太好。”

秦筝自认为找的理由无懈可击，可她说完后却久久没听到楚承稷回答，不由得抬起头看他一眼：“相公？”

秦筝坐在凳子上，楚承稷虽半倚着床头，但还是高出她一大截，他微眯着狭长的眸子看她时，给人一种居高临下俯视的压迫感。

秦筝纤长的睫羽颤了一颤，本能地想移开视线，但楚承稷却突然抬起手，拇指微微用了些力道擦过她丰润的唇瓣。

心跳又变得有些快，秦筝怔怔地看着对方那张冠玉般的脸。

“唇上沾到了血。”楚承稷把指腹上那抹淡淡的血迹拿给她看，嗓音很轻。

明明跟上次他帮她擦脸上的炭灰时是一样的，但又似乎有哪里不一样了。

秦筝拿着药碗走出主屋时，整个人都还有些晕乎乎的。

回到厨房后她摸了摸自己的唇瓣，后知后觉，自己这次是被撩拨了？

不过太子没再说什么，那午后便可以按照原计划同林昭一道去栈桥修建现场看看。

第四章　预知

楚承稷看着她的背影，微微出神。
所有人都在推着他向前，这还是头一遭有人担心他。

午间，秦筝焖了猪蹄黄豆汤。

吃过饭，秦筝按照和林昭的约定准备出门时，楚承稷却突然问了句："今晨的药，你没按我说的方子煎？"

秦筝脚步微顿，背对着他沉默了一会儿，才道："我问过大夫了，大夫说一味地加强药性，短期内虽见效神速，可长此以往，便会败坏身体。相公，来日方长，咱们现在有足够的时间，还是按照大夫开的方子慢慢养伤吧。"

药汁苦涩，气味又重，秦筝猜测太子光靠尝应该是尝不出药材的剂量，应该是等散药时，发现药性没有之前猛，才发现换了药方。

她说出那番话后，身后的人没再出声，秦筝也猜不透他的心思，便道："阿昭还在等我，我就先出去了。"

她抬脚迈出房门，春风穿堂而过，院外一株老槐树花落如雪，有几朵甚至飘至屋内来，秦筝黛青色的裙摆扫过门槛时，拂落了门槛上的槐花，一头乌发在轻风里轻轻飘动，仿佛是春水里漾起的一圈圈涟漪。

楚承稷看着她离开的背影，微微出神。

所有人都在推着他向前，为了用最快的时间养好伤，他素来是用最猛的药，这还是头一遭有人担心他的身体承受不住药力。

楚承稷看了一眼屋外潋滟的春光，或许……是可以慢些来。

指尖下意识地想捻动什么，却摸了空，腕上什么也没有。

那串缠在他腕上的菩提珠，早没了。

秦筝走出院子没多远，就瞧见了拎着食盒等在路口的林昭和喜鹊。

林昭见她背着个小竹篓，手上还提着把锄头，笑得眯起眼："阿筝姐姐果然怎样都好看！"

秦筝佯嗔瞪了她一眼："行了，别打趣我了，快走吧。"

既说是要去挖驱蛇草，样子自然还是得做足。

林昭让喜鹊帮秦筝拿这些工具，秦筝见她们主仆二人两手都拎着个大食盒，瞧着分量不轻，便回绝了，只道竹篓和锄头都不沉。

天光艳朗，山间草木舒荣，雀鸟的鸣叫声不绝于耳，倒显得寨子里像是个世外桃源。

进寨那次，秦筝被蒙住了双眼，此番跟着林昭出寨，才惊觉两堰山当真是天险之地。

两堰山内侧是一个巨大的天坑，坑壁高达数十丈，全是峭岩，草木不生，前人在几十丈高的石壁上修了栈道，以此来与外界联通。栈道能同时容纳四人通行，在崖壁坡度稍缓的地方，则铲平石坡，修了蹁道。

秦筝摸着栈道边上的木质防护栏，颇有些感慨：“这称得上是天险了，当初修这栈道者，真乃奇人也。”

林昭颇为自豪地道：“那是，听寨子里老一辈的人说，大楚还未建立那会儿，山下民不聊生，那些个侯爷将军，打了十几年，就没个太平的时候。后来北戎来犯，甚至入主汴京皇城，北戎烧杀抢掠，视吾辈为猪狗禽畜，动辄屠村屠城，林家先祖这才带着族人躲到两堰山来，靠着这里的天险，祁云寨就没被战火殃及过。”

林昭想起山下又乱了，于是又叹了口气：“三百年前有武嘉帝力破万军，平了那乱世，如今这天下，却还不知要乱多久。”她踹了踹脚下的碎石子，“可惜武嘉帝没有后人，不然他的子孙后代在当世也是个雄主，哪里轮得到祁县李家称帝汴京。”

秦筝想到寨子里还有个武嘉帝曾了不知多少代的孙侄，莫名心虚，只道：“王朝更迭，受苦的的确是天下百姓。”

林昭随手扯了根狗尾巴草衔在嘴里：“马上又是四月初七武嘉帝诞辰了，往年这段时日去云岗寺上香的人可多了，寺里还会准备庙会，那场景热闹得堪比过年，但往后应该不会再有那样的盛况了。”

毕竟大楚已经亡了。

秦筝不解：“武嘉帝诞辰和云岗寺庙会有何关联？”

林昭诧异地看她一眼：“阿筝姐姐你竟不知，武嘉帝原是云岗寺的俗家弟子啊！他本出身陇西望族，但一出生母亲便去世了，据术士言是命犯七杀，未满周岁就被他生父送去云岗寺修行，十八载未曾归家，一直到后来北戎入主中原，他才下山从军。”林昭尚武，对武嘉帝格外崇拜，“他这一下山，就收复了陇西、陇东两地，随后发兵北上，收淮阳、占荆州，攻盘口关、取华西道，势如破竹，打得北戎节节败退，滚回了老家！一统北方后，又挥师南下，降淮州侯，退西陵夷族，击溃巫蛮十万大军！”

林昭说到激动处脸都红了，最后却黯然了下来：“可惜天妒英才，武嘉帝称帝一年后就病逝了，民间传言，他是武神转世，平了乱世就又回天上去了。百姓为了纪念他，在各地都修建了武帝庙用来供奉他，云岗寺就在青州境内，寺里替武嘉帝塑了金身，因此青州并未建武帝庙，青州府的百姓每年都会在武嘉帝诞辰时，前往云岗寺上香。”

听林昭说了这么多关于武嘉帝的事迹，秦筝可算是明白他在大楚百姓心目中是个什么地位了，无怪乎她做的那些梦里，叛军为了巩固统治，无所不用其极，甚至编派自己是个祸国妖妃来抹黑楚国皇室。

不过太子没死，或许……一切都会变得跟梦里不一样吧？

秦筝道：“在位不到一年，却一直得百姓这般爱戴，且不论武嘉帝的文治，单是这战功，便也称得上‘千古一帝’了。”

林昭用力点头：“我若是早生个几百年，我非得去武嘉帝麾下当个女将军不可！”

秦筝笑道：“如今的世道也乱，指不定哪日你真当女将军去了。”

林昭却哼了声：“我才瞧不上如今这几个只会窝里横的王侯呢，北戎都打到河西走廊了，他们屁都不敢放一个。李信也不是什么好东西，他手底下的兵打到哪儿抢到哪儿，比那土匪还不如！去给他们卖命，不值当！”

正说着，穿过前方一道石洞，就到了两堰山外壁，秦筝见到那日上来乘坐的吊篮，十来个穿着单衣的汉子守在此处，见了林昭，其中一半人纷纷起身抱拳：“大小姐！”

见着秦筝，他们也只扫了一眼，并未露出异色。

另一半人虽也站了起来，但态度却显得极为轻慢，给林昭见礼时话都说不齐，有的还叼着根剔牙的竹签子，目光极其放肆地打量着秦筝。

林昭冷冷地瞥了他们一眼：“招子不想要了，姑奶奶给你们挖出来便是！”

被这般警告了，他们才收敛了视线。

林昭转头对冲她抱拳的几个大汉道：“放吊篮，我去给我哥他们送饭。”

几个大汉启动机关，在一阵隆隆的声响里，放置着吊篮的钢板被推出了山壁，形成一个承重台，秦筝瞧见这一幕，心道果然和她之前预料的一样。

因为带了四个蒸笼大的食盒，颇占地方，大汉们一共放出了三个吊篮。

拉伸绳索的是一个类似井水处打水的大型转轴，几个大汉稳着转轴一圈一圈地放绳索，吊篮便逐渐往下。等离开洞口远了，林昭才道：“阿筝姐姐别介意，这入口一直都是东、西两寨的人一同看守的，西寨那群人知道栈桥出问题了，正等着我哥求上门去，狂着呢。”

秦筝笑意温和：“没什么的。”

且狂这一时罢，后边就难说了。

吊篮落地，秦筝翻出去后帮着林昭主仆二人把食盒抬出去。

她发现此处算是一个人工开凿的空顶洞穴，抬头能看到天空，但外边还有一层山岩遮挡，脚下的石阶是在原有的山岩上凿出来的，走下石阶从一个布满藤蔓的石洞钻出去，才是那日大船靠岸的浅滩。

眼下，浅滩上堆着不少木头、土石，原本的沙地上每隔一丈就挖了一个大坑，只不过因为昨夜涨潮，又是沙地，塌方后显得不伦不类，坑底还有不少积水。

正是自己昨夜梦中所见的问题！

秦筝已经做过一次预知梦，她此刻倒是没再因一个梦而惊疑不定，很快便收敛了神色。

林尧和十来个东寨汉子正拿着铁锹，高挽着裤脚赤着膀子在那边挖什么，个个脸上都沾了不少泥浆。

林昭把食盒放到一处空地，大声吆喝：“歇工了，先吃饭！”

一听到开饭，汉子们才停工，但见着前来送饭的是女娃子，还是先把被汗水湿透的衣裳穿上后，才三三两两地去江边洗手上的泥。

发现秦筝也跟来了，不少人的视线倒是在她和林尧之间打起了转。

王彪拿了个馒头，端着粥碗跟几个相熟的汉子蹲成一个圈，边吃边往秦筝那边瞅：“你们说，那小娘子跟来做什么？”

几个汉子只顾着吃，一致地摇头。

王彪给了挨着自己的汉子一胳膊肘，低骂道：“你们这群饭桶，就知道吃吃吃。”

说着他又往秦筝那边看了一眼，发现林尧走了过去，咂摸道：“你们说，那小娘子该不会是看上咱大哥了吧？”

一个汉子闷声道：“不可能，那小娘子的夫婿长得可俊！功夫也不比咱大哥差！”

王彪给了他脑袋一下，骂道：“怎么说话呢，咱大哥那才叫俊！那小白脸一副病恹恹的短命相，哪里比得上咱大哥？”

脑袋被敲的汉子揉着脑袋道：“姑娘们才不喜欢咱大哥那一挂的……”

王彪作势又要打，汉子赶紧捧着碗，拿着馒头蹲别处去了。

秦筝会出现在这里，林尧委实有些意外。

昨夜密谈，那自称程田的清贵公子虽还未向他亮明身份，但一想起他说的那几条计谋，林尧到现在脚下都还有几分发虚，也愈发肯定这夫妇二人的真实身份只怕非同凡响，还特地嘱咐过寨子里的人待他们要更加敬重。

眼下见秦筝过来，他生怕是林昭胡闹带她一道过来的。

见了秦筝，林尧抱拳就道：“程夫人怎来了这腌臜地？”

林昭嘴快，替秦筝答道：“阿筝姐姐想挖几株驱蛇草回去种在院子里，她不认得驱蛇草，我记得这附近有，索性叫阿筝姐姐同我一道过来了。”

林尧沉了脸：“胡闹，你回去时顺手带几株拿过去不就行了，还让人家跟着你跑一趟。”

秦筝担心林尧动怒是因为林昭让自己知道上山的方式，忙道：“寨主勿怪阿昭，是我好奇，想跟着一同过来看看的。”

她都替林昭说情了，林尧也不好再向林昭发难，只嘱咐林昭一会儿早些送秦筝回去，拿了馒头和红薯便往王彪那边去。他们先前围成的圈少了一个人，林尧一蹲过去，正好把那缺口给堵上了。

王彪朝林尧那边挤了挤，压低了嗓音问：“大哥，那小娘子来这边干吗？一起来送饭的？”

林尧白了他一眼：“过来挖驱蛇草的。”

王彪颇为失望地“哦”了一声。

秦筝趁着他们吃饭，倒是随林昭去他们挖的基坑处细看了一眼，的确是她梦里出现的问题。

这里靠近江流，土壤湿润，没放坡，又没挖排水沟，基槽内一进水就容易塌方，而且看样子，这基槽原本的深度应该是按照在干燥的土壤中挖基槽的深度标准来挖的。这儿表层的土壤湿润松散，基槽须得挖得更深才对，必须得挖进底下的硬土层，栈桥底座才能稳固。

秦筝越看，眉头便皱得越深。

边上吃饭的汉子见她们站在基槽口，吆喝了声：“姑奶奶们，可别去边上踩，要是又给踩塌方了，弟兄们这一上午可就白忙活了！”

其余汉子都笑了起来，倒是没多少恶意。

秦筝不动声色地对林昭点了下头，林昭知道她看完了，才扬声道：“谁稀罕看你们挖的破土坑，哥，我带着阿筝姐姐挖驱蛇草去了！”言罢，她便领着秦筝往浅滩处的灌木丛里钻去，喜鹊则跟在她们身后。

走出一段距离后，林昭让喜鹊放哨，这才问秦筝：“怎样？阿筝姐姐可看出什么问题来了？”

秦筝捡了根树枝，在地上简略地画出那边的几个基坑，又在基坑旁画了一条竖线，道：“下桩子前，得把基槽再挖深些，至少得挖到硬土底下两尺。除此之外还得等边放坡，坑有多深，铲出的斜坡底长跟坑高一样就行，这样就不会再塌方。”

林昭听得一双眼都亮了：“这样就可以了吗？”

秦筝指着那条竖线：“还需挖条一尺宽的排水沟，这条沟在栈桥建成后用不着，但在基坑填土之前至关重要，有这条排水沟，坑底才不会蓄水，若是坑壁土质过湿，也容易塌方。”

这都是她在梦里看到的解决之法。

林昭望着秦筝，似懂非懂地点头，对她几乎崇拜得两眼放光。

还有最重要的一个问题秦筝没说，江水会涨潮，那就不能建固定高度的栈桥，不然涨潮时船靠岸，栈桥被水淹了等于白修。

秦筝试着给林昭解释了一遍栈桥的升降原理，但从林昭迷茫的表情里，她明显看出对方没听懂。

这些原理确实很难理解，秦筝自己梦见后，还莫名其妙精通了，她自己也觉着不可思议。

秦筝只得问：“东寨负责修栈桥的人是谁？”

技术指导是西寨的，但干苦力的都是东寨的人，应该还是有个领头的才对。

林昭道：“是王彪大哥。”

秦筝便道：“那你找个机会把我同你说的转述给他听一遍，他若懂这其中的意思自然最好，若是不懂，我后边同你解释清楚了，你再转述给他，只要别说是我的主意就好。”

林昭点点头，又不太好意思地道：“是我太笨了。”

秦筝摸摸她的脑袋：“不是你笨，人各有所长，你这身功夫，旁的姑娘练个十年八年都不一定会。”

林昭笑得露出一口小虎牙：“阿筝姐姐你人真好，我哥就只会说我笨。”

秦筝笑道：“你知道他说的是假话就行了。”

林昭心情极好地挺起胸脯，只觉得浑身都舒坦了：“那是！他那张狗嘴里就没吐出过象牙来！”

秦筝有些哭笑不得，道：“挖完驱蛇草就先回去吧，你兄长他们应当已经吃完饭了。”

她蹲得有些腿麻，从灌木丛里站起来，朝江面看了一眼。

这里地势高，秦筝一眼就瞧见江流拐角处有艘乌篷船一直停在那边，船尾有个戴着斗笠的渔翁似在钓鱼。都知道两堰山是个山贼窝，怎还会有渔人来这边钓鱼？秦筝只觉怪异，问林昭：“你们山下常有人来钓鱼吗？”

林昭起身朝着秦筝的视线看去，瞧见那艘乌篷船，脸色微变：“我哥劫了水匪的货，八成是水匪那边有什么动作，我去跟我哥说一声。”

她们匆匆挖了几株驱蛇草就从灌木丛里钻了出去。

到达浅滩处时，汉子们已经吃完饭开工了，秦筝帮着喜鹊去收拾那些食盒，林昭则径直朝林尧走去，低声跟他说了几句什么，林尧的脸色当即严峻起来，扭头同他边上的几个汉子耳语了几句，那几个汉子点点头，放下手中的活儿便走开了。

林昭折身回来，拎起地上的食盒道：“阿筝姐姐我们回去，接下来的事我哥会解决的。”

“好。”秦筝点点头，背起竹篓同她们一道往回走。

只要林尧他们提防着，在两堰山的地盘，水匪应该是掀不起什么风浪的。

回到小院时，未时刚过。

秦筝把沉甸甸的竹篓放下来，用袖子抹了一把额前的薄汗。回来的途中路过一片竹林，她瞧春笋怪嫩的，掰了不少放到竹篓里一起背了回来，想着晚上可以做嫩笋煸肉。

院里不见人，想来卢婶子又下地干活去了，主屋那边倒是隐隐有说话声传来。

秦筝竖着耳朵细听了一会儿，隐约听见老大夫痛心疾首的声音：“下错了，下错了！我这步棋应该落在这里的！”

算算日子，老大夫今日的确是要过来给太子换伤口处的药，这二人是在下棋吗？

秦筝在院子里喊了声：“相公，我回来了。”抬脚进屋时，果然瞧见太子和老大夫在桌前对弈。

没有棋盘，摆在桌上的只有一张画着棋格的泛黄宣纸，棋子是花生和蚕豆，难为二人竟杀得难舍难分。

她笑着同老大夫打招呼：“赵大夫您也在啊。”

老大夫捋着山羊须笑呵呵地道：“一时技痒，同你相公杀了几盘，听说你跑山下挖驱蛇草去了，费这般力气作甚，改天我给你们拿包驱蛇虫的药粉过来就是。”

挖驱蛇草本来就是个幌子，秦筝打马虎眼道：“先前没想起来问您。”

她话音刚落，忽听得楚承稷清冷的一声：“输了。”

“哎呀呀，都是你这丫头，害我说话分了心！”老大夫当着两个小辈的面不好意思再悔棋："罢了罢了，今日就不继续了，过几日再同小兄弟杀几盘，这寨子里没几个会下棋的，我这棋技都生疏了……"

老大夫一边碎碎念，一边把那张画着棋格的宣纸折叠起来，宝贝似的揣进怀里，挎上药箱道："我就先回去了。"

秦筝说送他，老大夫连连摆手说不必。

老大夫走后，楚承稷才问秦筝："去何处挖的驱蛇草，怎去了这般久？我听大夫说后山就有不少驱蛇草。"

他视线温和，秦筝却有种被盘问的错觉，心中没来由地一阵发虚。

"寨子里在修栈桥，阿昭要去给他们送饭，我不认得驱蛇草，就同她一道过去了，路绕远了些。"

她没想过隐瞒太子自己去了寨外的事，毕竟人多眼杂的，吊篮处那几个西寨的人瞧着又不是什么好人，回头若是跟上次在大厨房一样，胡乱编派自己，闹到太子跟前也不好看。她现在主动交代行程，倒显得坦荡些，届时就算有人添油加醋，太子也不会轻信谗言。

楚承稷听了，却突然问了句："寨主也在修栈桥？"

秦筝没料到他会这么问，稍做迟疑，还是点了点头。

她在路上时就有些渴了，现在被太子这般不温不火地问话，只感觉口干得更厉害，拎起桌上的水壶给自己倒了杯水。楚承稷在她拿起土陶杯的时候就欲出言阻止，可惜晚了，秦筝已经牛饮而尽。

秦筝喝完水就发现太子正神色莫名地看着自己，难不成自己喝水的样子太不雅了？

她轻咳一声："我太渴了。"

楚承稷轻轻地"嗯"了一声，目光落在她泛着水光的嫣红唇瓣上，只一眼就别开了视线。

那杯子是他先前喝过的。

他没再问林尧和修栈桥的事，秦筝松了一口气之余，却还是觉着二人间的氛围有些怪怪的。她主动找了个话题："听说四月初七是武嘉帝诞辰，青州境内的云岗寺是武嘉帝生前修行过的地方，届时相公想去寺里拜拜吗？"

"有什么好拜的？"楚承稷语调平淡。

秦筝诧异地看他一眼，心说武嘉帝虽不是他直系祖宗，可他们祖辈好歹继承了人家打下来的江山，这会儿亡国了，就这么翻脸不认祖宗的吗？

楚承稷似是看懂了她的想法，道："众生皆苦，神佛尚且普度不过来，一个死人又能庇佑什么？"

虽然他说得很有道理，但秦筝下午才听林昭说了武嘉帝的功绩，忍不住道："当年武嘉帝陛下北征戎狄、南驱巫夷，战功无数，百姓祭拜他不一定是有所求，只是想记住他罢了。"

楚承稷轻笑了一声，目光在一瞬间变得悠远苍凉，嗓音里透着一股说不清道不明的嘲意:“世人不都骂他穷兵黩武，杀人如麻，乃陇西屠夫吗？”

怎么越说越离谱？

秦筝觉得太子有些怪异：“怎会？大楚百姓都对武嘉帝陛下尊崇有加，还在不少地方建了武帝庙供奉香火。”

楚承稷修长的五指按在桌上，力道大得骨节隐隐泛白，嘴角却依然挂着那抹笑：“倒真是……世事变迁了。”

难不成楚国皇室和普通百姓对武嘉帝的评价不一样？秦筝百思不得其解。

但楚承稷显然不愿再多说什么，秦筝便也识趣地没多问，收拾东西时发现木箱顶上放了笔墨纸砚，纸张粗粝，还起了毛边，一看就不是什么好纸，但在山寨里却算得上难得，毕竟这乱世里能识文断字的人少，文房四宝也不是普通人家用得起的。

先前屋子里可没有这些，秦筝好奇地问了句:“这是哪来的？”

楚承稷的神色已重归于平静:“同寨子里的大夫下棋，赢了他几局后借用的。”

楚承稷要笔墨纸砚作甚秦筝不清楚，但她自己心里的小算盘却已经打了起来。

找机会她按照梦中所见画一份细致的栈桥设计图，把要用榫卯结构组装成的支架平面图也单独画出来，届时再让林昭照着设计图给负责修栈桥的东寨头目解释，对方应该就能听懂了。

楚承稷见秦筝两眼放光地看着纸砚，扬眉问:“你要用？”

秦筝心说，她表现得有那么明显吗？

不过她是万不敢在太子跟前动笔的，她一深闺女子突然精通这些，太子必会起疑。

在梦里才被当成祸国妖妃鞭尸过，秦筝心有戚戚，万不敢坦白梦境的事，万一也被当作妖孽就糟了。她当即推拒道：“墨宝珍贵，我就不浪费了，相公若是想题字，我倒是可以帮忙研墨。”

楚承稷却似乎因她这话提起几分兴致来，轻点了下头:“研吧。”

秦筝便把笔墨纸砚都取了过来，手握着一块墨在砚台里慢慢研磨，深色的砚衬得她五指白皙如玉，柔嫩得几乎看不清骨节。

楚承稷铺开一张起了毛边的粗粝纸张，虽然条件简陋，但这个“你写字，我研墨”的场景，还是挺有意境的。

不过这份意境在他捏起那根毛笔后戛然而止。

毛笔的毛尖散得跟鸡冠似的，沾了水也合不到一块去，这还能写字就怪了，饶是楚承稷有着再好的素养，看到这根笔，都半晌无言。

字是写不成了，秦筝收拾残局，将砚台里的墨和那张纸全拿了出去。

她借口去洗干净砚台，但却是趴在厨房的桌子上，用竹签子蘸墨汁绘了一张简易的栈桥设计图，又画出了可组装拆卸的三角木架，把榫卯衔接处都标了出来。等墨迹干涸后，她把纸张小心地折叠起来收进衣襟里。

这边刚做贼似的收拾好一切，院门就被拍得震天响。

秦筝前去开门，瞧见来人时，有些意外：“何姑娘？”

何云菁今日穿了一身鹅黄襦裙，倒是显得娇俏几分，看秦筝的目光依然不善，却又装出一副热络样：“我义兄手底下的人不服管教，昨夜冲撞了二位，义兄被罚重伤，如今下不得床，我替他来向二位赔个不是。”

跟在她身后的几个仆妇个个趾高气扬，活像一群挺着胸脯走路的鸭子，与其说是登门道歉，不如说是前来示威的。

虽然上次只在大厨房同这姑娘打了个照面，但秦筝早从喜鹊那里听说了她跟林尧的事。

何云菁不知是被二当家保护得太好，还是太蠢，到目前为止似乎都还没分清状况，觉得二当家跟林尧只是普通不和，成天围着林尧打转。

秦筝半点也不想跟这位不谙世事的山寨闺秀打交道，站在门口也没有请她们进院的意思，客套话都敷衍得很：“寨主和大小姐已经帮我们解决了此事，不敢再劳烦何姑娘。”

“赔礼道歉还是要的。”何云菁没有半点罢休的意思，她错开一步往院内瞧了一眼，“我在院门口站半天了，程夫人都不让我进去喝杯茶吗？”

秦筝实在是想不到她非要进院子的原因，瞥她一眼：“何姑娘渴了？那你等等。”

言罢，便面无表情地关上了院门，何云菁站得极近，差点就被门板碰到鼻子，她脸色瞬间难看了下来：“她竟然给本小姐吃闭门羹？”

话音方落，院门又被人从里边打开了，秦筝拿着一个装了大半瓢水的水瓢递给她：“喝吧。”

喝完了快点走人。

何云菁瞪圆了一双美目，气得胸口剧烈起伏，指着秦筝话都说不利索了：“你……”

秦筝：“院子里没茶水，只有凉水。”

何云菁觉得自己再待下去可能会被她活活气死，也顾不得先前的计划了，扬声道：“我是关心程夫人相公的伤势，听说伤得可重，得好生调养。”

秦筝面露疑惑，实在不知何云菁想干什么。

何云菁见秦筝盯着自己不语，还以为是自己抓到了她的把柄，愈发地得意起来，继续大声道：“听闻程夫人中午去给林大哥送饭了，咱们寨子里可不缺送饭的人手，程夫人还是好生照料自己的相公才是。”

这嗓门嘹亮的，仿佛生怕屋子里的人听不见。

秦筝的嘴角轻抽了下，她总算是知道这位山寨闺秀阴阳怪气半天是想干什么了——她觉得自己在打林尧的主意。

秦筝拿着水瓢的手一晃，半瓢水都扬了出去，把何云菁的裙摆、鞋子都打湿了大半，她道：“对不住，瓢太沉了，没拿稳。”

“你……我的裙子！”何云菁气急败坏，裙摆湿了，她也不敢再嚷着要进院子去坐坐，想着自己方才那般大声，里边的人肯定已经听见了，这才狠狠瞪了秦筝一眼，“你夫婿可不是个好脾气的，等着他收拾你吧！”

经过昨夜，楚承稷的凶戾名声已经在山寨里传开了，何云菁一听西寨的人给自己报信，说是秦筝跟林昭一起去给林尧他们送饭，顿时就坐不住了，怕楚承稷还不知道她的行径，这才故意过来借赔礼之名想当面揭穿秦筝。

奈何秦筝不让她进门，她只得扯着嗓门喊出那几句话来。反正目的已经达到了，何云菁现在就等着秦筝被她那暴戾凶残的夫君教训。

秦筝懒得再理会对方，正要关门，却发现门外的何云菁和她的那几个仆妇齐齐变了脸色，半是惊惧、半是惊艳地盯着她的身后。

秦筝回头一看，就见太子不知何时出的房门，正负手站在檐下，一袭黑衣裹出修长挺拔的身躯，冠玉般的脸上一片森冷，眸色冰寒，周身气势迫人。

秦筝没料到太子会出来，唤了声："相公。"

何云菁愣在当场，这个清滟独绝的公子就是秦筝相公？她还以为是个五大三粗、满脸横肉、粗鄙不堪的泥腿子！

毕竟，传言说他杀了大半船的水匪。

想到自己几次三番为难秦筝，警告她不许对林尧有非分之想，何云菁只觉得脸上火辣辣的，干巴巴地憋出一句"叨扰了"，就带着几个仆妇落荒而逃。

秦筝看着狂奔而去的几人，突然觉出几分喜感来，失笑着摇摇头。

她关上门转过身时，楚承稷问她："笑什么？"

秦筝的双眸弯成了好看的月牙状，揶揄道："相公威武，把人吓跑了。"

楚承稷看她一眼，没说话。

何云菁离去后，路上是一肚子的牢骚，对跟着自己的几个仆妇也没个好脸色："你们一个个的，成天就知道撺掇本小姐，今日害本小姐出了这么大的丑，回去有你们好果子吃！"

几个仆妇都是活了大半辈子的人，心眼子可多着呢，平日里都是捧着这位娇养出来的千金小姐，一听要受罚，立即把责任推了个干净："都是何四那泼皮胡乱编派，我回去就撕了那厮的嘴！"

何四今日在两堰山入口处当值，秦筝跟林昭一同去送饭的消息就是他传回西寨的。

何云菁果然瞬间就被转移了怒火，恼道："义兄身边的人怎么回事，昨夜才惹出了幺蛾子，害我爹跟林大哥生了嫌隙，今天又跑我跟前来胡言乱语！"

几个仆妇对视一眼，一切尽在不言中。

其中一个吊三角眼的婆子道："大公子也是怕小姐您吃亏，您也瞧见了那女人生得一副祸水样，若是大当家的真同她有了什么首尾，受委屈的不还是小姐您？"

何云菁一听说吴啸身边的人同自己说这些是为自己着想，火气才不由得降了些。

但想起方才的出糗，还是恼得厉害："行了，人家夫婿生得一表人才，也并非像你们说的那样重伤快死了，她一个妇人能跟林大哥有什么首尾？回头送些好东西过去赔礼，人家是阿昭的恩人，我几次三番地为难她，只怕叫阿昭把我给记恨上了。”

吊三角眼的婆子有些傻眼，连忙找补：“那女人一副祸水相，一看就不是什么善茬儿，男人光长得好看有什么用？得有本事啊，她男人哪里比得上大当家的有本事？小姐您说，若是她对大当家的没那点心思，那她上赶着去给大当家的送什么饭？”

何云菁冥思苦想一番，终于想出了个在她看来绝佳的主意：“那从明天起我去给林大哥送饭，让她没机会再去林大哥跟前献殷勤就是！”

婆子张了张嘴，还想说什么，但何云菁却因自己想出的这绝妙主意而心情大好，步履轻快地走远了。

婆子想不通是哪里出了问题，自己明明是在挑拨离间，想让何云菁深信不疑地觉着秦筝和林尧之间有什么，怎么到头来就演变成了这样？

回到西寨后，一众仆妇前呼后拥地伺候何云菁回房休息，那吊三角眼的婆子则避开人，鬼鬼祟祟地往别处去了。

西寨的汉子大多没成家，十几个人挤在同一个屋檐下住，吴啸倒是不用跟小喽啰挤，他一个人住一间房。

婆子过去时，吴啸背上被打出的鞭伤刚换过药，正坐在土炕上一脸阴沉。

林昭一脚踹断了他三根肋骨，二当家又将他整个后背打得皮开肉绽，躺躺不得，趴趴不得，他如今睡觉都只能侧着睡。

婆子见了吴啸，脸上堆着笑点头哈腰道：“吴爷。”

吴啸赤着上身，他阴鸷地瞥了婆子一眼：“小姐去东寨找那个女人的麻烦了？”

婆子忐忑地说是，却没敢把实情全说出来。

吴啸脸上露出狰狞的笑意：“林尧跟她闹了？”

婆子摇头，见吴啸神色一冷，忙道：“大当家的今日修栈桥去了，寨子里发生点什么事，他没这么快知晓。”

吴啸这才缓和了脸色，交代她：“继续在小姐跟前给林尧上眼药。”

他对何云菁的脾性再清楚不过，她跑去东寨闹，林尧为了安抚那对姓程的夫妇，届时必然不会给她好脸色，何云菁和林尧闹崩，他的机会就来了。

婆子很快被小喽啰带了下去。

坐在凳上的一个汉子道：“大哥何必这般麻烦，咱家小姐又不是东寨林家那只母老虎，大哥硬来就是，等生米煮成熟饭，二当家还能不认你这个女婿？”

吴啸一脸阴鸷：“你懂什么？”

何云菁是二当家的命根子，他若是强占了何云菁，只怕二当家会直接废了他。只有哄得何云菁自愿嫁他，二当家看在何云菁的分上，才不会再一直提防自己。

吴啸想起昨夜回到西寨后，二当家盘问自己时，自己却只能跟条狗似的跪在他跟前摇尾乞怜，就觉着分外耻辱，脸色也愈发阴沉，他问今日在山寨入口当值的汉子：“东寨那边的栈桥修得如何了？”

汉子讥诮道：“整个寨子里只有我们这边的冯工头以前在漕帮做过事，懂得这栈桥怎么修。大当家今日亲自过去还不是干瞪眼，带着东寨那帮人在泥浆里打滚，咱们兄弟在山上就跟看猴儿似的。”

一屋子的人都讥笑起来。

吴啸原本郁闷的心情也好转了几分，他冷笑道：“让冯工头继续装病。”

先前说话的汉子笑得最放肆：“等大当家觍着脸求上门来，可别想再用那批货的三成打发我们了，大哥你从东寨那边多咬下一块肥肉，二当家那边肯定也得给你记上一功。”

吴啸瞥了这汉子一眼，虽是在笑，但笑意却不达眼底。

他想要的可不止眼前这点蝇头小利。

他一直都在暗中跟水匪有往来，此番东寨劫回来的货船，西寨其他人不知道里面究竟有多少东西，但他却是从水匪口中得了个准确数目的。

林尧在庆功宴上说出来的那点儿，只是那批货的三分之一。

那整整两大船的货，仅凭人力扛着从浅滩处的陡坡运回寨子，只怕得运上两三天。二当家又不是傻子，林尧说出来的那点货，哪能运那么久。所以，林尧是为了节省卸货时间，才提出的修栈桥。

吴啸可不会放过这口送到嘴边的肥肉，帮别人赚钱和为自己赚钱，他肯定是选择后者。

他已秘密同水匪达成了合作，他这边拖着延迟修建栈桥，水匪则在两堰山附近的水域寻找被林尧藏起来的那两艘货船。事成之后，他一个人就能拿到船上总货的三成。

昨夜他派人去刺杀姓程的，说是怕东寨得遇能人壮大起来，但那都是屁话。那姓程的杀了水匪那么多人，水匪那边让他帮忙把人做掉，这也是他得到那三成货的附加条件。

只是没想到那姓程的这般命大，竟叫他逃过一劫，反倒是把自己给搭进去了。

不过林尧武艺本就不弱，现在又拉了姓程的入伙，西寨这边只有他最能打，二当家为了保存实力对抗东寨，即使怀疑他有二心，昨夜在祠堂却还是一力保他。

吴啸就是看准了二当家这点心思，回来后被二当家盘问时，为了表示自己确实是为了西寨才杀那姓程的，索性交代林尧私藏大批货物一事，他借口是昨夜死去的那三人在庆功宴上从东寨那边套话套出来的，好让二当家死无对证。但二当家也是只老狐狸，没有确凿的证据，他不能跟林尧撕破脸，只让冯工头称病，将修栈桥一事搁浅，到时等林尧那边自己暴露。

但此举正合吴啸的意，反正东寨那边栈桥是修不成了，现在要拿到水匪承诺给他的三成货物，他只需要杀了那姓程的就行。

他故意让何云菁误会秦筝和林尧的关系，又让何云菁身边的婆子撺掇她闹去姓程的跟前，除了想离间何云菁和林尧，最大的目的其实是想让姓程的同林尧反目相杀。

毕竟没有哪个男人能忍得了自己的女人红杏出墙，不管是林尧杀了那男人，还是那男人杀了林尧，都合他意！

吴啸的眼中精光乍现，自以为计划得天衣无缝。

东寨大厨房。

暮色沉沉，大厨房外的坝子上燃了几个火把，照亮了这方天地。

林尧和修了一天栈桥的弟兄们人手捧着一个大碗，只管埋头吃饭，没一个人说话，气氛低迷。

王大娘端着一盆炖肉出去，瞧见这情形，也没多嘴，只在王彪进屋添饭时，才问了句："寨主和弟兄们都怎么了？"

王彪脸上还沾着干涸的泥浆，一脸晦气道："昨夜大哥和二当家在祠堂对峙后，今早负责修栈桥的冯工头就称病不来了，这不就是在给寨主下脸子吗？

"大哥亲自带着弟兄们忙活了一天，还是没摸索出来那玩意儿到底该怎么修。方才寨主遣人去看冯工头，西寨那边直接不让进去，还说什么，把这次劫回来的货跟他们五五分，他们就考虑考虑。他们西寨就出一个人，动动嘴皮子使唤咱东寨的弟兄们下苦力，就要分走我们劫回来的五成货，可真敢说！"

王彪说到气愤处，饭都吃不下，直接把碗搁下："老子真想弄死他们！"

王大娘把碗推过去："先吃饭，明儿一早，我去西寨找二当家说道说道。"

"有啥用？"王彪一肚子的窝囊气，"娘，你就别瞎掺和了，大哥这两日的烦心事够多了。"

王大娘看了一眼在外边桌上闷头吃饭、一声不吭的林尧，在心底叹了口气，老寨主去得早，二当家又虎视眈眈，林尧想守住这寨子，不容易。

王彪端着饭碗回到外面桌子上时，闷声同林尧道："大哥，大不了咱们不修这栈桥就是，二当家知道我们谎报了货量就知道了，他还能上门来硬抢不成？"

林尧已经吃完饭，他放下碗，脸上那道寸长的刀疤在火光下显得有些狰狞："水匪已经盯住两堰山这一片了，祁云寨他们攻不上来，不早些把货运回寨子里，他们若是打过来，那两船货咱们不一定能守得住。"

听他这么一说，王彪意识到修栈桥的紧迫性，不免也爆了粗口。

"哥！"远处突然传来林昭的声音。

林尧烦闷地一抬头，就见林昭风风火火地跑了过来，坐下后先对着厨房喊了声："王大娘，三两臊子面！"

林尧看她满头大汗的，沉着脸问："你下山去哪儿了，这个时辰才回来？"

林昭下午把秦筝送回小院后，自己又下山了一趟，纯粹是为了更好地隐瞒秦筝出谋划策的事。

这一路跑来有些热，她用手扇着风道："西寨那群孙子不是正等着看咱们的笑话吗？我哪能让他们如愿，自然是下山去找会修栈桥的工头去了！"

山下正兵荒马乱的，但凡懂这些的，只怕都被抓到军营里修筑城防去了，哪能找着人。

林尧见她一个人回来，其实已经猜到结果了，但想让这丫头长点记性别再一意孤行，便明知故问："那你可找着了？"

怎料林昭挺起胸膛，一脸得意："自然！"

这下不只林尧，其他垂头丧气的汉子们也都朝林昭看了过来。

林尧有些不可置信，林昭这丫头还真找着了这么个能人？

他往外看了看，没瞧见哪里有人，不由得问林昭："人呢？你没带回寨子来？"

林昭咳嗽两声，扯了个谎道："对方是个七十多岁的老人家，腿脚不方便，为人又正派，我怕老人家落脸子，没敢说自己是两堰山的，只问了他修建栈桥的法子。"

林尧狐疑地看了她一眼："你确定那个老人家真会修栈桥？"

林昭为了让林尧相信，赶紧给"老人家"编了个牛气冲天的身份："当然！他早些年是在军营里修城防的，现在他的孙子也在青州大营里负责城防工事。"

王彪为修栈桥这事憋屈了一天，听说有法子修桥了，都快急死了，催促林昭："大小姐，你直接说栈桥怎么修吧！"

"等会儿，我画个图。"林昭走进厨房，拿了根烧焦的木棍，在青石板地砖上画出白天秦筝画给她看的图。

她画得有模有样的，还没说建栈桥的法子，林尧先前的狐疑就消了一半。

"那老人家说，在河堤附近挖土坑，得比寻常土坑深挖几尺，除此之外这里得放坡，这里得挖排水沟。"林昭用炭棍指着画的草图，复述秦筝的话，"江水时常涨潮，桥墩就不能把高度给定死了，得用可拆卸的木架。涨潮时把桥墩垫高些，江水水位低时，就卸下桥墩的一段木架。桥梁则钉成一整块，用时铺在桥墩上用铁钩抓牢就是。"

听林昭一板一眼地讲完，林尧剩下的那半狐疑也没了，自己妹妹几斤几两他心里还是有数的，这明显不是林昭胡诌就能说出来的话，而且，他听完后竟也觉着有几分道理。

林尧摸着下巴问王彪："彪子，你觉得如何？"

王彪早被林昭这头头是道的话唬得一愣一愣的，加上因西寨的事憋着一股火，当即就道："我觉得可行，咱们试试吧，大哥！"

林昭按捺着心底的雀跃，看向林尧，等他给出一个确切的答复。

林尧盯着那图看了一会儿，却锁紧眉头："建桥墩的木架怎么拆卸？"

这个问题可谓一针见血，这正是白天秦筝同林昭说时她没听懂的地方。

榫卯结构好组装，可若是没个确切的图纸，拿着一堆木条也不知道该如何建造。林昭想着明日再去细问秦筝，道："老人家说用榫卯衔接，不过时间紧，具体怎么弄我也没听明白，我明日再下山去细问。"

她说出榫卯衔接时，林尧愈发觉得这样修建栈桥是可行的，当即点了头："那就先按这个法子建，弟兄们，咱们上半夜去赶个工！"

林昭心知是这两日水匪的动作愈发频繁了，货船那么大，藏匿地点迟早得被发现，林尧是想赶在水匪发现前，抓紧把货物都运回山寨。东寨的汉子们对此也心知肚明，为了不让到嘴的肥肉又被水匪给夺回去，一个个一改之前的颓靡，干劲十足。

林昭的臊子面在此时端了上来，她饿得前胸贴后背，正要大快朵颐时，林尧却突然道："那位老人家对咱们寨子有恩，阿昭你明日下山时，多带几个弟兄，拿些厚礼过去。"

林昭一口面条卡在喉咙里，咳了半天才缓过劲儿来："不用不用，我一个人去就成！"

她拒绝得太过急切，面对林尧探寻的目光，林昭只得硬着头皮道："我跟老人家说我是穷苦人家的，我哥被官府抓去修栈桥，修不好要砍头，人家可怜我才给我说这些的，我明天带着一帮人去，可不就露馅了，而且……若是让西寨的人察觉了，我怕对老人家不利。"

王彪听见她编派林尧被官府抓去修栈桥，修不好还要砍头的时候，不厚道地笑出了声。

林尧的脸色黑如锅底，不过林昭为了老人家安全着想的说辞也还说得过去。

他只叮嘱了句："那你自己警醒点，别着了水匪的道。"

林昭点点头，见林尧带着那帮弟兄走远了，才松了一口气。

撒个谎怎么比打架还难！

秦筝在房内毫无征兆地打了个喷嚏。

坐在床边看书的楚承稷抬起眸子，投来的视线清凌凌的，一如他在夜里过分清冷的嗓音："着凉了？"

许是再过不久就要上床歇息的缘故，秦筝愣是从他的这句话里听出了点"昨夜你一人独占被子，还能着凉了"的错觉。

她尴尬地摸摸鼻头："应该没有。"

但还是不放心地拎起桌上烧的那壶滚水往泡脚盆里添了些水。

寒从脚起，热水泡脚驱寒总是没错的。

只是一不小心将滚水添多了，秦筝烫得"嗞"了一声，赶紧把脚丫子伸出水面："好烫！"

楚承稷听到她出声，目光扫过来，一眼就看到了她小巧的玉足，细白的肌肤蒸出了一层薄红，从脚底起，愈往上那红愈淡，到脚踝处又是嫩白的肤色。

只一眼楚承稷就收回了视线，在秦筝还没反应过来时，已经抱起她出了房门，到厨房的水缸里舀了一瓢水淋在她的脚丫子上。

秦筝才泡完脚，一双脚丫子正热乎着，冷不丁地被人浇了一瓢冷水，冻得她打了个哆嗦。

偏偏始作俑者半点没觉得哪里不对劲，还一脸关切地问她："好些了吗？"

说着手上已经又舀了一瓢水，作势就要浇下来。

秦筝吓得赶紧道："别别别，我不烫了，我不烫了！"

天知道，她的脚根本没直接接触滚水，只是不小心把滚水加多了，导致整个盆里的水温升高了才被烫到的。

这种温度的烫，把脚丫子抬起来晾一晾就好，哪里用得着淋冷水！

秦筝欲哭无泪。

楚承稷似乎也意识到自己好心做错了事，一直到入睡，二人都处于一片微妙的沉默中。

为了能让两人都盖到被子，这次秦筝没有刻意靠墙根，只不过两人中间还是留了将近一尺的距离。这个距离说近不近，说远不远，秦筝躺着一动不敢动，呼吸间甚至能嗅到楚承稷身上那股被药味掩盖的雪松香。

在一床被子里，终归是有点太过暧昧了。

她暗暗下定决心，明天一定得问问林昭寨子里还有没有多余的被子，就算不打地铺，她跟楚承稷一人一条被子也好。

但这份僵持没能维持太久，某人睡着后，一会儿伸伸手，一会儿蹬蹬腿，就没消停过。

楚承稷在不知第几次被她踹到后，面无表情地抬起一条腿，压住了她那乱蹬的两条细腿。

腿动不了后秦筝倒是安静了一阵，楚承稷刚有了一点睡意，她又开始尝试转身，上身扭来扭去，跟条蛇似的。

黑夜里，楚承稷绷直唇角，捏起了眉心。

松开压着秦筝的腿后，她终于舒服地翻了个身睡，却因为先前扑腾了太久，藏在衣襟里的图纸直接从衣襟处掉了出来。

这屋子里实在是没什么可藏东西的地方，秦筝怕被太子瞧见图纸起疑，才一直贴身放着。

楚承稷视线落在那叠成小豆腐块的纸上，狭长的眸子眯起，看了一眼秦筝熟睡的面容后，抬手捡了起来。

翌日，天光艳朗。

秦筝醒来时，发现太子已经起了，看到那床被子又是盖在她一个人身上的，秦筝下意识一阵心虚。

但今天对方比她早起，她也不清楚自己昨晚有没有独占被子。

秦筝穿衣起身，拿起柜子上缺了齿的木梳把一头乌发梳顺。这木梳还是卢婶子给她找来的，寨子里都是穷苦人家，对这些东西不讲究。

屋内没有镜子，秦筝自己绾发还是不太熟练，没个镜子照着，她瞧不见自己把头发绾成什么样了，所以每天早上都是借着水盆里的倒影绾发的。她披散着长发走出房门，就瞧见楚承稷坐在院中的长凳上，手上拿着把锉刀，正在磨什么东西，脚边趴着两团毛茸茸的灰兔，三瓣嘴一动一动的，正在吃菜叶子。

竟是两只野山兔！

秦筝讶然："哪来的兔子？"

楚承稷正在用锉刀打磨手上那根细长的竹管，神情很是专注，头也不抬地道："去后山寻制笔的竹子，碰巧遇见，就带了回来。"

嗓音倒是一如既往地清冽，好似山间奔涌的清泉与山石相击发出的声音。

秦筝信他这话才有鬼，野山兔是那么好抓的？还碰巧遇见就带了回来？

她走过去蹲下，摸了摸那两只野山兔，暗想这野山兔竟然都不怕人，凑近了才发现兔子的前腿和后腿都被绑起来了，难怪趴在这里不跑。

秦筝撸了两把兔子，记挂着太子身上的伤，道："你身上的伤还没好，得好生休养才是。"

楚承稷手上的动作微顿，抬眸看了秦筝一眼。金色的晨曦洒满院落，她半蹲在地上，神色柔和地抚摸着兔子，嘴角噙着浅笑，未绾的长发披散下来，衬得一张白玉似的脸愈发小了。

楚承稷收回目光，只道："不妨事。"

秦筝偏过头细看他手上打磨的竹管，这个长度，倒是适合做毛笔的笔杆，这么想着，她又扫了眼长凳上那一撮灰黑发紫的毛，形状……很像毛笔头。

秦筝赶紧看了一眼趴在楚承稷脚边的两只野山兔，可能是毛多，竟然看不出它们的背上哪块秃了。

惊觉真相后，秦筝默默地为它们鞠了一把同情泪。

这两只兔子哪里是碰巧遇见后被太子逮回来的，分明是他想制作一支紫毫笔，一大早去后山抓的。

秦筝的眼神幽幽地落在太子身上，不过因为是半蹲着的，得抬头看他："原来相公还会制笔？"

"嗯。"

楚承稷坐在木凳上，一垂眸，就同她四目相接。

他坐的角度背光，将朝阳全挡在了身后，衣角轮廓被晨光勾出个金边，秦筝看得一愣，有一瞬间甚至觉得那万丈金辉都是从他身上散发出来的，可他自己却又隐匿在一片阴影中。

厨房的门"吱嘎"一声打开，卢婶子端了一盆热水出来："程娘子快些洗漱，我再炒两个菜就能吃饭了。"

"多谢婶子。"秦筝回过神，只感觉心悸得厉害，没敢再看太子，用那盆热水洗了把脸，才借着水盆里的倒影笨拙地开始绾发。

她宽大的袖子因两手高举过头顶的姿势而垂落下来，两条玉藕似的胳膊就这样暴露在初阳下，修长匀称，皓白如雪，整个人都笼着一层淡金色的晨曦。

楚承稷因她方才的失态多看了她几眼，瞧见她露出来的两条雪臂，眸色微敛，凝神正要继续用锉刀磨平制笔杆的竹管时，眼角余光却又瞥见了秦筝放在长凳上的那把木梳。

缺齿的地方，丑得碍眼。

早饭是卢婶子煮的红薯粥，还用昨天秦筝带回来的嫩笋炒了一盘竹笋肉丝。

秦筝觉得太子早上的食欲可能不是很好，昨晚她炒的那盘竹笋煸肉他一人吃了大半，还多添了半碗饭，今晨卢婶子炒竹笋的味道也不差，可他却只动了几筷子。

卢婶子还有田地里的庄稼要打理，用完饭，秦筝就包揽了洗碗筷的活，让卢婶子安心下地干活去。她碗还没洗完，林昭就风风火火地跑了过来，只不过碍于太子就在院子里，她在厨房也没敢同秦筝说修栈桥的事。

秦筝看她的嘴角都快裂到耳根去了，便猜到栈桥的修建应该还是很顺利的。

为了方便说话，林昭提议一会儿出去谈，秦筝洗完碗后，便对楚承稷道："相公，我同阿昭出去一趟。"

楚承稷点了点头，却又很平静地问了声："去哪儿？"

秦筝没料到他会问这么一句，一时间不知怎么答好。

林昭却因秦筝昨天那番话，现在看楚承稷哪都不顺眼，张口就道："阿筝姐姐身子骨太弱了，我带阿筝姐姐去我那边，教她习武！"

他们家不是看中女子女德吗？她教阿筝姐姐习武，看他怎么说！

秦筝心中一紧，她本来想说去林昭那边借被子，怎料林昭却扯了这么个理由，这谎话后边该怎么圆回来？

楚承稷抬眸看过来时，秦筝面上淡然，心底却早已一片慌乱。

林昭对上他温和却又透着凉意的目光，下意识地也有些发怵，却还是维持着那一脸倨傲，颇有几分给秦筝撑腰的架势。

楚承稷神色依旧淡淡的，对秦筝道："去吧。"

走出院落后，林昭微不可察地松了一口气，却还是忍不住为秦筝打抱不平："阿筝姐姐，你性子太温柔了，你得凶悍些，咱们寨子里，桂花嫂的男人以前也对她颐指气使，后来桂花嫂自己硬气起来了，她男人现在屁都不敢放一个。"

秦筝默了一息，问："你觉得在他面前凶有用吗？"

林昭满腔的义愤填膺全被这句话给卡了回去，她回想了一下方才跟楚承稷对视的那一眼，那股藏在温和底下的压迫感，她迄今还没在别人身上感受到过。

林昭像个泄了气的皮球，闷闷道："好像没啥用。"

她在水匪船上时，就见过楚承稷杀人，一剑下去就跟切瓜似的，那样凶悍的人，偏偏生了这么一副浊世佳公子的皮囊。阿筝姐姐当初肯定就是被他那副俊雅皮囊给骗了，才嫁给那家伙的！

林昭越想越憋屈，打又打不过，她以后可怎么帮阿筝姐姐出头？

秦筝半点不知这姑娘脑袋瓜里想的这些，到了林昭住处，确定周围没有旁人后，她便问："栈桥修建得如何了？"

提起栈桥，林昭整个人才又精神了起来："阿筝姐姐你太厉害了！昨晚我跟我哥他们说了你的法子后，他们连夜赶工，今晨就已经打好桩子了，江水涨潮浪那么大，都没撼动桩子分毫！可牢固了！现在就卡在桥墩上的活动木架这一步，不知道是怎么个组装法。"

秦筝从衣襟里摸出昨天自己画好的设计图，铺开给林昭看："让木工师傅按这样衔接榫卯就行。"

图纸上虽只画了个简略设计图，可栈桥的样子已经初具雏形。

林昭看着秦筝特地标注出来的衔接点，崇拜之情溢于言表："原来栈桥修好后是这个样子，这图我都能看懂，我哥他们肯定也能看懂！"

能看懂就好。

秦筝看她满脸喜色，心情不由得也跟着变好了些，道："那你想法子告诉你兄长，我就先回去了。"

"这么快回去不得露馅了，反正我还得装作下山一趟，现在先教阿筝姐姐你几招防身的功夫！"林昭把图纸收起来，一脸朝气地带着秦筝往外走。

林昭有一个专门放兵器的房间，各式各样的刀剑挂在架子上，刃口闪着寒光，长缨枪、九节鞭、鎏金锏，还有许多秦筝叫不出名字的兵器。林昭叉腰站在兵器架前，豪气道："阿筝姐姐看上了什么尽管拿去！"

秦筝失笑，问："这些兵器你都会使？"

林昭没好意思点头，道："大部分都会使，小部分不会，觉得好看，就收藏了。"

秦筝看到一把做工精巧的长剑，拿着看了看就放回去了，怪沉的，她怕是舞不动那么沉的剑。

看了一圈，都没什么适合她的。

林昭显然也发现了这点，她抓了抓头发，似想起什么，从床底下找出一个木匣子，打开后竟是一把匕首。

林昭把匕首递给秦筝："这是我从前用的，可锋利了，不过现在我更喜欢用鞭子，兵器不都讲究个一寸长一寸强嘛！这把匕首就送给阿筝姐姐了。"

秦筝接过后看了一眼，匕首做工很精巧，刀刃雪亮。

经历过那晚的刺杀后，秦筝觉得有个防身的兵器也好，便不客气地收下了。

以她身体的底子习武，基本功都得练个一年半载的，为了速成，林昭只教了她几招简单的刺扎。

"若是被人从后面劫持住，能拔出匕首的话就直接刺对方腹部，反手刺这个高度是最佳的。"说到自己擅长的领域，林昭一双眼神采奕奕，一边比画，一边给秦筝讲解，"如果有机会正面刺，对方比你高，刺他胸膛时不要直刺，要斜着刺，这样更容易发力，也利于避开肋骨。"

秦筝颇为受教地点了点头。

林昭还要再教她几招，寨子外边却传来烟花炸响的声音。

第五章 敌袭

四目相对时风起，满树梨花纷飞落下。
不知是风迷了眼，还是花乱了心。

林昭快步走到门外看了一眼那烟花的颜色，脸色倏地一变："有人攻打祁云寨？"

秦筝听到这话，也是大惊，她宽慰林昭："别太担心，两堰山四面都是峭壁，想攻上来没那般容易。"

"八成是水匪，我哥他们还在山下修栈桥，水匪若是人多势众，我哥他们只怕应付不过来！"林昭提上鞭子，腰间别了把苗刀就往外走，"喜鹊，你送阿筝姐姐回去，我带人去堰窟那边看看！"

堰窟便是靠吊篮进出两堰山的地方。

林昭匆匆出了门，喜鹊的脸上也是一脸焦急。

秦筝看出喜鹊担心林昭，便道："你随阿昭一道去吧，我记得来时的路，自己回去就行。"

喜鹊边走边道："我先送您回去，祁云寨遇袭，东西两寨的人都会去堰窟增防，人多混杂，吴啸那厮若是再使什么诡计，防不胜防。"

她这么一说，秦筝也歇了自己回去的心思。

一出林昭所住的院落，外边果然到处都能见到拿着家伙狂奔去堰窟的汉子。

喜鹊心里着急，带着秦筝走得也快，快到前方的一个岔路口时，却见一众人浩浩荡荡朝这边走来。

秦筝瞧着他们面生，喜鹊却是一脸惊惶："糟了！"

秦筝大概猜到了什么，问："是西寨的人？"

喜鹊点头："为首之人就是吴啸。"

秦筝暗道一声冤家路窄，这姓吴的前不久才派人来刺杀过太子，这会儿东寨的人都去堰窟增防，他若是此时发难还真不知该如何应对。

喜鹊想带着秦筝避开却已来不及，只得硬着头皮继续往前。

秦筝一路上刻意低着头走，可眼看就要从那群西寨人边上走过之时，吴啸却突然叫住了她们："站住。"

喜鹊生怕吴啸对秦筝不利，把她护在了身后，看着吴啸道："有人攻打祁云寨，全寨的人都往堰窟去了，吴头领还在这里作甚？"

吴啸眼神直勾勾地看着她身后的秦筝："身后是谁？"

喜鹊站直身体，把秦筝挡得更严实些："是寨主的贵客，吴头领放尊重些。"

林尧的客人，可不就只有那对姓程的夫妇吗？

她这么一说，吴啸瞬间就猜到了秦筝的身份，他先前听手底下的人说那程夫人是个不可多见的美人，他一开始还当是夸大其词，现在自己亲眼瞧见了，才知所言非虚。

吴啸对着秦筝道：“原是程夫人，先前多有误会，还望程夫人……海涵。”

他学着那些个文人的样子作揖行礼，喜鹊看他学得不伦不类的作揖礼就觉着恶心，冷声道：“吴头领快些去堰窟吧，要是晚了，二当家那边可不好交代！”

言罢拉着秦筝就要快步离开，但却被吴啸挡住了路。

他跟个地痞流氓似的，调笑道：“我给程夫人见了礼，夫人怎么不给我回个礼？”

“吴啸，你适可而止！”喜鹊大声训斥他。

他非但充耳不闻，还直接一巴掌重重地拨开了喜鹊，喜鹊被他推得一个趔趄，还想再护在秦筝跟前，却被一群小喽啰缠住。

秦筝看着吴啸走近，下意识地后退了一步，手捏紧了藏在袖子里的匕首，暗道林昭教给她的防身术，这么快就要用上了吗？

秦筝正飞快地在脑子里思索脱身之法，被几个西寨汉子拽住手臂的喜鹊却突然惊喜万分地喊了声：“程公子！”

秦筝一抬头，就见太子从前方小径负剑而来，她眼底盈满了亮光：“相公！”

吴啸在秦筝抬头的瞬间，只觉得眼前的天地都失色了，这世间，竟有这样的美人？

但他总觉得这张脸有些熟悉，却死活想不起来在哪里见过。

秦筝被他盯得汗毛直立，太子一来，她直接绕过吴啸就跑向了太子。

楚承稷的俊颜上看不出有什么情绪起伏，却提剑护在了秦筝跟前，淡漠的目光落在吴啸身上。

吴啸觉着那双眼里藏着尖刀似的冷和锐，他听见对方问：“何故为难我夫人？”

吴啸轻浮作答：“这位原来就是程公子，失敬失敬，吴某可从未为难尊夫人，不过是路上碰见了尊夫人，打了个招呼罢了。”

楚承稷眸色骤寒，随即手上剑光一扫，众人都没看清他的动作，吴啸发顶就这么生生被他削掉了一块，露出光秃秃的头皮。他声线冰冷：“再有下次，就不是割发赔罪了。”

秦筝心情大好，她算是听出太子的言外之意了：再有下次，直接削你脑袋。

吴啸看着自己落在地上的那撮头发，脸色难看至极，可他连对方出剑的动作都没看清，更别说躲避了。

他一个半路进山寨的人，如今能成为二当家的义子，最大的优势就是他一向能忍。

楚承稷带着秦筝走远后，瘦猴看着他可怖的脸色，为了帮他在西寨众弟兄跟前有个台阶下，义愤填膺道：“大哥莫气，若不是你重伤在身，哪轮得到那小白脸猖狂……”

吴啸咬着后槽牙五官狰狞：“老子非杀了那姓程的不可！”

秦筝跟着楚承稷走出一段路后，才想起来问他：“相公，你怎会路过那里？”

楚承稷答道：“寨子遇袭，打算去看看。”

秦筝心道，难怪他还拿着剑。

走了一段路后，秦筝发现不是回他们小院的路，反而是往寨外去的，不由得问：“我们现在去堰窟？”

“嗯。”

“我也去？”

楚承稷听出她的话外之意，垂眸看了她一眼：“东寨提得动刀的人都前往堰窟了，你回去也不安全。”

秦筝一听也是，她就算躲回小院里，也没法自保，还是跟在他的身边最安全。

堰窟此刻已挤满了东西两寨的人，下方江域停靠了十来艘小船，估摸着此番突袭的水匪有百来人，林尧和修栈桥的十几个东寨汉子在下边势单力薄。吊篮数量有限，没法一次性放下太多人，而且一旦吊篮下降到水匪弓箭射程范围内，躲在暗处的水匪就会朝着吊篮放箭，不少下去支援的山寨弟兄都被射死在吊篮上。

西寨的人已经打起了退堂鼓：“水匪来势汹汹，那几个弓箭手咱们做不掉，吊篮一放下去就是个活靶子，下去就是送死！”

一个东寨汉子吼道：“在山下的可不只有大当家，你们二当家的宝贝女儿也在下边呢！”

前来支援的西寨人原本只是做做样子，此刻听到何云菁也在山下，很快就有人把消息送回了西寨。

秦筝没看见林昭，喜鹊问了一圈，得知林昭一早就下去帮林尧了。

喜鹊再看站在堰窟口这群畏畏缩缩不敢下去的人，都快急哭了：“水匪那么多人，寨主和大小姐他们怎么应付得过来。”

她抹了一把眼泪，自己走向一个吊篮，对着负责放绳索的东寨汉子道：“送我下去，我去帮大小姐。”

放绳索的东寨汉子有些为难，但也正是喜鹊这番举动，让不少还在犹豫的东寨汉子都进了吊篮，高声喝道：“咱们去帮寨主！”

秦筝脑子转得飞快，吊篮是藤编筐，没法阻挡箭镞，可那藤编筐一次性能容纳两人，空间还是足够的，在藤编筐内部做些防护后肯定还能容纳一人。

她问这边领头的东寨汉子：“有防护盾吗？”

若是有盾牌垫在吊篮底下，就能阻挡大部分箭镞。

汉子摇头：“寨子里没备。”

他们大多数都是些庄稼汉，山寨里武器都配备不齐，又哪里会有盾牌那些东西？

这下秦筝也想不到别的法子了。

负责放绳的汉子们正要放吊篮下去时，一直在岩壁边上观察下方战况的楚承稷突然出声：“先放个空篮下去。”

领头的汉子不明所以，但楚承稷的语气让他下意识地信服，便按楚承稷的话腾出了一个空吊篮。楚承稷又从一个背弓的汉子手上拿过了把弓箭，对喜鹊道：“你替我照顾我夫人，我去救人。”

这里鱼龙混杂，秦筝身边没人跟着，他不放心。

秦筝知道楚承稷武艺高强，但仍不免担心：“这太危险了……”

楚承稷回头看她一眼：“我去去就回。”

领头的东寨汉子感激楚承稷的大义，承诺道：“好汉放心，只要我东寨还有一人在，就没人能动尊夫人一根毫发。”

楚承稷冲那汉子一抱拳便进了另一个空吊篮内，他吩咐放绳索的汉子：“空吊篮放绳三丈后再放我这个吊篮。”

放绳索的汉子连忙照做。

吊篮徐徐向下，下边的水匪眼见又有两个吊篮放下来，拉紧了弓弦，在第一个吊篮抵达射程后便齐刷刷地放箭。楚承稷两手撑在吊篮边上，看清暗处放箭的几个水匪的方位后，长眸一眯，挽弓搭箭，在他所在的吊篮还没抵达水匪射程时，几只飞箭就已经夺了放箭的水匪性命。

伸着脖子在山崖边上往下看的祁云寨汉子们狂喜之余，也对楚承稷佩服得是五体投地。

没了暗箭威胁，东寨的汉子们争抢着往吊篮里钻，秦筝和喜鹊心惊胆战地站在崖口往下看，见此也松了一口气。

吊篮还有一段距离着地，楚承稷见林尧被一群水匪死死围住，护着他的只剩王彪和林昭，但他们二人也已经是强弩之末了。

楚承稷在吊篮壁上借力一踏，踩着几个过来围杀他的水匪，直接落在了包围圈的最里层。

林尧腰侧被砍了一刀，鲜血汩汩直往外冒，靠着堆在地上的木头处动弹不得。

何云菁用手死死地捂着他腰侧的伤口，却还是不断地有鲜血冒出来从她五指间溢出，她哭得嗓子都哑了：“林尧，你别死，你再撑一会儿，我爹会带人来救我们的……”

楚承稷只看了一眼，眉头皱起，林尧那伤口若是再不包扎，只怕他当真得失血过多而死。

看何云菁伤心的样子，楚承稷也不指望她能帮林尧包扎伤口了，他直接顶了林昭的位置，扔给她一瓶金创药：“不想你兄长死就快去给他包扎止血。”

他剑法凌厉，顶替林昭的位置后，杀得水匪节节败退，让苦战已久的王彪得以缓了口气。

林昭接下金创药后也不废话，扑到林尧身边撕开他腰侧的衣裳，直接把大半瓶金创药粉撒了上去，再用撕成条的衣摆将伤口缠了起来。

做完这些，林昭又加入了战局。

楚承稷的剑招半点不花哨，只是剑出必见血，连杀几十个水匪后，剩下的水匪看着他心底都一阵发怵，虽呈包围圈围着他们，却不敢再轻易上前了。

十几个吊篮落地，山寨的汉子们怒吼着杀了过来，水匪见他们的援兵到了，便开始往船上撤。

林昭早就杀红了眼，恶狠狠道："想走？敢来我祁云寨家门口撒野，今天一个都别想活着回去！"

在祁云寨的人源源不断地下来后，这场战斗的收尾已经是祁云寨众人对水匪单方面的反攻。

林尧伤势太重，寨子的人不敢轻易挪动他，还是老大夫亲自来这边给他把伤口重新处理了一遍，才让寨子里的人用担架把他抬了回去。

待他们都坐吊篮上要回堰窟时，二当家才带着几十个西寨精锐匆忙赶来，见着人就吼："菁儿呢？"

何云菁乘坐的吊篮在这时升了上来，何云菁见着二当家，哭喊道："爹！"

二当家见着女儿没事，悬着的一颗心才落回了原处，斥骂道："谁准许你出寨的？"

何云菁只一个劲儿地哭，但毕竟是自己捧在手心里养大的女儿，二当家看她半个袖子全是血，以为她受了伤，哪怕再气，语气也缓和了下来："伤到哪儿了？"

何云菁哭得更厉害了："我没伤到，林大哥为了救我被水匪砍了一刀，流了好多血……"

这话一出来，不仅西寨的人脸色各异，站在边上的秦筝都有些诧异。

林尧伤得那般重，竟是为了保护何云菁？

今日下去支援的多数都是东寨的人，西寨的仿佛只是来露个脸，二当家更是打完了才姗姗来迟，其中缘由，实在是叫人不敢细想。

楚承稷上来后，秦筝见他衣襟上有血，不过不确定是不是他的。

楚承稷一眼就看穿了她的想法，道："血不是我的。"

秦筝松了一口气的同时，心底又有点微妙，他怎么知道她在想什么？

因为这次搭救林尧，东寨的人待他们打心眼里敬重，路上遇上个没见过的汉子，人家也会热络地问候他们。

回到小院后，又有个汉子上门来，说是林尧醒了，让楚承稷过去一趟。秦筝有心去安慰林昭几句，便跟楚承稷一道去了。

林尧兄妹住在一个院子里，东寨的小头目们这会儿全都聚集在林尧房内，秦筝随楚承稷进去时，一眼就看到林昭正坐在床边的矮凳上。

她眼眶红红的，像是哭过，神情却很强硬，对林尧道："我会给你报仇的！"

林尧才醒，他虚弱地出声："别乱来，一切等我伤好了再说。"

林昭抿紧了唇不说话，门边有人瞧见楚承稷和秦筝，忙道："程公子来了！"

林尧往门边看过来，屋子里的人也自动为他们让出一条路。

楚承稷走近后，林尧便冲他虚弱一笑："林某今日能捡回一条命，全靠程兄搭救，您二位还真是我们兄妹的贵人。"

楚承稷道:“寨主客气了。”

林尧低咳两声，扫了屋内所有人一眼，缓缓道:“我养伤须得一段时间，在这期间，凡事你们都听彪子的。”

王彪本就是他的左膀右臂，又能打，这话大家伙都没意见。

但林尧接下来的话却让他们有些吃惊了:“我这条命是程兄救的，从今往后他就是我林尧的兄弟，是祁云寨的三当家。”

屋子里响起了一阵细微的议论声，楚承稷的武艺他们今日都见识过，这点无可否认，只是楚承稷进寨的时日尚短，突然就让他当祁云寨的三当家，大多数人的心中未免还是迟疑。

但楚承稷却婉拒了:“多谢寨主美意，寨主若有用得着程某的地方，程某愿为军师。”

林尧见他无意，便也没再强求，楚承稷就这么成了祁云寨的军师。

大夫说林尧需要静养，王彪等人便离开房间去前厅商议接下来的部署，林昭出了房门就坐在门口的石阶上发呆。

秦筝在她旁边坐下，轻轻拍了拍她的肩背:“难受就哭出来。”

林昭硬气道:“我才不哭，我哥又没死！”她把唇抿得死紧，眼眶却还是红了，“堰窟地势高，能看到整个汀域，有大量船只靠近，当值的人都会提前示警，怎么偏偏就今天，在堰窟当值的人全拉肚子了，没一个人看到水匪的船靠近？”

秦筝迟疑道:“是饭菜出了问题？”

林昭闭着眼摇了摇头:“饭菜都是王大娘做的，东寨的人送过去的，不可能有问题，除非是有人在吃的时候做了手脚。”

秦筝一听就知道这是个哑巴亏，饭菜从做好到送过去，都是东寨的人经手，就算是西寨的人偷偷下了泻药，彻查起来，那边也有理由推脱，甚至还有可能倒打一耙，毕竟西寨的人吃了东寨送去的饭后，也拉肚子了。

林昭讥诮道:“何老贼和他那义子看到信号弹后却迟迟没带西寨的人过来，不就是想让我哥死在水匪手里吗？只是他千算万算，算漏了他那宝贝女儿也在山下。

“要不是我哥念着从小一起长大的情谊救了他女儿，只怕那老贼这会儿只能守着他女儿的尸首哭了！

“不过我哥替何云菁挡那一刀，也是为了我。”

秦筝稍做思量，便明白了林昭这话里的意思。

林尧救何云菁，从小长大的情谊只是一部分，那会儿他们寡不敌众，山上的人又下不来，二当家可能会想着趁机一锅端了东寨。

只有何云菁还活着，二当家为了救女儿，才会终止原来的计划，不惜一切代价派人下去支援。退一万步讲，林尧知道自己一死，东寨落到二当家手里后，二当家肯定得斩草除根。他舍命救何云菁，或许还能让二当家留林昭一命。他在山底下苦战那会儿，是把所有的后路都想清楚了才义无反顾那么做的。

秦筝不知道该如何安慰林昭，轻轻地抱住了她。

林昭再要强，却也还只是个十四岁的小姑娘，她伏在秦筝肩头，虽是一声不吭，秦筝却感觉到自己肩膀处被眼泪浸湿了，她轻声道：“阿昭别难过，西寨想要什么，你就越是要替你兄长守住，不能叫他们得逞。”

哭够了，林昭抬起头来时，眼神又变得无比坚定：“自然，定是何老贼看我们快把栈桥修好了，知道他西寨分不了这杯羹，狗急跳墙罢了！”

楚承稷跟东寨众人在外间议事，他们心知水匪此次突袭是为了那两船货，西寨为了利益，目前只怕也是跟水匪穿的一条裤子。

要想尽快把船货卸下来运回山寨，栈桥必须得继续修，不然一旦水匪听到了风声，直接在他们卸货时杀过来，又得是一轮苦战。

王彪把林昭给他的工图摆在桌上：“这是大小姐从山下的一个老师傅那里要来的图纸，咱们下午继续赶工，争取在今晚把货都运回寨子里。”

楚承稷看到那张眼熟的工图时，眼皮跳了一跳：“山下的老师傅？”

王彪给他解释起原委：“咱们寨子里只有西寨的冯老鬼以前是漕帮的人，也只有他知道栈桥怎么修，那夜大当家的在祠堂落了二当家的脸子后，冯老鬼就称病不来修栈桥了。大小姐知晓后，下山去找了个以前在军营修筑城防的老师傅问了栈桥的修建之法，昨晚我们按照那法子已经打好桩、放好龙骨了，就差这可活动的桥墩以及钉桥梁板了。”

楚承稷听完王彪的解释后还是盯着那张图纸，神色莫辨。

纸是他昨日下棋时从老大夫那里赢来的劣纸，墨是那方粗砚研出来的陈墨，图也是他昨夜在秦筝那里看到的那张图。

原来她画这张图，是为了帮寨子里修栈桥，他倒不知，他的太子妃竟还有这等本事。

回去后，秦筝总觉得楚承稷看自己的目光有些怪。

她百思不得其解，见楚承稷坐在桌前单手按着眉骨，还当是他的头疼又犯了，好心道：“头疾又犯了吗？”

楚承稷若有所思地看了她一眼，轻轻点了下头。

秦筝起身去他身后：“那我帮你按按。”

楚承稷却拒绝了：“不必，有张图看不懂罢了。”

秦筝听到他说图，心中就有种不祥的预感。果然，下一刻就见他从衣袖里摸出了她画的那张简易工图，铺在桌上，状似无意地道：“据说是山下的一位七旬老者绘的。”

他狭长的眸子半抬：“阿筝看得懂吗？”

骤然听到楚承稷这么叫，秦筝的耳郭还是猝不及防地麻了一下。

阿筝？这是他头一次这么称呼自己。

秦筝的心瞬间又跳得怦怦的，只要林昭那边没说漏嘴，他应该怀疑不到她头上来才对，可他都这般问了，显然是发现了什么。

秦筝心思百转，决定还是再试探一二，她觑了楚承稷拿出的那张图一眼，为难地摇起了头："相公都看不懂，我就更看不懂了。"

楚承稷眼底闪过几许复杂情绪，道："罢了，我回头再仔细看看。"

秦筝站在他的身后，微不可察地舒了一口气，下一刻却听他道："帮我研墨。"

秦筝听话，取了墨砚过来研着。

她画的那张工图被楚承稷铺在桌子上方，他又重新取了一张空白的纸放在跟前，两张纸放在一起，大小一致，又都是因放置过久导致纸张发黄，隐隐还有点起了毛边。

秦筝慢吞吞地研着墨，突然觉得心虚。

太子什么都没说，但似乎又什么都说了。

逃亡这一路，秦筝是见识过他的心思是有多缜密的。他会问自己工图的事，疑点肯定不只是这纸张，只是旁的他不说，秦筝便也猜不透究竟还有哪里露馅了，抑或是……他这是故意诈自己？

秦筝再三思量，觉着自己还是先静观其变为好。

她正心烦意乱时，楚承稷已写好了，道："你想做什么，且放开手脚去做便是，有些事，等你想告诉我的时候，再告诉我也不迟。"

秦筝看着楚承稷出门的背影，好一会儿没回过神来，他这般说……绝对是发现了什么吧。

秦筝心绪不宁地扶着桌子坐下，窗外突然传来什么东西扑棱的声音，她起身打开窗叶一看，竟是一只鸽子落在了窗沿上，脚上还绑着信筒，显然这是一只信鸽。

她睫羽轻轻一颤，这只信鸽，会不会跟楚承稷昨日突然备笔墨纸砚有关？

窗台上的鸽子见秦筝久久不取信件，歪了歪脑袋，用一双绿豆眼瞅着她，发出一声："咕。"

楚承稷一直没有回来。晚饭时喜鹊过来接秦筝去林昭那边，说是楚承稷跟王彪他们今夜修好栈桥后，会趁着夜色把船上的货都运回寨子里。

比起白日里，这会儿林昭他们的院子外可以说是守卫森严，秦筝想到林尧重伤，知道这是怕西寨那边再有什么动作，让自己来这边应该是担心她有什么闪失。

院子里的房间不够，晚间，秦筝是跟林昭挤一间睡的。

两个女孩子躺在床上自有聊不完的话题，也不知怎么就说到了太子，林昭一脸八卦地问："阿筝姐姐，你和你相公是怎么认识的啊？"

秦筝想了一下传闻中自己和太子的初遇，嗓音没什么起伏地道："去庙里上香，碰巧遇见了。"

不知内情的林昭一脸神往："跟话本子里写的一样。"

林昭又道："阿筝姐姐，你的眼光还是不错的，你相公性子沉稳又重情义，是个值得托付的。"顿了顿，她又补充道，"他要是能敬重阿筝姐姐些就好了，让阿筝姐姐一展所长，而不是像现在这样藏拙。”

秦筝下意识地又想起太子出门前说的那句话，她问林昭：“你没告诉旁人那工图是我画的吧？”

林昭赶紧拍着胸脯保证：“我谁都没告诉，怎么了？”

她望着帐顶，心绪愈发纷乱，只淡淡地说：“没事。”

太子说那话，究竟是在继续诈她，还是已经发现了什么，怕她行事畏首畏尾，才故意那般说让她宽心？如果是后者，发现自己不对劲，他不提防着她，反而拿出这般宽和的态度，意欲何为？

秦筝翻来覆去地睡不着，从汴京城破，就一直是太子护着她出逃，几经生死后，她也下意识地信任太子。但万一太子带着她逃命，是另有所图呢？

毕竟是她的前未婚夫助推了这一场亡国之事，整个大楚也无人不知沈彦之心悦自己，太子总不可能一点都不记恨沈彦之……

二人靠得有些近，林昭突然觉得阿筝姐姐的相公真好命，每晚都能抱着阿筝姐姐睡。

等夜里她被秦筝挤得没地睡，又不忍心搅秦筝清梦时，林昭一点也不羡慕楚承稷了，她顶着黑眼圈，默默地去隔壁跟喜鹊挤一起。

月黑风高。

两艘大船停靠在黑黢黢的江边，刚建好的栈桥处每隔十步就点了火把，东寨的汉子们用木质推车在栈桥上拉货，一批批地把货物从船上运下来，小头目站在甲板上大声吆喝：“快些，快些！”

变故就在这一瞬间，远处黑黢黢的水面突然燃起几十个火把，不知何时潜伏过来的水匪吼叫着杀了过来。

祁云寨的汉子们未料到水匪晚上还有一波突袭，寡不敌众，弃了大船就四散逃开。几口大木箱从推车上掉了下去，砸坏锁头，里边的绸缎布匹全掉了出来。

瞬间劫下了两艘大船的水匪潜入船舱查看，砸开几个木箱的锁头，发现里边全是布匹，脸上这才露出笑来：“就是这批货，把船开回去！”

一群水匪开着两艘大船扬长而去。

堰窟处，王彪看着水匪开着大船走了，哈哈大笑：“军师果然料事如神！把咱们修好栈桥后今夜要搬货的消息一放出去，西寨的孙子果然就给水匪报信了！等回头水匪发现是劫了两船石头回去，怕不得气死！”

堰窟外有人小跑着前来报信：“军师，夜袭的西寨人也全被弟兄们包了饺子！”

王彪笑得更痛快了：“明儿天一亮，我找姓何的老贼要个说法！”

东寨的人因为林尧受伤，一直憋屈着，此刻才觉扬眉吐气了。

一个小头目问：“军师，那咱们何时再把藏起来的布匹运回山寨？”

楚承稷在山崖口负手而立：“不运回山寨了。”在所有人惊疑的目光里，他缓缓开口，

“直接走水路运往吴郡，卖了换钱。”

比起两大船的绫罗绸缎，真金白银更受人喜欢，一时间众人都兴奋不已。

楚承稷的目光扫过他们手中缺了口的大刀，视线再次落到了隐匿在夜色里的群山尽头，那边就是青州城。

须得弄一批军械上山，他需要一支拿得出手的精锐部队。

楚承稷回到小院时已是后半夜，秦筝不在，只有那只鸽子还停在窗前，楚承稷走过去取信，却发现鸽子腿上的信筒是空的。仔细一瞧，鸽子的腿被人用一根细绳系在窗上，旁边还撒了一把碎米。

他突然笑着捏了捏眉心。

罢了，那信被她拿去也算是扯平了，毕竟他昨夜也偷看了她的东西。

睡在侧屋的卢婶子听到动静，起身问：“公子回来了？夫人被喜鹊接去大小姐那边了，我给公子备水洗漱吧？”

楚承稷看了眼淡薄了不少的夜色：“不必了，我出去走走。”

林尧院子里还亮着灯。

楚承稷一过去，守在门口的汉子便恭恭敬敬地唤了声：“军师。”楚承稷轻点了下头，迈步进了小院。

经过白日那一场力挽狂澜和晚间这场将计就计地骗走水匪、智擒西寨，这会儿东寨上下都对楚承稷佩服得五体投地。

引路的汉子边走边道：“寨主这会儿还没歇下，八成是料到了军师会来。”

楚承稷的眼底划过一抹意外，随即了然，今晚的战况必然早就有人报到了林尧的耳朵里，他这个时辰还醒着，定是在想西寨的事。

林尧听见推门声时，朝外看了一眼，见是楚承稷，枕头下握着刀柄的手才松开了：“程兄来了。”

楚承稷开门见山地问：“寨主打算如何处置落网的西寨人？”

林尧摇摇头，叹息一声：“若要立威，自得雷霆手段。可祁云寨已与水匪为敌，此时内斗耗的是祁云寨的元气，水匪回头发现上了当必反咬回来，两堰山地势险要，他们是强攻不下的，但除非是祁云寨今后不在道上混了，否则咱们的人一下山，必然得被水匪围杀。

“祁云寨必须有足够的人，哪怕不能和水匪正面对抗，也得让他们知道要啃祁云寨这块硬骨头，必得嗑落一口牙。”

这也是这些年东西两寨不和却一直遵守的默契。

他们内斗一直都是想吞并对方壮大自己，而不是杀敌一千自损八百地割掉这块血肉。

昨日他被水匪突袭，是因为不管是他死，还是水匪溃败，西寨都不会有什么损失，甚至在他死后，二当家还能名正言顺地接手东寨。并且，昨天水匪那场突袭，他们全然没有证据指控西寨。

何云菁偷跑下来给他送饭，也的确是西寨那边计划的漏洞，他可以用何云菁来逼迫二当家一起对付水匪。但在脱险后，他们若是指控西寨勾结水匪，何云菁也可以成为西寨为自己喊冤的一大理由。毕竟整个祁云寨无人不知，何云菁是二当家的掌上明珠，二当家又怎会为了设计害他，不顾何云菁的安危。

所以昨日林昭说要给他报仇时，林尧才让林昭别轻举妄动，一切等他伤好后再说。

二当家借刀杀人的手段，实在高明。他们若沉不住气，冲动行事，反倒中了二当家的下怀。

楚承稷显然也听懂了林尧的顾虑，道："寨主的顾虑不无道理，不过今夜卸货船的消息一散布出去，还是有几尾鱼儿咬钩了。审出幕后主使后，明日押着人去西寨且不提昨日遇袭一事，只说西寨通敌，货船全被水匪劫走了，让二当家给个说法。"

那几个夜袭东寨的人，招供是吴啸让他们来的。

林尧眸色微动："程兄的意思是，让二当家把吴啸推出来？"

楚承稷点头："寨主先前留着此人，不也是知他有二心，想等他和二当家暗斗吗？但我观此人能忍常人所不能忍之辱，不推他一把，他不会这么快和二当家反目。"

吴啸跟在二当家身边五年之久，又是个别有居心的，肯定早就神不知鬼不觉地在二当家身边安插了自己的人。二当家若是被逼无奈要舍弃吴啸这颗棋子，那么吴啸这头养不熟的狼肯定也会对二当家露出獠牙。

林尧想通其中关键，豁然开朗："程兄高明，我如今倒是庆幸，还好当日拉了程兄入伙。"

楚承稷微微颔首，眉眼间虽带着笑意，却客气疏离："寨主过誉。"

林尧踌躇几许，还是将自己埋在心底多日的问题问了出来："叛军攻下汴京城，不少权贵都出逃了，程兄携夫人落脚寒寨，不知家中其余亲眷现落脚何处？不若接来寨中一并照顾？"

楚承稷并未作答，面上的神情也无变化，林尧却能感觉到屋中骤然一冷。

他连忙拱手："林某并无探究程兄身份之意，只是如今天下三方势力割据，要同程兄说的那般有朝一日封侯拜将，林某好奇程兄看好的是哪路反王罢了。"

楚承稷那双看似温和的眸子深不见底："三月之后，寨主便知了。"

楚承稷从房里出来，天已经蒙蒙亮，院中几个仆妇已经开始洒扫。

先前接引他的汉子道："厨房已经在备饭了，军师一晚上没合眼，若不嫌弃，不妨去弟兄们睡的房里将就歇息一会儿，待早饭好了，我过去叫军师。"

用过饭还得押着昨晚抓的几个西寨人去西寨那边，一会儿又是一场硬仗要打。

楚承稷淡淡道："无须麻烦，你们下去休息吧。"

汉子见楚承稷已经这般说了，也不敢再叨扰他，便离开了院落。

楚承稷的视线浅浅扫过对面的两间屋，秦筝应该就是歇在那边的。

估摸着再过一会儿秦筝就该起了，他便在院中的石桌处坐下静等，山寨里的仆妇打扫完庭院，便进厨房给他沏了壶茶。

楚承稷顺便问了句："不知我夫人歇在哪间屋？"

仆妇笑答："那位夫人在大小姐房里。"

楚承稷听说秦筝跟林昭睡在一间房，倒也不觉意外，他向仆妇道了谢，在石桌前单手撑着额头闭目浅眠。等天光大绽，喜鹊打着哈欠从房里出来时，瞧见军师坐在院中，还以为自己眼花了。

楚承稷听到开门声便醒了，喜鹊结结巴巴道："程公子怎么在这里睡着了？"

楚承稷看了一眼天色，道："刚坐下没多久。"

喜鹊想起昨晚秦筝来这边了，小心翼翼地询问："程公子是来接程夫人的吧？"

她指了指旁边那间屋："程夫人昨夜跟大小姐一起睡的，不过后来大小姐来我房里了，现在房里就程夫人一人。"

寨子里都是粗人，不讲究，喜鹊这么说的意思，是他要去看秦筝的话直接进去就行。

但楚承稷只说了句："多谢。"却半点没有要进屋去的打算。

喜鹊摸不清他的想法，不解地看他几眼后便往厨房去了。

一盏茶快喝尽时，房门才又一次打开，这次打着哈欠出来的是林昭。

她瞧见楚承稷跟尊望妻石似的坐在那儿，走过去故意道："这么早就过来等阿筝姐姐啊？阿筝姐姐还在睡，估摸着还得有一会儿才醒。"

楚承稷淡淡点头："昨夜内子在此叨扰了。"

林昭赶紧道："哪里会！我可喜欢阿筝姐姐了。"

半晌，秦筝终于打开房门出来了，她半点不知自己昨晚挤得林昭没地儿睡，还很自然地打起招呼："阿昭起这么早啊？"

视线落在楚承稷身上，有点惊讶："相公怎么过来了？"

林昭跟秦筝道了句"早"，便躲出去了，喜鹊也抱着木盆跟了上去。

楚承稷这才看向秦筝，回答她方才问的问题："有事同寨主相商。"

秦筝想着他昨晚一直未归，肯定是部署什么去了，一大早就来同林尧商议也正常。

她见楚承稷的眼下有淡淡的青黑，虽然因着他昨日那番话没放下心防，但还是本能地担忧："你回去怕是都没睡几个时辰吧，伤势还没好，得多注意休息。"

楚承稷轻浅地应了声："嗯。"

秦筝也不知道他这声"嗯"是在回答没睡几个时辰，还是在答应要注意休息。她不由得叹了口气："得把自己的身体当回事，要是落下病根就不好了。"

秦筝说完这句话，发现楚承稷没应声，她抬眸一看，却见楚承稷正神色深沉地望着自己。

石桌旁就是一棵梨树，风吹过的时候梨花纷落如雪，楚承稷坐在石桌前，一袭墨袍清贵俊雅，微微上挑的眼尾里藏着秦筝看不懂的情绪，冷玉一样的肤色让他身上那股清冷疏离的感觉愈发重了。他发间落了不少梨花花瓣，身前那盏茶水里，也飘进一瓣雪白的梨花，整个人仿佛置身于一幅画卷中。

秦筝的呼吸不由一窒，那种心悸的感觉又来了。

她移开目光，抬手捋了捋自己的一头乌发，抬脚逃也似的往外走："我去找阿昭拿梳子。"

楚承稷却叫住了她："有东西给你。"

秦筝只得被迫停下脚步，不过楚承稷一说有东西给她，她倒是想起之前信鸽送来的那封信还在她这里。

她从袖袋里摸出那张卷好的信纸："对了，昨天有只信鸽落在窗外，你一直没回来，我怕我走了有西寨的人过来，就帮你把信取下来带走了，那鸽子我也拴住了，你要回信也方便。"

这山寨里貌似没有信鸽，她怕鸽子飞走了楚承稷没法回信才拴住的。

秦筝把信纸递过去时，怕他误会自己看过信的内容，为免再添猜疑，道："那个……你放心，我没看。"

楚承稷本要伸出的手就这么收了回来，道："你看吧。"

秦筝狐疑地瞅了太子两眼后，还是打开了卷起来的信纸，上面只有七个字。

四月初七，云岗寺。

这看与不看，有什么区别？

她把信纸还给太子，琢磨着自己看的好歹算是个机密，大抵还是该问上一问的："这是什么？"

楚承稷接过，瞥了一眼纸上的字迹："和郢州陆家接头的时间地点。"

秦筝愣了一会儿，才反应过来他口中的陆家是谁。

太子外祖家陆氏乃百年望族，早年一直盘踞在郢州，族中出了位皇后，族人才渐渐迁入汴京，不过本家还是在郢州。这些都是她失忆后从宫人口中问得的。

反王李信于祁县起义，带着叛军一路北上打向汴京，他们出汴京城那会儿，太子妃的娘家秦国公府和太子外祖家太师府就已经被叛军围了。郢州在祁县以南，所以陆氏本家还没遭遇不测。

秦筝突然意识到，太子这是已经和陆家那边接上头了？这等机密，他倒是……也不瞒着她？

秦筝摸不清太子同自己说这些的用意，她斟酌着开口："殿……相公何时同那边通的信？"

前天他才从老大夫那里拿到纸砚，笔也是昨天才制好的，山寨里又没信鸽，他哪能这么快就收到陆家的回信？

楚承稷道："在商船上时，同那陈员外讨要笔墨写的。"

真正让他答应护卫陈员外平安抵达吴郡的原因，并非陈员外开出的十两银子，而是他需要有人帮忙去送那封信。当晚离开京城的只有那几艘船，等叛军在京城搜查无果后，也该反应过来他们是走水路逃走的。他已经预料到这逃亡的一路不会太平，便让一个局外人去送信，避开叛军的耳目，总能多一分胜算。

秦筝秀眉一蹙："那位陈员外瞧着是个精明的，托他给陆家带信，不就暴露身份了？"

楚承稷道："陆家在郢州产业诸多，又常与京城那边往来，一些怕在路上被劫的信件，都不是送往本家，而是送往挂名别家的茶楼客栈避人耳目。"

他这么一解释，秦筝就懂了，他随便编造个理由，托陈员外把信送去陆家收集京城情报的茶楼就行，根本不会暴露自己的身份。

陈员外是个商人，定是无利不起早，太子在船上用剑刺鱼表现出来的武艺，想来也是在当时的情形下唯一能向陈员外展现的筹码。

陈员外知道帮他这个忙，以后靠着这份人情还能捞个好处，才会真的去送信。

但他们当时就在陈员外的船上，太子却还托陈员外去送信，可见是怕他们没法顺利抵达吴郡做的第二手准备。

思及此处，秦筝不得不佩服太子的心思缜密，他竟是从刚逃出京城时就开始部署这一切了。

听他这般细致地同自己解释陆家收集秘密信件的途径，秦筝一面因摸不清他的用意而下意识警惕着，一面又有些不受控制地心悸。

他若是待人好起来，实在是太容易叫人沉溺了。

她迟疑地问出了最后一个自己没弄明白的问题："陆家人怎会知道我们在两堰山？"

毕竟太子写信那会儿，他们还在陈员外的船上，难道太子能未卜先知，知道他们会来两堰山？

面对她的疑问，楚承稷似乎出奇地有耐心："陈员外的船在青州被劫，打听一下不是什么难事。"

这句话的潜台词秦筝听懂了，陆家人只要收到了他的信，稍作打听就能知道他在青州境内。

不过青州这么大，哪怕陆家打听到了林尧他们，也知晓了他们从水匪手里抢走了货船，但又如何能确定他们也在两堰山？

她黑白分明的眸子看着太子，疑问都写在了眼里。

楚承稷眉尾轻扬："你以为我那晚同寨主都谈了些什么？"

此话一出，秦筝完全懂了，陆家人锁定他在青州，他再用林尧的人放出风声，那陆家人能找到他就不奇怪了。

她诧异道："寨主已经知晓了我们的身份？"

楚承稷眼底闪过几许赞赏，她比他想象中的还要聪明，有些话他只说一半，她就能猜到是什么意思。他道:“我还未同他说，不过他是如何猜测的，就不得而知了。”

秦筝若有所思，林尧是个聪明人，肯定不会相信他们只是普通商户，但他有分寸，既然答应同太子合作，就算知道了什么，想来嘴也严实。

“四月初七你去云岗寺见陆家人？”秦筝问。

楚承稷微微颔首:“青州毕竟是叛军的地盘，陆家也担心这是叛军为引诱他们上钩故意做的局，不敢托大。”

祁云寨的势力，肯定是比不上郢州陆家的，秦筝犹豫了片刻，道:“届时相公是想直接去郢州？”

楚承稷嘴角轻提:“为何这样觉得？”

秦筝说出了自己的考量:“陆家在郢州势大，去郢州想来是更容易起势的。”

陆家再怎么也是楚承稷的外祖家，肯定会鼎力支持他复国，这不是明摆着的事吗？

楚承稷嘴角的弧度又深了几分:“你知道为何王朝更迭，而世家长盛不衰吗？”

秦筝猛地一激灵，世家子弟成长起来前都是受家族荫庇，族中子弟成气候后又会反过来为家族牟利。

这就是门阀。

“郢州毗邻吴郡，吴郡以南都是淮阳王的地盘，陆家想守住郢州，就只能求助淮阳王。在叛军围了汴京之前，郢州陆家已经又有一位嫡女嫁去淮阳王府了。

“我若去了郢州，且不论陆家是否还愿倾尽全族之力襄助我，单是被淮阳王和叛军夹在中间，就已是一步死棋。”

秦筝听完只觉得后背发凉，她以为他跟陆家搭上线就好了，却没想到里边竟还有这么多利益纷争。

难怪太子一开始就是借陈员外之手去给陆家送信，因为他根本就没想过直接去投奔陆家!

世家素来长袖善舞，陆家那边借着淮阳王的庇护，这头也可以在一定程度上支持太子，这样一来，不管将来得胜的是淮阳王还是太子，他们都少不了好处。

秦筝突然有些同情太子，世家亲情尚且淡薄至此，天家就更不用说了。

只是……他为何突然同她摊开了说这些？秦筝愈发想不通。

这时一个仆妇正巧端着盆热水走进后院来:“再过一会儿就能用饭了，夫人洗把脸吧。”

仆妇送完水便退了下去，秦筝这才想起自己要找林昭借梳子的事，道:“瞧我，光顾着和你说话，都忘记找阿昭借梳子了。”

楚承稷就坐在石桌旁，秦筝从他身后走过时，他一抬手就拉住了她的手腕，但不过是隔着衣袖虚虚握着，力道很轻。

在秦筝停下后他就松了手，语气一如既往的平静，递过来一把小巧精致的木梳:“不是说了有东西要给你吗？”

秦筝有些惊讶地接了过来，仔细打量一番:“你上哪儿买的？”

话一出口秦筝也觉出不对，她猛然抬起头来：“这是你自己做的？”

楚承稷只道：“先将就用着吧，以后再买新的。”

得了礼物，秦筝还是很识时务地夸了楚承稷两句：“集市上卖的哪有这个好看，相公手可真巧，我就用这个！”

把头发梳顺后，秦筝对着水里的倒影绾发髻，不知道是不是太子一直看着她的缘故，秦筝今天发挥失常，绾好发髻后老有一缕头发散落下来，她重绾多次后，手都有些酸了。

在她的耐心快要消耗殆尽时，一只大手从她手中拿过了木簪，清冷的嗓音似比平时柔和了几许：“我来吧。”

“谢……谢谢。”她干巴巴地道了谢。

楚承稷一手固定住她绾好的发髻，一手拿着木簪簪进去，拨动头发时，秦筝只觉得整个头皮都起了一阵麻意。她为了不让自己分心，索性盯着水盆里的倒影看。

“好了。”楚承稷清越的嗓音响起时，秦筝才回过神来。

秦筝看着水盆里自己的倒影，摸了摸太子帮自己簪好的发髻，不太自在地道：“要不是你一直看着，我早簪好了。”

楚承稷垂眼睨着她，黑眸幽深：“为何我看着就簪不好？”

他的目光一直都是温和里透着清冷的，但这一刻，秦筝却觉得自己好像浑身都动不了了，只有心跳在不受控制地加快。

他……他这么问要她如何回答才好？

楚承稷问出那话后秦筝迟迟没有作答，他也没催，二人就这么一个蹲着一个靠树站着，四目相对，起风时满树的梨花纷飞落下，不知是风迷了眼，还是花乱了心。

“阿筝姐姐，你洗漱好了没，吃饭了！”

秦筝无比感激林昭这个时候过来，她将碎发捋到耳后，赶紧起身往外走：“已经洗漱好了，这就过去。”

楚承稷看着她几乎是落荒而逃的背影，眸色依旧清浅，只有唇角不太明显地往下压了压。

山寨里的人为了干活有力气，其实并不喜欢喝粥。

仆妇做的蒸笼饭，秦筝胃口小，夹的饭菜少得可怜。

林昭瞧见了，眉头一皱，用公筷夹了两块肉片给秦筝：“阿筝姐姐多吃点肉！”

秦筝看到肥肉，脸都白了，可不好拂了林昭的意，只得道：“够多了，吃不完浪费粮食。”

她捧着碗走出厨房，在院子里溜达了一圈，在门口处碰上了同样端着个碗的太子。

他那碗饭肥肉占据了大半，吃惯了山珍海味的太子，只怕对这肥肉也难以下口。

王彪站在他的边上，似在同他说些什么，瞧见秦筝后，冲她点头打了个招呼，识趣地端着碗走了：“我去厨房添个饭。”

秦筝瞥了一眼楚承稷手上的碗，用一副难兄难弟的语气道：“你碗里也被夹了这么多肉啊……”

楚承稷问：“不喜欢吃？”

秦筝反问他：“你喜欢？”

楚承稷没说话，直接伸筷子夹走了秦筝碗里的肥肉。

秦筝见太子把肥肉直接夹到自己碗里，她呆滞了一秒，不确定地问：“那个……你要吃？”

楚承稷低头扒了一口饭，道：“能补充体力，扛饿，是好东西。”

秦筝望着楚承稷愣了一会儿，扒饭明明是很粗鲁的动作，但秦筝莫名地觉得透过他那副浊世佳公子的皮囊，似乎看到了一个驰骋沙场的悍将的影子。

王彪又过来同他细商一会儿去西寨的事，秦筝看他走不开，便顺道帮他把碗拿回厨房。

她进厨房才发现林昭已经出去了，喜鹊在一旁帮着厨房大娘收拾碗筷。

秦筝问了句：“阿昭呢？”

喜鹊答道：“今早漫天红霞，这两天八成要下暴雨，大小姐去同寨主说盖瓦的事了。”

秦筝不解：“盖瓦？”

喜鹊道：“这两年战乱，来投奔祁云寨的人越来越多了，房子不够住便搭了茅屋，天晴时还好，若是遇上雨天，再刮个大风，整个茅屋顶都能给掀没了。”

厨房大娘接茬儿道：“寨子里一些老房子年头也久了，漏起雨来不比茅屋好到哪儿去。”大娘说着就不住地摇头。

秦筝听得心口有些沉，她对喜鹊道：“反正我也是闲着，一会儿同你们一道去盖瓦吧。”

喜鹊有些犹豫：“这哪能行——”

秦筝打断她的话：“你跟阿昭说一声就是。”

林昭不把秦筝当外人，自是满口同意的，这事就这么定下了。

院外的汉子们用过早饭，押着昨夜突袭东寨的那几个西寨人就去西寨讨说法去了，林尧有伤在身，此番领头的是楚承稷和王彪。

厨房大娘想起林昭兄妹的伤势，对西寨就没一句好话，道：“我今早瞧着阿昭那孩子的眼下直接青了一圈，肯定是昨天夜里担心寨主担心得睡不着。”

喜鹊挠挠头：“我瞧着大小姐昨晚睡得挺沉的啊。”

厨房大娘诧异道：“昨晚大小姐跟你一个房间睡的？”

喜鹊点点头：“半夜过来的。”

坐在灶膛子处看火的秦筝：“……”

她大概知道林昭为何半夜要去喜鹊的房里睡了。

原本还打算回去后跟卢婶子挤着睡，现在看来还是算了，卢婶子一把年纪，她爱抢被子，睡相又不老实，把老人家折腾病了就罪过了。秦筝想着晚间还得跟楚承稷挤一张床，扯了个夜里凉的缘由想找林昭再拿条被子。

林昭怕秦筝冷，准备拿床冬日里盖的厚棉被给她，秦筝觉着这棉被她一盖上，只怕太子都没地儿躺了，就挑了条稍薄些的。

林昭不解："这床被子跟阿筝姐姐你们盖的那床被子一样厚，换了只怕夜里还是冷。"

秦筝道："我拿回去搭着盖，这个厚度足够了。"

林昭的神色变得怪异起来："两床被子一起盖？这个天气得闷出汗来吧？是不是阿筝姐姐的相公有伤在身，畏寒得很？"

秦筝正愁找不到理由，林昭这么一说，便顺着她的话点了头。

此时林昭终于又找到一个抨击楚承稷的点："他吃那么多肉还体虚成这样？真没用！"

秦筝："……"

罪过，这话一定不能让太子知道。

方抵达西寨的楚承稷半点不知自己又被编派了一次。

东寨此番一并前去的有四五十个汉子，凶神恶煞地往西寨大门前一站，气势颇能唬人，他们此时正押着十几个被打得鼻青脸肿的西寨人，西寨哨楼前站岗的汉子见事态不对，都没敢开寨门。

一个小喽啰问王彪："王……王头领，你们这是作甚？"

王彪一脚踹在其中一个被捆起来的西寨人的膝盖窝，直踹得对方跪了下去，他冷笑道："这群叛徒勾结水匪，劫了我东寨的货船，叫二当家和他那狗儿子出来见我！"

西寨的小喽啰立即跑去寨子里向二当家禀报，对吴啸忠心的，也不动声色地溜去吴啸那里通风报信。

楚承稷负手而立，天阴阴的，已经开始刮起冷风，山雨欲来。

片刻后，只见二当家被一众人簇拥着朝寨门处走来，却不见吴啸。

二当家做了个手势，小喽啰这才打开了西寨寨门。二当家带着几十个汉子走出寨门，他目光扫过被绑的那十几个西寨人，沉着脸问："这是怎么回事？"

王彪讥诮出声："都这时候了，二当家还装蒜呢？"

他又踹了先前那人一脚，那人栽倒在地："把你们昨晚招供的话再说给二当家听听！"

被绑的小喽啰只是听吩咐做事，眼下事情发展到了这地步，自是把一切都招了："昨晚吴大哥听说东寨夜里要卸货船，让弟兄几个药倒了看守堰窟的东寨弟兄，放水匪进了两堰山水域。"

二当家的脸色瞬间难看了下来。

王彪凶煞道："我记得我大哥受伤那会儿，也是你们几个和东寨的弟兄一起看守堰窟的，水匪十几艘船白日里能靠近两堰山，也是你们搞的鬼吧？"

二当家听到此处眼神闪躲了一下，喝道："够了，把吴啸给我叫来！"

王彪揪起小喽啰的衣领吼问："老子问你话呢！"

他像是一头随时会吃人的老虎，小喽啰正是跟在吴啸身边的"瘦猴"，他此刻早被吓破了胆，连忙求饶：“王头领饶命，都是吴啸让我们做的……”

虽然心里早有如此猜测，可当亲耳听到后，王彪就控制不住一身的戾气，抡起铁拳照着瘦猴的脑袋就捶了下去。

瘦猴直接被那一拳砸得倒地不起，显然是断气了。

西寨的汉子们都大骇，二当家的脸色也难看至极。

他沉声道：“王贤侄，我已派人去叫吴啸过来，有什么事等他过来当面对质，何故伤我西寨人性命？”

王彪怒不可遏：“这孙子都招了，还对什么质，我大哥是为了救二当家的宝贝女儿才被水匪砍伤的，如今卧床不起，二当家倒是为吴啸那个狗杂种开脱起来了，果然是父子情深！”

二当家阴着脸道：“若此事当真是他所为，老夫亲自砍了他的脑袋去向寨主赔罪！”

正在此时，二当家派去找吴啸的小喽啰回来了：“二当家，不好了，吴啸逃了！”

二当家鹰目一瞪：“逃了？”

小喽啰喘着粗气道：“我去吴啸住处看过了，那边的人说今日一早起来就没看见吴啸，不知道他去哪儿了！”

王彪嗤笑：“行啊，原来二当家在这儿拖住我们，就是为了给吴啸争取逃跑时间啊。”

“传我令，举全西寨之力捉拿叛徒吴啸，生死不论！”二当家寒着脸下达命令，他冲王彪拱了拱手，“是老夫识人不清，上了那白眼狼的当，此事老夫定会给东寨一个交代！”

王彪哼笑着问：“二当家，吴啸都跑了，你们西寨若是一辈子拿不住他，这事岂不是一辈子都交代不了？”

“十五日之内，老夫必提吴啸的人头去向大当家赔罪！”二当家掷地有声道，“菁儿昨日也在山崖底下，我若早知吴啸那厮狼子野心，早杀了他，又怎会让菁儿置身险地？菁儿欠寨主一条命，这个仇，自当让我亲自替寨主报！”

王彪恨得牙痒痒，二当家现在倒把自己择得干干净净。他看了楚承稷一眼，见楚承稷不动声色地冲他点了头，才勉强收住一腔怒火，咬牙切齿道：“那我就等二当家这边的好消息了！”

他把几个被五花大绑的西寨喽啰丢在西寨门口后，便带着东寨的弟兄们扬长而去。

二当家看着他们的背影，低声问站在自己身侧的中年男子：“先生以为今日之事当如何是好？”

此人乃西寨军师，他摇着羽扇道：“二当家都已做出决断，又何须再问？吴啸昨夜胆敢私自勾结水匪，见利忘义，趁此机会除掉他也好。只是……”他语气一顿，手中的羽扇虚指着楚承稷，“此人留不得。”

小喽啰早被屏退，二当家再同他说话也不避讳：“我已听昨日从堰窟回来的弟兄们说了，此人武功高强，远胜王彪，昨日若不是他，只怕姓林的小子已经归西了。”

拿着羽扇的男人却摇了摇头：“我让二当家除去此人，非是惧他武艺，我观此人面相，贵不可言，此时正是他命中大劫，龙潜浅滩之时，过了这时日，往后再想除去他，可就难于登天了！”

二当家的脸色瞬间严峻了起来，先前吴啸叫人暗杀那对夫妻，西寨已经同对方结下了大仇，眼下对方又与林尧交好，势必是留不得的！

回去的路上，王彪一想起这两日发生的事，气得两腮的胡子都在抖：“军师你脑袋灵光，你说说，那何老贼是真不知吴啸勾结水匪还是装不知？”

楚承稷回想起二当家闪躲的眼神，缓缓道：“昨夜应当不知，但昨日午间的那场刺杀他是知情的。”

二当家的目的只有一个，那就是权，他想让林尧死，然后自己上位。

而吴啸则贪得无厌，钱和权都想要。

王彪不解：“为何昨晚的事何老贼就不知情？”

楚承稷看了一眼愈渐暗沉的天际：“昨夜勾结水匪一事若二当家也知情，那吴啸就不可能逃跑。要么昨夜吴啸就会来东寨求援，要么就是今日我们过去问罪时，只见他的尸首。”

王彪听完脑瓜子嗡嗡的，还是想不通其中关键：“军师，你说点我能听懂的。”

楚承稷突然觉得还是跟秦筝说话省力，聪明人只要一点就通。他道：“昨夜在堰窟处放迷魂烟的几个西寨人已经被我们抓住了，若勾结水匪是二当家的意思，人没回去，他就知道事情已经败露了。被抓的几个西寨人便会供出吴啸，而吴啸又会供出他这个幕后主使，对二当家而言最稳妥的办法，自然是弄死吴啸，让吴啸担下所有罪责，既给了东寨一个交代，又能把自己择干净。”

王彪仔细消化了一遍楚承稷的话，朝路边啐了一口，骂道：“老不死的，心眼子比马蜂窝还多。”

楚承稷道：“我原以为昨夜也是二当家的计谋，吴啸为了自保，肯定会和二当家狗咬狗，必要时还会求助东寨，那时东寨便可坐收渔翁之利。可若是昨夜之事是吴啸一人的主意，他见事情败露逃跑倒也说得通，只是山寨可还有其他下山的路？”

王彪思索一番后，狠狠一拍脑袋：“还真有条道，不过极其险要，十几年都没人走过了！”

第六章——选择

他像是一朵妖娆绽放的花儿，
她明知那花兴许是有毒的，却还是忍不住想要靠近。

盘龙沟，青州境内的水匪老巢。

一艘无篷小船刚出现在盘龙沟的水域内，就被水匪的船只团团围住。

“好大的胆子，盘龙沟也敢闯？”船上的水匪猖狂大笑。

船上的人正是吴啸，他此刻不可谓不狼狈。

昨天他得知东寨半夜要卸货船，就暗地通知了水匪，又派了心腹去堰窟放倒东寨的守卫，将水匪的船放进两堰山水域，怎料派去的人一去不回，吴啸当即料到出事了。

昨日中午勾结水匪那次，是二当家的主意，他想不费西寨一兵一卒让林尧死在水匪手里，可惜计划没成，因为何云菁去崖底给林尧送饭，也险些把命交代在那里，他事后还被二当家迁怒罚了。

吴啸早有反心，便不肯放过晚间的机会，本想着大赚一笔，眼见事情败露，才连夜逃出两堰山。但堰窟处全是东寨的人守着，从那边是逃不了，他以前听山寨里的老家伙们说过后山还有一条险道能下山。

吴啸被逼无奈，只得从后山逃出，他摔得七荤八素，不过好在总算是逃出来了。

此刻看着面前的十几个水匪，吴啸只觉得松了一口气，他道：“两堰山吴啸，求见你们大当家的，昨夜你们劫回来的两船丝绸，就是我报的信。”

几个水匪对视一眼，神情古怪，其中一人道：“等着，我回去给大当家报信。”

不出片刻，就从远处划来数条船，水匪大当家站在一艘船的船头，他冷笑着开口：“原是吴头领大驾光临。”

吴啸听出他语气不对，却还是抱拳恭维：“不敢不敢，吴某此番是前来投诚的，那三成船货，大当家的分吴某一成足矣，其余两成就当是孝敬大当家和弟兄们的了！”

水匪头子闻言却是冷笑起来，吴啸听见这满怀恶意的笑声，也不知是哪句话说错了，连忙道：“我一成都不要了，只求大当家的收容！”

水匪头子朝他啐了一口：“你小子敢戏耍老子，还敢来这里跟老子谈条件？”

“大当家的冤枉啊，我何时戏耍过您？”吴啸心道这水匪头子怕不是想独吞那批货，但嘴上却还是道，“昨夜我一得到消息就通知大当家的前去劫货了，那两船丝绸，姑且当吴某的投名状，我如今也是走投无路，才想着来盘龙沟求大当家收留！”

水匪头子冷笑：“丝绸？也就堆在外边的那几箱是，堆在里边的箱子里全是石头！”

吴啸此时白了脸色：“此事我全然不知情，大当家的，我也是被东寨那帮人给骗了！”

水匪头子用刀挑起吴啸下巴：“昨日中午也是你小子给我报信，说能杀了林尧，结果却害得老子一个弟兄都没活着回来，谁知道这次是不是又是你们祁云寨联手诓骗老子的局。”

吴啸大气都不敢喘，连连表忠心：“昨日中午真的差一点就能杀了那林尧！若不是山寨里那个姓程的坏事，林尧现在已经是个死人了，那姓程的就是先前在元江口处杀了你们大半船弟兄的人！”

一见水匪头子动怒，吴啸心知自己的机会来了，他道：“我知道有条旧道能上两堰山，那里没人看守！”

水匪头子一听，果然收了刀，吩咐底下的人：“带他回去。”

吴啸总算是松了一口气，后背却早已被冷汗湿透，等跟随水匪回了匪窝，他进门时却发现大门口处贴了两张通缉令，通缉令上还画着人像，吴啸先前下山时，在城门处就看到过这两张通缉令。此刻再看那通缉令上女人的面相，顿时和在寨子里见过的秦筝重合起来。

他先前看到秦筝就隐隐觉得眼熟，原来是在通缉令上见过！这通缉令上画得并不完全贴合秦筝的相貌，但还是有五分像的。再定睛细看另一张通缉令上的男人，他心头大震，这可不就是那姓程的！那夫妻二人竟都是朝廷的通缉要犯！

一个水匪见他盯着大门上的通缉令出神，催促道：“瞧什么呢，走了！”

吴啸不识字，赔着笑脸问：“小兄弟，这通缉令上写的是什么？怎贴在了此处？”

那个水匪道：“朝廷在元江一带的水域大肆搜查通缉令上的两人，听说是犯了事逃出来的，找到尸体能领白银百两，若是活捉……”对方哼笑了一声，“能得黄金百两！大当家的为了让弟兄们把招子放亮点，才把通缉令揭回来贴到了大门上。”

吴啸只觉得浑身的血又热了起来，黄金百两啊！这辈子都够花了！

林昭和喜鹊带着几个汉子去拿盖房顶的青瓦，秦筝抱着被子跟过去不方便，就先回了她和楚承稷暂住的小院。

卢婶子见着秦筝，问了声：“军师没跟你一起回来？”

秦筝出了屋子，答道：“他跟东寨的弟兄们一起去西寨了。”

卢婶子闻言却叹了口气：“军师昨晚四更天才回来，水都没喝上一口就去寨主那里了，一晚上就没合过眼，只盼着西寨那边可别再出什么幺蛾子了。”

秦筝听得一怔，太子竟是昨晚四更天就去林尧那里了？

再回想起今早见到太子的情形，他眉宇间其实是藏着几分疲惫的吧？可如今局势紧迫，他又不能全然指望陆家，必须得有自己的势力，脑子里那根弦定是时刻绷紧了的，只是他平日里表现得太过淡然，若不是他今早同她说那些，秦筝都不知他已经不声不响地谋划了那么多。

秦筝越想心情就越复杂，还掺杂了几分自己都说不上来的心疼。

天下人都知道，坐上那把龙椅便拥有无上权力，但为了坐上那把龙椅须得付出多少，就鲜有人知了。

楚承稷跟着王彪一行人在后山的密林里穿行，王彪在一块石头上瞧见有人滑倒的痕迹，很新，显然是前不久才有人在这里摔过。

王彪骂道："吴啸果然是从后山跑的！"

楚承稷看了一眼石头上的痕迹，问："后山的小道能容纳多少人并行？"

王彪道："一个人走都悬得很！后山下方也是几十丈高的石壁，只不过不是一整块山岩，那边岩壁的石头跟面粉捏的一样，用鹰爪钩都抓不牢。"

楚承稷听后若有所思，吩咐跟在身后的两个东寨汉子："你们找找附近可有竹林，砍几捆细竹过来，断口处削得尖锐些。"

王彪不明所以："这是干什么？"

楚承稷道："制竹矛。"

待到后山顶，一行人可算是看清了后山石壁下方的全貌。

在崖壁下方凸起的砂岩处，依稀可见深深嵌入岩层里边的横木，每隔一丈崖壁，下方便伸出来一根，最上边的横木上还绑着用绳索和木节制成的绳梯，只不过绳索已经被风化得极其脆弱。

王彪指着绳梯道："听俺娘说，以前堰窟那边还没修好，寨子里的弟兄们上下山都是爬这里的绳梯，麻烦得紧，有次还被人顺着绳梯爬上来突袭，寨子里的人死伤过半……从那以后，老寨主便砍断了绳梯，这条道就没用过了。"

说起这些，王彪脸上也有些黯然。

楚承稷注意到横木上有被鹰爪钩抓过的痕迹，砂岩抓不牢，嵌入岩层里的横木却是牢固的，想来吴啸昨夜就是把鹰爪钩固定在横木上，攀着绳索踩着岩壁下方的横木慢慢下去的。

他若想再回来，只怕又能把这里打造成一条上山的捷径。

思及此处，楚承稷的眸色冷凝起来。

被楚承稷派去砍竹子的两个汉子在这时一人扛着一捆竹子回来了："军师，竹子砍来了！"

楚承稷虚虚地一指山崖边缘，对王彪道："烧了下方的横木，再在这里竖一堵竹墙，把竹矛弄得密集些固定在墙隙里，尖端对着山崖下方，往后这边也派人守着。"

王彪的脑子终于灵光了一回，瞬间明白了楚承稷的目的："您是怕吴啸那厮带人从这里攻回山寨？"

楚承稷点头，眸色深沉："这条道始终是个隐患。"

王彪听他这么一说，也意识到问题的严重性，当即就道："军师放心，我今天就亲自带人在这里建一堵竹矛墙！"

楚承稷的目光扫过脸上疲态尽显的东寨汉子们，语调低沉："二当家那边也得防着。"

这些人昨晚都是一宿没睡，王彪也有些疲乏，他问："军师是怕何老贼说一套做一套？"

楚承稷道："东寨的弟兄们昨夜已经熬了一整晚，今晚必定是熬不住的，西寨今夜若是有什么动作，东寨只怕来不及应对。留几个人在此烧了横木建竹矛墙，其余人回去休整，晚间严防西寨。"

王彪见他把什么都考虑到了，打心眼里服气，当即就道："一切都听军师的！"

回去时，灰蒙蒙的天已经下起了小雨，但穹顶乌云滚滚，后边肯定还酝酿着一场暴雨。

楚承稷一行人都没带伞，出了后山的密林，已能瞧见坐落在山腰处的几间茅屋。

不远处传来女子洪亮的声音："快些！快些！把地上的茅草扔上来，再过一会儿雨就得下大了！"

楚承稷定眼一瞧，林昭站在茅屋顶上，几个汉子正拿着用绳子编好的茅草往屋顶上甩。而在茅屋的边上，他还瞥见了一道熟悉的身影——秦筝，着一袭黛青色长裙，似乎正在盯着几个汉子挖沟渠。

王彪对翻修屋顶这事早已见怪不怪，扯开嗓门就吆喝："大小姐，又在帮寨子里的人盖屋顶啊！"

因为他铜锣似的一嗓，原本还在专心看着几个汉子挖排水沟的秦筝也抬头朝这边看了过来。

秦筝也瞧见了楚承稷，但想到他之前问自己工图的事，不动声色地往旁边挪了两步，似想证明汉子们挖的那条排水沟跟她没有半点关系。

楚承稷将她的小动作看得分明，眸光微微一哂。

她怕他。

林昭也看到了他们，疑惑道："你们不是去西寨了吗？怎么从后山下来？"

王彪只道："吴啸跑了，何老贼说等他亲自砍了姓吴的脑袋，再来给寨主赔罪。我回来时带着军师在寨子里到处转转，熟悉熟悉地形。"他又问，"大小姐您这儿还缺人手吗？"

林昭道："我这边把茅草铺上就完工了，你拿两捆茅草去帮武三叔把屋顶盖一盖。"

"好嘞！"王彪看了一眼秦筝，问楚承稷，"军师就不跟我们一道走了吧？"

楚承稷微微颔首："你们先回。"他走近几步问秦筝："快下雨了，在这里做什么？"

秦筝心里藏着事，面上瞧着倒是一派自然："寨子里缺人手，我来帮忙盖瓦，修补屋顶。"

楚承稷猜到了她瞧见自己就浑身奓毛一般是何原因，果然是那日同她说那些吓到她了。

他扫了一眼坡度颇大的屋顶："你上得去屋顶？"

秦筝一噎，她抿唇道："我帮着递瓦。"

楚承稷看着她一本正经地为自己正名的样子，唇角微不可察地往上提了提。

大抵是天公作美，待林昭那边铺完最后一层茅草，原先的细雨才变成了豆大的雨珠子。

趁雨势不大，一行人都赶着回家。

秦筝和楚承稷住的小院跟林昭他们不在一个方向，回去的路上只剩秦筝和楚承稷两人。

半山腰的羊肠小道已经有些泥泞，秦筝走了一段路，就感觉到鞋袜濡湿了一片。楚承稷不知是不是在刻意等她，步子比平常慢上许多。

走下坡路时，秦筝不小心踩到裙摆，差点一头栽进别人的秧田里，幸好楚承稷及时扶住了她。

雨点变得密集，扶住她胳膊的那只手依旧沉稳有力，秦筝看着雨中太子冷峻的侧脸，神情有一瞬间恍惚："谢谢……"

"不是同你说过了吗？你我之间，无须言谢。"楚承稷半蹲下身子，"上来。"

秦筝连忙摇头："我自己能走，快些回家吧，若是雨水泡着伤口就不好了。"

等他们抵达山脚时，雨势已渐大，楚承稷脱下自己一侧的衣袍，用手抬起袍边，一片宽大的衣袍就遮在了秦筝头顶。

秦筝愣了一下，抬头去看楚承稷，却只瞧见他一截好看的下颌线。

"走吧。"他嗓音清冷，像这场带着凉意的雨。

秦筝沉默着走了两步，问："相公，你怎么不把外袍遮在头顶？这样你也能挡到雨了。"

楚承稷说："遮你就够了。"

秦筝因为楚承稷这句话，心跳又有些乱，回家的一路都没再说话。

她发现自己好像陷入了一个奇怪的循环，楚承稷每每为她做了些什么，她就在戒备和心悸之间摇摆不定。

他像是一朵妖娆绽放的花，她明知那花兴许是有毒的，却还是忍不住想要靠近。

归家后，二人都有些狼狈。

卢婶子给他们寻了个干净的帕子让他们擦擦头发，又去厨房煮了姜汤。

秦筝有楚承稷的外袍遮着，身上倒是没湿多少，可楚承稷的身上却湿了大半。怕他的伤口沾到雨水，秦筝忙从木箱里找出一套干净的衣袍让他把湿衣裳给换下来。

楚承稷的外袍在进屋后就已经脱了，此刻只穿着一件纯白里衣，接过秦筝递过去的衣袍时，略有几分迟疑地看了她一眼："你……"

秦筝没看懂他的犹豫，还以为是他有什么事需要自己帮忙，忙问："怎么了？"

楚承稷对上她那双黑白分明的澄澈眼眸，眉心拢了拢，最后只说了句："没什么。"

秦筝不明所以，但在楚承稷背过身去，脱下自己雪白的里衣，露出劲瘦精壮的后背时，她赶紧转过身去，这才明白过来他方才是在迟疑什么。

一定是淋雨淋傻了，她刚才竟然没反应过来楚承稷欲言又止是因为要换衣服！

现在她出去不是，不出去也不是！出去显得矫情，毕竟他们是夫妻；可不出去吧，气氛又有点尴尬。也是这时，秦筝突然意识到一个长久以来都被自己忽略的问题：他们是夫妻，但楚承稷似乎一直都在有意无意地同她保持距离！

她心事重重地找着衣物，楚承稷换好干爽的衣袍后道：“我去厨房端姜汤。”

房内空无一人，秦筝抱着膝盖坐在笼箱旁出神。

都说太子好色，可他从无逾越之举。她和太子相处不自在是因为失忆，那太子又是为何？

她想起乘船逃出京城时，船客说楚承稷其实不举，秦筝突然瞪大了双眼，该不会……他们说的是真的吧？

楚承稷端着姜汤回来时，秦筝已经换好衣裙，此时正坐在桌前发呆。

楚承稷把姜汤放到她跟前，淡淡开口：“喝了驱寒。”

秦筝神情复杂地看了楚承稷一眼，抿唇点了点头。

楚承稷在秦筝对面坐下，他敏锐地发觉她看自己的那个眼神纠结又怪异，似乎……还带了点同情？

秦筝慢慢喝完姜汤，整个胃都暖和了起来。楚承稷问秦筝：“你似乎有话想对我说？”

秦筝心说她表现得有那么明显吗？她坚定地摇了摇头：“没有。”

你是不是不举？这个问题她若是真问出来，只怕他俩这患难情都得到此结束。

她的回答似在楚承稷的意料之中，他道：“我倒是有些话想同你说。”

秦筝听出他话里的严肃，把捧在手里的姜汤碗放回了桌上，看向楚承稷等他细说。

这世间美人各有各的美法，秦筝的容貌大抵是最得上天偏爱的，五官本就明艳不可方物，偏偏眉眼间又自带一股清冷，好似池中菡萏、雪中红梅，叫人“只敢远观，不敢亵玩”。她不笑的时候，太有攻击性的美貌给人的冷艳感愈重。

楚承稷因她陡然专注看过来的目光有一瞬失神，片刻后才道：“你想回京城吗？”

秦筝直觉不对，他这明显话里有话，心中惊疑之时，也正了神色：“殿下为何突然这么问？”

他谈起京城，秦筝自然称呼他“殿下”。

楚承稷道：“那日在东宫，我问你要不要留下来等沈彦之。”

秦筝听他提起沈彦之的名字，下意识地又坐直了几分。

楚承稷察觉到了她细微的变化，眸光微动，嗓音倒是平缓依旧：“你选择同我一起走，这一路上却叫你吃了不少苦……”

不对劲！她不仅知道他跟陆家有联系，还知道他们接头的准确时间和地址，这要是散伙了，还不得被灭口？

从他向自己询问工图一事后，秦筝就一直提心吊胆，她忙道：“不苦的，殿下才辛苦！这一路上都是殿下在照拂我，就连上次重伤昏迷，也是带着我才不好突围……”

她这波话术算是满分，先说一波太子对她的恩情表忠心，再提一嘴他受伤昏迷的事，却不直接说自己那会儿对他不离不弃，而是以退为进，说自己拖累了他。若是换作旁人，或许真被她骗过去了，但楚承稷看了她许久，只说了句：“你不必这般惧我。”

果然还是太过冒进了，自从问过她工图一事后，她就跟只受了惊的兔子似的。

这逃亡的一路，她或许是出于自保，才一直都在他面前委曲求全。

有时候他能看出她是在做戏，比如在东宫那次，她担心自己不带她一起逃，口是心非地说要掩护他。但更多的时候，他也分不清她的情意是真是假了。

一如那夜在江上，他重伤昏迷动弹不得，她却义无反顾地挡在刀前说要杀就杀她……

他只有那一次被人挡在身前以命相护过。

楚承稷看着秦筝缓缓道:“同你说这些，只是想知道你真正的打算。”

见她眸中有诸多疑惑，楚承稷索性将目前的局势掰开了、揉碎了同她讲:“叛军一旦开始调查当日离开京城的船只，江域过境的州府都会张贴通缉令展开搜索，我们在青州藏不了多久。在东宫时，你迫于形势选择了跟我一起逃，现在我再给你一次选择的机会。

“往后的日子兴许更凶险，我也不知最终能走到哪一步。你若要离开，我联系沈彦之来接你，只是今后不要再用秦家女的身份，容易招来祸端，以沈彦之的本事，帮你伪造个户籍还是容易的。你同他的姻缘因我而断，他勾结叛军灭楚的那笔账我会和他另算，但姻缘一事，的确是我之过，送你回去后，姑且也算是两清了。国仇家恨在此，他日战场上我同沈彦之刀剑相向，还望莫怪。

“你若要留……就当我今日没说过这番话。

“我只给这一次机会，你且想清楚。”

秦筝万万没想到他会说出这样一番话来，联想到他今后的布局，倒是也能理解他为何做出这样一个决定。

她毕竟同沈彦之青梅竹马，又曾有过婚约。太子同叛军势不两立，跟沈彦之更是死敌，自己待在太子身边，无疑是个隐患，若是她念着同沈彦之的旧情，泄露了什么机密，对太子极为不利。

不过他前脚才告诉了自己他同陆家人接头的事，后脚又同她说起这些，秦筝怎么想都觉得他就是在试探自己。

秦筝垂下眼睫，眼眶慢慢红了，仿佛下一刻就要哭出来:“我不走，殿下在哪里，我就在哪里。”

楚承稷拢紧了眉心，看着她不说话。

秦筝见他不为所动，想不通是哪里出了问题，心中也愈发没底，正好此时屋外一道闷雷炸响，她被吓得一哆嗦。

楚承稷见她听到雷声后脸都白了几分，瞧着愈显凄楚无依，心底突然就对她多了一分宽容。

她毕竟是一介弱质女流，处于这乱世，自己从前又那般声名狼藉，她现在还没法彻底对他放下心防也是情有可原，他缓和了声线:“打雷罢了，方才同你说的那些话，你只当没听过。”

有些东西，他自己都还没想清楚，就这般冒进同她谈及这些，无非是想她做出选择后，他不必再问自己的心意，以她的选择行事罢了。

是了，他在逃避自己的心意。

望着眼前的女子，恍惚间，那个他不愿意去深思的答案似乎慢慢有了一个模糊的轮廓。

秦筝被太子盯得心中发毛，正寻思着该如何回他的话，不想一滴冰凉的水珠滴到了她的额前，秦筝错愕道:“漏雨了？”

屋外传来卢婶子的喊声:“娘子，你们屋里漏雨了没？要是漏雨了去厨房拿几个盆过来接着，地上积了水可容易打滑！”

秦筝觉得经过这番谈话后，两人之间的关系有些微妙，被一打岔，她也不知该如何回复，既如此不如先避出去，朝外道:“好，我这就去拿。”

秦筝走出房门，瞧见一柄泛黄的油纸伞靠在屋外的墙根处，她撑开伞，正要往厨房去，伞柄却被一双大手夺过。

楚承稷不知何时从房内出来的，同她道:“外边雨大，回屋去。”

秦筝看着楚承稷在大雨中的背影愣怔许久，被他掌心擦过的指节无意识地蜷缩了一下。

她越来越猜不透这人的心思了。

暴雨天气，暮色总是来得快些。

此时，西寨里二当家正坐在长桌前，指着一张东寨的简略地形图道:“白日里我已派人去东寨查探过，昨夜东寨那帮人担心林尧受伤遇袭，才在林尧院子里守了一晚上。今早王彪过来闹时我将他们先安抚了下去，今夜大雨，他们放松警惕后肯定睡得死，咱们今夜就动手！一不做二不休夺了东寨！”

二当家向一旁拿着羽扇的龅牙男人询问道:“军师意下如何？”

龅牙男人掐着指头算了算，神色却是一变:“这雨……来得不是时候。”

二当家明显有了几分顾虑:“军师早上不是说要趁早动手吗？”

龅牙男人的手指继续掐算着什么，片刻后，却还是摇头:“本是龙潜浅滩，现在天降暴雨，水一涨，那便是潜龙在渊了。我先前算出来的卦象乃两凶，如今只余一凶……”

一个汉子哼笑一声，拍桌而起:“要我说，就该在今夜动手，这电闪雷鸣的，分明是利于我们的天时！咱们西寨憋屈了这么多年，等的就是这样一个机会，您还犹豫什么？”

其余人也纷纷附和，凡事都讲究个一鼓作气，二当家心知自己今夜召集弟兄们前来商议此事，若是就这么不了了之，下次能不能再有这样的机会还不好说，只怕士气也没此刻足了，他当即重重一拍桌道:“今夜就拿下东寨，斩了林家那对兄妹！”

屋外突然传来“哐当”一声大响，似是花盆碎裂的声音。

二当家的鹰目瞬间扫了过去:“谁！”

坐在门边的两个汉子已经出门擒了那偷听的小贼进来，众人定睛一看，却是二当家的独女何云菁。

何云菁白着张脸道："爹，您要杀林大哥？爹，你怎么能恩将仇报？"

"你当他真是为了救你？他不过是用你逼我派人一起对付水匪！"二当家不愿和她说太多，直接冲赶来的下人吼道，"把小姐送回去严加看管！"

几个仆妇吓得连声应是，何云菁被强拉出去时还在哭喊："爹，你不能做这恩将仇报的事……"

二当家没理会，眼底一片荫翳："都下去收拾家伙，今晚亥时去东寨杀林尧。"

屋内的西寨汉子们纷纷起身离去，只有那龅牙男人走出房门后，还不死心地掐着指头想算出什么来："今早观他印堂分明是两凶促这一劫，那被暴雨挡去的一凶究竟是什么？"

天边突然一道惊雷炸响，龅牙男人只觉那道闪电几乎快扯到自己跟前来。他被吓出一身冷汗，推演的过程一旦被打断，算出来的便不作数了。

既是天命不可窥，那便不窥。

盘龙沟。

暴雨如注，水匪头子看了一眼暗沉的天色，骂道："贼老天，这雨下的，哪能行船？"

暴雨天气山洪汇聚，江水猛涨，吴啸心急，问："还有多久能停？"

水匪头子狐疑地扫了吴啸一眼："吴兄弟急着回两堰山啊？"

吴啸忙道："大当家你说的这是什么话，我这不急着想立一功吗？"

水匪头子拍拍他的肩膀："这雨不知明天能不能停，今夜是没法突袭两堰山了，吴兄弟下去早些歇着吧。"

"那小弟就先回去了。"吴啸抱了抱拳，姿态放得很低。

等他出去了，水匪头子才勾了勾手指，示意站在边上的亲信过来："送个花娘过去套话，那小子肯定有事瞒着。"

亲信点了头，很快就出去办事。

何云菁被关到房里后，任凭她把嗓子都喊哑了，守在门外的仆妇也不肯过来。

她心急如焚，看到房间里被自己砸了一地的器物，狠了狠心，捡起一片碎瓷往自己胳膊上划了一道，鲜血瞬间冒了出来。

她痛得眼泪直掉，把血全抹在自己额头，又冲着门外叫了一声："不应声是吧，那我就一头撞死在这里，看我爹回来你们怎么交代！"言罢就提起凳子狠狠地砸在了墙上，发出沉闷的一声大响，何云菁走过去躺到地上，故意把额头对着门口。

守在门外的仆妇不放心，过来看了一眼，果然瞧见何云菁满头是血地躺在地上，顿时吓得魂飞魄散，一个急着去请大夫，另一个赶忙开门。

怎料一脸血的何云菁却突然睁开了眼，趁机用旁边的凳子打晕了仆妇，爬起来就往外跑。

雨下得极大，但何云菁不敢停下，她得赶紧去东寨报信！

前方有块长了青苔的石板，她没注意，脚下一滑，整个人都摔在地上，痛得她眼泪簌簌直掉，但她现在什么都顾不得了，继续在大雨里跌跌撞撞地往前走。

好在前方拐角处就是林尧兄妹住的院落，她抬手就叩门，几乎是带着哭腔道："有人吗？快开门！"

大概是雨势太大，她连拍了好几下才有人过来开门。

自林尧受伤起，他这院子里就住进了好几个保护他安全的东寨汉子，此刻前来开门的便是其中一个汉子。

那汉子扫了一眼几乎浑身湿透、身上还带着血的何云菁，惊道："何小姐，这是怎么了？"

何云菁哽咽着道："快带林大哥走，我爹他们要过来杀林大哥！"

其中一间屋子里亮起了灯，拉开门走出来的是林昭，她看到何云菁这副模样也有些吃惊："你受伤了？"

何云菁哭得上气不接下气，只道："我不打紧，阿昭，你快带林大哥走啊！"

林昭却没露出慌乱的神色，只有些复杂地看了她一眼，道："你进来，我给你找身衣裳换，把伤口也上点药。"

何云菁却顾不上这些，哭道："阿昭，你不信我？真的是我亲耳听到的。"她撩起袖子给林昭看，"这胳膊上的伤都是我假装自杀骗仆妇开门划出来的……"

林昭的眼神更复杂了些，抿了抿唇，却只道："你进来换身衣服，在这边和我们一起等你爹过来。"

何云菁这才觉出她这话有些不对。

滂沱大雨里，响起了细微的敲门声。

楚承稷在黑暗中睁开眼，几乎没弄出什么声响地出了房门，到了外边才穿上外袍，撑伞去开院门。

来人是一个东寨汉子，神色间难掩激动："军师，果真如您所料！西寨的人今夜来突袭了！"

楚承稷问："人现在何处？"

汉子答道："从杏子林穿过来的，王哥说等他们往口袋里钻深点再封口。"

楚承稷点头道："留五人看守这院子，再点十几个人随我去东寨门。"

汉子连忙点头应下，冒着大雨转头就回去叫人。

二当家一行人穿过杏子林抵达东寨后，一路直奔林尧的宅子，突然前方响起一阵狂乱的犬吠，二当家大喝一声："中计了！快撤！"

一行人忙往杏子林里跑，但前方杏子林里突然飞出几支利箭。

毫无防备的西寨人瞬间倒下好几个，二当家跑在前边，未料到杏子林里有埋伏，左臂也中了一箭。

林子里躲了不知多少人，二当家不敢赌，当即掉头：“从打谷场走！”

二当家心知从打谷场过去也能到林尧家，只要拿住了林尧，就能破局！但等他们抵达打谷场后，守在那边的却是拿着一对百十来斤大铁锤的王彪。

“老子可算把你们给等来了！”王彪壮得跟座铁塔似的，二当家有伤，不敢同他硬碰。

见王彪那边有十几个人，他当即指了七八个西寨人：“你们在此拖住王彪，其余人跟我走！”

林尧是杀不成了，唯有先回西寨才能保命，但回西寨的路都被封死了，现在只剩东寨大门，二当家咬了咬牙：“从东寨大门突围！”

他捂着中箭的左臂被亲信扶着在大雨里艰难地回逃，终于到了东寨大门处，在夜幕里瞧着似乎只有一箭距离了，可当大门处燃起数支火把时，本就灰头土脸的一群人脸上全都浮现出了绝望。

一排弓箭手站在最前方，搭在弓弦上的箭镞泛着寒光。

“咻！”一支箭破空而来，二当家连忙侧身躲避，脸上却还是被箭镞划出一道血痕，那支箭射中了他身后的一个小喽啰，其余西寨人再看那边举着弓箭的一排人，拿刀的手都在抖。

楚承稷把刚用过的弓交给身后的东寨汉子，一袭黑袍在冷风中扬起：“既然来了，二当家又何必急着回去？”

二当家苍老却锐利的一双眼死死地盯着他。

楚承稷负手而立，身姿笔挺如松，一个东寨汉子站在他身后撑着柄油纸伞为他遮雨，左右两侧还站了十余个拿刀持弓的汉子，显然是在此等候多时了。

“撤！”二当家再次下达了命令，他吼完这句带着西寨众人刚转过身，就见王彪带着十余个东寨汉子将他们的后路也给堵住了。

王彪朝地上啐了一口，骂道：“跑啊，怎么不跑了？”

二当家浑身湿透，整个人似一株长在悬崖边上气数已尽的老松，他道：“成王败寇，今日我何某人落到你们手里，要杀要剐悉听尊便，只是跟我一同来的弟兄们，还望高抬贵手，留他们一条活路。”

王彪冷笑：“这会儿倒是说得大义凛然，你们谋害俺大哥那会儿，可曾想过今日？”

二当家捂着左臂的箭伤，脸上露出几分恨色：“大当家行事优柔寡断，在战乱之年收容一大堆闲人上山，妇人之仁！我争祁云寨这第一把交椅，是为了给寨子里的弟兄们谋条出路！”

王彪狠狠地“呸”了一声：“道上的规矩就是被你们坏的！祁云寨从立寨以来就一直是劫富济贫，要不是寨主养的那帮闲人种地，就凭西寨劫回来的那两个子儿，喝西北风去吧！”

一群西寨人被骂得灰头土脸。

楚承稷用目光挨个扫过他们，将每个人的负伤情况瞧了个大概后，寒凉开口："箭镞无眼，诸位还是放下手中兵刃好些。"

西寨的人纷纷看向二当家。

二当家转头盯着楚承稷，先前那一箭的威慑力还在。

两人视线相接，二当家想起白日里自己军师说的那句"龙潜浅滩"，突然仰天大笑了几声，对着楚承稷道："林尧那小子能得你相助，是他的造化，何某没撞上这个运，是何某自己没这个命！"

言罢狠狠弃了刀，身形似在一瞬间颓唐了下去。

西寨其余人见状，也纷纷扔掉了武器，楚承稷两侧的弓箭手这才收起了箭。

王彪只觉压在心底多时的那口郁气总算是消散了，他朝着身后一挥手："给我绑了！"

他身后的十余个东寨汉子都拿着绳索上前，西寨一帮人很快被绑成了粽子。

王彪让信得过的下属先押着二当家他们回去，自己则上前几步对着楚承稷抱拳："军师，这回我对你是真服了！西寨那帮孙子发现咱们早有防备后，当真是从你事先让弟兄们埋伏的那几条道撤的，最后被逼得走投无路，才转头朝大门处奔来，真是那什么……瓮中捉王八！"

楚承稷神色很淡："王头领过誉，不过是兵不厌诈罢了。"

王彪瞧见楚承稷身旁拿弓箭的那几个汉子："你们几个小子何时会使弓箭了？"

弓箭可不比刀剑拿手上随便比画就行，射箭得讲究一个准头。东寨会射箭的就那么几个人，都是从前当猎户的。

被问话的几个汉子嘿嘿一笑："我们哪里会，是军师让兄弟几个把箭搭在弦上做个假把式唬人。"

王彪想到二当家一行人那般利落地放下了兵器，很大一部分原因都是被他们这一排拿弓箭的给慑住的，再看楚承稷时，眼底敬佩之意更甚："高！军师这招实在是高啊！"

楚承稷只道："王头领过誉。"

王彪看了一眼天色："快到下半夜了，军师快回去歇息，明早寨主召集东西两寨的人在祠堂给二当家定罪时，我再命人去请军师。"

楚承稷点了头，看着滂沱夜雨，嘱咐了声："后山那边得警惕些。"

王彪拍着胸脯道："军师放心，好几个弟兄在那边守着呢，一有情况就会有人回来报信的！"

楚承稷回到小院时没直接进屋，收了伞，把一路提着照明的灯笼取下来挂到了屋檐下，借着这点昏黄的光亮看着雨幕出神。

东西两寨已收拢，两堰山地势虽易守难攻，但运送物资却比较困难，要带一支兵出来，须得把地盘扩大些。

卢婶子上了年岁，觉少眠浅，夜里醒来发现外边亮着灯，出门一看就见楚承稷负手站在檐下，她担忧地问："军师和娘子吵架了？"

楚承稷摇头："没有。"

卢婶子这才放心，劝说道："回屋去吧，大晚上的，别在外边吹冷风了。"

楚承稷心知她误会了，点了头推门进屋，脱下外袍只搭了个被角躺下，偏过头看了秦筝一眼。

他视线落到秦筝脸上，她肌肤胜雪，铺散在枕头上的乌发如云，这样一头漂亮的长发，最相配的是玉簪。

黑暗中，楚承稷盯着她玉白的面颊看了片刻。去留的选择，他给了她。但他自己呢？是希望她离开还是留下？

闭上眼打算朝外睡时，怎料某人突然一记梦拳，好巧不巧地打在了他的眼角。

楚承稷面无表情地捉住那只打人的手，按回被子里。

改天还是给她找个大夫看看吧。

秦筝醒来时屋外还有淅沥的雨声，她偏过头往外看了看，楚承稷依然是靠床边睡的。

天色还早，她准备起身去厨房帮卢婶子做饭，坐起来时才发现手被一只大手拽着。对方掌心的温度让秦筝一瞬间有些失神，刚睡醒的脑袋也蒙蒙的。

他……他为何入睡还紧抓着她的手？

因为她方才起身的动静，楚承稷也醒了。屋内的光线有些暗，秦筝半坐着，同他四目相接，注意到他眼角有一小块淡淡的瘀青，再看自己一直被他握着的手，一个答案呼之欲出。

她"视死如归"："我……昨晚打的？"

楚承稷注意到自己还抓着她的手，松开后道了句："没事。"

被他抓了一晚上的手在他松开后才发觉麻得厉害，秦筝干巴巴地说了句："对不起。"

楚承稷嗓音平静："不怪你，这床确实有些小了。"

秦筝知道他这么说是在给自己找台阶下，没好意思接着他的话说，下了床穿好鞋子后才道："天色还早，你再睡会儿，我去厨房帮卢婶子做饭。"

楚承稷在她出门后，才抬手按了按眼角，能让她一眼看出来，是瘀青了吗？

这股手劲儿，不学套拳法可惜了。

秦筝去厨房时，卢婶子的锅里刚热上水，显然是刚起来没多久，卢婶子道："娘子今天怎起得这么早？"

她回话道："醒了睡不着，就来厨房看看了。"

秦筝用自己的洗脸巾子拧了温水擦脸，又问："婶子早上打算做什么？"

"做个臊子面吧。"卢婶子道。

秦筝点头："那我来和面。"

卢婶子打了热水去让楚承稷洗漱，回来时看秦筝的神色有些怪怪的：“你昨晚跟军师动手了？我瞧着军师眼角都青了一块。”

秦筝：“是我睡着后给他碰伤的……”

虽是真话，但卢婶子明显不信，还语重心长地道：“夫妻之间小吵小闹正常，可万不能动手，动手容易伤了情分。”

秦筝百口莫辩，连说知道了，在臊子面出锅后，卢婶子催着她亲自给楚承稷端过去。

不想再被老人家一直念叨，秦筝便端着一大碗臊子面进屋去：“相公，用饭了。”

他应该是才写过东西，搁在砚台上的毛笔蘸了墨，粗糙的纸被整齐地裁掉了一截，正是信筒的宽度。秦筝把面碗放到桌上，嘱咐他：“趁热吃。”

刚起床那会儿屋子里的光线还暗着，现在光线足了，那块青色在眼角就显得格外扎眼。

楚承稷将纸笔收到了别处，见她只端了一碗过来，问了句：“你呢？”

秦筝抬脚往外走：“在厨房，我去端。”

她出门时看了一眼檐下的笼子，里边的鸽子果然已经不见了。

秦筝端着自己的面碗进屋时，楚承稷坐在桌边还没动筷，等她坐下了，他才拿起筷子。

秦筝看他吃了一口，问：“好吃吗？”

楚承稷吃了一箸，听她问话，也轻点了下头：“面香汤醇。”

昨夜睡着后打了梦拳，秦筝心里还是有点过意不去，道：“相公喜欢的话，那我明早还做给相公吃。”

楚承稷看她一眼，道：“不必，你晨间多睡会儿。”

秦筝低头扒面避开了他的视线，她又在心里暗自警告自己，不能被他这副温润清雅的样子冲昏了头脑，干出什么蠢事来。不过工图一事，还是得同他拿到明面上来说的，也算是弃车保帅了。

她低咳了两声，不太自在道：“相公，其实有件事，我骗了你。”

楚承稷嗓音很平静：“哦？哪件？”

秦筝抿了抿唇道：“那次你给我看的图，是我画的。”

楚承稷似乎并无意外：“我说过，等你想说的时候再同我说也不迟，这不算骗。”

哪怕秦筝一再警醒自己，骤然听到他这么一句，心跳还是漏了一拍，耳郭也有些麻麻的。

她从面碗里抬起头来：“相公就没什么想问我的？”

楚承稷把碗里的臊子夹给她一些：“你若还没想好怎么告诉我，我问了……”他看着她轻笑着摇了摇头，“你不过也是编个像样些的谎话来搪塞我，还是等你觉得是时候了再说吧。”

秦筝微怔，心中似一团乱麻。

用过饭，老大夫来帮楚承稷换药，秦筝去厨房收拾碗筷。

等她再回房间时，老大夫已经给他换好了药，内服的药也是放了好几包在桌上：“伤势恢复得不错，再好生休养一段时日。”看到秦筝进屋来，对着她招手，“女娃子过来，我给你把个脉。”

秦筝一脸迷惑，给她把什么脉？

老大夫将手指搭在秦筝腕上，片刻后沉吟道：“肝气郁结，脾胃亏虚，当是忧思过重所致，问题可大可小，我给你开个补气怡神的方子。”

秦筝自己没觉得有哪里不舒服，不料被大夫诊出这些症状来，她想到自己失忆一事，有心询问一二，但话到了嘴边却又咽了回去。

他们二人虽在一根绳上，却还称不上一条心。

楚承稷跟传言中相差甚远，她也不知是何缘由。再加上现在远离汴京，她身边举目无亲，对于曾经的事，只能从楚承稷口中得知，若是叫他知晓她失忆了，刻意隐瞒她什么或是误导她什么，她也无从得知。

思来想去，还是先走一步看一步为好。

秦筝向老大夫道谢：“多谢大夫，我会多注意的。”

楚承稷却是皱起了眉心，她是忧思过重，心绪不宁，晚间才睡得不安稳？

老大夫一边写方子一边道：“先前你相公受伤，你衣不解带地照料他，我还说你相公能娶到你这样的娘子是他的福分，如今看来，女娃子你自己也是个有福的，瞧瞧你相公多体恤你，生怕你受累落下病根。”

秦筝抱赧垂下眸子，看不见楚承稷现下是何神情，她自己却是有些不自在的。

老大夫写完方子，拿起纸吹了吹，看着上边的墨迹，夸道：“你这笔好用！写出来的字瞧着都比以往有筋骨。”

楚承稷道：“您老喜欢，改天我再做一支送您。”

老大夫显然真馋那支紫毫，顿时捋须一笑：“那我就占这个便宜了，砚纸你继续用着，不必急着还我。”

秦筝拿了诊金给老大夫时，老大夫摆摆手不肯收：“你相公答应给我做一支紫毫，那便是诊金了。”

老大夫收拾起药箱，不忘对楚承稷说：“等你有空了，咱们再杀几盘。”

楚承稷淡笑着点头说好，老大夫走后，他看向秦筝，嗓音罕见地柔和：“阿筝是不是想家了？”

可能是“家”那个字太触人心弦，秦筝眼底突然有些发涩，她轻轻地点了下头，垂下眼睫，试图逼退那股涩意，不想叫他看出什么。

一只大手落在她的发顶，可能是想安慰她，不轻不重地揉了揉：“总有一天，我会带你回去的。”

他那双清冷而温和的眸子多了几许别的情绪：“不会太久。”

巳时刚至，林尧就遣人来请楚承稷去祠堂。

秦筝这时才得知昨夜二当家竟带着西寨的人前来突袭，好在被楚承稷带人拿下了。

她下意识地看了同前来传话的汉子在院门口交谈的楚承稷一眼，他们来祁云寨不过几日，让林尧兄妹困扰多年的西寨，就这么被解决了？或许，这也是那夜他和林尧密谈的一部分吧。

祁云寨的势力如今已经拧成了一股绳，下一步……他要么是招兵买马、壮大势力，要么就是集训祁云寨这群庄稼汉。

之前水匪突袭，在堰窟时秦筝就注意到山寨里的武器装备很不齐全，往后若是同朝廷的军队作战，以山寨里目前的武装水平，无异于以卵击石。

不管是招兵买马还是置办武器装备都少不了银子，祁云寨并不富庶，楚承稷和陆家那边虽联系上了，但还没有正式碰头，陆家现在靠淮阳王庇护，不好明面上支持他，但暗中给些银钱应该还是可以的，就是不知道陆家能给多少了。

秦筝一番思索，直觉楚承稷暂时不会招兵买马、扩大势力，毕竟养一支军队花销极大，他不如把现有的银钱都投放到祁云寨这些人身上，把他们培养成一支精锐。等把祁云寨这些人带出来了，往后再扩大势力时，新来的自有祁云寨这些人带，这样一层一层地叠下去，才能形成一股稳固的势力。

秦筝想着这些，耳边又回响起楚承稷那句“不会太久”。

以他的谋略，或许真的很快就能拉起一支对抗叛军的军队。

只是不知汴京那边如今是何光景，她记忆全无，连爹娘的样子都不再记得，再见也不知是何时了。

汴京，天牢。

狭隘的甬道里响起脚步声和铁链的碰撞声，走在前边的狱卒拿着木板枷和镣铐，身后还跟了十几个小卒。狱卒头子停在一间牢房前，立即有小卒上前为他打开了牢门。

秦国公在牢房稻草里盘腿而坐，脊背笔挺如苍柏，哪怕一身囚服，眉宇间威严仍在。

狱卒头子扫了一眼他跟前的食碗：“国公爷这顿饭吃得可还满意？”

秦国公这才抬了抬眼皮：“甚好。”

狱卒头子示意边上两个小卒打开木板枷，对盘腿坐在稻草上的人道：“那国公爷请上路吧。”

新帝下达斩首秦国公和陆太师的圣旨已三日，今日午时就是行刑之时。

秦国公从容不迫地抬起手，任他们把木板枷和铁镣铐给自己戴上，仿佛这不是刑具，而是自己的官袍，一会儿也不是去刑场，而是去金銮殿上朝。狱卒敬重秦国公的气节，戴镣铐的动作都放轻了几分。

狱外有人疾步而来，大红官袍，白玉面孔，一双斜飞的凤眼凌厉逼人，只是许久未曾合过眼，眼底布着血丝，来者正是沈彦之。

狱卒见了他纷纷行礼："沈世子。"心底却是诧异，新帝任命沈世子为今日的监斩官，他此时来天牢是何意？

沈彦之一甩大红袖袍，沉喝："都退下，我有几句话同秦国公讲。"

狱卒头子不敢托大，这节骨眼若是出了什么闪失，他们万万担待不起，一时间没敢动。

沈彦之猩红的凤目扫了一眼狱卒，戾气尽显："都聋了吗？"

狱卒头子犹豫再三，妥协道："沈世子，一会儿囚车就要游行示街了，您……长话短说。"

言罢他给小卒们做了个手势，纷纷避了出去。

沈彦之这才看向秦国公："我在游行的路上安排了一场暴乱，届时会有人前来劫囚车，城门口那边我已经打点好了，伯父您出去后坐马车直接出城，我的人会把您送到安全的地方，京城这边您不必担心，我便是拼上性命，也会护秦府周全。"

秦国公道："沈世子不必煞费苦心，这些日子你屡屡派说客来说服老夫投诚，老夫以为，他们已将老夫的意思都转达清楚了。"

沈彦之的下颌绷得死紧，眼白部分都泛着一层薄红："伯父为何就一定要走这条路？"

秦国公一身囚衣戴着镣铐，干瘦的身形在这一刻却比沈彦之还高大几分，他道："我泱泱大楚的脊梁便是要断，那也是挺直了断的，决不可软趴趴地垂下去，叫后世人耻笑。"

沈彦之五指攥紧，艰涩出声："前朝太子不是还没找到吗？"

他恨前朝太子入骨，却也深知秦国公对大楚的忠心，搬出前朝太子，或许还能让他回心转意。怎料秦国公却笑了起来，只不过眼底满是沧桑："大楚已去，反贼称皇，满朝楚臣若都俯首变节，大楚就是个笑话，楚国旧臣们又何谈风骨？不过是两姓家奴罢了！"

沈彦之的面色瞬间苍白了下来。

秦国公求死，是把自己当成了大楚挺直的那根脊梁，他随楚国而去，却又为楚国旧臣们保住了风骨，将来便是他们变节，世人也不会唾骂楚国旧臣都是蝇营狗苟之辈。

他是为大义而去，劝不回来了。

沈彦之仰起头，以手艰难地覆住了眼。

狱卒前来带秦国公走时，秦国公最后看了沈彦之一眼："沈世子，在其位则为其民，你我虽已不是同朝臣子，老夫却还是希望沈世子做个为天下百姓谋事的好官。"

脚步声混着铁镣铐的碰撞声远去了，沈彦之眼眶通红地看着秦国公从容而去的背影。

前方甬道的岔道口，天光从一扇小窗泻下来，白亮得刺目。

陆太师被另一批狱卒押着同秦国公遇上，陆太师笑道："老东西，你我在朝堂上斗了一辈子，黄泉路上再同你斗着走，倒也还不算太无趣。"

两个明争暗斗了一辈子的肱骨老臣，在这一刻似乎一笑泯恩仇了。前方的普通牢房里，被关押的臣子们朝着夹道跪了一地。

"陆太师！"

"秦国公！"

悲怆的呼声此起彼伏，浪潮一般拍击在整个天牢里。

午后又下了一场暴雨，大理寺的牢房里都带了潮意。

沈彦之缓步走到一间牢房前停下，进了水的长靴在身后留下一串冗长的脚印，像是从一地泥泞里踏过，那泥却永远黏在了他的脚上，再也干净不了。

牢房里的人背靠墙壁而坐，下颌一圈淡青色胡楂，束起的头发乱糟糟地垂下来几缕，更显颓唐，半点不像昔日那个“执扇浅笑、诗成百篇”的秦家大公子。

大理寺的狱卒小声对沈彦之道：“自三日前秦大公子被送到这里来，就一直不吃不喝的。”

秦简是三日前斩首秦国公的圣旨下达后，被调到大理寺来的。

沈彦之静静地看了秦简一会儿，声音嘶哑：“开牢门，送秦大公子归家。”

狱卒听从吩咐打开了牢门，对靠在墙角坐着的秦简喊道：“秦大公子，您可以出狱了。”

秦简依然保持着先前的坐姿，沈彦之直接抬脚走进了牢房，在秦简跟前半蹲下：“伯父已被秦家的车马仪仗接了回去，他的后事，还需你回去操办。”

一脸死气的秦简这才转过头来，一双眼的眼白部分都泛着血色，他一把按倒沈彦之，用手上镣铐的铁链绕上他的脖颈然后勒紧。

“世子！”站在门口的狱卒大惊，连忙过来拉秦简。

秦简一个读书人，力气却在这一刻大得惊人，几个狱卒费了好些力气才拉开他。沈彦之的颈下被铁链勒出一片触目惊心的红痕，他捂着脖子不住地咳嗽，原本苍白的脸上激起一层薄红。

秦简被几个狱卒按住，眼底恨意狰狞：“沈彦之，你该死！”

沈彦之缓过劲儿后吃力地坐起，凌乱又狼狈。他吩咐狱卒：“派人送秦大公子回府。”

见沈彦之没有问责秦简的意思，几个狱卒便押着秦简往外走。

秦简冷笑着斥骂：“猫哭耗子假慈悲！”

沈彦之不置一词，仰头看着暗沉沉的牢房顶，目光空洞。好一阵，候在外边的随从才找过来小声道：“世子，回府换身衣裳吧，一会儿还得去宫里复命。”

沈彦之干涩出声：“去秦府。”

随从面露诧异，却没多问。

暴雨如注，秦府大门前已经挂起了白灯笼，门匾上的白绸绢花十分刺目。

灵堂里哭声悲切，小厮跌跌撞撞地跑进后院：“夫人，大公子回来了！”

听说长子回来了，披着一件素麻衣的秦国公夫人才从灵柩前踉跄着起身，由小女儿和忠心的仆妇搀着往外走，还没出灵堂，秦简就已经过来了。

秦夫人见长子被磋磨成了这副模样，眼泪“唰”的一下就流出来了：“我儿受苦了……”

秦简跪在母亲身前，哽咽着道："不苦，是孩儿无能，护不住父亲。"

秦夫人亦是泪水涟涟，只摇了摇头道："覆巢之下，安有完卵？你爹就是这么个脾性，这是他为自己选的路，我知道。"

她摸了摸长子的头："我儿，去你父亲灵前磕头，告诉他你回来了。"

这看似柔软如水的妇人，骨子里却透着坚韧，自丈夫被关押在天牢那日起，她便遣散了府上大量仆从，只留了十几个忠仆。丈夫问斩游街，她一路送行，长子被扣押在大理寺，她便遣车马仪仗接引亡夫回家，那单薄的背脊，总是挺得笔直。

也正是她一直立着，秦府的下人们才有了主心骨，便是此刻，也将秦国公的丧礼办得井井有条，而非乱成一锅粥。

秦简到秦国公灵柩前磕了三个响头："爹，孩儿归家了。"

看着棺木上偌大的一个"奠"字，饶是七尺男儿，秦简也没忍住哭出声来。

秦夫人忍着泪水给他头上绑了孝布："我儿莫悲，你爹生前最挂念的就是阿筝，你好生振作起来，等将来找到阿筝，想来他九泉之下也能瞑目了。"

秦家小女儿秦笙听到此处，终是悲哭起来："都怪我，当初若我肯嫁去东宫，姐姐嫁了沈世子，或许就不会有这些事了……"

秦家兄妹的容貌都不差，较之秦筝，秦笙的容貌更像秦夫人一些，婉约清丽，令人心生怜惜。

当初太子求娶秦筝，秦国公本以秦筝已定亲为由回绝了，怎料太子被拒怀恨在心，转头又言要娶秦家小女儿秦笙。秦笙并无婚约在身，秦国公才因秦筝拒过太子一次，这次若再拒，就是打天家的脸了，秦国公当时愁得夜不能寐。

太子声名狼藉、荒诞成性，那段时日秦笙日夜以泪洗面，恨不能铰了头发去庵里当姑子。

秦筝心知妹妹是被自己连累，哪能就这样断送了她一辈子，遂狠心同沈家毁了婚，自愿嫁去东宫。

秦简此刻听秦笙提起沈彦之，一双眼里却是恨意尽显："别提那个李家走狗！还好阿筝没嫁他，他沈家早有二心，拿阿筝当什么幌子？秦乡关一役后，阿筝被传成了什么样子？父亲一世清廉，只那一次在朝堂上叫人戳脊梁骨！"说到后面，秦简的声线明显已经不稳了，哽咽得不成调，"阿筝嫁给太子的委屈，不及他沈彦之给的十分之一！"

秦笙被兄长一吼，咬着唇没敢再吭声，但眼泪簌簌直掉。

再说起这些往事，秦夫人的心底也跟有把刀子在割一般，她深吸一口气："简儿，往事莫要再提了。"

秦夫人摸了摸小女儿的头："这些事也不怪笙儿，国运如此，你们父亲是随大楚去了的。"

一番话说得兄妹俩又红了眼眶，秦笙直接扑进秦夫人怀里号啕大哭："母亲……"

灵堂外有下人通报："夫人，沈世子在门外，说来给国公爷上炷香。"

秦简咬牙切齿，起身就要往外走："他还有脸来？"

秦夫人叫住了他："简儿，莫要冲动。"

秦简握着双拳，红着眼停下了脚步，秦夫人这才对前来通报的下人道："让沈世子回吧，就说府上多有不便。"秦夫人看着长子："简儿，你爹去了，从今往后这个家得靠你撑起来，凡事皆需三思而后行，多想想阿筝和笙儿，你若再有个什么闪失，她们这辈子还能指望谁？"

秦简哑声道："孩儿记住了。"

门外，秦府的小厮转达了秦夫人的话后，就合上了秦府的大门。

随从劝道："世子回吧，再晚些，进宫就迟了。"

沈彦之没作声，只一撩袍角，重重地磕了三个响头。

最后一个响头磕完，他的头抵着地面迟迟没肯起身，雨水浇在他的身上，水珠凌乱划过面颊，不知其中有没有泪。

一双凤目红得锥心。

沈彦之进宫时已是申时，进宫不可失仪，他回府换了一身官袍，湿透的头发绞得半干后束起。

小侍者战战兢兢地引着他进了内殿才躬身退下，新皇李信在龙案前批阅奏章，兽口香炉里燃的龙涎香味道极重，熏得人头昏脑涨。

沈彦之掩去眼底所有的锋芒和砭骨的冷意，下礼道："微臣参见陛下。"

李信这才从奏章中抬起头来："沈爱卿来了，快快平身。"

"谢陛下。"

李信似笑非笑地看着他道："爱卿监斩秦家和陆家那两个老顽固，朕已听人回禀了。爱卿以为，剩下的秦家人和陆家人该如何处置？"

沈彦之藏在袖袍底下的手指已经抓破掌心，嘴角却是凉薄翘起："秦国公和陆太师已死，楚国旧臣们没了领头人，陛下若是要收揽人心，自当补偿秦家和陆家，以示宽厚贤德，此乃上策；将他们扣留在京中，派人暗中盯着，此为中策；若是抄家流放……只怕得寒了楚国旧臣们的心，乃下策。"

"爱卿言之有理。"李信搁下朱笔，"那就先派人去秦、陆两家赐赏慰问吧。"

沈彦之的嘴角始终带着那抹凉薄的笑意："陛下圣明。"

李信见他这般，眼底闪过一丝荫翳："爱卿可真是朕的左膀右臂，近日青州匪患严重，朝廷运往闵州的一批兵器竟叫水匪劫了去，青州知府屡屡上折子让朝廷派兵剿匪，当初爱卿在秦乡关一计破敌五万，可谓智勇双全，青州剿匪一事，朕思来想去，还是派爱卿去，朕才放心。"

"秦乡关"那几个字听在沈彦之耳中，要多刺耳有多刺耳。

沈彦之依然维持着脸上那抹面具似的假笑："臣，定不辱命。"

沈家如今还是李信手里最利的那把剑，今日命他为监斩官，李信这么做无疑是在给他难堪，但也彻底堵死了沈家和楚国旧臣们交好的路，他沈家，今后注定只能成为李家的一条狗。

哪怕依然介怀沈彦之杀自己胞弟一事，但刚打过一巴掌，李信自然还是得给他一颗甜枣："郢州的探子来报，郢州陆家近日有人前往青州，八成是和前朝太子搭上了线，此事关系重大，朕明面上派爱卿前去青州剿匪，但暗地里，还需爱卿好生彻查前朝太子行踪。"

前朝太子在青州，太子妃可不也在那边吗？

浑身冷透的血在这一刻似乎又有了温度，沈彦之躬身道："微臣领旨。"

第七章

营救

他原本是没那么在乎她的去留的，
但现在，他想她留下来。

两堰山。

不知是不是帮寨子里盖了屋顶的缘故，秦筝总是梦见烧青瓦。

连日大雨，寨子里的青瓦不够，秦筝问过林昭为何不再烧制些青瓦，林昭却说寨子里没人会烧，从山下运回来又太费人力。

有了之前修栈桥一事，秦筝愈发觉着自己做的这个梦蹊跷。

她屡屡梦见这些，莫不是上苍让她帮寨子渡过难关？太子那边虽还摸不清是何用意，但却让她放开手脚去做自己想做的事，愿意说的时候再同他说，当下也不用顾虑太多。

有了这样一个认知，秦筝便一门心思地琢磨起如何烧制青瓦来。

过程她都记得，只是用黄泥制作瓦胚前，还需要一个制瓦胚的模具——瓦桶。

秦筝从屋里翻找出锯子、刨子 、锉刀等工具，又从檐下堆放柴火的地方找了几根木头过来，准备自己动手做瓦桶。

只是不知何故，她今日一直觉着有些心神不宁。

锯齿拉动艰难，她伸手去触时，一不小心被划出一个大口子，秦筝看着伤口处涌出的鲜血，心中的不安感愈重了几分。

楚承稷回来时，正好瞧见这一幕，他眉峰当即就是一蹙："怎么了？"

秦筝颦着眉道："我不小心伤到了。"

楚承稷没再多说一句话，去院中的水缸处舀了一瓢水过来："伸手。"

秦筝听话地伸出手，他一言不发，给她擦干手，上药用布带绑好伤口后，楚承稷才看着脚边的木块问她："你捣鼓这些作甚？"

秦筝抿了抿唇道："我想做个烧青瓦用的瓦桶。"

她决定尝试烧青瓦的时候，便没打算再瞒着太子，虽然她一个太子妃会这些实在太过匪夷所思了些。

楚承稷听到她这般坦然的回话，果然没再追问什么，只道："等我来做便是。"

听着他这话，恍惚间，秦筝生出一股她和他好似民间的寻常夫妻的错觉。

秦筝垂下眼岔开话题："你和寨主都谈了些什么？"

"叛军要攻打郢州，运往闵州大营的一批兵器在江上叫水匪劫了，寨子里的人查到了水匪藏兵器的地方，正好寨子里缺兵器，我带人去劫回来。"他锯完最后一根木头，问秦筝，"刨成大小一致的木板吗？"

秦筝点头，思绪却全被他那番话给带走了。

郢州是太子外祖陆家所在地，叛军竟已开始着手对付远在郢州的陆家了吗？那秦家呢？

她踌躇了一瞬，还是问了出来：“秦国公府可有什么消息？”

楚承稷摇头：“京城那边还没传出消息。”

秦筝说不上是失落还是松了一口气，这种时候，没有消息反而是最好的消息。

“木条装在哪个位置？”木板已经打磨抛光好后，楚承稷问。

秦筝用炭笔在几块木板边缘做了记号拿给他：“装在这些地方。”

楚承稷听到她的回答后轻轻“嗯”了一声，又道：“下山会路过集市，你有什么要买的吗？”

秦筝摇了摇头，想到他是去水匪的地盘，不免又有些担心：“此去会不会很危险？”

楚承稷抬眸看她一眼，秦筝被他看得有些不自在，垂下眼憋出一句：“凡事多加小心。”

“我有分寸。”他嗓音还是淡淡的，但似乎又跟平日里不太一样，像是心情不错。

秦筝没再出声，她也不知道他们现在的关系算什么。

毫无芥蒂的信任肯定还算不上，但比起之前，明显又令人安心了许多。

她的目光落在自己脸上久了，楚承稷自然也察觉到了，装好瓦桶的最后一块木板，他抬眸问她：“一直看着我作甚？”

骤然回神的秦筝脸上开始发烫，她故作平静地伸出手，把他不小心弄到头发上的木屑取了下来：“你头发上有东西。”

秦筝尴尬不已，楚承稷倒是很给面子地说了句：“多谢。”

他把制好的瓦桶递给她：“你看看可有哪里不妥？”

秦筝只想快些揭过方才的出糗，连忙伸手去接，囫囵看过一遍后连说没问题。

有了这样一个成品，接下来找个稍微懂点木工的，也能照葫芦画瓢做出来，起泥制瓦胚指日可待。

楚承稷明日一早便要下山，为了养足精神，晚间他比平日里早歇了半个时辰。

楚承稷的睡意来得慢，身侧的人难得老实，但下一刻，一只脚丫子就踹在了他小腿上。

秦筝睡梦中把脚踹过去后，似乎觉得那边挺暖和，整个人都朝那边滚了过去。

她全身确实软得跟没骨头似的，让楚承稷不知从何下手，他迟疑了片刻，轻轻拨回了她搭在自己身上的手，打算帮她躺正。

秦筝迷迷糊糊地睁开了眼：“怎么了，要喝水吗？”

他在黑暗中看着秦筝的模样，忽觉自己像是一脚踏进了沼泽地里，越是挣扎，陷得越深。

既是如此，那就从心吧。他已经给过她选择了，不是吗？

楚承稷望着她的眼神变得幽凉而深邃，嗓音却很轻：“无事，睡吧。”

秦筝这会儿也已经清醒了几分，忙往里边挪了挪：“我挤到你了？”

一只大手攥住了她的胳膊，让她没法再往床里边挪：“夜里凉，就这样睡吧。”

秦筝拒绝不是，不拒绝也不是，她望着帐顶干瞪眼，楚承稷突然出声："睡不着？"

秦筝脊背一僵，只轻轻"嗯"了一声。

楚承稷的手掌在黑暗中准确无误地覆上了她的双眸："闭眼。"

掩住她的双眼后，楚承稷自己倒是睁开了眸子，他侧过头看着她姣好的面容："大夫说你忧思过重，我给你念段经文，清心宁神，易眠些。"

堂堂太子殿下还会念经？

秦筝有些疑惑，但她还是乖巧地点了下头，楚承稷低声念起了经文，他原本清冽的音色多了几分喑哑，仿佛，他曾经真的在佛寺里诵读过这些经文。

秦筝努力听了一会儿，呼吸逐渐变得绵长。

楚承稷在她睡着后，依然念了许久，不知究竟是为了帮她入睡，还是为了让自己静心。

待山寨里的第一声鸡鸣响起时，他才止了声，收回盖在她眼前的手。

他很早之前便不信佛了，静不下心时捻着腕上的菩提珠，默诵经文，是从前就留下来的习惯，不过现在似乎作用不大了。

天刚见亮，楚承稷便起身了。

出门前，他看了一眼檐下空荡荡的笼子——信鸽还没回来。楚承稷眸底闪过一丝暗芒，又在顷刻间了无痕迹。

看来是陆家那边叫人揪住了尾巴，朝廷的人应当也会比他先前预料的早来青州了。

他望了一眼房门紧闭的主屋，原本冷凝的神色却又在瞧见檐下那个瓦桶时缓和了些。

她不会走。

他原本是没那么在乎她的去留的，她走，他为她搭线送行；她留，一切照旧未尝不可。

但现在，他想她留下来。

秦筝醒来时已经是日上三竿，卢婶子在灶上给她留了饭，说楚承稷一大早就和山寨里的弟兄们下山去了，留话让她别担心，最迟酉时归。一大早就出去，天黑前才回来，看来这次从水匪手里抢那批兵器应该没那么容易。

她用过饭后拎着瓦桶去找林昭，想问问她山寨里有没有懂木工的师傅，照着这个瓦桶再做几个桶子出来，到时候制瓦胚也快些。

怎料一到林尧兄妹住的地方，就见何云菁脸色苍白地哭着从院子里出来，乍一看还觉着怪可怜的。何云菁也看到了秦筝，垂下头掩住一双红肿的眼，步子飞快地走了。

林昭出现在院门口，见着秦筝便同她打了声招呼："阿筝姐姐过来了。"

秦筝点了下头，跟林昭一起看着跑远的何云菁，问她："何姑娘这是怎么了？"

林昭叹了口气道："二当家同他那几个心腹现在还关在山寨大牢里，她每天都过来给她爹求情，二当家计划动手那天，她曾拼死过来给我们报信，如今这般，我哥也有些难做。"

林昭一句"难做"，秦筝就猜到了林尧他们商议后只怕是决定处死二当家，毕竟东、西寨重新合并，林尧需要立威才镇得住西寨那些人。

“算了，不说这些了。”林昭拉着秦筝往院子里走，瞧见她手上的瓦桶，纳罕道，“这是什么？”

秦筝递给她看：“制瓦胚的模具，寨子里有木匠吗？我想找木匠照着这个样子再做几个。”

林昭一口应下：“武三叔就会木工，不过他今日跟着王彪大哥他们一起下山去了，等他回来了我拿给他。”

屋子里突然传出林尧的声音：“要做什么？”

房门是开着的，一眼就能看到林尧半躺在床上，林昭冲他晃了晃手里的瓦桶：“阿筝姐姐要做几个这样的桶子，给寨子里烧青瓦。”

林尧乍一听这话，比那日林昭得知秦筝会建栈桥还要意外：“烧青瓦？”

“阿筝姐姐会的东西可多了，”林昭的语气本有些神气，但一想到自己之前把兄长骗得团团转，不由又有几分心虚，“那个……其实那栈桥也是阿筝姐姐教我的。”

林尧眼中的惊诧更多了些，他笑道：“我早该想到程夫人绝非寻常女子。”

“寨主过誉，先前多有隐瞒，寨主莫怪才是。”秦筝知道，自己以后若是想在寨子里一展拳脚，与其到时候被怀疑能力引起争议，不如现在把一切都说开。

林尧半点没有介怀的意思，在他看来，秦筝夫妇已经完全信任了祁云寨，心中只更高兴：“哪里会怪，我是个粗人，见外的话也就不和程夫人多说了，正好我闲得发慌，这桶子我来做。”

林昭迟疑：“你身上的伤……”

林尧一想到寨子里能自己烧青瓦，巴不得现在就能烧瓦，他道：“又没伤在手上。”

林昭嘀咕道：“也是，你是该找点事做了。”

林尧冷笑着：“林昭……你皮痒了是吧？”

秦筝还是头一回瞧见这兄妹俩拌嘴，有些哭笑不得。

林昭去拿木头和工具时，林尧有些歉意地对秦筝道：“叫程夫人笑话了。”

秦筝笑道：“怎会，看得出寨主和阿昭感情很好。”

林昭把木头和工具拿给林尧后，又拉着秦筝去看寨子里的人家插秧。

有对老夫妻在插秧，因为上了年纪，老汉插了几株后又时不时地抬手捶捶后腰。老婆婆嘴上数落着他，但见老汉疼得厉害，还是连忙上前扶他去田埂上坐着。

林昭瞧见了，忙喊话：“宋阿婆，我来帮你们插秧。”

老婆婆笑得合不拢嘴：“是昭昭啊，你带着贵人四处走走吧，我跟老头子这边也忙活得差不多了。”

林昭这才作罢，她突然道：“我有时候瞧着阿筝姐姐和你相公就觉得怪怪的，一点也不像咱们寨子里的那些夫妻。”

秦筝回想了一下自己跟楚承稷的日常相处，不解：“哪里怪了？”

林昭想了想，憋出三个字：“不自然。”

林昭看着秦筝道："你们对彼此太客气了，就像在演话本一样，我都怀疑你们是逃亡路上搭伙过日子的了。"

秦筝心说她和太子可不就是亡国后半路搭伙过日子。

但林昭自己琢磨了一阵，倒是又否认了："不过以阿筝姐姐和你相公的脾性，你们也不可能是会半路搭伙过日子的。或许这就是……相敬如宾？"

说者无心，听者有意。秦筝暗忖自己往后在人前得同楚承稷亲近些，至少得在明面上叫人瞧不出什么端倪来。

半空中突然一声烟花炸响。

秦筝回过神来，往天上一看，发现是跟上次遭遇敌袭时一样的烟花，她扭过头问林昭："又有人攻打寨子了？"

林昭也看到了烟花，脸色严峻起来："寨子里的弟兄们今天一大早就下山了，这时候遇上敌袭，怕是不妙。"

秦筝宽慰她："山脚处没有寨子里的人，对方强攻应当攻不上来才对。"

林昭紧蹙的眉心却没松开："我还是有些不放心，我带些人过去看看。"

秦筝怕林尧那边不知道消息担心，便折了回去，打算同他说一声林昭去堰窟的事。

怎料林尧听说后，神色却难看至极："堰窟底下是十几丈高的峭壁，历来不怕敌袭，但吴啸先前从后山跑了，我只怕他带人走那条道攻上来。"

他受了伤目前不能下床，王彪等人随楚承稷一道下山去了，剩下的人又被林昭带去了堰窟，林尧身边现在根本无人可用。他犹豫了一下，对秦筝道："可否劳烦程夫人跑一趟，让王大娘召集些人，去后山守着。"

秦筝知道事态紧急，自是满口应下。

她去寻了王大娘，王大娘也是二话不说，叫上几个人就往后山去。

正好喜鹊去给二当家他们送牢饭回来，听说了此事，忙赶去堰窟通知林昭，让她带人去后山防守。

水匪的两艘大船就停在江边，几个小喽啰对着看守堰窟的汉子破口大骂，但也就骂得凶，船上却没几个人。

此时船上大半的水匪都同吴啸一起出现在了后山的石崖下方。

把船开到堰窟下方骂战是吴啸的主意，毕竟他们这么多人，一出现在两堰山周围肯定会被堰窟处看守的人察觉。

不如明面上去攻打堰窟，把祁云寨的兵力都吸引过去，他们再绕到后山攻上去。

吴啸将绑了鹰爪钩的绳梯甩上去抓牢横木，笑问水匪头子："大当家的这下知道是怎么上山的了吧？"

水匪头子瞧得心花怒放："你小子行啊，果然还得是在祁云寨待过的人。"他手上拿着一把弓弩，冷笑道：“抢的那批兵器里，也就这是个好东西，正好用祁云寨的那群人试试弩！”

吴啸嘴上恭维几句，心底却是已经在盘算一会儿怎么捉了那个女人就跑。一想到不但能雪耻，还能得百两黄金，他一刻也等不了。

绳梯不比别的楼梯，一行人费了些力气才爬上去。

等快爬到崖壁顶时，吴啸才瞧清靠近山崖上方的横木被烧了，崖边还竖了一道竹矛墙，他们压根没法再靠近。

水匪头子气得直骂：“姓吴的，你耍老子呢？”

吴啸也没料到，忙道：“大当家的，我那日从这里逃时，这里还没建竹矛墙……”

水匪头子直接把手中的机关弩对准了吴啸：“你小子要是敢阴老子，老子把你的脑袋射成个马蜂窝！”

吴啸连连表忠心告饶。

挂在绳梯底下的一个光头水匪道：“大哥，为今之计，还须想办法上去才是。”

吴啸注意到上方那横木从中间被烧断，但还有一小截露在山岩外边，忙道：“大当家的，我有法子上去！先把鹰爪钩甩到那截被烧断的横木上，再拿火油烧了竹矛墙就能上去了！”

水匪头子深知吊在此处也不是办法，对底下人道：“照他说的做。”

一群水匪方一个一个地往下传话，让还没上绳梯的水匪去拿火油。

他们这番动静，也惊动了竹矛墙后当值的哨兵。

竹矛墙后边建了一座简易哨楼，高出竹矛墙不少，能看到崖壁外的一些情况。

哨兵爬上哨楼，瞧见崖壁上挂了一串水匪时，吓得腿都打起了摆子，刚放出信号弹没多久，就被水匪用机关弩给一箭射死。

火油从下往上泼到了竹矛墙上，一个火把扔上去，竹矛墙顿时燃了起来。

刚打进水匪藏兵器窝点的祁云寨众人，正在挑选合自己心意的兵器。

楚承稷看着众人，又扫了一眼阴霾的天色，总觉得今日似乎还有什么大事要发生。

转身之时，从集市上买来的那枚玉簪忽而从他的袖袋里滑落，摔在地上发出“叮”的一声脆响。楚承稷俯身去捡，发现簪身有了裂纹。

此时，带着人清点完兵器的王彪跑了过来，焦急万分：“军师，坏了坏了！

“有五口装机关弩的箱子被送到水匪的老巢去了，我刚刚审问了一个水匪，他说是拿去攻打祁云寨了！还说有个咱们寨子里的人带路，八成就是吴啸！”

还在挑拣兵器的祁云寨众人顿时一片哗然。

楚承稷眸色骤沉。

大火很快烧毁了竹矛墙，绳梯上的水匪挨个爬了上去。

吴啸熟门熟路地带着水匪往寨子里走，怎料身后一个水匪突然惨叫起来，众人回头一看，竟是那个水匪一脚踩进了捕兽夹里。这时林子里又有几根竹矛射了过来，几个水匪当场毙命。

一时间，所有水匪拿着弩箭就对着飞出竹矛的那片密林放了一通乱箭。

但林子那边什么声响也没发出，水匪头子窝了一肚子火，揪住吴啸的衣领道："这就是你小子跟祁云寨联手做的局！"

吴啸恳切道："大当家的冷静！我已经被祁云寨除名了，哪还能和他们一起做局？"

正在这时，前去林子那边查探的水匪大叫道："大当家的，这边有血迹！"

水匪头子这才一把扔开吴啸，走过去查看，狞笑道："给我顺着血迹找！"

另一边，王大娘一把拔出胳膊上的箭镞，对一个年轻汉子道："小六，你回去报信，说吴啸带着水匪打过来了，他们手上拿有弓弩，不能跟他们来硬的。"

年轻汉子问："那王大娘你呢？"

王大娘横眉怒笑："伤个胳膊还能要了我的命不成？快些回去报信！"

年轻汉子这才匆匆地往回赶。

王大娘又看了一眼其余几人道："水匪人多势众，咱们分头行动。"

王大娘在寨子里素来颇有威信，人又彪悍，几个汉子不疑有他，纷纷各走一方。

唬走了几个汉子，王大娘才撩起裤腿，简单处理自己脚上的箭伤。

她要强了一辈子，可不允许自己在这种时候拖累旁人。

秦筝去给王大娘报信后，王大娘就让她先回家等，说若出了什么意外，什么也别管，跟着卢婶子跑就是。

后山的信号弹乍一响，整个寨子都躁动了起来。

秦筝才到家门口，卢婶子就从里边跑出来，拉着她的手就往外走："娘子快跟我去岩洞。"

秦筝被卢婶子拽着一边跑一边问："岩洞？"

卢婶子气喘吁吁道："十几年前祁云寨也被人从后山攻上来过，老寨主怕有朝一日祁云寨再度被人攻上来，寨子里的老人孩子没地躲，命人专门开凿了一个藏身洞。"

秦筝想到林尧那边现在也是一个人没有，对卢婶子道："咱们叫几个人，把寨主抬过去。"

自从二当家一党被抓后，林尧兄妹的院子里就没再安排保护他的人，卢婶子也不知林尧院子里的情况，听秦筝这么一说，才赶紧去找人。

山寨里的汉子们大半都下山去了，今日留守的，一部分在堰窟那边，一部分在后山，现在还在寨子里的，大多是些老弱妇孺。

不过寨子里的农妇们的确也有一把子力气，拿了个担架，四个人一起抬林尧倒也不觉得有多吃力。

他们走出院门就碰上赶回来报信的年轻汉子："寨主，吴啸那厮带着水匪杀上来了，他们还拿着弩，咱们没法近他们的身！"

林尧的脸色顷刻间难看了起来。

攻上祁云寨的是其他人还好说，吴啸知道岩洞的位置，他们全躲到岩洞去，届时无非是在那里被水匪一网打尽。林尧当即就道："程夫人，你和寨子里其他人去岩洞，放心，我会在吴啸说出岩洞的位置前，砍了那厮的头。"

林尧的脸色很沉静："六子，把山寨里的狗都带到后山去，撵散水匪。"

前来攻打寨子的都是生人，肯定会被寨子里的狗追得满山窜。

年轻汉子顿时转忧为喜："好嘞！我这就牵狗去！"

秦筝却没肯走，林尧看着她："程夫人有话要说？"

秦筝点点头："我听闻吴啸武功了得，寨子里今日人手不足，您又有伤在身，想拿下吴啸只怕不容易。"

林尧笑了笑："林某不才，百步之内，开弓还是能取那厮性命。"

秦筝听了眉头一蹙，林尧的意思，可不就是一命换一命，这样藏在岩洞那边的人就不会被发现。她思量片刻后道："我有一计，可以暂时吓退水匪。"

林尧眉头一挑："程夫人说说看。"

秦筝道："水匪如今还不知寨子里其他人下山去了，我们不妨唱出空城计吓吓他们。"

水匪在后山四处搜寻寨子里的人，在又一个水匪踩中绳套被倒挂到树上时，水匪头子也带着人发现了王大娘。

吴啸看到王大娘在这里，却有些奇怪："王大娘，你那好儿子是死了还是瘫了，竟让你来后山？"

王大娘心知不能叫他们发现寨子里没人，她吐出一口血沫，冷笑："宰你这样的叛徒，自然得用老娘的杀猪刀！"

吴啸脸色一变，正要放狠话，林子里却传来一声尖锐的鸟鸣。

吴啸听得懂山寨里的暗语，顿时大叫道："有埋伏，快撤！"

一些小喽啰跟着吴啸如惊弓之鸟一般散开，但水匪头子半点不怵，朝着王大娘射了一箭。

"叮"的一声脆响，那枚箭被林昭用苗刀挡下。

她一袭藏红色长裙，从树巅跃下时身上的裙摆层层荡开，像是一朵火烧云坠入了林间。

水匪头子眯起眼："好俊的功夫，你是祁云寨的大小姐？"

林昭没回话，手上一把石灰粉撒出去，粉尘弥漫，水匪头子连忙闭眼，再睁眼时，林昭已经带着王大娘消失在了林子里。

四周响起一阵奇异的动静，水匪头子和几个下属一边后退一边用弓弩对准了林间。下一刻，那动静的源头终于出现，竟是几十条恶犬从林子那头狂奔而来，犬吠声一浪盖过一浪，听得人头皮发麻。

水匪们慌忙放箭，可林子里树多，狗身形小跑得又快，少有射中的。

一群水匪被撵得四处逃窜，紧跟着吴啸的几十个水匪总算是没在林子里迷路，从后山的密林里钻了出来。

他们正带着一腔怒火打算去烧杀抢掠时，一连踹了好几户人家的大门，院子里都是空空如也。

水匪头子怒火中烧，直接一脚把吴啸踹翻在地："你还说这不是你跟祁云寨联手做的局？"

"他们一定是躲在岩洞！"吴啸嘴上虽这般说着，心中却不太有底。

正在此时，后山的密林里传出阵阵惨叫声，惊起林间一片鸦雀，这空无一人的寨子，愈发显得诡异起来。

水匪头子恨得牙痒痒，他用匕首抵着吴啸的脖子，恶狠狠道："带我们往安全的地方撤！"

他们明显中计了，这就是一个请君入瓮的局！

后山是不敢走了，吴啸带着他们往堰窟去。

可还没上栈道，箭雨就朝着他们飞了过去，竟是山寨里的人抢了落单水匪的弓弩，用他们自己的武器逼得他们不敢上前。

水匪不知前方还埋伏了多少人，几番权衡之下，还是掉头从后山撤。

栈道上，林昭看着手忙脚乱往后山奔去的水匪，长长地舒了一口气，眉眼间难掩高兴："阿筝姐姐这出空城计真厉害，咱们就这么点人，愣是把他们给吓了回去！"

秦筝掌心也捏着一把汗，见水匪逃了才放松几许："后山那边别再阻拦了，等他们从绳梯下去后，浇一桶火油下去火攻，再想法子把崖壁上没烧干净的横木也砍掉。"

楚承稷下令烧横木前，大概也没料到横木被烧断后，留下的小桩子也能让水匪逮到空隙爬上来。

林昭重重点头，但变故也就发生在一瞬间。

山寨遇袭，看押二当家的人也全都对付水匪去了，二当家和几个心腹趁机撬开门锁逃出去时，正好跟水匪碰上，两拨人都是一震。

但水匪有几十人，二当家这边却只有几个人。

水匪头子认得二当家，当即一声冷笑："祁云寨二当家的？拿下他！"

跟着二当家的几个西寨人很会审时度势，连忙跪地道："咱们如今只是祁云寨的阶下囚，愿意加入盘龙沟！"

二当家倒是没出声。

水匪头子扫了他们一眼，像是突然明白了什么："原来祁云寨变天了啊？"

其中一个西寨人怕水匪头子不肯收下他们，忙道："大当家，我知道岩洞在哪儿，寨子里的人今天大半都下山去了，那些女人肯定躲在岩洞——”

那个西寨人还要细说，二当家却突然一把拧断了他的脖子。

哪怕这两日被关大牢显得有些狼狈，但二当家脸上依旧威严不减：“我祁云寨内斗再凶，也不会把这块地让给外人！”

另外几个西寨人看着死去的同伴面面相觑，二当家上前一步，拔出一个水匪腰间的大刀，所有人都以为他是要杀吴啸，可二当家却杀了那几个西寨人，血溅一地。

水匪头子很快就明白了二当家是想杀掉知道岩洞地址的人，他冷笑着吩咐手底下的人：“去岩洞！”

被戏耍的愠怒和难堪一起升了上来，在二当家拿着那柄大刀前来跟他搏命时，水匪头子朝他胸膛插了两刀，二当家不敌栽倒在地。水匪头子蹲下拍了拍他的脸：“听说二当家有个如花似玉的女儿，放心，我一定会让弟兄们好好尝尝她的滋味儿的！”

他起身要走，只剩一口气的二当家用尽力气咬住了他的小腿。

水匪头子痛号一声，对着二当家拳打脚踢也没能让他松口，几个小喽啰拔出刀剑一个劲儿地往二当家身上招呼。

一个小喽啰壮着胆子去探他的鼻息，骇得手直抖：“没……没气了……”

人已经死了，却还是紧咬着水匪头子不松口，只因水匪头子说要侮辱他的女儿。

水匪头子气得用力地掰二当家下颌，才把自己的小腿解救出来。

水匪头子怒急，狰狞地看了吴啸一眼：“去岩洞！”

对于水匪一行人去而复返，并且直冲岩洞而去，秦筝和林昭全然不知这中间又发生了什么。

但岩洞那边全是老弱妇孺，林昭提了鞭子就要过去：“我去杀光他们！”

秦筝心知水匪人多势众，她抿了抿唇道：“阿昭，要想保住岩洞里的人，咱们只能引开他们。”

林昭急红了眼：“怎么引？”

秦筝指着仅剩的十几个汉子道：“你们把头发都放下来，找身宽大的女子衣裙换上，咱们往醒眼的地方跑。”

林昭点了头，跟着她们的十几个汉子很快找来寨子里大娘的衣裳换上。

被狗撵着满山乱跑的水匪刚从林子里出来，从半山腰上远远看到他们，立即大叫起来：“寨子里的女人们从那边跑了！”

往岩洞去的水匪头子一行人一听，连忙往回折，果真看到一群女人在山间小路上跑，虽然大多数都腰身粗壮，但有秦筝、林昭和喜鹊混在里边，也足以以假乱真。

吴啸此番带着水匪攻打两堰山，主要目的就是捉拿秦筝，看到秦筝都往别处跑了，顿时也不往岩洞去了，指着她们道：“大当家的您瞧，人都跑了，咱们快追。”

吴啸一行人在后边穷追不舍，从密林里逃出来的水匪也抄近路拦截秦筝等人。

水匪头子因腿上被二当家咬了一口，跑得不快。吴啸眼见前方已经有水匪拦住了那群女人的去路，刻意落后了一步道："我来扶大当家的！"

水匪头子对吴啸依旧骂骂咧咧："快点快点！"

吴啸嘴上赔着不是，一把匕首却从水匪头子的腰侧送了进去。

水匪头子身形一僵，吴啸笑着同他道："大当家的，现在盘龙沟该易主了，那一百两黄金也是我的，谁也别想抢走。"

水匪头子听他说百两黄金，把头吃力地偏向一边，已经溃散的瞳孔里，只瞧见远处秦筝模糊的侧颜。

"原来这才是……你攻打祁云寨的目的……"水匪头子断断续续地说完这句话，便没了气。

吴啸没再理会一个死人，神色自若地走向那边。

秦筝等人被水匪团团围住时，对方见他们中间大部分都是穿着布裙的汉子，脸都快绿了。

"咱们被骗了！"一个水匪大声嚷嚷。

但看清秦筝面容的水匪无不大惊失色，其中一个水匪指着她狂喜道："她就是通缉令上的女人，值一百两黄金！"

秦筝听他们叫嚷百两黄金，又提及通缉令，想起先前楚承稷同她说的，心中顿时了然。

林昭不明所以，但见那一束束豺狼般的目光全落到了秦筝身上，当即挡在了她跟前："谁再敢多看一眼，我就把你们那双招子给挖下来！"

"数日不见，大小姐这脾气倒是一点没变。"吴啸慢悠悠地走来，他的头发先前被楚承稷削掉了，如今只能用头巾包着。

林昭看见他就犯恶心："狗贼！"

吴啸没理她，反而扫了一眼水匪们，道："大当家被祁云寨的人偷袭，刚死了，现在一切听我指示。"

他抬手一指秦筝："这个女人，官府赏金一百两，见者有份。"

一通威逼利诱下来，水匪们很快就站好了队，几个心有不忿的被当场处死。

林昭本想趁他们内乱带着众人突围，但对方人多势众，她们这边能站着的，几轮箭雨后就没几个了。

秦筝见林昭被箭镞伤到，心急如焚，捡起地上一把刀横在自己脖子上，喝道："都住手！"

水匪那边没再放箭，知道自己对他们有用，秦筝的底气稍微足了些，她冷声道："我跟你们走，放了寨子里其他人，否则你们就带一具尸体回去吧！"

林昭擦去唇边的血，痛心道："阿筝姐姐！"

秦筝与林昭对视一眼，一切尽在不言之中。

吴啸冷笑："行啊，只要林大小姐告诉我们，抢回来的丝绸放在哪儿，我们拿了东西就撤。"

攻打祁云寨，抢回那船丝绸，这才是水匪原本的目的。

林昭闭了闭眼道："丝绸不在寨子里，你们拿不到了。"

吴啸"啧"了一声，对秦筝道："程夫人可瞧见了，不是吴某不愿给程夫人这个人情，是大小姐不配合。"

林昭冷喝："我说的是真话，除非你们还能去吴郡把那船丝绸劫回来！"

吴郡历来是丝绸销地，一时间吴啸也气得牙痒痒，他问："卖的银子呢？"

"还没拿回来。"林昭道。

吴啸怒急，但还未等他发话，就有一个小喽啰赶来，道："祁云寨的大船出现在后山！应该是下山的那批人回来了！"

水匪已和她们缠斗了半日，现下已经没法再跟祁云寨那群人来硬的，他反手把秦筝推向身后的小喽啰："快把人绑了带走！"

救兵都到眼前了，林昭哪还能让他们带秦筝走，怎料一支长箭穿透她的肩胛，林昭那只手顿时脱力，连苗刀都拿不稳。

有个小喽啰要杀林昭，被吴啸一巴掌拍开："蠢货，祁云寨那群硬茬儿回来了，拿了她当人质也好！"

秦筝和林昭顿时都被捆住了手脚，被两个高壮的水匪扛在肩头往堰窟去。

今日寨子遇袭，看守堰窟的祁云寨人都去后山围杀水匪了。

吴啸知道怎么操作吊篮，让几个水匪负责放绳，他率先带着人下去。岂料刚靠近停在江边的大船，就是一波箭雨袭来，吴啸心中大惊，再定眼瞧去时，就见站在船上的全是拿着弩的祁云寨众人。

王彪喊话道："姓吴的杂种，还不快束手就擒！"

楚承稷带着他们赶回两堰山后，便发现前后都有敌袭，杀光堰窟下方的水匪后，无论他们怎么喊话，都不见上边的人放吊篮下来，他们心知寨子里的情形怕是不妙。

楚承稷便让王彪带人在这里守住水匪的船只，自己则带着其余人往后山下方赶去。

王彪此番喊话主要也是为了喝住吴啸，秦筝和林昭都在他的手上，他也怕乱箭伤到二人。

吴啸再狡猾不过，当即把刀往秦筝的脖子上压了压，又示意押着林昭的小喽啰也上前，冷笑着道："我烂命一条，死了也就死了，还有这两个美人陪老子共赴黄泉，值了！"

王彪气得咬牙："放了大小姐和程夫人！"

吴啸没看到那个姓程的男人，那日同对方交手，他连人家的剑是如何出鞘的都没看清，可见其武艺不凡。

那男人没在此处，定是从后山的小路回山寨了，吴啸恐其追上来，威胁道："不想她们死，就赶紧给老子一条船！"

王彪死死地咬着后槽牙没肯应声，吴啸为了赏金没动秦筝，他递给小喽啰一个眼神，林昭脖子上当即就见了血。

她的肩胛骨被一箭射穿，衣襟上也全是血，王彪目眦欲裂："你胆敢伤我祁云寨大小姐，老子非把你脑袋拧下来当夜壶不可！"

林昭哑声道："别管我，杀了他们，救阿筝姐姐！"

秦筝亦是心急如焚："阿昭！"

吴啸面目狰狞道："给老子船！"

王彪怕他狗急跳墙，只得强压着怒气道："给他备一条船。"

汉子们很快便腾出一艘大船来，跟着吴啸的几个水匪则去开船。

吴啸挟持着秦筝、林昭二人上了船，瞅准时机，让小喽啰朝岸边扔了几枚火药弹，在祁云寨的人被炸开的火药逼迫得后退时，大船趁机驶向了江面。

还没来得及上船的水匪则和祁云寨众人展开厮杀，成功拖延了时间，这才让大船得以拐过山弯，进入主江。

秦筝被绑在甲板的桅杆上，心中的恐惧与茫然夹杂着，努力抬起头往远处的堰窟看去，但什么也看不清。

她不知，刚赶到堰窟口的楚承稷正立在那里，他一身黑衣，看着江面上远去的大船，一向把锋芒藏在温和表象之后的人，这会儿利得像是把在古战场沉寂太久、渴望饮血的凶剑。

"为何抓她？"他看都没看一眼跪在自己身旁瑟瑟发抖的水匪，问话乍一听很平静，似乎并不关心他所问的人。

水匪不知他问的那个"她"是谁，明明眼前之人没有一丝动怒的迹象，可他只觉得呼吸困难，浑身抖如筛糠，把自己知道的全盘交代了："吴啸说，抓走祁云寨大小姐，是为了当人质，另一个漂亮女人，是官府悬赏百两黄金通缉她，吴啸是……是想把她送去官府换钱。"

"百两黄金就值得你们冒死抓她？"嗓音依然很平静，听不出情绪有什么起伏。

楚承稷修长的五指按在了水匪头上，指尖大力到泛白，似乎有骨头碎裂的声音响起，不大，却听得人毛骨悚然。

那个水匪倒在了地上，七窍流血。

王彪回来时，瞧见这水匪的死状，不由得起了一身鸡皮疙瘩。

在楚承稷看过来时，他连忙抱拳："对不住，军师，吴啸那厮拿了大小姐和尊夫人做人质，我没能拦下他。"

楚承稷并未出言，方才指尖按在那水匪的头皮上时，触到的全是黏腻的汗，他用另一只手从怀里掏出帕子本想擦手，却摸到了那根被摔出裂纹的玉簪。

她那头长发最配玉簪，可玉簪他买回来了，她却被人劫走了。

楚承稷突然笑了笑。

可能是堰窟口刮过的山风太过清凉，王彪只觉得楚承稷那个笑让他脊背发寒。

他磕磕绊绊地道：“军……军师，咱们商量一下如何救回尊夫人和大小姐？”

楚承稷清冷眸色里的那一抹温和在此时看起来要多诡异有多诡异，他语调平缓道：“备船，我去接我夫人。”

王彪心底毛毛的，进龙潭虎穴抢人，被他说得好像只是去踏个青似的。

秦筝和林昭背靠背被绑在了桅杆上，林昭肩胛骨处的箭伤没有及时处理，这会儿她上半身的衣裙几乎已经全被鲜血染成了深色。

秦筝不知道林昭的伤口处究竟流了多少血，忧心地问道：“阿昭，你怎么样？”

林昭苍白着一张脸，却还咬牙安慰秦筝：“我没事，阿筝姐姐别怕，这会儿我右手使不上劲儿，等我缓缓，我能挣断这绳索的。”

秦筝忙道：“你别用力了，那样血会流得更快。”转而冲吴啸喊：“我们需要止血。”

水匪头子已死，吴啸这会儿正烦恼着等回水匪窝怎么同那几个头目解释，听到秦筝的声音，他扭过头上下打量了她们一眼，哂笑道：“止血？现在这船上可都是男人，林大小姐若不介意让弟兄们一饱眼福，我给林大小姐上药就是。”

船上的水匪听吴啸在船上说起荤话， 阵起哄吹哨。

被一群豺狼环视着，秦筝半点没露怯，她那张找不出半点瑕疵的面孔上没有一丝情绪起伏，眸光冰冷平静：“给我们一个房间，我来给她止血上药，我不会武功，你们若还是不放心的话，只解开我手上的绳索便是。”

一番话说得不卑不亢，半点没有被水匪们的淫邪嘴脸吓到的样子。吴啸这会儿倒是有些佩服她的胆色了，能在这样的境地里还跟他讨价还价的，秦筝是第一个。

他嗤笑一声：“程夫人看来还没弄清自己阶下囚的身份。”

秦筝道：“是吴头领没想清楚才对，你们要拿祁云寨大小姐当人质，至少得保证她能活到祁云寨打过来吧？她身上的伤再不止血，吴头领到时候是想拿一具尸体去要挟祁云寨？”

吴啸跟林昭积怨已久，之前林昭还打断过他三根肋骨，他哪能轻易就让这些事翻篇？

吴啸从怀里摸出一瓶金创药走过来，恶劣地说道：“行啊，那就在甲板上扒光了林大小姐的衣服，给她止血上药吧。”

秦筝心底一阵恶寒，指甲深深陷入柔嫩的掌心，看向吴啸的目光冷若三冬雪：“你敢碰阿昭一下，我就是咬舌自尽也不会让你们拿到官府的赏金！”

林昭突然冷笑一声，她脸色苍白，眼底却全是桀骜，她盯着吴啸道：“我还以为何家养的这条外姓狗长本事了，原来仍旧只会这点下三烂的伎俩，姑奶奶又不是深闺小姐，你们还当姑奶奶会要死要活不成？不过是回头挖几十双眼睛的事！”

说到最后一句，林昭野性十足的目光挨个扫过船上的水匪，似要记清他们是何模样。被她盯上的水匪都下意识露怯，避开了林昭的目光。

他们都见识过林昭那一身功夫，今日若不是他们人多，又有弓弩在手，能不能拿下林昭还真不好说。林昭说回头会挖他们的眼睛，船上的水匪也相信绝对是她能做得出来的事。

人都是欺善怕恶的，林昭本身就不是个善茬儿，更何况她的身后还有祁云寨。

盘龙沟虽号称是整个青州最大的匪窝，但底下的人多是一帮乌合之众，他们几次三番同祁云寨交手，每次都是铩羽而归，这回拿着劫来的朝廷兵器前去攻寨，折损了大半人马才带回两个人质，水匪们自个儿都不好意思说这是赢了。

吴啸故意这样说其实就是想让林昭难堪，可人家根本不把这当回事，那就没必要了。

只要祁云寨还立着，吴啸也不敢真对林昭做什么，毕竟都知道是他劫走了林昭，到时候祁云寨的人过来寻仇，首当其冲找的也是他。

他带走林昭是为了当人质保命，可不是为了侮辱林昭激怒她兄长让自己死得更快些。

哪怕恨林昭恨得牙痒痒，吴啸也忍了下来，指着秦筝吩咐边上的一个小喽啰："给她松绑，让她们去底舱上药，舱门不许关，你们背对着船舱守在门边就是了。"

大船底舱没有窗户，能防止她们解开绳索跳窗逃。不许关船舱门是为了能听清里边的动静，若有什么意外也能及时应对。

林昭重伤，又是在江上，秦筝压根没想过要借这机会逃跑，她纯粹是担心林昭失血过多出事。

吴啸最终妥协肯让她们去底舱上药，秦筝不由得也松了口气。

她们被带去底舱后，吴啸在甲板上沉思片刻，对一个小喽啰道："你去给青州官府报个信，就说通缉令上的女人在盘龙沟，让他们拿五百两黄金来赎人。"

必须得尽快把人交出去，拿到钱他才安心。

到时候那姓程的来盘龙沟讨人，人已经送去官府了，他尽管带着祁云寨那群人去跟官府斗吧！

小喽啰听到吴啸的话吞了吞口水，以为自己听错了："五……五百两黄金？"

通缉令上不是说只值一百两黄金吗？

吴啸踹了那小喽啰一脚："蠢货，让你去就去！官府能开一百两黄金的悬赏，就说明那女人对官府来说重要着呢，老子就是要价一千两黄金，他们指不定都会给老子送来。咱们是匪，拿官府的赏金算什么？得让官府拿赎金来换人！"

小喽啰深觉有理，一想到一百两黄金瞬间成了五百两，心口就狂跳不止，没再跟着大船回盘龙沟，往青州城报信去了。

青州府衙。

雨后初霁，庭院里的草木看着都比往日葱郁了几分，不知名的雀鸟停在枝头叽喳吵闹，府衙书房里的气氛却是一片冷凝。

"……盘龙沟水匪在青州作乱已久，江上不少渔民都是他们的眼线，官府每次派兵剿匪，他们就消失得无影无踪，过一阵子却又出来兴风作浪，下官实在是束手无策啊！"青州知府一边说，一边偷偷拿眼瞥朝廷派来的那位钦差大人的脸色，时不时又抬起袖子擦额角的汗珠子。

沈彦之慢条斯理地翻阅着青州府衙关于水匪的卷宗，对于青州知府那番话不置一词，等翻完最后一册，他将卷宗扔在案上时，青州知府则被他的动作吓出一身冷汗。

沈彦之抬起一双凌厉的凤眸："好一个束手无策，周大人在青州为官八载，连水匪的老巢在何处都没摸清吗？"

青州知府额角上冒出的汗珠子更多了，他辩解道："狡兔尚有三窟，那些水匪一听到风声就伪装成了沿江村落的渔民，抢去的财物也早藏别处去了，官府一去就只剩几间破烂房子，查封了也于事无补……"

见沈彦之的神色还是半点没有缓和的样子，青州知府从袖中掏出一物来："朝廷兵器被劫后，下官一直在努力查找水匪的行踪，目前虽无太大进展，但因祸得福，倒是查到了通缉令上犯人的线索。"

叛军入主汴京后，为了尽快稳定民心，对外隐瞒了前朝太子夫妇逃跑的消息，因此通缉令上并未写他们乃前朝余孽，只说他们是朝廷要犯，但青州知府哪能不知道通缉令上的两人是谁？

他将那枚玉扳指呈给沈彦之："此乃皇室之物，当是前朝太子所有——"

"在何处发现的此物？"沈彦之打断青州知府的话，紧紧攥着那枚玉扳指，声线冷得像是一根绷到了极致的寒弦。

青州知府见他看到那玉扳指瞬间变了脸色，悄悄松了一口气，知道自己头上这顶乌纱帽暂时是保住了，殷切回道："今日有一男子拿着玉扳指去王记首饰铺换了一根玉簪，铺子掌柜发现玉扳指内侧有宫里的徽印，怕惹祸上身，这才递交给了官府。"

听说是个男子拿着玉扳指去换的玉簪，沈彦之的脸色骤然阴沉了下来，捏着玉扳指的手指力道不由得大了几分，寒声问："抓到买簪子的男人了？"

青州知府再次用袖子抹汗时，只觉得大半个袖子都已经湿透了，他忐忑道："铺子掌柜的说，那男人当时戴着面具，看不清是何模样。不过下官推测那人应该就是前朝太子，已命人拿着画像在青州城内挨家挨户地搜查，想必很快就能出结果。"

"最迟明日酉时，本官等周大人搜查的结果。"

沈彦之数日未曾好眠过，一双遍布血丝的眼垂眸看人时，青州知府只觉浑身一阵阵发冷，仿佛被恶鬼盯上，连声应是。

就在他以为今日这场煎熬终于可以告一段落时，门外却突然响起急促的脚步声："大人！外边有个自称盘龙沟水匪的人，说通缉令上的女人在他们手里，让官府拿五百两黄金去赎人！"

青州知府蒙了一下，不知这算好事还是坏事，没等他反应过来，沈彦之已经大步出了房门，拽住那个护卫的衣领就问："人在何处？"

护卫被他这副失态的样子吓到，朝外指了指："大门处的侍卫拿下了那个水匪，目前正扣在偏堂。”

沈彦之松开人就直往偏堂去，青州知府在后边愣是小跑着都没追上他。

待抵达偏堂时，青州知府欲进门，却被沈彦之带来的护卫抬手拦在了门外。

青州知府以为是沈彦之要秘密审问些什么，不得叫外人所知，识趣地去院子里等。

那个来官府报信的水匪被拿下后，倒也是个机灵的，一见房内来了个大官模样的人，顿时色厉内荏道：“你们最好在今日酉时前放我回去，否则明日就只能收到那女人的一截断指了。”

沈彦之坐在大堂上，闻言眼尾一抬，原本书卷气的一张脸孔，在此刻戾气尽显：“断指？”

水匪被两个护卫押着跪在地上，被他周身的气势震慑住，却还是嘴硬道：“你们晚放我回去一天，我大哥就会多斩那女人一根手指头！”

沈彦之周身的气息愈发可怖了些，问话却显得漫不经心：“你们抓到的那个女人，和通缉令上画的一样？”

水匪知道他这是怕自己诓骗他们，底气十足道：“比通缉令上画得还好看些，若是不能确定就是通缉令上的女人，我大哥也不会开口要五百两黄金！”

沈彦之的贴身护卫见他没作声，小声劝道：“主子，当心其中有诈。”

从通缉令张贴以来，已有不少人假称抓到了通缉令上的人或发现了尸体，无疑都是想骗取赏金的。

沈彦之嘴角乖戾扬起，神情阴鸷：“我不知你所言是真是假，但上一个在我跟前说如何害她的人，这会儿尸骨都已经烂了，尔等一介蝼蚁，也敢妄言动她？”

他没自称“本官”，说出的这番话却叫那个水匪更加不寒而栗，直觉告诉他，眼前这大官跟那通缉令上的女人有着不同寻常的关系。

水匪张皇地抬起头来，就听沈彦之唤了声：“陈青。”

他的贴身护卫抱拳：“卑职在！”

沈彦之盯着那个水匪，眼神冷厉：“将他左手的手指头全切了。”

水匪这才惊觉大事不妙，连连告饶：“大人饶命！大人饶命！那位夫人只是被关起来了，我们什么都没做，我只是来官府送个信！”

没人理会他，一个护卫将他的左手按在了地上。水匪的五指紧紧握拳，不肯张开。

陈青冷冷地瞥了眼道：“手指不伸出来，那便将你整只左手剁了。”

水匪只得痛哭流涕地张开五指，每一刀下去，惨叫声都快掀翻屋顶。

沈彦之自始至终都只冷眼看着这一切，陈青收了刀，水匪整个人都痛得痉挛，他才道：“好了，现在同本官说实话，通缉令上的女人，当真在你们手中？若有半句假话……你剩下的那五根手指头也别想要了。”

水匪死死捂住自己没了指头、不断流血的左手，痛得汗水几乎湿透了衣裳，痛哭流涕道：“大人，我说的是实话，通缉令上的女人真在我大哥手上，我大哥今日才从山贼窝里把那个女人抢出来的……"

山贼窝？

沈彦之本就苍白的脸色在这一刻似乎更白了几分，凤目猩红得厉害，仿佛眼底快浸出血来。

在这之前，他的阿筝竟是落在了山贼手中吗？她都经历了些什么？

原本在得知有人拿前朝太子的玉扳指去换玉簪时的嫉恨都化为了乌有，只剩滔天的怒意，他早该想到的，前朝太子那样的废物，护得了阿筝什么？！

他颈下一条青筋因极致的怒意而凸起，眼神狰狞得像是要吃人，嘴角却挂着一丝冰冷至极的笑意："好，我拿五百两黄金跟你们赎人。"

他虽然同意了，但水匪却更害怕了。

因为他看着不像是去赎人，更像是要去屠人。

去官府报信的小喽啰回盘龙沟时，天色已经暗沉了下来。

他在官船甲板上把断指的手藏在身后，惨白着张脸冲前方水域拦路的水匪吆喝："官府拿五百两黄金来赎人了！"

天色暗沉，没人注意到他脸色不对劲儿，埋伏在暗处的水匪一听说官府是拿赎金来赎人的，都按捺住没动手。

片刻后，一排独木舟出现在对面江域，一个水匪窝的小头目在船上喊话："官船不得再靠近，已派人去给几位当家的报信了，在这里等着就是。"

断指的水匪下了官府的大船，单独划了一条独木舟靠近盘龙沟水域，对那小头目道："我亲自去给吴哥报信。"

小头目当他是想邀功，对自己人也没设防，做了个放行的手势，横在后面的船只就让出一条道来。断指的水匪划着船前行，但竹篙东点一下、西点一下，瞧着有些怪异。

暮色更沉了些，水匪和官府的船只上都燃起了火把，火光照不到的地方，江水里晕开的血色也没人瞧见。

断指水匪指出埋伏在水下的水匪方位后，官府擅水的好手就潜过去了结了那些人，怕尸体浮起来露出破绽，直接用绳索将尸体绑在了水匪的木舟底下。其中一艘水匪的木舟突然开始剧烈摇晃时，负手站在官船甲板上的沈彦之冷冷下达了命令："杀！"

这艘官船是改良后的战船，船舱壁上的木板被取下，露出一个个巴掌大的箭槽，无数箭镞朝着木舟上的水匪射去。

木舟狭小，水匪无处可躲，瞬间就中箭倒下了一大片。

水匪们想还击，官船甲板上却竖起一道道盾墙，他们的箭根本射不过去。

回过神来的小头目大喝一声："跳江里去！"

换在从前，水下对他们来说是生路，可今日水底下早埋伏了无数擅水的官兵。

水底下亦有无数箭镞射向他们，水匪们身中数箭，鲜血不断从伤口处溢出，终究是全军覆没。

一个火把落在木舟上，引燃了整个木舟，江水倒映着火光，掩盖了淡红的血色，只有迎面吹来的江风里带着浓郁的血腥味。断指水匪没敢回头，不知道身后哪里又有箭镞在暗处瞄准了他，只惨白着脸泪流满面地继续划船往盘龙沟老巢去。

官兵扒下水匪的衣物换上，伪装成水匪前往水匪老巢。

陈青见沈彦之也换上了水匪的衣物，劝道："大人，此行危险，属下一定把太子妃平安带回来，您在船上等消息就是。"

沈彦之充耳未闻，湿漉漉的粗布衣裳穿在身上冷到浸骨，他却全无知觉一般，甚至在这样的冷意里，他才能感觉到自己胸腔里那团跳动的东西是暖的，才知道自己还活着。

冷月如霜，月光落在他清俊的侧脸上，恍惚间，那张偏执阴鸷的面孔也带了几分脆弱。他嗓音轻得像是一句呢喃："落到这样一群人手里，阿筝得多怕啊，我亲自去接她。"

断指水匪抵达盘龙沟老巢时，吴啸正和几个水匪头目在开庆功宴。

吴啸回去前就统一了跟着他的那批水匪的口风，把水匪头子的死全推给了祁云寨。

对水匪头子忠心的自是把一腔怒火都对准了祁云寨，心怀鬼胎的得知水匪头子死了也偷着乐。吴啸虽没能坐上盘龙沟第一把交椅的位子，但此次回去后，也算是混了个头目当着。

此刻得知官府愿意拿五百两黄金前来赎人，现在还就等在盘龙沟水域外，吴啸当即心花怒放："官府把黄金都带来了？"

断指水匪不敢看吴啸，只点头："官府说他们要先看到人，再给赎金。"

吴啸立即点了几个人："你们几个去地牢把那个女人带出来。"

吴啸这一票就让官府拿出五百两黄金来，几个头目也想分一杯羹，同他说话不免都热络了些，纷纷要敬他酒，断指水匪趁机道："吴哥，我亲自去地牢一趟吧？"

他这次办了个漂亮差事，想要在吴啸跟前献殷勤，以后更得脸些也无可厚非。

但也正是因为这一句，让吴啸多看了他一眼，也发现他一只手老是缩在袖子里。

水匪为了行动方便，衣袖向来都短一截，两个膀子露在外边都是常事，他把一只手缩在袖子里，还老是躲躲藏藏的，就显得怪异起来。

吴啸问他："手怎么了？"

断指水匪额前的冷汗一下子就冒出来了，下意识地把那只手背到了身后："没……没什么。"

要是让吴啸看到他手受过刑，以他的多疑，肯定会怀疑自己已经跟官府勾结上了。

果然，吴啸一看他这反常的举动，提了刀就朝他走来："那你藏什么？你背着老子跟官府干了些什么勾当？"

其他几个头目见状，都是看好戏的姿态。

断指水匪怕极，拔腿就往外跑，吴啸一刀掷过去正中他的胸膛，断指水匪直挺挺地倒在了地上。

吴啸忽觉官府那边绝不是只拿赎金过来赎人那么简单，朝地上啐了一口，骂道：“让守在盘龙沟水域附近的弟兄们都警醒些——”

他话音还没落，忽而一声巨大的爆破声响起，整个地面都在颤动，黄土垒成的墙壁都簌簌地掉下一片尘土来。

“地动了？”屋内的水匪们面面相觑。

一个小喽啰连滚带爬地跑进来：“不好了！祁云寨从元江上游攻过来了！”

“祁云寨？”吴啸和盘龙沟的几个水匪头目都惊愕不已。

吴啸喝问：“那声巨响是怎么回事？”

小喽啰哭丧着脸道：“今日您和大当家攻打祁云寨，祁云寨的人也趁机抢了咱们劫的那批兵器，那巨响，就是祁云寨的人用投石车投过来的火药弹。”

两堰山四面都是几十丈高的峭壁，这些攻城的战车炮石压根派不上用场，今早突袭祁云寨时，他们才只拿了弓弩。但盘龙沟可没两堰山那样的天险，祁云寨的人拿官府攻城的武器来攻打盘龙沟，优势可以说是碾压性的。

几个头目齐齐变了脸色，骂道：“这叫什么？这叫偷鸡不成蚀把米！”

“祁云寨没攻下来，反倒叫他们抢了咱们的兵器来攻打咱家老巢？说出去都怕人笑话！”

“快快快！把抓的那两个女人还给祁云寨！对方这么个打法，非得把盘龙沟这块地给夷平不可！”

几个头目你一言我一语，都在说该怎么让祁云寨消气退兵，唯有吴啸面色阴沉道：“还回去？你们以为祁云寨会就这么善罢甘休？为今之计，只能祸水东引。”

在几个头目看过来时，他道：“官府的船是从元江下游来的，派人去跟官府说，他们通缉的人被祁云寨带走了，那批武器也在祁云寨手里，我就不信官府忍得了这口恶气。给祁云寨那边送两个蒙住头的女人过去，到时候就让他们和官府掰扯吧！鹬蚌相争，盘龙沟作壁上观就是！”

有炮石火药开路，盘龙沟在附近水域设下的埋伏全无用武之地。

王彪在大船上看着沿江水匪落荒而逃，洪钟似的嗓门响彻在江面上：“你们若是识相，就快些把我祁云寨的军师夫人和大小姐交出来！”

一个汉子拎着个水匪上船，对楚承稷道：“军师，抓了个活口。”

泛着寒光的剑锋抵上了咽喉，那个水匪吓得叩头如捣蒜：“好汉饶命！各位好汉饶命……”

夜风托起楚承稷墨色的衣袍，船上燃着火把，他戴着面具的半张脸隐匿在黑暗中，嗓音比这江上的夜风还凉薄几许：“今日你们抓回去的两个女子被关押在哪里？”

“在……在地牢！好汉行行好，留我一命吧……”水匪哭得一把鼻涕一把泪。

楚承稷吐出两个字："带路。"

恰在此时，前方一箭地外又出现几艘水匪的小船，其中一艘船的船头还有两个被绑住双手、头上罩着黑布的女子。船上燃着火把，可以清楚地看见她们穿的衣裙就是今日秦筝和林昭被劫走时穿的那身。

船上的水匪隔着老远喊话："各位好汉，今日这场误会都是我们前大当家的造成的，其余几位当家的也不愿与两堰山交恶，现下把这两位姑娘交还你们，姑且也算是两清了。"言罢他抱了抱拳，示意船上的水匪划船把那两个女子送过去。

楚承稷忽而冷笑了声："尔等是觉得，我连自己的夫人都不认得？"

对面的水匪脸色一变："好汉此话怎讲？大当家带回来的人，就是这两位姑娘。"

楚承稷眼底的愠色已压不住了，他不再出一言，直接挽起长弓，弦上搭着两支箭。"咻咻"两声，利箭破空而去，射中两个女子罩在头上的黑巾后力道不减，继续向着后方掠去。

没了罩住头的黑巾，两个女子的容貌也落入众人眼中。

不是秦筝也不是林昭，是两个相貌平平的女子，嘴里还塞着布巾，显然是水匪怕她们出声塞的。

王彪怒不可遏，质问水匪："这是我祁云寨的大小姐？你一双招子被狗啃瞎了？"

见远处一艘官船驶来，水匪索性也不装了，狞笑道："如今官府的兵器可全在你们手里，你们跟官府打赢了再来要人吧！"

王彪恨得牙痒痒，只得问楚承稷："军师，现在咋办？"

官府的战船上，武器只会比他们船上更完备，他们占不了半点优势。楚承稷清冷的眸色微微沉了一沉，道："把船开远些，先同官府周旋，别硬碰，等我回来。"

王彪听出他是要独闯盘龙沟，当即就道："军师，大小姐也在他们手上，我跟你一起去！"

"不可，你留下指挥，若是两刻钟后我还没回来，你们就甩开官府的船回祁云寨。"

夜风清凉，楚承稷留下这句话，提着那个水匪在甲板上一踏，跃下大船便落到了下方一艘木舟上。

水匪吓得跌坐在木舟上，楚承稷在船头仗剑而立，只道："划船。"

那个水匪咬了咬牙，想着真到了水匪窝，死的还不知是谁，索性握着船桨划起船来。

前方的水匪见楚承稷孤身一人前来，愣了片刻才下令："放箭！快放箭！"

漫天的箭镞飞向楚承稷，他手中的长剑织出一张密不透风的剑网，箭镞连他一片衣角都没挨到。

靠了岸，水匪们如蝗虫一样朝他扑了过去，楚承稷一剑扫过便带起一片血光，楚承稷立在一地死尸中，他微微偏过头看向那个带路的水匪："地牢在何处？"

那个水匪颤颤巍巍地指了一个方向："那边……"

楚承稷没再停留，抬脚往水匪指的方向走去。

拿着刀堵在那边的水匪不敢跟他动手，也不敢就这么放他离去，楚承稷前进一步，沉喝："滚！"

仅剩的十几个小喽啰，不敢再靠近他分毫，但也有上赶着前来送死的。

吴啸听说楚承稷单枪匹马地杀过来了，觉得这是拿下他的好机会，立即说动几个头目带着盘龙沟的好手前来将他团团围住。

他站在一众高手跟前狞笑："姓程的，你还真是嫌自己的命太长啊！"

楚承稷此时看吴啸的眼神仿佛是在看一个死物："我早该杀了你。"

"死到临头还撂狠话的，我可听得多了。"吴啸只觉得胜券在握，他朝身后的水匪做了个手势，"上！"

十几个武艺高强的水匪一拥而上，可一场恶战结束，楚承稷身上只被划出几道血口子，但那十几个水匪却已经躺在地上死透了。

吴啸心底一阵阵发慌，再无之前的镇定模样，他把自己身后的小喽啰尽数往前推："上！杀了他，老子重重有赏！"

他自己却不断地往后撤，妄图让这群小喽啰拖住楚承稷，为自己争取逃跑的时间。

但这些小喽啰此刻连刀都拿不稳，楚承稷往前走一步，都能吓得几个小喽啰面如土色地跌个屁墩儿。

楚承稷冷眼看着吴啸逃跑的方向，脚尖挑起落在地上的一把弓弩，瞄准吴啸。

吴啸一回头就瞧见月色下楚承稷手中泛着冷光的箭镞，他没命地往人群外挤："让开！都让开！给老子滚啊！"

他终于扒开了人群，发疯似的往外跑时不放心地回头看了一眼，瞳孔里飞速逼近的是一枚闪着寒光的冷箭。

"啊——"

吴啸捂着眼惨叫出声，那一箭直接射穿了他的左眼，仅剩的右眼也因为剧痛看东西都有些模糊了，只隐约瞥见楚承稷大步朝这边走来。

吴啸浑身抖如筛糠，爬起来就给他磕头："程英雄饶命！我只是一时鬼迷了心窍，您就饶了我这一回吧……"

楚承稷置若罔闻，长剑出鞘，吴啸抽搐着涌出更多的血，很快他躺的那一片地都成了血泊。

楚承稷的手腕一抖，甩干净剑上的血珠子，抬脚继续朝地牢走去。

前方路上出现了几具水匪的尸体，伤口参差不齐，显然是很多人杀的，并非一人所为。

他眉心轻拢，脚下的步子不由快了几分，抵达地牢入口时，直接推门而入……

第八章 故人

也许，不记得了也好。
不记得爱，是不是也不记得恨？

秦筝和林昭被关在地牢半日了，水匪给林昭的手脚都戴上了沉重的铁镣，秦筝不会武功，水匪倒是没绑她。

有两个水匪一直在这边看守着她们，其间给她们送过饭菜，但秦筝怕他们下药，连水都没敢喝一口，那些饭菜自然也没动过。

林昭比秦筝还谨慎些，她本身又是个极能忍耐的性子，哪怕身体极度不舒服，怕秦筝担心，也一声不吭。水匪见她们不碰送来的任何吃食，也没再管她们。

地牢里没有铺稻草，有些阴冷，秦筝怕林昭冷，一直跟她挤在一起帮她取暖。

林昭失血过多，此时虚弱得厉害，整个人都没什么精神，靠在秦筝肩头问："阿筝姐姐，你说我们大概什么时候能得救？"

秦筝安慰她："很快的，我们被劫走时寨子里的人已经回来了，他们现在说不定已经快到盘龙沟了。"

林昭轻轻地应了一声，又道："回去后，我想吃阿筝姐姐包的荠荠饺子。"

秦筝心口发涩，摸了摸她的头发说："好，回去了我们就包饺子吃。"

外边传来一声巨响时，没什么精神的林昭都被震得清醒了几分，二人对视一眼，都不知外边是什么情况。没过多久，一个老婆子就带着两套衣裙过来让秦筝和林昭换上。

林昭的手脚都戴着铁镣，没法更衣，看守她们的水匪暂时解开了林昭身上的铁镣，牢门却没开，衣物都是从木头缝隙里递进去的。

这两个水匪没见过林昭杀人，看她一个女子，整个人又病恹恹的，唇上都没几分血色，没觉得她有多大威胁，不免松懈了几分。

等秦筝和林昭换好衣物，老婆子拿了她们原本的衣物离开后，看守她们的水匪就只进来了一个。

他隔着牢门给林昭戴铁镣时，林昭自不会放过这逃出去的机会，直接用铁链勒住了那个水匪的脖子，秦筝则趁机取下水匪腰间的钥匙打开了牢门。

林昭受了伤，右臂使不上劲儿，又因为失血过多有些脱力，只将那个水匪给勒晕了过去。

秦筝正要扶着她出牢房，外边突然传来脚步声，是另一个水匪回来了。

秦筝和林昭都是一惊，林昭现在有伤在身，身体又虚弱，还真不能保证可以第一时间制住那个水匪，若是让他叫嚷引来更多的水匪可就前功尽弃了。秦筝稳住心神，给林昭做了个噤声的手势，松开她后快步捡起牢房外的一个板凳躲到了门后。

那个水匪只是出去方便了片刻，怎料再一进门就见自己的同伴倒在地上，只余穿红衣的女子站在牢房门口，另一个女子不见了踪影。

他大惊失色，正要转头扫视屋内，秦筝已经举着板凳，砸在他脑门上，水匪当场被砸晕了过去。

秦筝松了一口气，还好她有经验，总算是没失手。

把水匪拖进牢里后，秦筝把他们的外袍扒下来给自己和林昭换上，又将她们的外袍披在两个水匪身上，这才将牢门锁了起来。

林昭功夫过硬，还没这么狼狈地逃命过，见秦筝熟门熟路地做这些，夸道："阿筝姐姐真聪明。"

秦筝给自己的手上和脸上都抹了两把灰，林昭肤色本就偏暗，倒是不需要掩饰。

听到林昭的话，她望天长叹道："不聪明，唯手熟耳。"

从东宫一路逃亡到现在，她可经历过太多了。

秦筝扶着林昭往地牢的出口走去，打开地牢大门的瞬间，看到外边死了不少人，但还站了十几个水匪，她下意识地挡在了林昭跟前。

其中一个穿着粗布衣裳的水匪神色复杂地望着她，对方瞧着约莫二十出头，身形清瘦到有些单薄，五官精致却并不显女气，他面色苍白如雪，一双凤眸狭长深邃，只不过此时那微微上挑的眼尾泛着红，看得人莫名锥心。

秦筝下意识避开了他那道带着太多强烈情绪的目光，正疑心他是不是认识自己时，对方已扯开嘴角绽出一抹苍白的笑来，艰涩地唤了她一声："阿筝。"

阿筝？

叫得这般亲昵，对方果真认识她。

秦筝瞧着对方甚是年轻，又叫她小名，要么是她兄长，要么就是她的前未婚夫沈彦之了。

秦筝更希望此人是秦简，她迟疑地看着对方："你是阿兄？"

怎料对方听到她的回答，嘴角扯起的那抹笑愈显苍白，整个人像是用一捧薄雪捏成的空壳，一碰即碎："不记得了啊……"

每说一个字对他来说似乎都格外艰难，他看见了秦筝眼底的疏离和警惕，心口像是被尖刀剜了个口子，每呼吸一下都疼得厉害。

秦筝见他的反应，心下倒是愈发警惕了几分，不是她兄长，那这人应当是自己的前未婚夫沈彦之了。

之前在东宫绝望之际她盼着能得他搭救，如今遇上他却是个麻烦。他是反贼的人，自己和太子都在通缉令上，他此时出现在水匪窝里，实在是不能不让秦筝多想。

沈彦之努力维持着嘴角那抹温柔而苍白的笑，眼里的沉痛看得人揪心："是我来晚了，叫阿筝受苦了。"

看着秦筝那张抹了不少灰垢的脸，他下意识地想用袖子帮她擦干净，怎料秦筝却后退一步避开了他的手，林昭也带着几分敌意地盯着他，喝道："放尊重些！"

沈彦之只觉得喉咙发苦，日思夜想的人如今就在眼前，可她却不认得自己了，甚至看着他满眼戒备。

逃亡的这些天，从山贼窝到水匪窝，她究竟都经历了些什么？

他收回那只手背到了身后，紧紧捏成拳，直抓得掌心鲜血淋漓，艰涩道："忘了阿筝不记得我了，沈氏三郎，沈彦之，阿筝再记一遍这个名字可好？"

哪怕已猜到了他的身份，此时再听他自报家门，秦筝的心口还是沉了沉。

梦里的勒喉鞭尸之痛她还记得，自己被骂红颜祸水也有他勾结叛军造反的原因在里边，太子强娶她是万恶之始，但他所谓的冲冠一怒为红颜，无疑也是把她推上了风口浪尖。

没了从前的记忆，不带任何情感地去审视他所做的一切，秦筝的心情颇为复杂，因此在他说完那话后，她也迟迟没作声。

远处传来打斗声，不过夜色太沉，又有房屋树影遮挡，什么也看不清。

沈彦之的眸色微微一变："官府在剿匪，这里不是久留之地，阿筝先同我回船上吧，我给你找个大夫。"

他一说大夫，秦筝倒是想起林昭身上的伤来，林昭的伤只草草包扎了一遍，现在人很虚弱，是得找个大夫看看。

她们如今在水匪的盘龙沟老巢，要想不落到水匪手里，跟沈彦之走才是最安全的。而且……就算她拒绝了，只怕沈彦之也有的是办法"请"她上船。

秦筝稍做迟疑，便点了头，手却紧紧地攥着林昭："阿昭跟我一起被水匪抓来的，带她一起走。"

沈彦之道："自然，被水匪掳来的姑娘，官府都会带回去。"

两个扮成水匪的官兵在前边引路，沈彦之和他的贴身护卫走在最后，远离了秦筝，他周身的阴鸷再也压制不住，寒声道："这里的水匪，我不想再见到一个活口，把这地方夷为平地吧。"

战船上有攻城用的投石机和火药弹，轰平一个盘龙沟不在话下。

陈青抱拳："末将领命。"

楚承稷进入地牢后看着里边的情形，不由得眉头一蹙，一个看守的人都没有？

墙壁上燃着火把，他顺着通道深入，抵达牢房时，只瞧见两个被扒了外袍晕过去的水匪。

她们自己逃出去了？

楚承稷拎起桌上茶壶里的水浇醒了其中一个水匪。

水匪迷迷糊糊地醒来，人都没看清就开始大叫："那两个女人跑了，快追！"

一柄寒剑抵上他的脖颈，剑主人的嗓音比那剑刃还寒凉几分："何时跑的？"

那个水匪慌张地环视一眼，这才弄清了处境，战战兢兢道："好汉饶命，小的当真不知，小的一进门，就只看到那黑脸女子站在牢门边上，看守牢门的弟兄倒地不起，小的还没来得及报信，就被人砸晕过去了……”

他脑袋上肿起一个大包，隔着头发都看得分明，可见所言非虚，楚承稷往门后扫了一眼，果然在那里瞧见一个板凳，的确是某人的作风。

他没再理会被关在牢里的两个水匪，提了剑直接走出大牢。

再次瞧见倒在地牢门前的那几个水匪尸体时，楚承稷的眉心皱了皱，这些人身上的伤口手法并不一致，显然不是林昭杀的。

有人带走了她们？

今夜出现在盘龙沟的，除了祁云寨的人，就只有官兵了。想到吴啸是因为官府的通缉令才抓走的秦筝，楚承稷眸色一沉。

今晚官府的人出现在盘龙沟，只怕不是巧合。

他思索之余，远处传来“轰隆”一声巨响。

这巨响楚承稷并不陌生，是攻城用的火药弹，先前在祁云寨的船上他们也用来威慑过水匪，但两刻钟还未到，投掷火药弹的应当不是祁云寨的人才对。

在那一声巨响后，夜空里又有无数颗火球掷向了水匪老巢，落地后发出震耳欲聋的爆破声，仅剩的那些水匪无不鬼哭狼嚎、抱头鼠窜。

现在往江边去反而是更危险的，那边是炮火集中的区域，楚承稷直接运起轻功朝后山掠去。

后山地势极高，借着月色远远望去，水匪老巢已是罩于一片火光中，江面上一艘官船在夜色里渐行渐远。

亮着灯笼的甲板上站着一人，船已开得太远，楚承稷看不清那人是何模样，但那身绯红的官袍，甚是扎眼。

祁云寨众人并没有听楚承稷的，两刻钟后没等到他，又听见官府狂轰水匪老巢，一个个的把心都提到了嗓子眼，等爆破声停了，他们才慌忙将船靠岸去寻楚承稷。

昔日的龙潭虎穴，如今已被烧成一片废墟，一脚下去到处都是焦黑的尸体。

“这轰得也太狠了，还好咱们的船开得快，不然弟兄们怕是都给炸成碎肉块了！”王彪看着满目疮痍的匪窝，想起在江上被官船追着跑那会儿，不免心有余悸。

“军师！”有人发现了从后山下来的楚承稷，狂喜叫道。

王彪抬头看去，也面露喜色：“还好军师你没事，可吓死弟兄们了！”

他左看右看，没瞧见秦筝和林昭，脸上的笑容不由得收了收：“大小姐她们呢？”

楚承稷道：“她们被官府的人先一步带走了。”

这话一出口，祁云寨众人才松了一口气，被官府带走总比被轰死在这片焦土上好。

王彪见楚承稷身上被划了好几道口子，忙道：“军师，咱们先回船上，你这一身伤得处理下。”

“不碍事，弄一张青州城内城的舆图来。”楚承稷显然没把身上那几道口子当回事，无论何时，他的音色都是沉稳的，让人不自觉地信服于他。

王彪知道他要青州城舆图，是想了解城内的路线和布防，也是为了方便救出秦筝和林昭，看今日官府这狂暴的打法，劫狱的难度可想而知，他道："早就听说那姓沈的在朝中是条疯狗，惹了他的没一个有好下场，也是盘龙沟这窝水匪倒霉，他们劫了朝廷的兵器，皇帝派他来青州剿匪，盘龙沟这算是被杀鸡儆猴了，不过官府已经知道那批兵械如今落在了我们手里，只怕官府不日就会对付两堰山……"

走在前边的楚承稷脚步突然一顿，微微侧过脸问："今日官府领兵的是沈彦之？"

王彪挠挠头道："俺也是和官船周旋时，跟他们对骂才知道的这些，那狗官叫啥俺就不清楚了，不过官船上的人都管他叫世子。"

天底下姓沈的世子，只有那位无疑了。

"先回山寨休整，暗中派人进城打听那沈姓官员的落脚处。"楚承稷说完这句话才抬脚继续往前走。

王彪狐疑地瞅了他的背影两眼。

是他的错觉吗？怎的军师听到官府领兵的姓沈后，周身气息都冷凝了下来。

下船后，码头距离青州城还有一段距离，秦筝和林昭被安排上了一辆马车。

不知是不是她的错觉，沈彦之似乎有意让她们避开官船上的其他官兵。

这辆马车原本是备给沈彦之的，她和林昭坐进去后，沈彦之便骑马走在了前方。

已经入夜，青州城的城门早已关闭，沈彦之的护卫叫门又拿出令牌后，守城的将士才打开了城门。

和守城门的小将一道出城门来迎接沈彦之的还有青州知府。

"下官恭贺沈大人剿匪大捷！"青州知府满脸堆笑，"大人果真是武能上马安天下，文能提笔定乾坤，解决了困扰青州十余年的匪患，实乃青州百姓之福啊！"

沈彦之急着带秦筝回府给她找大夫，半点没有想听青州知府拍马屁的心思，不耐烦道："周大人怎在此处？"

"沈大人深入匪窝，我虽是把老骨头，可好歹是青州的父母官，哪能安寝？等沈大人得胜归来，我这心里才踏实。"青州知府说起这些牙酸话来是一套一套的。

沈彦之眼底的不耐烦更多了些："辛苦周大人了，夜色已晚，周大人也早些回去歇着吧。"

青州知府却半点没有就此作罢的意思，他目光往沈彦之身后的那辆马车瞟去："不知沈大人可有捉拿到通缉令上的犯人？"

"并未，不过是水匪为了赏金做的套，那两个女子本官已命人押送回府衙了。"沈彦之虽这般说着，眸色却已经冷了下来。

他审讯那个前来报信的水匪时，都刻意避开了青州知府，就是不愿秦筝的行踪叫更多人知晓，但显然这个青州知府是个心思多的。好在那窝水匪也是自作聪明，绑了两个女子妄图欺瞒官府和另一窝匪徒，他正好能借此事把找到秦筝一事揭过去。毕竟船上那两个冒牌货，是整艘官船上的官兵都看见了的。

而他带回秦筝是避开了人的，更何况秦筝二人还作了伪装。

“这些匪徒，胆子未免太大了些！”青州知府嘴上虽这般说着，却仍不死心道，“夜寒露重，沈大人何不乘坐马车回府？”

沈彦之冷眼扫过青州知府，这次连敷衍都懒得敷衍了，他一双冰寒的凤目眯起，不怒自威：“周大人大半夜守在城门口，就是为了管本官坐不坐马车？”

青州知府吓得跪倒在地：“下官冤枉，下官只是担心大人贵体。”

沈彦之冷哼一声，不再出一言，直接驭马进城，马车和他的十余个亲卫跟着鱼贯而入，青州知府一直跪在地上，头抵着冰冷的地面，等他们都进城了，才被随从扶起来。

青州知府对着沈彦之一行人离去的方向，狠狠地呸了一声：“他的马车里肯定有古怪，这几日给我盯紧他的住处！他对本官不仁，那就别怪本官对他不义！他想保前朝太子妃，等本官拿住他这个把柄，不怕他查出本官早年跟水匪有来往。”

沈彦之此番来青州，为保万一，随行的郎中都是从京城沈家带过来的。

因此抵达别院后，他并未差人去医馆请郎中，青州知府的人在别院外守了一夜，可以说是一无所获。

秦筝让沈家的郎中先给林昭治伤后，才同意给自己请脉。

郎中是沈家的老人了，当着秦筝的面，他只说了些多注意调养的话便退下了。沈彦之负手站在廊下，听见了脚步声，他并未回过头来，只问：“如何？”

郎中叹息道：“经历了亡国之祸、东宫之乱，这一路流亡想来也吃了不少苦头，太子妃只怕是受到了重大刺激，在巨大的痛苦下，才失去了记忆。”

沈彦之合上凤目，精致苍白的面容在月色下有种易碎的脆弱感，哑声问：“她还能恢复记忆吗？”

郎中有些为难：“这个得看机缘了，或许过一段时间后就能恢复，或许一辈子也恢复不了。”

“先别让她知晓秦国公的事，下去吧。”

郎中作揖一礼后，无声退下了。

沈彦之回望了长廊尽头的房间一眼，凤眸里压抑了太多不可言说的痛楚，无数座大山压在他身上，他没有一刻能得以喘息。

“也许，你不记得了也好。”

忘记了他们一起长大的十几年光阴，也忘了亡楚之后的诸多痛苦。

不记得爱，是不是也不记得恨？

有那么一瞬间，沈彦之甚至卑劣地觉得，这是上天给他的一次和她从头来过的机会。只要阿筝还在他身边，记不记得过去有什么重要的呢？往后余生他们都在一起就行了。

起风了，廊下的灯笼被风吹得摇晃，他那张比女子还精致几分的容颜在摇曳的光影里变得晦暗不明。

陈青从回廊另一头大步走来，抱拳道：“主子，审讯过抓回来的那几个水匪了，他们只道太子妃是被他们从祁云寨的山贼窝里抢回来的，并未见过前朝太子，正好水匪劫走的那批兵器也被山贼抢了去，属下怀疑，前朝太子就藏在祁云寨。”

沈彦之的凤目瞬间森冷了下来：“那便攻打祁云寨。”

陈青迟疑片刻，说：“祁云寨建在两堰山，两堰山四面都是几十丈高的峭壁，外人根本上不去，太子妃曾在山贼窝里待过……要不问问太子妃山上的地形，或许能帮到我们……”

怎料沈彦之听到此处，却突然逼近一步揪住了陈青的领口，眼尾猩红，狠佞道：“谁都不许去她跟前提起有关山寨的事，她需要静养！”

陈青知道他是怕秦筝在山贼窝里留下了什么不好的回忆，不敢再提此事，躬身道：“属下谨记。”

沈彦之这才松开了陈青：“滚下去！继续调查祁云寨。”

陈青领命应是。

他退下后，沈彦之一个人在廊下站了许久，他有许多话想与秦筝说，但她不记得了，一切就都不是时候。

侍女捧着衣裙首饰从回廊路过时，纷纷停下向他行礼：“见过大人。”

沈彦之瞥了一眼放首饰的托盘，里边摆放的全是些珠钗步摇，看着花哨，但的确不配秦筝。想起青州知府说的曾有一个男子拿了前朝太子的玉扳指去换一根玉簪，他心底就烧着一股无名的怒火，寒声道：“库房里有一根羊脂玉簪，把那根玉簪送过去。”

侍女们不明所以，但还是蹲身应是。

秦筝的房间和林昭的房间是挨着的，她刚沐浴完毕，就有侍女鱼贯而入送来了衣裙首饰。

梨花白的蜀锦长裙，甫一上身，秦筝没照镜子都能感觉到自己被这身衣裙衬得有多清冷，侍女帮她绞干了头发，要插簪子时，秦筝看着侍女手中那根一看就价值不菲的白玉簪，婉言谢绝了，用自己原本的木簪将一头长发简单绾起。

她没有可换洗的衣物，所以便穿了这一身衣裳，但绾发的簪子她有。

她和林昭都只用了早饭，这会儿大半夜的已是饿得前胸贴后背，许是知晓沈彦之今夜剿匪去了，别院的厨房一直备着饭菜，秦筝和林昭这边也被各送来一盅雪蛤汤和一碗燕窝。

沈彦之除了送她们回来那会儿就没再出现过，林昭一个人在房里不自在，跑来同秦筝一起用的消夜。

秦筝只喝了半碗雪蛤汤就没胃口了，林昭食量大，秦筝把燕窝也给她吃，让她补身体。

两碗燕窝下肚，林昭咂巴了下嘴：“这是糖水蛋汤吗？喝起来怪甜的。”

前来收拾碗筷的侍女看了她一眼，说：“这是血燕燕窝，十两银子才买得了一钱。”

十钱才为一两重，林昭险些被呛到，顿时觉得自己方才喝下去的那两盅不是燕窝，而是白花花的银子。

秦筝在侍女说出那话后看了她一眼，很平静的一个眼神，却让侍女低下了头去，收拾碗筷时再也没多说一句话。

等侍女下去了，林昭才汗颜道：“阿筝姐姐，咱们明天就离开这里吧。”

秦筝知道林昭在担忧什么，但这其中的纠葛她也没法同她细说，只轻轻叹了口气道：“只怕没那般容易。”

且不提沈彦之对她的感情，单是她乃反贼要找的前朝太子妃，他就不会轻易放她离开。

她们逃出了匪窝，如今在沈彦之这里虽无性命之虞，但行动上绝对是受制的。

她若贸然同沈彦之说离开，只会适得其反，让沈彦之在暗处加派人手看守她们，倒更不利于她们后面找机会逃出去。

秦筝现在比较担心的是楚承稷的安危，沈彦之已经找到了她，只怕不久后也会摸到楚承稷的行踪。

祁云寨的人只是一群被逼上山的庄稼汉，沈彦之手里却是训练有素的数万官兵，他们在这时候对上，纵使楚承稷武艺再高，他一人又如何敌数万人？

都说前楚太子荒诞成性，可她失忆以来接触到的，分明是一个足智多谋又有情有义的正人君子，秦筝私心里不希望楚承稷出事。

林昭听了秦筝的话，想起她们进门后院子外多出来的那批侍卫，忽而惊觉这若不是保护，就是变相的软禁了。她犹豫了一下，将心底的疑惑问了出来：“阿筝姐姐，那个当官的是不是喜欢你啊？”

对方只要一看到阿筝姐姐，目光几乎就黏在她的身上，但眼神总是很悲伤。反观秦筝，对他的确跟对待一个陌生人无异，林昭实在是想不明白这二人的关系。

秦筝眸色微顿，道：“从前的很多事我都不记得了，我只听旁人说过，我在嫁给我相公前，同他定过亲。”

林昭一脸惊愕，这发展比她在茶楼听说书先生讲的那些才子佳人的故事似乎还曲折了些。

先前吴啸和水匪在山寨抓她们时说什么通缉令，阿筝姐姐如今虽不知何故被官府通缉，但从前能跟那大官定亲，想来家中也是非富即贵的。

京城变了天，大楚亡了国，不少达官显贵都从京城出逃了，林昭虽然没念过书，但也知道一朝天子一朝臣的道理，那个大官如今平步青云，阿筝姐姐和她相公却被通缉逃亡，他们背后的家族在官场上肯定是政见不合的。

自己的伤还没好，青州城内又有阿筝姐姐的通缉令，再加上看守别院的那些侍卫，逃出去委实有些困难，眼下的局面就变得尴尬起来。

她和阿筝姐姐在这里完全就是寄人篱下，救她们回来的大官虽没说什么，但底下那些下人拿捏的姿态却叫人很不舒服。

这也是林昭为何这般喜欢秦筝的原因，秦筝虽是达官显贵出身，可从来没有看不起他们山寨的意思，反观那些高门大府的奴仆，还不是主子，都已经摆出高人一等的架势来了。

林昭方才听到那侍女的话都浑身不舒坦，她心知秦筝肯定比她更难受。

林昭越想越不是滋味，她握了握秦筝的手："等我伤势好些，我就带阿筝姐姐出去，明日直接让她们拿咸菜馒头给我们好了，燕窝什么的，咱们不稀罕。"

秦筝知道林昭是在变相地安慰自己，她回握住林昭的手，浅笑道："好。"

她也不愿跟沈彦之牵扯太多，从地牢里逃出来，跟他走是无奈之举，但往后还是将界限划清楚些好。秦筝想起噩梦中所见的一切，依然心有余悸，沈彦之的一腔痴情，带给她的却是鞭尸销骨……

林昭见秦筝失神，怕她难过，安慰道："我听寨子里的老人们说，人这一辈子，能结成夫妻就是缘分，阿筝姐姐你和你相公现在虽然不顺遂，但以后的日子肯定会好起来的。"

秦筝点了点她的额头，嗓音低了几分："我现在倒不担心这些，官府开始剿匪，有了盘龙沟的前车之鉴，后边那些山头的势力只怕也落不得什么好。阿昭你在这里先隐瞒身份，我怕他们若是对付祁云寨，会从你这里下手。"

林昭神色凝重地点了点头。

历来在当官的眼中，匪徒就是匪徒，哪管你是劫富济贫还是恶贯满盈。

谈起这个话题，不免有些沉重，秦筝道："当务之急是先养好你的伤，其余的事，咱们可以从长计议的，夜深了，阿昭你今晚先回去歇息吧。"

林昭点了点头，起身回房。

送走她后，秦筝坐在八仙桌前思索着眼下的局面，不由得也轻轻地叹了口气。

半干的长发粘在一起不太舒服，她去梳妆台前拿起木梳想把头发梳顺，可能是方才林昭才提到过楚承稷，拿起木梳的瞬间，她突然就想起楚承稷给她雕的那把梳子了，心口的地方突然有些闷闷的。

就在前一天，楚承稷帮她制作瓦桶时，还问她下山后要不要买什么东西，如今倒是再见都难了。

在一起时不觉得有什么，骤然别离，她忽觉自己似乎是有几分说不清的难过的。

他若知晓她在沈彦之这里，是放任她不管继续完成他的复国计划，还是会想办法带她回去？想到这儿，她心底那股闷意更重了些。

秦筝其实不知道自己对楚承稷而言，除了名义上的妻子，究竟还算什么。

她打住思绪不让自己再想下去，草草把头发梳顺，熄了灯便上床歇息。

不管楚承稷会不会来寻她，等林昭伤势稍好些，她都得找机会离开这里。

两堰山。

暮色暗沉，残月如钩，信鸽扑扇着翅膀落到了还亮着烛火的窗前。

片刻后窗叶打开，一只骨节分明的大手取下了信筒里的信件，打开扫了一眼后，便将信纸在烛台前点燃，顷刻间就烧成了灰烬。

楚承稷在桌前提笔写了些什么，信鸽站在窗前，等了好一会儿，没像上次一样等到吃的，它偏过脑袋，一双绿豆眼盯着烛台前那道颀长高大的身影，出言声讨：“咕？”

楚承稷没有理会，写完信把信纸卷起来塞进信筒里后，信鸽却还没有飞走的意思。

他蹙眉看了信鸽一会儿，忽而打开房门，去之前关信鸽的笼子里取出那个给它装碎米的小碗，撒了一小撮在窗台上。信鸽又“咕咕”两声，低头啄完，才心满意足地飞走了。

这鸽子才被她喂了几天，倒是学会讨食了？

楚承稷掩上窗，转身时拂袖灭了烛火，躺到床上时，习惯性地只躺了个边。

被子上还残留着她身上那股淡淡的冷香，侧首望去时，里边的大半张床铺却是空空如也。

往日里，这个时候她应该是很拘谨地睡在最里边的，睡沉了后，才会霸道地把他使劲地往边上挤……

他抿紧唇，合上了双目。

秦筝又做梦了，这次不是在学堂，而是在河边。梦里她戴着一个钢铁打造的帽子，在湍急的河流岸边指挥着什么，钢铁支架建起十字形高塔，地上还有数台橙黄色的铁皮怪物用大铁铲挖着土石。一条精铁所铸的铁索横于大江两岸，铁筐在缆绳上来回运输货物……

秦筝醒来时，思索着这梦，只觉怪异。

心道莫不是祁云寨又遇上了什么难事？还是说……不久后这个梦兴许会帮到自己？

她一早上都忧心忡忡的，侍女引着她说是去水榭用饭，但秦筝出门时却见林昭的房间门紧闭着，问：“我隔壁房间的姑娘不去？”

侍女道：“大人只让您一人过去。”

秦筝眉头轻蹙，沈彦之这是要单独和她用饭？她们如今的情况，还是避嫌比较好。

她思索片刻去敲林昭房间的门，想让林昭同自己一道去，房内却无人应声。

秦筝心中正有些奇怪，就听那个侍女神色微妙道：“那位姑娘刚刚起床就去厨房拿吃的了。”

她这话说得算是滴水不漏，可里里外外都有几分让人难堪的意思。

高门大府，一向是下人把饭菜送到院子里去的，从来没见哪个做客的，会一大早就跑人家厨房去亲自拿吃的。毕竟这是有失身份和脸面的事，既在这里做客，主人家还能短了吃喝不成？

她故意那般说，无非是挖苦她们没见过世面，一股小家子气。

秦筝心知林昭在山寨里长大，跑去大厨房吃饭早已习以为常，压根不懂得大户人家家里这些不成文的规矩。

这侍女之前说燕窝时，故意提了一嘴价钱，秦筝就听出几分意思来了，不过她当时只看了对方一眼，没作声，本以为对方会收敛点，没想到却直接顺杆子往上爬。

秦筝这人一向护短，当即就对那侍女道：“是我记性不好，昨晚就同阿昭说要吃咸菜馒头的，吃惯了五谷杂粮，骤然吃贵府的山珍海味反而消化不了，水榭我就不过去了。”

侍女脸上顿时一白：“您……您别叫奴婢为难。”

想起沈彦之一贯的手段……侍女狠狠地打了个哆嗦，她的眸中已然蓄起了泪，祈求道：“奴婢家中还有老父老母，下面还有几个弟弟妹妹要养活，奴婢嘴笨不会说话，还望您大人不记小人过。”

秦筝的嘴角勾起一抹浅笑，眸色却是清冷异常：“姑娘同我一个寄人篱下之人说这些作甚？姑娘先前所言，不是在替你家主子表态吗？”

侍女一张脸白得更厉害了，她几斤几两，能替沈彦之表态？不过是见沈彦之突然带回两名女子，听说是从水匪窝里带回来的，沈彦之又对其中一人上心成那般，她觉得对方配不上她家大人，心生鄙夷才话里话外藏了软钩子。

“您……您说笑了，奴一介贱仆，哪里能替大人表态？”侍女说这话时嗓音都是抖的，手脚一阵阵发凉。

她这才知晓自己先前的做法有多蠢，她自作聪明地摆架子，却不想人家压根不是个软柿子，昨晚没出言只是不想搭理她罢了。

秦筝见她怕成这样，也歇了吓唬她的心思，转身往自己房间走去。被困于这里已经很郁闷，再时不时听她阴阳怪气几句，实在是有些坏心情，只盼对方从今以后长记性才好。

侍女见状，吓得直接跪在地上：“奴婢先前出言不敬，奴婢给您赔罪，您别为难奴婢了，去水榭一趟吧。”

秦筝脚步微顿，只道：“劳烦转告你家大人，我一个有夫之妇，借住贵府已是感激不尽，为免落人口舌，就不一道用饭了。”

侍女并不知秦筝的身份，现在听她说自己是个有夫之妇，面上愈发惊讶了些。

想到沈彦之对她的上心程度，心中却又止不住鄙夷——嫁过人还进过匪窝，这样的女人，除了一张祸水脸，哪里配得上她家大人？

才被秦筝敲打过，她倒也没在秦筝跟前表现出什么，恭恭敬敬地福身退下了。

秦筝没把侍女那点小心思放在眼里，她让侍女那般转告沈彦之，一方面的确是不想跟沈彦之有过多的接触，另一方面，也是想看沈彦之容忍的底线在哪里。

他能勾结叛军造反，必是恨极了太子，但自己嫁入东宫又是事实，她早已不是他的未婚妻，时过境迁，他总不能还指望自己装作什么事都没发生过一般，和他再续前缘。

弄清他的底线，才方便自保。

秦筝在房里没坐多久，林昭就用托盘端着鸡肉粥和馒头回来了。“阿筝姐姐，我去厨房拿了早饭。”她把粥和馒头放到桌上，道，“厨房里竟然没有白粥，只有这鸡肉粥。”

林昭一向爱咋呼的一个人，却只管闷头吃东西，一句话不说。

秦筝问她："怎么了？"

林昭大口大口地咽完最后一个馒头，闷声道："当官真好，这样精细的白面馒头，竟然只是给府上最低等的下人吃的。有朝一日，寨子里的人也能顿顿都吃上这样的细白面馒头就好了。"

天下兴亡，苦的永远都只是最底层的百姓而已。

秦筝看着她说："会有那么一天的。"

这句安慰显得有些苍白，皇城虽被叛军攻下了，但如今天下三方势力割据，不管是南边的淮阳王还是北边的连钦侯，都不是叛军一朝一夕能打下来的。这天下最终是归谁，还不好说。

林昭的嗓音更闷了些："我听说南边又要打仗了，李信要攻打郢州，闵州和郢州毗连，汴京那边走水路运了一批兵器往闵州去，碰巧被水匪给劫了，攻打郢州一事才暂且搁浅了。"

秦筝若有所思，郢州是陆家的地盘，反贼攻打郢州，目的再明显不过。但陆家现在已经投靠了淮阳王，有淮阳王护着，反贼能不能攻下郢州还真不好说。

如今的天下，这三大势力碰头只是早晚的事，攻打郢州只是一个开始。

只有最底层的人民才懂得战火带来的痛苦，田地没法耕种，男丁还会被征兵强行抓走，黄沙战场，不知又得埋骨多少儿郎。

她不由得叹息："这天下还不知要乱多久，谁都想坐上权力巅峰的那把龙椅，大抵只有像三百年前一样再出个武嘉帝，打服了各路反王，天下或许才能彻底太平。"

林昭闻言，眼底却浮现出几许怅然："早些年听说书先生说，当年武嘉帝四处征战，民间一片怨声载道，不少文人对他口诛笔伐，骂他穷兵黩武，只配当个屠夫，不是一代明主，我那时还以为是说书先生胡诌的，如今却有些明白了。

"当年内忧外患，比起现在的情况只会更糟，百姓饱经战乱之苦，局势稍稳就不愿再起战火。但武嘉帝深知只有把周边来犯的列国打服、打怕了，才能真正换来太平。

"他用雷霆手段扫平南北夷族后，哪怕登基不到一年就病逝了，但年年入冬都骚扰大楚边境的北方戎狄，在他死后的十余年里却再也没敢来犯大楚。那时的楚国已无力再战，可周边异族却被武嘉帝打得更惨，没个十几二十年休养生息，压根恢复不了元气。"

不知为何，听林昭说起这些，秦筝突然就想起自己第一次同楚承稷说起武嘉帝时，他的反应来。

"没人骂他穷兵黩武，杀人如麻，乃陇西屠夫了？"他说这句话时，眼底是带了几分苍凉和自嘲的吧？是为先祖当年背负的那些骂名而不平吗？

可楚国昌盛了三百年有余，后来的大楚百姓，早把武嘉帝当成武神转世，为他修建庙宇供奉香火，没人再觉得武嘉帝当年的征战不对，站在后世去看那段尘封的历史，甚至觉得幸亏武嘉帝在生前扫清了所有隐患，大楚才能在他死后也壮大起来，如今他为他的先祖不平什么？

秦筝越想越觉得奇怪，难不成当时楚承稷是觉得楚国亡了，武嘉帝这个开国皇帝又该被人拉出来“鞭尸”了？

她出神许久，林昭唤了她好几声，秦筝才回过神来：“怎么了？”

林昭狐疑地看着她：“阿筝姐姐在想什么，我唤你好几声你都不应？”

秦筝收敛了思绪，道：“我在想，武嘉帝当年越到后面越好战，是不是知道自己大限将至才……才在自己还能上战场时，扫清所有隐患，让天下百姓在他死后也能免遭战乱之苦。”

林昭被秦筝说得鼻子一酸：“武嘉帝陛下是大楚最好的皇帝。”

想到武嘉帝亲手创建的大楚已经没了，林昭只觉得鼻头更酸了：“以后每年武嘉帝诞辰，我都去寺里拜拜，给他上炷香。”

秦筝看着林昭发红的眼眶，心底也有些触动，握紧了林昭的手宽慰她：“我曾听人说，只要还有人记得，那么被记住的人就永远都会在的。”

林昭抹了一把眼泪：“武嘉帝若是还在，知道楚国亡了，如今的天下四分五裂成这般，得难过……”

秦筝顿了顿，道：“我觉得他可能只想把这河山再重整一遍。”

林昭原本那点伤感没了，因为秦筝这句话破涕为笑。

郢州，陆家。

年过半百的陆家老爷子看着信鸽送来的信件，面色凝重。

他同陆太师是堂兄弟，当年陆家出了一位皇后，陆太师带领一部分族人迁往京城，陆老爷子则带着剩下的陆家人留守郢州，却没想到，当年的保守之举，如今倒成了保住家族的良计。

陆老爷子的长子见父亲神色不妙，忙问：“父亲，信上说了什么？”

陆二爷把茶盏往高几上重重一放，轻飘飘地说了句：“要我说，前朝气数已尽，太子手中又没兵权，东躲西藏的能成什么事？淮阳王手握重兵，咱们如今能安稳地坐在这里，都是得了淮阳王的庇佑，往后尽心辅佐淮阳王一脉便是了！若是让淮阳王知晓咱们还同太子有来往，可别生了芥蒂。”

他的嫡女早已嫁与淮阳王，自是一直向着淮阳王说话。

陆大爷横了他一眼：“陆家同太子来往的事，淮阳王如何知晓？从二弟你这里知晓吗？”

陆大爷是陆家嫡长子，但二房的女儿嫁与淮阳王为侧妃后，二房的人就屡屡骑到他头上来，两房逮着机会就针锋相对。

陆二爷拍桌起身：“你什么意思？”

眼见两个儿子又要吵起来，陆老爷子沉声道：“吵什么？”

陆大爷把头扭到一边，陆二爷也勉强收了脾气坐回太师椅上，陆老爷子这才道：“太子在信中让攻打闵州。”

陆大爷和陆二爷面面相觑，显然不懂这是为何。

陆老爷子沉吟道：“李贼那边封锁了消息，他们运往闵州的军械被劫，我们若在此时攻打闵州，淮阳王的兵马再从鄂州围过来，闵州便是我等囊中之物。”

陆家在淮阳王那里目前一直是靠裙带关系才能站稳脚跟，现下若是能拿下闵州，陆家可就立了头功。一时间陆家父子三人都统一了阵线，但陆二爷还是有些不放心：“父亲，好好的，太子为何突然让我们反攻闵州？”

难不成太子也想投去淮阳王帐下？

陆老爷子负手望着窗外片刻，道：“沈家三郎受命剿匪，领了三万精兵屯于青州，闵州告急，朝廷最快的调兵路线，便是青州剿匪的那三万驻军了。”

太子在青州受制于那三万精兵，没了那三万驻军，只怕青州也要易主了。

两堰山。

寨子里不同于往日，处处都是紧绷凝重的气氛。

拿了新兵器的祁云寨众人跟着几个小头目在空地上操练，王彪急匆匆地走进林尧院中，喜道：“寨主，黑虎崖和风火林两个山头的人已经过来了，其他山头的当家人也在赶来的路上。”

祁云寨势单力薄，若是单独跟官府对上，无异于以卵击石。

跟其他山头拧成一股绳，官府一时半会儿便也难啃下他们这块硬骨头，王彪怎能不喜。

林尧正在和楚承稷看桌上那张青州城舆图，闻言，眉眼间的郁色一扫而空，当即就道：“快请。”

王彪领命去迎那两大山头的人。

他出门后，林尧才看向长桌另一头的楚承稷，眼底不乏钦佩之色：“我现在才明白，为何你一大早就让弟兄们拾掇整齐，还有模有样地练了他们一个时辰，就是为了此刻做戏给他们看的吧？程兄唬人一向是有一手的，不过你是如何确定，青州境内其他山匪收到祁云寨的信后一定会前来相助？”

楚承稷的目光依然锁定在舆图上，清冷的眸色里，再不见从前那抹温和，显得愈发深不可测，周身的气息似乎也冷淡了几分。

这两天，除了林尧这个躲不掉必须得同他商议的，连王彪都不太敢往他跟前凑了。

当事人显然没这个自觉，用朱笔在舆图上圈了几处地方，眼皮都没抬一下：“唇亡齿寒，有盘龙沟的前车之鉴在，青州境内各大山头人人自危，官府若是逐个击破，如今剩下那些山头有哪个能比得上盘龙沟？若单打独斗同官府抗衡，无异于等死。

“祁云寨占据天险，又有朝廷的兵器在手，他们此番前来，与其说是帮祁云寨，不如说是为自己谋一条生路。”

说到后面，楚承稷终于停了笔，抬起一双幽凉沉静的黑眸：“不过各大山头还不知我们是要打进青州城劫人，如何说服他们结盟，还得看寨主。”

这也是为何祁云寨不等各大山头自己找上门来，选择早早抛出橄榄枝的原因。

祁云寨的兵力还不够官府塞牙缝的，只有把其他各大山头的人都拉来，才能勉强与之一战。

可其他山头的人也不是傻子，他们求的是安稳，而不是跟着祁云寨去同官府硬碰硬。

林尧看着青州内城的舆图，眉头皱得死紧：“朝廷派了三万剿匪的精兵，整个青州境内的山匪加起来也不过才数千人，双方实力悬殊太大，只怕说不动各大山头的人。”

“不出三日，青州剿匪的官兵就会被调走。”

楚承稷这过分笃定的语气，让林尧诧异地扬眉：“那行，一会儿等王彪把人带过来了，我去跟各大山头的当家们谈。”

楚承稷不说剿匪的官兵为何会被调走，林尧也聪明地没多问。

楚承稷拿起山寨的舆图继续看寨子里的防御工事，自盘龙沟从后山攻上来后，那边崖壁上的横木就被寨子里的人一把火烧了，如今祁云寨只能从堰窟进出。

自己人靠着吊篮上下不成问题，但其他山头的人也要进寨，仅靠吊篮升降就很麻烦。

楚承稷的目光落在了两堰山后山和江水对面的山壁上，若是能在山顶跨江修建起一座桥，连通对岸的山脉，进出祁云寨就方便得多，山寨的势力也更容易向外扩张，到了山穷水尽之时，退回两堰山，砍断连接两岸的索桥，便能安枕无忧。只是中原一带地势平坦，少见索桥，懂行的工匠恐怕难寻。

他轻捻手中朱笔，心中忽而冒出一个奇异的想法来：秦筝若在，或许知晓该如何修建索桥。

可她现在在沈彦之手上。

楚承稷狭长的眸子半垂了下来，掩住眸中所有深幽的神色。

他不是没怀疑过她反常的缘由，但正是因为怀疑过，此刻才更不愿去深想她当初的选择。

她一贯聪明，从不会将自己置于险地。她在他跟前为了保命，会伏低做小、嘴上抹蜜般地讨他欢心，那在沈彦之跟前呢？

因为这微顿的片刻，毛笔笔尖在白纸上晕开一团浓墨，甚是扎眼。

须臾，那双清冷的眸子里又极其诡异地浮起一抹温和来，林尧看到他那个眼神脊背就莫名地一僵。

不等林尧开口，对方已风轻云淡地说了句：“明哲保身没错。”

林尧不知他为何突然说出这么一句话来，但在他那温和却压迫感十足的视线下，还是赶紧点了头：“没错没错。”

楚承稷缓缓道：“错在不知进退的人。”

这句话林尧就更听不懂了，不过一被楚承稷的视线扫到，他还是赶紧疯狂点头：“对，不知进退最该死！”

自早上被回绝了，沈彦之倒是一上午都没再过来。

秦筝乐得清净，本以为这个时期的沈彦之还是个面皮薄的，恪守礼仪，被她那番话一刺，就不好意思再来了，却不想是自己太天真了。

刚到午时，一群侍女就捧着菜肴进了小院，将秦筝房里的八仙桌摆得满满当当，秦筝眉头蹙起，还未弄清这是什么情况，闻声过来的林昭直接被两个侍卫架住了。

“你们干什么？”林昭是个暴脾气，若不是有伤在身，只怕已经跟那两个侍卫动手了。

“大人要在此用饭，麻烦这位姑娘回避片刻。”侍卫面无表情地答话。

秦筝当即就道：“放开她，她同我一起用饭。”

“都退下。”一道冰寒的嗓音从门外传来，侍卫们纷纷收了刀，退到一边。

沈彦之今日没穿官袍，他身着一身玄色常服，少了几分阴寒锋利，多了几许少年意气。

他抬脚进门，目光落到秦筝身上，有惊艳，有眷念，也有掩藏得极好的痛楚和偏执。

沈彦之的视线扫过秦筝发间时，注意到了那根色泽暗沉的木簪，本就不太好看的脸色愈发阴沉了下来：“昨夜送簪子的是何人？”

一个面生的侍女吓得双膝一软跪在了地上，哆嗦着道：“是……是奴婢。”

沈彦之看都没看那侍女一眼：“拖下去，砍了。”

侍女吓得连连求饶：“大人饶命！大人饶命啊！”

没有人搭理她，两个侍卫上前，用帕子堵住了那个侍女的嘴，直接把人给拖下去了。

秦筝挣扎再三，还是选择出言阻止：“住手。”

她确信自己若不出声制止，沈彦之当真会命人杀了那婢子。许是在山寨待久了的缘故，她并不觉得奴仆的命就低人一等。自己和沈彦之之间的事，何故要杀下人出气？

沈彦之看着秦筝：“她送来的东西你不喜欢，留她有何用？”

秦筝未料到他发作的原因竟是一根簪子，她冷声道：“不关她的事，簪子太贵重了，我不要。”

知道了她不肯戴那簪子的缘由，沈彦之的态度奇迹般地缓和了下来：“一根簪子算什么，比那贵重百倍千倍的，阿筝都配得上。”

他做了个手势，护卫便松开了那个侍女，沈彦之瞥那侍女一眼：“去将簪子拿来。”

片刻后侍女捧着檀香木盒走过来，半跪于地，将檀香木盒高举于头顶。

沈彦之看向秦筝：“阿筝簪上吧。”

林昭的心口剧烈地起伏几下，忍无可忍：“你别太过分！”

沈彦之的视线落到林昭身上，他目光冰冷又散漫，带着几分不耐烦，像是在思考要不要再留这个聒噪的人，但见秦筝那般维护她，他还是按捺住了心底的想法，只对身后的侍卫道：“把人带下去。”

林昭自是不肯走，秦筝怕他们对林昭不利，也不敢轻易让开。

沈彦之已在八仙桌前落座，见秦筝依然护在林昭跟前，单手支撑着下颌，望着她道："我只是想单独同阿筝吃顿饭，暂时让这位姑娘去别处用饭而已。阿筝若再让我伤心，我就不能保证她是否还能全须全尾地回来了。"

林昭当即就骂了回去："狗官！你当姑奶奶怕你？你算个什么东西？"

陈青手中的长剑出鞘半寸，作势就要上前，沈彦之抬手制止了他，脸上的神色似是孩童得不到心仪玩具的偏执，他在等秦筝的选择。

秦筝五指攥紧，对林昭道："阿昭，你先下去。"

林昭不放心她："阿筝姐姐——"

"别担心，我有些话想单独同沈大人说罢了。"秦筝打断了林昭的话。

林昭被几个侍卫推搡着一步三回头地出了房门。

沈彦之瞧见了秦筝那冷漠的眼神，眼尾泛起微红，无尽痛苦之中，却又升起一丝不死不休的麻痹般的快意，他的确是被今晨秦筝让人带去的话给刺激到了。

有夫之妇？

他不知道在她失忆的这段时间里，她同那废物太子发生过什么，但她甘心认那草包为夫，仿佛是在他心口上扎进了一根毒刺，嫉恨和妒火瞬间烧进四肢百骸。

楚承稷都同她说了些什么？骗她他们才是一对恩爱夫妻吗？他一无是处，也就还有张脸看得过去，骗失忆的她的确是绰绰有余。有时候他都怀疑楚承稷是故意的，故意让她有朝一日回到他身边后，这般报复他。

他想过同她重新来过的，就在今早，却又几乎因为她那句话击溃了所有理智。昨夜他还想她不记得了也好，但在今晨听过她那句有夫之妇后，他只想把他们曾经经历过的一切都重来一遍。

沈彦之望着秦筝笑，但眼底却弥漫出一股破碎感，他看向立在一旁战战兢兢的侍女，吩咐道："还不看座？"

侍女忙拉开绣墩，示意秦筝落座。

他视线掠过那枚玉簪，有些偏执地问："是阿筝自己簪，还是我帮阿筝簪？"

他这句话让秦筝想起那个清晨，楚承稷帮她绾发的场景来。

她的心脏像是被一双手捏了一下，窒闷得有些疼。

秦筝看向捧着檀木盒子跪在地上的侍女，手因为托举得太久，侍女两手都有些发颤了，把头垂得很低，哭得无声。秦筝不出一言，拿起那根玉簪，簪到了自己发间，冷漠地看着沈彦之："满意了？"

明明她一切都照自己的意思做了，可触到秦筝的目光，沈彦之的心口还是像针扎一样泛起绵密的疼意，他有些难堪地别过了眼，挥手示意陈青和屋内的侍女全都退下。

房门没关，他再逾越无礼，还是给了她这一丝尊重。

明明从进门开始就一直咄咄逼人的是他，但这一刻脆弱到两眼发红的也是他，再无外人在场，他卑微到近乎乞求地说了声："阿筝，再陪我好好用一次饭，好不好？"

秦筝不说话，也不动筷，嘴角抿得死紧。

沈彦之没等到她的答复，掩去眼底那一抹薄红，自顾自地给她夹了菜："都是你喜欢吃的，阿筝多用些，你都瘦了……"

秦筝放在膝前的两手攥紧，冷声道："我不饿。"

沈彦之握筷子的手一僵，把那片胭脂鹅脯放到她碗里后，才从自己跟前的面碗里挑起一箸面，嘴角虽还带着笑意，但只让人觉着那抹笑里含着无尽的苦："好，那阿筝看着我吃，也算是陪我了。"

他低下头去，大口大口地吃着自己跟前的那碗面，像是怕再晚一刻，脸上的情绪就再也藏不住，在一桌子的山珍海味里，他跟前那碗面显得格外突兀。

门半开着，秦筝坐在大门处照进来的那束亮光里，沈彦之坐在靠里的暗处，二人之间的界限似乎被这光给划分得再清晰不过。

沉默、寂静、压抑，又似有什么情绪一触就要爆发。

沈彦之吃了几口，碗里的面还剩下大半，他没再挑面，握着筷子的指节发白，低垂着头，秦筝看不清他面上是何表情，但他的嗓音嘶哑沉闷得厉害："你同我退婚那日，也是这样一副冷冰冰的神色，好像多看我一眼都嫌恶心。你说，我看错了你，你悔婚嫁入东宫，不是太子逼迫你，是你自己想要富贵……"

他有些说不下去了，别过脸去，以手覆住眼："我知道你是骗我的，你想让我恨你，彻底断了对你的念想。"

秦筝沉默依旧，只有垂放在膝上的手无措地抓紧了裙裾。

她什么都不记得了，不记得他，也不记得他们之间的过往。

许是秦筝无动于衷的样子太过刺眼，沈彦之看着她，低低地笑了起来，缠在掌心的绷带又浸出了血："走到今天这一步，我最大的错，大抵就是不够心狠……当初我若是不管不顾带着你离开京城，现在或许一切都不一样了。可我不忍心啊，怕你恨我，怕你难过，你妹妹、你父亲、你的家族，哪一样都比我重要，所以被你舍弃的，只能是我。"

说到后面，沈彦之已从一开始的低笑变成了大笑，他拎起一旁的白玉酒壶，杯子都没用，对着壶嘴仰头灌下，来不及吞咽的酒水顺着他嘴角流进衣襟里。

酒水清冽，后劲儿却大，灼烧感从胃里一直烧到喉咙口。

沈彦之抹了一把嘴角的酒渍，眼尾红得厉害，碎发散落下来，那张比女子还精致几分的脸上全是颓败和嘲意："你没做错，你只是为了妹妹和家族不要我而已，我不恨你，我恨楚承稷，楚氏皇族都该死！"

说最后一句话时，他凤目里迸出凌厉的恨意，把酒壶重重往桌上一搁，半撑着桌子站起来，通红的一双眼，凌乱又疯狂，仇恨和痛苦交织，视线死死绞着秦筝："可你说，他是你夫，你要为他与我避嫌？"

一滴泪从他眼眶滚落，就这么砸在了桌面上，沈彦之说话的嗓音都在发抖："秦筝，我宁愿你记得一切，宁愿你恨我入骨，都不愿你在失忆后喜欢上那样一个渣滓！"

左边肋骨下那团跳动的软肉抽痛作一团，沈彦之抬手死死地按在那处，过分苍白的面容让他像个在太阳底下逐渐融化的雪人。

一直沉默的秦筝在此时才问道："你说我嫁入东宫，是为了我妹妹和秦家？"

外界都传言她是被太子强娶回去的，听他所言，却似自己自愿嫁入东宫的一般？那他岂不是恨极了自己？还是说……当初自己嫁入东宫，另有隐情？

沈彦之料想以太子的卑劣，定不会将从前干的那些猪狗不如的事说与她听，当即就冷笑道："他求娶你时，秦国公以你有婚约在身拒绝了。可那渣滓为逼你嫁他，又提出要娶你妹妹。"

经他这么一说，秦筝便全然明白了，太子声名狼藉，被秦国公拒绝后再提出要娶她胞妹，任谁都看得出无非是咽不下那口气，她胞妹若当真嫁入东宫，怕是只有受不尽的折辱。这对她胞妹来说，无疑是一场因她而来的无妄之灾。她当初应当是不忍胞妹嫁入东宫受折辱，才悔婚嫁了太子。

只是她所接触到的太子，分明和传言中的不一样，里边或许还有别的隐情。

秦筝不知沈彦之所言是不是事实，若是真的，自己悔婚的确对不住他，但换作现在，她也不后悔当初的选择。她能为了胞妹同意悔婚嫁给声名狼藉的太子，想来自己和这个妹妹关系是极好的。她总不能眼睁睁地看着胞妹因为自己踏入火坑。

只是她那时不知太子跟传闻中不一样罢了，只能说一切都是阴差阳错。

了解了前因后果，待秦筝再看向沈彦之时，心绪不由得有些复杂，她道："从前的事我一概不记得了，但悔婚一事，的确是我对不住沈世子，世子怨我、恨我是应该的。可事到如今，沈世子要我如出阁前那般，也是不可能的，不管沈世子愿不愿意接受这个事实，我确确实实已经嫁过人。世子想要的，是从前那个作为世子未婚妻的我……"

不知为何，说起这番话，秦筝自己心底都升腾起一股涩意。

不是难过，就是突如其来的怅然和窒闷。

有些事，错过了，终究是错过了。

沈彦之想要的，不是她，而是从前那个作为他未婚妻的自己。

他怀念的，或许也是曾经那个光风霁月的沈世子，而非像现在这般，背负坑害同袍的骂名，在新朝和旧臣那里都备受掣肘。

"够了！"沈彦之突然厉喝一声，一把将桌上的碗盘尽数扫落在地。

他眼眶通红地看着秦筝："你什么都不记得了，就可以肆无忌惮地说这些，往我心口扎刀子了是吗？"他笑了两声，那笑容却比哭还要难看，沈彦之用力地指着自己心口，"你知不知道我这里有多疼啊？"

秦筝深吸一口气："对不起，我说这些只是想告诉沈世子，莫要再守着过去了。世子于秦乡关一役坑杀大楚将士五万，我亦被天下人视为红颜祸水……"

秦筝想起梦中的自己死后，她的尸首还在刑场被鞭尸，眼泪突然就掉了下来："我如今还能坐在这里同世子说这些，大抵也是上苍垂怜了。"

沈彦之看到她哭，瞬间慌乱起来："对不起……阿筝，对不起……那些话不是我让人传出去的……"

秦筝忍住汹涌的泪意，缓和了情绪道："我是前朝余孽，世子如今官运亨达，莫要因我自毁前程。我虽不记得往事，但也知改朝换代苦的历来都是百姓，世子身居高位，便当个好官，多替天下百姓做些事吧。"

不管她从前是否与眼前这人两情相悦，但经历了这场亡国之祸后，他们二人都是不可能再有什么结果的。前楚薄他，他叛了前楚，王朝更迭，秦筝不愿多言，只愿此后一别两宽，各自安好，便再好不过。

沈彦之听着她这与秦国公当日在天牢里如出一辙的话，脸上却是又苍白了几分。

是了，她还不知秦国公已死，她若是知晓，只怕得恨自己入骨。

巨大的痛苦和悲意让他脑仁儿胀痛，起身时整个人都踉跄了一下。

为何摆在他跟前的，条条都是绝路？

沈彦之目光锥心地看着秦筝："秦乡关一役，投靠李信，坑杀同袍非我本意。"

"婵儿被荣王和我继母送与了李信做妾，罗献以为我是李信的内应，要斩我于三军阵前……"他有些说不下去，嗓子哑得厉害，"你也不记得婵儿了吧，那是我胞妹，从前你和她甚是要好。"

这些辩白的话，他从未与旁人说过，毕竟沈婵被送与李信做妾，在世人眼里，他和沈家只怕是早就投向了李信。

沈彦之拎起桌上那壶酒踉跄着离开时，秦筝背对着他坐在桌前，心中亦是百味杂陈。

沈彦之离开秦筝住的院落后，径直去了书房。

案前的公文笔墨全被他挥袖扫落在地，伺候的下人们缩在门外，不敢在他气头上进去收拾。他摊开手脚坐在太师椅上，碎发凌乱地垂落下来，喝过酒，眼尾也更红了些，被鲜血濡湿的绷带往地上滴落着血珠，整个人像是一件易碎的瓷器。

陈青拿着信件和一个锦盒进屋时，沈彦之定定地看着一个方向，眼珠子都没动一下。

陈青避开一地狼藉，将信件和锦盒放到了案上："主子，是宫里来的信。"

许是酗了酒，又才动过怒，沈彦之现在脑仁儿一抽一抽地疼，听闻是胞妹送来的信，还是拆开看了起来。

沈彦之母亲去得早，荣王在他母亲去后不到一年就续了弦，新王妃进府不到八个月就又给荣王生了个大胖小子，沈家对外说是不足月生的，可那孩子壮实得但凡有眼睛的人都看得出是足月生的。

新王妃嫁进荣王府那会儿，就已经有了两个月的身子。

新王妃生了儿子，在王府愈发站稳了脚跟，沈彦之兄妹在王府的位置就愈发变得尴尬，下人们都心知肚明新王妃想为自己的儿子争世子之位。

继母明面上不曾苛待沈彦之兄妹，可净会下软刀子，为了保护胞妹，沈婵几乎是沈彦之这个兄长一手带大的。

那时候他捧在手心里的有两颗明珠，一颗是秦筝，一颗是沈婵。

只是后来，一颗明珠被太子夺了去。另一颗明珠，在他还在军中时，被利欲熏心的沈家人送与旁人为妾。

秦乡关一役，沈家送来密信，说沈婵就在李信帐中。

他的好父亲、好继母，怕他不愿与沈家统一战线，把他的胞妹送与李信当了贵妾。

罗献得知消息以为他早已与叛军勾结，要斩他于三军阵前……

每一步，他都被算计得死死的。

一步错，步步错，已经回不了头了。

当年秦乡关一役后，沈彦之背负无尽骂名，他回去后的第一件事，就是乱剑砍死了继母和她的儿子，他们不是要算计吗？他且看看他们下了地狱，算计的这一切又给谁。

也是从那时起，沈彦之清楚地认识到，该杀的人，就得不计一切后果地早早杀了，否则永远都不知道那卑贱的杂碎会在何时踩着你的命门夺走你珍视的一切。

踏着同袍的鲜血一路走来，沈彦之知道自己要下地狱，可那又如何？

只要他还活着，他就得把他的两颗明珠重新从淤泥里捧起来。

看完信，沈彦之只觉得脑仁儿抽疼得更厉害了些。

陈青知道今天是什么日子，本以为沈婵寄来的是慰问、祝贺他的信，但见沈彦之面色荫翳，不由得问："主子，可是宫里出事了？"

沈彦之闭上眼："婵儿有孕了。"

他面上没有半点喜色，陈青知道自家主子是心疼郡主，本是名门贵女，却被家族当作物件一样送去服侍一个跟荣王同岁的人。

他沉默片刻道："主子，这是好事。"

只要沈婵生下皇子，那么如今坐在龙椅上的那位，哪天突然中风或暴毙了，沈家就能拥立小皇子登基。

沈彦之掀开眼皮，一双凤目凌厉阴鸷，周身煞气沉沉："你以为李家人会让她平安把孩子生下来？"

陈青稍做思量，便出了一身冷汗。龙椅上那位如今防沈家防成这样，若是知晓沈婵有孕，只怕沈婵在宫中危矣。宫妃间的钩心斗角都不算什么，在深宫里，最可怕的是皇帝要你死。

陈青变了脸色："主子，那这可如何是好？"

头疼似乎让人的思绪都变慢了几分，沈彦之按着抽疼的太阳穴，缓缓道："婵儿目前称病瞒着宫里，我修书一封与沈家那边，让他们寻个由头让婵儿出宫静养，一切等孩子生下后再说。"

他自然知晓宫妃贸然出宫数月不合规矩，可皇宫里处处都是皇帝的人，让沈婵继续待在宫里，一旦暴露，沈家便是想帮忙都帮不上。

母亲去后，他便只将沈婵当作自己在这世上唯一的亲人，当初他没护好妹妹，现在绝对不许沈婵再出半点意外。

沈彦之提笔写了书信，让陈青命人快马加鞭地送回京城沈家。

陈青抱拳应是，拿着书信出门时，稍做犹豫，还是说了句："主子，生辰欢喜。"

陈青离去后，沈彦之看着空荡荡的书房，高高挑起的嘴角，满是苦涩。

从前记得他生辰的，只有沈婵和秦筝。

可如今，妹妹被困在宫墙之内，他的阿筝，已经全然不记得他了。

沈彦之瘫坐在太师椅上，仰起头，"嗬"地笑出声，抬起手背挡在眼前，手下却滑落大片大片的水泽。

他沈彦之这一辈子，活得是挺失败的。

第九章 涟漪

他给过她两次选择，但两次选择权都是偏向他的。
这一次，他又给了她机会。
“阿筝，跟我走吗？”

一连数日，沈彦之都没再踏足过秦筝和林昭住的院落，只每天都会派人送些东西来，他希望用这样的方式回到从前，却不知早已物是人非。

时间推着一切向前，又有什么会一直留在原地？

她表现得兴致索然，后面沈彦之便也没再送东西过来了，反而寻了只白毛碧眼的波斯猫给她解闷。

虽然一点也不想应付沈彦之，但他突然这么久不见人，秦筝还是敏锐地察觉到外边肯定出了什么事。

这天红叶给她添茶时，秦筝就问了句："你家大人，近日似乎不常在府上？"

红叶是那日要被沈彦之赐死的那个侍女，秦筝开口救下了她，红叶心怀感激，只要是能说的，她对秦筝一向是知无不言。

"青州匪患严重，大人近日忙于剿匪。"红叶生得一张圆脸，看着很讨喜。

听说沈彦之剿匪去了，秦筝心底不免也有几分担忧，他若是转头把怒火全都发到山匪身上，官府这边装备精良，祁云寨众人只是些庄稼汉，只怕抵挡不住官府的强攻。

她状似无意地问了句："剿匪战况如何？"

红叶难得听秦筝主动提起沈彦之，以为她终于软了心肠，心中欢喜，语气都轻快了几分："大人带兵拿下了好几个山头，青州百姓对大人拥戴声一片。再过几日，等大人闲下来，应该会来看望您的。"

秦筝秀眉一蹙，静默不语，拿下了好几个山头？

虽然知道祁云寨有天险作挡，可林昭也被困在这里，万一山寨的人病急乱投医跟官府的人硬对上，也被官府拿下了呢？

红叶见秦筝面上非但没有一丝喜色，眉宇间反而笼上一抹轻愁，误会她是不愿再等，道："您若是想见大人，我差人去通报一声——"

"别去！"秦筝打断她的话，眸色清冷，自带威严，"莫要擅作主张。"

红叶连忙应是。

秦筝的语气稍微缓和了些，问："可知官府拿下了哪几个山头？"

红叶摇头："这……奴婢不知，就连大人近日忙着剿匪一事，奴婢也是听前院那些小厮说的。"

怕红叶起疑心，秦筝也没再多问关于剿匪的事，转移话题道："你们大人平日去府衙，午间回来用饭吗？"

红叶听她又问起沈彦之的生活习惯来，愈发觉得她就是慢慢地对沈彦之上心了，笑答："大人公务繁忙，午间鲜少回来，毕竟一来一回得花不少时间。不过您来了之后，大人只要不是外出剿匪，都会回来用饭。"

沈彦之虽不再亲自来看秦筝，但每日都有下人去向他禀报秦筝吃了什么，做了什么。

秦筝只是想套个话，并不理会红叶见缝插针地为沈彦之说的那些好话，道："看来这别院离府衙挺远的，住在这里也没听见过外边有小贩的声音，莫不是连坊市都没有？"

进门来摆饭的绿萝收起眼中那抹一闪而过的鄙夷，故作恭敬答道："这是和顺坊，只有青州城内的达官显贵才住在这一片，小贩来这边做生意得被轰走的，夫人自然听不见那些吵嚷的叫卖声。"

绿萝是先前屡屡说话带软刺的那个侍女，那天她没请动秦筝去水榭，被罚了板子打得皮开肉绽，卧床休养了好几日才回院子里伺候。可能是吃过了教训，她在秦筝跟前倒是学会伏低做小了，不过秦筝也看得出她是个心思多的，大多时候都是睁一只眼闭一只眼，反正她只是暂住在这里，没必要上赶着去帮别人管教下人。

今日绿萝的那些小心思倒是帮了秦筝一个大忙。

先前她问过红叶别院的具体位置，但红叶闭口不提，秦筝便猜到是沈彦之的意思，所以今天才旁敲侧击地想问问附近有没有什么坊市，想以此来推断别院的位置，怎料绿萝直接大剌剌地说了出来。

红叶在绿萝说出那话后就瞪了她一眼，碍于秦筝在，又不好表现得太过明显，但神色明显是有些畏惧的。

能让她怕成这样的，想来也只有沈彦之了。

秦筝佯装不知，对绿萝的话也没做出太大反应，只让她们去隔壁叫林昭过来一起用饭。

吃饭时红叶也在不动声色地观察秦筝，见她神色如常，似乎真的只是随口问问的，才放下了心。

等用过了饭，红叶和绿萝便一起收拾碗筷退下了。

秦筝也没闲着，套出了别院所在的位置后，她便开始谋划出逃的路线。

秦筝对青州城不熟，可林昭对各坊各市却是了如指掌，她跟秦筝一番合计后道："从东城门出去，走水路回祁云寨只需小半日。"

秦筝眉心轻皱："和顺坊这一片住的全是青州权贵，守卫森严，别院外也是重兵把守，若是没能提前探路摸清兵力，贸然出逃很容易又被抓回来。"

届时沈彦之只会把她们看得更紧。

林昭道："等入夜了我偷偷去查探别院外的守卫分布，顺便摸清路线。"

秦筝迟疑："你的伤……"

林昭拍着胸脯保证："我又不跟人动手，只是去熟悉一遍出逃的路线，若是被发现了，我就说是太闷了到处逛逛透气。"

目前的确想不到更好的法子，秦筝嘱咐她："那你万事当心。"

且说红叶与绿萝出了院门后，红叶就冷了神色训斥绿萝：“祸从口出，你才挨过板子，怎么就是不长记性？”

她跟绿萝是一起被买进府当丫鬟的，自然有情分在。

红叶心思细腻守本分，绿萝却是个心比天高的，她模样在丫鬟堆里算是拔尖，能被安排过来伺候沈彦之，自然也有一层别的意思在里边。

她在红叶面前半点不装了：“以咱们俩的容貌，在别人府上也是当姨娘的，哪会干这些伺候人的活计？你天生的奴才命，你忍得了，我忍不了！瞧瞧她那副没见识的样儿，还问府外为何听不见小贩的声音，不知是哪个穷窑子里养出来的瘦马，只怕在此之前，连和顺坊大街上的地砖都没踩过吧……唔唔……”

绿萝还要说，却直接被红叶给捂了嘴。

“你这张嘴可积点德吧，那位夫人瞧着性子冷，却是个心善的，你何至于这般编派人家？”红叶看着昔日的姐妹摇头，“服侍世子的事也莫想了，世子何等身份，岂是我等高攀得上的？做好自己的分内之事便是了。”

绿萝哼笑一声：“每次去给世子报信的是你，你得了世子青睐，自然同我说这些守本分的话，生怕我越过你去了是吧？往日若不是我四处通融给大管家好处，你能跟着我那么快从粗使丫鬟升上来？吃亏的事都是我去做，好处却是跟你一起享。可莫说我编派那女人了，你在她跟前巧舌如簧，转头又事无巨细地把她的事转告给世子，你自己不觉得羞愧吗？”

红叶有口难言：“我感激那位夫人是一回事，可咱们的主子是世子，我有几条命去违背世子？我把你当姐妹才提点你，你若执意要那般想我，我也没什么好说的了。”

绿萝冷笑：“你说得倒是冠冕堂皇，你不就是利用她去接近世子吗？如今你在前院那边都得脸了，可曾提拔过我？可别再说把我当姐妹了，我从前帮你那是我眼瞎！”

绿萝拎着食盒大步离去，红叶几次叫她，她都不曾回头，最终红叶只叹了口气，便回小院去了。

绿萝走过一道月洞门时，同前院的一个小厮碰上。

小厮瞧着贼眉鼠眼的，嘴却甜得紧，一口一个“绿萝姐姐”地叫着，问：“我方才好像听见绿萝姐姐跟红叶姐姐起了口角？”

绿萝横他一眼，并不说话。

小厮把买来的胭脂往她手上送：“这些日子绿萝姐姐深居简出的，想见姐姐一面都难，就这么点东西，蹲了好几天，才找着机会递给姐姐。”

绿萝看了一眼手上的胭脂，是云香居的，她得攒两个月的月钱才买得下来，虽然还是没理那小厮，但脸色已经好了许多。

小厮惯是个会察言观色的，赶紧问：“听说绿萝姐姐在伺候贵人？”他下巴朝小院那边努了努，“世子金屋藏娇了？”

绿萝一肚子的火又被这小厮挑了起来，鄙夷道：“一个从水匪窝里出来的妇人，臂枕千人还惯会摆架子，难伺候得紧！”

绿萝发了一通牢骚，小厮却只是敷衍应着，一双眼里放着精光，等同绿萝分道扬镳，就赶紧往府外去了。

青州知府这些日子是寝食难安，沈彦之剿匪看似顺利，可山上那些匪类似乎提前得了风声，不用打就攻下了山头，但早已是人去楼空，别说搜刮的金银财宝，便是米缸里的一粒米都给搬空了，人显然是藏起来了。

官府对外说是踏平了好几个山头，也只有他们内部才知晓，官府只空占下山头，一无所获。

匪徒没落网，捣了匪窝又有什么用？沈彦之动了肝火，底下的人哪还有好日子过。

青州知府因为早年同水匪勾结过，现在也成了首要怀疑对象，他知道沈彦之目前不动自己，是因为他还有用处，可一旦沈彦之耐心告罄，弄死他还不是一句话的事？他唯一的生路，就是把沈彦之拉下马。

他的人在沈彦之的落脚处蹲守了好几天，一直一无所获。

别院外重兵把守，牢固得跟个铁桶似的，别院里原本的小厮都被发配去干些粗活，平日里压根接触不到沈彦之。

青州知府也是想了些法子，买通里面的小厮去接触内院的侍女，终于在今日才有了回信。

“藏在别院里的真是从盘龙沟带回去的妇人？”青州知府按捺住心中的狂喜，几乎已经能看到自己调回京城加官晋爵的大好前途了。

他的幕僚也是一脸喜色：“大人，千真万确，别院的小厮亲自来报信的！”

青州知府赶紧撩起袖子：“快快！研墨！正好朝廷的调兵令下来了，本官要修书一封给钦差大人，状告他沈彦之窝藏前朝余孽！”

闵州告急，求援的急报一封连着一封地送往京城，沈彦之就是看出李信马上要调兵了，才势头更凶地剿匪，与其说是为民除害，他那股疯劲儿倒更像是想找前朝太子复仇。

如今剿匪不顺，青州知府知道沈彦之一旦开始清算，自己难逃一死，才急得夜不能寐。

好在天无绝人之路，等钦差一来，他先一步状告沈彦之窝藏朝廷重犯，到时候沈彦之被查，他再将自己勾结水匪的罪证毁掉，那么等着他的就是加官晋爵。

写好信后，青州知府将信交与幕僚，命人快马加鞭寄出去。

青州知府坐下后还没来得及喝完一盏热茶，小厮就跌跌撞撞地跑来报信：“老爷，不好了，沈世子带兵前来抄家了！”

青州知府吓得连茶盏都捧不住，还以为是告密的事败露了，哪怕强装镇定，可一开嗓，话音都是哆嗦的：“他……他凭什么抄本官？”

青州知府出了书房，就见沈彦之一身绯红官袍从大门那边走来，身后跟着披甲佩刀的一众官兵，府上的姬妾下人在院中跪了一地，他们大多人都还一片茫然，全然不知发生了什么。

烈日当空，沈彦之的眉眼里却恍若凝着寒霜：“周大人，你身为青州知府，罔顾王法、勾结匪类、鱼肉百姓，理当抄家问斩！”

哪怕早知会被沈彦之审出这些来，可青州知府在官场上混了十几年，做起戏来炉火纯青，当即就开始哭：“沈世子，您不能如此冤枉下官啊，下官在青州上任七年有余，不说功劳，绝对是有苦劳的，您去城内大街上问问，我待百姓如何，他们心中有数。”

沈彦之没空看他演戏：“去大狱里狡辩吧，陈青，你带人去搜书房。”

连日剿匪不顺，祁云寨占据天险久攻不下，朝廷的调兵令马上就要抵达青州，沈彦之心底憋着一股火，原先是打算剿匪之后再清算青州的贪官污吏，如今却是迫不及待要找几个出气筒了。

几个官兵扭了青州知府就要绑起来，青州知府还没来得及转移罪证，见陈青进书房，目眦欲裂，出言威胁：“姓沈的，你当我不知你别院里藏了前朝太子妃，我已经写了状告你的信件，你今日若动我，明日那信就能送到钦差大人手上！”

沈彦之眼底的笑意更深：“倒是小瞧你这秋后蚂蚱了。”

他伸出手，边上的侍卫立马奉上横刀，沈彦之提着刀走近，用冰冷的刀尖挑起青州知府下颌，嗓音柔和：“周大人远在青州，还没听说过义王是如何死的，对吧？”

青州知府被两个官兵按着肩背，强跪在地上，却还是两股战战，沈彦之在东宫怒杀义王之事早已传得沸沸扬扬，他怎会不知。

沈彦之笑得愈发温和：“我以为这世上敢威胁我的人，已经死光了，没想到今天又碰上一个。”

在青州知府惊恐的目光里，他举起横刀，狠佞砍下，血溅了一身。被官兵压着跪在院中的女眷见状，吓得尖声哭叫起来。

陈青问：“主子，他若当真派人去报信了，别院那边……”

沈彦之的眼底一片荫翳：“转移地方。”

他将沾血的横刀递给身旁的护卫，过分白皙的脸色在日光底下带着一股冰冷的剔透感：“派人在各大要口截留信件，另外，彻查今日出府的人，格杀勿论。”

陈青抱拳应是。

暮色渐沉，一人骑着快马在官道上飞驰，身后一群官兵穷追不舍，时不时有箭镞射向马背上的人。

林尧叼着半截草根蹲在灌木丛里，看着下方官道上那个被官兵追杀的信差，问一旁的楚承稷：“看服饰是驿站的人，怎的官兵还追杀起自己人来了？”

青州驻军还没撤走，他们今夜进城，非是要直接劫人，而是提前来部署，怎料却撞见官府的人自相残杀。

楚承稷看着那个信差若有所思，道：“救人。”

沈彦之收到消息却迟迟不肯拔营前往闵州，非得等到朝廷调令前来，其中肯定有沈家和李信的博弈。

李信在抓沈家的把柄，如今青州已是沈彦之说了算，驿站的人拼死往外送的信，显然是能威胁到沈彦之的东西。

藏在坡上的祁云寨众人对着官府的追兵放了一通冷箭，官兵们被袭击得猝不及防，尽数落马。

一路驾马狂奔的信差听见身后的惨叫声回头看了一眼，见官兵们被射杀，神色有些惊愕，怕再遇上什么麻烦，本想驭马快些离开这里。前方狭道处的陡坡上却驾马杀下一伙人来，将他团团围住，马匹被缰绳勒住，发出一阵嘶鸣。

为首那人轻抚座下战马，躁动的马儿跺了两下马蹄，很快就安静下来。

在一众匪气森然的人里，他一袭墨袍，满身清贵，上半张脸盖着面具，不经意一抬眸，清冽的视线里压迫感重重。

信差吞了吞口水，喝道："官府急报，尔等也敢拦？"

楚承稷没作声，但他身后的祁云寨众人都笑了起来，王彪直接嗤了声："弟兄们已经杀了这么多官兵，不介意多杀一个。"

信差听闻，瞬间白了脸色。

林尧看出楚承稷是想要那信差身上的东西，直接道："彪子，把他身上的信拿过来。"

王彪当即冲上前去拿信，信差不是王彪的对手，很快被他擒下了马，从怀里摸走了信件。

楚承稷接过信后，直接用刀挑开了信上的火漆，半点没破坏信封和火漆的完整。

看完信件，他眸色幽凉了几分，道："今夜动手。"

暮色暗沉，月光从开着的半扇窗洒进来。

秦筝估摸着时辰，本想等夜色再深些，再让林昭去探路，怎料一群侍卫直接闯入了院中。

红叶进屋后，煞白着脸找了件红绒斗篷给秦筝披上，秦筝见她眼眶通红，像是哭过，问："发生了何事？"

红叶只是强忍着泪摇头，替她系好斗篷后就扶着她往外走："夫人，上了马车再歇息吧。"

林昭在隔壁房间也闻声出来了，秦筝跟她对视一眼，林昭看懂了秦筝的意思，也没闹事，顺从地跟着那群侍卫一道出府。

路过前院时，秦筝匆匆瞥了一眼，瞧见刑凳上有两个人，一个丫鬟，一个小厮，小厮秦筝不认得，但那丫鬟分明是绿萝。

红叶显然也看到了，她扶着秦筝的两只手在轻颤，垂下头去试图掩盖自己脸上的悲意。

秦筝发现了红叶的战栗，她没作声，收回视线后柔嫩的五指握紧了拳头，尽量让自己的面上看不出什么情绪起伏。

绿萝的死，很有可能跟她暴露了别院地址有关。那么沈彦之突然让她和林昭转移地方，是不是也是因为这个？

一时间，秦筝只觉得心口发凉。

快到大门口时，秦筝迎面碰上了沈彦之，沈彦之见到秦筝，目光倒是柔和了下来："我不日就要南下，送你去个清静些的地方住着，那边种了不少细叶昙和孔雀昙，想来你会喜欢的。"

灯笼洒下一片橘色的暖光，秦筝整个人清淡冷艳得像是一幅水墨红梅图，叫人再也挪不开眼。她面上不见欢喜，也没有多少拒绝的神色，仿佛他说的一切都与她无关，只平静问了句："去哪里？"

沈彦之望着她有片刻失神，牵起嘴角柔柔地笑，眼底是他自己才懂的偏执和晦暗："阿筝到了就知道了。"

他这般说，秦筝便也不再多问，直接往府外的马车走去。

陈青驾马从远处匆匆赶来，神色难看："主子，咱们派出去截杀信差的人，在半道上被杀了。"

沈彦之侧过身，背光的缘故，他半张白玉似的脸顿时隐进了黑暗中："继续派人去追。"

陈青不敢说别的，连忙应是。

沈彦之如今正因为沈婵的事同李信僵持着，皇帝那边似乎也知晓沈婵有孕了，但如今沈彦之三万精兵在手，闵州又告急，皇帝怕沈彦之转头投了淮阳王对朝廷腹部来一刀，现下不敢对沈婵下手，却也不敢让沈婵离开皇宫。而沈彦之非要等到调兵令才拔营前往闵州，就是为了确保沈婵的安全，调兵令送至，就说明沈家已经跟皇帝达成了协议。

但此时若是再让皇帝知晓沈彦之窝藏前朝太子妃，可不就是有了名正言顺治沈彦之罪的理由？

马车车轮滚动，沈彦之驾马走在前方，前后带了百余个护卫。

秦筝对青州城内不熟，掀开马车车帘往外一瞧，入目四处都是黑沉沉一片，也不知沈彦之是要带她们去哪儿。

林昭视线有意无意地扫过缩在马车角落里的红叶，小声说了句："走的主道，瞧着是要出城。"

秦筝午间刚套出别院的地址，绿萝晚间就被沈彦之杖毙了，她们也被沈彦之转移了地方，这显然脱不了干系。

当时听到绿萝说出别院地址的，除了秦筝，就只有红叶，如果是红叶告的密，那她此刻做出一副难过的样子，就有些"猫哭耗子"了。

林昭开门见山地问："绿萝是犯了什么事被罚的？"

红叶哽咽道："奴婢不知，只听说陈护卫下午回府后就抓了外院的一个小厮用刑，随后绿萝就也被带出去了。”

林昭和秦筝对视一眼，都从彼此眼中读出了点别的情绪。外院的小厮被审，肯定是犯了事，而绿萝跟那小厮有过接触，这么一捋，沈彦之应该还没发现她们套出别院地址的事，而是有别的势力打探消息叫沈彦之揪住了尾巴，才突然将她们转移的。

那股势力，要么是李信的，要么就是祁云寨的。

前者对她们而言危险，但后者就恰恰相反了，若是能跟祁云寨接上头，那就是逃出去的大好机会。

马车出了城，继续在夜幕中行驶，车辘声滚滚，秦筝冥冥之中似有所感，心跳不由得也加快了几分。

原本平缓行驶的马车忽而狠狠一震，马儿嘶鸣，挂在车檐的灯笼被一支利箭射落在地，陷入黑暗的瞬间，无数箭镞向着马车周围的护卫射去，利器扎入血肉的声响和倒地的闷响此起彼伏。

“有刺客！”黑暗中不知谁大喊了一声。

陈青在第一时间驭马赶到沈彦之身侧，拔刀格挡飞来的箭镞。沈彦之却是什么也顾不得，掉转马头就朝着马车奔去：“护住马车！”

陈青带着几个侍卫仓皇跟上，大喝：“竖盾墙！”

训练有素的侍卫们在经历了短暂的慌乱后，瞬间下马，用厚盾围着马车和沈彦之竖起一道盾墙，弓弩和长矛在盾墙缝隙间对准了四周，只待有动静就放箭掷矛。另一批侍卫则以盾墙做掩护，一边放箭一边朝着方才放冷箭的草丛树林里推进。

侍卫们用刀剑拨开灌木草丛仔细搜查，一番查探后，却连半个人影都没发现，心中正奇怪，前方的官道上忽然响起嗒嗒的马蹄声。

单调又清晰，似只有一骑，侍卫们纷纷朝着官道那头望去。

山风呼啸，乌云盖月，渺茫的夜色里，那一人一骑踏着重重暗影而来，墨色的衣袍被夜风吹得鼓起，手中长剑在火光下泛着寒光，身后拖曳着黏稠夜色和狰狞树影，恍若鬼神。

拿刀持剑的侍卫们看着他驭马走近，都不自觉地咽了咽口水，额前出了一层细汗。

马背上的人在距离车队十丈处拉住了缰绳，乌云散开，他脸上的半截青鬼面具在银月下泛着冷辉，扫过众人的目光，清淡又冷漠，仿佛世间万物在他眼中不过刍狗。

沈彦之站在人群之后，远远地同他对视，凤眸狠佞，牙槽处慢慢咬出了血腥味。

楚承稷！

“格杀勿论！”沈彦之几乎是从牙缝里喊出这句话的，胸腔里那把火，几乎要烧穿他的五脏六腑。

利箭的破空声不断响起，听得人头皮发麻，箭矢如蛛网，铺天盖地一般朝着楚承稷罩去，似要剐下他那一身血肉。楚承稷非但没躲，反而一夹马腹，直接冲向了那片箭雨，剑光与箭镞相接，发出刺耳的金戈之声，不过眨眼间战马就已逼至跟前，来不及避开的侍卫直接被马蹄踢翻在地。在他身后，箭矢纷纷被格挡斜插入地，官道两侧瞬间留下一片密布的箭翎。

陈青当即护着沈彦之上马，大喝：“掩护世子撤退！”他自己则带着十几个护卫催马正面迎了上去。

楚承稷看着驾马疾驰而来的一众护卫，眸光沉静，陈青在侍卫中算是功夫最高的，他俯下腰向着楚承稷座下的马蹄砍去，怎料楚承稷手中的长矛却直接对着他腰腹一砸，直接把人给砸下马去。

陈青在地上翻滚一圈，口中吐出了鲜血。

沈彦之在马背上瞧见了，直接拿过弓弩对准了楚承稷。

残月如钩，沈彦之目光森冷，如他手中弓弩弦上闪着寒光的箭镞。

几丈开外，楚承稷被十几个名骑兵围着，他挺拔的身影仿佛与夜色融为了一体，长矛上的红缨在夜风中拂动，侧身背对着这边，似乎并没有发现已有暗箭对准了他。

“咻！”

利箭脱弦的瞬间，马车里响起一道清冷焦急的嗓音：“当心！”

秦筝也没料到，自己撩开车帘就看见这一幕，她一眼就认出对面马背上的是楚承稷，但不知沈彦之他们有没有认出，怕贸然暴露楚承稷的身份坏事，便没敢直接叫他，只出声提醒。

沈彦之偏头看向马车，自秦筝从远处的战场上收回目光后，就冷冷地看着他，似觉着他放冷箭之举卑鄙。触及她的眼神，沈彦之眸色显出一抹伤痛，将嘴角抿得死紧，却仍没收手，继续将手中的弓弩对准了楚承稷。

他同眼前之人有不共戴天之仇，哪怕在她跟前用这等卑劣手段杀了他，叫她看轻，他也在所不惜！

几乎是在秦筝喊出那一声的瞬间，箭矢就已到了楚承稷跟前，他微微侧目，手中长矛反手一拨。

“叮！”

只听一声令人牙酸的锐响，那支箭直接被打落，斜插入地，被踩踏得坚如磐石的泥地上裂开了细纹，箭尾处的雁翎轻颤着，可见其力道之强悍。他将长矛斜背至身后，掉转马头，抬起一双幽凉的眸子，这才算正式打量了沈彦之一眼。

比起沈彦之表露于形的滔天恨意和怒火，他眸色和洒落在他面具上的月辉一般，清冷、淡漠，瞧不出丝毫情绪。直到看到秦筝时，眸光才微微顿了一顿。

她红氅白裳，一手撩着天青色的车帘，眉心轻皱，敛尽星河之辉的一双眸子里带着焦虑之色，轻抿着红唇，虽一言未发，却又似说了千言万语。

楚承稷在马背上定定地看了她一会儿，问：“跟我走吗？”

除了呼啸的山风和松脂火把燃烧的声音，一时间，天地间万籁俱寂。

他一人一骑立在那里，身后却仿佛站着千军万马，面具下望着秦筝的那双眼，幽凉又深邃。

他给过她两次机会，但两次选择权都是偏向他的，她没法真正做出从心的选择，这一次，他又给了她机会。

是真的最后一次。

明明二人相距很远，但夜风将他那句话送入耳膜时，秦筝的心口还是颤了颤，一股无法言喻的酸胀感充斥在心间，像是有什么力量顺着血脉涌进了四肢百骸，指尖都烫了起来。

她看着他，重重点头，眼底一片涩意，越过车夫就要下马车，却被围在马车前的侍卫拦下。

楚承稷在看到秦筝点头时，眼底就已翻涌起无尽暗色，直接一夹马腹，横冲了过来。与此同时，沈彦之怒不可遏，拔剑指着楚承稷大喝："给我杀了他！"

围着楚承稷的骑兵们一拥而上，沈彦之握着弓弩的手青筋暴起，连放了两箭，一箭直取楚承稷咽喉，一箭直向他心口射去。

楚承稷手中长矛一扫，千钧之力打在数个骑兵的腰腹处，直接将人尽数打下马去。

射向他咽喉的那支箭也在此时抵达他的面前，楚承稷偏过头，箭擦着他的脖颈飞了出去。射向他心房的那支箭，被他单手截下，指尖用力，折为两段扔在了地上。

他抬起长眸，和沈彦之远远对视。

沈彦之凤眸狠狠眯起，一股寒意从脊背蹿起，他瞳孔骤缩，沉喝："放箭！"

骑兵们匆忙四散开，留守在近处的弓箭手迅速组成箭阵。

秦筝在马车里，一颗心都快提到了嗓子眼，唤了一声："阿昭！"

林昭懂她的意思，直接一脚踹翻车夫，顺势夺过了他手中的马鞭，一甩马鞭整个马车就冲了出去，直接撞散了箭阵。守在前边的数个精骑见马车飞奔过去，忙对着拉车的马放箭，马儿中箭倒地，整个马车直接被带翻。

林昭肩上伤还未愈，秦筝和她受力在车厢内翻滚时，秦筝抱着她护住了她的左肩，自己肩背那一块在车厢内又撞又蹭，疼得她白了脸。

沈彦之回头见马车翻倒，心魂俱震，大喝："阿筝！"

楚承稷在马背上被一众骑兵拖住，瞧见马车翻倒这一幕，眼底的戾气一闪而过，招式陡然凌厉，杀意尽显，甩开几个骑兵后就朝着那边冲了过去。

官道两侧的密林里也在此时燃起了火把，喊杀声震天："捉拿狗官！攻下青州城！"

原本防着官道两侧的盾墙在楚承稷出现后全都撤走了，官兵们就这么被密林里冲出来的一群草莽杀了个措手不及。

不待官兵们调整队形迎敌，整个官道地面都震动了起来，远处马蹄声如闷雷压境。一个络腮胡大汉举着手中的铁锤大喊："援军来了，弟兄们杀啊！今夜就拿下青州城！"

草莽汉子们士气大振，狂啸着杀向官兵。

几百个官兵被冲散了队形，远处又有大军压境，一时间人心惶惶，哪还有战意，节节败退。

“对方有备而来！世子快退回城内！”几个忠心的护卫连忙护着沈彦之后撤。

秦筝还在马车里，沈彦之哪里肯走，拨开几个护卫不管不顾地要去救秦筝：“阿筝！别怕！我来救你！”

他从来没有哪一刻像现在这般害怕过，他已经失去过她太多次了，这次她就在他眼前，他不会再让她有任何闪失！即使被脚下的尸体绊倒，在泥地上磕破了手，他都没有片刻停留，只不要命地朝着马车奔去。

秦筝只是肩背被撞伤，被林昭扶着爬出马车后，就见外边已经开始混战，乱作一团。

“阿筝……”身后有人歇斯底里唤她。

秦筝回过头，看到沈彦之狼狈地朝她奔来，他的发髻都有些散了，本就苍白的脸上血色尽失，望着她的眼神脆弱又绝望。

不远处战马撞翻数个官兵后引颈嘶鸣，楚承稷高大的身影立于马背上，四五个官兵大喝着，举矛刺向他。他用肘臂夹住矛头，狠狠一折，矛柄尽数断裂，几个官兵受那股力道反冲，踉跄着后退几步。

秦筝看了楚承稷一眼，有一瞬间，她又在他身上看到了那个驰骋沙场的悍将的影子。

仿佛，他的灵魂和身体是割裂的一般。

心口依然滚烫，那句“跟我走吗”犹在耳旁。

秦筝转头对着沈彦之道：“从前的秦筝已经死了。”说罢提起裙摆就向着楚承稷奔去。

落在地上的火把照亮了这一片天地，秦筝身上那件绒篷因为奔跑的缘故，在夜风里飘起，在火光的照耀下仿佛一轮跳脱夜幕、奔向黎明的旭日。

沈彦之狂奔向她，迫切地伸手想抓住什么，却只将将抓住了秦筝斗篷的一角。

秦筝没再回头，他拼了命攥在手心的，只有那件从秦筝身上扯下的华美绒布斗篷。

“阿筝——”

沈彦之眼神哀恸，像是一头受伤的困兽，咬紧牙关起身还要追，却被赶来的亲卫们制住。

“世子！大局为重！”亲卫们不由分说架起他就往后撤，沈彦之死死地盯着对面那一黑一白相互奔赴而去的两道身影，喉间一甜，直呕出一口鲜血来。

他的阿筝，又不要他了。

火光闪烁，耳边全是厮杀之声，秦筝一刻也不敢停，径直奔向楚承稷。

她看见他驾马向着自己而来，行至自己跟前，他才狠狠一勒缰绳，战马扬起前蹄嘶鸣。

秦筝看着他坐在马背上高大挺拔的身影，许是方才急跑的原因，她感觉自己心跳得前所未有地快，好似要从胸腔里蹦出来一般。

“相公——”秦筝开口唤他，尾音不自觉地拖得有些长。

可能是这些日子经历了太多事，这一声“相公”里，较之从前，包含了太多别的情绪。

地上的火把不知何时引燃了那辆空马车，车梁被烧毁，倒地时发出一声闷响，火星四溅。

她仰头看着他，一头长发被夜风吹得有些凌乱，衬得一张玉白的小脸愈发小了，衣裙上用金线绣出的千叶昙在火光里闪烁着微芒，仿佛是她整个人在发光。

楚承稷的视线锁着她，一语不发，素来清冷幽凉的眸子里倒映着远处的火光，似乎终于有了温度，但映在眸子中心的，是她。

离得有些近，秦筝能闻到楚承稷身上那股淡淡的血腥味，她皱起眉心，上下打量他："你受伤了？"眼底是显而易见的担忧。

下一瞬，楚承稷直接俯身，猿臂一捞，就将她带上了马。

那看似清瘦的肩背并不单薄，腱子肉绷起时蓄满了爆发性的力量，揽在她腰间的力道大得她差点以为他是要将她的腰肢折断。秦筝整个人都撞入了他怀里，他身上那件宽大的外袍也罩在了她身上，萦绕在鼻息间的，除了血腥味，还有他身上那股淡淡的雪松香。

他一只手按在秦筝后背，沉默依旧。秦筝怔住，犹豫了一下，手轻轻搭在了他的肩头，心跳飞快。

这是一个短暂而仓促的拥抱，也是他们之间第一次真正的拥抱。

"没事了。"他抚着她的长发轻声道，像是安慰。

因为拥抱的姿势，他说这话时离秦筝的耳朵有些近，温热的呼吸掠过她的耳郭，秦筝只觉得半边耳朵都快麻痹掉了。好在楚承稷很快便松了手，帮秦筝转过身在马背上坐好后，双臂环过她轻扯缰绳，掉转马头，带着她去跟祁云寨众人会合。

秦筝因为惯性作用往后仰，后背撞上了他的胸膛，只觉硬得像是一块铁板，后背在马车上被蹭到的伤泛起阵阵疼意，被秦筝忍了下去。

祁云寨众人收拾完残局，见楚承稷驭马过去，纷纷叫道："军师。"

他们并未乘胜追击沈彦之一行人，这让秦筝心中有些疑惑，不由怀疑王彪先前那话怕是虚张声势。

那赶来的这支骑兵是何方势力？

秦筝很快便知道了答案。

身后那闷雷般的马蹄声在慢慢逼近，楚承稷带着她驾马往一条狭道跑去，沉喝："撤！"

祁云寨众人赶着官道上无主的战马，齐齐往那边撤。

林昭骑着一匹马，跟着祁云寨众人一同往狭道跑时，不解地问："王彪哥，你不是说那是我们的援军吗？咱们躲什么？"

王彪一甩马鞭道："姑奶奶，咱们上哪儿去找这么一支几百骑的骑兵当援军？是军师让大当家去南城门那边引来的官兵，制造声势吓退那狗官的，不然就咱们此番下山的几十个弟兄，哪里拼得过狗官带着的那几百精骑。"

拐过狭道就是一处山弯，在官道上再也瞧不见他们，怕马蹄奔走弄出动静，一行人都在山弯那边等林尧他们，也方便出了什么意外能及时救人。

借着月色，官道上很快出现骑马飞奔而来的几人，因为身后的官兵咬得太紧，林尧他们来不及驾马从狭道过来，直接用匕首在马背上用力一扎，战马吃痛继续朝前狂奔，林尧几人则跳马滚进了官道旁的草丛里，猫着腰借着草丛灌木的遮掩往狭道那边撤。

紧随而至的官兵们看着方才恶战后留下的一地官兵的尸体，脸色难看至极。他们停下，但前方官道上却还有马蹄奔腾的地动声，官兵头子咬牙下达了命令："继续追！"

几百骑兵再次向着官道前方追去，林尧等人此时也绕过了山弯，他们全须全尾地回来，祁云寨众人都是一脸喜色。

那日盘龙沟突袭山寨，林昭也算是九死一生，此刻看到林尧，鼻头不免有点酸，但她不是个矫情的性子，只闷闷唤了句："哥。"

林尧伸手把她梳得好好的一头发辫揉成了个鸡窝："你这丫头，这都第几次被抓了，以后少给我瞎逞能！"

林昭不服气道："上次是吴啸那厮阴我！这回不保住祁云寨了吗？"

林尧直接给气笑了："是你上赶着去送死才保住的祁云寨？"

林昭把被他抓乱的发辫理顺，闷声道："那我总不能眼睁睁地看着阿筝姐姐一人被抓走。"

王彪跟林尧是兄弟，也把林昭当半个妹子看，便帮腔道："大哥，大小姐平安回来就是了，你也别一直训她了。"

林尧听林昭这么说，叹了口气，倒也没再教训她："咱们祁云寨上下，的确是欠了程夫人一个天大的人情。"

林昭想起这些日子和秦筝一起被困在别院，那个当官的哄秦筝开心的法子五花八门的，不免替他们夫妻捏了一把汗。阿筝姐姐和那个当官的定过亲，阿筝姐姐自己不记得了，她相公却是记得的，这二人不要生出什么嫌隙才好。她四下望了一圈，没瞧见秦筝和楚承稷，问："阿筝姐姐和她相公哪儿去了？"

王彪指了指树桩那边："喏，在那边呢。"

林昭心虚地瞄了两眼，见楚承稷坐在一块大石头上，挽起袖子露出半个臂膀，秦筝半蹲在他身旁，正在用布带给他包扎手臂上的伤口，二人瞧着挺温情的，不像是有嫌隙的样子，她这才把一颗心放回了肚子里。

楚承稷用手臂夹住那些长矛时，手上被扎了好几道口子。

他随身带着金创药，秦筝给他撒了药粉，又用他撕成条的里衣布带悉心缠好。

自己落到沈彦之手中数日，他跟沈彦之又是死敌，按理说他应该有很多事要问她的。但从官道那边一直到现在，楚承稷一个字都没提，秦筝不知道他是不打算问，还是想回去后再细问。

她想了想，起了个折中的话头："相公怎知晓我们今日会被带出城？"

"今日进城，在城外巧遇信差被官府的人截杀，误打误撞地把人救下后，才得知他是为青州知府送信，状告沈彦之窝藏了你。进城后得知青州知府被抄家，想来沈彦之已知晓信件一事了，我猜他为保万无一失，定会将你连夜转移，命人盯着别院的动向，锁定是从东城门走后才带人在此设伏。”楚承稷嗓音清淡，他一向话少，能解释这么多，已是罕见的耐心。

她回想起他单枪匹马截道时的场景，仍有些心惊肉跳，抿唇道：“你一人应付官兵，太冒险了些。”

“兵者，诡道也。”楚承稷语气平静，能出奇制胜就好，多带几个人同他一起正面迎敌，若躲不过那些箭镞，那又得多送几条性命。

每次他说起兵法时，秦筝总觉得他距离自己很遥远，却又有种他在试着让自己了解他的错觉。这个想法既突兀又有些奇怪，一如她看到他单枪匹马和官兵作战时，总觉得他身上似乎有另一个人的影子。

秦筝想着事情没再说话，给布带打好结后，楚承稷将袖子放下来，起身去马背上拿了水壶过来递给她。

秦筝抬手接过时，指尖不经意和他的指尖碰到，一触即分，指尖却隐隐发烫。她装作无事，拔开壶塞喝了几口水润喉后，将水壶还给了楚承稷。

还剩下小半壶水，他接过仰头就着水壶喝了个干净。喝完水，楚承稷塞好壶塞将水壶放回马背上。

对面正好也传来了王彪的大嗓门：“军师，大伙儿都休整好了，可以上路了！”

那伙官兵若是追到东城门，发现他们追的其实是沈彦之一行人，惊觉自己中计后肯定会折回来搜索，他们得快些赶路。林尧带回来的几个人没了马，但寨子的人把沈彦之那伙人的马多牵了几匹走，他们倒也不用两人同骑，但秦筝就只能跟楚承稷一道了。

他上马时，秦筝欲把外袍还给他，楚承稷眸色微沉地看着她，只说了三个字“你披着”。

秦筝知道他是好意，但方才坐在马背上，她有他的外袍挡风都还觉着有几分冷，他只穿着一件单衣，只会比她更冷。

她坚定地摇了摇头：“夜里气温降得厉害，还是相公穿上吧。”

楚承稷垂眸看她良久，接过了外袍却没穿，只向她伸出手。

秦筝看出他有些不快，弯起眉眼冲他讨好一笑，把手递了过去。

几乎是他大掌握住她手的瞬间，秦筝整个人就腾空了，稳稳地落到马背上后，楚承稷直接把外袍从她跟前罩过来，将人包得严严实实的，嗓音沉静：“你先前披着斗篷，春寒料峭，骤然没了御寒的衣物，容易着凉。”不等秦筝说话，他已一夹马腹跟上了祁云寨众人。

山寨里的人见秦筝被楚承稷裹成个粽子困在怀里，大多都是抿嘴偷笑，胆子大的说笑道：“要说疼媳妇儿，咱们寨子里还没人能越过军师去，瞧瞧，这跟把人装衣兜里有什么区别？”

骑马走在前边的回头看了一眼，也跟着笑了起来。

秦筝面皮薄，被山寨众人笑得脸上发烫。

她回过头去看楚承稷，正好前方路段不好走，马背颠簸，她额头撞上楚承稷的下颌，痛得她眼冒金星，整张脸也顺着那股力道埋到他颈窝里去了，楚承稷的身形瞬间一僵，握缰绳的那只手不由得也紧了几分。

秦筝本人半点没发觉，还以为他是下颌骨被撞到了，忙抬手帮他揉了揉："撞疼你了？"

她一双手柔若无骨，细腻柔嫩的指腹在他下颌处摩挲着，努力回过头来看他时，许是夜色的缘故，一双明澈清亮的眸子在此时看来雾蒙蒙的。

楚承稷的面色更冷硬了，抓住她皓白如霜的手腕按回了衣襟里，开口时嗓音微哑："没有。"

他握着她手腕的力道有些重，唇角抿紧，像是在努力克制什么，缓了好一会儿才松开，帮她揉了揉额角，问："好些了吗？"

秦筝没那么矫情，就是当时被撞蒙了一下，她摇头道："已经没事了。"

楚承稷便收回了手，二人一路上都没再说话。

他怀里暖融融的，秦筝只觉得阵阵困意来袭。她强撑了一会儿，但困得上下眼皮直打架，打着打着还是合上了。

楚承稷感受着她平缓的呼吸，轻轻一扯缰绳，让座下战马的速度慢了下来。

他垂眸看着秦筝恬静的睡颜，浅声低喃："这些日子没好好睡过吗？"

十几里山路走完还得换水路，林尧他们先到停船的地方，等了半刻钟才瞧见楚承稷驾马慢悠悠地走来。

林尧本想打趣几句，问他们这么久是干吗去了，可瞧见秦筝直接在马背上睡着了，不免一脸惊愕，压低了嗓音问："路上睡着了？"

楚承稷轻点了下头，其余人见状也自发地放轻了手脚上的动作。

大概是嗅到了熟悉的味道，秦筝睡得很沉，楚承稷抱她下马时她都没醒。

林尧看着楚承稷动作轻柔地抱着秦筝上船，搓了搓手臂上冒出的鸡皮疙瘩，同王彪道："被女人拴着的男人真可怕，老子这辈子都不可能为哪个女人做到这分上，还是一个人自在。"

林昭路过时朝天翻白眼："你这辈子要是能给我娶个像阿筝姐姐这样的嫂嫂回来，我以后见面就给你磕仨响头。"

那支骑兵对着沈彦之一行人穷追猛打，在终于抵达东城门要来个前后夹击时，东城门处灯火通明，他们才看清自己追了一路的竟是沈彦之。

沈彦之本以为身后的追兵是各大山头勾结起来的匪类，但看到是南城门的骑兵时，险些又气得吐出一口血来。

他带着百十来人逃得这般狼狈，竟是中了对方的计！

想起秦筝向着楚承稷决绝而去的背影，心口又是一阵剧痛。这股痛比起她当初悔婚、从东宫逃出后下落不明时带给他的痛苦还要强上千百倍。

那时候他知道她还在等着他，哪怕他活得跟行尸走肉一般，但只要想到她还在等他，哪怕是地狱，他也要走上一遭。

但现在，她转身投入了另一个男人的怀抱，那个人还是楚承稷！

一股血气在胸腔里翻涌，沈彦之自己都分不清那究竟是怒还是妒，眼前的一切仿佛都蒙上一片血色，胸口窒闷，四肢百骸像是被灌入了铅石，狰狞的恨意顺着血流在身体里延伸。

他嘴角带着血迹，苍白的面容上却浮起一抹脆弱的笑来。

她选择了别的男人而已，有什么大不了的——

杀了便是。

回府后，大夫给沈彦之诊脉，让他好生休息，沈彦之却让亲卫寻来两堰山的地图。

他的贴身护卫陈青重伤到不能下地，别的亲卫还摸不清沈彦之的脾性，劝道："世子，夜深了，您先歇着，明日再看吧。"

沈彦之冷笑："本世子明日就要攻打两堰山。"

亲卫瞪大了眼："明……明日只怕调兵令已经送来了。"

沈彦之指尖发力，生生折断了一支狼毫："那就让调兵令晚到几天！"

无外乎闵州失守，可闵州是隶属李信，还是落入淮阳王囊中，与他何干？

盛怒中，沈彦之头一阵阵抽疼，可他现在却无比清醒。

郢州陆家在此时联手淮阳王攻打闵州，明显是想借此调走自己手中这三万精兵，他一走，前朝太子联合了青州城内的山匪，拿下青州城有如探囊取物！届时连丢闵州、青州两大州府才是得不偿失。

沈彦之按着额角沉声吩咐："去查前朝皇室的秘密，特别是关于前朝太子的，一桩不漏地给我查出来。"

阿筝会被那样一个人迷惑不怪她，但这不代表那个男人不该死！

两堰山。

船靠岸时已是后半夜，船上的人放信号弹示意是自己人时，秦筝才被信号弹炸响的声音给震醒。睁眼发现自己躺在楚承稷怀里，秦筝的大脑空白了一秒。

楚承稷耐心等了一会儿，见她没起身的意思，缓声道："下船了，回去再睡。"

意识全部回笼，秦筝想起自己是在马背上睡着的，连忙一骨碌爬了起来。

她自己都不免震惊，究竟得心大成什么样才能在半道上直接睡着了？她平时警惕心也没这么差啊！

秦筝有些自闭，不敢看楚承稷，暗想还好带着她的不是旁人，不然被卖了都不知道。

但这个想法一冒出来，秦筝再次惊觉，自己的潜意识里已经这么相信楚承稷了吗？

上山后，走在崎岖的山路上时，她时不时抬头看一眼楚承稷，神色微妙。

回到山寨后，他没再戴面具，月光下，那张脸可以说是清滟独绝。

秦筝又一次抬眼看他时，没注意脚下，险些摔倒，好在楚承稷及时伸手扶住了她。

他斜她一眼："看路。"

握着她皓腕的大掌倒是没松开，似要扶着她平稳地走过这段崎岖山路。

秦筝落后半步跟在他的身侧，看着他握着自己的手腕的大手，不知为何，又想起他在马背上问的那句"跟我走吗"。

她晃了晃被他牵住的那只手腕，小声道："我跟着相公走啊。"

这话像是在回答那句"看路"，但楚承稷却脚步一顿，握在她手腕上的力道陡然变重。

他侧头看过来的那个眼神，让秦筝心尖发颤。

秦筝下意识地躲开他那个眼神，他却已经拉着她再次迈开了步子，嗓音不急不缓："回去。"

尾音像是一把钩子，正好钩在了人心痒处。

秦筝说那话，纯粹是看他一路上一副八风不动的样子，故意逗逗他。楚承稷突然说出这么一句，再想起他方才那个眼神，顿时秦筝的一颗心又七上八下的了。

回去？用那般清冷的语气说出来的两个字，怎么就这么让人浮想联翩呢？

他们一行人回到山寨，引起寨子里犬吠声一片，卢婶子年纪大了觉少眠浅，听到院门的动静就起了，见是秦筝回来了，还哭了一场。

奔波了一夜，楚承稷还带着一身血腥味，不洗漱一番再睡是不可能的，卢婶子去厨房烧了水，浴桶搬进房里后，楚承稷大概是有事要和林尧商量，去了林尧那边，秦筝便先沐浴了。

卢婶子进来给她添水时，看到秦筝后背蝴蝶骨那一片都青了，又用袖子揩了好几次眼泪："你这苦命的闺女，叫那些杀千刀的水匪抓去遭罪了……"

秦筝肤白如细雪，平日里稍微磕碰到都会起印子，更别提她这次是实打实地撞到了马车上，那一片瘀青瞧着就有些触目惊心。

卢婶子显然是误会了什么，眼泪怎么也止不住。

进了匪窝的女人，又有几个是能全须全尾回来的？

她光是想想都替秦筝难过，这闺女模样生得再好，出了这样的事，她夫婿心里哪能没根刺？这小夫妻俩以后的日子可怎么过？

秦筝见卢婶子误会了，温声道："婶子，我没被欺负，背上的伤是回来的路上在马车里撞到的。"

卢婶子也是看到她身上的伤就急昏了头，此刻听秦筝这般说，见她身上没有别的伤，换下来的又是绫罗绸衣，的确不像是被人欺辱过的样子，心底的大石头骤然落地，她双手合十，喃喃道："菩萨保佑，菩萨保佑……"

添完水快出去时，她知道秦筝面皮薄，但还是提点了她一句：“娘子，我瞧着你相公是个性子闷的，夫妻间没什么话是不能敞开了说的，不然他不问，你不说，要是生了误会，那才不值当。”

卢婶子出去后，秦筝一个人坐在浴桶里出了会儿神。

其实卢婶子那才是正常反应，相比之下，楚承稷回来的这一路，都显得太过平静淡然了些。

她被沈彦之困在别院好些天，他对此只字未提，她在路上已经起了个折中的话头，他却还是没问下去，秦筝其实不知道他是不在乎，还是不愿意问。

她抬手掬起一捧水浇在了自己的肩膀上，长睫在烛火下半垂着，不知在想些什么。

楚承稷回来时，秦筝已经沐浴完，听见推门声，抬头朝门口看来：“你回来了。”

“嗯。”楚承稷轻浅应声，身上带着屋外的寒气，他微暗的目光从她身上移开，把一瓶药放到了桌上，“这是消肿化瘀的药膏，一会儿让卢婶帮你涂。”

秦筝有些错愕：“你怎么知道我后背有伤？”

难不成是卢婶子说的？可他分明才从外面回来，倒像是……一开始出去就是为了去老大大那里给她拿药。

“林昭先前在船上说的。”楚承稷答道。

不知是不是秦筝的错觉，她总感觉楚承稷回答她时的语气有点凉薄。

她仔细回想了一下，好像是从她在船上醒来后，他的态度比起之前就冷了一点。

秦筝暗道一声不妙，该不会是他趁她睡着后，在船上问了林昭这些天在别院里发生的事了吧？

也不知林昭都说了些什么，沈彦之隔三岔五给她送东西过来，还有那日一定要她陪同用饭，这些若是传到楚承稷耳朵里……秦筝不动声色地打量了他一眼，打算以退为进，让楚承稷帮忙上药，她指尖捏着绞头发的帕子，道：“卢婶子应该已经歇下了，我明日再让婶子帮我上药。”

楚承稷眸光微敛，意味不明地看了她一会儿，拧开了药瓶的瓶塞，嗓音清淡：“衣服。”

明明是自己起的头，但在他说出这两字后，秦筝的眼睫还是轻轻地颤了一颤。

在看到秦筝蝴蝶骨处那团巴掌大的瘀青时，楚承稷的眉头瞬间皱紧，从药瓶里倒了药油揉上去，嗓音有些沉：“在路上时为何不说？”

她知道他问的是背后的伤，道：“只是被撞了一下，先前没觉着有多疼，以为没什么大碍，就没说。”

“在马背上颠簸也不疼吗？”这句话从他口中说出来，又有点冷。

他滚烫的掌心还一下一下地在自己后背揉着，秦筝后知后觉地发现，软香温玉对他来说好像没用，他是在恼自己受伤了却不告诉他吗？

秦筝抿了抿唇，道：“见到相公欢喜，不觉得疼。”

在后背揉药的那只大手微顿，秦筝背对着楚承稷，看不清这一刻他面上是何神情，但捏在她肩头的另一只手力道却大了几分："等你伤好了，再来同我说这些。"

秦筝的脸上陡然升起几分热意，她的小心思，全叫他看穿了。

她知道自己有伤在身，他不会对她做什么，才故意让他帮忙上药顺带说些好听的话哄他，也借此机会把在别院的事同他说清楚。既然他都发现自己的意图了，秦筝便试探道："相公不想问问我这几日在别院的事吗？"

楚承稷的大掌继续在她后背不轻不重地揉着，其实她在马车上点头要跟他走时，这一切就已经不重要了，他漫不经心地回答："没什么好问的。"

秦筝揣摩着他那句话，却会错了意，以为他已经全从林昭那里知道了，她迟疑片刻开口："我和沈世子的情分，在我嫁入东宫时便断了。在别院时，除了和他用过一次饭，其他时候就再没见过，他是寻了不少游记孤本与我，不过我都没看，他送的猫，也是阿昭在逗着玩。"

不提那些还没明迹的情愫，单论他们这会儿还是名义上的夫妻，秦筝觉得还是有必要把这些话说清楚，不管他如何想，至少自己得把态度给表明。

楚承稷听她说起这些，眸色却略微沉了沉。

用饭？赠游记孤本？送猫？

他不咸不淡地"嗯"了一声，嘴角不自觉地抿成了一条直线，语气较之前更冷了些。

手上的药油已经干得差不多了，秦筝后背那块肌肤，甚至因为他一直揉的原因，瘀青周围已经泛起了淡淡的红，衬着她整个雪白滑腻的后背，愈发叫人移不开眼。

楚承稷的眸色深不见底，他轻轻闭上眼，将心底所有见不得光的念头压下，伸手将秦筝挂在肘臂的寝衣拉了上去："你先歇着，我去沐浴。"

再次睁眼时，他眸中已恢复了清明，将药瓶塞好，起身往门外走去。

秦筝想起之前沈彦之说的楚承稷为了逼自己嫁入东宫，提出娶自己胞妹的事，叫住他："我还有一事想问殿下。"

如今山寨已被他收入麾下，她倒也不必再像从前那般担心隔墙有耳。

楚承稷听她唤自己殿下，便知她要问的不是一般的事，顿住脚步转过身来："何事？"

秦筝清凌凌的目光直直望向他的眼底："殿下当初为何一定要迫我嫁入东宫？甚至不惜以'我若不嫁，便娶我胞妹'作胁？"

她同他几经生死，对他的秉性也有了一定的了解，他怎么也不像是会因美色而强娶自己的人。

如果说从前对他还有几分戒备，但经历了被沈彦之带走一事，秦筝对自己的心迹愈发明了，他显然也是对她有意的。

有些事，秦筝还是想问清楚为好。

楚承稷踱步回桌边坐下："此事说来，是我对不住秦家。我一出生便被钦天监批为和先祖一样的命格，老皇帝晚年昏聩，一心寻求长生之法以期永坐帝位。他虽不理朝政，却把朝中大小动向看得一清二楚，我在朝中声望越高，他便对我忌惮越甚，觉着我要抢他的帝位，几番设计杀我。”

他说起自己的过往，却无半点情绪在里边，恍若是在说别人的事。

秦筝却是微吸了一口凉气，都说最是无情帝王家，楚帝为了帝位，竟对自己的儿子动过杀心。

“陆家被老皇帝屡屡打压，便收敛了锋芒韬光养晦，我为求自保，亦做出放浪形骸的样子。但老皇帝昏聩是昏聩，在权力一事上却极为精明，声色犬马都不足以让他对我放下忌惮，我只得断尾求生，让自己尽失臣心，做尽荒唐事。”他说到此处顿了顿，看向秦筝，“这其中就包括娶你。”

秦筝还是不解：“为何偏偏是我？”

楚承稷看着她道：“大楚第一美人的名头还是有用的。”

秦筝不自在地别开眼，不过他这么一说，她倒是全然明白了，他既要假装荒唐骗过楚帝，那便再没有比娶自己更能坐实他这名声的法子了。

秦筝问：“我父亲知晓殿下是装作荒唐的吗？”

楚承稷摇头：“秦国公是纯臣，素来不涉党争。此事只有陆家和先皇后知晓。”

听他对先皇后的称呼，秦筝心中有些奇怪，先皇后便是在国破后自缢了坤宁宫的楚后，亦是他的母后。若说他称楚帝为老皇帝是因楚帝无道，曾经害苦了他。但楚后对他爱护有加，为何他也只是称呼一句“先皇后”，而非“母后”？

不待秦筝思考太多，就听他继续道：“陆家嫡女自小被当作太子妃培养，才情汴京第一，容貌只在你之下。老皇帝忌惮我和陆家，我若再娶陆家女，便是把自己和陆家送上绝路。可我若娶个不如陆家女的，任谁都能瞧出其中有隐情，我和陆家的韬光养晦也就没用了。

“所以，唯有求娶大楚第一美人才说得通，你有婚约在身拒了我，我顺势求娶你胞妹，外人看来无非是我记恨秦家，意图出口恶气。”

后面的他没再说，但秦筝全都知晓了。

她和秦家人都不知他本性不坏，她眼见胞妹将因自己之故陷入火坑，这才悔婚嫁入东宫。

秦筝靠着桌案久久失神，原来这场强娶竟是这样一出阴差阳错。

命运弄人！当真是命运弄人哪！

楚承稷见她久久失神，静默几息后道：“抱歉，因我之故，毁了你原本的姻缘，也让秦家遭了难。”

弄清了这些始末，秦筝的心中纷乱一片，她撑着桌案道：“殿下，我想一个人静会儿。”

楚承稷点头默许，出了房门，只留她一人在屋内。

屋内再无旁人，秦筝才抱着双臂缩成一团。

可能是没有曾经的记忆的缘故，知道真相后的她除了心慌和茫然，倒并未感到有多么难以接受。

在从沈彦之口中知晓他勾结叛军的真相前，她也想过若是太子没有强娶自己，或许就不会有沈彦之勾结叛军后的这场亡国之祸。但让沈彦之真正投靠叛军的，是他胞妹被送与了叛军头子做妾。就算太子没有强娶自己，她按照婚约嫁了沈彦之，秦乡关一役，沈彦之还是会被逼投向叛军。

届时她和秦家，无疑也得遭受牵连，一如沈家那般，被昔日的同僚们唾骂。

秦筝突然意识到，自己和沈彦之的缘分，或许是早就尽了的。

因为就算没有太子强娶一事，他们所面临的，也是绝路。

楚承稷出房门后并未走远，负手立在院中，看着远处山林里深沉的夜色，不知在想些什么。

他耳力过人，也没听见房内传出任何动静。

回过头看着窗户映着的一片暖黄灯光，终究是未踏近一步。

次日秦筝醒来时，发现只有自己一人睡在床上。

昨夜她想事情想了太久，最后直接靠着桌子睡着了，想来是楚承稷把她抱回床上的。

只是她睡姿一向不好，也瞧不出楚承稷昨晚是不是一如从前那般跟她一起睡的。

知道真相后的秦筝心绪虽有些复杂，但无论如何，她也是同楚承稷拜了天地的，他们的确是结发夫妻，并且一直患难与共走到了现在。

至于楚承稷之前一直同她保持距离，大抵也是知道她心有所属，无怪乎他前前后后给了她三次选择的机会。

现在楚承稷在秦筝看来已经是可以信任的了，她迟疑着要不要将自己失忆了的事告诉他，毕竟也不可能一直瞒下去。

洗漱时，她发现屋内多了一块碗盘大的铜镜，便问卢婶子："哪来的铜镜？"

卢婶子道："这是娘子你被水匪掳去那日，军师从山下买回来的。"

她想起小夫妻二人似乎还没把话说开，又有些替他们着急，取出一方锦盒道："这簪子也是军师买给娘子你的，我瞧着还是玉质的，想来花了不少银子。娘子就莫要同军师置气了。"

那玉簪玉色上乘，簪尾雕的那朵昙花更是栩栩如生，只不过似被摔过，簪身有了些许裂纹，乍一眼瞧上去，那裂开的纹路倒像是昙花的花茎，并未破坏簪子整体的美感。

秦筝的指尖拂过玉簪，道："我并未和他置气。"

卢婶子迟疑道："那军师昨晚怎又在院子里坐了一整夜？"

秦筝听到这话皱了皱眉，他果真没回房睡？在卢婶子跟前，她却并未多言，只道："婶子放心，我同我相公没什么矛盾的。"

她收好簪子问："我相公现在何处？"

卢婶子道："官兵一大早就围了两堰山，听说几十艘船停在江面上，军师和寨主去堰窟那边了。”

秦筝眸色一沉，沈彦之果真不肯善罢甘休，攻打起山寨来。

她道：“我去阿昭那边看看。”

林家兄妹住在一处，林昭知道的战况总比卢婶子多些。

而且……楚承稷突然也给自己找了根玉簪，难不成是林昭把沈彦之逼她插那根羊脂玉簪的事也说了？

秦筝过去，林昭自是高兴，又问起秦筝肩后的伤来。

秦筝只说没事，无奈地问她：“阿昭，昨夜在船上，别院的事你同我相公说了多少？”

从林昭这里得到个准话后，她后面再面对楚承稷，心底也能有个底。

怎料林昭听到她的话，却是一头雾水：“别院的事？我没同阿筝姐姐的相公说过啊。”

她拍着胸脯保证：“哪些话能说，哪些话不能说，我还是有数的。”

秦筝心底一声“咯噔”，问：“我相公说，是你同他说，我后背有伤的。”

林昭点头：“当时阿筝姐姐在船上睡得不安稳，我以为是压到你后背撞伤的地方了，提醒了你相公两句。”

她茫然道：“阿筝姐姐的相公误会什么了吗？”

秦筝想起自己昨夜不打自招的那些话，算是知道挖坑给自己跳是个什么滋味了。

她讷讷道：“没有，是我以为他从你这儿知晓了，同他解释时把在别院的事全招了。”

他既不知沈彦之送簪子一事，那他给自己准备簪子，显然也不是赌气。

林昭呆了一呆，随即一拍手道：“这有什么，阿筝姐姐，你相公就是吃味了！”

以她对楚承稷的了解，他昨夜不入房门只怕并不是吃味这般简单。

第十章 和亲

梦里那个满腹经纶的她，
似乎在教她成为一个更好的自己。

堰窟处已黑压压站了一片人，有祁云寨的，也有青州境内其他山头的人。

下边的江域里，停靠着数十艘官府的战船，从山上往下看，战船甲板上仿佛是一群密密麻麻的黑蚂蚁。

官兵在甲板上架起了战鼓，擂鼓擂得震天响，气势磅礴。

林尧接手祁云寨多年，还是头一回碰上这般大规模攻寨的，瞧着不免也有几分牙酸，侧头看楚承稷，楚承稷倒是面色如常，似乎压根没把官府的这阵势放在眼里。

他忍不住问：“军师，就让他们在山下一直叫阵？”

各大山头的头领看到这架势也有些慌，冲着林尧嚷嚷：“林大当家的，你当初让大家伙来两堰山时，说的可是官府剿匪大军不出几日就会被调走，现在我峡口寨的弟兄们被困在你两堰山，下山是没法下山了，带来的粮食也吃不了几日，你总得给我们一个交代！”

“对！得给大家伙一个交代！”

其他山头的人纷纷附和。

林尧冷笑：“马寨主是觉着林某人让你们来两堰山避难，为难你们了是吧？峡口寨前些天就被官府给一锅端了，马寨主那会儿怎么不觉得来我两堰山委屈？你们想让我祁云寨给个什么交代？”

林尧目光一一扫过各大山头的首领，半点不客气地道：“当时同意你们上两堰山，条件是什么，是你们一起出兵对付官府救我妹妹！救我妹妹你们出力了吗？来两堰山躲过官府的清缴，还好意思找老子要交代？现在就给老子滚下山去！”

祁云寨众人个个都面色不善地看着其他山头的人，他们不仅手拿精良武器，身上还套着锁子甲，一番对比之下，其他山头的人更像是些乌合之众。

方才嚷嚷的几个山头首领，纯粹是被官府这攻寨的架势给吓到了，加上他们又不像祁云寨，还能自己种地，带来的存粮管不了多久，这才想闹事让林尧给他们些粮食。

被林尧这么剥皮见血地一番奚落，先前也瞧见过祁云寨的练兵场景，气焰瞬间就消了下去，一头领赔着笑道：“林大当家的息怒，马寨主是个急性子，不会说话，大家伙儿都是担心官府这般大张旗鼓地剿匪，只怕轻易不肯收兵。两堰山是占据着天险，官府攻不上来，可咱们带来的粮食也不多……”

山下的战鼓声一浪连着一浪地攀着两岸山岩传上来，浑厚壮阔，震得人心头跟着发颤。

楚承稷扫过江面上排列整齐的几十艘战船，缓缓开口：“我祁云寨有意举事，诸位若肯归顺我祁云寨，寨子里必然短不了诸位粮草，还会分发兵器、战甲、军饷。”

他声音不大，却愣是在说出这番话后，整个堰窟静得落针可言。

一群山贼全都愣住了，他们本是靠着打家劫舍维持生计，干着见不得人的勾当，若是以后每月有军饷，那肯定比当山贼强。

毕竟当山贼，抢来的好东西都是给上头的人分了，底下的小喽啰混得一顿饭便知足了。

不少山头中下层人都在偷偷打量祁云寨的人，他们身上的确套着锁子甲，手上拿着的兵器也是官兵才有的，看着就威风凛凛，一时间不免有些意动。

各大山头的首领脸色有些难看，交头接耳地低声议论了一阵才道："容我回去考虑考虑。"

若是放在平日，他们肯定得一口回绝，毕竟想一点好处都不拿就要走自己手中的人马，天底下哪有这么便宜的事。

可如今受制于人，粮草又是个问题，就轮不到他们讨价还价了。

比起一脸凶相的林尧，楚承稷看着格外好说话，可惜他说出的话没一句中听："可以，但各大山头的弟兄们，愿意来我祁云寨的，今日便可去祁云寨大门处自报姓名、籍贯登记入册，上了名册，便是我祁云寨的人，若是有人为难，我祁云寨上下最是护短，自会帮忙讨回公道。各位首领也好生考量一番，届时寨主会根据诸位手底下的人马，授予军职。"

各大山头的首领面色更难看了些，这就是赤裸裸的威胁，对方抛出这么有利的条件，底下那些小喽啰肯定想投靠祁云寨。

到时候他们手底下的人跑了大半，他们再去投靠祁云寨，也讨不到什么好了。

一个山头的首领看着楚承稷，咬牙切齿道："贵寨军师当真是好计谋啊！"

山底下的官兵似乎换了人骂阵，嗓门高了好几个度，骂的话也愈发不堪入耳。

楚承稷没理会那首领，反而吩咐王彪："投掷火药弹爆破对面山岩。"

"得令！"王彪亲自过去指挥几个祁云寨的人投放火药弹，调整投石车的射程。

其他山头的人见状，大多数嗤之以鼻。

几十丈高的山壁，官兵没法用投石机投掷滚石、火药攻打他们，他们在山上用投石机投滚石，攻击面太小，投火药弹，还没抵达江面就炸开了，压根就伤不到战船上的官兵，对着下方投放火药弹，无疑是在浪费火药。

王彪点燃火药弹后，"轰"的一声巨响，投石车将火药弹投掷到对面山壁，直接炸毁一片山岩，碎石乱飞，炸毁的大石块落下砸到下方战船上，这样的高度落下去，直把战船砸出个窟窿。

先前还不可一世的官兵们匆忙划着战船四散开，躲避山崖上掉下来的碎石。

一艘战船被一块巨大的碎石砸出个大窟窿，进了水，船上的官兵纷纷弃船而逃，一时间江面上下饺子似的跳进不少官兵。

祁云寨的人在堰窟口处看着下方的战况，大笑起来。

楚承稷语气凉薄："继续。"

王彪又指挥着投掷火药弹的祁云寨人调整投石机方位和射程，“轰隆”一声后，对面的山岩再次被轰出一个缺口，好不容易才躲开的官兵们又一次开着战船逃离滚石的掉落范围。

沈彦之在官船上督战，他所在的战船靠近两堰山这边，倒是没被对面山壁掉落的滚石殃及。

可对面不费一兵一卒就让他这边乱成一锅粥，沈彦之面上一片阴霾：“传我令，所有战船沿着两堰山山壁排列，不得靠近对面山壁。”

旗牌官很快将他的命令传达了下去，幸存的战船重新列队。

楚承稷本来也没打算用这法子彻底打退官府，不过是杀一杀官府的锐气，也借此震慑一番各大山头的人。

他向这些首领提出归顺祁云寨的建议后，难免他们不动歪心思，表面上顺从，实则暗地里捅刀子，妄图将祁云寨取而代之。

用这些军中才有的兵器打一场仗，让他们清楚自己和祁云寨的差距后，能省去不少不必要的麻烦。

山下的战鼓声停了，骂阵声也消了下去，原先嗤笑的几大山头首领此刻脸上青红交加。

祁云寨的人腰杆都挺得更直了些，面上一派神气，几乎是用鼻孔在看其他山头的人。

林尧适时地开口：“我祁云寨的军师，的确计谋了得。”

这话他是对着先前挖苦楚承稷的山头首领说的，那山头首领心底一阵发虚，不敢同林尧对视，其他山头的首领也没敢吭声。

虽然楚承稷一早就同林尧说过，把各大山头的人召上两堰山后的打算，可当此刻明显感觉到他们已经成功一半时，林尧的心口还是一阵狂跳，他维持着镇静道：“天下未定，就看诸位有没有这个胆子放手一搏了，毕竟打下汴京的那位，原先不也只是祁县一个泥腿子吗？”

这话让原本还有几分迟疑的各山头首领都动了心思，他们一辈子为匪为寇，碰上官府这样大规模地剿匪，要么死，要么被打散了势力从头再来，还得跟邻近的山头内斗。

若是能像李信一样成事，那他们将来也是个当官的，要钱有钱，要权有权，哪点不比当山贼好？

当即就有一个山头的首领丢了刀道：“老子加入祁云寨，等以后发达了，老子要娶他十个八个老婆！”

一个大块头拨开人堆走出来道：“俺上山当了匪，俺娘到死都不肯认我这个儿子，等俺当了官，俺再去俺娘坟头给她上香！”

权势、财富、女人、名誉，这不就是他们一辈子苦求又难得到的东西吗？

眼下就有这么一个机遇摆在跟前，山下官兵围困，山上存粮不够，还不如就此加入祁云寨。

顿时大部分山头的人都同意加入祁云寨，仅剩的几个刺头左看右看，眼瞧着大势已去，最终恨叹一声，也加入了祁云寨。

官府攻不上来，堰窟这边只要守着就出不了什么事。

住在寨子里的，只有祁云寨自己人，其他山头的目前都是在寨子外临时搭建的棚子。

各山头的首领们回去统计名册和现有存粮军备去了，林尧也领着楚承稷和寨子里十几个头目回寨子议事。

一回寨子，林尧脸上的愁绪就掩不住了："程兄，收服了青州境内所有山头的匪众是好事，可祁云寨鼎盛时期也只有两三百人，如今一下子变成了三五千人，哪怕寨子里家家户户都把存粮拿出来，也不够这么多张嘴管饱啊！"

楚承稷道："粮草已经买回来了。"

林尧不解："咱们哪有那么多钱去买粮草——"

话说到一半，林尧突然卡住了，惊疑道："程兄先前让人把劫来的绫罗绸缎运往吴郡去卖，换到钱后其实是去那边买了粮草？莫非军师你早料到会有这样的局面？"

说到后面，林尧自己的鸡皮疙瘩都起来了。

那会儿西寨的事都还没解决，他就已经把这么远的事都算准了？

楚承稷道："诚如寨主所言，天下未定，战火必然还会再起，广积粮，总是有备无患。"

哪怕还没举事，手上用不了这么多粮草，到时高价变卖给其他军队，那也是一笔不小的钱财。

王彪问："大哥、军师，粮草到了，可山底下全是官兵围着，咱们怎么把粮草送过来啊？"

楚承稷道："我倒是有一个法子，不过得找个会修索桥的工头。"

王彪当即就道："冯老鬼以前在漕帮待过，把他叫来问问，看他会不会。"

冯老鬼原先是西寨的人，如今东西两寨合并，寨子里要修建个什么工事，都是直接去找他。

很快就有人把冯老鬼叫了过来，他是个形容枯槁的老头，因为常年酗酒的缘故，身上总是混着酒馊味和汗臭味，不过山寨里的汉子都是些粗人，也没人介意这些。

楚承稷指着地图上后山和江水对面的山壁道："能否悬空在两山壁间修一座索桥？"

冯老鬼在心里估算了一下两山壁间的距离，连连摇头："太远了，修不过去。中原一带应该没有会修索桥的工匠，川西一带倒是常见，可光是底下的元江，宽度就有十余丈，更别提两山壁间的距离了，只会更宽，就是川西那边的工匠，都不一定能修。"

这话一出来，基本上就是把在两山壁之间修索桥这条路给堵死了。

林尧叹息："兴许天底下真有能修那索桥的能人，不过咱们寨子里眼下怕是不行，先把各大山头的人打乱重新编排好吧。"

前者是远虑，后者是近忧。

山寨里识字的人不多，老大夫一把年纪，也被叫过来帮忙整理名册，为了方便管理，同山头的人不可编入同一行伍。

林尧发现名册上杀了十个人以上的，还专门做了批注，不解道：“程兄若是想借此知道他们功夫如何，我认为此法不靠谱，滑头的都会给自己多添几个。”

楚承稷负责抄录的，正是那些杀人十个以上的山贼名册，闻言只淡淡开口：“杀尽老弱妇孺之人，留不得。”

窗外艳阳高照，在屋中负责审核名册的几人却只觉得一股寒意从脚背蹿起。

原来这才是他真正的目的。

匪窝贼窝里，真正穷凶极恶、杀人如麻的就那么几个，他是要把那些背了无数条人命的人揪出来，否则那些人便是在军中，怕是也只会坏事。

林尧翻了几本名册，看得头都大了：“阿昭跑哪儿去了，让她也回来看名册。”

王彪答道：“大小姐和军师夫人往打谷场那边去了，说是往后寨子里人多了，没地儿住，得烧些砖瓦出来。”

说起住房，林尧更头疼了，几千号人，衣食住行，哪样都得花钱，他骂骂咧咧地道：“军师，你拉来的人你自个儿养，我就是把老婆本都花进去了，也供不起一支军队。”

一屋子的人都在笑，楚承稷听说秦筝带着林昭在烧瓦，却是若有所思，看名册也变得漫不经心起来。

秦筝去见过林昭后，得知自己先前做的瓦桶，已经被人照着做了十几个，想起原先计划的烧瓦，便带着林昭一起去满是黄黏土的旱田那边“起泥”。

山寨里处处可见黄黏土，林昭召集寨子里的人挖了不少回来，直在打谷场上堆起一座泥山。

秦筝回家用饭时，楚承稷还没回来，想起今日官府攻寨，她微不可闻地叹了口气，心知他们肯定有不少事得商量。

秦筝一碗面吃完，不久前才跟她分开的林昭就赶了过来：“阿筝姐姐，我哥他们又碰上了难事了。”

秦筝想了一下当前的局面，官府攻不上来，能让林尧他们急的就只有粮草了，想到自己之前做的那个运送粮草的梦，她迟疑地问：“粮草出问题了？”

林昭重重点头：“我晚间回去，听见武三叔和王彪哥他们长吁短叹的，说军师提议在后山修一条索桥运送粮草，但咱们寨子里没人会，而且两山壁之间隔着十几丈的距离，的确是没法修索桥。”

她带着几分希冀看向秦筝：“阿筝姐姐能修吗？”

秦筝仔细回忆之前所做的梦，道：“这个难度确实大，要建索桥，别的不说，对铁索的硬度和韧度的要求就很高，普通铁链根本承受不住，而且修建索桥的工期也长，只怕来不及。”

林昭“啊”了一声，眉心也皱了起来。

秦筝说："不过也不是非要修索桥才行，如果只是运送物资，修索道比索桥省事得多，但唯一的问题还是出在铁索上，必须得有精度足够的铁索。"

林昭也知道这次的事的确超出他们的能力范围了，跟秦筝说了一会儿话，让她好生歇着，就回去了。

只剩秦筝一人时，她寻了纸笔将梦中所见的索道建造图画了下来。

建这索道，难就难在山崖两岸相距太远，铁索又太沉，没法将索道拉去对面。

而且还需要测出山崖两岸的距离，明确索道建成后每次运送货物的重量，以此来确定下桩子的深度。

等晚间楚承稷归来时，秦筝已将图纸完善得差不多，自己明明只画过一次修栈桥的工图，但再次动笔，她却全无一点生疏之感，仿佛从前就常做这样的事一般。

秦筝想不通其中缘由，便只当是那梦的作用。

"听说官兵围了两堰山，你和寨主商量出对策了吗？"她在楚承稷进屋后给他倒了杯茶递过去，发髻上的昙花玉簪在烛光里愈显色泽温润。

楚承稷注意到她簪上了玉簪，视线在她的发髻上多停留了几息。

秦筝用手扶了扶簪子，抱赧道："谢谢你送的簪子。"

楚承稷接过茶水："是卢婶子找出来的吧，簪子摔裂了，我本没打算拿给你，想着下山后另寻一根。"

秦筝道："我瞧着这根就好，裂纹倒让簪子更有意境了些。"顿了顿，她又补充了句，"我很喜欢。"

楚承稷面上不显，但嘴角却微不可察地提了提，又回答起她方才的问题："郢州已反攻闵州，李信那边怕闵州失守，势必会给沈彦之施压，让他带着来青州剿匪的三万兵力前去支援闵州。"

秦筝想起沈彦之让她和林昭转移地方时，的确说自己要南下一趟，看样子楚承稷在那时便已经开始布局了。

楚承稷继续道："不过反贼那边既已知晓我落脚于两堰山，势必也会派官兵继续围攻，虽收编了附近山头的山贼，可寨子里的粮草却也撑不了几日了。"

秦筝适时开口："我听阿昭说了粮草的事，在后山建索桥运送粮草怕是来不及了，建索道还可行。"

楚承稷眉眼微扬："你有法子？"

秦筝点头："两岸山崖相隔太远，铁索又太沉，这才没法拉到对岸去，我寻思着，若是对岸有人接应，咱们先用床弩把普通绳索射到对岸去，再用绳索把铁索拉过去就行了。"

铁索太沉，便是用床弩也射不到对岸，但普通绳索重量轻，应是可以的。

只要建起索道，就能解决粮食这一大难题，楚承稷的面上难得浮现出极为明显的悦色，他看着秦筝郑重道："阿筝，多谢。"

他突然这般客气，未免叫秦筝有些无所适从，道："你与我既是夫妻，本就是一体的，你从前不也同我说，不必言谢吗？”

想起卢婶子说他昨晚在院子里坐了一整晚，她抿了抿唇，又道：“有件事我一直没告诉你，叛军围了汴京时，我大病一场，醒来后什么都不记得了，亦不记得我和沈彦之的过往。昨夜想静静，只是感慨世事无常……你莫要多想。”

楚承稷眼皮轻抬，道：“救走你之前，我问过你要不要跟我走，你应了我才救人的。哪怕你现在反悔了，我也不会放人，我多想什么？”

秦筝心跳怦怦的，脸上的热意骤升，她问：“那你昨晚在院中枯坐一夜是何故？”

楚承稷的脸色忽而凝重了起来，他道：“今日官府攻寨，我没来得及同你说，京城那边……有消息了。”

最后一句话说得格外沉重，秦筝一颗心便也跟着沉了沉：“什么消息？”

“李信登基，肃清前楚旧臣，你父亲和陆太师不愿归顺他，都被斩立决了。”

哪怕已不记得自己父亲的音容笑貌，秦筝骤然闻此噩耗，还是白了脸色，眼眶也酸涩难忍，顷刻间落下泪来。

这是楚承稷第一次真正看到她哭，心口的地方不知何故，也跟着变得闷闷的，他迟疑了一下，伸出手轻轻拍她的后背：“我会给他们报仇的。”

秦国公被斩，如今秦家还不知是何局面，秦筝仿若抓救命稻草一般抓住了他的袖子：“我母亲，还有我兄长和妹妹，他们可还好？”

楚承稷轻拥住她：“郢州陆家派来的人正在打探消息，一有消息就会飞鸽传信送来的。”

京城。

秦笙同母亲跪在宫门前，身后零星地跪着几个忠心的家仆。

她们已经在此跪了两日，脸上是掩饰不住的苍白和憔悴，饶是如此，母女二人也将脊背挺得笔直，不肯堕了那最后一分骨气。

上下朝的官员们看到她们，有的视若无睹，有的止步叹息一声，摇摇头又走了。

没人敢在这时候为了秦家人去触李信的霉头。

自郢州陆家投靠淮阳王起，京城陆家这边就已成了家族大树上的那根枯枝。

前太师府前两日才被抄家，陆家上下几十口人被收押天牢，不日就要被押送闵州。朝廷要在三军阵前，当着郢州陆家的面，斩杀陆太师的家眷，以血祭旗。

李信能坐上皇位，也因他是出了名的心狠手辣，斩草必不留根。

先前秦国公和陆太师以死明志，楚国旧臣大多还未归顺新朝，李信也明白兔子急了也会咬人，才假模假样地安抚了一下两家人，以示仁德。

现在新朝已步入正轨，李信不愁无人可用，对付陆家刚好有郢州陆家拥护淮阳王这个名正言顺的理由。

秦家本家就在京城，虽没那么好安罪名，可就在几日前，一群纨绔子弟在秦笙出门时公然拦下马车调戏她，秦家大公子秦简怒急同那几个纨绔动了手。

秦简习文，带在身边的也只有一个书童，哪里是那些纨绔所带的扈从的对手，被打得重伤不说，后脚大理寺就去秦府拿人，说秦简当街殴打朝廷命官，要拿他问罪。

原来在那群纨绔中，有一人正好是刘贵妃的侄子，现在户部领个虚职，胸无点墨，平日里最好酒色。他听闻前楚太子妃乃国色，如今前楚太子妃下落不明，便带头拦了秦笙的马车，想看看秦家这小女儿是不是也同太子妃一般貌美。

出了这样的事，秦家能求的人都求了，也去贵妃娘家登门赔过罪，可人家连府门都不让进。明眼人都看得出，这哪里是贵妃娘家人想闹事，分明是龙椅上的那位想整治秦家人了。

秦夫人转头去求朝中大臣，不少人念着秦国公的大义，一开始都帮着上折子求情，可自从秦国公曾经的得意门生突然被革职后，那些求情的声音也弱了下去。

没人敢再拿自己的仕途和全家性命去赌。

秦夫人没法子，将家中能变卖的东西都变卖了，才筹集银钱打通大理寺上下，只求让秦简在狱中少吃些苦头，又带着秦笙跪在了宫门前，恳请李信给个公道。

李信堵得了百官的嘴，却堵不了天下百姓的嘴。

京城茶馆里说书先生讲的评书、戏班子新出的戏曲，都在含沙射影地讲述秦家的遭遇，闹得沸沸扬扬，百姓甚至去贵妃娘家人的府门前扔烂菜叶子、臭鸡蛋。

事情能发酵得这么快，自然是秦夫人在背后使了银子推波助澜的。

为母则刚，她心知求官员没用，那就把事情闹大，看他李家人还要不要脸面和民望。

御书房。

兽口香炉里的龙涎香一如既往地浓厚，丝丝缕缕地飘浮在殿中，乍一眼看去，仿佛是浮着一层瘴气。几个站在玉阶之下的大臣额前冷汗涔涔，大气不敢出。

“河西四郡的最后一郡被北戎拿下了，南边的闵州也危在旦夕，沈彦之这时候还带着三万精兵盘踞青州不肯南下，好啊，好得很！”李信冷笑连连，说到气愤处，直接将案前的奏章尽数拂落，“他沈家是要反了天不成？”

闵州告急，李信下令让领了三万精兵于青州剿匪的沈彦之前去闵州支援，可沈彦之非要等到调兵令至才肯动身。

偏偏朝廷派去送调兵令的钦差大臣在半道上被贼寇袭击，重伤垂危，延误了送调兵令的时间，李信可以说是大动肝火。

几个大臣惶恐跪下：“陛下息怒。”

李信将手背在身后，在龙案前来回走动：“如今朝堂刚稳，南边战事告急，沈家掌兵三万后也暴露了狼子野心，朝廷是万不能再抽出兵力同北戎抗衡。”

他话都说到这分上了，机灵些的大臣立马道：“陛下，我等同北戎议和，方可解这燃眉之急。从河西走廊再往东就是连钦侯的地盘，北戎也怕我们和连钦侯联手反攻回去，此时提出议和，是为上策。”

李信一双鹰隼似的眼看向那个大臣：“爱卿且说说，如何议和？”

那大臣额前的冷汗瞬间掉落了下来，磕磕绊绊道：“若能结秦晋之好，自可保我大陈疆域不受北戎侵扰。”

李信登基后，改国号为陈。

他意味不明地笑了两声：“朕膝下除却已嫁人的公主，如今最大的公主，年方十一，爱卿说如何是好？”

李信分明是在一步步逼着他说出那个答案，那个大臣只得硬着头皮道：“陛下大可在王孙贵女中选一位赐予公主封号，送往北戎和亲，此举是为了天下百姓不受战火殃及，当是无上荣光之事。”

李信脸上那抹笑容愈深了些，眼角的皱纹都透着一股阴冷：“朕听闻秦国公的家眷还跪在宫门外？”

跪在阶下的几个大臣都捏了一把冷汗。

“是……是还跪着。”先前答话的大臣额角滚落一滴豆大的汗珠子，砸在光可鉴人的大理石地砖上。

李信道：“贵妃侄子荒唐，大理寺官员也跟着荒唐不成？朕敬重秦国公，他虽不愿为朕所用，一心随前朝而去，朕却也不能薄待他的家人，命大理寺即刻放人，大理寺少卿罚俸三月，闭门思过。”

“陛下圣明！”几个大臣虽叩头替秦家谢恩，但一颗心还是悬着的，李信突然在此时提起秦家人，实在是不能不叫人多想。

果然，下一刻就听李信慢悠悠地道：“朕听闻秦家幺女温婉淑良，有其长姐之姿，封其为盛平公主，送往北戎和亲，也算是合了秦国公一生为民的心意。”

跪在阶下的几个大臣不敢作声，李信这分明是记恨秦家为了救出秦简，拿天下百姓来压他。

西天烧起红霞时，秦笙才瞧见几个大臣从宫门那边出来，她和秦夫人跪了两日，膝盖早肿了，若不是凭着一股心气儿撑着，只怕早晕了过去。

瞧见有人来了，秦笙下意识地又把背脊挺直了几分，不肯叫人低看了秦家去。

前来的正是在御书房提议和亲的那个大臣。

他看着秦家这母女二人，眼神有些闪躲：“秦夫人、秦姑娘，你们且回府去吧，陛下得知秦大公子被关大理寺一事后盛怒，罚了大理寺少卿三个月俸禄，让其闭门思过呢！秦大公子不日就能回家了。”

提心吊胆了数日的母女二人听到这消息，几乎是喜极而泣。

秦夫人被秦笙和忠仆扶起来，对着那大臣福身一礼：“多谢周大人，周大人大恩，我秦家上下一定铭记于心。”

周大人连连摆手，神色间满满的心虚："秦夫人言重了，你们这些日子殚精竭虑，遭了不少罪，先归家歇着吧。"

秦夫人母女都以为是李信在民怨前做了让步，满心欢喜地回了秦府，可等来的却不是从大理寺被放出来的秦简，而是一道封秦笙为和亲公主的圣旨。

秦夫人那般坚韧的一个人，即便秦国公赴死都没能打倒她，可却在看到这道圣旨时，悲从中来。

从前她没能护住自己的长女，如今连幺女也护不住了，愤怒和多日攒下来的疲惫、沉痛、绝望一齐涌上心头，急火攻心，终究是晕了过去。

秦家家仆又是一阵手忙脚乱，哭声一片，抬着秦夫人回房的回房，请大夫的请大夫。

传旨的太监冷眼看着树倒猢狲散的这一家子，没有半分怜悯之意，仿佛只是看了一场皮影戏。

秦笙在此时才体会到当初阿姐面对的是怎样的艰难抉择。

她不接这道和亲的圣旨，秦简可能就没法安然地回来，可若是接了，就得嫁去北戎那野蛮之地，这一辈子都归家无望……

最终，秦笙咬着发白的唇接下了那道圣旨。

传旨太监带着一众小太监趾高气扬而去，秦笙跪坐在空荡荡的庭院里，眼泪夺眶而出。

她是秦家最小的孩子，从小就被保护得极好，哥哥姐姐都疼她，但现在，再也没人能挡在她的身前了。

父亲离世，母亲病倒，姐姐下落不明，兄长被关在狱中……

她从未觉得，人生如此艰难过。

秦笙攥紧手中的圣旨，眼泪大颗大颗地砸在地砖上，眼神却慢慢变得坚定，当年姐姐为了她能嫁入东宫，而今为了兄长，她也能远嫁北戎。

汴京与青州山遥路远，秦笙被迫前往北戎和亲的消息还未传至青州，收编的山贼便先在祁云寨闹起了事。

好在楚承稷对此早有预料，他将这些山贼重新编列后，无异于是削弱了原本各大山头的头领号召力，肯定会有刺头儿挑事。

来报信的祁云寨汉子说，某个山头首领手底下有个大块头不服编队，要与他们山头原本的几个弟兄一起，把王彪都给打伤了。

"那大块头力大无穷，寨主腰上的伤还没痊愈，只怕不敌。"汉子面上一派焦急之色。

而且目前是以祁云寨为首举事，若是林尧败下阵来，祁云寨就失了威信。

楚承稷抬脚往外走："随我去看看。"

报信的人小跑着才跟上楚承稷的步伐："军师若是和那大块头对阵，也千万要当心，小的听说那大块头原是寺里的武僧，又天生神力，难对付得紧。"

楚承稷听到“武僧”二字，眸色微沉。

抵达演武场时，各大山头的人都围在那里，昨日才清理出的演武场还带着新泥的土腥味，几个祁云寨的人横七竖八地躺在地上，王彪胸前的衣襟上全是咳出的血，被寨子的人扶着躺在一边。

林尧正同那山头的人对峙，面色难看至极：“马寨主今日是铁了心要坏规矩？”

他身后十余个祁云寨人手持弓弩，瞄准了对方。

也正是忌惮他们手中的弓弩，那山头的人才不敢太过放肆。

山头首领冷笑：“你们祁云寨自称要举事夺天下，可一个能打的都没有，把弟兄们就这么交给你们，我这个当家的如何放心？林大当家的，咱们各退一步，你让我手底下的人自成一队，继续受我管治，我马某人依旧以林大当家的马首是瞻。”

他身侧那身高九尺有余的汉子，壮实得像尊铁塔，王彪体形已算壮硕，可同他比起来，都不是一个型号。

马寨主发话后，他就从鼻子里发出一声冷哼，浑身的肉都跟着颤了颤，环视演武场一周：“还有谁敢上来比画比画？”

视线扫过林尧时，他直指林尧：“你是祁云寨当家的，你敢不敢跟我打一场？”

林尧身边的人立即喝骂道：“放肆！胆敢对寨主无礼！”

大块头把扛在肩上的钉锤往地下一掷，冲着林尧大声道：“来！”

那百余斤的钉锤砸在地上，地面都颤动了一下。

林尧进退两难，若是放在从前，他去比画一场输了也就输了，可如今他有伤在身，又有各大山头的人看着，他若下场，就只能赢不能输。

气氛正僵持时，外围的祁云寨人像是看到救星一般大声道：“军师来了！”

围观的人都自动让出一条道，几个祁云寨的人跟着楚承稷走向演武场中央。

林尧同楚承稷视线相接，有些为难道：“军师。”

楚承稷轻点了下头，转头扫了那大块头一眼，道：“我同你比试。”

他今日穿的一身儒袍，单手负在身后，更显身形清瘦，说他是个贵公子还有人信，若说他能同比他体形大了整整三倍的大块头动手，那无疑就是找死。

演武场上顿时一片哗然。

那大块头上下打量了楚承稷一眼，从鼻子里呼出一股气流：“就凭你？”

马寨主面上也是一派讥诮之色：“林大当家，马某瞧着这位兄弟怕是连刀都提不动，若是赵逵一个没收住力，出了人命，林大当家可别怨我。”

他看了一眼场外围观的众人，继续煽风点火：“既要举事，那便是能者居之，今日祁云寨，的确是叫我马某人不服！”

林尧同楚承稷对视一眼，后者给了他一个安心的眼神。当着各大山头的面，林尧也不能落了祁云寨的面子，当即就沉声道：“马寨主，那你大可试试。”

他眼底全是豹子似的狂性和野性。

一时间，马寨主不免也有几分迟疑，他敢今日闹事，除手底下有赵逵凶猛无敌之外，还因为他听到了林尧受伤的风声。

但林尧此刻这般笃定，难不成那小白脸还真有两下子不成?

马寨主的视线扫过楚承稷，见他身形在赵逵跟前根本不够看，再想到赵逵天生神力，心底又安了几分，道:“那我便拭目以待了。”

楚承稷在演武场中间仗剑而立，长发和衣袂在浅风里轻轻飘动。

对面的大块头赵逵看着他扭了扭脖子，一阵骨节声噼啪作响，眼底的轻蔑再明显不过:“小子，爷爷一锤就能把你砸成肉泥！”

楚承稷长眸半抬，只说了一个字:“来。”

赵逵拎起脚边的钉锤，狂吼一声就朝着楚承稷攻来。

楚承稷在身形上已算高的，但赵逵比楚承稷还高出一个头，体形又壮硕，此刻赤着上身，每跑一步，身上的肉和脚下的泥地都一起跟着颤动。

手中的大铁锤带着千钧之力向楚承稷砸下来时，楚承稷灵巧避开，但赵逵看着笨拙，身形却也异常灵敏，一见楚承稷避开，手中钉锤也在地上拖曳出深深的划痕，继续向着楚承稷抡来。

这次楚承稷没避，在钉锤拖行时，他一脚踏在钉锤上，愣是把钉锤踩得一半都陷入了泥地里。

赵逵只觉得握着钉锤的那只手被一股拉力牵扯着猛地往下一坠，已是脱臼了，还未反应过来，楚承稷已经在他的钉锤上借力一踏，整个人跃起，另一只脚在他的下颌处重重一踹。

赵逵被踹得踉跄着后退了好几步，整个下颌仿佛失去了知觉，他往地上啐了一口，不期然吐出一口血沫来。

演武场外响起一片此起彼伏的倒吸气声。

谁都没想到，那看似清瘦温雅的男人，竟然能一上场就让赵逵负伤。

“倒是没瞧出来，祁云寨这位军师，武艺也十分了得啊！”场外有人惊叹。

“武功底子的确不错，可毕竟身形在那儿摆着，硬碰硬，还是赵逵稳赢，祁云寨那位军师使出十分力也未必抵得上赵逵三分力，打到后面太容易力竭。”

懂行的看了一眼场上的情形，有些遗憾地摇了摇头。

赵逵看着站在对面的楚承稷纤尘不染，用舌尖抵了抵方才被牙齿磕破的口腔内壁，伤口处火辣辣地疼，口腔里的血腥味却让他愈发兴奋起来。

“好小子！”他哈哈大笑，左手握住软软下垂的右臂，往上一顶，只听一声令人牙酸的“咔”声响起，他脱臼的右臂就被送回了原位。

没了钉锤，他双手握拳，光是摆出个拳架子，就已虎虎生风。

他手上没了兵刃，楚承稷再同他动手时，便也没用剑，拳脚相交，比的便是那股瞬间爆发出来的寸劲儿。

赵逵一双猿臂壮实又粗长，一套通背拳连环砸下来，根本不给人任何喘息的机会。通背拳双拳甩动时牵动后背发力，相比一般的拳法，手劲儿大了数倍不止，哪怕是格挡，接个两三拳，手上就剧痛无比。

但楚承稷闪避得游刃有余，仿佛对他出拳的路数烂熟于心一般，甚至还能逮着对方露出破绽时在对方肘窝处还击，打到最后，反倒是赵逵吃痛，龇牙咧嘴地甩着自己的两条手臂，试图卸下缠绕在肘臂上的阵阵痛意。

“老子这套通背拳还没人破过！你究竟是何人？”赵逵的眼底又是震惊又是茫然。

楚承稷单凭拳脚功夫又同赵逵过了几个回合，场外哪怕没正经学过几天功夫的众人这会儿也瞧出祁云寨这个军师不简单。

马寨主怕自己这边落败，冷了脸色喝道：“逵弟！速战速决！”

赵逵正好打回了自己方才弃钉锤的地方，一听到马寨主的命令，咬了咬牙，拔起陷入泥地将近一半的钉锤，指着楚承稷道：“有种别躲，正面吃爷爷一锤！”

楚承稷这次的确没躲，他运起内力抬剑格挡，巨大的碰撞力震得剑身都豁出个口子，迸裂的剑身碎片擦过楚承稷侧脸，留下一道浅浅的血口子。

几乎是瞬间，他抬脚用了十足的力道踢在钉锤把上，脚劲儿比手劲儿更足，赵逵只觉得虎口剧痛，踉跄着后退时，手连钉锤都握不住了。

定睛一看，竟是虎口裂开了，此刻正往外冒着鲜血。

不等他回过神来，膝盖窝又被人死命地踹了一脚，膝盖骨仿佛都要被那一脚给踢碎了，他膝窝一软便跌跪在了地上，一把泛着寒光的缺口长剑直指他的咽喉。

赵逵忙道：“不打了，老子不是你对手！”

楚承稷站定后也觉得喉间泛起阵阵腥甜，他将血沫强咽了回去，剑锋指着赵逵咽喉，面色在太阳光下却显得有些苍白。

演武场内外一片死寂，过了许久才爆发出阵阵喝彩声。

“祁云寨一介军师都有如此本事，卧虎藏龙之辈只怕不在少数！”

“不然怎么能从盘龙沟手里抢走那批朝廷的兵器！肯定还是有过人之处的！”

“峡口寨仗着一个赵逵横行霸道多年，这回可算是踢到铁板了！”

楚承稷对阵赵逵，这一战委实凶险，林尧在场外都替他捏了一把汗，此刻见楚承稷得胜，当即就对峡口寨寨主道：“马寨主，如何？”

在众人的议论声里，马寨主的脸上青红交加，冲着林尧低头抱拳：“马某人惭愧，一切听凭林大当家差遣。”

林尧冷声道：“按照以往的江湖规矩，马寨主当自断一臂才得以服众，但如今我祁云寨既决定举事，便也按照军中规定来，马寨主同赵逵，各罚军棍一百，编入行伍后，马寨主撤其军职，贬为小卒！”

峡口寨众人才被杀过威风，连赵逵那般天生神力的人都败下阵来，余下的一些小喽啰哪里还敢闹事，自是听从祁云寨的吩咐。

这也算是杀鸡儆猴了，其他山头的人见识过了峡口寨的下场，对接下来的编队不敢有半点异议。

马寨主和赵逵被人按在刑凳上罚军棍，祁云寨的人先前憋了一肚子气，这会儿军棍实打实地往他们身上招呼，十几军棍打下去后，负责行刑的汉子都打出一层汗来。

马寨主疼得受不住，哭爹喊娘地告饶，哪还有半点威风可言。

反倒是赵逵，许是皮肉结实，愣是一声没吭。

编列军队的事宜有条不紊地继续进行，楚承稷见这边稳定了，才不动声色地离开。

林尧瞧出他在场上时脸色就不对劲儿，把手上的事交给武庆后，就赶忙去看楚承稷。

楚承稷避开人后，果不其然吐了一口血。

林尧大惊："程兄！"

楚承稷用手背拭去唇边的血迹："寨主勿忧，不过是一口瘀血。"

林尧有些懊悔，道："峡口寨那赵逵，天生力大无穷，程兄和他对上，只怕是受了内伤，我让赵叔给你把把脉？"

"没什么大碍，休养两日即可。"楚承稷听到那大块头的名字，眸色微敛，"那人名唤赵逵？"

林尧知道楚承稷是起了惜才之心："正是，我曾同他粗略地交过两次手，单论蛮力，此人只怕难逢敌手。不过他虽凶悍，倒也不杀手无寸铁的弱民，之所以为峡口寨效力，据闻是他刚下山那会儿化不到缘，又不忍抢流民吃食，马寨主舍了他一顿饱饭，他为了报恩才入了峡口寨。程兄今日竟能胜了他，委实叫我大开眼界！祁云寨若能得此人，往后就多了一员猛将。"

楚承稷点头："要让他死心塌地地为祁云寨效力，想来还得寨主去游说一番。"

在为人处世这一块，林尧素来是游刃有余，当即就道："此事就包在我身上了。"

他欲出门时，又想起另一件事来："对了，程兄，咱们若举事，总得有个名正言顺的由头，这军中也得有个番号才方便制作旌旗。"

楚承稷道："举事先不对外宣扬，李信剿匪的三万大军围困在两堰山下，闵州告急，调兵令下来，可剿匪大军却不为所动，朝廷那边只会比我们更急，且耗上几日，让沈家和李家先较量着。我们举事的消息若在此时传了出去，倒是帮沈家找了一个违抗调兵令的理由。"

林尧再一次对楚承稷的谋略感到佩服，他们借着剿匪大军围困之势，先把各山头的势力拧成一股绳，等李信和沈家斗得两败俱伤，他们再高举大旗，那时候就是他们向李信捅刀子，而不是受制于李信了。

林尧的神色间难掩兴奋，但各大山头的势力是收编进来了，可粮草的问题还没解决，他道："阿昭听说在后山修索桥运粮一事后，问了尊夫人，尊夫人说修索桥费时费力，运送物资的话，改修索道更省事些，不过既要连在两山崖之间运输重物，一般的铁索可不行，咱们现在下山都困难，就算找来铁匠，只怕也来不及打造了。"

楚承稷道：“铁索一事，我来想法子。”

郢州陆家还有人在青州，他飞鸽传书让郢州陆家的人寻找铁匠打造铁索并不是难事。

有了楚承稷这话，林尧便放心了：“那行，今日练兵我先让武三叔替你顶着，你回去好生休养几日。”

楚承稷离去后，林尧回演武场去看编队情况，一百军棍已经罚完了，马寨主被打成了个血人，被人拖下去时还在不停惨叫。

赵逵倒是条汉子，全程一声不吭。

林尧为了收买人心，带着老大夫去给他看伤，谁知赵逵见了他，头一句话就是：“林大当家的，你们寨子里的军师领兵吗？”

林尧的眼皮跳了一跳：“自然。”

那些杀人如麻的恶棍，都会被分到楚承稷手底下，这伙人留不得，先训着他们，等上了战场，他们将会是最锋利的一把武器。

赵逵咧了咧嘴，被楚承稷踢过的下颌这会儿还火辣辣地痛着，他道：“老子跟了马寨主三年，还了他当年的一饭之恩。现在老子想去你们军师手底下，老子谁都不服，就服他！”

林尧看着赵逵眼底升起的崇拜之色，突然觉得，自己好像不用再做什么来收买这家伙了。

林尧让林昭去通知秦筝楚承稷受伤一事时，秦筝正带着寨子里的老弱妇孺在打谷场制瓦胚。

这是个苦累活，得把黄黏土均匀地裹在瓦桶上，接着完整地取下泥坯，在阴凉的空地上晾着就行。说是没什么技术含量，可若是在瓦桶上裹黏土裹得不严实，取泥坯时就容易开裂或松散，看似简单，却也需要点经验和耐心。

秦筝指导了一上午，这样的手艺瞧着不算什么，但放在山下，那也是祖祖辈辈保守相传的手艺，外人去学，不拜个师，瓦匠师傅是不教的。

寨子里的人与其说是来帮忙，倒不如说是来学艺的，一个个都铆足了劲儿学，一个上午下来，基本上都做得有模有样了，到了饭点都不肯回去。

秦筝无意中说了一句自己的本姓为“秦”后，寨子里的人便有的唤她“军师夫人”，有的则叫她“秦师傅”。

“师傅”二字，是对匠人的尊称。

秦筝做了这么多的奇梦，在这一刻忽而有了一个从前从未设想过但又格外坚定的念头：她可以仅做她自己，立于这天地间。

这世间女子，出阁前的称呼是谁家女儿；出阁后的称呼是谁家妻子；年老后的称呼是谁家母亲。

她们自己的名字，除了亲朋，再无人知晓。

从前她对自己所做的梦更多的是敬畏，如今却是满怀感激。

梦里那个满腹经纶的她，似乎在教她如何成为一个更好的自己。

在此之前，秦筝所做的一切跟工程建造有关的，都是因为梦境和现实吻合，迫于无奈她才去做的，现在她却突然想主动地去了解、学习更多的东西。

父亲已故去，她不能只作为太子的妻子把一切都寄望于他，如果可以，她想同他建立起夫妻以外的更坚固的羁绊。

她秦筝，不愿只当一个站在他身后的太子妃。

心中有了目标，秦筝教寨子里的妇人们制瓦时更有干劲儿了。

人群里一个年轻姑娘时不时地偷偷打量她，她朝那姑娘看去时，对方就如受惊一般赶紧低下了头去。

那目光说不上恶意也说不上友善，却让人不太舒服。

秦筝心中正有些奇怪，边上忽然传来一道嗓音："那妮子在你和阿昭被水匪抓走的第二天，就常去你家院子外晃悠，八成是对你相公有意，你当心些。"

秦筝回头一看，发现是何云菁。

说起来，她跟何云菁只有几面之缘，对方突然同她说这些，秦筝还挺意外的。

见秦筝不说话，何云菁也知道二人之前的交集都不算愉快，她道："你救过寨子里的人，这点良心我还是有的，我看不惯她装作一副乖巧怕事的样子，却老在人后编派你进了匪窝被那些渣滓如何糟蹋罢了。从前她也在林大哥跟前献殷勤，被我抽过几次耳光才老实了。"

"阿筝姐姐！"远处突然传来林昭的呼唤声。

何云菁似乎还要说些什么，但看到林昭过来，便匆匆离去了。

林昭担心秦筝受欺负，过来第一句就是："阿筝姐姐，她没为难你吧？"

秦筝还在沉思何云菁同她说的事，闻言摇了摇头："没有，我瞧着何姑娘变了许多。"

林昭的神情不由得也复杂了起来："二当家死后，她的确过得挺难的，不过也比以前更凶了，谁惹她不快，她一个巴掌就能招呼过去，若不是王大娘护着她，她得被不少人欺负。"

从前对何云菁最凶的是王大娘，二当家死后，处处护着她的也是王大娘。

秦筝有些感慨，想起何云菁对林尧的感情，迟疑道："她同你兄长……"

林昭摇了摇头："二当家死后，她就再也没来找过我兄长了。"

一时间，秦筝倒也有几分唏嘘，那个被二当家捧在掌心里的姑娘，一夕之间长大了。

她见林昭跑得满头是汗，问："发生什么事了吗？你跑得这般急。"

林昭一拍脑门，这才想起了找秦筝要说的正事："阿筝姐姐你快回家去看看吧，我哥说，军师在演武场受了伤。"

秦筝顿时也顾不得再思索旁的事了，把打谷场这边交与林昭看着，便匆匆回了小院。

幸而楚承稷的伤并无大碍，老大夫来把过脉后，开了药方让好生休养几日即可。

老大夫走后，秦筝看着面色苍白、半躺在床上的人，想起他这逃亡一路受过的伤，突然就心疼了。

不管发生任何事，他永远都是在最冷静、最理智地寻求破局之法，可他也不是个铁打的人，依然会流血、会受伤。

只是他从来不把自己的苦和痛与人说罢了。

秦筝坐在床边握住了他的手，缓声道："我知晓殿下身上的担子重，但还是得顾惜自己的身体些。"

楚承稷看着浅握着自己的那双手，眼神软了几许，他收拢五指反握住她："小伤，马上就要和官府正面开战，总得先镇住内部，拧成一股绳的。"

秦筝轻轻应了一声，一切情愫无须言语，尽在二人交握的那双手中。

楚承稷只休养了一天，便又去练兵、同林尧等人议事了，时常深夜才归家。

这日晚上秦筝收拾箱子里的衣物时，想起楚承稷有件被水匪砍破的衣服，自己那次只缝了几针，因戳到手指就放在箱子里没管了。想到楚承稷给她是又买簪子又买镜子的，反观她倒是没给他准备过什么礼物，帮忙缝个衣服，也算是一片心意了吧。

秦筝找出那件袍子，穿上针线后，便开始找衣服上的破口，可翻了半天都没找着，她不由得有些疑惑："我记得这衣服破了好大一个口子来着，怎不见了……"

她仔细瞧了瞧，终于在肩背那里瞧见了一道三寸来长的缝补痕迹，因补丁处的针脚下得又密又齐，她先前错把那条补丁当成了袖子的缝线处。

补丁排头的那两针缝得歪歪扭扭，像是蜈蚣脚的，正是她那天缝的。

秦筝幽幽地叹了口气："卢婶子已经帮忙缝好了啊，怎么不把我先前缝的那两针拆了线再缝？"

这对比未免也太惨烈了些。

可心头却又有些疑惑，卢婶子平日里鲜少进他们屋子，更不会乱翻他们的东西。不过若不是卢婶子缝的，那整齐细致的针脚，这院子里怕是找不出第二个人来。

秦筝没想出个名堂，正准备熄灯时，门外响起了卢婶子的声音："娘子，你睡了没？先前赵大夫开的药，我给你煎了一碗。"

说起这安神的汤药，秦筝第一次喝，还是水匪攻打祁云寨的前一晚。

秦筝开门把药端了过来，道："多谢婶子，不过以后这药不用给我煎了，我睡得挺沉的。"

卢婶子笑着应好，见她桌上还放着衣裳和针线，劝道："大晚上的，别做针线活儿了，伤眼睛。"

秦筝抱赧道："我本来想帮相公缝一件破衣服，怎料婶子已经帮忙缝好了。"

卢婶子的神色变得怪异起来："我没帮忙缝补过衣裳啊。"

秦筝一怔，拿过桌上的那件袍子给卢婶子看："婶子莫不是记错了，就是这件。"

但卢婶子看后更加笃定地摇了摇头：“不是我缝的，婶子说实话，我那针脚下的，还没这好呢。”

忽而，她似是想起了什么，恼怒道：“娘子你不在的时候，有天我下地回来，倒是瞧见山腰上王家那丫头哭着从门口跑了。”

秦筝一怔，想起那日何云菁同自己说的话，脸上的笑意收了收，一张妍丽的面孔愈显清冷，却丝毫没有狼狈和伤感，只道：“原是这样，多谢婶子了。”

卢婶子心情复杂地叹了声：“娘子你别往心里去，那丫头哪儿都比不上你，平日里我也没瞧见军师同寨子里哪个姑娘多说一句话——”

“我知道。”

秦筝浅笑着打断了卢婶子的话：“天色不早了，婶子早些歇着。”

卢婶子的一颗心又替这对小夫妻揪了起来，这都是些什么事？

合上门，秦筝瞥了眼那件衣裳的补丁，虽然不想承认，但还是越看越扎眼。

楚承稷回来已是半夜，屋中没点蜡烛，但对他而言，点不点烛火差别不大，一推门就能瞧见秦筝单手支着头坐在桌旁，像是睡着了。

怎么睡在这里？

楚承稷眉峰轻蹙，动静极轻地掩上房门，走近后，看着她用手肘撑着摇摇欲坠的脑袋，心底有个角落猝不及防地软了下去。

他静静地看了一会儿，鬼使神差地抬起手背，轻轻地碰了碰她的脸颊。

大抵是他手太凉，哪怕是轻轻一碰便收回了手，却还是让秦筝醒了过来。

嗅到身侧的人身上有股熟悉的雪松香，秦筝倒也没慌乱，她摸索着要去点桌上的蜡烛，楚承稷却代她点燃了。

原本流淌着淡淡月华的屋子瞬间被暖融融的烛光照亮。

“怎么不去床上睡？”楚承稷的声线压得比平日里低，恍惚间带着几分温柔。

反观秦筝眉眼间倒是过分清冷了些：“有些事，想同相公商量一下。”

楚承稷感受到她明显疏离的态度，在桌子另一侧坐了下来：“怎么了？”

目光无意间扫过她的发髻，发现她换回了原本的木簪。

楚承稷的唇角往下压了几分，他不高兴的时候，眸色看起来很淡，凉薄得像是覆着一层薄雪。

秦筝直视他的目光问：“我落入青州官府时那般凶险，相公为何要来救我？”

先前，二人间都是心照不宣的，但她忽而想要他一个明确的答复。

楚承稷懒洋洋地抬起眼皮，看似漫不经心，目光里却又带着重重压迫感：“你是我的妻，你被人夺了去，我不该来寻你吗？”

“只有这个原因吗？”秦筝也不知道为何，被他盯着，自己的嗓音下意识地弱了几分。

楚承稷盯着她看了一会儿，突然笑了：“你那么聪明，应该猜得到的。”

秦筝抿紧唇："我猜不到。"

眼睫却垂了下去，不敢再看他。

楚承稷盯着她发顶看了一会儿，缓慢开口："既然你猜不到，那说明确实是我做得还不够好。"

他身子微微前倾，拇指和食指捏着秦筝小巧的下巴，手上稍微用了些力道，让秦筝抬起头来："我的确不太懂女儿家的心思，不知道你喜欢什么，讨厌什么，也不知你现在为何生气，是我之过……"

他语气顿了顿，直直地望向她眼底："但我以为，你决定跟我走，应该懂我对你的心思。"

秦筝的心倏地狂跳起来，被迫看着他，望着他幽深漆黑的一双眸子，指尖都有些发颤。

他的嗓音依旧不急不缓，在此刻却像是凌迟的刀子："不问你在别院发生的事，是不愿让你为难，你愿主动同我说，我心中欢喜，你不愿再提及，我也理解你的难处。何况对我而言，你完好地回来了，旁的就不重要了。有些话，我不愿直白地同你说，想着做些旁的事，你也能明白的。你既不明白，那我便说与你听。秦筝，我心悦你。"

虽然得到了想要的答案，却还是有一股酸涩从心底升起，直冲眼眶，秦筝问："我不在时，谁给你缝的衣服？"

楚承稷有一瞬间没明白她话里的意思："什么？"

秦筝拿起那件缝补过的外袍递给他："我知晓殿下待我好，但很多时候，我也不清楚自己在殿下心里，究竟是个什么位置。今夜想同殿下谈的，就是我们二人的关系，我知道男人三妻四妾是常态，殿下若是瞧上哪位姑娘，还是同我说一声，我也不是那等善妒之人。"

楚承稷看着衣裳上细密的针脚，算是知道了她今夜突然反常的缘由，他揉着眉心无奈道："哪来的什么姑娘？我缝的。"

秦筝的第一反应是他竟然睁眼说瞎话！她狐疑道："不是那个姓王的姑娘缝的？"

楚承稷凝视着她："哪个姓王的姑娘？"

他的眼神太过镇定，秦筝都有些怀疑是不是自己真误会他了，不过这种时候气势不能弱。

秦筝没把卢婶子给卖出来，抿唇道："我听人说了，看到过住山腰的王家姑娘哭着从咱家院门跑出去。"

他眸色冷了几分，看到秦筝绷着脸，眼底又多了些无可奈何："她都哭着跑出去了，我如何让她给我缝衣服？"

秦筝先前压根没想过会是楚承稷自己缝的衣裳，既不是卢婶子缝的，那就只能是旁人缝的了，现下被楚承稷问住，只得勉强道："万一……你们不止见过那一次呢？"

楚承稷不说话，就这么盯着秦筝，直盯得她自己面上挂不住，扭过脸去。

他单手掐着她双颊让她转过头来，道："要不是你说她哭着跑出院门，我都不记得有这号人，哪里知道人家姓什么？她做了馍馍拿过来，我不要，她放下就要走，我捏碎了喂鸡，她就哭着跑了。”

秦筝被他掐着，红唇被挤得嘟了起来，楚承稷盯着她嘟起来的红唇，有一瞬间的失神。

秦筝没料到竟是个误会，自己大晚上的等他回来就为了问这个，她都觉得脸上烧得慌，为了挽回几分颜面，她一本正经道：“原是如此，是我误会殿下了，不过往后殿下若是有相中的姑娘，直接与我说便是，若是传出些捕风捉影的话来，对人家姑娘的名声也不好……唔……”

楚承稷突然侧头堵住了她的唇，捏着她下颌的力道罕见地强势。

秦筝像是被施了定身法般，整个人都僵住了，浑身唯一的触感只剩贴着她唇的那片温软。

楚承稷退开时，秦筝还在呆愣中没回过神来。

他看她一眼，黑眸深沉：“别再说这些惹我生气的话，你是有多低看我？还是低看你自己？”

秦筝见他板着张脸，心里都快乱成一锅粥了，无意识地抿了一下被他亲过的唇瓣：“你那话里的意思，我可以理解为今后你身边只会有我一人吗？”

楚承稷看着她攥着自己袖角的那只手，只觉得心脏似乎也被软软的触手给勾住了。

他是个不善言辞的，更不会说那些黏糊糊的情话，却也感觉得到，她这么问明显是缺乏安全感，他眼神一软，道：“你当我有几条命，还会为了旁人去以身犯险？”楚承稷蹲了下来，同秦筝视线平齐，“我不太擅长许诺，也不太懂如何对一个人好，但你曾经拥有的，比那更好的，我都会补给你。”

秦筝心情极好，嘴角翘了起来，直接反捏住他的下巴，跟个纨绔恶少似的道：“做我的人，以后就不许招蜂引蝶！”

楚承稷眉梢轻提，他嗓音幽幽的，带着一股凉意：“说起招蜂引蝶，倒是没人赠我簪子，也没人送我孤本游记、猫猫狗狗……”

秦筝没料到他这时候来秋后算账，恶少的架势是装不下去了，讪讪地收回手：“我那不都没收嘛。”

楚承稷：“我也没收人家的馍馍。”

秦筝看着面前这张清滟绝尘的脸，不知为何，她有种预感，自己以后吵架怕是吵不过他。

她干咳一声：“这件事就这么翻篇吧。”

目光扫到那件缝补过的衣裳，却还是忍不住嘀咕：“为什么你会缝衣服？”

楚承稷没直接回答这个问题：“我们之间，还是有个人会缝比较好。夜深了，歇着吧。”

秦筝却一脸期待地问：“相公，那你会绣花吗？”

楚承稷：“……不会。”

秦筝有点小失落：“这样啊。”

熄灯躺到床上后，秦筝满脑子想的都还是楚承稷会针线活儿的事。

如果是他的话……就算那方面真有隐疾，她也是不介怀的，毕竟宫里的太监都还能找对食呢！

她正傻乐着，原本平躺着的楚承稷突然翻身压过来，秦筝脸上的笑容一僵，连忙收敛了神色："怎么了？"

楚承稷看着她道："莫同旁人说我缝补衣物一事。"

秦筝自不会乱说，心知他可能是误会自己偷乐的缘由，摸上他一只大手，指尖在他的掌心轻轻挠了两下，一双仿佛承载着漫天星辰似的眸子里氤氲着笑意："我才不同旁人说，这是我和相公的秘密。"

楚承稷被她那个笑容晃了一下，好一会儿才道："睡吧。"

翻身朝外睡下时，整个脊背都有些僵直，被她指尖挠过的那只手紧紧地握成了拳。

接下来数日，秦筝都在为修索道一事做准备工作，她寻了几条绳索，拼接起来足足有八十丈长。又用尺子比着，在绳索上每隔一尺系一条细线，隔一丈系一条粗线，以此来作为简易的大型测量工具。

傍晚楚承稷练兵回来后瞧见她坐在桌前，手拿着一把尺子，量一下系一条绳，脚下已经堆了一大圈卷起来的绳索。

他进门后秦筝也不见抬头，依旧专注于自己手中的绳索，嘴里还时不时地嘀咕几声，像是在说自己记的数字。

他静静地看了一会儿，好笑地问："这是做什么？"

"明天测量两山崖之间的宽度。"秦筝因为回答这一句，记混了自己已经量了多少尺，垂着脑袋，眉毛纠结得直打架，"你先别跟我说话，我这快完工了，若是记混了还得重来。"

看惯了她精明的模样，迷糊倒是第一次瞧见。楚承稷没忍住在她的发顶揉了两下，拿过她手中的竹尺："一尺系一条小绳是吗？我来。"

竹尺和绳索都被楚承稷拿过去了，秦筝终于抬起头来，揉了揉酸痛的脖颈："满十丈就告诉我，得做个记号。"

她这么一说楚承稷也注意到，绳索上有几处还系了用不同颜色的丝线捻成的细绳，想来这就是她说的记号了。

他道："测个山崖间的宽度需要这么麻烦？"

秦筝给自己倒了杯茶，喝下后才道："以后若需要再测量旁的什么，有这样一条度量的绳子，能省不少事。"

楚承稷听了她的解释，点头算是认可。

他低头制作绳尺，秦筝一开始是盯着他手上的动作的，但不知怎的，视线慢慢地就落到了他的脸上。

秦筝看着他出了一会儿神。

“好了。”楚承稷抬眸朝她看来时，她忘了收回视线，就这般撞入了他清浅的眸子里。秦筝想起那天那个猝不及防的吻，鬼使神差地说了句：“殿下，我能亲你一下吗？”

楚承稷没说话，但整个人向后往竹椅上一靠，颇有几分“任君采撷”的意思。

秦筝有点㞞，但色胆上头，她慢吞吞地凑了过去，一只手有些紧张地抓住了楚承稷坐的那张竹椅的扶手，虽然努力表现得很淡定，可还是紧张得咽了咽口水。

楚承稷平静地垂眸望着她，幽凉深邃的一双眸子里，全是叫人捉摸不透的神色。他哪怕坐着，也比秦筝高出很多，垂眼看她时，莫名带着几分压迫感。

秦筝被他看得不自在，迟疑片刻，抬手覆在了他眼前，缓声问：“可以吗？”

“嗯。”楚承稷在她掌下，顺从地闭上了眼。

秦筝感觉到了，却还是没胆子把手拿开，仿佛是怕他下一刻就会睁开眼。

西山日薄，那缕从门外照进来的夕阳光线不断下移，落在了他下颌和脖颈那一片，冷白的肤色被染成了金蜜色，秦筝注意到他的喉结动了动。

她看了一眼被自己捂住双眼、双手放在膝前显得格外乖巧、任她为所欲为的楚承稷，缓缓靠近，却又在仅距他唇瓣一指距离时停了下来。

楚承稷自然也感觉到她停下了，便安静等着。

但她和他的距离慢慢地拉远了，似乎是她怯懦退了回去，楚承稷心中好笑，搭在膝前的手刚动一下，猛然间整个人都僵住了。

秦筝，吻上了他的喉结。

秦筝感觉自己的心跳也有些快，她闭上眼，试探性地轻咬了一下，那一瞬间，她明显感觉到楚承稷整个人僵硬得更厉害了。

因为㞞，忙松开捂着他眼的手后就退了回去。

楚承稷果然是在她松手的瞬间就睁开了双眼，眸色暗沉得叫人心惊，秦筝还没等坐回原位，就被他扯住胳膊一把拽了过去。

她几乎是整个人都跌进了楚承稷的怀里，一只手撑着他的胸膛才能找到支撑点。他一只手捏着她的下颌，另一只手扣在她的后颈，整个人强势又危险，偏偏说话时又是一副好商量的语气：“只是这样？”

秦筝长睫轻颤，不待她反应，楚承稷的薄唇已压了过来。

她还安慰自己，上次不也亲过了吗？没什么好怕的。

可慢慢的，吻就变了味道，很快秦筝就觉得自己的头皮都快炸开了。

他这次显然不是浅尝辄止，这个吻凶狠又蛮横，仿佛之前的温柔只是为了诱骗她放下戒心，为他自己赢来这一场饕餮盛宴。

秦筝想躲，可他根本不容她挣脱。

捏住她下颌的手松开，横去她腰间一提，她被带着面对面坐到了他身上，脊背抵着身后的方桌，后面直接被他按在方桌上亲了个够。

结束时，秦筝气都喘不匀，唇也肿得不像样，楚承稷的领口也被她抓得没好到哪里去。

两个人都愣住了。

院门轻响，估摸着是卢婶子回来了，秦筝几乎是跳起来跑去关门，又手忙脚乱地整理自己的衣裳。

明明是正经夫妻，但愣是像偷情似的。

可能是那个吻有些过火了，这一晚两人都有些不自在。

秦筝回想起来还是有点蒙，只是一个吻而已，怎么后来就演变成那样了呢？

睡觉的时候她偷看了一眼依然侧身睡在床边朝外躺着的楚承稷，默默地拉过被子，也朝里睡了。

至于半夜楚承稷出去吹了几次冷风，秦筝是不得而知了。

第十一章——闹事

“为什么对我这么好？”

“阿筝少夸旁的男子几句，为夫待你会更好些。”

第二日，秦筝就去后山实地考察地形。

楚承稷要操练组建起来的新兵，便点了几个寨子里功夫不错的同她去。

林尧听说了，让冯老鬼也跟过去打下手，毕竟冯老鬼在寨子里算是对建筑工程懂得比较多的，对山寨里的地势也熟悉，总能帮到秦筝。

林昭自是带着喜鹊一道去帮忙，主要也是心痒痒，想知道如何才能在几十丈宽的山崖之间建起索道。

秦筝是第一次去后山，一路上林昭给她介绍了不少寨子里的防御工事，说是上次水匪从后山突袭上来后，林尧就命人强化了这边的机关陷阱。

秦筝蹙眉问："后山山崖上的横木还没烧掉？"

林昭摆摆手："早烧了，但不怕一万，就怕万一，寨子里多设置些机关陷阱，总归是有备无患。"

这点秦筝倒是赞同，等后山的索道建好，祁云寨就又多了一条与外界连通的道路，将来若是索道失守，后山的机关还能成为祁云寨的第二道防线。

到了后山的山崖边上，秦筝第一眼看到的，就是那片被烧毁的竹矛墙的残骸，以及零星长着的几株矮灌木。

崖边上覆盖着的土壤极薄，秦筝用工具刨开表层的土壤，没刨几下就露出底下的岩层。

林昭好奇地问："阿筝姐姐，你刨土做什么？"

冯老鬼在阴凉处抱着个酒葫芦喝酒，闻言撩起耷拉着的眼皮看了秦筝一眼："这山崖上风吹雨淋的，泥早就被冲走了，底下全是岩层。想在这里打桩子，可得费些功夫。"

冯老鬼干了二十多年修桥建路的活计，一眼就看出秦筝在那个位置刨土是想看底下的土壤覆盖有多深，方便挖基槽固定桩子。

他暗自摇了摇头，凿开岩石层打桩都不是难事，难的是如何在几十丈宽的山崖上凭空架起索道。虽然知道秦筝是军师夫人，也曾救过寨子里的人，但在自己的老本行上，秦筝此举在冯老鬼看来无非是个半吊子。

他在山寨里待了不知多少年了，寨子里但凡要修个什么建筑工事，第一时间都是找他。

这跨过元江拉索道，他先前就已经当着林尧和山寨众人的面说过不可能，现在一个小女娃跳出来说能修，林尧还让他跟过来打下手，冯老鬼的面子上多多少少还是有点挂不住。

眼下见秦筝似乎根本没弄懂修这条道的难点在哪里，冯老鬼只觉得年轻女娃不知天高地厚，心底也稍稍松了一口气。

活到他这把岁数，若是让一个年轻女娃把索道给修出来了，他这张老脸可就丢尽了。

秦筝似乎半点没听出他方才那话里的轻视和卖弄，道：“冯师傅知道如何在岩层上挖洞？甚好，等我测出这山崖之间的宽度后，还得劳烦冯师傅带人在这里挖个打桩的坑槽。”

知道山崖的具体宽度和铁索要承受的重力，才能更精准地计算出桩子要打进底下的岩层的深度。

在岩层上凿洞本来就不是易事，凿深了无疑是浪费人力物力，浪费时间。可若凿浅了，承受不住索道来回运输重物的拉力，一切就前功尽弃。如果索道上渡的是人，从这么高的山崖上掉下去，还得出人命。

冯老鬼都快被秦筝的话给逗笑了，盖上酒壶，道：“军师夫人的口气未免大了些，这山崖底下便是滚滚元江，如何度量？还能长了翅膀飞过去不成？”

秦筝道：“我自有我的法子。”

冯老鬼不是没看见秦筝命人带来的那一大圈绳索，他心道，若是能把绳索送到对岸去，那这索道也就能建了，哪里还需要度量这山崖之间的宽度。

他抄着手，等着看秦筝卖的关子到底是什么。

须臾，就见对面山崖出现一行人，其中一人冯老鬼认得，是以前东寨的人，不过离寨已久，据说是运送货船前往吴郡去了，怎会突然出现在此？

林昭也有些惊讶：“杨毅大哥？”

秦筝道：“修建索道，山崖那边还得他们帮忙。”

先前她就跟楚承稷说过，让他联系陆家人，今日上午到对面山崖一起修建索道。

对面的杨毅和陆家人显然也看到了他们，杨毅吹出一声尖锐的哨声，林昭也回了一声哨音，扭头对秦筝道：“杨毅大哥说他们会全力配合我们。”

两山崖之间，喊话隔太远不一定能听清，若是被山脚下的官兵察觉，官兵转而从对面山上围剿过来，就坏事了。

这类哨音是只有祁云寨自己人懂其中之意的暗语，用来传递消息再合适不过。

冯老鬼也听懂了哨音，他也知道粮草就在对面山上，可问题还是在于这几十丈宽的山崖壁，除非生了翅膀，否则根本没法拉通修索道的主索。这样的距离，只有用铁索才承受得住巨大的拉力，铁索本身又沉，便是用军事上的大型床弩也不一定能把几百斤的铁索送到对岸去。

看见山寨里的人费力地推着床弩到山崖边上时，冯老鬼又忍不住摇头，这小女娃还是太嫩了些，她想到的这些法子，自己一早也想过了。

瞧见秦筝把她系了很多绳结的绳子绑在床弩的弩箭上时，冯老鬼满是褶子的一张老脸上全是严峻，斥道：“胡闹！这样的绳索，哪里承受得住运输重物的拉力？绳索一旦崩断，东西还不得全掉到山崖底下？”

他先前开口还有几分客气，这次语气却是罕见地严厉。

林昭不知秦筝的计划，本能地帮腔道："冯伯，山寨里这两天已经开始喝粥了，再不运粮草回来，几千口人就只能啃树皮了，不试试怎么知道不行？"

冯老鬼负气地走到另一边："女娃子懂些什么？三百六十行，哪行都有自己的规矩，干咱们这行的，就不能明知自己修建的东西不妥，还一意孤行地建下去，丢了货出了人命，这都算在谁头上？"

他看着秦筝点了点自己的胸口："这里得有杆秤！"

秦筝被他言辞激烈地一通数落，倒是半点没动怒，她语气平和地道："我说了这只是度量两山崖之间的宽度，冯师傅且继续看着。"

绑好那条绳尺后，秦筝还在弩箭上绑了一条绳索。

床弩用的弩箭其实已经不能算箭了，更像是长矛。秦筝命人将绑了两条绳索的弩箭固定在床弩上，十几个祁云寨汉子一起用力扳动转轴，才将床弩上的三张巨弓拉开。

林昭还是头一回瞧见别人使用这样的大家伙，看到十几个人使出吃奶的劲儿才将三张巨弓拉开，吞了吞口水，问了句："阿筝姐姐，这床弩能射多远？"

秦筝道："最远能射到一百丈开外。"

这是之前她问楚承稷时，楚承稷给的答案。

这两山崖之间，目测最远不过六十丈，因此哪怕弩箭上绑了两条绳索，秦筝也有把握能射到对面山崖上去。

林昭听后，再看床弩，一双眼都在放光："我以前就听说床弩乃攻城利器，据闻在十丈之内，城墙都能被洞穿，现在想来是真的了。"

她越来越觉得，从前的祁云寨当真只是个小作坊，如今一切才算步入了正轨。

军师联合她哥重整了各山头的人马，分为好几个营，其中神弓营专训弓箭手，是从几千人里选拔出来的射箭准头最好的三百人，全由武三叔训练。她去看过他们的集训场景，呼啦啦一起放箭，当真有万箭齐发的架势。假以时日，等山寨举事昭告天下，她一定也得上阵杀敌当个女将军！

床弩瞄准后，随着秦筝的一声"放"，十几个汉子齐齐松手，床弩发出一声巨响，转轴飞速转动，那根长矛一样的箭带着两条绳索猛蹿了出去，快如流星，堆积在地上的绳索瞬息就被扯走大半。

哪怕有几个汉子得令按住了床弩，弩车却还是因为那恐怖的后坐力而被震得往后退了几寸，按着床弩的几个汉子只觉得两手阵阵发麻。

抬眼看时，只见弩箭已射达对面山崖，余力不减地扎进一棵大树才停了下来。

对面山崖的人解下那条绑了系带的绳索，走到崖边处。

秦筝命人把这边残留的绳索拉直，看了一眼绳上的细绳，道："四十九丈长。"

冯老鬼面色有些戚戚，他当了几十年的工头，自然也不傻，看得出秦筝在绳索上系的那些小绳是她自己做了记号的刻度。

林昭是个外行，看不懂其中的玄妙，听秦筝的语气这般笃定，好奇地问："阿筝姐姐怎么确定是四十九丈？”

秦筝指着用红色系绳打了绳结的地方：“这里是五十丈，我事先做了记号。”

她这么一说，林昭也就懂了，看着那条绳上隔一尺就打上的绳结，目瞪口呆的同时又敬佩不已：“这样的法子都能想出来，若不是今日见识了，我都不知道还能这般度量！”

她指着另一条绳：“那这条绳是干吗用的？”

这个问题是冯老鬼也没想通的，听林昭问，他不动声色地也支起了耳朵。

正好山崖对面传来一声哨响，林昭往那边望了一眼，困惑道：“杨毅哥让我们拉？拉什么？”

秦筝示意几个祁云寨的汉子把林昭指着的那条绳拉直，又用力地拉了她自制的绳尺一把：“拉这条绳，那条绳是主索。”

绳尺上有许多绳结，不方便用于做临时主索，用来做牵引绳更合适些。

绳尺和另一条绳索，已经组成了一条简易索道，虽不能运输重物，可利用这简易索道，把铁索从那头送过来还是绰绰有余的。

对面的人把修索道用的真正的铁索拴在了绳尺上，又在作为临时主索的绳子上套了一截竹筒，利用竹筒来达到“溜索”的效果，竹筒下方则绑着铁索。

楚承稷命陆家人寻来的这条铁索是按照两山崖间目测的最长距离打造的，足足有六十丈长。

山寨这边拉一截铁索，对面就放一截，稳稳地把那条精铁打造的铁索给拉了过来。

冯老鬼的一双眼瞪得跟铜铃似的，快步走过来时腰间的酒葫芦掉地上了，他都没看一眼。

他上前想摸摸那条被拉过来的铁索，两手却有些打战，这数百斤的铁索，真的就这么一点点地从对面山崖横贯了过来！这是他先前做梦都不敢想的事。

“能……能修索道了！”他激动得语无伦次，再看秦筝时，直叹，“后生可畏！后生可畏啊！不知军师夫人师承何处？”

秦筝汗颜，只得胡诌道：“他老人家早已避世，不让我对外说他的名讳。”

冯老鬼没半点怀疑，连连点头：“也是，这世道乱，外边那些官兵不把咱们当人看，被抓去修城筑防，官老爷们可不管你工期内能不能做完那些活儿，没法按期交工就砍头，工匠们能躲的都躲起来了。”

林昭以为秦筝口中的老人家是她的家族中人，知道她被朝廷通缉，不方便暴露身份，赶紧帮忙岔开话题：“冯伯，铁索拉过来了，拴铁索的桩子便由你带着弟兄们完成了。”

冯老鬼自是满口应下。

秦筝想到底下是砂岩，在心底简略算了一下距离，交代道：“坑槽至少得挖到岩层底下五尺。”

冯老鬼虽对秦筝有了几分敬意，不过在这些事上，他自己还是有几十年的经验，迟疑道：“我瞧着三尺就够了。”

回忆梦中所学，秦筝摇头："若是寻常岩层，冯师傅你说的那个深度的确是够了，但这底下是砂岩，比不得普通岩层牢固，必须得挖深些才保险。"

冯老鬼听了秦筝的解释，思忖片刻点了头："那就依军师夫人所言，挖五尺。"

秦筝这才对林昭道："阿昭，你给对面也传个信，那边的岩层如果也是砂岩，至少往下挖五尺再下桩子。"

"好！"林昭点了头，将手放到唇边就吹出一串哨音，对面很快回了一声。

林昭扭头对秦筝道："阿筝姐姐，杨毅哥他们打算用火药爆破炸出个坑来。"

冯老鬼点头赞许："那样的确能更快地打好桩子，不出意外，晚间就能从索道上运输粮草了。"

秦筝皱眉："不成，把山脚下的官兵引过来就前功尽弃了，人工开凿岩层得多久？"

冯老鬼答："最快也得明天晚上。"

秦筝做了一番思想斗争，同林昭商量："让人给你哥带个话，半个时辰后在堰窟那边投掷火药弹，掩护这边爆破岩层，可行？"

"肯定成！几颗火药弹就能把粮食给换回来，这稳赚不赔的买卖，我哥要是不同意那就是傻！"林昭点了一个人，让他赶回去给林尧带话。

两刻钟后，去传话的人便跑了回来："寨主已经命堰窟那边准备上了！"

秦筝松了一口气，让林昭用暗语告诉了对面山崖的人，又跟着冯老鬼他们一起准备爆破山岩用的火药。

一切就绪，山崖两边的炸药开始一起爆破，"轰隆"一声炸响，让驻守在堰窟下的官兵也纷纷被惊动了。

沈彦之正在船舱里看京城传来的急报，外边的震动又引起一阵骚乱，他精致乖戾的眉眼间强压着几分不耐："外面怎么回事？"

陈青匆匆步入舱内抱拳道："是祁云寨又开始朝对面山壁上投掷火药弹了，主子，我们如何应对？"

沈彦之扔下手中的信件，大步走到甲板上，江域对面山石滚动，江水激涌，瞧着好似天塌地陷了一般，但官船全都靠两堰山的山壁停靠着，丝毫没有被波及。他冷笑："山上粮草告罄，一群贼寇狗急跳墙罢了，传令下去，晚间命火头营杀猪宰羊，在船上烤肉。"

躲到两堰山的那些山贼，这会儿还能同他们叫板，等晚间江风一起，把烤肉的味道送到山上，不愁动摇不了他们的军心，陈青回道："主子英明。"

沈彦之回到船舱后，一个侍女正在帮他整理书案前的公文，沈彦之脸色瞬间阴沉："谁给你的胆子乱动本世子的东西？"

红叶吓得跪在了地上："世子恕罪，奴婢只是看您案上的公文摆放有些凌乱，放整齐了些，并未翻看。"

沈彦之直接扼住了她脆弱纤细的咽喉："你算个什么东西？"

红叶艰难出声道："夫……夫人回来……奴婢还……还要伺候她……"

沈彦之围剿两堰山还带上她，是为了接回秦筝后，能有个人照料秦筝，这才留下了红叶。

红叶跌坐在地，顾不得身体上的难受，冲着沈彦之磕头："谢世子不杀之恩……"

沈彦之的眼底更多了几许嫌恶，不耐烦地开口："陈青。"

陈青步入船舱："属下在。"

沈彦之看都懒得看跪在地上的红叶一眼："拖下去，好好教她规矩，长点记性。"

陈青单手就把人拖了出去，红叶吃痛，却连叫也不敢叫。

她被人绑成了个粽子，扔下船去，陈青把人拉起来时，只冷声问了一句："谁派你来当细作的？"

红叶整个人被吊在船壁上，被呛得一直咳，眼泪直流："奴婢真的不是细作……"

她只是被沈彦之温文尔雅的样子迷惑了，时常见他半夜一个人站在甲板上望着月亮出神，昨天夜里沈彦之又一个人看月亮的时候，红叶知道沈彦之在想那位夫人，她壮着胆子上前劝慰了几句，沈彦之坐在甲板上，让她把那位夫人在别院里每天吃什么，做什么，再讲一遍。她心疼沈彦之，再想起那位夫人抛下他决绝而去、跟着一群山贼走了，不免替沈彦之不值。

在他这个位子，要什么得不到呢？为什么非要执着于一个嫁作人妇的妇人？

她知道自己身份低微，应该谨守本分，但有时候爱慕比什么都能更轻易地摧毁一个人的理智。

陈青自然不会轻信她的狡辩，命人继续把她放回水底去，如此反复下来，红叶半条命几乎都没了，最后哭着道："奴婢……心悦世子，整理公文，当真只是无心之举……"

陈青回去复命时，沈彦之正在雪白的宣纸上泼墨一般地画着什么，陈青委婉转述了红叶的供词。

沈彦之笔锋一顿，道："不用留她性命了。"

陈青出去后，沈彦之在美人图上画完昙花的最后一笔，看着画中清冷如月的人，他眼底才浮现出几许柔软又执拗的神色："阿筝，我们很快会再见面的。"

后山，秦筝突然打了个冷战。

林昭关心道："阿筝姐姐，是不是到了傍晚有些凉？"

秦筝搓了搓手臂："还好。"

桩子打好了，等了一个下午，又生了火在旁边烤着，填充的石灰砂浆已经彻底凝固，拴上铁索后，先前当主索的那条绳又被拆下来当牵引绳。

陆家人带来了一个大铁笼，把粮食袋扔进铁笼里，用牵引绳拴上，秦筝他们拉到这边山崖把米袋卸下后，那头又用拴在铁笼另一边的牵引绳把笼子拉回去，继续往里边装粮食。

祁云寨的人看到有粮食了，一个个的，嘴都快咧到耳根去了。

林昭当即点了几个人："你们先扛几袋米送回寨子里去，晚上让大家伙儿吃顿好的！"

几个祁云寨汉子各往肩头扛了两袋米往回走，脚下仿佛生了风。

通过索道运送过来的粮食已经堆起一座小山，最后一笼粮食卸下，山崖对面传来几声哨音，林昭回复一声短促的哨音后对秦筝道：“杨毅哥说这些粮食至少够我们撑半个月，他们先不回山寨，在外边跑腿方便些。”

秦筝并未觉着意外，显然这是楚承稷的意思，她点了点头说好。

林昭道：“天快黑了，我们先回去，这儿有弟兄守着，估计一会儿我哥就得派人过来把粮食全运回寨子里了。”

她先前点的那几个人送了粮食回去，林尧肯定知道他们这边已经成事了。

秦筝跟着林昭一起往回走，怎料她们走到半道上时，就见先前扛米回去的一个汉子飞奔而来，显然是寨子里发生了什么急事。

那汉子远远地瞧见她们，立即道：“大小姐、军师夫人，你们先别回去，寨子里打起来了！”

林昭脸色一变：“打起来了？什么意思？”

那汉子喘着粗气道：“军师手底下的那批人，有个刺头儿妄图强占寨子里的女人，被军师重罚后不服，说寨子里根本就没粮食了，刚好山脚下的官兵们在烤肉劝降，大家伙儿都喝了好几天的粥，这会儿军心散乱，几个刺头儿带着人要硬闯山寨……”

林昭骂了句粗话，拎着鞭子就要去教训人：“吃我祁云寨的，喝我祁云寨的，还敢欺负我祁云寨的人？”

秦筝拽住林昭道：“阿昭，当务之急是把粮食都运回寨子里，军心之所以动摇，是因为山上的人都怕饿死，待他们知道寨子里有粮食了，除了几个刺头儿，自然不会再有人跟着闹事。”

林昭冷静下来，吩咐喜鹊去后山让人赶紧搬粮食回寨子。秦筝问那汉子：“自从祁云寨收编各大山头的人后，寨主特地下过令，凡寨中女子不可出寨。其他山头的人收编后也一直住在山寨外，寨门处也是重兵把守，我相公手底下的人是如何遇到落单女子的？”

说起这个，那个汉子也是一脸愤怒：“今日寨子里的人去给寨外送瓦，王婆子家那孙女穿了一身男装也跟着去了，本来只要紧跟着寨子里的人也出不了什么大事，哪知道她自个儿私下离开了人群，跑去给寨主送从山上打来的泉水，不巧被几个刺头儿给堵着了。”

秦筝一听又跟那位王姑娘有关，眼皮下意识地就是一跳，听到后面，得知她是去找林尧的，神色又有些微妙。而林昭也是一脸震惊的神情：“不是，她怎么又去找我哥了？”

从前，林尧身边除了何云菁，还有王家那丫头，这两个人林昭都不太喜欢，如果说何云菁是把自己当闺秀，那王家丫头就是人前一套人后一套，更让林昭气得牙痒痒。

何云菁只会笨拙地讨好人，但王家那丫头在人前奉承完，人后就得踩你一脚，林昭因为给过她难堪，就被她在人后嚼过舌根，说她成天舞刀弄棒以后没人家敢娶。

林昭抹了一把脸：“我哥还真是举事不顺……”

秦筝无奈道：“先把粮食运回寨子，稳住军心。”

祁云寨大门外，火盆里的干柴燃得正旺，火光映在人脸上红彤彤一片，几排弓弩手对准了闹事的人群，楚承稷和林尧站在弓弩手中央，他们侧后方分别站着武庆和赵逵。

武庆是个三十岁出头的中年男人，黄脸短须，一身腱子肉，箭术了得，因在家中排行老三，寨子里的小辈都唤他一声武三叔。

赵逵自不用说了，一个人的身形便抵得上三个人，肩上扛着一把钉锤，努着下巴看人，一脸凶神恶煞。

闹事的刺头儿们叫嚷得凶，却也不敢真正攻寨，毕竟祁云寨那边光是弓弩手就足足有三百人，楚承稷和赵逵的武艺他们更是亲眼瞧见过的，因此只堵在寨子大门外，不断煽风点火，试图让更多人都倒向他们。

被楚承稷重罚的那个刺头儿在人群中高呼："老子落草为寇，为的不就是钱和女人？如今加入你祁云寨，女人不能碰，山下的百姓不能抢，老子还不如继续回自个儿山头快活去！

"弟兄们，你们说是不是？老子才不想跟山下那些傻兵一样，拼死拼活地上阵杀敌，给官老爷们挣军功！"

山匪们被这么一煽动，不少人都纷纷附和："老子跟着举事是为了当官发财，想娶几个婆娘就娶几个婆娘，你祁云寨打得一手好算盘，空口白话就让弟兄们入寨，说是管咱们吃喝、分配兵器，还发军饷，这都喝了几天白粥了？你们祁云寨是压根就没粮食了吧？"

赵逵额角的青筋跳了跳，对楚承稷道："军师，让老子过去一钉锤砸扁那孙子！"

楚承稷抬手示意他少安毋躁。

对面显然也发现了这边的动静，其中一个刺头儿指着赵逵骂道："姓赵的走狗，枉马寨主那般看重你，你倒好，进了祁云寨，便一点不念旧主了，你武艺再高又如何，老子看不起你！"

赵逵怒上心头，捏紧钉锤就要上前，楚承稷不动声色地拦下他，看着说话的那刺头儿道："赵兄弟为报答马寨主当年的一饭之恩，为峡口寨卖命了三年，如今诸位跟随我祁云寨举事，也是各大山头的首领亲自首肯的，如今马寨主也为祁云寨效力，程某倒不知，还有哪位旧主要赵逵效忠？"

今日这事是那些个背了无数条人命的刺头儿们闹出来的，编队后各领了一队人马的山头首领们这会儿还没把自己手底下的势力融成一片，能当上首领的人，心眼子自是比那些个莽夫多的，他们乐得看热闹，却不会在这时候也贸然跳出来，同祁云寨对着干。

旁的不说，祁云寨里藏了那么多弩炮，若是当真动起手来，他们也讨不得好。

因此在楚承稷问完后，压根没人敢应声。

楚承稷练了数日的兵，积攒下来的威严还是在的，那个刺头儿被楚承稷冷冷瞥一眼，气焰都降了三分。

林尧也不是个好脾性的，指着最先大放厥词的那个刺头儿破口大骂："给老子挣军功？你们在祁云寨都白吃白喝多久了？跟官府交过一次手吗？给老子挣的啥军功？说老子空口白话哄你们入寨，老子就问一句，你们白日里操练的兵器是不是我祁云寨发的？一日三餐是不是我祁云寨给的粮食？没我祁云寨，你们这会儿不知是见阎王去了还是在官府蹲大狱！要回你原来的山头去？行啊，把人给我绑了，从堰窟扔下去！”

早就憋了一肚子火的赵逵当即踏步上前，那刺头儿看到赵逵心底发怵，拿出兵刃对准赵逵后，看着他一步步走近，却还是吓得连连后退，他对着其他刺头儿喝了声：“弟兄们一起上！”

都闹到这一步了，退无可退，其他刺头儿抱着搏一搏的心思，也举着兵刃准备群战赵逵。

“咻！”

最先闹事的那个刺头儿直接被一箭穿心，他艰难地抬起头往祁云寨大门那边望了一眼，只瞧见熊熊燃烧的火盆旁，那一身墨色儒袍的男子手中的弓弦还轻颤着。

其他还欲上前的刺头儿们也生生止住了脚步，忌惮地看了一眼周身气息变得迫人的楚承稷，楚承稷似乎懒得同他们周旋了，抬眸朝那几人看去时，无异于在看一群死人。

几个刺头儿被楚承稷看得后退一步，其中一人壮着胆子道：“军师这是打算杀人灭口了吗？咱们弟兄只是想为大家讨个公道！”

他清楚大部分落草为寇的人只是为了求一顿温饱，于是很快就改了话术：“官府大军迟迟不肯退兵，这几日还能喝上一碗白粥，再过几日大家岂不是只能喝白水了？”

赵逵站得离他们近，快步上前对着说话的那刺头儿就猛踹了一脚：“你个狼心狗肺的东西，要女人、要当官、要钱财，也不看看自己有没有那个本事去挣！你们是指望今日在这里犬吠两声，寨主和军师就给你们把高官厚禄安排上呢？”

那个刺头儿直接被踹到地上，痛得蜷缩着身子，半天爬不起来。

其中一个山头的首领突然开口：“林大当家的，他们闹事固然不对，可有些话的确也有几分道理，林大当家举事，大家愿意跟着卖命，可人不能不吃饭吧？寨子里若还有粮食，您让弟兄们看一眼，弟兄们自然不会再受奸人挑唆。”

他这话看似有理，但一口一个他们是外人，又三句话不离粮食，分明也是在挑拨离间。

寨子里的粮食的确已经吃完了，林尧如今唯一能寄望的就是秦筝那边。

他咬紧后槽牙不应声，几个刺头儿又开始跳：“刘头领说得对！祁云寨若是真还有粮食，林大当家的让咱们看一眼总成吧？”

人群里一片窃窃私语，稀稀拉拉的声音响起：“对，让我们看看还有没有粮食！”

林尧的面色愈发难看了些，楚承稷眉峰微蹙，接话道：“诸位既要看，姑且等上几刻钟，我等派人去将粮食运至寨门口来。”

一个刺头儿直接冷笑道：“谁知道你们是不是又在诓人？”

楚承稷眸色微寒，也是此时，山寨里边传来一声大喊：“粮食运来了！”

守着山寨大门的弓弩手们自发地让出一条道来，十几个祁云寨的汉子推着木质推车出现在山寨门口，每一辆推车上都堆满了米袋子。随着米车而来的，还有两个女子，一个女子身穿藏红色长裙，各大山头的人都认得，是个极为不好惹的主儿——祁云寨的大小姐林昭。

另一个女子身形看着更纤细些，戴着一顶斗笠，大晚上的，压根看不清她的面容。

场外的议论声愈发大了些，不少人伸直了脖子往这边看，先前出声的刘头领狐疑道：“林大当家的，你们这米袋子里装的，莫不是沙子？”

林尧见秦筝过来，就已经松了一口气，他知道秦筝肯定是成功把粮食从索道运过来了。

他走到一辆推车前，拎起一袋大米，割开一个口子，抓出一把来给众人看：“弟兄们且瞧瞧，这究竟是不是米！”

“是米！真的是米！”

“咱们还有粮食，这么大几车，怎么说也还够吃一段时间！”

先前闹事的几个刺头儿面色僵硬，刘头领的脸色变幻不定，道：“我刘某人是为了诸位弟兄着想，今日便也不怕得罪林大当家了，万一这车上只有几袋是米，其他的都是沙子呢？”

这话让沸腾起来的人群再次陷入了沉寂，毕竟不是没有这种可能。

林尧恨得牙痒痒，冷笑：“刘头领是要我把每一袋米都割开让大家伙儿看看？”

刘头领不置可否。

秦筝听到刘头领的刁难，出声道：“诸位大可放心，你们每个行伍可上前领一袋米，这些日子你们自己生火做饭，不管是煮白饭还是白粥都成，不过七日后才能来领下一次的米粮。袋子里是不是米，你们大可现场验货。”

她话都说到这分上了，谁还怀疑？而且山寨里一次性就分给他们七天的口粮，显然是有存粮的。原本散乱的军心，被秦筝这番话给成功安抚了。

刘头领怕有诈，盯着秦筝：“你是何人？你说的话算数吗？”

楚承稷的目光凉凉地扫过去：“我夫人的意思，就是我的意思。”

林尧很有眼色地接话：“军师是我林某人的兄弟，他的话，跟我林某人的话分量一样重。”

各大山头的人虽全都认可楚承稷的能力，但这是祁云寨的地盘，林尧在绿林又素有声望，有了他的保证，众人才彻底放下心来。

各个队伍按照顺序上前领米，拿下去划开口袋一看，发现果真是大米，激动得大喊：“咱们有粮食了！”

先前闹事的几个刺头儿吓得面如土色，这才有些慌了。

粮食的事解决了，自然就得清算旧账。

楚承稷瞥了他们一眼，拔出一柄横刀递给林尧：“寨主。”

林尧是他们这支队伍明面上的领头人，有些威信自然也得林尧来亲自立。

林尧接了刀，大步上前，有个刺头儿还想偷袭他，直接被他一刀砍断了喉咙。赵逵先前那一脚踹到地上的刺头儿见势不妙，连滚带爬地想跑，被林尧一脚踏在了他的背上，横刀从他后颈斜劈下去。

血溅了林尧满脸，他环视一周，喝道："我祁云寨，非是他祁县李信之辈，靠着烧杀抢掠打上汴京。诸位家中都有老父老母、兄弟姐妹，林某只问，若是你们的父母妻儿、兄弟姐妹叫人欺凌糟蹋，你们痛心否？我林尧是要带着诸位颠倒这乾坤，逐鹿这乱世，护卫一方百姓！等拿下青州城，咱们就是青州父母官，诸位都恨天下贪官污吏，这些个老鼠屎，欺男霸女，干的恶心事不亚于那些狗官，该死否？"

人群中一片静默，只有火盆里的干柴燃烧，偶尔发出噼啪声。

"该！"

"该！"

很快浑厚的附和声就如潮水般盖了过来，响彻夜幕。

剩下的几个刺头儿看着齐声呼喊的众人，一个个面色惨白。

其中一人直接双膝一软跪在了林尧跟前，林尧一脚踹开他，喝道："上军棍，乱棍打死！"

上棍刑的人死得慢，叫得惨，更能起到威慑作用。

这场闹事至此结束，众人领了粮食纷纷散去。

林尧上前对着秦筝抱拳道："还好程夫人来得及时，不然我这还不知该如何收场……"

客套话说到一半，他觉着气氛有些奇怪，瞟了一眼楚承稷，赶紧识趣地道："咳咳……今晚开庆功宴，我先去部署。"

林尧说要走，神经大条的林昭愣是没发现氛围不对，一场危机被成功化解，她缓缓吐出一口浊气，正想感慨两句，林尧却回来把她也给拉走了："大厨房人手不够，你去给王大娘帮帮忙。"

林昭差点以为她哥失忆了，手指着自己，不确定道："不是，你不清楚我厨艺啥样？从前不都是你做饭——"

林昭还要继续说，却被林尧给捂了嘴，瞪着她，恨铁不成钢地往旁边递了几眼。

林昭总算是反应过来了，她飞快地看了秦筝一眼，扒开林尧的手，此地无银三百两似的改口："没想到我最近苦练厨艺的事竟然被你知道了，走走走，上大厨房去，我给你露两手！"

林家兄妹一走，寨子里的其他人也三三两两地离去了，只有看守山寨大门的几个汉子还留守在此。

"寨主说大厨房人手不够，那我也过去帮帮忙吧。"秦筝也觉得这气氛怪尴尬的，抬脚欲跟上他们，但一只脚还没迈出去，手就叫一只大掌给牵住了。

"后山的索道建好了？"这话他问得正经又自然。

秦筝老老实实地点了头。

楚承稷道:“多了一条上山的道，那边的防守得加重些，你同我一道去看看。”

秦筝被他拉着走了几步才回过味来，她又不懂排兵布阵，他去部署看守后山的人马，带上自己作甚?

秦筝想了一路，后山的路有些崎岖，树影茂盛的地方，月光都洒不进来，她目力没楚承稷好，深一脚浅一脚地跟着他走，不小心踩进一个土坑，整个人都往前一个踉跄。

斗笠沿撞在楚承稷的后背上，秦筝前额也被斗笠上的竹篾刮了一下，疼得她“嘶”了一声。

楚承稷停下脚步，将她头上的斗笠揭了下来，语气中似乎带着几分揶揄的笑意:“你还戴着它作甚?”

他那揶揄的语气莫名让秦筝有点暗恼，她瞪楚承稷一眼:“怕你大晚上带我来这后山，被人瞧见。”

这说得跟偷情一样。

秦筝先前戴那斗笠，纯粹是不想让自己的容貌惹来不必要的麻烦。

祁云寨的人对她敬重有加，其他山头的人可不一定。楚承稷带她走得突然，这斗笠她便也没来得及摘。此刻的恼，也是恼他大晚上非要带自己去后山走一趟，不知道的还以为他们干什么去了呢。

可楚承稷却会错了意，他抬手帮秦筝揉了揉额前被刮红的地方，意有所指地道:“今日王家那姑娘，可不是来寻我的，人也是被赵逵救下后我才知晓此事的。”

他就差说今天这事，除了他管治的那几个闹事的，旁的同他半点干系也没有。

秦筝想起自己上次误会他的衣服是那位王家姑娘缝的，知道他解释这些是又怕她吃醋，面上难免也有点挂不住，道:“林寨主仪表堂堂、英武不凡、一身血性，能得王家姑娘倾心，也是正常。”

楚承稷揉着她额头的手微顿，敛了眸色，缓缓凑近了她几分。按在她额头的手下移，落在她光滑细腻的脸颊上，用不轻不重的力道捏了捏，眸子半眯了起来:“仪表堂堂?英武不凡?一身血性?”

他笑得温和，因为离得有些近，说话时温热的吐息全喷洒在秦筝脸上:“阿筝夸起别的男人来还真是出口成章，何时也夸为夫几句?”

秦筝拂开他捏着自己脸颊的手，只觉得脸上又热得冒烟，万幸这是晚上，他应该瞧不见。

她绷着声线道:“夸殿下的人多了去了，不差我一个。”

楚承稷倒也不恼，反而轻提了下眉梢:“我想听阿筝夸。”

秦筝搓了搓手臂:“殿下不觉得肉麻吗?”

听她又唤起自己“殿下”，楚承稷盯着她看了一会儿，突然问:“我有没有给你说过我的表字?”

话一出口，他自己便先笑了笑:“你都不记得从前的事了，就算我与你说过，想来你也是不记得的。往后你叫我怀舟吧，这是从前一位长辈替我取的，不过后来没用，现在只有你知道这个表字了。”

风吹过林间，树影摇曳时，从树荫缝隙间漏下来的月光落在他的脸上，让他嘴角的笑意也多了几分说不出的寂寥。

秦筝微微一怔，感觉他像是陷入了什么情绪里，细嫩的五指主动握住了他的大手，弯起眉眼唤他：“怀舟。”

楚承稷浅浅地应了声。

他瞧见远处漆黑的林子里有不少荧绿色的光点在浮动，对秦筝道：“你在这里等我片刻，不要乱走。”

这黑灯瞎火的，让她一个人待在这儿，她是万万不敢的。秦筝揪住了楚承稷一截袖角，努力让自己的声音听起来不那么屄：“你去哪儿？”

他忍着笑意道：“身上没带火折子，前边的路不太好走，去给你找个灯笼。”

秦筝环视一周，只觉得阴风阵阵，她眉毛都快挤作一团了：“你骗人，这荒郊野岭的哪来的灯笼？”忽而，秦筝似想到了什么，一脸不可置信地看着楚承稷，“你大晚上把我骗来这后山，不会是想把我一个人丢在这里，捉弄我吧？”

楚承稷头一回见她屄成这样，好笑道：“那边的灌木林里有萤火虫，我去抓些来给你当灯笼照明。”

秦筝顺着他说的方向看去，果真瞧见有荧绿色的光点在浮动，才松了手，干巴巴地叮嘱他：“你……你别走太远啊。”

楚承稷若有所思地看着她：“你怕黑？”

“不是。”秦筝回答的声音有些闷，觉着丢人又不愿说太多，只催促他，“你快去快回。”

这黑漆漆的，一个人在密林里哪能不怕呢？

楚承稷听见她的催促却没走，在她跟前半蹲下：“上来。”

秦筝感觉自己像个拖后腿的，婉拒道：“你去抓萤火虫吧，我等着就是了。”

去后山这么远，他背得了她一段路，还能背她走完全程不成？虽然自己不算太重，但也没轻成个纸片人。

楚承稷的嗓音在夜风里显得有些凉：“不上来我真走了。”

秦筝从他这话里听出了点他是要抛下她一个人离开这里的意思，心中的恐惧占了上风，顿时也顾不得其他的了，赶紧趴到了他背上，两臂死死地环住他脖颈。

楚承稷把人背起时，轻扯了下嘴角：“这是要谋杀亲夫？”

秦筝有些羞恼：“我以前怎么没发现你这么能憋坏？”

楚承稷没接话，背着她在崎岖的山路上也走得四平八稳。

他倒是想对她更坏些。

楚承稷时不时出言让秦筝低头，注意避开头顶的树枝，秦筝才发现他背着她没往山道上继续走，而是去了有萤火虫飞舞的那片灌木丛。

楚承稷把秦筝放下后，撕下自己雪白里衣的一角，抬手一抓，几只萤火虫便落入他的掌心。

他抓了几十只包进那角衣襟里，用系带系好后递给秦筝：“拿着路上玩玩。”

再次被楚承稷背起来时，秦筝一手拿着那袋萤火虫，一手环过他脖颈，嘴角的笑意怎么也压不下来，小声问他：“你这是打算一路背着我去后山啊？”

楚承稷嗓音平静：“要想赶上消夜，还是我背你走得快些。”

秦筝嘴角的那抹笑瞬间没了，嘟囔道：“谁带我来的？”

楚承稷低笑出声：“你这张嘴，还真是半点不吃亏。”

秦筝轻轻“哼”了一声，算是同他在一起这么久以来，头一回这般明显地展露自己的小女儿情态。

在她的印象里，除了今夜，她也没见楚承稷那般笑过。

从前总觉得自己同他之间似乎隔着一层什么，但这个晚上，秦筝突然觉得楚承稷整个人都真实了起来。虽然这个形容有点奇怪，但从前的他，给她的感觉的确是云遮雾绕的，现在他会捉弄自己，也会在自己面前展露最真实的情绪，不再让她觉着捉摸不透了。

去后山的这一路，楚承稷细致地给她说了哪处设有什么机关，哪一片是由谁负责的，连暗哨处站岗的人都叫出来让她看了。

寨子里看守机关陷阱的人有些诧异，不过对楚承稷唯命是从，并未提出异议。

楚承稷似乎没把这当回事，秦筝的心底却并不平静，机关陷阱的位置只怕只有寨子里的核心人员才清楚，至于暗哨们的藏身地点，更是机密中的机密，估计只有他和林尧知晓。

离开上一处暗哨后，秦筝先前那点别扭的情绪早已消散，忍不住问他：“你大晚上的，折腾一趟就为了带我来见这些人？”

楚承稷害怕上次水匪攻寨的事重演，道：“你知晓了这些，今后若是遇到什么突发情况，来不及断开索道，叫人从后山攻上来，寨中又无人，你清楚后山的布防，总能多拖延些时间。”

秦筝没想到事情过去了这么久，他竟是一直记着的，眼睛有些微涩。生平第一次，她在一个跟自己没有任何血缘关系的人身上，感受到了被视如珍宝的感觉。

楚承稷见她望着自己红了眼眶，还当是自己说错了什么，眉头蹙起，用有些粗粝的指腹轻轻地抹了下她眼角：“别怕，那日的情况不会再出现，我同你说这些，只是以防万一……”

他话音顿住，因为秦筝突然撞进他怀里，抱住了他。好一会儿，秦筝才闷声问：“为什么对我这么好？”

楚承稷幽幽道：“阿筝少夸旁的男子几句，为夫待你会更好些。”

秦筝：“……”

气氛算是被破坏了个彻底。

她默默结束了那个拥抱，收起自己前一秒泛滥的感动：“回去吧，大厨房该开饭了。”

他们从上一个暗哨岗那里要了个松脂火把，回去的路上可算是有东西能照明了。

楚承稷看着拿着火把走得飞快的秦筝，突然觉得自己方才就不该拿那个松脂火把。

秦筝他们回去时，大厨房外刚开席。

山寨里虽然不讲究，可男人们都要喝酒，女人更喜欢在席间唠些家常，大家都自发地各坐一桌。

秦筝和楚承稷一出现在众人的视线里，楚承稷就被寨子里几个汉子迎了过去，说是要拼酒。

他看了秦筝一眼，好像是在征得她的同意一样："那我先过去了？"

前来迎他的几个汉子意识到了什么，纷纷转头对秦筝抱拳："军师夫人放心，弟兄们都有数，不会灌醉军师的，只是今夜大家高兴，军师去席上露个脸就成！"

秦筝神色古怪地瞥了楚承稷一眼："……去吧。"

她严重怀疑自己在山寨众人的眼中是不是成了个母夜叉的形象。

楚承稷虽跟着几个汉子去林尧那桌落座，但他全程都寡言少语，山寨里的人似乎也都习惯了他这清冷的性子，少有主动去同他搭话的，还是赵逵先去给他敬酒，才一堆人排起长队也跟着去敬酒。

寨子里的人平日里同他话都不敢多说几句，自然不会放过这千载难逢的好机会。

林尧怕楚承稷醉了，大声吆喝："你们这么一人一杯下来，军师得喝多少酒啊，这样好了，你们敬酒自己喝一杯，军师喝一口就行了。"

寨子外还盘踞着其他山头收编后的人，暗处布防的人马也还没撤回来，他们这边吃完，回头还得换岗，酒是不敢往醉了喝的，纯当是助兴。

秦筝和林昭、喜鹊主仆二人坐在靠角落的一桌，正好斜对着楚承稷，因为那边时不时爆发出阵阵笑声和喝彩声，引得寨子里不少大姑娘、小媳妇都看了过去。

原来是酒过三巡，不知谁提议比箭术，林尧也痛快，拿出五匹绸布当彩头。

寨子里不少人进了神弓营，这些日子箭术精进，都愿意上去露一两手，气氛热烈。

林昭笑道："要说箭术，咱们寨子里还没人能比得过武三叔去，依我看，这五匹布得被武三叔抱回去给三婶了！"

秦筝听到林昭这么说，也抬头往那边看了一眼。

正好又有个人前去给楚承稷敬酒，楚承稷似有所感，视线往这边扫了过来，和秦筝的目光对上。

先前敬酒的，楚承稷都只抿了一口，这次不知是不是只有一人的缘故，楚承稷倒是很给面子地把那一杯酒都喝干净了。

等他再抬眼看去时，才发现秦筝的视线早掠过了他，落到身后射箭的场地上。

射箭靶的那边传出一阵喝彩声，武庆三支箭都射中了靶心，比起其他人，显然是稳赢了。

不知谁起的哄，说林尧箭术也不错，让他上去露一手，不能老让武庆抢了风头。林尧盛情难却，在众人的欢呼声中离开席位走向了坝子边缘。

比起武庆，他身形看上去更矫健些，肩背肌肉绷起时，哪怕隔着衣服勒出的弧度也充满了力量感，五官是那种硬气的俊朗，偏偏嘴角总带着几分吊儿郎当的痞子气，拉弦射箭时目光炯炯，像是一头狩猎的豹子。寨子里不少年轻姑娘瞧着他，脸上都升起一片红晕。

秦筝心说，何云菁那么喜欢林尧，果然也是有原因的。

她收回目光，又想起今日王家丫头给林尧送水闹出来的祸事，本打算在人群中搜寻何云菁的身影，却又同楚承稷的目光对上了。

他不知看了她多久，嘴微抿着，脸上虽看不出什么情绪，可秦筝同他相处多日，还是一眼就看出他心情似乎不太好。

林尧三箭都射中了靶心，箭眼挨得比武庆射的那三箭还密集几分，这场比箭，自然是他赢了。

汉子们都在欢呼，武庆算是长辈，也不是个在乎这些虚名的，见林尧胜过了他，似乎觉得后继有人，反而笑得比方才还开心。席间的大姑娘、小媳妇们也纷纷鼓掌庆贺林尧夺魁。

林尧笑道："老子好不容易大方一回想送布匹，你们一个个的不好好练箭术，那些布，老子还是拿回去继续压箱底吧！"

几个汉子起哄道："听听寨主这说的都是什么话，我记得军师箭术也不错，军师，您也上去露一手？"

寨子里的人都知道楚承稷的性子，基本上没抱他会答应的希望，瞎起哄的也只有那么几个人。可谁也没料到，楚承稷竟然轻浅地应了声："好。"

这下场面更热闹了，楚承稷挽弓射箭，除了寨子里的汉子们，女人们基本上没瞧见过，一个个都目不转睛地盯着他。

秦筝也有些诧异，楚承稷竟然会应这样的邀约？

他起身离开席位，到了射箭场地那边，林尧把手上的弓箭交给他时，还笑道："难得难得！程兄今夜竟然如此给面子！"

楚承稷淡笑不语，他接过弓箭，看着百步开外的箭靶，一手竖弓，一手搭箭拉弦。

跟秦筝同桌的妇人们笑呵呵地奉承道："想不到军师竟然也通箭术，这可真是技多不压身，换作从前，上京指不定能考个文武双状元！"

若说秦筝从前在寨子里是客，那么如今，她和楚承稷倒是一步步成为掌权者了。

秦筝只是冲说话的妇人淡淡笑了笑，并没有接话，继续把目光放到了射箭场那边。

那妇人见秦筝专心看楚承稷射箭，没好再多说什么，其他人见那妇人拍马屁碰了个软钉子，暗地里翻了个白眼。

但凡聪明些的，都知道眼下情况，捧楚承稷不是，夸林尧也不成。

且不说寨子里的人现在已经把楚承稷的命令看得跟林尧的命令一样重，单是这桌上，不仅秦筝在，林昭也在，要夸就不能只夸一个人。

林昭是个心大的，不把这些当回事，秦筝却须杜绝此类事情发生，这也是她不温不火对那个妇人的缘由。

那边，楚承稷显然已经瞄准了箭靶，“咻！”一箭射出，正中箭靶靶心，众人一片惊呼。

旁边人道：“军师箭术也了得，不过方才寨主射的那三支箭，箭头已经挤到一处了，军师便是三箭也全中靶心，约莫也只能和寨主打个平手了。”

楚承稷的弓弦上此时正好搭上了第二支箭，但他视线盯着的却不是箭靶上的红圈，而是方才射中的那支箭的箭尾。

“咻”！第二支箭射出后，尖锐的箭锋破开先前那支箭的箭尾，再次稳稳地扎入了靶心。

围观的人一片倒吸气声，方才说话的汉子看得瞠目结舌：“还……还能这样射箭？”

林尧大喝一声：“好！”

还有第三箭，所有人都屏气凝神地望着这边。

楚承稷勾着箭尾的手指一松，利箭离弦而去，“叮”的一声脆响，依然是将先前那支箭的箭尾处破为两半，抵着扎在箭靶上的箭头再次扎进了靶心。

良久的沉寂后，伴随着林尧的又一声“好”，场外爆发出了雷鸣般的掌声。

席间的小童们更是直接嚷嚷：“军师射箭最厉害！比寨主和武三叔都厉害！”

林昭看直了眼，晃着秦筝的胳膊问：“不是，你相公他怎么做到的？三支箭都射中了一个靶点？”

秦筝不通武艺，但现在自己亲眼见到，对方还是她喜欢的人，心底要说平静，那是不可能平静的。可瞧着不少小姑娘的目光直接黏在楚承稷身上，双颊通红，心底又升起了点别的微妙情绪。

秦筝不太喜欢这样的感觉，面上瞧着倒是温和依旧：“熟能生巧罢了。”

林昭像是被这句话激励到了，开始摩拳擦掌：“我以后也要每日精练箭术！”

林尧在某些方面跟林昭有着一样的属性，楚承稷赢了他，他没有半点羞恼，反而满脸都是切磋后的高兴：“军师赢了，这五匹绸缎可就归军师了！”

楚承稷面上的神情依旧极淡，只是视线若有若无地掠过了秦筝那桌。

林昭笑眯眯地同秦筝道：“那些布匹拿回去，阿筝姐姐能做一身好衣裳穿了！”

秦筝心说楚承稷便是想讨要布料给她做新衣裳，应该也不至于选择用这种方式，毕竟从某种意义上说，他此举就是下了林尧的威风。

汉子们都在叫好，只有角落里，跟老大夫同一桌吃酒的一个邋遢老头的脸色沉得厉害，他压低了嗓音道：“寨主兄妹心眼儿都实诚，那对夫妻我瞧着是对心思深沉的，瞧瞧，他们一个稳着寨主，一个哄着大小姐，收买人心又有一套，只怕哪日夺了我祁云寨的权，都没人吭一声。”

他原先也是林尧父亲的心腹，只是在林尧父亲去后，二当家夺权，他为了护着林尧兄妹，生生被打断了一条腿，这些年只能靠拐杖走路，性情也愈发阴沉。

老大夫道："你就是想得太多，人家同祁云寨非亲非故的，好几次祁云寨有难，都是他们夫妻二人解的围。寨主不是当年那个毛头小子了，有些事，他自个儿心中有数，你就别瞎操心了。"

邋遢老头横了老大夫一眼："我瞧着是你被那支紫毫笔收买了吧？"

老大夫脾气再好不过的一个人，这会儿不免也吹胡子瞪眼："我就不该跟你一桌喝这个酒！你追随了老寨主一辈子，我就不是了？"

邋遢老头满是褶子的脸上闪过几许凄然："我就是怕当年老寨主和二当家的事重演。"

老大夫平日里瞧着不管事，这会儿倒是看得通透："二当家夺权只为祁云寨这一亩三分地，你且瞧瞧，这才多久，军师把祁云寨的势力扩大了多少倍？人家有那等本事，还会只盯着祁云寨这块地？"

邋遢老头翻着白翳的一双眼瞧着有几分可怖："你还在为那外人说话？他借的都是祁云寨的势！若无祁云寨，他能起这势？"

老大夫只是摇头："老伙计，你这是钻牛角尖里去了！"言罢就拂袖离去。邋遢老头盯着被众人围在中央的楚承稷和林尧二人，面皮绷紧着，使得颧骨愈发凸出，显得尖锐又歹毒。

楚承稷似有所觉，眉峰不着痕迹地皱了皱。

这场夜宴进行到这里，差不多也到了尾声。

众人陆陆续续离席，秦筝拎着那个巴掌大的萤火虫布袋，同楚承稷一道往回走。

待到无人时，秦筝同他说起正事："林寨主去比箭后，你还去做什么？不管输赢，以后都会落人话柄的。"

楚承稷微微拉开点距离，半垂着眼皮看了她一会儿，问了句风马牛不相及的话："我同他比箭，你看完了吗？"

秦筝没弄懂他的脑回路，点点头："看完了。"

她眼底半点其他情绪也没有，仿佛刚才那场比试和两头公牛打架没什么区别。

楚承稷沉默片刻，重新牵起她的手，只说一句："回家吧。"

秦筝想起他在射箭场上招蜂引蝶的，忍不住念叨："你那三箭是射得极好，可若不是林寨主心胸豁达，为人坦荡，你今日之举容易生嫌隙……"

走在前边的楚承稷突然停住了脚步，秦筝差点撞上他的后背。

她刚想问一句怎么了，就见楚承稷转过身来，他一言不发，只揉面团似的把她的脸一通乱揉，揉到解气了，才说一句："我若是连这些都处理不好，倒也不必谋往后的事了。"

秦筝按着被他揉疼的脸："那你也别动不动就搓我脸啊……"

楚承稷居高临下地看着她，又伸手在她脸上揉了一把："你惯会气人。"

第十二章 青州

"阿筝想颠弄这乾坤吗？"
"我若想呢？"
"那我教阿筝便是。"

将近亥时，林尧也准备歇下了，却有人来报，说是廖老寻他。

廖老便是先前在席上同老大夫一桌的邋遢老头。

林尧心中虽奇怪，却还是让人把廖老头带到了堂屋，他把脱了一半的袍子重新穿上，过去见人。

“这个时辰了，廖叔不回去歇着，来我这里是有什么事？”林尧对跟随了他父亲多年的老前辈们向来敬重。

此刻听见林尧问话，廖老头握着拐杖的那只手用力杵了杵，道：“那对姓程的夫妇，留不得。”

林尧原本还有几分困意，听到这话瞬间变了脸色：“廖叔何出此言？”

廖老头一脸阴沉道：“他今日比箭，就是在给您难堪，寨主，您还看不明白吗？如今寨子上下，已经把他当成第二个主子了，他日那夫妻二人便是仗着您和大小姐信任，害了你们，祁云寨都能被他们拿得死死的！这是在步老寨主和二当家的后尘啊！”

林尧绷紧面皮，神色一冷：“廖叔，今日我只当没听你说过这些话，往后你也别再提，军师夫妇对我祁云寨有大恩，放权让军师在寨中树立起威信，是我的意思。今夜这场比箭，输了我也只觉得酣畅淋漓，哪有什么难堪不难堪的？如今寨子里刚收拢了各大山头的势力，正是需要上下齐心的时候，廖叔你若再说这些话，就是乱我祁云寨的军心！”

廖老头见林尧这般维护楚承稷，脸上露出难过又痛心的神色：“我一心为寨主好——”

林尧打断他的话：“你若真为我好，就绝了这些念头。没有军师夫妇，就没有今日的祁云寨！军师夫妇不仅对我和阿昭有救命之恩，收复西寨也是军师巧用妙计。再者，上回水匪突袭，若非军师夫人想尽办法拖延时间，你我还有寨子里其他人已经死于水匪刃下了！廖叔，做人得有良心！”

昏黄的油灯下，廖老头蒙着一层白翳的双眼阴冷又毒辣：“将来寨主若同那祁县李信一样夺了这天下，仍旧是分权一半给那姓程的？”

见林尧不说话，廖老头敲打道：“人心都是越来越贪的，寨中人对那夫妻二人敬重有加，无非也是寨主说的这些缘由在里边。可他如今已经有了越过寨主的势头，咱们若不趁他在寨中还没培养起自己的亲信前除掉他，他日必将后患无穷！到时候，就算寨主您心善，不愿对那夫妻二人动手，他们也会对您下手……”

“够了！”林尧突然暴喝一声，直接拔剑指着廖老头，“我说了，再论及此事，便是动摇我祁云寨军心！且不论我志不在汴京那把龙椅，单是过河拆桥、忘恩负义，我林尧就不配为人！你跟了我父亲大半辈子，我林家的祖训，你该比我清楚！”

廖老头看着离自己脖颈只差一寸的长剑，眼底半是震惊半是失望："寨主若觉得我说这些是在挑拨离间、动摇军心，那便动手砍了我吧。这辈子我这条腿、这条命，都只为了林家，到了下边，我是无愧见老寨主的。"

林尧的额角青筋狂跳，廖老头拿自己的断腿说事，便是在拿以前的恩情施压，他丢了剑，冷声道："你也是我兄妹二人的恩人，我不杀你，但今后也不想再见到你。"

他朝门外喝了一声："把人送回去。"

很快就有一个汉子进屋来请廖老头出去。

廖老头挥开汉子搀扶的手，自己拄着拐杖起身，脸色愈发阴沉："竖子安能成事？！"

言罢拄着拐杖一瘸一拐地离开了房门。

秦筝沐浴后，披散着长发坐在院子里纳凉，手中捧着那个萤火虫布袋看了又看。

虽然楚承稷在回来的路上没来由地一阵抽风，但秦筝还是打心眼里喜欢这袋萤火虫的。

她用指腹轻轻触了触那巴掌大的一团荧光，神色间有些犹豫。

楚承稷沐浴出来见她坐在院子里，出声问："在想什么？"

"我……打算放走这些萤火虫，不然明早全死了。"秦筝说这话时有点不自在，怕他觉得自己矫情。

她虽然喜欢，可想到明早起来只剩一袋虫子的尸体，就觉得还是睡前放走它们比较好。

美好的东西陪伴过一段时间就好了，强留也留不住。

楚承稷头发还未干，也不见他用帕子擦一擦，从发梢垂落的水珠将他单薄的衣裳浸湿了一小块，他道："那便放走，想要的话我改日得空了再去给你抓，皱着个眉头做什么？"

秦筝原本还有几分女儿家的情愫在里边，被他这么一说，半是羞半是恼，忍不住道："怎么你每次同我说话都跟哄小孩似的。"

楚承稷看她一眼："你以为自己有多大？"

可能是从来没有异性对她说过这样的话，秦筝莫名被他那句话麻到了。她脸上升起一片红晕，下意识反驳道："我都嫁人了，你说我多大了？"

话一出口，见楚承稷神色微妙地盯着她，秦筝才惊觉自己那话似乎有点不妥。

她躲开楚承稷的视线，垂下头去解布袋上的系带，但不知他怎么打的结，秦筝解了许久都没能解开。

楚承稷弯下腰，手从她身后环过来，指尖一勾一拉就解开了绳结，此外半点没触碰到她，但他发梢的一滴水珠恰好落到了秦筝后颈，突如其来的凉意让她的背脊僵硬了一下。

布袋里的萤火虫慢吞吞地飞了出来，没一会儿，满院子都是慢悠悠浮动的光点。

"那样打的绳结牢固，不过不好解，忘了教你解法。"他退开一步道，又问，"要学吗？"

眼下的气氛，要是说不学，可能会有点尴尬，秦筝点了点头："嗯。"

楚承稷便拿起那根系带，向她演示是如何打结的，他修长的十指摆弄绳索时，出奇地好看，优雅又灵活。打好结，他递给秦筝："知道从哪里解了吗？"

秦筝按照他刚才解绳结的法子，食指钩住，再轻轻一拉，果然就解开了。

但这简单的动作中，似乎又有着无尽的暧昧。

"解开了……"秦筝抬起头准备同他汇报自己学习的成果，唇却触碰到一片温软。

她眼睫颤了颤，一只手还握着系绳的一端，视线里除了楚承稷靠得太近而模糊的轮廓，就只有他身后飞舞的那些萤火虫。

同上次相比，这个吻从开头到结束都很温和。

楚承稷的眼底暗沉得厉害，平复了一会儿呼吸才道："你就是八十岁，在我这儿也是个小姑娘，纵着你些，怎的还老是被你嫌弃？"

秦筝感觉这次的心悸比先前更强烈些。

秦筝很久没再做梦了，今夜又一次做梦，却不是在那个学堂一样的地方，和一群衣着奇怪的男男女女听一个同样衣着奇怪的老头儿讲工程建造，这次的梦中是一片兵戈与火海。

火光里映出凉州都护府大门前的匾额，尸横遍地，夜色里全是北戎人野蛮的叫喊声和普通百姓的哀号声。

凉州都护和前去支援凉州的连钦侯都死在了这一仗里，凉州都护的副将亲口指认是凉州都护刚愎自用，中了敌军的圈套才导致全军覆没，凉州都护府被抄，男丁流放，女眷被贬为奴籍发卖。

连钦侯一死，北戎又占据了凉州城，从凉州和羌柳关夹攻北庭，连钦侯之子艰难支撑之际，李信出手相援，最终连钦侯之子守住北庭后，归顺新朝。

连钦侯之子怨恨凉州都护一家，把沦落为奴的都护府嫡女买了回去，本是想百般磋磨对方，却渐渐动了心。因为都护府嫡女坚信自己父亲是个谨慎的人，在战场上不会那般激进，连钦侯之子对当年那场战事也起了疑心，暗中调查。

都护府嫡女冷心冷情的性子和自己太像，在这个梦里，她已故去数年。都护府嫡女为了查明当年的真相好几次落到沈彦之手中，沈彦之透过她看到了几分自己的影子，庇护过她几次，告诫都护府嫡女不要再查下去，省得引火烧身。

连钦侯之子吃味，为了都护府嫡女和沈彦之争吵过几回，冷笑着讽刺沈彦之是不是当年叛楚干过出卖同袍的勾当，所以才那般护着通敌叛国的叛徒。

几经周折后，连钦侯之子才查明是李信身边一位大将军妒才，怕凉州都护立下战功越过他去，给了凉州都护错误的情报才让那一仗大败，又买通副将诬陷凉州都护。

虽然这次梦里的主角不是自己，可秦筝半夜惊醒时，还是出了一身冷汗。

显然这个梦和之前自己被赐死的梦是连起来的，不过这梦里的事发生在自己死后数年，李信已坐稳汴京皇位。

她坐起来大口大口地喘气，直到窗边传来楚承稷一声："梦魇了？"

她回过神才发现楚承稷不知何时起了，窗户半开，那只信鸽正停在窗台上，明显是楚承稷夜里听到鸽子的声音才起床去取信的。只是不知何故，他的眉心一直拢着。

秦筝才从噩梦中惊醒，脸色还有些发白，点了点头。

楚承稷从桌边倒了一碗茶水给她，奇怪的是，他并没有说什么安慰她的话，也没有问她做了什么噩梦，垂眼看她时，似有几分犹豫。

秦筝喝了几口茶，心神稳定下来了，见他这般神色，想起他方才看的信，不由问了句："发生什么事了？"

楚承稷没作声，将那张信纸递与她。

秦筝展开信纸，看完后手脚有一瞬间的发软。

北戎攻打凉州，连钦侯未曾出兵相援，都护府满门被屠，凉州终是落入北戎之手，李信为平战乱，要送她胞妹去北戎和亲。

楚承稷见她坐都有些坐不住，伸手扶住她，在窗边坐了下来。

秦筝近乎自言自语地道："凉州不该这么快被北戎拿下才对……"

梦中沈彦之警示都护府嫡女的话，以及李信要送自己胞妹去北戎和亲的事，让秦筝陡然觉着凉州失守只怕没这么简单，她心中忽而有了一个猜测，这一次的幕后黑手会不会就是李信？

楚承稷问："何出此言？"

楚国之所以会被灭国，除了内忧，还有外患，叛军攻下汴京那会儿，北戎就已经进军河西走廊了。

她为何如此笃定凉州不该在此时被北戎拿下？

秦筝想起梦中所见，定了定神道："河西走廊沙州、肃州、甘州、凉州四郡守望相助，凉州遇袭，哪怕当时正逢汴京易主，朝廷无力支援，可凉州府毗邻漠北，北戎一旦拿下凉州，相当于把獠牙都抵在漠北咽喉上了，凉州都护就算等不到朝廷的援军，只要不蠢，就会向连钦侯求助，唇亡齿寒，连钦侯不可能不应。"

虽然楚承稷看到信时觉着河西四郡尽数被北戎夺去有些蹊跷，此刻听完秦筝的这番分析，却也不由得对她刮目相看，这天下大势，她比不少怀才自傲的谋士还看得清楚。

楚承稷点头赞许："河西四郡尽数落入北戎囊中，凉州便成了北戎从后背夹攻漠北的一个据点，连钦侯不可能看着北戎打到家门口却无动于衷，除非……是根本来不及派兵相援。"

秦筝心跳陡然加快："凉州失守，连钦侯不出兵御敌，等这消息传遍天下，世人可不会管连钦侯是不是没能来得及出兵，只会唾骂连钦侯为了保存实力窝里斗，把凉州拱手送人。李信封我妹妹为和亲公主远嫁北戎，舍的是我秦家人，赚取的却是他李家的名声……"

河西四郡失守，最大的获利者无疑是李信，此举不仅打压了连钦侯，还用秦笙这个和亲公主给他的新朝拉拢了民望。

毕竟百姓可不会在意送出去的和亲公主是何许人，只知道这一和亲，就不打仗了，对朝廷感恩戴德。

楚承稷看着秦筝，忽觉自己接下来的话有些残忍，但他还是缓缓地说了出来："若不出我所料，沈彦之带着剿匪的三万精兵盘踞青州，等闵州被淮阳王拿下，李信会以京城沈家人作胁，逼迫沈彦之南下去同淮阳王斗，夺回闵州只是个筏子，他要的是沈彦之手上的三万精兵不会扰乱他的下一步计划。"

天气已经回暖，秦筝的掌心却出了一层黏腻的冷汗，她困惑："李信的下一步计划？"

楚承稷道："如今河西走廊已失守，连钦侯腹背受敌，等朝廷送公主前往北戎和亲的消息一散播出去，连钦侯必遭万民唾骂，李信不待此时夺他北庭，只怕再难遇到这样的机会了。你猜连钦侯为了自救，会如何破局？"

秦筝十指紧张交握，就连唇都是抿得有些泛白。

楚承稷静静地看着她，说出了那个残忍的事实："河西四郡当下是夺不回来了，连钦侯能做的，就是把朝廷给他带去的民怨降到最低。任何东西，捧到最高再摔下去，都能跌得最狠。百姓以为和亲就能带来太平，若是和亲公主'逃婚'了，百姓的民怨就会达到顶点。"

接下来的话楚承稷没说，但秦筝也明白，百姓会转而把矛头对准李信，但李信这时候只要把过错都推到和亲公主身上，就又能择得干干净净。

毕竟比起恨一个国君，口诛笔伐一个女人，就显得再容易不过。

不论什么结局，秦笙一旦走上这条和亲路，那就已经是枚弃子。

说是"逃婚"，她一个弱女子，在北庭一带被带走，无疑是死路一条，甚至在她死后，也还得像梦中的自己一样被天下人口诛笔伐。

相比之下，顺利嫁去北戎，似乎倒成了秦笙最好的出路。

可北地苦寒，不提气候差异，游牧民族跟着水草迁徙，居无定所，秦笙一个被娇养出来的京城贵女去了那边，无异于羊入虎口。

北戎人更是出了名的野蛮，女人在他们眼中是私有财产，父亲死了，儿子会连带父亲的妻妾一起继承，兄长死了，嫂嫂便改嫁小叔子。

水土不服、语言不通、饮食差异和文化习俗上的巨大差异，再加上思乡之情和外邦人的恶意，这些全都加注在一个远走他乡的女子身上，便是不疯，也会郁结成疾。

秦筝攥紧掌心，迎上楚承稷的目光："若是我妹妹在和亲的路上'意外身亡'呢？"

楚承稷眉梢轻提，示意她说下去。

秦筝道："连钦侯要造成我妹妹'逃婚'的假象，肯定不会直接派漠北军队袭击送亲队伍，关外沙匪成堆，到时候跟送亲队伍交手的，必是伪装成沙匪的漠北军队。我们若能同连钦侯达成协议，让他的人救下我妹妹，伪造我妹妹意外身亡的假象，李信没了和亲公主，这步拉拢民心的棋也就白下了。"

秦筝不是没想过"抢亲"，但抢亲也只能顶着沙匪的身份，秦笙若是被沙匪抢了去，名声也就跟着没了，不如“意外身亡”稳妥，往后换个义女的身份，还能再回秦家。

楚承稷反问：“如何保证连钦侯不会用了你的计谋后，却真对你妹妹下杀手？”

秦筝总觉着楚承稷似乎已经发现了什么，但事到如今，她也不能再一味藏拙了，她想起梦里都护府嫡女收集到的证据，道：“拖字诀，先告诉他，我们手中有李信将凉州拱手送与北戎的证据，要确保我妹妹安然无恙后才能把证据给他。”

楚承稷的唇角无意识地上扬了几分：“若把人救下后，他讨要证据呢？”

现实和自己所做的梦颇有出入，毕竟凉州都护府全府都被屠了，秦筝也不敢确保梦里的证据还在不在，只得绞尽脑汁道：“等到那时，闵州已经被淮阳王拿下，沈彦之南下同淮阳王僵持，殿下举事的消息再一传出去，腹背受敌的就成了李信，连钦侯只要不傻，就不会再动我妹妹。”

光是李信为了吞下漠北的势力，策划把河西走廊拱手送给北戎这一点，就足够他们和连钦侯统一战线。

楚承稷望着她，眼神罕见地柔和：“阿筝若为男儿身，只怕在天底下也是个有名的谋士了。”

他眼底是不加掩饰的欣赏，超越了男女之情，单纯地赞赏她这一刻所展露出来的才华，甚至有几分为她骄傲的意思。

秦筝先前一直都怕暴露太多引来麻烦，此刻却只觉得心安，说楚承稷城府深也好，说他是有足够的耐心陪自己耗也好，不管怎样，他确实让自己越来越信任他了。

他觉得不该问的便不多问，总是保持一个适当的度，让人觉得可靠，却又不会有压力，自己好几次都在无意识中对他卸下心防。

秦筝时常觉得，她栽在楚承稷手中，一点也不冤。

她单手支起下颌，明眸半抬，清冷中又带着几分或有或无的慵懒媚态，开了个玩笑：“我不是男儿身，怀舟还肯让我当你的谋士吗？”

怎料楚承稷唇角稍提，看向她的目光里却无半分玩笑之意：“阿筝想颠弄这乾坤吗？”

秦筝心口跳得极快，她知道这是问她想不想涉政的意思，那日在打谷场烧瓦时在心间萌芽的那股信念越来越坚定，她问：“我若想呢？”

楚承稷朗笑出声：“那我教阿筝便是。”

秦筝的心跳得愈发快了，一时间竟也分不清他这究竟是不是戏言，岔开话题道：“那怀舟你给连钦侯写信吧，等笙儿一踏上和亲的路，我就联系兄长和母亲离京。”

李信也怕秦笙在和亲前出逃，指不定已经派兵围了秦府，只有待秦笙上了和亲的花轿后，才会放松对秦府的戒严。

秦夫人和秦简必须离开京城，不然楚承稷在青州举事的消息传出去，秦家人又会和陆太师府上的人一样，成为朝廷对付他们的把柄。

帮楚承稷研墨时，秦筝才想起李信为对付郢州陆家，让人把京城陆家人押送往闵州一事，她下意识地瞥了楚承稷一眼：“陆家人……你想到搭救的法子了吗？”

毕竟是他外祖家，想来他的心中也不好受，只是如今被困两堰山，怕是做不了什么。

楚承稷却道："得看人和。"

兵法上讲究天时、地利、人和，他这么说，是将劫囚车的地点和时间都已经算好了的意思？可祁云寨如今被沈彦之的人围着，他们如何下山？

秦筝略作思量，便想通了其中关键，困在两堰山的人出不去，可暗中前往青州来和他接头的那批陆家人却是能成事的。

她想起今夜运往山寨的那些粮食，问："你命人把丝绸船开往吴郡去卖，粮草是不是从陆家买的啊？"

吴郡是淮阳王的地盘，山寨的人若是从其他米商那里大批买进粮食，只怕早就被人报给淮阳王了。

可他们换了粮食，非但没被淮阳王发觉，还运回了青州，这其中肯定有陆家人出力。

楚承稷忽而一笑，抬眸看她："阿筝啊，你这是要把你从前藏的拙，在今日全告诉为夫吗？"

秦筝心虚，一缩脖子，专心研墨，再没问他一句。

接下来数日，秦筝写了信让楚承稷用陆家留存下来的情报网送去京城秦家后，便一直在绘图研究如何把后山那条索道完善成索桥。

前些日子，山贼们因为粮食闹事的事她以为已经揭过了，怎料一大早刚用过朝食，私下出寨落入其他山贼手中险些遇害的那位王姑娘，就被她祖母领着，哭到院门口来了。

"军师夫人，你可要替我这可怜的孙女做主啊！"王婆子一把年纪，跪在院门口哭天抢地，边上还围了一堆看热闹的妇人。

跪在王婆子身边的年轻女子正是那日在打谷场和秦筝有过一面之缘的王姑娘，她面色有些苍白，手腕露在外边，上边有数道深浅不一的划痕，结着血痂。

秦筝不明所以，只得出声对王婆子道："有什么事，老人家先起来再说。"

王婆子哭号道："寨子里这些长舌妇，想逼死我家阿秀啊！"

边上当即就有看热闹的妇人鄙夷道："花娘肚皮里能爬出什么好货？军师夫人为了大家伙儿，前脚刚被水匪抓走，她后脚就敢去军师那儿送吃的。现在瞧着军师夫人全须全尾地回来了，她编派军师夫人进过水匪窝再无清白不说，又上赶着去勾搭寨主，落入歹人手里差点叫整个祁云寨跟着她遭殃，换作旁人早没脸见人了，就你们祖孙俩不要脸皮，好意思开口让寨主娶你这孙女！"

秦筝未料到是这么一回事，顿觉头大，对方想嫁林尧，求到她跟前来有什么用。

只是她还未来得及出言，王婆子就先跳起来把那妇人骂了回去，凶狠的架势半点不见方才的凄楚羸弱："你这嘴上不积德的毒妇！我孙女被你们逼得割腕多少次了？将来下了阎罗殿，小心阎罗王钩你舌头！"

妇人哼笑道："真要寻死，拿根绳子往房梁上一挂，我就不信死不成，那手腕上割的几道口子，怕是还没被捕鼠夹夹得深，真不害臊！就你家丫头还想嫁寨主？寨主当初连何家丫头都看不上，能看上你家这个花娘肚皮里爬出来的？”

跪在一旁的王秀听到这话后脸色又白了几分。

王婆子哭着对秦筝道：“军师夫人你听听，她们这是不给我家阿秀留活路啊！”

秦筝无奈道：“老人家，我同我夫君幸得寨主兄妹收留，才得以留在山寨，寨主不愿娶王姑娘，我又能有什么法子？”

这自然是自谦的说辞，如今整个山寨，谁人不知他们夫妻在山寨里是何地位？

王婆子忙道：“阿秀跟去送瓦，也是一片好心，见寨主没水，才过去送水的。我家阿秀好好一个黄花大闺女，如今这般招人口舌，那些歹人不是军师管着的吗？军师夫人你就可怜可怜我家阿秀，做主让她这辈子有个归处吧！”

秦筝蹙眉道：“当日闹事的歹人已被寨主下令处死，救下王姑娘的是我相公手下的赵逵兄弟，我回头同我相公说说，让他问问赵逵兄弟，看愿不愿娶王姑娘。英雄救美，美人以身相许，想来会成为一段佳话的。”

王秀一张脸瞬间煞白，尖锐出声：“我不嫁他！”

王婆子也慌了：“我家阿秀这等好容貌，哪能嫁那样一头肥猪！军师夫人你……你这不糟践人嘛！”言罢直接在门口一坐，声嘶力竭地哭喊起来。

寨子里的妇人们因为秦筝教她们烧瓦，都对秦筝甚是敬重，又深知这王家祖孙俩的秉性，看她们的目光里只有鄙夷：“可别仗着军师夫人性子良善，就跑这儿来倚老卖老了，咱们整个祁云寨的脸都叫你们祖孙俩给丢尽了！”

秦筝也不想跟这祖孙俩沾上半点关系，作势就要关院门：“老人家，我委实帮不上您孙女。”

王婆子顿时也顾不得最后一点脸皮了，索性直言道：“我家阿秀是被军师手底下的人欺负了的，军师若是管束得严些，我家阿秀能遇上这样的事？这让我家阿秀以后还怎么嫁人？唯有给军师做个小了！”

秦筝听得额角直突突，围观的妇人们显然也被这祖孙俩的无耻程度给惊到了。前脚还闹着要嫁林尧，后脚又要给军师做小，这祖孙俩还真是不知脸面为何物。

其中一个妇人道：“还是去找王大娘来治这不要脸皮的祖孙俩吧！”

当即便有人去寻了王大娘。

山寨里同姓的人很多，但并不是亲缘关系。

王婆子顿时慌了，她是知晓王大娘的厉害的，当即拉着王秀的手道：“阿秀，快给军师夫人磕头，磕头了你就算见过正室，是军师的妾了。”

边上围观的妇人忙制住了这祖孙俩。

秦筝在今日之前还从未见过这般荒唐之事，她冲王婆子喝道：“够了！你还要作践你孙女到何地步？”

王婆子显然呆了一呆，随即撒泼一般道：“我让我孙女给军师做小就是作践她？你让她嫁头肥猪还是为她好不成？枉寨子里的人都说你菩萨心肠，帮大家修房、补瓦，又教大伙儿烧砖瓦，谁知你竟藏了这么一副恶毒心思，你是自己在水匪窝被糟蹋得不成样了被你夫婿厌弃，生怕我孙女得你夫婿看重……”

秦筝的脸色彻底冷了下来，不及她说话，赶来的王大娘就抡圆了胳膊极其响亮地打了王婆子一记耳光。

王婆子张嘴就吐出几颗带血的黄牙，嘴里也全是血，这会儿是当真哭爹喊娘地叫唤起来：“杀人了！林家那乳母要杀我这个没儿子傍身的老婆子了……”

“啪！”

又是响亮的一记耳光，王婆子干瘦的一张脸上，两个巴掌印这会儿是对称了，一口牙也算是落了个干净。

王秀刚想喊，被王大娘一个杀气腾腾的眼神扫到，眼底虽含着恨，倒是没再吱一声。

王大娘指着王婆子破口大骂：“你个嘴上不积德的老货，无怪你儿子死得早！那是阎王爷在治你！你还知道你住的这瓦棚子是军师夫人烧的瓦？你良心叫狗吃了？没有军师夫人，你们祖孙俩现在还能站在这里？”

她说着又狠狠瞪了王秀一眼，冲着王婆子骂道：“瞧瞧你教出来个什么人！还嫌外边闲话说得不够难听？你们不要脸、不要皮，寨主还要呢！丢人现眼的东西！等我禀了寨主，你们祖孙二人都给我滚出山寨去！”

王秀听着王大娘骂的这些话，五指几乎要抠破掌心，她抬起头直视王大娘，这会儿倒是不装可怜，冷笑道：“脸皮？这寨中又有多少人给过我那东西？就因为我娘是个花娘，我就得一直被寨子里那些长舌妇嚼舌根子，从前被西寨那些个烂人欺负了也得被嘲讽不知检点！我做没做那些事反正都被她们编派讥笑，那我为什么不坐实她们说的那些事？”

她说着看向秦筝，眼里是淬了毒一般的恶意：“她和林昭进了水匪窝那腌臜地，寨子里都没人说她们闲话，不就是因为林昭有个好哥哥，她有个好相公吗？

“我若有的选，我也不愿意投胎到一个花娘肚子里，我也想跟林昭一样，生来就是寨子里的大小姐，干什么都被人捧着。跟何云菁一样也行，有个把我当眼珠子疼的爹，谁敢非议一句，二当家能直接把对方的舌头给割下来……可我就是个娼妇之女，我能怎么办？被一群烂人调戏，被那些长舌妇指指点点，我就合该受着？她们不是说我只配嫁个瘸子、鳏夫吗？我偏要嫁个有权有势的男人，堵了她们的臭嘴！”

王婆子听孙女说起这些，只觉得心酸，也跟着哭：“秀丫头是苦水里泡大的，这回出了这样的事，寨主和军师，总得有个收了秀丫头，不然她这一辈子都抬不起头来了。”

王大娘原本听王秀说那些，想着毕竟也是自己看着长大的姑娘，还有几分心软，此刻听到王婆子的话，瞬间又冷了脸色：“脸皮都是自己挣的！你们也别作妖了，祁云寨已容不得你们了！”

王家祖孙的脸色顿时白了个彻底，王秀尖声大叫起来：“我知道你从前也只是假惺惺地对我好罢了，你们没一个瞧得上我！”

说着，她毒针一样的目光扫向秦筝："你一个泥瓦匠的女儿，只不过会烧几块破砖破瓦，在我跟前摆什么高高在上的样子？若不是靠着你那张脸嫁了个有本事的夫婿，你又比我强多少？我若嫁给寨主，那些人也会捧着我、奉承我！你歹毒地要把我许给那头肥猪，是记恨我说你被水匪糟蹋，还是记恨我给你相公送了馍馍？进了匪窝的女人不干净这是人人都心知肚明的事，还不许我说吗？这是人脏了，心也脏——"

"啪！"一句话没说完，王秀就被一耳光打得偏过头去，她抬眼看去，动手的却不是王大娘，而是秦筝。

半边脸都又麻又疼，王秀捂着脸，似乎没料到秦筝会直接动手。

王婆子惊呼一声，挡在王秀跟前："别打我孙女，别打我孙女……"

王秀舔了下唇角，望着秦筝哂笑道："这会儿不装善良了？我还以为你多有本事，原来你跟寨子里其他女人一样，一听到跟你男人有关的事就急眼，知道自己脏了，这么怕我勾走他？"

秦筝说："我打你这一巴掌，是因为你口不择言，不过我依然可怜你。你曾遭受过不公，但这不是你作恶的理由，你知晓被人编派非议是个什么滋味，再这般编派旁人时，就没羞愧过吗？"

王秀冷笑："羞愧，我羞愧什么？总得叫你们也知晓让人在背地里编派嘲讽是个什么滋味，这滋味不好受吧？可我十几年都是这样过来的！"

秦筝问她："那为何你只编派我和阿昭？"

不等王秀出言，她便一针见血道："你在嫉妒。"

王秀脸色难看，不愿承认，"呸"了一声："真会往自己脸上贴金。"

边上一个妇人看不惯道："军师夫人跟这没脸没皮的蹄子费什么口舌，一会儿要嫁寨主，一会儿又要给军师做小，真是得了她娘真传！"

王秀似被刺到，冷笑连连："你们不必拿这话来羞辱我，你们当成宝的男人，在我这儿屁都不是！我若有一天能掌权，我恨不能杀光天下男人！"她狠狠地啐了一口，"天底下的男人就没一个好东西！林尧那个不曾正眼看过我的东西，我会喜欢他？他若不是这祁云寨的寨主，我都懒得多看他一眼！"

她说着看向秦筝："至于你说的嫉妒你……"

她哈哈大笑起来："嫉妒你有个好相公？可别，给你男人送馍馍，也不是我对他有意，只是那会儿林尧成了个废人，整个寨子都是你男人说了算罢了。谁掌权，我就嫁谁，我只要他们手中的权力！我要把那些瞧不起我的人一个个都踩在脚下，把那些长舌妇的嘴，都撕烂了再给缝起来！看她们还怎么编派我！那些欺负过我的烂人，剁了他们的手脚，砍了他们的子孙根扔进元江里去喂鱼！"

说到后面，她眼神癫狂，整个人都透着一股疯劲儿，埋在心底多年的仇恨和怨念，在这一刻全都坦白了出来，再也不用藏着掖着，王秀只觉得前所未有地畅快。

王大娘眼神复杂地望着她，久久不语，王婆子显然也呆住了，不敢相信这是自己平日里那受尽委屈也只往肚里咽的孙女。

秦筝却道："你错了，我说你嫉妒我和阿昭，不是嫉妒阿昭有哥哥，我有相公。你真正嫉妒的，是我们凭什么可以得到别人的尊重。"

王秀正想反唇相讥说她们在寨子里受人尊敬不正是因为林尧和军师吗？可触及秦筝清透又带着几分悲悯的眼神时，愣是没能把到了嘴边的难听话说出口。

秦筝说："就像王大娘说的，脸面都是自己挣的，你记住这句话。"

她口吻这般温和，更叫王秀觉着难堪，声嘶力竭道："用得着你来教训我？你不就会烧几块破瓦吗？人家看在你男人的分上抬举你几句，你还就真把自己当个人物了？还脸面都是自己挣的，我呸！"

边上立马有妇人帮秦筝回骂："眼皮子浅的东西，你们祖孙俩就没有过脸皮，当然不知道脸都是自己挣来的！军师夫人别搭理这贱蹄子了，晦气！"

秦筝没说话，面上也不见怒色，只是看王秀的目光里，依然透着一股悲悯。

像是知晓夏蝉活不到冬日，无法同夏蝉说冬日是何情景一般。

王秀被她这样看着，突然就噤了声，有一瞬间，她甚至觉得秦筝是真的在可怜她。

最终王家祖孙都被王大娘命人绑了带走。

王大娘见秦筝一直皱着眉心，以为她介意王秀的话，宽慰她："王家那丫头是疯魔了，她那些疯话你别往心里去，她干了这么多腌臜事，还在背后编派您和昭昭，但寨子里的人都是明理的，敬重夫人，从未听信过她那些疯话。等回头我禀了寨主，往后祁云寨再没她们祖孙俩容身之地！"

秦筝只道："她做的事，您如实向寨主说即可，我同她的恩怨，那一巴掌打完就两清了，您不必为了我向寨主多说什么，她做错了事，受她该受的惩罚便是。"

王秀走到这一步，有身世和成长经历的外因，但很大一部分原因是她咎由自取，被她害过的人也不在少数。

让秦筝突然觉得悲哀的，是王秀最后坦言自己费尽心机做的这些事，只为了掌权报复那些曾带给她伤害的人。她把一切都豁出去了，可往上爬的方式却也只是嫁个有权势的男人。

秦筝其实能明白王秀的恨和不甘，但是这世道，女子能出头冒尖的机会太少了。

天下万千女子，又有几个能像林昭这般跳脱世俗？自己也是得了机缘，才能习得在闺中习不到的本事。

她突然就想，这天底下，有多少像王秀一样不甘心，却又只能指望一场好姻缘改变自己余生的女子呢？

正午的太阳隐进了薄云里，挂在天上只似一个白影。

上午的练兵已经结束，演武场内外随处可见席地瘫坐着的人，个个额前都布满了豆大的汗珠子，面皮绯红。

楚承稷从点将台上走下，接过亲兵递来的帕子，随意擦了擦脸上的汗。

亲兵道：“军师，山脚下的官兵又开始叫阵了，已经骂了一个上午，要不要让堰窟那边杀杀他们的威风？”

楚承稷道：“不必，最迟今晚，山下的官兵就会撤离一半。”

算算日程，李信的调兵令，再怎么说今日也该抵达青州了，沈彦之撑不了多久。

他将帕子丢给亲兵，正巧赵逵过来寻他：“军师，寨主找你。”

楚承稷点了头，又道：“下午我就不过来了，你带着他们练练这两日学的枪法。”

赵逵抱拳：“得令！”

演武场外搭了个临时用的棚子，楚承稷过去时，林尧正在同一个亲兵交代什么。

见楚承稷来了，林尧对那个亲兵道：“你先下去吧，让暗线们把各山头的首领都盯紧些。”

亲兵领命出去了，楚承稷拉开一张椅子坐下，问：“可是寨中又出了什么事？”

林尧回道：“没有，我怕那些个老奸巨猾的还有二心，让我们这边的人时刻盯着。”

之前廖老头回去后，林尧好几晚都睡不着，深思熟虑了一番，决定还是把话敞开了说：“今日找程兄，其实是有件事在心底憋了许久，一直没找着合适的机会同程兄开口。

“我林尧这条命，是程兄冒死救回来的，那会儿我就想让程兄当我祁云寨的三当家，只是程兄婉拒了，我知晓程兄乃人中龙凤，小小一个祁云寨于程兄而言大抵也算不得什么。

“但如今这支队伍，是程兄一手拉起来的，粮草、兵器也是程兄花了大力气弄回来的，举事后，首领无论如何都得是程兄，我林尧没那起义带兵的本事，也没有程兄的远见和谋略。若不是程兄镇着，只怕各大山头的人不服我的多了去了。

“我就是一粗人，只想着和手底下的弟兄们有酒喝酒，有肉吃肉，若能上阵杀敌护卫一方百姓就再好不过。不管程兄举事后是自立为王，还是带着我们投奔明主，我林尧都会带着祁云寨的弟兄们誓死追随。”

楚承稷略微诧异地扬了扬眉，轻扯了下嘴角：“这支队伍虽只有几千人，但已初具雏形，我既将它交与了寨主，寨主且带着就是。很快就有一场硬仗要和官府打，赢了，往后还会有数万人的队伍。”

这看似温雅却狂得没边的口气让林尧一愣，他和廖老头争执不下的问题，眼前这人似乎从未放在眼里过，他突然浑身一激灵，警惕道：“我一穷二白，所有的身家就只有一个祁云寨，你拉起来的队伍你自己带，我没钱养这些兵！”

楚承稷：“……兵我养。”

听到他这话，林尧心底的大石头算是彻底落地了：“那咱们可说好了，我就是给你做事的，你让我管着几千人的前程和生死，我没那本事。”

楚承稷道：“寨主若在军中，当是将才，无须妄自菲薄。”

这也是楚承稷一直让林尧带这支队伍的原因，他武艺不错，但没有系统地学过兵法，也不知军中的管理制度，这些日子让他适应下来，往后就能独当一面。

至于林尧担心的那些问题，楚承稷的确还没放在眼里。

林尧连连摆手："程兄这话未免也太抬举我了。"

他迟疑了片刻，还是问出了自己猜测许久的那个问题："可否冒昧地问程兄一句，程兄的真正身份是……"

他们二人都结盟到这一步了，再问这个话题倒也不唐突。

楚承稷平静地开口："我姓楚。"

林尧忽觉头皮阵阵发麻，他坦言姓楚，再一联想到他们夫妻二人那张通缉令的赏金……

林尧狠狠地"嘶"了一声，说话都结巴了："程……楚……军师莫非是太子？"

难怪自己拉他入山寨那会儿，他能对自己说出"封侯拜将，彪炳青史"这番话。

可传言中的亡国太子昏聩无能，在朝堂上更是草包一个，好酒色，林尧只觉得跟眼前这人哪儿都对不上。

也正是因为楚承稷跟传言中那个草包太子相差太大，秦筝除了容貌，修房补瓦样样在行，半点没有太子妃的样儿，哪怕知晓他们被官府通缉，林尧也压根没想过他们夫妻就是从东宫逃出来的太子和太子妃。

林尧盯着楚承稷，等他答复。

楚承稷表现得倒是淡然："我的身份目前还不宜公开，等拿下青州，再对外道也不迟。"

林尧只觉得自己的舌头都捋不顺了，一时间手脚都不知道该往哪儿放，浑身都起了鸡皮疙瘩，他忍着搓揉手臂的冲动问："程……军师方才说有一场硬仗要和官府打？是要下堰窟和山脚的官兵开战？"

知道楚承稷的真实身份后，林尧是万不敢再同他称兄道弟的。

"寨主无须拘谨，左右不过一个称呼，一切照旧即可。"楚承稷说完，抬手在林尧跟前的那张舆图上指了指，"剿匪的官兵不会全部撤离两堰山，官府想耗死我们，那就留一座空山在此让他们耗着，我们从后山的索道出寨。官府的兵力都被派来两堰山了，青州城内防守必然薄弱，拿下青州城，就是拿下了青州的粮仓。"

朝廷调兵令下来后，官府顶多还会留一万精兵围住两堰山，等他们拿下青州城，断了官兵的粮草，那一万精兵就算再折回来想夺回青州城，也回天无望。

如今南边有淮阳王拖着朝廷的兵马，北边的连钦侯也不是吃素的，李信才设计过连钦侯，万不敢在此时再调兵前来收复青州，这是他们以青州为据点壮大起来的绝佳机会。

林尧对楚承稷在军事上的布局一向是言听计从，当即点了头："何时动手？我下去安排。"

楚承稷道："南下的官兵调离一夜后再下山，进入青州城后，不得抢掠城中百姓财物，违者斩首。"

林尧知道此举是为了把他们这支队伍的民心招揽起来，毕竟百姓也不愿意再来一个像李信那样靠着烧杀抢掠一路杀到汴京的反王。

他赞许道："这些日子已经把威信立起来了，不怕他们不听军令。"

随即又瞟了楚承稷一眼："不过百姓的东西不能抢，青州官府的东西能用吧？"

楚承稷没说话，林尧干笑两声："咱们这不没钱养兵嘛，卖的丝绸都换作了粮草，官府若有足够的官银，得给弟兄们做身军服才行，不然瞧着不像那回事儿！"

楚承稷开了金口："可用。"

林尧这会儿倒是把以后的事情都担忧上了："往后咱们要是像淮阳王一样，手底下握着好几万人马，只怕连米粥都供不起，淮阳王家大业大，但咱们上哪儿弄钱？"

楚承稷只道："车到山前必有路。"

陆家虽然颇有家资，可如今已投靠淮阳王，财力上对他这边的支持肯定是有限的。

大楚屹立三百余年，皇陵应该挺多，挖几个不妨事。

林尧得了楚承稷这句话，就什么都不担心了，反正天塌下来有个高儿的顶着。

对于他们举事的旗号和对外宣称的举事缘由，也不用去想了，楚国刚亡，李信龙椅都还没坐热呢，天底下不满他的百姓多了去了，光复大楚的番号一喊出去，领头人又是前楚太子，再没有比这更正统的了。

"若无其他事，我就先回去了。"楚承稷看了一眼日头，已经过饭点一刻钟了。

林尧知道楚承稷每日中午都回家用饭，不跟他们一起在大厨房吃，一猜就知道他是要回去陪秦筝用饭，林尧揶揄道："这个时辰回去应该不晚，我让王大娘带着尊夫人一道去王婆子家了，她们这会儿应该也才回去没多久。"

林尧并不知王秀曾去找过楚承稷，楚承稷的眉峰不着痕迹地皱了皱，起身就往外走："我先走一步。"

林尧看着他的背影直摇头。

这成了亲的男人就是不一样，武庆是一到饭点就往家跑，这个也是。

他抬脚本欲去大厨房，但想到昨夜与廖老头闹得不愉快，还是打算先去同他说一句，但到了对方家后却扑了个空。

楚承稷一进屋，就看到秦筝坐在屋中的方桌前，正用自制的炭笔在绘图，可能是太专注，他进屋她都没发觉。

楚承稷走近，瞧见她不是在绘图，而是拿着炭笔，看着图纸在发呆。

"想什么想得这么出神？"他站在她身后问。

秦筝被吓得一抖，回头瞧见是他，松了口气："你回来了，我去厨房端菜。"

她准备起身，楚承稷却按住了她的肩膀，垂眸看她："有心事？"

秦筝在他跟前总是很容易地放松下来，她耷拉着眉眼点头："是有一些事，我自己没琢磨明白而已。"

楚承稷在她旁边坐了下来，挑眉问："跟我有关？"

秦筝摇头。

楚承稷见她似乎不愿多说，问："听说王家来闹事了？"

秦筝心知他是误会了，叹了口气："不关王家姑娘的事，就是脑子里突然有很多想法，你让我自己想清楚就好了。"

楚承稷说："需要我帮忙就说。"

秦筝点头应"好"。

楚承稷瞥了一眼她铺在桌上的工图，转移话题道："后山的索道先不用扩建，最迟明晚我会带人下山夺取青州城，为免万一，你带着留守山寨的人把索道断开。"

秦筝惊愕地抬起头："你要绕道去突袭青州？山下的三万精兵回头夺城，咱们的人能守得住？"

正在此时，院门外有人匆匆来报："军师！围在山脚下的官兵开始大规模撤离了！"

楚承稷朝外望了一眼："我这就过去。"

报信的人得了回复匆匆离去，秦筝也回过味来，他一开始谋划修索道，只怕运送粮草进寨只是其中一个目的，真正的目的是想借索道出寨，等剿匪大军前脚被调走，后脚就前去攻占青州城。

她起身道："我去厨房给你拿两个馒头路上吃，也不耽误事。"

楚承稷拉住了她的手腕："不用麻烦，一会儿同他们商量明日突袭的战术，花不了多少时间。"

秦筝已经站定，楚承稷的手却不曾松开，甚至还微微多用了几分力："陆家旧部来信，你妹妹已在和亲路上，你母亲和兄长，也由陆家旧部偷送出城，不日便可抵达青州。"

他说这些话，是为了让她安心，不必担忧他占领青州后，李信拿秦家人作胁。

京城陆家和郢州陆家同气连枝，但作为外戚又免不得被打压猜忌，为了通信方便，陆家建了不少酒楼茶舍作为暗中通信的据点，这也是京城陆家人全部锒铛入狱后，陆家在京城的据点还能运作的原因。

秦家本家就在京城，秦国公又刚正不阿，根本不屑使这些手段，这才导致秦家一朝受困，孤立无援。

秦筝真心向他道谢："多谢殿下。"

"嗯？"

秦筝想起他那夜说的话，心口传来的悸动让她抿了抿唇，改口道："怀舟。"

楚承稷面色如旧，只是舒展开来的眉头彰显着心情似乎好了几分："谢我什么？若不是你在后山建起索道，不仅粮草没着落，夜袭青州城也不可能。真到了粮草告罄的时候，下山和朝廷留守在山下的官兵决一死战，胜算渺茫至极。"

因为那时不仅人数上差距巨大，硬实力和士气也将被全然碾压。

秦筝道："我能做的，也只有这些了。"

楚承稷反问她："这些还不够多吗？"

这是他第一次如此直白地给予她肯定，秦筝本来没觉得修个索道有什么，但被他这么一说，竟弄得有几分脸热，她嗔道：“你非得挑这个时间点夸我？”

楚承稷见她的情绪好些了，才提了提唇角：“我去堰窟了，你先用饭。”

送走楚承稷后，卢婶子听说他们最迟明晚动身，找出针线篮子和棉花粗布来：“今晚赶个工，应该赶得出几身布甲来。婶子还没来两堰山那会儿，家里有人被抓去征兵了，都会给缝一身布甲穿着去，战场上刀剑无眼，那是能救命的东西。”

秦筝只知道军中小卒会穿镶了铁片的甲衣，倒是没见过布甲。

只见卢婶子裁剪出布料，镶了厚棉，再用线把棉花缝成两指宽的竖条，棉花被压严实了，一刀下去力气要是不够大，轻易是砍不破的，又能缓冲减少伤害。

秦筝跟卢婶子学着做，怕楚承稷受伤，她往夹缝里镶的棉花格外多，缝线时却因为针脚下得大，挤得棉花都勒了出去，秦筝面无表情地把棉花塞回去，又缝了两次线重新压边。

卢婶子看她做个针线活儿跟打仗似的，好几次都忍俊不禁。

第十三章

围城

从前他只饮清茶，后来只喝烈酒。
只是醉了也没有一刻安宁过，但至少梦里有她。
求不得，舍不得。

两万大军一撤走，两堰山下停泊的船只瞬间少了大半。

李信派来传令的钦差脸色铁青地看着坐在船舱里慢条斯理看公文的清瘦男人，指着他喝道："沈彦之，你竟敢抗旨？"

沈彦之含笑看过来，一派谦谦君子的模样，笑意却不达眼底："我若抗旨，就不会下令两万将士拔营前往闵州了。"

钦差恼怒至极："陛下的命令分明是让你一道前往闵州，青州交与我接手！"

沈彦之将处理完的公文放到一边："沈某先代薛大人坐镇青州一段时日，等山上粮草告罄，青州匪徒和前朝太子尽数伏诛，沈某自会前往闵州。这些日子，就先委屈薛大人了。"沈彦之眼皮都没抬一下地道，"带下去，好生看管起来。"

钦差满脸惊骇，正欲破口大骂，陈青带人从外边进来，一把将他放倒，轻易就将他堵了嘴捆绑起来，很快他就被几个官兵用黑布罩着头拖了下去。

沈彦之问陈青："京城那边如何？"

陈青答道："贵妃娘娘现居沈家，对外宣称是老夫人病倒，贵妃娘娘归家侍疾尽孝。李信也怕把您逼太紧，逼反了您，目前只是派人监视着沈家。不过……"

沈彦之冷冷抬眸："不过什么？"

陈青迟疑道："秦家二姑娘被封为盛平公主，送往北戎和亲了。"

沈彦之捏着狼毫的手一顿，雪白的宣纸上瞬间晕开一团墨汁，他唇角的弧度勾得更深了些，脸上的笑容看上去却越发冰冷："连钦侯会一兵不出，眼睁睁看着北戎打下凉州，撕开北庭的门户？难怪他这般急着遣我南下牵制淮阳王，原是想吞下北庭。"

陈青的后背蹿起一股凉意："您的意思是……那位与虎谋皮？"

沈彦之想起往事，周身气息森冷，唇边也多了一抹讥诮："他不一向'无所不用其极'吗？"

让秦筝前去和亲，隔在他和秦筝之间的，可就不只是秦国公的死了。如此一来，李信既收揽了人心，又打压了秦家，威慑朝臣，还能恶心他一把。沈彦之捏着毛笔的手骨节森白，他缓缓道："让沈家暗卫跟去北戎，无论如何，都保住秦二姑娘。"

陈青迟迟没应声，好一会儿才道："主子，太子妃都不记得您了，您做这些，她便是知道了又能怎样？缺了那些记忆，终究不是那个人了。"

"闭嘴！"沈彦之突然狠狠一拂袖，桌上的公文纸砚散落一地。他两臂撑着书案，尖刀似的目光直直地刺向陈青："当真以为我不会杀你？滚去做你该做的事，再有逾越，你这条命也就不必再留了。"

陈青应了声“是”，躬身退下。

船舱内，沈彦之一个人瘫坐在太师椅上，出神地望着一个方向好一会儿，才取出他先前画的那幅秦筝的画像。那个答应他要做他新娘的姑娘，转头便一身红裳嫁了他人，他们之间甚至连一场好好的道别都没有。他看着画中人笑：“你忘了，我却还记得，你让我如何放手？”

“是我自愿嫁入东宫的，秦筝本就是爱慕虚荣之人，叫沈世子错看了。自此别过，愿沈世子往后前程似锦，平步金殿青云，聘得佳妇，琴瑟白头。”

最后一次见她时，她笑吟吟地说出这番话后转身离去的背影，每每午夜梦回，都刺得他心痛如绞。

从前他只饮清茶，后来只喝烈酒，只是醉了也没有一刻安宁过，但至少梦里有她。

求不得，舍不得。

楚承稷从堰窟回来，却没直接回小院，而是去了一趟王大娘那里。

“这可真是稀客，军师是来这里用饭？”王大娘问。

楚承稷道了句“不是”，又言：“叨扰片刻，只是想知晓今日王家都闹了些什么。”

秦筝不肯说，他不愿追问叫她为难，但也不代表这件事他转头就抛之脑后了。

王大娘叹了口气，把王家那祖孙撒泼骂架的事全说了。

楚承稷越听，神色越冰寒，周身的气压低到了极点。

王大娘在山寨里还没怵过谁，此刻却也被楚承稷周身的气势震慑得话音都轻了几分：“我已禀明了寨主——”

“她该向我夫人赔罪。”楚承稷打断王大娘的话，语气虽是轻飘飘的，却半点不容人拒绝，“不过我夫人大抵是不愿再见到她的，你们处置她前，召集全寨人，让她当着众人的面念罪己书。”

王大娘自是全盘应下。

楚承稷回去时，秦筝还在和缝的那件护甲斗智斗勇，因为棉花压得实，下针脚极为费力，缝到后面，她拿针的拇指和食指都火辣辣地疼，不过好歹是进入收尾阶段了。

卢婶子缝制得快，已经做好了两件，给林尧和王彪送去了。秦筝缝完最后一针，打了个结剪断线头，拎起那件背心似的护甲打量，本想欣赏一下自己的成果，一抬头却瞧见楚承稷就站在门边，不知看了她多久。

秦筝佯装淡定地放下护甲，问：“什么时候回来的，怎不见你出声？”

楚承稷笑容很淡：“刚回来。”

不知是不是秦筝的错觉，她总觉得他看自己的眼神，跟平日里有点不一样。

她一脸坦然地招呼楚承稷过去：“你试试看合不合身，虽然是不太好看，但战场上刀剑无眼，安全最重要，实在不行你穿在里边，没人瞧得见……”

后面的话秦筝没能说出口，她一只手还拉着他胳膊准备让他试穿，但楚承稷突然扣住她的头，毫无征兆地侧头吻住了她。

不太温柔。

秦筝整个人都呆住了，纤长的睫羽颤了两下。大概是她太像一只呆头鹅，半天都没反应过来，楚承稷停下时，微微拉开了一段距离，气息不太稳地道："闭眼。"

秦筝还念着自己努力了一下午给他缝的护甲："你先试……"

楚承稷直接逼近一步，秦筝下意识跟着后退，后背抵上屋角的柜子，楚承稷抬手盖住她双眼，之后渐渐变成了按住她双腕，他高大的身形将她完全笼罩在了一片暗影里。

秦筝还以为他突然这么反常是因为自己给他做的那件护甲，心说他未免也太好哄了些。

感受到他把头埋在自己的颈窝，气息又有些不稳，她好心地伸手拍了拍他后背，不太自在地道："我绣活儿不太好，这件护甲你先将就穿穿，反正以后就换铠甲了。"

现在是山上条件有限才用的布甲，等他们拿下青州城，谁还会穿布甲？

楚承稷听她还记挂着护甲的事，垂下眼皮，隔着衣服不轻不重地在她肩头咬了一口。

秦筝吃痛，"嗞"了一声，推他一把却没推动，小声嘟囔："好好的，你怎么咬人呢？"

楚承稷微微拉开了些距离看她，原本缓和下来的呼吸又有几分凌乱了。

他算是摸清了她的性子，她在旁的事上一向精明，但在感情上就有点呆，偏偏有时候还要故意装出一副冷静自持的样子来。就像是明明没什么经验，但怕人拆穿，又要显得自己颇见过世面一般。

他下口的力道重不重，他心中有数，听她嘟囔，便隔着衣服帮她揉了揉肩头，只不过再开口时嗓音有点哑："被人捏造是非编派，委屈了有什么不能同我说的？"

他问了王大娘今日发生的事后，细思她闷闷不乐的原因，能想到的也只有她被王秀那些话刺到了，又烦闷王秀编派的那些谣言。

秦筝听到他的话，却是有些诧异："你去问王大娘了？"

楚承稷没有应声，算是默认了，带着她在窗边的竹椅上坐下："你被水匪劫走，我一直没问你在盘龙沟发生过什么，不是我不愿意问，是我当夜就带人去寻过你，知道你和林昭打晕看守你们的水匪逃了出去。"

秦筝讶然："那天晚上你也在盘龙沟？"

先前一直没找到合适的话头，此刻秦筝犹豫了一下，倒是决定趁着这个机会把一切说开好了。她道："阿昭受了重伤，正好我们一出地牢就遇见了官府的人，沈彦之说官府在剿匪，我不知道你也在，料想他不会轻易放我走，阿昭又急需看大夫，这才带着阿昭跟他们走了。"

楚承稷能猜到当时的情况有多凶险，他道："是我来迟了。"

秦筝摇头："我不是这个意思，我只是……"

她和沈彦之中间隔着国破家亡，哪还有什么前缘可续？她望着他叹了一口气："我只是觉得应该告诉你这些，在沈彦之别院里的事，先前已同你说过了，倒是没什么好再提的。

其实就算你不来救我，我自己也会找机会逃的。”

夕阳的最后一缕余晖也沉入了西山，暮色笼罩天地，屋内的光线也变得暗起来，楚承稷定定地看了她许久，意味不明，道：“你这样，会让我变得越来越贪心的。”

秦筝不太懂他话里的意思，有些困惑。

楚承稷抬手按住她的后颈，把人压进自己怀里，眸色漆黑又幽凉，却不再继续刚才的话题：“被水匪抓走，我从未误会过你什么，你也不要再为那些不相干的人说的话置气。”

秦筝这才反应过来，他以为自己先前是为这事郁闷，原来这才是他回来后反常的缘由。

王秀那几句挖苦的话倒还不至于让她在意这么久，但楚承稷专程去问王大娘一趟，又同自己细说这些，只为了让她不要再介怀，秦筝的心口还是有几分胀的。

秦筝抬眸看了他一眼，可能是心里突然翻搅起来的情绪作祟，她一手攀住他的肩膀，直起身子在他下巴上亲了一下：“我不是因为王家姑娘置气。”

这话有点像是被他安慰后不好意思的反驳，但秦筝并未再做过多的解释。

楚承稷的眸色明显暗了下来。

秦筝是被他抱坐在怀里的，接触到他的眼神，下意识想退开，但楚承稷握在她腰肢上的手跟被焊住了似的，秦筝非但没能退开，反而像是在他怀里小幅度扭动了一下。

楚承稷以为吓到了她，当即松开了秦筝，语气有些无奈：“我不是个圣人。”

秦筝整个人都陷入了巨大的震惊中，呆呆地看着他，脸上困惑又茫然，以至于没反应过来，问他：“你不是不举吗？”

楚承稷：“……”

他望过来的目光幽凉得厉害，秦筝这才知道自己作了什么死，连忙找补：“不是我说的，是……是之前逃离京城那会儿，船上的人说的。”

楚承稷依然只盯着她，不说话。秦筝只觉得头皮发麻，垂着脑袋悔不该言。

屋外传来卢婶子的喊声：“军师、娘子，用饭了。”

秦筝感觉自己又一次抓到了救命稻草，赶紧应声：“这就来。”

楚承稷倒是没再做什么出格的举动，跟着出去用饭。

饭后，秦筝心虚，磨磨蹭蹭地刷完碗，又烧好了沐浴用的水，自己洗漱完后实在是没理由再待在厨房了，才回房叫楚承稷去厨房沐浴。

一开始他们沐浴都是在自己的房间里，但不方便。厨房那边有排水沟，地方又宽敞，后来索性就在厨房沐浴了。

楚承稷依然表现得和平日里无甚区别，拿了换洗的衣物就过去了，秦筝坐在屋里绞头发，一颗心却是七上八下的。

他表现得越平静，她就越有点山雨欲来的感觉。

绞干头发后，她索性去卢婶子房里，说是帮卢婶子一起缝制护甲，但卢婶子哪里肯，见她似不太想回房间，还劝她：“娘子，这我可得说你几句了，你也别怪婶子多嘴，军师明日就要和寨主他们下山了，这一去凶险难料，你们小两口还能这时候闹脾气不成？”

秦筝有苦说不出，连说没闹脾气，卢婶子却像是想到了什么，直接端起针线篓子提了盏灯笼就往外走：“我和你王大娘说好了，今晚去她那儿一起赶个夜工多缝些护甲，不然多废灯油。”

卢婶子都说要去王大娘那里了，秦筝自然也不能再待在她房里。

她跟个缩脖鹌鹑似的垂头丧气地回房，就见楚承稷还在桌前看青州城舆图。

从某些方面讲，其实楚承稷跟沈彦之有些像，性子都偏冷。

但沈彦之的冷对外人是尖锐的，锋芒毕露的，骨子里却又是脆弱的——支撑起他的东西太摇摇欲坠。这样的极端走到最后，他或许能玩弄权术于股掌，可自己却也是千疮百孔。

但楚承稷则恰恰相反，他待人永远清冷又温和，不见锋芒，通身的淡漠和贵气也是从骨子里透出来的。

但秦筝有时候也会产生一种错觉，这世间的一切，只要他想，就没有他得不到的。

她望着楚承稷出神之际，他倒是已经看完舆图并收起了图纸，眼皮轻抬扫向她：“舍得回来了？”

她给自己找了个冠冕堂皇的理由：“大军明日下山，我帮忙缝些护甲，也算是出一份力。”

楚承稷点头，半点不留情面地道：“那你的绣工估计还得练练。”

秦筝：“嫌我给你缝的护甲丑明天就别穿。”

楚承稷道：“我倒是不嫌，别人就不一定了。”

先前的忐忑，秦筝这会儿全抛脑后去了，她唯一沉思的只剩能不能找到个地缝钻进去。

楚承稷倒是跟个没事人一样打开了另一份舆图，还招呼秦筝过去：“这是后山的布防图，你过来，我教你应对攻寨的方法。”

事关大计，秦筝老老实实地走过去，在桌前坐下。

为了方便讲解，楚承稷绕到了她的身后，她坐着，他站着，一只手撑着桌沿，另一只手拿着秦筝制的那支炭笔在舆图上圈了几个地方，这样的姿势，几乎是把秦筝困在了桌子和他双臂之间。

“后山的索道一断，官兵很难从对岸攻过来，但他们若是也用床弩搭绳桥过来，就先让弓箭手用火攻，绳桥一烧，官兵就断了路，这是最好的情况。要是没能烧毁官兵搭起的绳桥，也别慌，我们的人在暗，对方在明。从山崖边上到丛林还有一段路，在这段路让弓箭手瞄准射死对方，同时也别忘了继续烧绳桥。最坏的情况就是有官兵逃进了林子里，林中陷阱诸多，派一部分人过去困死他就行，最重要的还是得断他们的路。”他说着侧头看向秦筝，“明白了吗？”

他说话时靠得有点近，秦筝佯装镇定，点头：“明白。”

楚承稷的嘴角浅浅地提了下:“很晚了，歇着吧。”

一直到踢掉鞋子爬到床里边躺好，秦筝都还维持着那一脸故作淡定的神情，感觉到床外侧陷下去一片的时候，秦筝的心跳得其实有点快。

但楚承稷只是躺着，并没有什么逾越的动作，秦筝提心吊胆了半天，把呼吸放得绵长些，想装睡，却不知自己的睡相早出卖了她。

楚承稷低沉的嗓音在夜色里显得格外清晰:“突然想知道，我之前亲近你的时候，你都在想什么？”

秦筝脊背微僵，继续假装绵长的呼吸。

楚承稷道:“我知道你没睡着。”

秦筝打死也不能说想到了宫里娶妻的太监，她只得破罐子破摔:“什么都没想。”

她侧过头想看他，但黑夜里只能瞧见一个模糊的轮廓，她做最后的挣扎小声解释:“我……真不是故意那样说你的，是之前在船上听他们那么说……”

楚承稷平静道:“睡吧，以后有机会同我解释的。”

秦筝:“……”

他那话是什么意思？

为什么她听出了威胁的意味？

次日，整个两堰山都在准备夜里下山的事宜，秦筝和冯老鬼商量着断开索道的事宜，一直忙到晚间，才再次见到了楚承稷，为了骑射方便，他今日穿的是一身胡服，因为身形劲瘦，哪怕里边穿上秦筝缝的那件加厚版布甲，依然半点不显臃肿。

当着众人的面，两人只是远远地对视了一眼。

接引拉绳索的陆家人早早地等在了山崖那头，之前运粮食的铁笼，这会儿也能用来运人。

后山的索道除了寨子里一些知情人，对外一直瞒得死死的，其他山头的人更加不知还有这样一条离开两堰山的捷道，此刻都大为称奇。

冯老鬼听着其他山头的人交头接耳地议论这条索道，一时间满是与有荣焉之感，手背在身后，抬着下巴道:“此乃军师夫人所建。”

众人原本只是惊叹这索道是如何建起来的，一听说是个女人修的，一个个更是惊掉了下巴。

“这索道肯定是用仙法搭起来的，只有仙女儿才会用法术！”

“早就听闻军师夫人美貌惊人，指不定真是天上的仙女儿下凡来帮咱们成事了！”

脸上蒙着块巾帕站在暗处的秦筝:“……”

林尧在前方带队，率先领着一批人上了铁笼子，铁笼子上的绳索被对面的人一拉，铁笼子顺着铁索滑过去了，这瞬间吸引了所有人的注意力。秦筝却仍感到有一道目光落在自己脸上，她抬头一望，不期然看到了远处的楚承稷。

他负责压军，是最后一批走的。

大军即将有一场恶战，哪怕有再多话想说，他们在人前也不可能有什么明目张胆的交流。

单条索道运输缓慢，等前面的人都分批抵达对面山崖，轮到楚承稷他们时，秦筝才跟着冯老鬼等人一同上前。

楚承稷看着她，只说了句："我走了。"

再简单不过的三个字，却让秦筝心口紧了一下，她看着他道："万事当心，平安归来。"

楚承稷点头，踏入了运送粮草的铁笼中。

夜色深沉，远离了火把的光照范围，一切都看不清了。

铁笼抵达山崖那边时，祁云寨的人用暗语传来了讯号，林昭给秦筝翻译后，秦筝才命人把铁笼子拉回来，停放到后山这边，又让人用粗绳绑牢铁索，将铁索断开，铁索垂到山崖之下，却又因为还有一段粗绳拉着，并未完全垂落到对面山崖壁去，粗绳的一端则系在原本的铁索桩子上。

铁索断开，便不能再运输任何东西，但断开的接头处又被粗绳吊着，后面要用时，用粗绳把铁索再拉上来就成。

这是秦筝和冯老鬼商量后想到的后面重新连接这条索道最好的法子了，不然到时候为了把铁索送过来，还得像先前那般麻烦。

这一夜，几千人悄无声息地离开了两堰山，直奔青州城而去。

青州城楼上守城的官兵抱着胳膊靠着城墙壁打瞌睡——战事离这里太远了，青州地处中原腹地，不管南边还是北边，打起仗来青州都鲜少被殃及，守城的官兵早习惯了夜里躲懒。

十几枚鹰爪钩甩上城墙壁，利刃割喉，刀尖染血，城楼上不断有官兵倒下，一声尖叫震碎了青州城楼上空的夜幕："有敌袭！"

城楼上惊鼓一响，城墙上每隔数米便放置的火盆似火龙衔珠般全燃了起来，亮若白昼。

守城的将士倾巢而出，蝗虫般一窝蜂地往城楼上拥，攀着鹰爪钩上城楼的十几个高手直往下冲，想去开城门，却前进得艰难。

能攀着绳索上城墙的好手毕竟是少数，楚承稷和林尧亲自开道，又有王彪和赵逵两大力拔千钧的重力武将，一路杀到城门下方，楚承稷和林尧做掩护，赵逵和王彪合力才将厚重的城门打开。

留守在外的人马喊杀着冲进来，跟城内的官兵开始厮杀。

城楼处的守军人数有限，很快就被这支没有番号也不知来历的大军占了上风。

闻讯赶来的残余守军在城门内列阵迎敌，领军的却是个身着儒袍、身形干瘦的文官。

但见那文官一声大喝："哪来的宵小之辈，竟敢犯我青州之地？"

林尧远远瞧见，还同楚承稷嘀咕：“看来这青州城内当真是无人了，一个文官竟顶起了这武将的差事来。”

这支挡道的残军不过几百人，只要一声令下，他们这边就能把对方冲个人仰马翻。

楚承稷看着那身姿茕茕站在阵前的干瘦文官，眼底却闪过一抹复杂神色。

这文官名唤宋鹤卿，与秦国公乃至交，本在御史台当差，说起来原太子能顺利娶得秦家女，也有他的一份渊源在里边。

宋鹤卿为人正直到有些死板，也不屑与人结交，朝中大小官员，但凡做错事都被他逮着弹劾过。楚帝在位时，不理朝政醉心炼丹寻求长生之法，他弹劾的折子更是把楚帝骂了个狗血淋头。

楚帝盛怒本要斩他，可秦国公不惜触怒圣颜也要保宋鹤卿一命，他才得以被贬至青州下方的一个小县做县令。

宋鹤卿此番能调回青州主城，也是青州知府死后，他临时顶上来的。

楚承稷对身后众人道：“尔等且在此等候，我上前同他交涉。”

林尧听他这么说，当即就意识到对方只怕是楚承稷相识的楚国旧臣。

楚承稷一人催马上前，两方人马都拉紧了弓弦，燃起的松脂火把将他的影子拉得老长，一张冠玉似的脸在火光的映照下忽明忽暗。

宋鹤卿眯眼看着对方单枪匹马过来谈判的人，苍老而干瘦的身形挺得像是一株青松。

他今日是抱着必死的决心召集这几百残兵前来迎敌的，对方人数上远超他们，却选择谈和而不是强攻，委实叫他有些意外。

但不管对方是何居心，只要能保青州百姓性命无虞，他便是死，也无憾了。

待楚承稷驭马走近，他看清楚承稷的脸时，饱经沧桑的一双眼里，竟泛起混浊的泪光。

楚承稷下马，对着宋鹤卿一揖：“宋大人。”

曾经，宋鹤卿也郁郁不得志，恼太子行事荒诞，可在楚国国破、楚帝自戮后，再见到楚承稷，涌上心头的只有满腹心酸：“太子殿下……”

楚承稷道：“异族来犯，内乱四起，山河破碎，民不聊生，今高坐帝位的非是明君，我欲重整河山，庇我万民，宋大人虽只授过孤半日课业，却也是孤恩师，孤不愿与宋大人兵戎相见。宋大人若还愿为大楚效力，孤虚席以待。”

这一番动之以情、晓之以理的话说下来，句句直戳宋鹤卿的心窝子，他早已是老泪纵横。若不是时局动荡，治下百姓不得安生，他也早同好友一般以死明志了。

宋鹤卿撩起官袍，跪地叩首时，那笔挺如青松的背影才折了下去：“老臣愿誓死追随殿下！”

宋鹤卿身后那数百官兵也收起了武器，齐声喝道：“我等愿追随太子殿下，光复大楚！”

赵逵扛着钉锤坐在马背上，一脸迷惑地问王彪：“那边喊什么呢？什么太子不太子的？”

隔得太远，这边压根听不见楚承稷和宋鹤卿说的那些话，王彪也是抓耳挠腮："俺咋知道？"

他求助一般地看向林尧，林尧道："军师就是前楚太子。"

周围响起一片倒吸冷气声，王彪险些咬到自己舌头："太……太子？"

林尧知道是时候了，举起手中兵刃，带头大喝一声："追随太子，光复大楚！"

因为他方才那句话，站在前面的人都知晓是怎么一回事，举起兵刃跟着大喊起来。后面的人见状，以为他们一开始就是为太子做事的，只是瞒得深而已，起兵可再没有比光复大楚更名正言顺的理由了，也纷纷举起兵刃附和，一时间呼声响彻行云。

拿下青州城后的布防计划，楚承稷在山上时就已同林尧商议好了，如今又有宋鹤卿鼎力相助，还平白多了支人马，接管青州城可以说是比预想中的还要顺利。

当晚，青州城楼上就换回了大楚旌旗。

这一夜诸多要事需要交接，兵防部署也是楚承稷亲自去查验过的，对进城的大军更是三令五申，不得叨扰青州城内百姓，违者军法处置。

林尧跟着楚承稷跑了一晚上，虽然没打一场苦战，可回到青州府衙后，还是累得腿肚子酸疼，身上那件布甲裹着怪热的，早被他脱下放到一边。

见楚承稷回来后就研墨，似要写什么东西，还当他是忘了脱布甲，好心提醒："殿下，那布甲里缝的棉花，您若是热可以脱下来。"

楚承稷只道："不热。"

林尧狐疑地瞅了瞅他额前那颗汗珠子，这还不热？

天刚明，船舱外就响起敲门声："主子，有急报！"

沈彦之因宿醉整个人都充斥着一股颓败感，他从案前抬起头来，沙哑开口："进来。"

"主子，青州城失守了。"陈青脸色难看。

沈彦之按着额角的手一顿，眼神瞬间锋利如刀："什么？"

陈青额前浸出了冷汗："前朝太子昨夜带兵攻下了青州城。"

沈彦之额角青筋凸起，嗓音冷厉："前朝太子不是被围困在两堰山吗？他如何去的青州城？"

陈青道："探子在琅琊山山脚下发现了马蹄印，沿着蹄印一路追踪，发现有人在两山山崖之间修了一条索道，想来那群匪徒就是从索道下山的。"

沈彦之嘴角噙着一丝薄笑，周身的气息愈发阴沉可怖："斥候干什么吃的？两堰山和琅琊山两山之间有条索道相连都不知？"

这突然多出来的一条索道，在陈青看来实在是匪夷所思。他垂下头去："斥候原先查探过，那山崖之间隔着元江，相距至少五十余丈远，并无任何连通的桥梁索道。"

沈彦之果然冷笑起来："你是想说，那条索道是凭空出现的吗？"

陈青把头垂得更低了些："属下不敢。"

沈彦之很快对目前的局势做出了判断："留一千人马继续在此守着山贼窝的大门，另派一千人从索道攻上两堰山，若找到太子妃，不可伤她一根毫发。其余人等，随我去夺回青州城！"

剿匪的三万精兵南下了两万，仅剩的这一万也是靠青州粮仓养着的。沈彦之暗中留在青州，只为守到山上粮草告罄，手刃前朝太子带走秦筝，怎料中途却出了这样的意外。

他就不信，他带着八千精兵，还杀不尽前楚太子手底下那帮乌合之众！

两堰山。

秦筝昨夜回来得晚，但心里记挂着寨子里的事，睡眠比平日浅，邻近的鸡鸣声响起，她便醒了。

起身后发现窗户外时不时传来几声"咕咕"声，她走过去打开窗叶一看，果真是那只信鸽停在了窗边，秦筝取下它脚上信筒里的信后，照例给它撒了一撮碎米，信鸽啄完才拍着翅膀飞走了。

信是楚承稷寄来的，说他们已顺利夺下青州城，秦筝悬了一夜的心总算是落回了原处。

昨夜怕出什么意外，她一直都在琢磨如何加强后山的防御工事，让人用之前烧瓦时顺带烧制的砖石在山崖处搭建了几处简易掩体。

只能说未雨绸缪确实是有效，后山来报有情况时，秦筝叫上林昭匆匆地赶了过去。

到了后山，只见对面山崖上站着黑压压的一片官兵，昨夜建起的砖垛掩体后面，都藏了两个弓箭手，巴掌大的孔隙刚好能对外放箭，却又能避免被敌方的箭镞伤到。

藏两个弓箭手，主要是为了一个弓箭手拉弦上箭的间隙，另一个弓箭手能顶上，不至于叫攻过来的人钻了空子。

林昭看着对面山崖："官府还能派这么多人来攻寨，只怕青州城那边也少不了一番恶战。"

山寨里留守的青壮年不到百人，若是官兵攻过来，基本上是一场碾压式的胜利。

秦筝怕她冲动，给她分析当前的形势："两堰山的地势，咱们只要死守，官兵来再多也拿我们没辙。你哥他们估计也是只守不攻，如今粮草充足的是我们。官兵没法从青州城内拿到补给，届时只会自乱阵脚。"

林昭捶了下一旁的树干："那就耗下去！"

铁索那头断开了，对面的官兵一开始的确是没想到过来的法子，等他们也推着数台床弩抵达对面山崖时，秦筝就意识到不妙了。

对方竟是直接把绳索系在弩箭上，靠着床弩的巨大爆发力，将弩箭射到这边的山岩壁上，这样一来绳索就抵达这边形成简易索道了。

有官兵在腰上绑着一条绳，另一头拴在随着弩箭射到这边山岩的粗绳上，正攀着粗绳慢慢地往这边过来。显然官兵那边也有人懂索道的原理，想用这种方式来引渡。

林昭担心真叫他们攻过来，提刀就要上前："我去砍断那条绳索！"

秦筝拉住她，语气笃定："他们过不来。"

她一开始用床弩把绳索送过去时，可没直接把弩箭射进岩层里，而是让陆家人配合，把绳索的一端拴到了树上才引渡铁索的。

原因无他，这山崖上的岩层是砂岩，一碰就散，弩箭的一部分插入岩层，绳索上再受重力，弩箭瞬间就会被扯出去。

果然，秦筝话音刚落，这边山崖壁上就脱落了几片砂岩，嵌入岩层的那枚弩箭也脱落掉入山崖，主索一松，攀着主索过来的官兵也跟着坠了下去，一时间整个山崖都回荡着那几个官兵的惨叫声。

有几个人拿命尝试，对面的官兵便知道此举行不通，倒是没想再用这法子攻过来。

这一僵持，就是数天，后山那边全天都有人轮岗看守，稍微有点风吹草动都会有人报给秦筝和林昭。

楚承稷和林尧一走，秦筝跟林昭在寨中差不多就是和他们一样的地位。

秦筝知道他们这边僵持着，只怕楚承稷那边和留守青州的那支剿匪大军也是僵持着的。

担心有什么万一，她跟林昭提议教寨子里的年轻女子们几招防身的招式，若真到了绝境，她们也不至于任人宰割。

林昭自是满口答应，寨中的年轻女子们知道当前的形势，在随时都有可能没命的危机意识里，一个个都学得非常认真。秦筝也跟着练，时常还会找林昭给自己开小灶。

林昭教人练了几天功夫，倒是把当教头的心思给激出来了。

这天带着众人演练结束后，她兴致勃勃地问秦筝："阿筝姐姐，你说我往后组建一支娘子军如何？"

林昭有这样的志向，秦筝自然是支持的："这个想法不错。"

林昭没被泼冷水，兴致顿时更高了，她不忘踩一脚林尧："其实我很早之前就跟我哥说过了，但我哥说我胡闹，说寨子里的男人们下山劫掠都凶险得很，让一群女人跟着去，是添乱。"

林昭现在想起来还颇不服气："凭什么男人能做的事，女人就不能？"

秦筝陪她一起坐在演武场的高台上，望着碧空道："这世间有只愿相夫教子过好自己小日子的女子，也有不落世俗想一展自己抱负的女子，只是前者居多，后者鲜少，人们才只看到了前者而已。如今战乱四起，练一支娘子军，哪怕不上阵杀敌，危险的时候能自保也好。"

林昭点头，她以前就有过这样的设想，不过在林尧看来她是闹着玩，其他人就更不当回事儿了。

寨子里的女人每次有敌袭时，都是躲去岩洞那边，如果能把她们也训练起来，就是把寨子里最薄弱的一处变成一片坚硬的鳞甲。

敌军以为她们是软肋，殊不知她们也可以拿起尖刀搏杀。

林昭站起来叉腰道：“不知青州境内，朝廷剿匪的大军何时能败走。”

她扭头看秦筝：“阿筝姐姐，你相公最近有来信吗？”

秦筝轻轻摇了摇头：“未曾。”

除了拿下青州的第一天时飞鸽传书与她，后面就杳无音讯了。

她知道楚承稷他们拿下青州城后占据了优势，可围困青州城的是八千精兵，若没法快速打破眼下的战局，等李信那边缓过劲儿来，继续派兵增援，楚承稷他们就麻烦了。

可纵有再多担心，如今的情况，她也只能守好山寨这边。

接下来的日子，秦筝除了日常跟着林昭习武，就是一步步加强后山的防御，对面的官兵眼睁睁地看着他们把原先那几块破砖搭起来的掩体生生砌成了一堵丈余高的砖墙，大有“就算你们找着法子从山崖过来，也攻不进来”的意思。

并且，在后山崖壁上方砌墙也就罢了，他们竟然还将围墙往整个山壁延伸，每隔十余丈还设置了哨楼，硬是把一个小破山寨给整出了一座城的气势。

守在对面的官兵人心惶惶，一时间也摸不清寨子里究竟还留守了多少人马，而且他们被围困在此，根本没法下山，却还能有这么多砖石砌墙，修建防御工事，官兵们愈发觉得这小破山寨是早有图谋，寨中物资充足，一边拖着他们一边修建防护墙，这哪是即将弹尽粮绝的样子？

反而是他们自己，粮草当真要告罄了。

而且寨中人大多都自己耕种，如今留在寨中的，加上老弱妇孺一共才两百余人，便是没有之前运送过来的那些存粮，他们自己耕种也饿不死。

领头的官兵眼见断粮，便派人去山下取，却得知山下的官兵也断粮了，再派人去禀了围困青州城的剿匪大军，却得知围在青州城那边的剿匪大军已经在周边村落向百姓征粮，可见也是没粮了。

领头的官兵也只得吩咐手底下的人去两堰山周边的村落征粮，但两堰山地势偏僻，又是个山贼窝，附近少有村落，便是有，也没几个人住。

征不上来粮，饿极了的官兵把附近老农的菜地都给薅秃了，一时间，周边百姓怨声载道。

看守后山的人说，这两日看到对面山崖的官兵已经开始刮树皮做饭，堰窟底下的官兵大肆在元江捕鱼，还上山挖起野菜，刮起了树皮。

秦筝当即猜到是守在两堰山这边的官兵粮草已经告罄，按理说在快断粮的时候他们就该向主力军那边要粮草才对，出现这种情况，只能说明主力军那边也没有足够的粮草了。

秦筝之前陪着楚承稷看舆图，青州附近的州郡她更是特意做过功课的。

官府粮草告急，附近唯一有实力给他们提供粮草的只有孟郡，眼下官兵们都开始挖野菜、啃树皮了，可见是没能从孟郡那儿征到粮食，其中缘由，秦筝唯一能想到的，也就是楚承稷那边做了手脚。

她对林昭道："这场困战很快就会结束了。"

林昭一听秦筝这么说，当即问："青州城来信了？"

秦筝摇头不语，林昭摸了摸脑袋，不太明白秦筝为何突然下此定论。

秦筝道："守在两堰山的官兵断了粮，守在青州城的又何尝不是？"

林昭醍醐灌顶，高兴得晚间宰了几头羊，让大伙儿吃顿好的。

晚上刮的是西南风，秦筝提议在后山做烤全羊。先前祁云寨险些没粮，官兵们在山脚下杀猪宰羊，利用烤肉劝降，打算击垮他们的军心，这回自然也得以其人之道还治其人之身。

晚风把烤羊肉的味道尽数吹到了对面山崖，啃了好几天树皮草根的官兵们瞧得眼都直了，口水咽了又咽，只觉胃里仿佛被饿出了个大洞。

当晚，围在对面山崖的官兵就有不少当逃兵跑了，官兵头子暴跳如雷，斩了好几个逃兵才勉强稳下了局面。

围困在青州城外的朝廷大军的确没比守在两堰山的那群官兵好到哪儿去。

沈彦之深知他们的粮草撑不了多久，必须得在青州城刚易主，民心散乱、军防不稳之际夺取下青州城，因此他一开始采取的就是猛攻战术。

可青州城内那帮打着复楚番号的乌合之众，愣是一连数天都扛下了他这边的猛烈攻势，不管他这边如何骂战，都不见对方搭理。

他这八千精兵人数上足足是城内那帮乌合之众的两倍，只要能硬碰硬地打一场，他稳胜无疑，但对方似乎深知两边的优劣，所以才只死守、不应战。

楚承稷他们能轻易拿下青州城，是先前城内久未打仗、毫无防备，现在他们严防死守，城内又军需充足，加上楚承稷亲自坐镇指挥，沈彦之带兵强攻了数日非但一点进展都没有，反而让他自己那边不少将士折于箭雨之下。

沈彦之眼看粮草告急，一边命被他控制起来的朝廷钦差薛演写急报向李信要兵要粮，一边遣人前去孟郡借粮以解燃眉之急。

可派去孟郡的人已去数日，但仍旧未归，沈彦之也只得做好最坏的打算。

强攻数日无进展，这两日大军明显显出疲态，偏偏青州城内那支匪兵晚上时不时又不知从哪个城门溜出来一队人马突袭，打一闷棍就跑，他这边还没来得及列阵迎敌，对方就已经又钻回了城内。

沈彦之窝了一肚子火，只得下令全军严阵以待，誓要揪住那支突袭的匪兵。

可对方看他这边日夜严防，又没有半点动静，反弄得他手底下八千人马空守几夜，筋疲力尽。

沈彦之恨得咬牙切齿，他督军多年，还没见过哪个打守城战能打得这么恶心的，简直无耻到了极致！不愧是一群不入流的山贼匪类！

他手底下的军粮只够撑一日了，沈彦之下令，今晚大军好生休整，明日把米粮全煮了，大军吃饱后直接砸锅毁灶，再无后路，这最后一场强攻，势必要拿下青州城。

夜幕深沉，青州城楼上火把通明，底下的城门在夜色里发出沉闷的“吱嘎”声，随着城门大开，城内守军如海潮一般无声而迅速地涌了出去。

楚承稷一身戎甲，高坐于马背上，宋鹤卿亲自送他出城门，对着他拱手作揖：“殿下用兵如神，这两日已耗得薛演小儿手中兵马疲惫不堪，他们今夜休整必是想明日强攻，殿下今夜率大军突袭，必当大获全胜，老臣提前恭祝殿下凯旋！”

这些日子沈彦之从未露过面，他们一直以为，指挥朝廷那八千精兵的是李信派来青州接替沈彦之的薛演。

剿匪大军那边一开始的强攻战略的确没错，只是倒霉，碰上的是楚承稷亲自坐镇守城而已，换作旁的守将，还真不一定能沉住气。楚承稷不但挡下了这接二连三的强攻，反猫逗老鼠一般，逼得朝廷大军那边自乱阵脚。

凡以“攻”为主的战役，都讲究一鼓作气。

沈彦之求胜心切，一连强攻数日，势头早比不得刚开战时，楚承稷又派林尧屡屡领兵夜扰，隔靴搔痒一般，让那边憋着一口气想打一场硬仗，这边却不应战，直叫他们仿佛是一拳打在了棉花上，心头窝火却又无可奈何。

权术玩弄人心，兵法又何尝不是？

今夜是朝廷大军最疲敝之时，也是他们反攻的绝佳时机。

楚承稷看着宋鹤卿和王彪二人道：“青州城，就劳烦宋大人和王将军守着了。”

宋鹤卿当即拱手：“只要老臣尚有命在，就绝不会让青州城落入他人之手！”

王彪突然被楚承稷点到名，虽然这些日子他已经接受了军师就是前楚太子的事实，但此刻还是浑身一激灵，下意识地站直了几分。他是个粗人，不会说那些文绉绉的话，听到宋鹤卿如此表忠心，立马也对着楚承稷抱拳：“俺也一样！”

林尧觉得没眼看，默默掉转了马头。

楚承稷只交代了几句，便也驭马率领大军往朝廷驻军扎营的方向而去。

这一仗的名气打出去后，他们这支复楚大军才算是真正在青州站稳了脚跟，也是昭示天下，前楚未亡！

时值午夜，朝廷大军尚在睡梦中，忽而营帐外厮杀声震天，不少将士甲胄都来不及穿，提了兵器就匆忙出帐迎敌。

来袭者用一支骑兵开道，还在营地里的官兵压根没法与之硬碰硬，遭遇夜袭的惊惶以及连日的疲惫叠加在一起，军心散乱，连基本的阵型都来不及调整，就被骑兵冲散了，一时间胜败已定。

沈彦之这几日为攻城一事也是殚精竭虑，今夜方合上眼，就听见营地里传来的兵戈之声，他飞快地提剑起身，却还来不及出军帐，就有一个攻过来的匪兵被陈青砍倒在帐外。

陈青匆匆地拿了件普通将士的甲胄给沈彦之："主子，前楚太子派军倾巢出动夜袭，咱们无力回天了，您快换上这身衣裳，属下掩护您逃！"

沈彦之面皮绷得死紧："我手中有八千精兵，他几千散兵游勇何足为惧？他敢来，我正好取他项上人头！"

他一把挥开陈青，刚撩起帐帘就被外边冲天的火光刺得睁不开眼，到处都是被点燃的军帐，那些个匪兵狂啸着如猛兽出笼，又有骑兵助阵，打得毫无防备的朝廷官兵节节败退。

这战局，便是外行人，也看得出他们大势已去。

沈彦之身形僵立在军帐门帘前，眼底映着营地里的火光，拳头握得咯咯作响："今夜当值的将领是谁，发现敌袭为何不第一时间鸣角示警？"

陈青心知他这已经是被不甘和怒火吞噬心智了，现在哪里是追究责任的时候？

楚军明显是有备而来，又岂会让守夜的官兵找着机会示警报信？

陈青上前一步把手中小卒的甲胄套到沈彦之身上："如今不是说这些的时候，主子快些撤离此地，留得青山在，不怕没柴烧！前朝太子那边还不知这些日子是您坐镇于此，咱们斩了薛演，楚军擒了主将，必然不会再穷追一群溃散小卒……"

陈青强拉着沈彦之出了军帐，又有几个亲卫押着被绑成个粽子的薛演进帐去，不一会儿里边就传来利器入体的声响。

这是最好的脱困之法，薛演这些日子被沈彦之控制住，李信压根不知他还没南下，而是留在了青州，如今青州彻底失守，薛演一死，李信要怪也怪不到他头上来。

可沈彦之胸腔里还是烧着一把火，几乎要将他的五脏六腑都烧灼殆尽。

前朝太子明明被困在了两堰山，究竟是如何走到现在这一步的？

他派出去查前朝皇室秘密的人，已经查到当初太子故意藏拙一事。

沈彦之接连两次都败在这个草包太子手上，他沈彦之不甘心！

陈青和一众亲信推搡着沈彦之劝他快走，沈彦之满怀愤懑地上了马背，可在回头看到楚承稷驾马冲着主帐去时，心底的仇恨和怒意还是风卷野火般地迅速蹿了起来，烧得他残存的理智都所剩无几。他阴沉低吼："拿弓来！"

"主子，撤离要紧！"陈青还想规劝，却被沈彦之抢过他挂在马背上的弓箭，沈彦之拉紧弓弦就对准了远处的楚承稷。

楚承稷抵达主帐，几个亲兵进帐一看，就发现主将薛演躺在地上，手握一把染血的匕首，颈上有一道血口子，看样子像是自戮了。

亲兵匆匆出帐，向楚承稷汇报里边的情况，楚承稷只觉得其中有蹊跷，正欲下马亲自查看，恰在此时远处的破空声疾掠而来，他几乎是条件反射性地拔剑格挡。

"叮"的一声脆响，那枚箭和剑身相撞，擦出了火星子。箭镞被格挡在地，楚承稷冷冷抬眸，正好与远处马背上一身小卒服饰的沈彦之对上。

沈彦之眼底恨意噬骨，见这偷袭的一箭未能取楚承稷性命，便狠狠一夹马腹，带着亲信扭头就奔向了夜幕里。

反应过来的楚军连忙上前追赶，楚承稷则取下自己马背上的弓箭，瞄准了驾马远去的沈彦之。

弓弦被他拉得犹如一轮满月，仿佛力道再大一分，弓就会断裂开来。

那一箭射出去的时候，楚承稷耳边的碎发都被那股劲风卷起，弓弦剧烈震颤。

陈青一边掩护沈彦之逃，一边回头看身后的追兵有多少，瞧见楚承稷放箭时，本能地驾马撞过去，挡在了沈彦之后背："主子当心！"

"噗！"

那支箭刺入陈青后背后直接从他胸口洞穿而过，余力不减地射中沈彦之。

沈彦之中箭闷哼一声，却顾不得自己，回过头看着胸口破开一个血窟窿，再也拽不住缰绳从马背上滚了下去的陈青，歇斯底里地吼道："陈青！"

战马疾驰，陈青从马背上摔下去又在地上翻滚了几圈，胸前的血窟窿正汩汩往外冒着鲜血，那一箭强悍的力道直接震碎了他的心肺，血从喉咙漫灌至口腔，他吃力地看向沈彦之的方向，却是一句完整的话也说不出了，喉咙里只断断续续地卡出几字："主子……快走……"

沈彦之只觉得眼眶胀涩得厉害，马背上的夜风吹在脸上刀割一样疼，嘴里血腥味翻滚，他咬紧牙关，被余下亲信护着逃跑时再也没回头。

楚承稷虽不知本该南下的沈彦之为何还留在青州，但今夜见到了他，沈彦之又几次三番地想置他于死地，他自也是不留余力地派兵追剿。

沈彦之一行人被逼到元江渡口等不到船只，身后又有追兵，索性跳江而逃。弓箭手在江边冲着江水里放了数百支箭，浮起来十几具死尸，只是都没有沈彦之。

楚承稷命人在沿江一带搜寻，自己折身返回青州城。

这一仗，剿匪的八千精兵被他们突袭打了个措手不及，除却战死和溃逃的，实打实的战俘共获两千余人。

主将薛演已死，他们又粮草断绝，楚承稷乃前朝太子，打的是复楚的旗号，两千余名走投无路的战俘很快投向了楚军。

林尧眼看着队伍在一场大战后非但没有折损，反而滚雪球似的越滚越大，一时间只剩对楚承稷的佩服，他带着人清点这一仗缴获的兵器后，其数目更是让他大为振奋。

一行人浩浩荡荡地回青州城，宋鹤卿和王彪见他们大胜归来，哪怕心中早有预料，却还是忍不住欢喜，下城楼迎接他们凯旋。

昔日不堪大用的太子如今展露出此等谋略武功，宋鹤卿狂喜之余，心中又百感交集，连声道："恭喜殿下，贺喜殿下！"

楚承稷并未下马，一身戎甲、浴血归来的他道："近日朝廷官兵为征军粮强抢了不少百姓的粮食，你明日带人前往邻近村落，每户送三升米。"

宋鹤卿一听就知晓他是想收拢民心，剿匪大军为征粮强抢百姓的粮食已不是一两日了，如今青州临近村落的百姓刚被朝廷大军骚扰过，楚承稷再派人去送粮食，百姓向着谁自是不必说。

这一仗彻底稳固了他们在青州的地位，但太子先前的名望不好，把好名声宣扬出去了，招贤纳士时，能人猛将才会纷纷前来投靠。

他拱手道："老臣明了。"

楚承稷回到青州府衙已是半夜，林尧和王彪等人都已下去歇息。

一个俊秀青年在此时求见楚承稷，他便是郢州陆家一开始收到楚承稷的求援信件后，派来与楚承稷接头的陆家大房庶长子。

陆家二房的嫡女如今为淮阳王侧妃，二房屡屡骑到大房头上，故此陆家大房在得知楚承稷求援的信后，一直都有意相助，想等楚承稷势大后，大房也能借楚承稷重新掌握陆家的话语权。

此次的青州之行，陆大爷本是想让自己嫡子前来，可几个嫡出的陆家子弟不肯冒险，陆则知道这是为自己争一把的机会，这才主动护送粮船前来。

他办事的确是个得力的，先前楚承稷被困于两堰山，飞鸽传书交代他的一切事务，他都打理得井井有条。

今夜楚承稷发现沈彦之并未南下，薛演又在帐中自戮而死，不难猜出先前指挥朝廷大军攻城的一直都是沈彦之，薛演只不过是个傀儡而已。

此战大败，薛演若活着，肯定会把沈彦之抗旨留在青州的事供出去，所以他才杀了薛演。

林尧等人对楚承稷和沈家的过节不了解，要想处理这些隐私，还得让知晓这些内幕的人去做。在楚承稷回来前，派人去追查沈彦之的便是陆则。

他在书房接见了陆则，陆则将自己查到的消息一五一十地上报："的确如殿下所料，沈彦之一开始就未随大军南下，而是暗中留在了青州。今夜替他挡箭死了的，便是沈彦之的贴身护卫，说起来也算个人物，乃景和六年的武状元，后因卷入贪墨案被抄家流放，沈家保下了他，又买下了他被卖入教坊的家眷，从此他便一心为沈家做事。"

楚承稷道："是个义士，葬了吧。"

陆则拱手："殿下仁厚，必是众望所归。"

楚承稷有些乏了，不想听他这些恭维之词："继续沿着元江搜查沈彦之，无事便退下吧。"

陆则斟酌道："的确还有一事，须请殿下示下。"

楚承稷抬眼，示意他说。

陆则道："京城陆家一脉被救下，明日便要抵达青州，伯公在时便是一心拥护殿下的，如今伯公去了，京城陆家似那无根浮萍，还望殿下垂怜。殿下明日可否亲迎陆家人入城？"

最后一句话说完，陆则额前的冷汗都快掉下来了。

这是试探楚承稷为了陆家的恩情和其中牵扯的利益能做到哪一步，若他当真出城迎陆家人，那么往后陆家在青州即使什么都不做，腰杆也能挺直，毕竟他手底下那些人，也是看他的态度行事。

楚承稷的眸光淡淡地扫过陆则，不怒自威："外祖父和秦国公的大义，孤时刻铭感于心，太子妃还被围困于两堰山，孤取得青州城，却不解两堰山之围，岂不是叫天下人笑话？明日孤率兵前往两堰山，宋大人会代孤前去迎接舅舅一家。"

陆则被楚承稷那个眼神看得心口狂跳，躬身作揖时指尖都是凉的："还是殿下思虑周到。"

楚承稷提到秦国公，又说秦筝还在两堰山，便是将他拿陆太师做文章的那番说辞给堵了回去。

陆家有陆太师以死明志，秦家不也有秦国公高风亮节吗？

陆家人抵达青州，太子妃却还被困在两堰山，他明日去接太子妃，无论如何都不为过。

陆则是个聪明人，此刻摸清了楚承稷的态度，往后是再不敢按陆家那边的授意提这些。

郢州陆家虽投奔了淮阳王，可依附淮阳王的世家不在少数，多陆家一个不多，少陆家一个不少。

郢州陆家这才想从太子这边下手，都知道太子如今势微，只要陆家出手相助，那么太子对陆家还不是言听计从？

此时陆则方才明白陆老爷和陆老太爷的算盘是打错了，太子不会成为陆家的傀儡。但直觉告诉他，只要陆家谨守本分，陆家追随太子绝对比依附淮阳王好。

陆则退出去后，楚承稷半点不受影响地继续提笔挥墨。

陆则会提出那样的提议，他一点也不意外，从一开始给陆家送信，他就料到了陆家一旦出手，往后必然会以这些功劳作胁为陆家谋取更多的利益。

所以他把祁云寨的势力壮大了起来，一切跟利益有关的，都讲究制衡之道。

陆家的恩他记着，但现在就开始挟恩相报，只能说要么是陆家太看轻他，要么就是郢州陆家的掌舵人眼界和心性都太差了些。

次日，天刚明，楚承稷和林尧就率领两千人马前往两堰山，抵达后林尧领一千人马往渡索道的山崖去，楚承稷则带兵正面围了山脚下的那些官兵。

他昨夜就给秦筝写了信回去，说他会从堰窟回来。

山崖那边的官兵没退路，更容易攻下，山脚这边地势开阔，他们此行带的兵马不多，怕官兵反扑，还是他亲自攻打稳妥些。

不过这一仗打得还是比楚承稷预想的容易，留守的官兵们听闻围困青州城的朝廷主力军已被击溃，主将薛演都死了，本就断粮又被祁云寨天天烤肉折磨得军心溃散，这会儿哪还有战意，逃的逃、降的降，不可谓不狼狈。

秦筝一大早起来听说堰窟下方和后山都打起来了，立马就跑去找林昭，哪里还顾得上看窗外有没有信鸽。

能在这个时候打回来，是楚承稷他们无疑，他们都回来了，秦筝自然也不会想到楚承稷昨夜竟还给自己写了信。

她跟林昭都有点为难，一时间不知是去后山观战还是去堰窟观战。

秦筝想着楚承稷教过自己后山的布防，她去堰窟帮不上什么忙，后山的不少防御工事是她最近修的，接回索道时也还得她指导，便对林昭道："阿昭，你去堰窟支援，我去后山看看。"

林昭没有异议，带着人就往堰窟去了，秦筝也点了十几个人随自己一同去后山。

她过去时，林尧已经拿下了对面山崖，寨子里的人正兴高采烈地喊话。

原先以为他们出寨不过几天，谁能想到这一去就是大半个月。

后山修了防护墙，延伸向整个山壁，先前被官兵用滚石砸毁的那面高墙，这几天也慢慢砌了起来，瞧着还挺气派，离寨的人看见了大呼新奇。

秦筝命人把铁索拉上来，重新接在石柱上后，对岸的人才又用铁笼给引渡过来。

她佯装淡定地站在边上，视线挨个扫过对面山崖上的人，却始终没瞧见楚承稷。

秦筝心里"咯噔"一下，虽然也猜测到楚承稷可能是在堰窟那边，可还是止不住地担心。

林尧过来后，就对着后山的防护墙一阵夸，秦筝等了又等，见他一时半会儿夸不完，只得打断他的话："那个……我相公为何没跟寨主一起归来？"

林尧心大道："殿下攻打堰窟下方那批官兵去了。"

秦筝："……哦。"

她听林尧唤楚承稷殿下，便知楚承稷肯定已公布了身份。

与此同时，堰窟这边，楚承稷坐吊篮上去后，看了一眼堰窟四周，目光最后落到了林昭身上。

"我夫人呢？"

第十四章 缱绻

"怀舟，如果……我不是这副容貌，你还会喜欢我吗？"
"为何不是因为你，我才喜欢上了这副皮囊？"

回寨的路上秦筝询问起青州战况，林尧夸起楚承稷来，那叫一个滔滔不绝。

“咱们夺取青州城当晚，殿下仅凭一番口舌，就说得城中赶来支援的大官倒戈，平白收获了一千人马。被赶来的朝廷大军围困于城内时，殿下也是屡出奇计，对方强攻，殿下就严守，等对方几次三番攻城未果，士气大跌时，再命我率兵夜袭，直叫朝廷大军晚上也睡不好觉，同时又暗中派赵逵兄弟率兵守在孟郡援军的必经之道，劫了对方的粮草。最后才在朝廷大军身心疲惫时发动反攻，当真是势如破竹……”

林尧说得简略，秦筝却能想象出楚承稷运筹帷幄的样子。

围困青州的精兵人数是他们的两倍，这不管怎么看都是一场艰难的守城战，哪怕扛住了进攻，在双方人马悬殊的情形下，也很难在短时间内打反攻战。

等李信那边缓过劲儿来，只会对他们更不利。

但楚承稷不仅抓住了对方粮草不足这个致命缺点，在断他们粮道之余，又派兵夜袭骚扰，让李信的兵马一直处于高度警戒的状态，终至疲敝。

不是久经沙场的老将，还真扛不住他这波心理战术。

秦筝的嘴角上扬了几分，怕被人瞧出什么端倪，道：“此战凶险，寨主和弟兄们都辛苦了。”

林尧连连摆手：“没有您和殿下，也就没有祁云寨的今日，我和弟兄们跟着殿下，说实在话奔的都是前程，哪有什么辛苦不辛苦的，说起凶险——”

林尧说到一半，突然意识到自己可能不该说后面的话，他的话音突然止住，倒是让秦筝起了疑心。

秦筝清凌凌的目光里带着点担忧和困惑，被她这般看着，林尧愈发觉着心虚，索性破罐子破摔道：“当夜有个小卒冲着殿下放冷箭，好在殿下没受伤，只是有惊无险。”

秦筝听到“放冷箭”三字，想起一些不太愉快的记忆，神色微变。

沈彦之已经离开青州前往闵州，那对着楚承稷放冷箭的应该不会是他才对。

她和林尧一行人刚下山腰，就见楚承稷带着一众人浩浩荡荡地出现在山寨门口。

一向张扬的林昭跟在他后边，隔老远都能看出她浑身不自在，仿佛是被拐卖了还不能吱声的少女，直到见到秦筝和林尧，她眼里才又升起了亮光。

“哥！”林昭嘹亮地喊了一嗓子。

离寨半月有余，林尧再见到胞妹，心中自是高兴，但如今一切都步上了正轨，规矩还是得拿出来，他走近后就递了林昭一眼：“不可在殿下跟前大呼小叫，没规没矩。”

楚承稷的视线掠过秦筝，说了句：“无碍。”

林尧冲着楚承稷抱拳，汇报战果：“末将幸不辱命，围困在后山的官兵已尽数被俘。”

楚承稷的态度比起从前倒是没什么变化：“没有外人在，林将军不必多礼，清点战俘人数，能收编的就尽数收编。”

林尧应是。

秦筝等他们交接完，才唤了楚承稷一声：“殿下。”

算是多日不见打个招呼，也算是迎接他凯旋。

可能是这逃亡的一路她一直都相公长相公短地叫他，后来私底下又称呼他的表字，现在这“殿下”二字一出口，秦筝自己都觉着显得有些生疏。

楚承稷意味不明地扫了她一眼，才轻点了下头：“这些日子，辛苦阿筝了。今日回寨，也是为接你去青州。”

她在外人面前称呼他“殿下”，他却直接唤她“阿筝”，其中意味明眼人都看得出来。

秦筝莫名觉得脸热，但当着这么多人的面，脸上瞧着倒是一派泰然。

和林氏兄妹分开后，她跟楚承稷一起回院子收拾东西。

一进院子，楚承稷就往窗前扫了一眼。秦筝顺着他的目光看过去，果不其然在窗台上看到了那只信鸽。

她还以为是楚承稷军务繁忙，又有人联络他了，道：“有人飞鸽传书与你，莫不是青州那边又出了什么变故？”

楚承稷在秦筝困惑的目光里，一言不发地取下了信鸽脚上的信件，看都没看就揣进了袖袋里，只说：“不是。”

秦筝不太理解，但他似乎情绪不太好。

秦筝想不通他情绪不好的缘由，他又不愿意说，秦筝便也识趣地不多问，专心收拾起自己的东西。

他们来山寨的日子虽久，但还真没什么细软可收拾。

楚承稷看着她拿个小匣子把铜镜、木梳、簪子都装进去后，匣子里都还是空荡荡的，眉头倒是皱了起来。

秦筝背对着他站在木箱处叠衣服，没瞧见他皱起的眉峰，问：“你的衣裳大多都是寨主的，我给你拿两身换洗的带走，其他的就不带了吧？”

楚承稷突然道：“都不要了，就这样走吧。”

秦筝诧异地回头看他，发现他的情绪似乎更不好了，迟疑道：“怎么了？”

楚承稷避开她的视线，说：“青州城内一切都有。”

心口处有些微妙的窒闷，充斥着一种名为愧疚的情绪。

她从来不主动向他索求什么，看到她把铜镜、木梳都当宝贝似的放进首饰匣子里的时候，他心口像是被什么重重地捏了一把。曾经东宫的金玉宝石她都没放在眼里过，现在能让她搬家都惦念要带着的，竟然只是这样一些东西。

秦筝察觉到了他的情绪波动，便从箱底翻出自己离京时带走的那两根金钗和楚承稷卖鱼赚来的百来个铜板，一起放进了木匣子里。

她看着这些东西，还能想起他们当初出逃时的狼狈模样，当时只觉得前路迷茫，现在心底更多的却是感慨，唇边不自觉地染上一抹笑意，宝贝似的把匣子捧在怀里："旁的就罢了，这些东西我可得带走。"

他们一路风风雨雨走来的记忆，全在里边了。

楚承稷望着她含笑的一双明眸，只觉心底愧意更重，道："以后我会给你更好的。"

秦筝瞪他："那这些也不能丢。"

楚承稷没再说话，那一瞬间他突然就明白了秦筝的意思，心口突然有些涨满，只坐在竹椅上看着秦筝心血来潮地数起匣子里的那些铜钱，心底翻涌着他自己才懂的情绪。

院门外传来话音，是林尧命人来问他们这边收拾得怎么样了。

楚承稷从竹椅上起身，对秦筝道："启程吧。"

秦筝把楚承稷自制的那支紫毫笔也放进木匣子里，这才抱着木匣子往外走。

楚承稷揶揄道："那两只兔子你也一并带走好了。"

兔子被他逮回来，一直都是秦筝在喂，早喂出感情来了。秦筝冲着他点头："我真是这么想的。"

门外围着不少想来给他们送行的人，但惧怕那些个披甲执锐的将士，只远远站着。

虽然没在这地方住太久，但如今要离开了，秦筝心里还是有些说不出的情绪。

卢婶子备了不少干货和熏肉："娘子你这一走，往后怕是也不会再回这地方来了，这熏肉是我年前就熏上的，你带着。"

秦筝莫名因为卢婶子这番话伤感起来："婶子不跟我们一起走？"

卢婶子揩了揩眼，摇头："婶子的根在这里，婶子就不跟你们走了。"

秦筝知道上了年纪的人，有时候哪怕遇上天灾都不愿再离开故土，只得同卢婶子道别。

院外不少人见她出去，有的唤她"秦师傅"，有的唤她"军师夫人"，手里拎的不是山货就是鸡蛋肉食，说是一份心意让她收着。

秦筝自是不肯要，一一同大家道别。

出寨的一路上都有人跟着送他们，一直送到堰窟处才作罢，上了吊篮后，秦筝只觉得心中百感交集，眼眶都涩了几分。

楚承稷伸手抹过她的眼角："阿筝，为夫与有荣焉。"

寨子里的人对秦筝的敬重，可比对他更甚。

他知道她在山寨里都带着大伙儿做过什么，教过他们什么，寨子里的人这般敬重她、舍不得她，楚承稷一点也不意外，甚至有一些为她骄傲的情绪在里面。

两堰山的危机一解除，除了秦筝他们要离寨前往青州城，还有王家祖孙被赶出寨子。

王家祖孙是在秦筝他们走后才被放上吊篮的，比起为秦筝一行人送行时的热闹，王家祖孙离寨时，除了堰窟处放绳索的汉子，竟再无一人。

寨子里的汉子划船把她们送到岸边后，扔给她们祖孙俩一个包袱就头也不回地走了。

王家祖孙杵在路口，看着广袤的天地，却生生迈不动脚。她们在寨子里待了一辈子，还从未下过山，也不知自己离开了祁云寨，还能去哪儿，如何过活。

王秀看着远处江面上只剩一个黑点的大船，想起秦筝离开时全寨人去送她的情形，不甘和嫉妒的情绪过后，只是怔怔地看着那边，泪流不止。

楚承稷和秦筝先行回了青州城，林尧则奉命着手准备把两堰山建成一座粮仓。

两堰山地势险要，把粮仓建在这里再方便不过。

除此之外，他还去寻了赵大夫，让他带领寨子里的人多挖些草药，军中少不得要用。

让林尧意外的是，廖老头也在赵大夫那里，二人在之前的不快后，如今关系倒是缓和了下来，又能坐在一起喝几口小酒了。

林尧因为廖老头提出要除掉楚承稷，曾对他拔剑相向，现在二人的关系也还有些微妙，林尧只简单问候了廖老头几句，交代完赵大夫便离去了。

林尧是赵大夫看着长大的，他如何瞧不出这二人之间气氛不对？

赵大夫唯一能想到的，就是那夜廖老头许是找林尧说了什么，他叹了口长气：“我早同你说过，寨主行事自有他的道理，你莫不是去寨主面前多嘴了？”

廖老头闷了一口酒，半晌才道：“我险些害了寨主……”

言罢，他又闷了一口酒，拄着拐杖往外走。

廖老头一走，赵大夫把楚承稷之前给自己制的那支紫毫笔小心翼翼地捧出来：“这可是传家宝喽，得供起来！”

秦筝之前进出青州城都是晚上，坐在马车里也不敢掀开车帘往外看，这次倒是把青州城的风貌瞧了个一清二楚。

马车已行至城门处，秦筝看着夯土建造的城墙壁上到处都是被砸出的大坑，其中还有很多像是被长矛戳出来的孔洞，简直就是个筛子。

秦筝的目光滞了一滞，这是青州城楼？

楚承稷似知她所想，勒住缰绳放慢了几分，在马车旁并行道：“官兵强攻数日，投石机、床弩、楼车都用上了，青州城楼只是外壁被毁坏了些，这几日正在修葺。”

普通弓箭或许对城墙造成不了多大损害，但床弩本就是专为攻城而设计的，弩箭深深扎入城墙壁，甚至可以成为另一种云梯，供攻城的敌军踩着上城楼。

秦筝先前听林尧口述，还以为这场仗胜得当真有那般容易，不过是用些计谋罢了，此刻看到城墙上留下的战后痕迹，才深知守住八千官兵接连数日的强攻，绝非易事。

若是没能在前期守住城，那么楚承稷后边的那些计谋，也压根派不上用场了。

她握着马车车帘的手下意识地紧了几分，因着这些日子一直在两堰山修防御工事，此时打量着城楼的高度和厚度，便道：“可以把城墙再筑高、筑厚些。”

城墙不像普通墙壁一样是四四方方的一堵墙，从横截面上看更像是一个梯形，下宽上窄。夯土虽结实，但城墙壁一直被风吹雨淋，损耗还是极大的，她想在土筑墙的基础上，用砖石再加固一遍，这样一来既能防止雨水侵蚀，又能让敌军的滚石檑木不那么轻易地破坏墙体。

楚承稷听她开口就是关于修筑城防的事，微微倾过身子帮她打起车帘，日光碎进他眼底，显得眸色浓黑又沉重："先休息两日再想这些吧。"

顿了顿，又说了句："你在山上都清减了。"

秦筝脸上一烫。

先前她上马车时，因为匆忙没备脚凳，楚承稷直接单手揽着她的腰把她抱上了马车。

就短暂地抱了一下，他还能觉出她瘦了？

秦筝下意识摸了摸自己的脸，好像也没掉肉啊？

楚承稷如今暂居青州府衙，前院是他处理政事的地方，后院则是居住的地方。

宋鹤卿去青州城附近的村落送完米，又奉命去接陆家人，没能赶去城门口迎楚承稷和秦筝，遂候在了府衙门口。

见楚承稷率几十个将士护着一辆马车回来时，宋鹤卿连忙上前见礼："殿下。"

楚承稷翻身下马，将战马交与前来牵马的将士，问："陆家人到了？"

宋鹤卿点头："老臣暂且将他们安置在了一处别院，殿下若要见他们，老臣这就去通传。"

楚承稷抬手示意不必："孤晚些时候再去见他们。"

宋鹤卿应是。

秦筝掀开车帘欲下车，楚承稷跟后脑勺长了眼睛似的，转身抬手就将她扶了下来。

宋鹤卿看见秦筝，目光扫过她身上的素衣和只有一根木簪的发髻，知晓他们逃亡的那些日子只怕比这还艰苦数倍，一时间心中哀戚，嗓音里带了几分颤意："老臣……见过太子妃娘娘。"

秦筝在来的路上便听楚承稷说了在青州遇上宋鹤卿的事，知晓对方乃自己父亲的好友。

此刻见到宋鹤卿，秦筝心中也有些感慨："宋大人快快免礼，在青州遇上宋大人，也是我和殿下之幸。"

宋鹤卿老泪纵横，再见故人之女，想起老友已赴黄泉，哽咽不已。

秦筝说了几句安抚的话，宋鹤卿知晓不能在楚承稷跟前太过失态，这才退下了。

一进内院，就有仆妇引着秦筝去沐浴更衣。

她沐浴出来时，外间已经摆了饭，听见秦筝的脚步声，楚承稷才放下手中的竹简，道："用饭吧。"

他一早去的两堰山，这会儿已经是大中午了。

抬头时，他的目光明明已经掠过秦筝，却又被生生地拽了回去。

她穿的是一身湘妃色的折枝撒花裙，本就清冷的眉眼，在这一刻显出几分叫人心痒又望而却步的艳，半干的长发披散在身后，乌发间隐映的肤色，是冰雪般剔透的白。

一时间，楚承稷的视线似被定格住了。

秦筝见楚承稷盯着自己，心中疑惑，兀自低头打量一番，发现自己穿的那件折枝撒花裙时，终于知道了症结所在。

大楚的民风，守孝多为“七七四十九日孝”和“百日孝”。

秦国公故去两月有余，但还未满百日，自己身上这件衣裙虽称不上艳，但也算不得十分素净。

他一直盯着自己，莫不是觉着不妥？

秦筝拢了一下衣襟道：“我沐浴时，下人送到净房来的衣物只有这套，我去换身素色的。”

她抬脚正要往里间去，楚承稷又叫住了她：“不用换，这身挺好的。”

他收回视线，拿起了搁在箸枕上的乌木箸：“再不动筷，菜都凉了。”

秦筝不由有些纳闷，那他先前一直盯着自己看甚？

她走到矮几对面坐下，厨房应该是得了他的吩咐，只上了三菜一汤，秦筝扫了一眼，正好是他们两人平日里的饭量，菜色也格外符合秦筝的胃口。以至于她饭都多吃了半碗，有点撑。

矮几被下人收拾干净后，楚承稷又摆上厚厚一摞公文慢慢看，旁边的竹简也堆成了一座小山。

如今虽兴用纸张，但竹简却并未被废除，不少卷宗依然是用竹简抄录的。

楚承稷看得认真，几乎是目不斜视，秦筝歪在美人靠上，问：“从前修建城楼时的图纸还在吗？”

她在梦中所学的那些关于工程建造的知识，全都深深地印在她脑海里，若是有图纸，后边加固城墙，她能省去不少事。

楚承稷道：“回头我让人去找找。”

他看了半天才看完一本公文，拿开那本公文后似放弃了什么抵御一般，捏了捏眉心看向秦筝，冲她招手：“过来。”

秦筝不明所以，跟只傻狍子似的凑过去，一把就被楚承稷按倒在了胡毯上，一声惊呼尚未出口便被楚承稷吞没在唇齿间。

“笃笃！”

屋外传来敲门声。

“殿下，赵将军被孟郡郡守带兵围杀！仅他一人重伤归来！”

屋内二人神色俱是一变。

沈彦之围城之时，楚承稷派林尧夜扰敌军，赵逵则趁机带五百精锐暗出青州，埋伏在了前往孟郡的必经之道上，其目的就是截断朝廷大军的粮道。

可谁也没想到，孟郡郡守竟得了消息。

在他看来，前朝太子集结起来的几千流寇，如何能与朝廷大军抗衡？

青州被夺回，前朝余孽伏诛，在不少朝臣眼里都是必然的事。

孟郡郡守本不愿蹚这趟浑水，却又怕事后李信责怪他毗邻青州却不发兵相援，便听从门下幕僚的建议，取了个折中的法子。

他不掺和青州的战局，只派手下围杀截道的那支流寇，到了李信跟前，便也能说自己尽力了。

赵逵不知孟郡郡守的用意，以为他们是要前去青州相助，带着五百弟兄一路血拼，重创孟郡郡守派出去的那队人马，他带去的五百精锐也无一人生还，他身中数箭，全靠身强膘壮，才没伤到要害，一路逃回青州城，方至城门处就因失血过多一头栽下马去。

底下的将士匆忙前来通报楚承稷。

宋鹤卿得了消息也匆匆赶来同楚承稷商议："孟郡之危近在眼前，青州落入殿下之手的消息过不了几日就会传回汴京，李信势必还会派兵前来围城，殿下不如发檄文以告天下，声讨李氏逆贼，光复楚氏，大楚旧臣们总有前来效命的。"

楚承稷神色沉静："李信不会再调兵前来，闵州若是失守，倒是会让调往闵州的那两万人马折回来攻打青州，须得在那两万兵马折回来之前，再拿一城，同青州形成掎角之势。"

宋鹤卿迟疑："闵州已是强弩之末，淮阳王如何会缓下攻打闵州？"

一旁的陆则笑道："我修书一封与家父，让郢州陆家那边拖延拿下闵州的时日。"

宋鹤卿恍然大悟，拱手道："殿下深谋远虑，老臣佩服。"

楚承稷看向他："檄文就劳烦宋大人主笔。"

话落又看向陆则："你与王将军点兵五千，前往孟郡。"

宋鹤卿以为他要攻打孟郡，连忙规劝："不可！殿下不可啊！孟郡素来有淮南粮仓之称，朝廷屯兵上万于此，加上孟郡地势险要，城防坚固，贸然攻城使不得！"

楚承稷的嘴角噙了一丝薄笑："谁说我是要攻孟郡？"

秦筝料到过拿下青州后不会太平，只是没想到这份不太平来得这般快。

楚承稷开始备战，宋鹤卿声讨李信的檄文一发出去，楚承稷拿下青州击退朝廷守军的消息也长翅膀一般地飞了出去，这些日子的确有不少大楚旧部前来投奔，但都零零散散，还是成不了大气候。

不过至少楚承稷手底下能用的人多了起来，东西厢房陆陆续续地住进了不少幕僚，愿意参军的流民也全被收编进了军营，青州城的兵力从一开始的数千人，滚雪球一样地发展到了上万人。

青州城内留足三月的余粮后，囤积的其他粮食全被运送到了两堰山，留了重兵看守。

林尧是楚承稷一手带出来的，收编进来的新兵，全都交给了林尧训练。

整个青州城上方的空气明显都绷紧了，秦筝自然也没闲着。

楚承稷一旦攻打别的州府，怕的就是留守青州的兵力不够，叫人转头过来捣了老巢。

秦筝召集青州城内的所有工匠，开始有条不紊地加固城墙。

秦筝体恤百姓，便是为了赶工，也不会不把苦役当人看，不少原本不愿意为官府效力的工匠得知后，也纷纷前来。

宋鹤卿想在短时间内拉到一支强军，已写了诸多信件寄给手中握有兵权的大楚旧臣，只可惜都没什么回应，倒是秦简在路上得知楚承稷已占领青州，当即挥笔作章痛斥李信，拥护楚氏。

秦简的文章，从前便是连一向与秦国公不对付的陆太师看过后，都赞不绝口。他狂写数十篇痛斥李信的辞赋字字珠玑，在读书人间广为传颂。

秦筝还未见过自己这位兄长，倒是先从旁人口中听到了他的文章。

对此，秦筝不得不佩服，读书人就是不一样，把人祖宗十八代都骂完了，通篇愣是不见一个脏字。

秦家母子已经在来青州的路上了，她唯一还挂念的就是前往北戎和亲的秦笙。

黄沙漫天，远处隐约可见旋风拔地而起，裹挟着黄沙越卷越大。

送亲的队伍被迫停留，骆驼马匹都不安地跺着蹄子，随行的官兵被风沙吹得睁不开眼。

送亲的将领坐在马背上，一手遮挡着风沙沉喝：“遇上沙尘暴了，往回撤！”

秦笙取下头顶的大红盖头，将轿帘掀开一条缝往外看。

从进入凉州地界，她就一直留心外面的动静。

出嫁前，秦家出门采买食物的忠仆在集市上被人往菜篮子里塞了一封信，那信是阿姊命人寄来的，让她安心出嫁，说一到凉州地界，会有人来带走她。母亲和兄长也会有人秘密送他们离京。

秦夫人原本因这接二连三的打击一病不起，收到那封信后，知道大女儿尚在，如今一切安好，又密谋救他们，轻悲为喜地痛哭了一场后，身体才有了起色。

从汴京到凉州，这一路上已过了月余，秦笙除了一个陪嫁丫鬟是秦府的人，这随行的一路都是李信的人，她不知阿姊现在何处，也不知母亲和兄长是否已经安然离京，夜里时常辗转难眠，每每想起父亲和秦家如今的境遇，就忍不住泪湿被衾。

“木苓，外边怎么了？”秦笙在轿中，不知外边情况，只瞧见官兵突然掉转马头。

木苓帮秦笙放下轿帘，声音被风吹得有些散：“起沙尘暴了，公主您别掀开帘子，外边风沙大。”

秦笙听话地放下轿帘，但不知为何，总觉着心跳有些快，掌心也莫名地浸出汗来，仿佛是预料到会有什么事发生一般。

为了方便逃跑，她在婚服里面一直都还穿了另一套衣裙。

送亲的队伍退到两沙丘之间的夹道时，数百个身着皮袄、毛毡服饰的沙匪驾马俯冲直下，手中高举长刀，喊杀声震天。

“沙匪来了！”官兵中不知谁大喊了一声，众人顿时又是一阵惶惶。

送亲的将领在马背上举刀大喝：“竖盾墙！弓箭手准备！”

六神无主的官兵们围着喜轿匆忙地竖起盾墙，箭镞蛛网一般向着围过来的沙匪们撒去，但碍于风沙太大，准头极差。

沙匪们看似一群乌合之众，进攻却十分有策略，再加上个个悍勇，打得送亲的官兵一路败退。

送亲的将领眼见不敌，心知沙匪无非是想要劫货，当即冲着沙匪头子喊话：“我等为护送盛平公主前往北戎和亲，换取大陈百姓再无战乱，不知贵地风俗，愿以三车嫁妆借道通行，还望好汉放行，否则凉州以南，再起战火，苦的还是天下百姓。”

沙匪头子手持一柄偃月长刀，单手拉着缰绳高居于马背上，黑巾蒙住了大半张脸，听见送亲将领这番说辞，散漫的目光里瞬间透出杀意。

他嗤笑一声，冷冷地下达了命令：“杀！”

一群沙匪如同这大漠的狼群，争先恐后地撕咬了过去，官兵们不敌，送亲的将领带着一部分人马折回喜轿，喝道：“快护送公主回瓦城！”

瓦城便是他们上一站歇脚的地方。

但身后那群沙匪穷追不舍，官兵们把所有的嫁妆车辇都留下了，也不见那群沙匪作罢，送亲的将领很快反应过来那群人不是为了劫货，一开始就是为了劫人！

他催马行至喜轿前：“公主得罪了，沙匪咬得太紧，末将带您突围。”

他一把掀开轿帘，将秦笙带上马背，在一众亲随的拥护下杀了出去。

秦笙第一次骑马，颠簸得厉害，她死死地拽住那个将领的甲衣，才不至于被甩下马去，空气里到处都是箭镞声，盖头早就被风刮跑了，缀满金钗步摇的发髻也因为颠簸松散开来，首饰掉落一地。

斜刺里冲出一匹高头大马，马背上的人赫然是那沙匪头子，但见他手中的偃月长刀抡圆了一砍，送亲将领座下那匹战马直接被砍断马脖子，前蹄屈地栽倒。

送亲将领自顾不暇，秦笙整个人也跟着惯性往前摔时，横生出一只大手，拎住她的腰带就把她提溜到了另一匹马上。

赫然是那沙匪头子。

秦笙被横夹在马鞍前，手脚腾空，只余腰腹着力，沙匪头子一手按着她，一手抡刀结果了送亲将领的性命，迸溅出来的鲜血沾在了秦笙脸上。

战马疾驰本就颠得她胃里一阵翻滚，此刻亲眼瞧见杀人，她直接在马背上就狂吐起来。

头顶传来一道嫌弃到了极点的嗓音：“你别弄脏了我的马！”

秦笙吐得天昏地暗，哪还顾得上听他说什么。

沙匪头子吹哨唤回跟官兵作战的同伴，带着她欲走，远处却又杀出一队人马来，那队人马从头到脚都是一身黑，很明显是谁家养的死士。

沙匪头子"啧"了一声，意味不明地道了句："想保你的势力还挺多。"

他直接用大氅将她从头到脚裹了起来，盖住那一身极为显目的嫁衣，远处的沙匪不知从哪儿找出来一身嫁衣，罩在了车队旁一个死去的侍女身上。

一群人带着劫来的货物呼啸着撤走，秦笙以为那队死士才是秦筝在信中提到的会来接应她的人，一时间满心绝望，在马背上手脚并用地挣扎起来。

沙匪头子伸手去按她，却被她抓住手背狠狠地咬了下去，当即见了血。

沙匪头子痛得"嘶"了一声，半点不客气地用手肘用力顶她下颌，秦笙吃痛放开，捂着下颌直咳嗽。

沙匪头子瞥了一眼自己被咬出一圈血牙印的手，咬牙切齿道："你这女人！"

战马一路狂奔，离送亲的车队越来越远，秦笙一路挣扎谩骂，被颠得胃里能吐的东西都吐光了，最后实在是没力气，骂不动了，才安静了下来。

这群沙匪绕了个大圈后，转入北庭地界，抵达北庭城门时，沙匪头子摘下脸上的黑巾，露出一张英挺俊逸的面容来，朝着城楼上的守将喝了一声："开城门！"

"小侯爷回来了！快开城门！"

厚重的铁皮城门被几十个将士推开，谢驰一马当先地入了城，左右将士一路恭迎："小侯爷！"

在马背上被颠得半死不活的秦笙打量着这陌生的城池，又听及这些披甲执锐的将士都唤马背上这个人"小侯爷"，终于意识到了事情不太对。

被拎下马的时候，她整张脸都是白的。

雷州都护府的大门近在眼前，管家殷切地出府迎谢驰，瞥见秦笙，面带迟疑："小侯爷，这位是……"

谢驰冷眼瞥过自己的战马马腿上被秦笙呕吐后留下的狼藉，浑身的寒气腾腾地往外冒，手上那个被她咬得见血的牙印都没那么痛了，他笑得咬牙切齿，一口白牙森冷似野狼的獠牙："这是小爷捡回来的马奴，让她把逐云给小爷洗干净！"

逐云就是他的那匹战马。

管家看看大步流星迈进大门的谢驰，又看看站在门口一脸惊慌无措的秦笙，她这一路虽挣扎得狼狈，可那身衣裳分明是嫁衣，料子看得出是极好的，显然不是寻常人家的姑娘。

这能是随便捡回来的马奴？

和亲队伍被沙匪袭击、嫁妆被抢、和亲公主被杀的消息很快传回了汴京，朝野震怒。

李信召集朝臣，共商应对之法。

"前朝余孽在青州作乱，尚未平息，和亲又遭此变故，诸位爱卿有何高见？"李信坐在龙案后方，他座下的那把金龙椅，扶手处雕刻的龙头凶煞逼人，仿佛吞云吐月，下一刻便要活过来似的，令人不敢多看。

“臣以为，和亲不成，要想抵御北戎攻势，还得同连钦侯联手才行。至于盛平公主遇害，也须抚恤秦家，方可向天下百姓彰显陛下仁德。”一个老臣站出来道。

李信的笑里透着阴狠：“北戎一举拿下河西四郡，连钦侯都不曾发兵，陶爱卿以为此番连钦侯会同意结盟？盛平公主遇害，朕也痛惜，只是秦国公遗孀与独子在盛平公主前往北戎和亲后，便也离京了，朕便是有心抚恤，也寻不到他们的踪迹。再者，秦家大公子作的那些诗文陶爱卿莫不是还没听过，还是说，陶爱卿是要朕连着青州余孽一起抚恤？”

秦家一直被他派人盯着，秦夫人和秦简暗中出城，已让李信发过好大一通脾气。他派人监视秦家人的事自然不能闹得满朝文武都知晓，此刻再被一个老古板提起秦家，李信心中要多窝火有多窝火。

这汴京城里，没拔干净的暗钉还是太多了。

方才说话的老臣已经吓得跪地连连叩首：“陛下息怒，老臣绝无此意！”

李信做了个手势，立即有禁军进殿拖走了那个老臣。

他尖锐阴沉的目光挨个扫过下方的大臣，将他们的神情尽收眼底。

这是在杀鸡儆猴给楚国旧臣们看，前朝太子在青州起势，李信还未把小小的一个青州放在眼里，他一根拇指就能把那股势力给摁灭。只不过借机给楚国旧臣们敲敲警钟也是好的，总得让他们知晓，如今这王朝的主人是谁。

他道：“如今外族来犯，前朝太子于青州起势作乱，置天下百姓于水火，此等无德之人，拥他者，是要将妻女也献与他吗？”

这话说得有些难听了，也有失身份，但龙椅上这位本就是祁县农家出身，一些大臣嘴上不说，心中却鄙夷。

前朝太子强娶秦家女、夺臣妻的确是板上钉钉的事实，可李信在祁县起义那会儿，北戎就已犯河西走廊，他自己又何尝不是置天下百姓于水火？

跟着李信从祁县一路打到汴京的谋臣高卓眼皮跳了一跳，岔开话题道：“陛下，青州虽势微，但此乱不可不平。”

李信问：“爱卿有何良策？”

高卓道：“北戎若继续南下，不得不派兵阻之，连钦侯也是个威胁，汴京是不能再调兵前往青州了。青州临近的州府，孟郡守军须看守粮仓不可妄动，不如命徐、扈两州府合力夹攻青州，呈掎角之势，又有孟郡供粮，夺回青州有如探囊取物。”

李信听完龙颜大悦，点头赞许：“此计可行！”

徐、扈两州接到朝廷的调兵令，还未来得及动身攻打青州，便听闻青州出兵，直指孟郡。

孟郡乃淮南一带的粮仓，此番闵州之战，粮草也是从孟郡调的，失了孟郡，影响到闵州战局的话，他们只怕难辞其咎。

徐、扈两州的守将当天就召集人马，商议徐州军前往孟郡支援，扈州军则趁青州城空前去攻打青州，此计既能剿灭前朝太子的势力，又可夺回青州。

徐州军跋涉数日赶往孟郡时，却见孟郡城门虽紧闭，城门外却无任何驻军，半点不像是有人要攻城的样子，徐州守将命人前去孟郡城楼处问话，这才得知数日前的确有大军压境，前线探子见大军所过之处身后烟尘滚滚，马蹄声踏得地动山摇，以为是青州要攻打孟郡，这才向邻近州府求援。

怎料那支青州军只在城外驻扎了几日，又突然改道往扈州去了。

徐州守将直呼中计了，青州势微，必须得再拿一城呈掎角之势才能固守，做出攻孟郡的假象，不过是想调虎离山拿下扈州！

孟郡的守军轻易不可调离，徐州守将想着扈州军如今正在攻青州，自己带兵赶去扈州相援正好可解围，便又带着大军赶赴扈州。

等到了扈州一看，依然是半点被围攻的迹象也没有，扈州留守的兵将言，那支青州军不过是借道回青州。

日头毒辣，徐州守将坐在马背上，却只觉浑身发冷，眩晕得厉害。

那支青州军拉着自己遛了个大弯，不取孟郡，也不取扈州，分明是拖住他，另有兵马取徐州去了！

徐州守将带兵火急火燎往回赶，在半道上就得知了徐州易主的消息，报信的小卒还送来一封楚承稷的亲笔信，徐州守将拆开一看，直接气急攻心从马背上摔了下去。

彼时楚承稷已成功攻下徐州，他自拿下青州后，就一直谋划再夺一城，这样一来，不管哪路兵马来犯，两地守望相助，都可前后夹攻牵制对方。

赵逵为孟郡兵马所伤，侥幸捡回一条命后，他便命陆则和王彪率兵前去作围困孟郡之势。

王彪悍勇，陆则精通兵法，这二人领兵，若遇险情，也能随机应变。

所有人都以为他是想攻孟郡，为赵逵报仇以鼓舞士气，顺带夺淮南粮仓，却不知他一早盯上的就是徐州。

徐州通运发达，乃南北交通要道，地势上又攻守兼备，历来就是兵家必争之地。

宋鹤卿代发檄文声讨李信后，光复大楚的旗号打出去，前来投奔的都是些小吏小将，那些真正手握大权的，大多觉着青州势微，翻不起什么浪花，不少人都还在观望。

若能拿下徐州，就是他给李信的一记响亮耳光。

正好李信调兵让徐、扈两州合攻青州。

徐、青、扈三州与孟郡围成一个矩形，徐州与扈州位于对角线上，刚好可左右夹攻青州，但徐州离孟郡近，离青州远，而扈州正好相反。

于是楚承稷按原计划让王彪、陆则领兵前往孟郡，做出攻打孟郡的假象。

孟郡郡守才派人围杀赵逵，自然心虚，以为青州大军压境当真是前来寻仇了，怕孟郡有什么闪失，当即就向附近的州府求援了。

徐州军前去支援，攻打青州的就只剩扈州军。

楚承稷先前还不知朝廷调兵计划时，备战之际就思量过若有其他兵马攻打青州的应对之法。

秦筝已加固青州城防，他命底下将士在青州城外挖了数道壕沟，底下铺钉床，步兵、骑兵掉进壕沟里非死即伤，投石车、云梯、楼车这些工程利器被壕沟阻隔也不方便运送。

但凡有大军压境，那一道道战壕就能先折损对方一波士气。

林尧留守青州指挥战局，沈彦之强攻青州时，楚承稷亲自带着他守过城，林尧对如何死守心中有数，更何况原本夯土垒成的城墙被秦筝带着工匠用砖石又加固了一遍，如今的青州城可用“固若金汤”来形容。

扈州军以为青州倾巢出动攻打孟郡去了，气势汹汹而来，骑兵阵踏入第一道壕沟范围，地面突然塌陷，战马兵将齐齐跌下壕沟，在利刃一尺余高的钉床上送了命。

扈州军果然被那一道道的壕沟冲散了士气，费了大力气才把攻城装备运送到青州城楼下，他们的投石车、攻城弩还没架好，对面城楼上就已经下冰雹似的朝着他们投掷了一波又一波的滚石。

城楼上地势高，投石车抛掷出的滚石射程更远，扈州军为了减轻伤亡只得退远些，可一退远，他们架起的投石车投掷的石块、弹药碍于射程，根本没法抛到城楼那边去。

这场攻城战打得不可谓不窝囊。

扈州军眼见青州城守军似乎早有防备，城内也不像是人去城空的样子，怕自己州府的兵力全折损在这里，便不敢继续强攻，打算围困个几日，等徐州军那边发现孟郡之围是假的，赶过来将两州府的兵力会合了，再一鼓作气拿下青州。

楚承稷之前用计，以少胜多击溃朝廷大军的事早已传得沸沸扬扬，扈州军这回倒是长了记性，专门成立了一支轮岗小队，在大军休息时严阵以待，就是怕青州军夜袭。

可他们只顾着盯梢青州城那边，让遛完徐州军打道回府的王彪一行人在后背逮了个空子。

陆则提议效仿楚承稷先前的计谋，夜里杀过去，打扈州军个措手不及。

当天晚上，他们就带着五千人马杀得扈州军丢盔弃甲，落荒而逃，扈州原本攻城时带来的上万人，最后溃逃回去已不到两千余人。

青州再次一战成名。

楚承稷又取徐州，可谓双喜临门。

秦筝自扈州军围城后，就没睡过一个好觉，日夜都是替楚承稷守在城楼那边，林尧和宋鹤卿等人商讨御敌之法时，也从不避开她，毕竟楚承稷不在，她就是这青州城内说话最有分量的人。

底下的人见林尧和宋鹤卿都对秦筝敬重有加，对于秦筝主事，更不敢有异议。

秦筝在收到楚承稷捷报的当晚，也写了一份捷报命信使送往徐州，怕他身边无人可用，又把王彪派了过去。

如今徐州刚到手，楚承稷需要在那边稳定大局，短时间内想来是不会再回青州的。

经此一战后，各方势力也终于正视起这支突然崛起的复楚大军。

接下来的时日，前来投奔的中小势力有如过江之鲫，小到几十人，大到千百人，络绎不绝。

如何收编，楚承稷之前收服青州境内各山头的贼寇时，就已经和林尧制定了一套完整的流程，如今只需要按规矩办事就行。

那会儿手底下人少，头目们心思多，得时刻防着哄着，现在青州屯兵上万，前来投奔的人可就不敢端架子要价了，一切都得按军中的规矩来。

只是这军队里人数滚雪球一样地突破了两万大关，林尧每隔一段时日就得遣人去两堰山运粮，眼瞅着粮仓里的粮食一天天减少，心里还是有些急。

这天林尧又一次说起军粮的事时，秦筝便道："把百姓废弃的荒田都开耕出来，总得播种入秋才有收成。"

林尧为难道："青州百姓只有那么多，上哪儿找人去耕田种地？"

秦筝目光出奇地沉静："大军不操练时，就让他们去耕种吧。"

秦筝的这个提议让林尧傻愣了半天都没能说出一句话来："娘娘……百姓怕被战火殃及都不敢种地了，您让将士们去种地？"

秦筝看着林尧道："其实这和以前东寨自己耕种是一样的道理，流民加入军队是为了领军粮填饱肚子活下去，在参军之前，他们中大多数也是农人。有土地耕种粮食，他们在这异乡也就有了牵挂，既能收揽军心，又能自给自足产粮，有何不可？"

她这么说，林尧就明白了。

大多数流民都是奔着活命参军的，若是青州遇袭，守不守得住，流民们对这不是生养自己的城池其实也不会有多少感情，在这里被打散了，他们转头去别处参军混口饭吃也是一样的。让他们在这片土地上耕种，产生感情，他们才会把青州当成自己的家园去守护。

林尧当即就对着秦筝抱拳道："娘娘大智，末将这就下去安排。"

如今正值五月底，种一茬晚稻还来得及。秦筝点头，又叮嘱道："耕种只是次要的，还是不可耽误大军操练。"

"末将明白。"

林尧是个办事有效的，很快就率大军开垦完田地，播种那日，秦筝亲自去田间地头，当着三军将士和围观百姓的面撒了第一把种子。秦筝把种子撒进地里，军民仿佛已经看到了安定的那一日，不知是谁欢呼起来的，每个人的脸上都洋溢着笑容。

大概是见军队都开始种地了，原本不敢耕种的百姓们，回去后也纷纷把自家战乱以来就荒废的田地重新开耕出来悉心耕种，整个青州上下都焕发了生机。

前来投奔的谋臣们瞧见青州这番景象，心中也是万分感慨，擅舞文弄墨的作诗称赞，直把青州夸成一个世外桃源，慕名而来的贤能之士日渐增多。

秦筝也变得更忙了，先前时间紧迫，她只来得及带领工匠们加固主城门，如今有了更多的时间，她还想在城墙外修建“马面”。所谓马面就是在城墙上每隔二十丈修建的墩台，以城墙为界，向外凸出四丈有余，主要是为了防守。

若有人攻城，城墙和两侧的马面墙，可对敌军形成三面夹击之势。

而且青州有四方城门，每处的兵力布防不一，为了将来遇险能快速调兵，秦筝还想把城内的主干道规划一下，以四方城门为点，连成“田”字，这样一来，不管是哪一处的城门遭到猛攻，都能在最短路径内调兵。

图纸设计好，就开始紧锣密鼓地施工，原本老旧的房屋拆迁换成青砖灰瓦的气派院子，城内百姓的心中只雀跃得紧，哪里又会有怨言。

秦筝每天穿得干干净净出门，灰扑扑地回来，累得倒头就睡，压根没空去想还在徐州的某人。

接连十余天后，总算是又收到了楚承稷的来信。

徐州那边现在也拉起了一支两万余人的兵马，徐州守将去强攻过几次，可惜都是战败收场，如今青州、徐州愈渐势大，李信那头也坐不住了，派了他的长子领兵五万南下来收复失地。

知晓又要打仗了，秦筝的心里还是有些沉重，不过以如今青州和徐州的实力，哪怕是和朝廷那五万大军硬拼也不一定会输，她也开始抓紧对防御工程的修筑。

林尧跟个老妈子似的，眼见今年青州的秋收有了保障，又开始忧心新收编的将士的军服和武器的配备。

他们到现在为止，所有的军需装备都是自己打下来的，还没掏钱去买过。

青州府衙的那点官银，用于修建城防还勉强够，给三军制军服、打造武器那就是无底洞了。

至于军饷，亏得他们成事不久，上次发军饷时人还没这么多。

在林尧为了下一次发军饷的银子愁得夜不能寐时，行走的军饷就来了。

郢州陆家约莫也是通过青州、徐州这两场打得极为漂亮的仗，看到了楚承稷的潜力，这回直接把大房的嫡女给送来了。

意在为何，不言而喻。

陆则被调去了徐州，迎接陆家嫡女的事就落到了林尧身上。

秦筝知道楚承稷那边估计也很快就会得到消息，府衙上下所有人都战战兢兢，生怕她会发火，就连京城陆家的人都深居简出，仿佛是知道她在青州的地位，生怕被迁怒。

秦筝自己倒是跟个没事人似的，依然在赶工程进度，不巧的是陆家那位嫡女进城那天正好碰到秦筝在城外指挥工匠和将士们修筑马面墙。

她一身素衣弄得灰扑扑的，头上也没簪什么发饰，对面马车里掀着车帘的陆家嫡女化着精致的妆容，珠翠满头，二人只匆匆对视一眼，那姑娘对着秦筝见礼时，只扫了秦筝一眼，便可谓是花容失色，脸都白了，泪珠子直在眼眶里打转，弄得秦筝有些莫名其妙。

她象征性地说了两句关怀的话，就让林尧把人送去京城陆家居住的别院，一直到回去时都还有些纳闷，让宋鹤卿派人看着点别院那边。

宋鹤卿却会错了意，以为她是想防着陆家，秦筝也懒得解释。

别院那边很快传来消息，却让秦筝更加摸不着头脑，据闻那位郢州陆家的嫡出大小姐，当天晚上就一直把自己关在房间里哭，还给郢州陆家写了信。

宋鹤卿派人把信给截了下来，捧给秦筝："娘娘，您请过目。"

秦筝拿着信愣了愣，偷看别人的信件不道德，可这事关大局……

她犹豫了一下，对宋鹤卿道："有法子拆开信封不损坏火漆吗？"

宋鹤卿知道她是怕这封信无用，那他们截下信件，日后若是叫陆家人发现了，反倒生嫌隙。

他当即找了人过来拆信，探子们为了探得消息，少不得干这等截信的事，要想知道对方的谋划又不能让对方发现，就只能偷看来往的信件，自然练就了一手拆开信封后不伤火漆的本事。

等陆家嫡女那封信被取出来呈给秦筝后，秦筝看完却哭笑不得。

太子从前臭名昭著，她白日里在城门口监工，又把自己弄得灰头土脸的，在这个时代，便是再落魄的名门望族，都不会让家中女眷抛头露面，郢州陆家嫡女以为她跟着楚承稷逃亡后，一直过的都是这苦役般的日子，心中岂"忐忑"二字了得。

不得不说，这封家书陆大小姐写得还是很有水准的，她先是声泪俱下地诉说自己离乡千里，倍思双亲，陆家大房夫妇若是看到这信，这个开头就已经能让他们的心肠软下来了。

随即又在信中把太子以前的荒唐事一一列举出来，以示自己这一路的惶恐，太子的名声，想来陆家大房夫妇也是有所耳闻的，看到这里只会更加心疼女儿。

最后写到了青州城，竟目睹秦筝这个正牌太子妃跟一群苦役在一起修城墙。

有了前面关于太子恶行的种种铺垫，现在又指出秦筝这个实例，她再提出自己害怕，不愿联姻，陆家大房夫妇但凡还有点良心，都不会再把她往火坑里推了。

秦筝头一回知道楚承稷先前的声名狼藉还有这等好处，那些个举事起义的，少不得有各方势力上赶着送姬妾，楚承稷拿下青州、徐州两城后，徐州那边是何情况秦筝尚不知晓，但青州除了突然到访的郢州陆家嫡女外，还没人敢给他送女人。

毕竟楚承稷名声在外，这时候给他塞女人，可不就是卖女儿吗？富贵能不能谋到尚不好说，但后背绝对得被人戳脊梁骨。

秦筝审视完这封信，瞧见"太子妃着荆钗布裙，和流民苦役一道搬砖运石，衣沾尘垢，面如蜡色。父亲若将女儿许给太子，女儿安有命在乎？"这段话，实在是忍俊不禁。

她把信纸装回信封里交给宋鹤卿："封好，送往郢州吧。"

陆家嫡女一来她就猜到了郢州陆家打的算盘，这下倒好，都不用楚承稷自个儿出面拒绝了。

之前误会楚承稷缝补衣物，她就已经同楚承稷商讨过这些事了，秦筝不觉得楚承稷会为了陆家的助力让步纳陆家嫡女。

就像楚承稷曾对她说的那样，她是有多低看他，才会觉得他会采取这样的方式来壮大自己的势力。

宋鹤卿并不知信中写了什么，见秦筝让他又把信给寄出去，还有几分迟疑："娘娘，跟随郢州陆家嫡女前来的仆妇，还在打探您在青州平日里都做些什么。"

秦筝听了，只是摇头失笑："随她去吧。"

宋鹤卿见秦筝似乎全然没把陆家送来的这个威胁放在眼里，忧虑过后，心中又陡然升起一股敬意。

不愧是秦国公的女儿，这等胸襟，又岂会只盯着那点内宅争斗？

宋鹤卿自愧不如，作揖退下时，秦筝见他似激动又似感慨万分地望着自己，心中还有些莫名——

宋大人这又是怎么了？

别院里，奶嬷把秦筝这些日子在青州的所作所为告诉陆锦欣后，陆锦欣好不容易止住的眼泪"唰"的一下又流出来了。

她颤着嗓音问："打仗时还得跟着去城楼？不打仗时不是在修城墙，就是在田间地头耕种？"

她一张小脸白的，奶嬷看了都于心不忍，宽慰她："这青州城里不管是当官的还是平民百姓，都敬重太子妃，要我说啊，这位太子妃是个有手腕的，你看她这样不就把名望给攒起来了吗？"

陆锦欣看了看自己用各种名贵香膏保养出来的一双手，泪眼蒙眬道："我不要去修城墙，也不要去耕地……"

奶嬷劝她："秦家倒了，太子妃没娘家人撑腰，她是为了在太子身边站住脚，不得已才用这等法子去积攒民望的。您乃陆家长房嫡女，身后有陆家这样的百年大族，哪用得上您去谋那些？"

她不提太子还好，一提太子，陆锦欣想起太子的那些荒诞行径，眼泪掉得更凶了。

太子妃那神妃仙子一样的美貌，如今为了自保都得去修墙耕地，她将来若是惹了太子厌弃，可得怎么办？

陆锦欣越想越觉得前途渺茫，泪眼婆娑地走到案前研墨，继续给家中父母写信诉苦。

祖父要把她送过来联姻，但父亲一向疼她，父亲肯定会想办法救她的！

宋鹤卿一直派人盯着别院那边，陆锦欣的一举一动都有人报给秦筝。

秦筝晨起后听说陆锦欣又哭着给郢州陆家写了信，她扫了一眼，发现这封信写得比之前那封还要伤心欲绝、肝肠寸断。

把人家姑娘给吓成这样，秦筝都有点过意不去了。

她让人把信往郢州送了去，想着陆锦欣初来青州，自己又要赶工程进度，没时间招呼小姑娘，还是给她找个玩伴比较好。

正好林昭兴致勃勃地来找她："阿筝姐姐，我的娘子军有五百多人了！"

青州战事一起，秦筝所有的精力都放在了城防上，还不知两堰山那边如何，听林昭说起她组建娘子军的事，自是为她高兴："以后的人会越来越多的。"

想起让林尧日夜忧愁的军饷和军服这些事，秦筝不由得多问了句："你们的军饷和军服是怎么发放的？"

林昭面上的欢喜收了几分，眼神却坚定如初："没有军饷也没有军服，都是些在两堰山附近的农妇和拥进青州城的流民，男的能进军营，那些一路流亡到这里的女人们，无家可归又没有田地耕种，我收留了她们，让她们加入了娘子军，现在每日的口粮只有稀粥，她们除了耕种，也跟着我习武。"

拥入青州城的流民是宋鹤卿安置的，秦筝先前太忙，想着宋鹤卿为官多年，处理这些事总比她有思路得多，便没过问，眼下听林昭说起此事，便道："回头我问问宋大人流民登记落户的事。"

林昭那里能收容的只是少部分人，要想让所有的流民都安定下来，还得官府出面。

秦筝对林昭道："回头你拿我的令牌去两堰山领几袋官粮回去，收留的人多了，哪怕是一人一碗粥，寨子里也难供给。"

林昭蜜色的脸上浮起几丝羞愧来。

秦筝知道她一向要强，这是不想给自己添麻烦："我同宋大人商议后，官府这边肯定也要开棚施粥的。"

青州粮仓里的粮食还够，今年的田地又已经耕种了起来，甚至还开垦了不少荒地，等秋收，粮仓又能满起来。

林昭这才没了心理负担，笑得露出一口白牙："谢谢阿筝姐姐！阿筝姐姐有空可以跟我回去看看娘子军！"

秦筝浅浅地叹了口气："短时间内是去不成了，朝廷五万大军已经在南下的路上，得把青州城的城墙再建得结实些。"

林昭自告奋勇要当壮丁："我今日特地来看你的，跟你一起去城门那边吧！"

城防修筑主要是工程太大了，进度才慢，为了赶在朝廷大军抵达青州前完工，现在不仅城内的百姓烧砖砌石，军营里的人也被秦筝要过来帮忙了。

但林昭跟过去的话，也帮不上什么大忙，秦筝想把更重要的事交给她："殿下的表妹来青州了，不过胆子有些小，我这边忙起来顾不上她，你对青州熟，带着她四处转转吧。"

林昭当即拍着胸脯保证："包在我身上。"

秦筝对林昭自是信得过的，自己继续去城墙那边监工，又让人把宋鹤卿也叫过去，准备问他安置流民的事。

林昭去别院找陆锦欣，她报了秦筝的名号，又有令牌在手，别院的人自是不敢拦。

陆锦欣本想待在别院哪儿都不去的，可听说是秦筝派来的人，还是跟着林昭出了门。

奢华的马车一开道，前后仆从加起来二十余人，走在大街上实在是引人注目。

林昭觉着她们这么大阵仗，在青州城内肯定是找不到什么好玩的地方了，便提议道："陆姑娘想去打猎吗？"

没等陆锦欣说话，跟她一起坐在马车里的奶嬷就帮她回绝了："我家小姐今日穿的这一身，不适合骑射。"

林昭是好心，但那穿金戴银的老嬷嬷说的这番话绵里藏针，她还是听出来了。

林昭想起秦筝说过这位陆家表妹胆子小，只当是那老仆护主，大度地没跟她计较，在心底琢磨着带她去哪儿才能让她觉着有意思，片刻后有了主意，问陆锦欣："我训练了一支娘子军，陆姑娘想去看看吗？"

陆锦欣还是头一回听说娘子军，心中确实好奇，点了点头。

等一行人浩浩荡荡地到了两堰山山脚下，林昭把在田地间耕种的农妇都召集起来，在一处空地上演兵给陆锦欣看。

娘子军衣着不一，手中像样的兵器也没有，大多都是用木棍代替，不过练得有模有样的，她们身上有股很特别的精神气，这跟陆锦欣前十几年里接触到的所有女子都不一样。

奶嬷在边上低声鄙夷："不成体统。"

陆锦欣没作声，心底却觉着她们挺好的。

演练完了，林昭大步走过来问她："怎样？"

陆锦欣很用力地点了头："练得真好。"

林昭组建娘子军，天天被林尧泼冷水，这会儿被人夸了，心底别提多舒坦，她道："太子妃娘娘从前也跟我们一起练呢！"

陆锦欣脸上的那点笑意，在听说秦筝也要跟她们一起练兵后又没了，她忐忑地问："娘……娘娘也练？"

林昭点头，见陆锦欣的神情不太对，以为是她觉得秦筝不够厉害，当即宣扬起秦筝在山寨里的事迹来："太子妃娘娘还带着我们烧砖制瓦，你知道黄泥怎么起的吗？得把碎石子挑拣干净，倒水和稀后光脚上去踩……"

回去时，陆锦欣一张脸又是白的，据闻当晚又在哭着给郢州写信。

事情发展成这样，秦筝也是哭笑不得，只得歇了让人带着陆锦欣玩的心思。

两天后的一个深夜，楚承稷得知陆家先斩后奏送嫡女去了青州，当即从徐州赶了回来。

进屋时，秦筝睡在大床中间，楚承稷走到床边看了她一会儿，用手背轻轻碰了碰她温软细腻的脸颊。

秦筝这些天太累了，睡得沉，没有半点反应。

楚承稷看了一眼床里边的另一个枕头，拆下自己手臂上的玄铁护腕后，才把人抱起，放到了床里边，看着她娇憨的睡颜，俯身在她嘴角偷了个香。

望着她削尖的下巴，眉心皱了皱。

她又瘦了。

怕吵醒秦筝，楚承稷没在连着主屋的净房沐浴，他去了厢房那边沐浴，换了一身儒袍后，顺带问了府上下人这些日子发生的事。

下人事无巨细地全说了，楚承稷在听到秦筝对陆锦欣来青州后没有半点反常，甚至还给陆锦欣找玩伴，隔三岔五又命人给陆锦欣送东西过去，一副要跟陆锦欣当好姐妹的架势时，薄唇抿得要多紧有多紧。

楚承稷回房时，秦筝已经又换了一个睡姿。

快到下半夜了，但离天亮还早。

因为才从屋外进来，身上带着夜里的寒气，秦筝睡梦中似乎感觉到了，翻了个身，离他远些朝里躺着。

楚承稷在黑暗中盯着那颗对着自己的后脑勺，薄唇抿得更紧了些。

他等自己的身上暖和些了，再靠过去把秦筝揽进怀里时，她总算是没再躲。

窗外夜色深沉，软香温玉在怀，连日的疲惫都消散了许多，他渐渐也有了睡意。

秦筝做了个梦，梦里她也在指挥工匠们砌城墙，只是天上的太阳跟个火球似的，还掉下来粘在她身上了，秦筝又热又闷，她在梦里一直跑，可惜怎么也甩不掉，秦筝都怀疑自己是不是要被太阳给晒化了。

等她挣扎着醒来时，才发现腰间横了一只大手。

她艰难地扭过头，就发现了跟她挤在一个枕头上的楚承稷，准确来说，应该是楚承稷枕着她的枕头，而她枕在他的臂弯里。

秦筝有些讶然，他什么时候回来的？

她小心地拨开楚承稷放在自己腰间的手，刻意放轻了动作起身。只不过她一动，楚承稷还是醒了。

“什么时辰了？”许是困倦，他几乎是闭着眼睛问话的，嗓音带着点刚睡醒的沙哑。

“辰时一刻，你还可以再睡会儿。”秦筝越过他下床。

他侧过头看着秦筝身着素白寝衣、显得格外单薄的背影：“近日很忙？”

秦筝一边穿衣一边点头：“北城门那边的马面墙这两天就快完工了，这时候若是出什么纰漏就前功尽弃了，我得盯紧些。”

楚承稷本是想引出陆家的话题，秦筝这么说，他反倒不好再问陆家的事了。

他是昨天夜里进城的，城内的改造大晚上的他瞧不真切，但城楼上每隔几丈就点着火把，能清楚地看见用砖石加固后的城墙，周边还新建了几面马面墙，能在这么短的时间内做完这些，可不是件省力的事。

青州的地理位置尴尬，全凭元江过境、水运发达，这才有了南北贸易，因此早期的城墙修建得格外简易，毕竟这里不是徐州那样的兵家必争之地，又在中原腹部，少有战火殃及。

“我跟你一道去看看。”她都起了，楚承稷也没什么睡意。

秦筝想着他看过如今的青州城后，或许还会调整兵力布防，遂点了头。

只不过昨晚出了汗，穿衣服时还是觉着身上黏腻不舒服，秦筝索性唤下人送水过来，打算沐浴后再出门。

楚承稷听见她让下人送水来房间里，神色有些微妙，但什么也没说。

秦筝一开始也没反应过来，等发现前来送水的老仆嘴角抿着笑时，终于意识到了不对劲儿。

她一大早就要水沐浴，很容易叫人误会她和楚承稷大清早的做了什么。

但这种事，她总不能逮着下人同他们解释一番，秦筝只得装作没事人似的找了换洗的衣物去净房。

下人见楚承稷也起了，很快也送来了洗漱用的水，秦筝沐浴完出来时，他便进了净房。

秦筝看出他也想沐浴，道：“我让下人重新送水来。”

“不必，将就一下就是。”说话间他已脱下上衣，露出精壮的上身，除却他之前重伤又高烧那次，这还是秦筝头一回如此直观地瞧见他的身材。

想到他要用自己用过的洗澡水沐浴，饶是秦筝再淡定，脸上也不禁升起几分热意。

她拿着换下来的衣物正要出去，身后的浴桶里传出水声后，响起了楚承稷的嗓音：“帮我搓搓背。”

秦筝正想说让小厮进来给他搓，就听楚承稷道：“流民安置得如何了？正好同我说说。”

这是要边搓澡边谈公事的意思？秦筝把自己换下来的衣物放到一边，绕回浴桶后边。

“宋大人为官多年，做这些有头绪，我一开始让宋大人负责的这事，他把城中有户籍文书的流民登记造册安顿了下来，那些没有户籍文书的，如何安置还须再商议一番。”秦筝捡起葫芦瓢舀水浇在了他的背上。待整个肩背都淋湿了，才开始揉捏他的肩颈。

楚承稷靠在浴桶沿上，双目紧闭，感受着那双在自己肩背游移的手，喉头微微动了动，好一会儿才道：“没有户籍文书的另行登记，自制文书补发与他们，以防万一，集中安置那批人。”

秦筝和宋鹤卿商议了许久都没敲定方案，就是怕没有户籍文书的那些人里有混进来的细作，想核实他们身份也不易，楚承稷这个法子，倒是解决了眼下的难题。青州官府补发他们文书后，又有名册在手，相当于是把每一个没有户籍文书的流民都打了标签。将他们安置在一起也方便管理，若是不放心，大可在城郊的村落圈出一块地给他们耕种。

解决了一桩麻烦事，秦筝心情颇好："以后再遇到难题，我写信问你好了。"

楚承稷"嗯"了一声，看似心不在焉，却已经在盘算，得单独安排个信使给她传信。

秦筝给他捏了半天的肩背，手有点酸了，停下问："徐州那边如何了？"

"董达前来叫过几次阵，被打回去了，如今退守孟郡，应是想等李信的五万兵马抵达后，一起围攻徐州。"

董达便是原本的徐州守将。

他顿了顿，又道："闵州已被淮阳王拿下，从青州派去支援的那两万人马，只折损了一千余人，不日也会北上和李信那五万兵马会合。"

沈彦之带兵两万前往闵州，闵州失守他手中兵马却只折了一千，不难猜测他是刻意保留实力，只等闵州失守再回头撕咬楚承稷。

李信那五万兵马，加上董达和沈彦之的兵力，保守估计也得八万往上。

对手从原本的旗鼓相当，变成多出他们将近一倍人来，楚承稷的嗓音里倒是丝毫听不出惧意和忧虑，他似乎早就在等这一仗了。

秦筝却做不到像他那般胸有成竹："有御敌之策了？"

楚承稷转过身来看着她，眼底是秦筝从未见过的狂意和傲气："我攻打徐州前，孟郡就已防着我了，总不能让他们白防备这么久。"

他这么一说，秦筝就明白了，他想在李信的兵马抵达前，拿下孟郡这个淮南粮仓。

秦筝道："孟郡原本驻军一万，加上董达的人马，估计得有两万兵马，举青州之力，倒是可以一战。"

楚承稷望着她轻笑出声："阿筝还记得我是如何拿下徐州的吗？"

秦筝一怔，随即反应过来："你要同时出兵攻打扈州和孟郡？"

扈州军先前已被打散了，只不过有徐州军驻扎在扈州，他们才没敢前去把扈州也给收了，现在徐州军为了保护粮仓，调去孟郡了，扈州可不就是门户大开？

哪怕强攻不下孟郡，拿下扈州，楚承稷在江淮一带的威望也必然会更上一层楼，也能在战前打压李信大军的士气。

"知我者，阿筝也。"楚承稷的面颊上沾着水珠，笑得甚是开怀。

秦筝思索着目前的局势，半点没被美色诱惑，脑袋瓜转得飞快，自以为摸清了他的盘算："所以你连夜赶回来，是为了布局攻打扈州和孟郡？"

楚承稷脸上的笑意收了收，他抿紧唇角，直接拽着她俯下身来，堵住了她的嘴。

秦筝毫无防备，刚想推搡，整个人却被他带进了浴桶里，溅出去的水花弄湿了大片地砖。

秦筝伏在楚承稷的胸膛前，狼狈地抹了一把脸上的水珠："你……"

秦筝两手抵着对方，把人推开，一脸苦大仇深，不知哪里戳中了楚承稷的笑点，他埋首在她颈窝里，闷笑出声。

秦筝脸上微烫，伸手在他胳膊上不轻不重地拧了一把："不许笑。"

楚承稷拂开她颈侧湿漉漉的长发："现在说说，我是为何而回来的？"

秦筝当即瑟缩了一下，脸上热气愈重，雪腮透着薄红。

她其实也不是没想过他可能是因为陆家突然送了个嫡女来青州才赶回来的，只是那样未免把她自己看得太重了些，秦筝不喜欢在这种事上较劲儿，徒增烦恼，听了他对战局的分析后，才理所当然地觉着他是为了大局赶回来的。

"不过是殿下表妹来青州小住一段时间，我在殿下眼里就这点气量？"秦筝实话实说。

楚承稷眉头轻蹙，这是在同他说气话？他道："陆家送人过来，我事先并不知晓。朝廷兵马不日就要抵达，青州不可能置身事外，借此机会把人送回郢州去便是。"

秦筝有些无奈："我真没介意这事，陆家那姑娘也挺讨喜的。不过在战前把她送回郢州，的确不失为稳妥之法。"

她这么说，楚承稷的脸色没有好转："你不介意，我介意。"

他有什么好介意的？

一桶水冷尽了，秦筝才被抱了出来，头抵着他肩膀不愿说话，脸红得快冒烟，别开眼不再看他。

楚承稷知道她经常强装镇定，脸皮却是个薄的，倒也不逗她了，在她嘴角偷了个香，眸光里带着几分他自己才懂的缱绻："今天是我生辰，我很欢愉。"

而这份欢愉，是她给的。

秦筝一愣，他生辰到了？所以他连夜赶回来，是为了和她一起过生辰？

秦筝略有几分愧疚，在这之前，她根本就不知道他的生辰是哪天，她道："生辰欢喜，我都没给你准备生辰礼。"

楚承稷看着她："我已经收到生辰礼了。"

秦筝知道他话里的意思，面上有些烫，却还是忍不住问了句："怀舟，如果……我不是这副容貌，你还会喜欢我吗？"

楚承稷的指节轻轻滑过她的面颊："为何不是因为你，我才喜欢上了这副皮囊？"

他望着她，眼神深邃："佛曰'爱不重，不生娑婆；念不一，不生极乐'，娑婆极乐皆是你。"

秦筝不懂禅语，但看楚承稷这一刻的神色，突然就明白了他的意思。

她抱住他，嘴角抑制不住地上扬。

楚承稷继续帮她擦头发时，忽而叹了一声，对她道："换身衣服。"

秦筝这才反应过来自己还穿着那身湿透的单衣，脸上好不容易降下去的温度又升了起来。

她匆匆地走到屏风后更衣。

这个早上闹腾了这么久，下人进净房收拾时，发现浴桶边缘满地的水渍，脸上都带着心照不宣的偷笑。

秦筝自然懂她们在笑什么，一大早要了水沐浴，结果沐浴还折腾了这么久……

虽然前者是个误会，但秦筝的脸上还是烧得慌，她绷着脸，佯装淡定地拿着一本书看。

楚承稷往她那边扫了一眼，在下人离去后才揶揄道："书拿反了。"

秦筝："……"

假装无事发生，把书掉了个头继续看。

第十五章——祭拜

娑婆极乐皆是你，
她庆幸自己真正懂了那句禅语，
才明白他许她的是怎样的情深。

用过早饭，二人按照先前的约定，秦筝带着他在城内走了一遭。

“除了加固四大城门，我以东西、南北各自为轴，重新规划了主干道，方便调兵。”

楚承稷点头：“若只打守城战，如今的青州城，五千兵力就足以。”

秦筝想起孟郡的地势以及城防设施，眉头下意识地皱起：“孟郡的城墙高数丈，听说是坚石所垒，固若金汤，你若强攻只怕也不易。”

楚承稷道：“青州、徐州两城都是用计智取拿下的，和李信兵马正式交锋前，早晚都有一场硬仗要跟孟郡打。”

不是所有的战役都能靠智取得胜，该硬碰硬的时候，也会伏尸百万，血流漂橹。

二人继续往前走，只是谁都没有再说话。

却见宋鹤卿从前方匆匆赶来，见了他们二人大喜过望，作揖道：“殿下、娘娘，老臣可找到你们了。”

他今日才听说楚承稷昨夜回了青州城，仔细一想何事能让楚承稷这般着急地赶回来，这才忆起今日是个大日子。

楚承稷道：“宋大人无须多礼，发生了何事？”

宋鹤卿见楚承稷似乎也没想起来，脸上的愧色微微顿了一顿，那殿下这般急着回青州是何故？

他道：“老臣惭愧，竟忘了提前同太子妃娘娘商议要在武嘉帝诞辰这日设台祭拜祈福，幸好时辰尚早，殿下也归来了，殿下和娘娘一道前往云岗寺祭拜武嘉帝陛下应当还来得及。”

秦筝在心底算了算日子，按阴阳合历算，今日四月初七，正是之前林昭跟她说过的武嘉帝诞辰。

只不过她忙于城防工事，哪里还想得起这茬儿。

楚承稷不仅命格同他们楚家的先祖皇帝像，竟然连生辰都在同一天？

她心中暗自纳罕，无怪乎钦天监说他和武嘉帝有着一样的命格，满朝文武还没人不信，生辰在同一天，这实在是太玄乎了些。

楚承稷似乎也并未把这个日子当回事，道：“前人已逝，又能庇护后人什么？无须跑这一趟浪费时间，好生把城防建好便是。”

宋鹤卿额上的深沟一道道皱了起来，看着楚承稷仿佛又在看当初那个荒诞的太子，苦口婆心劝道：“如今大战在即，武嘉帝陛下在大楚百姓心中乃武神转世，殿下前往云岗寺祭拜，定能鼓舞大军士气……”

大有楚承稷若不去他就说到他去的意思，楚承稷只得道：“备车马。”

既是要前往云岗寺祭拜，那他们的衣着也得隆重些，翟衣是来不及裁制了，秦筝和楚承稷回府换了一套华丽些的衣袍。

宋鹤卿办事倒是利落，等他们出府时，已备好车马又挑选了几百个随他们一同去云岗寺的将士。

出发前，宋鹤卿大抵是怕楚承稷不愿意配合，私下同秦筝说了前去祭拜的流程。

秦筝不愿宋鹤卿这样的老臣对楚承稷有成见，替他解释道：“殿下也是忧虑百姓，不愿把希望都寄托在那些怪力乱神上，才想着修筑城防庇护青州百姓。”

同楚承稷接触这么久，秦筝自然知晓他的性子，他会指望那些虚妄的东西就怪了。

宋鹤卿叹息：“殿下苦心，老臣都知晓，只是如今楚室势微，反贼来势汹汹，老臣这心中，惶恐得紧啊！”

秦筝只得宽慰道：“殿下一出生就被钦天监批出和武嘉帝陛下一样的命格，连生辰都在同一日，如今山河破碎，殿下必然也能逞先祖之勇。”

岂料宋鹤卿的神色忽而怪异起来：“殿下生辰在元月，娘娘莫不是记错了？”

去云岗寺的一路，秦筝的心里都揣着事。

楚承稷说今日是他的生辰，宋鹤卿却又说他生辰在元月，他贵为太子，一出生生辰八字就得被载入宗庙族谱，朝臣是万不会记错的。那他今日在净房说的那话，是在诓骗逗她？

以他的性子，倒也不至于撒这么个谎话。

秦筝乘坐的是马车，楚承稷骑着一匹高头大马走在前方，宋鹤卿和林尧各乘一骑，一左一右地跟在他侧后方，文臣武将，风姿昭昭。

秦筝将车帘轻轻挑开一条缝，望着楚承稷在马背上高挺笔直的身影，出了好一会儿神。

楚承稷似有所感，回头看了一眼，二人的目光隔空交汇。

秦筝怕他这一回头引得林尧和宋鹤卿也回头来看，赶紧放下了车帘。

“停。”楚承稷突然出声。

宋鹤卿生怕他突然提出中途折返，颤颤巍巍地问：“殿下怎么了？”

楚承稷道：“天气炎热，大军原地休整片刻再动身。”

已经立夏，日头一天比一天毒辣，赶了将近一个时辰的路，随行的将士们的确有些疲乏。

宋鹤卿把心放回了肚子里，命人传令下去，就地休整。楚承稷打马行至马车前，挑起车帘，将马背上的水囊递了进去。

秦筝倚窗而坐，浓颜盛装，楚承稷视线在她脸上停留了三息有余。

秦筝看他只为了给自己递水，便指了指矮几上的茶盏：“我这里有茶水的。”

楚承稷半点不客气地道："给我倒一杯。"

秦筝心中怪异，却还是倒了一杯送至他的手中。

楚承稷仰头喝下，把茶盏递了回去："你方才一直看着我，是有什么事想同我说吗？"

楚承稷道："我还有些渴。"

秦筝正准备给他再倒一杯茶水，她这厢刚坐好，车夫就被支开了，某人堂而皇之地登上了马车。秦筝美目一瞪，警告他："这是在外边，你可别乱来。"

但她不知，美人嗔怒，也是别有风情。

楚承稷下车后，秦筝好一会儿才平复呼吸，从马车的暗阁里翻出巴掌大的小铜镜，对着铜镜把被晕花的口脂擦干净，点上新的。

想起方才，脸上不免有些烫。

众人休整了一刻钟，很快又开始赶路，总算是在正午之前抵达了云岗寺山脚。

云岗寺因是武嘉帝生前修行过的地方，这些年一直香火不断，今年汴京易主，前来上香的人才少了些。

大军封了山，为显诚心，秦筝得和楚承稷一起从山脚下的石阶步行上山。

楚承稷倒是不忌讳那么多，命人寻一架滑竿来，被秦筝婉拒了。这逃亡的一路，她什么苦都吃过，上千级石阶又算得了什么。

云岗寺的住持得了消息，带着寺中一众僧人早早地恭候在了山门外。

住持是个白胖的僧人，耳垂肥大，笑起来像供奉在佛龛里的罗汉，慈眉善目的，眼底却又有一股看破世俗后的通达。

"阿弥陀佛，施主远道而来，有失远迎。"住持一手捻着念珠，一手呈掌竖在身前，对着楚承稷行了个佛礼。

楚承稷回了他一个佛礼，眉眼间透着些许清冷和淡漠："先祖诞辰，特来祭拜，有劳住持了。"

住持笑呵呵地道："施主面善，是个有佛缘的。"

他目光落到秦筝身上，笑意愈发莫测了些："女施主的佛缘也不浅。"

秦筝心道自己能改变梦境中发生的一切，或许真是有神佛庇佑，学着楚承稷的样子虔诚地给住持回了一个佛礼。

每逢武嘉帝诞辰，不管是达官显贵还是平民百姓，都会前来寺中上香，寺庙僧侣也专门开辟了一间殿宇，为武嘉帝塑了金身，用香火供奉着。楚承稷和秦筝被住持亲自带到武帝殿内，知客僧点了香拿给他们。

秦筝偷偷打量了一眼寺中给武嘉帝塑的金身，头戴冕旒、身着龙袍，至于身形相貌嘛……只能说确实很威仪。

秦筝知道但凡是供百姓祭拜的，不管是佛龛还是神像，都是讲究写意，不可能写实，倒也不觉着武嘉帝生前就是这泥像的模样。

祭词自是由宋鹤卿来念："武帝陛下在上，时山河崩离，异族来犯，践我河山，辱我臣民，武帝陛下上承天命，重整河山，北征戎狄，南驱巫夷，救万民于水火，炳青史千秋……"

歌颂武嘉帝的祭词宋鹤卿念了三页还没念完，楚承稷静静地听着，嘴角似翘非翘，带着几分嘲意。

秦筝眼角余光瞥到他，心说这人在祖宗庙宇前还这般，未免也太不敬了些。

等了半天，歌颂功德的部分总算是念完了，说到现下时局，宋鹤卿想起昔年昌盛的大楚成了这般模样，没忍住涕零："而今时局，比起昔年有过之而无不及，祁县贼子逆反，入主汴京杀我皇族，文臣武将，忠烈折戟而去，河西四郡落入异族之手，我辈臣民百姓再为蛮夷所役，臣每每想起，无不仓皇涕下。此危急存亡之秋，幸得太子力挽狂澜，占青、徐二州，光复楚室。今贼子遣兵来战，敌盛我寡，愿武帝陛下佑我大楚，佑我殿下！"

殿外不少将士听到宋鹤卿这番慷慨激昂的陈词，眼眶都隐隐泛红，紧握手中兵器，恨不能现在就冲上战场杀敌。

秦筝也有些被宋鹤卿念的祭词打动，和楚承稷一起上香叩拜时，要多诚心有多诚心。

反倒是楚承稷，从始至终都一脸淡漠，半点看不出对自家老祖宗的敬重。

秦筝暗白腹诽，楚家老祖宗这还真是摊上了个不肖子孙？

已至午时，祭拜完武帝，住持留他们在寺中用素斋。

秦筝和楚承稷被领到一间特意布置过的禅房休息时，再无外人，她问："殿下似乎不喜这里？"

楚承稷从书架上随手取了一本佛经翻看："没什么喜不喜的。"

秦筝总觉得这一刻的他离自己很远，又似乎很近，有一种跨越光阴的渺茫感。

她走过去在他脚边的蒲团坐下，趴在他膝头，在他垂眸看来时，浅笑着问："看的哪卷经书？"

她是在故意岔开话题，不想他沉浸在那些她无法触及的情绪里。

"《金刚经》。"楚承稷答，眉眼间的疏离淡去不少。

秦筝笑道："你这人，不信佛陀，倒是喜欢看佛经。"

楚承稷将手中的佛经翻了一页："静心。"

秦筝借口出去转转，知客僧引着她参观寺庙时，秦筝想起之前楚承稷对自己说的那句佛语，问知客僧："小师父，不知'爱不重，不生娑婆；念不一，不生极乐'这句出自哪册佛经？"

知客僧答："此乃前朝杨杰居士在天台智者大师的《净土十疑论》中所著，娑婆便是这大千繁华世界，众生因欲念而苦；极乐则为我佛门极乐世界。"

秦筝愣怔许久，再看楚承稷所在的禅房方向时，眼眶都带上了淡淡的红意。

娑婆极乐皆是你。

她庆幸自己真正懂了那句禅语，才明白他许她的是怎样的情深。

郢州陆家的人听说楚承稷从徐州回来了，陆锦欣的奶嬷当即撺掇她叫上京城陆家的人一道去府上求见楚承稷，到了府上才得知他们突然去了云岗寺。

等楚承稷和秦筝从云岗寺祭拜回来，听说陆家人来过，楚承稷直接去了书房把林尧唤来：“陆家大小姐是你去接回来的？”

他这话乍听平静，但林尧总觉得心里发毛：“娘娘怕陆大小姐在路上遇险，徒生事端，才叫我去迎人。”

那会儿陆锦欣都已经快到青州城了，楚承稷和陆家又有合作，秦筝总不能直接把陆锦欣一行人拒在青州城外，万一陆锦欣叫李信的人抓了去，又是一桩大麻烦。

楚承稷点了头，道：“她近日在城内待得有些无聊，你带她去附近打猎转转。”

林尧的第一想法是他和林昭一样被指定成陆锦欣的陪玩了？转念深思又觉着不对，楚承稷此举，分明是让他去保护陆锦欣的。林尧想起那位娇气的陆大小姐就头疼，赶紧把这烫手山芋往别处甩：“殿下，不如让末将领兵前去攻打扈州，让王彪或赵将军去保护陆大小姐的安危吧？”

楚承稷淡淡地斜他一眼：“你也知道陆家那女儿胆子有些小，王将军和陆将军容易吓到她，孤思来想去，还是你最合适。”

言罢，他拍拍林尧的肩膀，进府去了。

林尧在原地杵了一会儿，反复琢磨着楚承稷那番话的意思，最后摸了摸自己的脸：“殿下这是说我长得好看些？”

已是暮时，主屋点着灯，楚承稷进去就瞧见换回一身居家常服的秦筝正捧了本书在案前看，见他回来了，指了指净房道：“我已叫人给你备好了热水，你去沐浴吧。”

等楚承稷沐浴出来，就见秦筝捧出一方锦盒。

楚承稷问：“这是什么？”

秦筝笑得眉眼弯弯：“生辰礼物，怀舟，生辰欢喜！”

虽然宋鹤卿说今日并非他的生辰，但秦筝想着皇室秘辛那般多，这其中有什么隐情也说不定，回来后还是紧赶慢赶地替他备了一件生辰礼。

楚承稷眉梢轻提，看向她道：“我不是已经讨过生辰礼物了吗？”

哪壶不开提哪壶！

秦筝的耳根子瞬间通红，抱起锦盒就要走，却又被楚承稷抬手按住了锦盒：“给我了，我自然还是得收着的。”

秦筝忍不住道：“我怎么觉着殿下的脸皮厚度与日俱增？”

听她把“殿下”二字都用上了，楚承稷极其轻地笑了一声，并不作答。

他若脸皮薄些，现在估计还在睡床沿。

打开锦盒，摆在里边的是一条蹀躞带，带銙用的金镶玉，做工很是精湛。他看了好一会儿，都没作声。这蹀躞带，算是腰带的一种，不过比腰带更美观，能挂的物件也更多些，甚受王孙贵族的追捧。

秦筝不由有些忐忑："你不喜欢，我明日去铺子里给你换一条？"

楚承稷揉了揉她的发顶："你拿你的首饰去换的？"

林尧已经同他提过好几次军饷的事，青州府那点官银是绝对不够用的，秦筝把他给她准备的那一整箱首饰拿出了大半给林尧，让他去换成银子，自己只留了些平日里撑场面时要用的珠钗发饰。

看到这条蹀躞带，楚承稷的第一反应就是她又典当了自己的首饰。

高兴是有的，但想到是她用自己的首饰去换的，又没那么高兴了。他以为离开两堰山后他能给她更好的，但现在看来不是。

秦筝促狭一笑："才不是，那店铺东家要建宅院，正好要买青砖，我直接把买这条蹀躞带的银子折算成青砖给他了。"

楚承稷的目光这才柔和了下来，浅叹一声："有时候倒也希望你和其他世家贵女一样。"

秦筝睨着他："殿下是觉得我着手的事太多了？"

"你啊……"楚承稷摇头失笑，又是"殿下"，这是故意刺他呢，"我还什么都没说，你这浑身的刺就奓开了。"

他的指尖挑起她一缕发，缓缓道："我知你志不在后宅，可你多少也对自己好些。"

她不躲在他背后，和他比肩同行是好事，可他会心疼。

秦筝笑道："贵眷们会因夫婿买了中意的衣裳、首饰欢喜，我跟着怀舟一起重建大楚，让大楚子民都过上好日子，我心中也是欢喜的。"

"你啊……"楚承稷半是怜惜、半是为她骄傲地摇头。

秦筝抓起蹀躞带："你要试试吗？"

楚承稷站起来，他沐浴后只着了寝衣，为了能看出这蹀躞带上身的效果，他又穿了件外袍。

他的衣袍一向是深色的，秦筝两手环上他劲瘦的腰身，帮他扣上蹀躞带时怕扣得太紧他勒得慌，又怕扣得松垮了不好看，只得估摸着力道仰头问他："勒吗？"

楚承稷闭了闭眼，隔开秦筝的手："挺合适的，不用试了。"

他就是在给自己找罪受。

秦筝后知后觉，楚承稷直接转身往净房去："你先睡。"

楚承稷想着，在今晨之前，他也以为他克制得住，但事实证明人性就是贪得无厌的。青、徐两州和朝廷马上有一场大战，真要对她做了什么，万一要用药，是药三分毒，他不忍心给她用药，也不敢赌她若是有孕了，在兵荒马乱中是否能安然无虞。

秦筝裹着被子躺在床上，从他收到生辰礼物的反应来看，他好像是挺喜欢的，兴许今天当真是他的生辰！

这天夜里，秦筝又一次做梦了。

跟之前的梦不同，这次的梦，是把自己在一个奇怪的地方学知识的梦境连起来了。

梦里，她在那个人人都奇装异服的地方，看了一册话本子，话本子里讲述的就是自己惨死东宫后发生的事。

秦筝夜半惊醒时，不出意外地又出了一身冷汗。

楚承稷在她惊坐起来时也醒了，起身轻拍着她后背问："又做噩梦了？"

秦筝脱力，靠在他怀中点了点头。

楚承稷温声道："莫怕，梦罢了。"

秦筝缓过神来后，想着楚承稷在自己的梦中也是叛军破城时就死了的，他能同自己一样活下来，是不是也得到了跟自己类似的机缘？

她想着自己梦里看的那册话本子叫《侯门贵妇》，斟酌道："我以前看了一册名为《侯门贵妇》的话本子，方才做噩梦，便是梦到自己活到了那话本子里，怀舟看过这话本子吗？"

楚承稷半是心疼、半是好笑："未曾看过，不过你若害怕，可同我说说那话本子里都讲了什么。"

秦筝一听，便知他当真是没看过那话本子的，本来也是梦，她只是心中猜测罢了。

她有些疲惫地道："其实也没什么，许是最近太累了，才做了这么个荒诞的梦。"

楚承稷看她实在是太累，便没再继续问她关于话本子的事，只不过盯着秦筝的后脑勺，盯了大半宿才睡着。

第二日，楚承稷去前院处理公务时，眼下不免有着淡淡的青黑。

林尧抱着一口箱子来找他："殿下，这些都是太子妃娘娘让末将拿去典当的首饰。"

林尧知道大军缺的银子不是一星半点，秦筝把这大半箱首饰拿给他后，他倒也没敢拿去典当。

楚承稷扫了一眼箱子里夸张华丽的首饰，眼皮跳了两下，他按了按眉心："拿去典当了吧。"

以后给她的东西他还是亲自去挑，不让底下的人去办了。

接她来青州的那日，见她没几件像样的首饰，回城后他才命人搜罗了足足一箱的金玉首饰拿去给她。但楚承稷怎么也没想到，从祁云寨跟来的人的挑选准则就是哪个看着更沉更大，哪个缀的珍珠宝石多……

林尧还当是他们没了银钱来路，苦着脸道："如今青州两万兵马有余，拿这些首饰典当换了银钱，那也是杯水车薪。"

楚承稷平静出言："拿下扈州就有军饷了。"

大楚最挥霍无度的那几个皇帝，皇陵就建在扈州。

林尧还以为他是说扈州官府的钱够他们撑一阵子，正蠢蠢欲动地想同楚承稷说把他调回来，让他去攻打扈州。

林尧还没等说，就听楚承稷问话："这几本公文不是该曹参将批吗？怎送到这里来了？”

林尧颇为同情地道：“曹参将后院起火，告假归家去了。”

楚承稷原本没心思过问旁人家事，奈何林尧嘴快：“曹夫人平日里喜欢听戏，曹参将又是个粗人，不懂雅趣，曹夫人同曹参将说了几回戏，曹参将都没听过，曹夫人索性也不同他讲了。后来曹夫人在戏园子里遇到了个懂戏的俊俏郎君，这一来二去，就好上了……”

正下笔如挥墨批阅公文的楚承稷：“……”

他看林尧一眼：“这边忙完了就去别院。”

林尧摸摸鼻子，暗自记下了，太子殿下不喜欢听别人说这些家长里短。

林尧一走，楚承稷便唤来亲卫：“你去城内的书肆买一册名为《侯门贵妇》的话本子回来。”

亲卫一脸茫然，以为自己听错了。

楚承稷轻咳一声：“太子妃喜欢看，若有类似的话本子也买些回来。”

亲卫恍然大悟，看楚承稷的目光立马变得不一样，太子和太子妃娘娘果然恩爱有加！

两个时辰后，小厮才带着采买的一箱书回来复命：“殿下，小的把青州城内大小书肆都跑遍了，也问了书肆掌柜的，都说没听过《侯门贵妇》这册话本，小的买了些书肆里卖得最好的话本。”

他说着拿起一本恭恭敬敬地呈给楚承稷：“这本《西楼春月》据说各府姑娘都抢着买，战事一起，书没多少存货，价钱都翻了两番。”

楚承稷一听各大书肆没有《侯门贵妇》，下意识地皱了皱眉，瞥了小厮呈上来的书一眼，只道：“行了，你退下吧。”

秦筝说的那本《侯门贵妇》，难不成在汴京书肆里才有卖？

楚承稷的心情不太明朗，待小厮躬身退下后，神情微妙地翻开了那本《西楼春月》。

才翻了两页，他就已经揉了好几次眉心，最后几乎是眯着眼睛快速翻完的。

故事很简单，一个穷秀才被乡绅接济，却和乡绅的女儿有了首尾，秀才进京赶考，乡绅女儿未婚有孕要被沉塘，千钧一发之际，高中状元的穷秀才带着迎亲队伍前来救美，二人终成一段佳话。

楚承稷眉头皱得能夹死只苍蝇，女儿家都喜欢看这样的话本吗？

晚间，秦筝见房里新置了一个书橱，便知道定是楚承稷吩咐下人弄的，心说自己看的那些关于水利建筑的藏书，可算是有地方放了。

她把堆在矮几上的《水经注》《吴地记》《考工记》等一大摞古籍和前人所著的批注册子一起放进书橱里。

书橱下层已经摆了不少楚承稷的藏书，为了以后方便取书，秦筝便把自己的书放到了上层。她随意地扫了一眼，本以为都是些生涩难懂的兵书国策之类的，看清书名后，眼睛倏地瞪圆了，恍被雷劈。

《贵妃泪》《吴娘三嫁》《锦衣弃妇》《李府贵妾》……跟书橱上层那几本砖块厚的《水经注》《吴地记》比起来，实在是……太过扎眼。

秦筝想起自己昨夜问楚承稷看没看过那本《侯门贵妇》，心中突然有了一个不妙的猜测——楚承稷该不会是以为她喜欢看这些书，才故意搜罗来的吧？

她随手翻了几本，故事老套得掉牙，打发时间还成，但现在秦筝没工夫看这些闲书。

楚承稷回房时，秦筝手里正捧着一本《吴地记》，楚承稷扫了一眼屋角的书橱，轻咳一声。

秦筝抬头看他一眼："回来了。"

楚承稷点点头，从书橱上抽出那本《西楼春月》，假装无意地放到了矮几上，咳了两声才把话给憋了出来："这册话本子在各大书肆都卖得不错，还因战乱断货了，你得闲可以看看。"

秦筝觉得他因自己昨晚的一句话，就给自己寻了这么多话本子来，也是有心了，笑道："你公务繁忙，不必费心思去给我挑这些话本子的。"

林尧的话犹在楚承稷耳畔，曹参军就是不懂戏曲才让曹夫人渐渐不同他说这些，最终和懂戏的小郎君好上的。他绷着脸，几乎是一个字一个字地往外憋话："不全是为你挑的，我……平日里也看这些。"

秦筝抬起头来，一脸震惊加茫然。

原来是他自己想看？

怕秦筝不信，楚承稷继续绷着脸把《西楼春月》的大致故事说了一遍，还点评了几句："未曾嫁娶就坏女子清白，终是不妥。"

秦筝听他说得有板有眼的，更震惊了。

在今夜以前，打死她都不信楚承稷竟然喜欢看这类话本子。

她咽了咽口水，勉强压下心中的惊骇，点头附和："嗯，确实如此。"

楚承稷见她一脸怀疑人生的样子，总觉得哪里不太对，但目前的局势是好的，她以后会经常同自己讨论话本就行了。

白日里他忙得不可开交，大不了晚上抽些空闲时间，把书橱里剩下的那些话本看完。

他看兵书都能一目十行，看这些书只会更快。

于是这晚，秦筝在睡前瞧见楚承稷还捧着本《锦衣弃妇》在烛火下紧皱眉头翻看时，终于彻底相信他是真的喜欢看话本子了。

次日，林昭来找秦筝说娘子军的筹建进度时，瞧见书橱上那两排书，凑过去好奇地瞅了瞅，又瞄了一眼上层的书架，果断从下层抽了册话本子。

"这书橱上层的书，我光是看到书名就开始眼睛疼了，也不知太子殿下平日里是怎么看下去的，还是阿筝姐姐的这些话本子合我心意。"她在蒲团上盘腿坐下，从碟子里拣了颗蜜饯送到自己嘴里，翻着手中的话本别提多惬意。

正在看《前任河运使传记》的秦筝:“……”

书架上层的书才是她的。

林昭翻了两页，嘴角满足地翘起:“茶舍里说书的那老秀才也说过这《西楼春月》，但每回都只讲一点，听得人心痒痒，先前我让我哥去书肆里给我买，他说这书都是女人才喜欢看，他一个大老爷们拉不下脸去买。后来书肆里就卖断货了，我想买都买不到，今儿可算是能让我一次性看完过过瘾！”

秦筝不知想到了什么，嘴角牵起一抹淡淡的笑来:“我就见过男子也喜欢看这些话本的。”

林昭正想问是谁，这一抬眼才发现在门外站了不知多久的楚承稷，他的脸色实在是算不得好看。

林昭原本的坐姿十分懒散，但见到楚承稷的瞬间就把腰背给挺直了:“殿下。”

楚承稷迈步进屋，清冷地点了下头。

他回来拿兵防图纸，却无意中听见了她们的谈话。

秦筝是背对着门口坐的，在林昭出声后才往外看去，见楚承稷脸色不太好，心道他怕是把林昭方才的话也听了去，却也不好在此时说什么，只问:“殿下可是有什么东西忘带了吗？”

在人前，秦筝一向是以“殿下”称呼他。

楚承稷“嗯”了一声，拿了书案上的布防图道:“我与幕僚们商议攻打扈州、孟郡事宜，午间就不回来用饭了。”

楚承稷离去后，林昭缩了缩脖子:“我怎么觉着太子殿下今天怪凶的。”

秦筝轻咳一声:“大战在即，他心里绷着根弦。”

这个解释无懈可击，林昭点头道:“也是，殿下肩上的担子重。”

别院。

林尧自然知道楚承稷马上要攻打扈州和孟郡，他忍着牙酸，咬文嚼字地写了一本折子，希望楚承稷让自己当先锋去攻打扈州。

折子被退回来时，林尧逮了根狗尾巴草叼在嘴里，一屁股坐在台阶上，悔得肠子都青了，跟心腹倒苦水:“陆则那厮，心眼子多得跟藕孔似的，他妹妹来青州了他能不知道？早不去，晚不去，偏赶在他妹妹要到青州的时候跑去徐州，可不就是知道他们陆家这事做得不地道，怕亲自接回陆家嫡女，被殿下迁怒吗？

“老子怎么就这么倒霉！老子想上战场杀敌，不想留在这儿伺候陆家这位动不动就哭鼻子的祖宗！”

他整个人往后一躺，眼角余光瞟到一行人在回廊那头时，立马站了起来。

但还是晚了，他那番话，陆锦欣和身边几个伺候的丫鬟、老仆全都听见了。陆锦欣的奶嬷狠狠地瞪着他，怒喝道:“还有没有规矩了，竟敢编派主子！来人，给我掌嘴！”

陆锦欣眼眶红红的，面上更多的是羞愧和难堪：“不得无礼，这是林将军。”

陆锦欣微微福身后便带着一众仆从往回走。

林尧看着走远的一群人，抬手敲了敲亲卫的脑袋：“有人来你怎么也不提醒我一声？”

亲卫苦着脸道：“属下也没瞧见。”

林尧眼神复杂地往回廊那边看了一眼：“算了，继续巡岗。”

他不觉得自己哪里说错了，郢州陆家除了一开始运送粮草来青州时帮太子做了些事，后边就一直拿着个空饼吊着他们。

郢州陆家有钱，他们现在最缺的也是钱，但郢州陆家在太子拿下青州后，半点表示都没有，眼见太子又拿下了徐州，才赶紧送了个嫡女过来。表面上是要联姻，可光送个人过来，依然是在用郢州陆家的财富吊着他们。

他们跟朝廷的这场大战若是败了，郢州陆家不过是折一个庶子和一个嫡女。

但他们若是赢了，那边也能继续顺杆子往上爬，把这位陆家嫡女堂而皇之地塞给太子，再拿出点实质性的好处来。只能说青、徐两州现在的局面，全叫郢州陆家人给算计完了，陆家就是用一子一女去赌太子究竟能走到哪一步。

陆则是只狐狸，早就看清了陆家的盘算，所以才投奔太子，现在一心为太子做事。

这个陆大小姐和她身边的仆人显然蠢了好几个度，半点不知她们从被送来青州的那一天起，就已经是家族弃子了。但她若在青州出了什么事，郢州陆家那边只怕会抓着这点不放，所以太子和太子妃才一直让人保护陆锦欣。

但自己嘟囔的那些话叫正主听见了，林尧又觉着哪儿都不自在，他这样不跟个长舌妇似的吗？

回去的一路，奶嬷都在陆锦欣耳边念叨：“姑娘别哭，那些个泥腿子的话有什么好往心里去的？”

陆锦欣抿紧唇不吱声，豆大的泪珠子挂在纤长的眼睫上，一行人转过回廊，坐在回廊木椅处赏荷的锦衣女子闻声转过头来，瞧见陆锦欣，眉梢轻皱：“锦欣？谁又惹你哭了？”

奶嬷有些戒备地盯着陆锦颜：“劳锦颜姑娘挂心了，不过是些小事……”

奶嬷并不知太子藏拙，只知眼前这位是京城陆家的嫡女，陆皇后乃是她亲姑母，她自幼便是被当作太子妃的不二人选来培养的，只是后来太子瞧上了秦家女，娶了秦家女为太子妃，陆家这才没能同时出一位皇后和一位太子妃。

陆太师死后，京城陆家满门被抄，陆家人被押送往闵州，太子命人劫道救下他们后，一直都将他们安置在这别院里。

郢州陆家那边也怕鞍前马后忙一遭，最后却为京城陆家人做了嫁衣，毕竟若要联姻，可再没有比陆锦颜更合适的人选了，郢州陆家这才将陆锦欣送来了青州。

同陆锦欣比起来，陆锦颜是端庄明艳的长相，“汴京双姝”说的便是她和秦筝。

只是秦筝在容貌上更胜几分，被誉为“大楚第一美人”，而陆锦颜则有第一才女之称。

听到奶嬷的话，她轻描淡写地看了奶嬷一眼，从小被当成太子妃的人选培养，又是在汴京那富贵之地长大的，这一眼可以说是压迫感十足："我同我妹妹说话，何时轮得到一个下人插嘴了？"

奶嬷在陆锦欣身边伺候多年，还从没被人这般落过脸子，面上当即就有些难看："锦颜姑娘这是哪里的话……"

陆锦颜轻飘飘地撂下一句："为奴要有为奴的本分，我婶娘去得早，从前同郢州那边少有来往，不知你们是如何伺候锦欣的也就罢了，如今在我眼皮子底下，再有逾越，我可不介意替我妹妹管教奴仆。"

这番夹枪带棒的话说下来，奶嬷面上一阵青红，一肚子怨怼，却又一句话不敢再说。

陆锦颜起身，牵起陆锦欣的手，嫌弃道："哭得跟个花猫似的，去我房里洗把脸。"

奶嬷还想跟着，陆锦颜一个眼神扫过来，愣是让她没敢迈动腿。

陆锦颜道："你们就别跟着了，我还能把她吃了不成？"

奶嬷脸上讪讪的，等陆锦颜牵着陆锦欣的手走远了，才往地上"呸"了一口："我早就知道他们京城陆家这边没安好心！从前陆太师还在那会儿，他们趾高气扬也就罢了，如今处处指望郢州这边，还端什么架子！也就小姐是个没心眼儿的，被她套了话去，指不定背后怎么笑话小姐呢！"

若说从前的陆家是一棵大树，那么京城陆家可以说是这树的树干，郢州这边的分支不过是根枝丫罢了。也正因为这样，郢州陆家在京城陆家面前一直都有低一头之感，如今京城陆家垮了，才处处都想扬眉吐气，奶嬷一直摆谱、端架子，也是不想叫旁人看轻了她们郢州陆家人。

陆锦颜带着陆锦欣回房，命丫鬟打水给她洗干净脸后，指了个绣墩让她坐下："说吧，为什么哭？"

陆锦欣年方十四，她在郢州一直是被娇养长大的，从未受过委屈，此刻一听陆锦颜问话，眼圈就忍不住泛红："我想回家……"

陆锦颜叹了口气："你来这里，就该知道自己回不去了。"

陆锦欣眼泪不停往下掉，两肩颤动着，哭得无声。

寄回去的书信每一封都石沉大海，陆锦欣当然知道自己父亲那边是什么态度，娘亲去世后，父亲一直很疼她，但现在也的确是不要她了。二房的堂姐嫁给淮阳王后，二房在陆家更有话语权，如今太子势头渐起，所以父亲才把她送来了青州。

她咬着唇道："我不是被人说道了委屈，我……我就是觉得难堪，还很难过。"

陆锦颜看陆锦欣的目光里闪过一抹复杂，摸了摸她的发顶："这才到哪儿？往后别再遇事就哭了。

"世家女的名头听着光鲜，到头来，却还不如别人养的猫猫狗狗。

"拿了猫狗做人情送出去，往后猫狗不同原主人家亲近，也不会有人说猫狗没良心。独独对家中的女儿是精打细算，把每一分价值都筹划好了的。"

说到后边，她嘴角的笑意愈显讽刺：“别难过了，你在这里难过，谁又知晓？”

陆锦颜提点了陆锦欣几句：“都走到这一步了，也别奢望郢州那边还会管你的死活了，这里是青州不是郢州，你那个奶嬷尽早打发了，成天作势，给你惹一堆嫌。”

陆锦欣垂着脑袋没出声，她知道奶嬷经常多嘴，可母亲去世后，父亲又娶了继母，一直全心全意为她好的，就只剩奶嬷了，奶嬷经常端架子也是怕她性子软被人拿捏。

她的心思全写脸上，陆锦颜叹道：“你越是纵容，她就越没了主仆边界，早晚会害了你。你念着多年的情分不好撵她走，那也得把你主子的架子给拿起来，该敲打就敲打。实在不行，往后让她只管房里的事，身边另外再提拔几个得力的大丫鬟。”

陆锦欣小声应好，随即又局促地扯了扯手绢：“颜姐姐，我觉得我没脸在青州待下去了。”

陆锦颜点了点她的额头：“马上要打仗了，你还能去哪儿？郢州那边送你来联姻，你既没那个心思，就尽早让太子妃知晓，太子妃总不会为难你。”

陆锦欣一脸委屈：“我怕见到太子。”

陆锦颜的眼底飞快地闪过一抹讥诮，意味不明地说了句：“你真当太子当年娶太子妃，是因太子妃的美貌吗？”

陆锦欣一脸惊愕，陆锦颜却意识到自己的失言，改口道：“你一个肉包，谁瞧得上你。”

陆锦欣嘴角一垮：“我只是脸圆，虽然确实有那么一点点肉。”

陆锦颜道：“行了，你今天先回去，明日我陪你去见太子妃娘娘。”

有人陪着壮胆，陆锦欣自然高兴，但陆锦颜以前是内定的太子妃人选，她也是知道的：“太子妃娘娘……会不会不高兴？”

陆锦颜什么段位，一眼就能看出这小呆子在顾虑什么，道：“你是陆家现在送来联姻的，我从前……也险些被选入东宫，但你我二人都对太子殿下无意，不管家里边怎么说，咱们向太子妃表明态度就是了。”

陆锦欣这才放心，因为刚才哭过，这样回去肯定会被人瞧见，她道：“我还要洗把脸。”

陆锦颜对这个小呆子颇为无奈，道：“去吧，我的绣笼旁有干净的帕子。”

陆锦欣和陆锦颜的拜帖当天晚上就递到了秦筝跟前。

正好城防工事验收完工，她的确没那般忙了，见见这两位陆家嫡出的姑娘倒也不妨事。

只是宋鹤卿得知后，便对她说了一堆有的没的，秦筝这才知晓京城陆家嫡女陆锦颜，原是钦定的太子妃。

晚间楚承稷回来时，她不动声色地把那张拜帖摆在矮几最显眼的地方。楚承稷还当是什么，拿起翻开一看，道：“你若是不想见她们，只让下边的人说你忙，打发了便是。”

秦筝道：“我前些日子的确忙，已晾了她们许久，早晚还是得见一见的。”

她说这话时，目光总是若有若无地扫向楚承稷。

楚承稷好笑道："郢州陆家的女儿，我可从未见过。"

秦筝慢条斯理地翻着手中书册："京城陆家那位表妹呢？"

楚承稷在铜盆里净手，扯了块干净的帕子擦着手上的水珠道："陆皇后喜欢她，与我何干？"把帕子搭到水盆边上时，楚承稷突然意识到了什么，抬眸看向秦筝，语调促狭，"阿筝这是在吃味？"

秦筝低头看书："殿下想多了，只是想到明日要见陆家两位姑娘，怕有怠慢之处，询问殿下一二罢了。"

殿下都叫上了，可见是心里憋着气儿呢。

楚承稷走过去在她身旁落座，矮榻的空间本就不大，正中央还放了一张矮几，楚承稷挨着秦筝坐下后，不免就有些挤，他侧身看她时，温热的胸膛直接贴着她的后背。

天气一日比一日炎热，夏裳又单薄。

感觉他的气息包裹着自己，秦筝不太自在，指了指矮几对面道："殿下坐那边去吧。"

楚承稷的长臂环过她腰身，大掌覆在了她握着书卷的手上，把书拿高了几分，将她困在自己的胸膛和矮几之间："一起看。"

他下巴都快搁在秦筝肩膀上了，秦筝挣了一下，没挣开，只得道："殿下喜欢这册《吴地记》，拿去看便是。"

她试图松开握着书卷的手，楚承稷覆在她手背的大掌却半点没有松开的意思。

力道不大，但很强势。

他看着她的侧脸笑道："你心中若是不痛快，同我说便是，我与这京城陆家嫡女，面都没见过几次，当初欲定她为太子妃，也是陆家和陆皇后的意思。"

秦筝也是马上要见陆家姐妹了，才想起他曾经声名狼藉，虽知他是装的，但东宫有不少莺莺燕燕，心底到底还是介怀的。

她轻哼一声："那从前在东宫伺候殿下的美人们，可有叫殿下称心的？"

楚承稷惩罚一般地捏了捏她脸："你这醋坛子都翻成这样了，还说自己没吃味？"

他解释道："当年钦天监算出我与先祖是一样的命格，还说武嘉帝戎马一生，未近过女色，我若想保持住这命格，成大业前也万不可近女色。陆皇后和陆家人对此都深信不疑，老皇帝猜忌上我之前，在东华殿侍奉的全都是小太监。后来我装作眠花宿柳，老皇帝为探虚实，才送了不少美人到东宫。"

说这些的时候，楚承稷按了按眉心，似乎觉着荒谬可笑："十几个美人，都是老皇帝的细作，推得了一次两次，又哪能次次都找到理由推拒。陆皇后便让孤称病，买通太医院的太医，说孤已被女色耗空了身体，靠药物也不能成事，正暗地里四处求医。"

秦筝心说对上了，他们逃出汴京那夜，在船上，一个船客可不就是说他有个亲戚在太医院当差，据闻太子有隐疾在到处求药嘛。

楚承稷说完这些，好笑地看向秦筝："你的夫君干干净净，可满意了？"

秦筝嗔他一眼。

再说起这场阴差阳错的姻缘，青州马上又要与李信和沈彦之的兵马正面开战，终究还是绕不过沈彦之这个话题。

楚承稷道："之前的青州一战，沈彦之曾对我放暗箭，他日战场上再遇见，我依旧不会留情。"

秦筝想起他们回两堰山时，林尧同自己说的那个对楚承稷放冷箭的小卒，哪怕当时心中就有猜测，此刻再听楚承稷提起，她依旧有瞬间的失神，随即道："各为其政，这是必然。"

她早已忘却前尘，加之她跟沈彦之之间还隔着秦国公的死，更是再无任何可能。

但一如之前在别院她对沈彦之说的，她其实希望他放下仇恨，当个好官，而不是像现在这般，同楚承稷不死不休。

楚承稷见秦筝一直神色郁郁，知晓她必是又想起了沈彦之，便松开了些。他本是半抱着秦筝的，这番动作自然也引起了秦筝的注意，她忙回过头看他："怎么了？"

楚承稷似乎不愿让她过问，只道："无事，胸口的箭伤在阴雨天有些作痛罢了。"

她连忙起身："你先去床上躺着，我命人去请大夫。"

楚承稷"虚弱"地被她扶到了床上、掖好被子躺下："不用请大夫，身上暖起来就好了。"

秦筝一听他说要暖和些，赶紧去笼箱里抱了一床冬被给他盖上，又唤下人去灌了个汤婆子来。

汤婆子送来后，秦筝立马塞到楚承稷胸口处给他焐着。

盖着一床大冬被，又被塞了个暖烘烘的汤婆子的楚某人："……我觉着好多了。"

他伸手要把汤婆子拿出去，却被秦筝抬手按住："不成，再焐会儿，回头我还是得找大夫再给你开个调养的方子。"

一直到豆大的汗珠子都给他焐出来了，秦筝才把汤婆子拿了出去，只是说什么都不肯让楚承稷换回夏日盖的薄被。

而且她平日里睡死了雷打不动，在发现楚承稷的旧伤发作后，又觉醒了她照顾病患的潜能。

怕楚承稷后半夜又丢开被子，秦筝困得不行，直接隔着被子手脚并用地把某人给抱住了。

夜幕里，楚承稷望着黑漆漆的帐顶，浅浅地叹了口气。

图书在版编目（CIP）数据

凤行舟 : 全二册 / 团子来袭著 . -- 天津 : 百花文艺出版社 , 2023.11
ISBN 978-7-5306-8626-3

Ⅰ . ①凤… Ⅱ . ①团… Ⅲ . ①长篇小说—中国—当代 Ⅳ . ① I247.5

中国国家版本馆 CIP 数据核字 (2023) 第 167731 号

凤行舟：全二册

FENG XING ZHOU : QUAN ER CE

团子来袭　著

出 版 人：薛印胜
选题策划：胡晓童
责任编辑：李　信
特约编辑：宋春悦
装帧设计：鬼　哥
出版发行：百花文艺出版社
地址：天津市和平区西康路35号　　**邮编**：300051
电话传真：+86-22-23332651（发行部）
+86-22-23332656（总编室）
+86-22-23332478（邮购部）
网址：http://www.baihuawenyi.com
印刷：天津鑫旭阳印刷有限公司
开本：680毫米 × 970毫米 1/16
字数：880千字
印张：40.75
版次：2023年11月第1版
印次：2023年11月第1次印刷
定价：79.80元

如有印装质量问题，请与天津鑫旭阳印刷有限公司联系调换
地址：天津宝坻经济开发区宝中道北侧5号1号楼106室
电话：（022）22458633 邮编：301800